भालचन्द्र नेमा

भालचन्द्र नेमाड़े का जन्म महाराष्ट्र के सांगवी, जिला जलगाँव में 27 मई, 1938 को हुआ। उन्होंने पुणे तथा मुम्बई विश्वविद्यालय से एम.ए. और औरंगाबाद विश्वविद्यालय से पी-एच.डी. की उपाधि प्राप्त की। औरंगाबाद, लन्दन, गोवा तथा मुम्बई विश्वविद्यालय में अध्यापन किया। मुम्बई विश्वविद्यालय के गुरुदेव टैगोर चेयर ऑफ कम्पैरेटिव लिटरेचर में प्रोफेसर तथा विभाग प्रमुख रहे। सन् 1998 में सेवानिवृत्त हुए।

उनकी प्रकाशित कृतियाँ हैं—'कोसला', 'बिढार', 'हूल', 'जरीला', 'झूल', 'हिन्दू : जीने का समृद्ध कबाड़' (उपन्यास); 'मेलडी' तथा 'देखणी' (कविता-संग्रह); 'साहित्याची भाषा', 'टीकास्वयंवर', 'साहित्य संस्कृति आणि जागतिकीकरण', 'तुकाराम', 'द इनफ्लुएंस ऑफ इंग्लिश ऑन मराठी : ए सोशियोलिंग्विस्टिक एंड स्टाइलिस्टिक स्टडी', 'फ्रैंज काफ्का : ए कंट्री डॉक्टर', 'हाउ मच स्पेस इज एन इंडियन राइटर नीड?' (आलोचना)। जर्मन, हिन्दी, उर्दू, कन्नड़, असमिया, पंजाबी, बांग्ला, उड़िया तथा गुजराती भाषाओं में उनकी रचनाओं के अनुवाद हुए हैं।

उन्हें महाराष्ट्र साहित्य परिषद के 'ह.ना. आप्टे पुरस्कार', 'यशवन्तराव चव्हाण पुरस्कार', 'कुरुन्दकर पुरस्कार', 'साहित्य अकादेमी पुरस्कार', 'कुसुमाग्रज पुरस्कार', महाराष्ट्र फाउंडेशन के 'गौरव पुरस्कार', 'कुसुमाग्रज जनस्थान पुरस्कार', 'एन.टी. रामाराव नेशनल लिटरेरी अवार्ड', 'बसवराज कट्टिमणि नेशनल अवार्ड', 'महात्मा फुले समता पुरस्कार', 'ज्ञानपीठ पुरस्कार' से पुरस्कृत और 'पद्मश्री' से अलंकृत किया जा चुका है।

श्रीनाथ तिवारी

श्रीनाथ तिवारी हिन्दी, मराठी और अंग्रेजी भाषाओं पर समान अधिकार रखते हैं। उन्होंने लम्बे समय तक खोलेश्वर महाविद्यालय, अम्बाजोगाई में अंग्रेजी साहित्य का अध्यापन किया और अंग्रेजी विभाग के प्रमुख के पद से सेवानिवृत्त हुए। उन्होंने हिन्दी, मराठी और अंग्रेजी में विपुल साहित्य का अनुवाद किया है, जिनमें प्रमुख हैं—'नेत्याला फुटलंय शिंग' (नरेन्द्र मोहन), 'पूर्णवाद तत्त्वार्थ दर्शन' (वि.रा. पाररेकर)। इसके अलावा उन्होंने कई विश्वविद्यालयों के पाठ्यक्रमों का अनुवाद भी किया है। फिलहाल अम्बाजोगाई में रहते हुए अनुवाद कार्य में सक्रिय हैं।

राजकमल से प्रकाशित लेखक की अन्य कृतियाँ

उपन्यास

बिढार

हूल

झूल

हिन्दू : जीने का समृद्ध कबाड़

कविता

देखणी

चांगदेव चतुष्टय : 3

जरीला

भालचन्द्र नेमाड़े

अनुवाद

श्रीनाथ तिवारी

राजकमल पेपरबैक्स

मूल मराठी संस्करण पहली बार 1977 में पॉप्युलर प्रकाशन, मुम्बई से प्रकाशित

राजकमल पेपरबैक्स में
पहला संस्करण : 2023

राजकमल पेपरबैक्स : उत्कृष्ट साहित्य के जनसुलभ संस्करण

राजकमल प्रकाशन प्रा. लि.
1-बी, नेताजी सुभाष मार्ग, दरियागंज
नई दिल्ली-110 002
द्वारा प्रकाशित

शाखाएँ : अशोक राजपथ, साइंस कॉलेज के सामने, पटना-800 006
पहली मंजिल, दरबारी बिल्डिंग, महात्मा गांधी मार्ग, प्रयागराज-211 001

वेबसाइट : www.rajkamalprakashan.com
ई-मेल : info@rajkamalprakashan.com

मुद्रक : यश प्रिंटोग्राफिक्स
नोएडा-201 301 (उत्तर प्रदेश)
द्वारा मुद्रित

मूल्य : ₹299

JAREELA
Novel by Bhalchandra Nemade
Translated by Shrinath Tiwari

ISBN : 978-81-19159-02-4

तुम मेरे पास होते हो गोया
जब कोई दूसरा नहीं होता।

—हकीम मोमिन ख़ाँ 'मोमिन'

चांगदेव चतुष्टय : 3

जरीला

गाड़ी जब एक ऊँची घाटी पर चढ़ने लगी तब चारों ओर गहरा हरा रंग दिखने लगा। चांगदेव का ध्यान इस बात पर गया। बरसात की वजह से लबालब भरे तालाब, ऊपर से मूसलाधार बारिश। ड्राइवर फर्राटे से गाड़ी चला रहा था, और कंडक्टर बार-बार उसके पास जाकर कहीं रुकने के लिए कह रहा था। लेकिन 'आगेंच रुकेंगे' कहते हुए वह घाटी के माथे तक गाड़ी ले आया। घाटी के मोड़ बारिश की वजह से खतरनाक हो गए थे। रास्ते में एक ट्रक उलटकर गिरा दिखाई दिया। फिर भी ड्राइवर गाड़ी सपाटे से चला रहा था। ऊँची चढ़ाई पर एक ऐसा मोड़ आया जहाँ गाड़ी घुमाना मुश्किल हो गया तो खिड़की से आगे-पीछे झाँकते हुए उसने गाड़ी रोक दी। सभी डरे हुए थे, कंडक्टर कुछ ज्यादा ही। ब्रेक कमजोर होने के कारण गाड़ी जब पीछे की तरफ खिसकने लगी तो खाई देखकर सभी घबरा गए। कंडक्टर जल्दी में दरवाजा खोल नीचे कूद पड़ा। अन्दर बैठा हुआ फुँदने की टोपीवाला मुसलमान बोला, "क्यों भौ कंडक्टर साब घबरा गए? हँ हँ हँ। वा भौ वा।"

आखिर में घाटी की ऊँचाई पर स्थित एक छोटे गाँव से होकर गाड़ी बाहर के बस अड्डे पर आई। गाड़ी बन्द करते हुए ड्राइवर एक झोंपड़े जैसे होटल में घुस गया। कंडक्टर भी खुश होता हुआ अन्दर गया। रिमझिम बारिश को झेलता

हुआ चांगदेव भी अन्दर गया। भजिया तलने की सोंधी गन्ध आ रही थी। चांगदेव ने कंडक्टर से पूछा, "और कितनी दूर जाना है?"

झोंपड़े के बाहर एक तरफ हाथ दिखाते हुए कंडक्टर बोला, "वो क्या अपना गाँव दिख रह्या!"

छोटे-छोटे टीलों के नीचे बारिश के नीले वातावरण से होते हुए चांगदेव की नजर नीचे तक गई। सुन्दर-सा गाँव और धुन्ध में डूबी नदी। नए गाँव में जाने की आस मन में लिये हुए वह गाँव की ओर स्निग्ध नजरों से देखने लगा। घाटी की तलहटी में बसा यह गाँव उसे पहली बार इतना सुहाना नहीं लगा था। पहले वह अँधियारी रात में गाँव में घुसा था। तब बारिश भी नहीं थी। वह देखता रहा और धीरे-धीरे उसकी नजर की स्निग्धता कड़वाहट में बदल गई। बहुत-से गाँव देखने के बाद और काफी कुछ झेलने के बाद यह सुन्दर-सा गाँव मिला। पहले ही झटके में ऐसा गाँव मिल जाता तो क्या मजा आता। अपनी वैसे किसी से पटी नहीं। सुसंवादों के सुख छलकाती गर्वपूर्ण जिन्दगी अपनी कभी रही नहीं। यहाँ-वहाँ किसी तरह, जैसे-तैसे कुछ भी मिलता रहा। इसी की कड़वाहट मुँह में भरी रहती।

नए गाँव में सामान पीठ पर लादकर घुसने से पहले इस तरह ऊँचाई से उसकी टोह लेना ऐसा जान पड़ा मानो आदिम युग का जंगली झुंड कोई नया इलाका जीतने की तैयारी कर रहा हो। उस जमाने में हाथ में तलवार लेकर नए प्रदेश जीतनेवालों की मन:स्थिति भी ऐसी ही रही होगी। बल्कि वे लोग हमारी तुलना में ज्यादा सुरक्षित अनुभव करते होंगे। आज के युग में नए प्रदेश में अपना पाँव जमाना उतना आसान नहीं है। अब कितने ही नीति-नियमों का बोझ छाती पर धरा होता है। इस कारण हम जिन्दगी को सही माने में जी भी नहीं सकते। अब तो लाल, नीले, पीले मूल रंग उड़ ही गए हैं, उनकी जगह दोयम, तीयम रंग इकट्ठा करके बनाए गए फीके, उदास रंग बचे हैं। एक ही गाँव में रहने से ये रंग भी मटिया जाते हैं। यही एक सन्तोष की बात है कि पूरा वातावरण बदलकर नई जिन्दगी शुरू करने तक ही हमें यह तोहमत उठानी पड़ती है। यही सन्तोष बाकी के पूरे नुकसान की भरपाई करता है। पीछे का उच्छेद नई बस्ती से साफ होता है।

ड्राइवर भोंपू बजाने लगा। कंडक्टर चिल्लाया, "चाला होऽ प्रोपेसर भौ।" जल्दी से चाय गटककर, तश्तरी में ही पैसे डालकर चांगदेव बस की ओर भागा। बारिश अब कम हो गई थी, बस भी भीगे टीलों से नाजुक मोड़ लेती हुई, धीरे-धीरे

घाटी में उतरने लगी और थोड़ी ही देर में गाँव के बाहर की झाड़ियों में छुपे सुन्दर घर दिखने लगे। गाँव आ गया।

बस चुंगी नाके पर रुकी। चौकोर खिड़की से टोपी समेत अपना सिर बाहर निकाले चश्मे के ऊपर से नाका कारकून एकटक और शकभरी नजरों से देखते हुए चिल्लाया, "बक्सेवाले भौ कौन है, उतरो तो जरा। रसीद फाड़नी पड़ती।"

चांगदेव ने कहा, "इसमें किताबें हैं जी।"

कारकून चिल्लाया, "नीचे उतरते कि व्हँई से झिकझिक करते। ल्यो भौ, जरा उतर के।"

बेजार चांगदेव खिड़की से बाहर झाँककर बोला, "मेरी खुद की किताबें हैं।"

"इत्ती सारी क्या? इत्ती किताबें खुद की रहतीं क्या? चुंगी चुकाने में भौत समझदारी रहती क्या? कौन गाँव से आए? इतनी किताबें बेचने किधर कु चले? पैले उतरो भला? रसीद फाड़नी पड़ती भौ। हाँ।"

इतने में कंडक्टर चिल्लाया, "किसने किया बे तेरेकु कारकुन? प्रोपेसर हैं वो। अपने म्हेमान है उन्हो।"

नाका कारकून खिसियाया और पेंसिल टोपी में घुसेड़ते हुए बोला, "प्रोपेसर? कॉलेज वाले क्या? ठीक, ठीक, तो फिर रहने दो। साब, माफी करना।"

गाँव में लॉज वाले बोराशेट और सांडू पहचान के हैं इस बात से तसल्ली थी। दो इक्कों में अपना सामान लादे वह लॉज पर आया। इस बार बोरा ने उसे एकदम ऊपरवाला सिंगल रूम दिया। उसे पूछे बगैर ही बोरा ने रजिस्टर में प्राध्यापक चांगदेव प्रोपेसर नाम लिख दिया और किताबों के बक्से सीढ़ियों के नीचे ठीक से रखने के लिए सांडू से कहा।

जल्दी से खाना खाकर वह सिगरेट लेने के लिए बाजू में गया। लॉज के नीचे की मंजिल वाले एक कमरे में काफी लोग आ-जा रहे थे। सांडू से पूछा तो उसने बताया कि वहाँ 'सट्टा चलता भौ प्रोपेसर सायब' यानी कि बोराशेट का यह एक और धन्धा था। अपने कमरे में आकर तकिए पर सर रखकर वह आराम से पड़ा रहा। नीचे रास्ते से आती भिखारिनों के चिल्लाने की ऊँची आवाजों से वह बेचैन हो गया। पहले दिन ही नए गाँव में इतनी भिखारिनों की आवाजों को सुनकर उसका मूड खराब हो गया। कल कॉलेज में कम पगार का लफड़ा नहीं सुलझा तो क्या करना होगा यह विचार भी उसे बेचैन कर रहा था। कॉलेज तो

शुरू हो ही गया होगा। अब जल्दी से किताबें लाकर पहले दिन के लिए ठीक से पढ़ाई करनी चाहिए। पहले वाले गाँव में जैसे लड़के थे वैसे यहाँ नहीं होंगे यह भी तसल्ली थी। लेकिन लड़के और क्लास कैसे भी हों एकदम अच्छा पढ़ाना है; बहुत धीमी गति से, सुस्पष्ट, सरल बनाकर लेक्चर देना है; यह बात उसने कई महीनों से तय कर रखी थी। पढ़ाने में कामचोरी नहीं करनी है। यह बात अब पक्की है। एकदम।

इस बीच पेशाब करने और मुँह धोने के लिए बाजूवाले बाथरूम में वह दो बार गया। उधर नीचे के ढाबे में काम करनेवाले लड़के वहाँ सोने की तैयारी में थे। उन्होंने मिलकर गाँड़मारी शुरू कर दीं। उनकी आवाजों से उसकी नींद उचट गई। कोई नया-नया लड़का बीच में ही जोरों से चिल्लाया और बाकी छँटे हुए गाँड़मारू नौकर जोर-जोर से हँसने लगे। 'धीरे बे भौ पुर्शा, ओ बाप्पा रे।' कोई दर्द से चिल्लाया। थोड़ी देर बाद वहाँ की खसफस कम हुई। बाद में चांगदेव को भी नींद आ गई।

सबेरे आँख खुली तो किसी अलग ही गाँव में आकर गिरे हैं, इस एहसास के साथ आँखें खोले रखे वह घंटाभर लेटा रहा। काफी देर बाद उठकर बेफिक्री में सब कुछ निपटाकर वह कॉलेज निकला। कॉलेज इतनी दूर था कि रोज पैदल जाना नामुमकिन होता। लड़कों के झुंड के झुंड गाँव की ओर वापस आ रहे थे। मतलब यह कॉलेज भी सवेरे वाला ही है अर्थात नींदवाला झंझट कम नहीं होगा, उसने सोचा। अब तो साइकिल लेनी पड़ेगी। झुंड में बच्चे उसकी तरफ देखकर ऐसे आपस में पूछ रहे थे, 'नये सर क्या रे?' लेकिन कहीं शरारत नहीं दिखी। बहुत ही सीधे-साधे देहात से आये पाजामा पहने लड़के थे। बीच-बीच में गाँव के सफेदपोश घरों की लड़कियाँ खुद को शालीन और बेहतर मानती हुई साइकिलों पर सवार हो वापस आ रही थीं। उनमें भी यह खुसर-फुसर हो रही थी कि यह नया ऊँचा आदमी कौन है। नदी के पार तेज चलना असम्भव हो गया, छात्रों की इतनी भीड़ रास्ते पर से वापस आ रही थी। पीछे से आ रही साइकिल वाली लड़कियों को कुछ शहरी लड़के रास्ता नहीं दे रहे थे। फिर कोई ढीठ लड़की रास्ता निकाल लेती और उसके पीछे सभी चली आतीं। कई लड़कियाँ पैदल आ रही थीं। कुछ के बालों में गुलाब के सुन्दर फूल थे। कुछ बड़ी सुन्दर थीं। ज्यादातर लड़कियाँ सस्ती सादी साड़ियाँ पहने नीचे गर्दन झुकाए जा रही थीं। गतवर्ष की अपेक्षा छात्रों

की यह दुनिया उसे कई गुना अच्छी लगी। अच्छी संस्थाओं का यही फायदा है। अच्छे गाँव में रहना हमेशा अच्छा होता है। यह पूरा प्रदेश ही सुसंस्कृत होगा।

कॉलेज में काफी खामोशी थी। साइंस की कुछ कक्षाएँ शान्ति से चल रही थीं। पढ़ानेवालों की आवाजें उस तरफ से आ रही थीं। लाइब्रेरी की तरफ काफी चहल-पहल थी। लेकिन कैंटीन वाली इमारत हँसी-ठहाकों से गूँज रही थी। यहाँ अमीरों की लड़कियाँ-लड़के क्लास के बाद समय बिता रहे थे। कुल मिलाकर कॉलेज का यह रंग-ढंग उसे अच्छा लगा।

इस इमारत से होकर ऑफिस की ओर जाते समय उसे सन्तोष हुआ। लेकिन ऑफिस में जो औपचारिकता पूरी करनी थी उसकी चिन्ता में इस आनन्द का पूरा उपभोग वह नहीं कर सका। ऑफिस में कार्य-स्वीकृति का कागज देने से पहले प्रिंसिपल से मिलना है, यह कहने पर सुपरिंटेंडेंट कोल्हे बोले, "कुछ खास बात?" चांगदेव बोला, "मेरे स्केल को लेकर जो गड़बड़ी हुई है, वह ठीक करनी होगी पहले। और देरी आपकी तरफ से हुई है। मुझे परसों ऑर्डर मिला, मैं कल निकल पड़ा। और एक इन्क्रीमेंट कम क्यों?"

ऑर्डर की तारीख उसे दिखाते हुए कोल्हे बोले, "आठ दिन हो गए ऑर्डर निकाले। देर से पोस्ट क्यों करेंगे भला? थोड़ा घूमकर आओगे क्या? प्रिंसिपल साब अभी आते ही होंगे। क्लास लेने गए हैं। स्टाफ रूम मालूम है न? आओ घूम के जरा। मैं निपटाता ये मामला।"

स्टाफ रूम काफी लम्बा-चौड़ा था और एक साथ पचास-साठ लोग बैठ सकते थे इतने टेबल और कुर्सियाँ थीं। बाजू में पार्टीशन बनाकर छात्रों के साथ चर्चा आदि करने के लिए छोटे-छोटे कमरे बनाए गए थे। कमरों में कोई-कोई वरिष्ठ अध्यापक छात्रों से वार्तालाप कर रहे थे। बड़े से हॉल में तीन-चार लोग अखबार, पत्रिकाएँ आदि के पन्ने पलट रहे थे। उनमें से केवल एक ही खाली था, वह चांगदेव के साथ बतियाने लगा। उसके साथ बात करने पर पता चला कि वह भी अंग्रेजी पढ़ानेवाला ही है और अब इस्तीफा देकर एक-दो दिन में जलगाँव कॉलेज ज्वाइन करनेवाला है। इतना बुजुर्ग होकर भी वह कॉलेज छोड़ रहा है, इसकी कुछ तो बड़ी वजह होगी, यह सोचकर चांगदेव उसके पास बैठ गया। उन्होंने जान-बूझकर ऊँची आवाज में कहा, "मैं जलगाँव का अपॉइंटमेंट लेकर आया। यहाँ थोड़ा प्रॉविडेंड फंड का काम था। कल तो मैं जलगाँव के कॉलेज में रहूँगा। तुम आज इस कॉलेज में ज्वाइन कर रहे हो शायद?"

चांगदेव ने उन्हें अपने स्केल की बात बताई।

वे सीख देने के अन्दाज में खुश होकर उसके कान में कहने लगे, "ऐसा है कि इंटरव्यू के वक्त ही सब कुछ क्लियर कर लेना चाहिए। अब यहाँ कानिटकर को तो निकाला हुआ है और जी.जी. नए प्रिंसिपल हो गए। यानी कि कानिटकर मुकर जाएगा और जी.जी. कानिटकर की ओर इशारा करेगा। और कुछ करना भी चाहो तो यहाँ प्रिंसिपल के हाथ में है क्या? तुम छोड़कर भी जाना चाहो तो भी जी.जी. के हाथों में कुछ नहीं। जी.जी. पूछेगा सेक्रेटरी से, सेक्रेटरी पूछेगा वाइस प्रेसिडेंट से, वाइस प्रेसिडेंट पूछेगा एस.जी. से। इसमें एक महीना निकल जाएगा। तो फिर मेरी सलाह तुम्हारे क्या काम आएगी? और कम पगार पर काम पर आने में भी हेठाई है। देख लो, अपनी बार्गेनिंग कैपेसिटी पर सब निर्भर करता है। जितना हो सके, खींचकर रखो, नहीं बनी तो आ जाओ काम पर। और अब यहाँ आ ही गए हो तो अब जाओगे कहाँ? क्यों?"

चांगदेव बोला, "देखता हूँ जाकर, आपका शुभ नाम?"

"मैं कासार! तुम आओ जाकर। मैं खत लिखता हूँ एक-दो। अब जलगाँव जाना है तो नया पता सबको बताना पड़ेगा न।" आखिरी वाक्य स्टाफ रूम में बैठे सभी को सुनाई दे इतने जोरों से कासार चिल्लाए।

चांगदेव जब ऑफिस इमारत की ओर आया तब विज्ञान के लड़के-लड़कियाँ अपने क्लास में शान्ति से जा रहे थे। जी.जी. भी हाथ में चॉक-डस्टर लेकर ऑफिस की ओर आ रहे थे और उनके इर्द-गिर्द बच्चों की भीड़ भी आगे सरक रही थी। वे बच्चों को गणित की कोई समस्या खास देहाती बोली में समझा रहे थे, "वो वैसे नई जमने का भौ, तेढ़ा डायगोनली घुस्या की बराबर फिगर्स डिवाइड व्हींगी, अन् दो स्टम्पमेलॉग लिया की भिनफट जवाब आयाच! आनाच चाहिए! करके तो देखो तुम लोग। वो अंग्रेजी में होने से कन्फ्यूजन हो रह्या, बाकी कुछ नी। आसान है।"

चांगदेव को ऑफिस के खम्भे से सटकर खड़ा देख जी.जी. ने कहा, "आज आए हो? अन्दर बैठो। मैं अभी आया। इन बच्चों को थोड़ा फार्म भरने का बताकर, बैठो।"

अब वाइस प्रिंसिपल राजपूत दस-बीस बच्चों को इ.बी.सी. के फार्म भरने के बारे में समझा रहे थे, "गार्जियन माने बाप, पालक। ऑक्युपेशन का मतलब नहीं जानते? धन्दा रे! खेती लिखो। मेल-फीमेल मालूम है के नईं?"

चांगदेव को देखते ही वे बोले, "तुम सी.ए. पाटील हो न? बैठो! तुम्हारे केस के बारे में मुझे कोल्हे ने बताया। बैठो। तब तक जी.जी. आ जाएँगे। मैं थोड़ी देर बच्चों के फार्म कम्पलीट करवा लेता। ये यूनिवर्सिटी वाले फार्म और सिलेबस क्यों अंग्रेजी में देते हैं कुछ समझ में नहीं आता। एक तरफ तो कहते हैं कि मराठी सबको आनी चाहिए और खुद दीपावली की छुट्टियों की सूचना तक अंग्रेजी में भिजवाते हैं ये पूनावाले। मराठी अपनी मातृभाषा कानूनन करनी चाहिए। हँ हँ हँ हू हू हू!"

"थोड़ी देर बैठो—तमाखू?"

वे फिर बच्चों के फार्म में लग गए। थोड़ी देर बाद कोल्हे और जी.जी. साथ ही आए। चांगदेव खड़ा हो गया। जी.जी. ने कहा, "बैठो, बैठो, हम सब देहाती हैं। मैनर्स-वैनर्स कुछ नहीं रखते हम। आप भी देहात से ही हैं या मुम्बई से?"

"मैट्रिक के बाद मुम्बई था मैं।"

"लेकिन एस.एस.सी. तो देहात में ही हुए हैं। आपकी अर्जी याद है मुझे। बैठो। क्या खड़े वगैरा हयते भौ।"

फिर टेबल पर रखे गिलास में से थोड़ा पानी पीकर बोले, "राजपूत भौ, थोड़ा दो मिनट टायम देते क्या हमकू?"

राजपूत तमाखू चुभलाते हुए, बच्चों को बाहर करके बोले, "बचा हुआ फार्म उधर ऑफिस में पूरा करो रे बाप्पा। चलो। उधर जाकर लिखो।"

फिर टेबल के पास आकर बोले, "दिखाई न इनकी ऑर्डर आपको कोल्हे ने? देखा न कैसे व्हिलनिशपन किया है? मैंने आपको आगाह किया था। एक ऑर्डर भेजने में उसे एक हफ्ता लग गया। महाशय खाली बैठे रहते हैं, आखिरी दिन इनकी ऑर्डर भिजवाई। उसमें भी एक इन्क्रीमेंट नहीं ली। यह अच्छा हुआ, तो कोई दूसरा तो आता भी नहीं।"

कोल्हे बोले, "कानिटकर का वही इंटेंशन था। बाकी के सभी अपॉइंटमेंट गाँव के ही लोगों के थे, सो वे सब खुद अपने ऑर्डरों को लेकर गए। लोग यहाँ समय पर न आ पाएँ, हड़बड़ी मचे, कॉलेज शुरू होते ही फिर से विज्ञापन देना पड़े, यही उनका इंटेंशन था।"

जी.जी. ने शान्तिपूर्वक कहा, "इस केस का भी एक मेमो बनाव कोल्हे भाऊ। कितना सहना इस कानिटकर को!"

राजपूत ने कहा, "और अभी भी उन्होंने अंग्रेजी का टाइम टेबल नहीं बनाया। मेमो दिये चार दिन हो गए। हेडशिप अभी भी उनके जिम्मे ही है, बोलो। उसका

भी एक मेमो दे दो। छात्र रोज आकर चक्कर काटते हैं। सबेरे कॉलेज बाजार जैसा लगता है।"

जी.जी. बोले, "वो देखेंगे बाद में। अब इनके इन्क्रीमेंट का कैसे करना है? देना तो पड़ेगाच। एन.ओ. भाऊ घर पे हैं क्या? फोन करो भला कोल्हे भौ उनको। बोलो अर्जंट मैटर है।"

अन्दर जाकर कोल्हे फोन करके बाहर आए और हैरानी में हाथ हिलाते हुए बोले, "एन.ओ. गाँव को गए। डॉक्टर वाघे साहेब को मैंने अकाउंट के लिए अभी-अभी फोन किया था। वे भी घर पे नहीं। अब एकदम एस.जी. को ही फोन किया है।"

राजपूत बोले, "नहीं। मैंने अभी एस.जी. को फर्नीचर के लिए फोन किया था तो कितना गुस्सा हो गए थे मुझ पर। मुझे अपने कॉलेज का चपरासी समझ रखा है, बोले वो। कुछ दिन ऐसे ही भड़के रहेंगे शायद। लगता है, रुकेंगे थोड़े दिन एन.ओ. के आने तक।"

थोड़ा सोचकर जी.जी. ने चांगदेव को समझाते हुए कहा, "सॉरी, सी.ए. साहब? हमारी संस्था में अभी वातावरण थोड़ा गरम है। नहीं तो हमारे इतनी साफ-सुथरी संस्था दूसरी नहीं मिलेगी। लेकिन अब थोड़ा भरोसा रखो मुझ पर। इन्क्रीमेंट की फिक्र मत करो। थोड़ी टेक्निकल बात है। वो सब हम देख लेंगे। अभी सेक्रेटरी और वाइस प्रेसिडेंट गाँव में नहीं हैं। मैं कल सब करवा लेता हूँ। अब आपको ज्वाइनिंग रिपोर्ट देने में कोई आपत्ति तो नहीं? मैं आपको प्रॉमिस देता हूँ, आपका काम हो जाएगा। अगर रुके तो दो-चार दिन की तनख्वाह यूँ ही डूबेगी। हो जाओ ज्वाइन आज ही। आपके लिए भी अच्छा, हमारे लिए भी अच्छा।"

चांगदेव बोला, "कोरा कागज मिलेगा? मैं ज्वाइनिंग रिपोर्ट लिख देता हूँ। आप सभी लोग इतने सज्जन दिख रहे हैं कि अब मुझे इन्क्रीमेंट की कोई फिक्र नहीं।"

प्रिंसिपल जी.जी. खुश हुए। चाय मँगवाकर उन्होंने कहा, "यह अच्छा होगा। इंटरव्यू में ही आप मुझे अच्छे लगे थे। आपने यहाँ आकर अच्छा किया। हमारे कानिटकर साब ने हमें बिना वजह सताना शुरू कर दिया है। वैसे कुछ खास बात नहीं है, उन्हें तीन साल के लिए प्राचार्य बनाया गया था, वे चार साल तक प्राचार्य रहे।"

राजपूत ने कहा, "कानिटकर को निकालने से उधर हमारे प्रेसिडेंट भी गर्म हो गए। उसी कारण हमारे लिए सारी अड़चन खड़ी हुई है। मुझसे क्या पूछते हो—ऐसा कहते हैं। नहीं तो यह आपके इन्क्रीमेंट वाला काम भी अभी हो जाता।"

जी.जी. ने कहा, "एस.जी. से मिलकर देखें क्या आज-कल में? उसका गुस्सा ठंडा करना पड़ेगा।"

राजपूत बोले, "आप मिलो भाई, मैं नहीं जाता बुड्ढे के पास। वे जब खुद यह कहेंगे कि नए प्रिंसिपल और वाइस प्रिंसिपल अच्छा काम कर रहे हैं तब मैं उनसे मिलने जाऊँगा। उन्हें लगता है, हम संस्था को डुबोने चले हैं।"

चांगदेव बोला, "आप दोनों 'अपनी' भाषा में बच्चों को समझा रहे थे, यह देखकर अच्छा लगा। लोकल एलिमेंट अच्छा ही है। फालतू में बाहर का प्रिंसिपल लाना, वह पुणेरी मराठी में अनुनासिक ढंग से इन देहाती बच्चों के साथ बोलें और अंग्रेजी में होशियारी झाड़ें यह ठीक नहीं। इन बच्चों के साथ अपनी भाषा ही इस्तेमाल करनी चाहिए।"

राजपूत बोले, "अंग्रेजी के होकर भी आप ऐसी बात करते हो इससे हमें थोड़ा सहारा मिला। हमारे साइंस के लोगों को अच्छी अंग्रेजी नहीं आती। इससे कानिटकर जैसे अकड़ू लोग हमारा मजाक उड़ाते थे।"

चांगदेव बोला, "अच्छी अंग्रेजी आ भी गई तो क्या करेंगे? कामचलाऊ अंग्रेजी आ गई तो बस। दूसरे किसी भी देश में कोई विदेशी भाषा में बात करता है क्या?"

जी.जी. ने कहा, "लेकिन आप तो अच्छी अंग्रेजी बोल रहे थे इंटरव्यू में।"

चांगदेव बोला, "हम अंग्रेजी के लोगों का यही तो दुर्भाग्य है, अपनी मातृभाषा न होते हुए भी अच्छा ही बोलना पड़ता है, यह शर्म की बात है।"

इतने में एक भारी-भरकम प्राध्यापक अन्दर आए और बोले, "मैंने चाय बोल दिया है, आपको बिना पूछे। ये नए कौन? अंग्रेजी वाले हैं क्या?"

"हाँ। ये एक और पाटील। और ये हमारे मराठी के पी.टी. पाटील—बैठो हो पी.टी. भौ।"

पी.टी. बोला, "पेचानता इनको मैं। आप मुम्बई से हैं ना? सारंग के दोस्त? दे ताली। मैं परसों मुम्बई गया था लाइब्रेरी के लिए कुछ किताबें लाने। तब सारंग से खास मिलकर आया। मेरा सबसे चहेता लेखक है वो। लेकिन वो एकदम बच्चा है अभी। बहुत गपशप हुई। तब उसने तुम्हारा नाम लिया। संयोग की बात है। मैंने कहा ये तुम्हारे दोस्त पाटील तो हमारे यहाँ आ रहेले जल्दी। इंटरव्यू भी हो गया उनका। तुम्हारे दोस्त को तुम्हारे बारे में कुछ भी पता नहीं।"

चांगदेव बोला, "और उसका क्या चल रहा है?"

"उसने बताया कि बी.ए. हो गया उसका और किसी पार्टी में काम करता है, मैंने कहा उपन्यास लिखते रहो। सारंग का उपन्यास मुझे बेहद पसन्द आया। प्रकाशक को मैंने लम्बा-चौड़ा खत भी लिख डाला था तब। लेकिन प्रकाशक कुलकर्णी पहले से ही बदमाश है। उसने सारंग तक वह खत जाने ही नहीं दिया—परसों पता चला सारंग से। बहुत गुस्सा हो रहा था। सारंग यानी कि किस जाति का होगा?"

"क्या मालूम बाबा।"

"तुम दोस्त हो फिर भी, इतना भी मालूम नहीं क्या? वो ब्राह्मण नहीं है ये मुझे विद्यापीठ के बोर्ड ऑफ स्टडीज की मीटिंग के दौरान ही समझ आ गया था। उसका उपन्यास बी.ए. के पाठ्यक्रम के लिए किसी ने सुझाया तो सारे बम्मन टूट पड़े हम पर। उनमें कुलकर्णी प्रकाशक के दो-तीन भाड़े के टट्टू लेखक तो थे ही। फिर भोसड़ी का उनका ही बहुमत रहता। सारंग कौन है यह हमें भी पक्का मालूम न था, सो हम कुछ भी तय करके नहीं गए थे। ऐसे रहता है अपने बहुजन समाज का। वो साले पूरी लिस्ट ही बनाकर लाते हैं। हम साले ऐन मौके पर फुले और शिन्दे के नाम आगे करते हैं, वो भी डरते हुए। अब वो बात तीन साल के लिए टल गई। अबकी बारी तो सारंग का उपन्यास मैं ही घुसा डालूँगा। बड़ा अच्छा लड़का है जी। लेकिन प्रकाशक उसकी सभी प्रतियाँ दबाये बैठा है। इसी कारण दूसरा संस्करण निकालने में दिक्कत आ रही है। सब तरफ इस उपन्यास की माँग है लेकिन किताब नहीं मिलती। मराठी उपन्यास को आमूल-चूल बदल दिया इस उपन्यास ने, मैंने उसी समय 'दैनिक क्रान्तिकारक' में लिखा था। मैं बड़ा प्रभावित हुआ था। हर एक को वो किताब पढ़नी चाहिए।"

"पिछले महीने मैं कुलकर्णी प्रकाशक से मिला था। लेकिन उन्हें यह मामला निपटाना ही नहीं है, ऐसा लगा। सारंग बुरे हाल में था। उसने रॉयल्टी के पैसे भी नहीं दिये।

"कितनी दुष्ट जाति के होते हैं ये पूना के प्रकाशक। इस बच्चे ने मराठी साहित्य में क्रान्ति कर दी पर रॉयल्टी का एक रुपया नहीं मिला। और फिर किताब को दबाकर रखना साहित्य जगत में बहुत बड़ा जुर्म है। इसी वजह से आगे चलकर लोग अच्छे लेखकों को भूल जाते हैं और फालतू लेखक मशहूर हो जाते हैं, इनके खेमे वाले।"

राजपूत बोले, "कुलकर्णी यानी ब्राह्मण ही तो हुआ! निर्दयता के बारे में ब्राह्मणों की कौन बराबरी कर सकता है? आपने वो मोरोबा कान्होबा की 'घासीराम कोतवाल' किताब दी तो पढ़कर मैं दंग रह गया, कैसे-कैसे लोग थे पुणे में!"

चांगदेव बोला, "वैसे पूना के ब्राह्मणों में आजकल काफी सुधार आया है, फिर भी 'प्रकाशक' नाम की यह जाति होती ही है दुष्टों की। वैसे ही मूरख, दबैल, उपकृत लेखकों की भी एक जाति होती है।"

पी.टी. ने कहा, "उसे कोर्ट में खींचना चाहिए और किताब दूसरे प्रकाशक को देनी चाहिए दूसरे संस्करण के लिए।"

चांगदेव बोला, "हैं कहाँ मराठी में अच्छे प्रकाशक? एक-दो हैं तो वे डरपोक हैं। लेखक की खातिर कुलकर्णी जैसे आदमी से कौन पंगा लेगा? दूसरा संस्करण कोई नहीं निकालेगा। जोखिम उठाकर अच्छी किताब निकालने को कोई तैयार नहीं। लॉन्ड्री चलाने वाले किताबें निकालने का काम कर रहे हैं।"

पी.टी. ने कहा, "सच कहा आपने। तुम लोगों ने अच्छा आन्दोलन खड़ा किया था। तुम लोगों के आलोचनात्मक लेख अत्यन्त ग्रेट होते थे। 'पण' के अंक मिले ही नहीं मुझे। 'कामिनी' के सभी अंक एक गट्ठे में सँभालकर रखे हैं मैंने। 'आपट' के अंक तो मुझे सदस्यता शुल्क देकर भी नहीं मिले। लेकिन आप जैसे युवाओं को कुछ करना चाहिए।"

जी.जी. ने कहा, "अब हमारे गाँव में लेखन कार्य करो आराम से। यहाँ कोई रुकावट नहीं होगी। पढ़ाना और लिखना।"

राजपूत बोले, "एक अच्छा आदमी संस्था में आया, यह ठीक हुआ। हमारी संस्था के चेयरमैन संस्थापक एस.जी. का जीवन-चरित्र लिखने के लिए एक लेखक चाहिए था। हमारी संस्था का नाम होगा, तुम्हारा भी नाम होगा, हमारे भी नाम आएँगे। लिखोगे?"

जी.जी. ने कहा, "इस समय अगर ये न आते तो हमें अंग्रेजी का अच्छा आदमी मिलना मुश्किल था। थैंक्यू मिस्टर सी.ए.। लेकिन हर साल की तरह वह कासार का लफड़ा फिर सताने लगा है। कोल्हे, कासार की फाइल जरा इधर लाके रखो। स्टाफ रूम में आ गए होंगे तो उन्हें इधर बुलाओ। आप मिले क्या उससे राजपूत भौ। क्या हालचाल हैं उसके?"

फिर राजपूत और जी.जी. कासार के बारे में बोलते रहे और पी.टी. तथा चांगदेव साहित्य की चर्चा करते रहे। कुछ और प्राध्यापक भी आकर बैठ गए। चाय आई। फिर और चाय हुई। अलग-अलग लोग अलग-अलग विषयों पर बोलते, हँसते रहे। प्रिंसिपल का यह ऑफिस चांगदेव को किसी गाँव की चौपाल जैसा लगा—कोई भी आता, खुलकर बातें करता। उसे प्रतीत हुआ कि वह अच्छी

जगह आ गया था। सभी लोग एक-दूसरे को 'भाऊ' बोलते हैं। ऐसी बोली सीखने में अपने को थोड़े दिन लगेंगे। सबको 'भौ' कहकर पुकारना!

पी.टी. बोले, "इसी वजह से मैंने तय किया कि मुझे पूना-बम्बई के लोगों की तरह न लिखना और न अखबारों में मशहूर होना है। थोड़ा-बहुत इधर-उधर का पढ़कर अपना साहित्यप्रेम जिन्दा रखना ही ठीक रहेगा। आपने लाइब्रेरी देखी? जरूर देखना। मराठी भाषा का विभाग तो मैंने इतना समृद्ध किया है कि इसमें मिशनरियों के बच्चों की किताब 'बालमित्र' से लेकर आपके 'लिट्ल मैगजींस' तक का सब कुछ जमा किया है बारह सालों में। सौभाग्य से इस संस्था में लेक्चररशिप मिली जिसके कारण मेरे हाथों साहित्य की सेवा हो सकी। नहीं तो पूना से एम.ए. करने के बाद दो साल मुझे देहात में तकलीफ में निकालने पड़े। वैसे देखा जाए तो धन-लाभ के हिसाब से यहाँ मुझे कोई फायदा नहीं हुआ। मैनेजमेंट में मेरे कुछ रिश्तेदार हैं पर कभी किसी से कोई वजह लेकर मैं मिला नहीं। बारह साल सर्विस के हो गए लेकिन अब तक चार सौ वाला ग्रेड नहीं मिला। मुझे यहाँ रहना है और वह भी शान्ति के साथ रहना है। बाल-बच्चों के लिए पैसा तो लगता ही है पर पैसों की ही खातिर यह काम करना ठीक नहीं ऐसा मेरा मानना है।"

चांगदेव बोला, "साहित्य को आप जैसे लोग ही जिन्दा रखते हैं। नहीं तो दीपावली विशेषांकों में भरनेवाले श्रेष्ठ लेखक और इनामों के लिए एक के बाद एक किताबें लिखनेवाले प्रख्यात कवि क्या खाक सेवा करेंगे साहित्य की? लेकिन उन्हें पैसा नहीं चाहिए यह बात भी जाहिर न होने देंगे। संस्था के लोग इसका फायदा उठाते हैं।"

उधर जी.जी. किसी से पूछ रहे थे, "क्यों जी एच.ओ. भौ, कासार सर सचमुच जानेवाले हैं क्या इस साल? कुछ मालूम हुआ?"

प्राध्यापक एच.ओ. बोले, "यह सच है कि उन्होंने अपना सामान बाँध-बूँधकर तैयार रखा है। अन्दर की बात जानने की मैंने कोशिश की थी, लेकिन कासार अपने मन की बात मालूम नहीं होने देता। क्यों एफ.जेड.?"

दूसरे एफ.जेड. नाम के प्राध्यापक ने कहा, "दूसरों को दिखाने के लिए, गैलरी में सामान बाँधने का नाटक करता रहता है कासार।"

“उसके बच्चों के स्कूलों का क्या होगा? कहाँ दाखिले कराए उसने? मैंने सब पूछताछ की है। बड़ा उस्ताद आदमी है वो। पिछले साल तो उसने झूठ-मूठ में ट्रक भी निश्चित कर रखा था, कानिटकर को फँसाने के लिए।”

राजपूत बोले, “लेकिन इस साल तो कासार ने त्यागपत्र दे ही दिया है, वो भी कॉलेज शुरू होने के बाद। ये तो मुझे कानिटकर की ही चाल दिखती है, कोल्हे भौ, जरा अन्दर की बात पता करो।”

कोल्हे बोले, “खुद कानिटकर ही कहते थे कि पन्द्रह साल की सर्विस हो गई इसलिए ऊपर की ग्रेड माँगना मूर्खतापूर्ण है। एक भी छात्र नहीं बैठता उनकी क्लास में। एन.ओ. साहब प्रोटेक्ट करते रहते हैं इसी कारण टिका हुआ है वो। उसे निकाल नहीं दिया यही नसीब समझो। उसके त्यागपत्र पर मैंने इनवर्ड की तारीख लिख दी है।”

थोड़ी देर बाद कोल्हे बाहर गए तो प्राध्यापक एफ.जेड. गुस्सा होकर बोले, “जी.जी. भौ, इस कोल्हे को ऐसे डिसीजंस लेने को किसने कहा? टीचर्स के बारे में उसका एटिट्यूड अच्छा नहीं है, और उसे हमारे बारे में जजमेंट देने की क्या जरूरत है? नॉन-मराठा होने से कानिटकर ने इसे सर पे चढ़ा रखा है। ये कल आपके भी सर पर बैठेगा। इसे जरा अपने कंट्रोल में रखो।”

राजपूत बोले, “वैसी कोई बात नहीं एफ.जेड. भौ, कोल्हे के कारण ही सारा कॉलेज घड़ी की तरह सुचारु रूप से चल रहा है। प्यून, क्लर्क से लेकर टाइम टेबल, करस्पांडेंसेस—सब कुछ अकेले कोल्हे देखता है। कानिटकर ने उसे सुपरिंटेंडेंट बनाया फिर भी वो इतनी इंटिग्रिटी का आदमी है कि कानिटकर को फटकारने वाला पहला आदमी वही था। है कि नहीं? उस वक्त आपकी हमारी हिम्मत थी क्या कानिटकर को भला-बुरा सुनाने की?”

एफ.जेड. बोले, “वो बुद्धिमान है, उसे समझ आ गया कि कानिटकर के ये आखिरी दिन हैं। इसीलिए वह पलट गया।”

जी.जी. ने कहा, “वो वैसा नहीं है एफ.जेड. भौ।”

“कल हुई मीटिंग तक भी हमें ये नहीं लगता था कि कानिटकर को निकाला जा सकता है।”

“एस.जी. की इच्छा होती तो कानिटकर अब भी बने रहते।”

“डॉक्टर ने गुस्से में आकर एस.जी. पर बड़ा दबाव डाला था। इसीलिए हुआ यह। यूँही नहीं हुआ। एन.ओ. भौ को भी हमने पहले से ही पटा लिया था।”

"एस.जी. के प्रो-ब्राह्मणी सेवादलीय खयालात आज भी कायम हैं। एन.ओ. भी इन पूना के ब्राह्मणों की हिमायत करते थे परसों तक। वाइस चांसलर होना था उनको पुणे विश्वविद्यालय का। उन्हें पता ही नहीं चला कि पूना के चितपावन ब्राह्मण तुम्हारा कैसे इस्तेमाल कराते हैं। अब चला गया, ये क्या कम है।"

"अपना छात्र सोमवंशी इस साल फर्स्ट आनेवाला था लेकिन उसे नीचे खींचा कि नहीं? अपने विभाग में अलग विद्यापीठ हो, यही इसका एकमात्र उपाय है। अपने (विधायक) मूरख हैं।"

जी.जी. ने कहा, "वो सब छोड़ो जी, कासार का क्या करना है, वो देखो।"

एफ.जेड. बोले, "उसे बोलो ग्रेड नहीं मिलनेवाला। रहना है तो रहो। हमेशा की तरह डर दिखा रहा है वो। बाद में अपना त्यागपत्र वापस लेने को भी तैयार हो जाएगा एन.ओ. साहब के बीच-बचाव से। जलगाँव वगैरा कहीं नहीं जाना उसे। वहाँ एक से एक मवाली बच्चे हैं। कासार इसी कॉलेज में टिक सके हैं। यहाँ के लड़के भले हैं। बुड्ढे कासार को अपनी क्षमता का पूरा ज्ञान है, इसी कारण चुप है। अपना त्यागपत्र आज वापस ले लेगा वो। देखना तुम।"

पी.टी. बीच में ही बोले, "हमारे डिपार्टमेंट की ओर भी ध्यान देते रहना जी.जी. भौ। उस डबीरबाई के बारे में क्या तय हुआ आखिर? वो आ गई क्या?"

जी.जी. ने कहा, "डॉक्टर ने कानिटकर से कहा था कि मेरे चार्ज लेने से पहले ही वो सब तय हो गया था। डबीरबाई उधर परमानेंट है, उसे वहाँ तीन माह की नोटिस देनी पड़ेगी। उस लफड़े में, पत्राचार में कहाँ समय बर्बाद करते अब? उसके बजाय पहले के इंटरव्यू में सतारा वाला जो लड़का आया था—क्या नाम था उसका—माकी—वो ही अच्छा रहेगा...डॉक्टर ने और एन.ओ. ने भी यही कहा था। उसे टेलीग्राम किया है, आज या कल वो आ जाएगा ज्वाइन करने।"

चांगदेव चौंकते हुए बोला, "बहुत अच्छी लेखिका है वह डबीर..."

एफ.जेड. मारे गुस्से के चांगदेव को देखते रहे। और दो-तीन लोग भी कुछ बुदबुदाये। लेकिन उन्हें नजरअन्दाज करते हुए जी.जी. ने कहा, "एन.ओ. भाऊ के यहाँ नहीं रहने से सब गड़बड़ी हो रही है। डॉक्टर भी नहीं है। दोनों फिर से शायद मुम्बई गए हों। इधर सारे कामों में रुकावट आ गई है। चव्हाण जी को मिलने, और क्या? इस बार भी टिकट के लिए नम्बर लगाने को।"

जी.जी. ने कहा, "तो ठीक है, अब मैं और राजपूत सर मिलकर कासार वाले केस को ठिकाने लगाते हैं—बुला रे कासार सर को।"

सभी उठ गए। पी.टी. ने चांगदेव से पूछा, कहाँ रुके हो? लक्ष्मी लॉज पे? आज शाम भोजन के लिए आओ अपने यहाँ। थोड़ा जल्दी आए तो बैठकर गप्पें लड़ाएँगे। इधर पीछे नवजीवन कॉलोनी में घर है, कोई भी बता देगा।"

जी.जी. ने कहा, "तो ठीक है फिर, सी.ए. भौ, रहने का क्या इन्तजाम किया?"

पी.टी. बोले, "अभी तो लॉज में हैं। कमरा देखेंगे यहीं आसपास कहीं। थोड़ी देर तो हो गई है लेकिन मिल जाएगा।"

जी.जी. ने कहा, "तो फिर लॉज का खर्चा क्यों करते हो? अपने गेस्ट हाउस में रहो। अभी तो खाली पड़ा है। यह माली सर भी आ रहे हैं, उनको वहीं रहने को कहा है। अच्छी जमेगी दोनों की।"

चांगदेव बोला, "मैंने एडवांस दे दिया है। वह वसूल कर लेता तो परसों आता। रुपया दिया है, तो क्यों न वहाँ रहा जाए?"

"ठीक है, लेकिन गाँव में जगह मिलते ही हमारा गेस्ट रूम छोड़ देना। पीछे वो कौन जी सिन्धी, वो छोड़ने का नाम ही नहीं ले रहा था। आखिर हमीं ने जगह का तय किया और उसे उधर उठाकर ले गए। वैसे कोई जल्दी नहीं है लेकिन अगले माह से विजिटर्स शुरू हो जाते हैं। एन.सी.सी. आदि के। जिला कांग्रेस का एक शिविर भी है। तो ठीक है फिर...।"

"थैंक्यू वेरी मच" कहते हुए चांगदेव बाहर निकला। लाइब्रेरी का चक्कर लगाकर खुश होता हुआ कैंटीन में आया। वहाँ कुछ खा लेने के बाद गाँव में आया।

एक ही दिन में उसे यह गाँव अच्छा लगने लगा। कहीं अकड़ नहीं, कहीं अहं भाव नहीं। शहर होते हुए भी पूरा परिवेश देहात जैसा। कुल मिलाकर पहले जिसकी आशंका थी उस जातिवाद की तकलीफ यहाँ नहीं होगी। इतने सज्जन लोग हैं तो दिन अच्छे ही बीतेंगे। सब कुछ अच्छा है। और एक तारीख तक लॉज का खर्च भी नहीं, गेस्ट हाउस में रहना। सिर्फ खाने के लिए पैसे लगेंगे। यह सोचकर उसने गाँव की एक बुक शॉप से प्री-डिग्री एफ.वाय. की जरूरी किताबें खरीद लीं। बच्चों में 'अच्छा पढ़ानेवाले प्राध्यापक' की पहचान बननी चाहिए। लॉज पर आते ही शुरू के प्रकरण ध्यान से पढ़ डाले। कठिन शब्द अलग से निकाले। प्रश्न तैयार किए और कैसे पढ़ाना है इसकी रूपरेखा बना डाली। बाकी बचे प्रकरण भी धीरे-धीरे तैयार कर लेंगे, तब तक टाइम टेबल भी आ जाएगा। फिर बचा हुआ अध्ययन।

तब तक छह बज गए और वह पी.टी. के घर के लिए चल पड़ा। कॉलोनी में आते ही उसे याद आया कि कानिटकर यहीं कहीं रहते हैं। दोपहर में उनके

बारे में इतना कुछ सुना था। उन्हें निकाल दिया गया है, इस कारण अब वे कितने खिन्न होंगे इस बात को उसने महसूस किया। उसने सोचा कि कानिटकर से मिलना चाहिए। उन्होंने इंटरव्यू अच्छा लिया था, और इस संस्था में मैं न आ पाऊँ इसका षड्यंत्र भी उन्होंने रचा होगा। फिर भी उनसे मुलाकात तो करनी ही चाहिए। इसलिए उसने पहले कानिटकर का पता पूछा।

कानिटकर के घर में कोई नहीं था। सात-आठ साल का एक बुद्धिमान बालक अन्दर था, वह बोला, "अण्णा बाहर गए हैं, थोड़ी देर बाहर ही रुको।"

बरामदे में थोड़ा रुककर, "बाद में आता हूँ" कहकर, चांगदेव यहाँ से पी.टी. का पता पूछते हुए उनके घर पहुँचा। आते ही उन्होंने पूछा, "लगता है, कानिटकर के घर से होकर आए हो?"

"हो। आपको कैसे पता चला?"

"अभीच मालूम हुआ। यहाँ कौन कहाँ गया वगैरा बहुत जल्दी पता चलता भौ। जरूरत हो न हो, बतानेवाले बता जाते हैं। आपके वहाँ जाने की खबर अब तक प्रेसिडेंट तक भी पोहोंच गई होगी। ऐसे ही चलता है यहाँ। वैसे कोई खास बात नहीं है। लेकिन मुझे बतानेवाले ने कहा कि ये तो भयानक बात हो गई। आप किसके सम्पर्क में हैं इसी पर आपका हित-अहित निर्भर करता है। हम इस कॉलेज की पॉलिटिक्स से दूर ही रहें तो अच्छा। मैं तो इससे बचता रहा हूँ।"

"मुझे उन पर यूँ ही रहम आया। उन्होंने एक बार मुझे बुलाया भी था, सोचा थोड़ी देर जाकर बैठ आएँगे।"

"आपका ठीक है, लेकिन वह रहम करने लायक आदमी नहीं है। बड़ा धूर्त और मतलबी है वो। हाँ, यह ठीक है कि आपके डिपार्टमेंट का होने से उसके साथ अच्छे ताल्लुकात बने रहें। फिर भी जरा सँभल के। ब्राह्मण है वो, आपको पता भी नहीं चलेगा कि कैसे आपका इस्तेमाल कर लिया गया। उसने हमें पिछले साल इतना सताया कि आखिर हम सभी ने सेक्रेटरी को लिखकर दे दिया कि इसे प्रिंसिपल के पद से हटाओ। मैंने तो उसको उसी के ऑफिस में ऐसा सुनाया कि बस। अरे हम जैसे लोग इसलिए नौकरी थोड़े ही करते हैं कि भूखों मर रहे हैं। मुझसे उसने कहा, एम.ए. क्लास में शुद्ध मराठी उच्चारण करना। बहुत ही कुत्सित बात करता है वो। हँसी-मजाक की हद तक हम कुछ भी सह लेंगे, लेकिन और समय में इसकी विनोद-बुद्धि क्या ताक पर धरी होती है? फिर मैंने कहा कि आपको जितनी अंग्रेजी आती है उससे ज्यादा अच्छी मराठी मुझे आती

है। मैंने कम-से-कम व्याकरण की एक किताब तो लिखी है मराठी में। पचासों में आ गए, क्या लिखा अपने अंग्रेजी में? हम जो अपने ढंग से बोलते हैं वो मराठी अशुद्ध और तुम जो ब्राह्मण लोग बोलते हो वो शुद्ध—यह सोच अब पुरानी हो गई है। पुणे में जो बोली जाती है वह मराठी है। फिर महाराष्ट्र भर में जो बोली-भाषाएँ हैं कोंकणी, खानदेशी, अहिराणी, वहाड़ी—वे मराठी नहीं हैं? मैंने उन्हें कहा कि भाषा के बारे में नए रिसर्च हो रहे हैं वो पढ़ो जरा। इन पूना के ब्राह्मणों का वर्चस्व चलता रहा इतने दिन। अब नहीं चलने देंगे। अब हमें साहित्य के नए इतिहास, नई आलोचना लिखनी चाहिए। इतने दिन अपने पुरखे हल जोतने में लगे रहे। इसी कारण उन लोगों में जो घटिया लोग थे वे भी साहित्य-सम्राट हो बैठे। जरा लिखकर दिखाओ बहुजन समाज के लेखकों से अच्छा और दमदार? इनके ग्रुप के बाहर इन्हें कोई कुत्ता तक नहीं पूछता। लिखनेवाले ये ही, प्रशंसा के पुल बाँधनेवाले ये ही, पाठ्यक्रमों में किताबें लगवानेवाले भी ये ही, छापनेवाले भी ये ही—ये ही—स्साले।"

"लेकिन केवल एक व्यक्ति को सामने रखकर आप यह निष्कर्ष निकालते हैं तो यह मुझे कुछ खास मंजूर नहीं। कानिटकर कोई बड़ा..."

"केवल एक आदमी को लेकर? मैं एम.ए. की पढ़ाई के लिए छह साल था पूना में सी.ए. भौ। कक्षा में सबसे मेधावी होते हुए भी मुझे एम.ए. तक कभी प्रथम श्रेणी नहीं मिलने दी गई। पहले दो साल तो मैं अपने कमरे में ही पड़ा रहता था क्योंकि मेरी बोली-भाषा पर सब लड़के-लड़कियाँ हँसते थे। मुझे चिढ़ाते थे। बड़ी मेहनत करके मैंने पूना के ढंग से बोलना सीखा। अब लगता है कि आखिर क्यों अपनी भाषा छोड़कर मैंने दूसरों की बोली अपनाई। कोई जरूरत नहीं थी। और एम.ए. होने के बाद पूना के दो कॉलेजों में मेरे ऐसे दोस्तों को लिया गया जो मेरे साथ ही पास हुए और उन्हें मुझसे कम अंक प्राप्त हुए थे। मैं दो साल के लिए देहात के हाई स्कूल में घिसता रहा। बाद में हमारे लोगों ने यहाँ काम पर लिया, प्राध्यापक बनाया और मैं दो किताबें लिख सका, नहीं तो वहीं देहात में मैं सड़ जाता। आज हमारी संस्था का नाम पूरे महाराष्ट्र में मशहूर है। पूना के लोग अगर यह समझते हैं कि उनके कॉलेज ऑक्सफोर्ड और केम्ब्रिज हैं तो हम उन्हें झाँट नहीं गिनते। यह मैं शर्तिया साबित कर सकता हूँ कि हमारे डिपार्टमेंट का लेक्चरर उनके प्रोफेसर से अच्छा पढ़ा सकता है। साले यूँ ही अखबारों में लिख-लिखकर मशहूर हो जाते हैं। जबकि किसी एक में भी कोई दम नहीं है। आज तक उनमें एक

भी अच्छा आलोचक नहीं हुआ। तुम्हारे उस दोस्त ने इन सबकी अच्छी हजामत की। इसीलिए वो लेखक नया होने के बावजूद बहुत अच्छा लगा। उसका सारा साहित्य मैंने लाइब्रेरी में मँगवा लिया है।"

"हम नए लोगों का भी यही सोचना है लेकिन इन बातों को हम इतना जाति और प्रदेश का जामा नहीं पहनाते।"

"तुम लोग अभी बच्चे हो। समझोगे सब धीरे-धीरे। कुछ लोग तो इतने मूर्ख होते हैं कि उन्हें जिन्दगी-भर यह समझ में नहीं आता।"

बाद में साहित्य आदि के बारे में चर्चा हुई तो पी.टी. और भी जोश में आकर बोले, "ज्ञानेश्वर की तुलना में नामदेव के काम को क्यों कम समझा जाता है? तुकाराम के सामने जो कुछ भी नहीं उस रामदास को अधिक महत्त्व क्यों प्राप्त हुआ? ग्रामीण बोली-भाषा को महत्त्व मिले बगैर मराठी की वर्तमान दरिद्रता कम नहीं होनेवाली। कम-से-कम नए विश्वविद्यालय ग्रामीण इलाकों में ही बनाने चाहिए। शहरों में स्थित पुणे-मुम्बई जैसे विश्वविद्यालय खत्म कर देने चाहिए।"

ऐसा दो-तीन घंटे चलता रहा। चांगदेव को लगा कि पी.टी. का कहना न्यायसंगत है।

फिर भोजन वगैरा हुआ। उसके बाद पी.टी. अपने छोटे बच्चे के साथ खेलने लगे। बाप-बेटे के संवाद बड़े मजेदार थे। थोड़ी देर बाद चांगदेव जाने के लिए निकला तो पी.टी. ने कहा, "आप जब भी आना चाहें आ जाया कीजिए। नवसाहित्य के बारे में यहाँ किसी से भी चर्चा कर पाना मुश्किल है। हमारे डिपार्टमेंट के लोग बहुत ही पुराणपन्थी हैं। मर्ढेकर भी उन्हें अभी नए ही कवि लगते हैं।

चांगदेव बोला, "मेरे लिए इधर ही कहीं कमरा देख दीजिए तो अच्छा होगा दोनों के लिए। बड़ा ब्लॉक भी चलेगा।"

"जरूर, जरूर। आज ही मैंने दो-तीन लोगों से कहा है। मई में रहने की जगह जल्दी मिल जाती है। अब जरा तकलीफ होगी, फिर भी देखेंगे, मिल ही जाएगी।"

लॉज पर वह देरी से पहुँचा। तब तक नौकरों की बदमाशियाँ ठंडी पड़ गई थीं। वह थक गया था। किताब पढ़ते-पढ़ते ही सो गया। कहीं ज्ञानेश्वर का कान नामदेव उमेठ रहा है और रामदास के पीछे तुकाराम लाठी लेकर भाग रहा है, नींद में उसे ऐसे विचित्र दृश्य दिखाई दे रहे थे।

काँटे से काँटा उलझने के कारण घड़ी हमेशा की तरह रात में किसी समय बन्द हो गई थी। कितने बजे हैं इसका अन्दाजा नहीं लग रहा था। जल्दी से नहा-धोकर वह नीचे चाय के लिए आया तो बोराशेट बोले, "बारा बज हयले प्रोपेसर साब। अब क्या चाय पीते हो, अब तो खाना खाय लो।"

इतने में सीढ़ियों से एक मेडिकल रिप्रेजेंटेटिव नीचे उतरा और चांगदेव की पीठ ठोंकते हुए बोला, "हैलो, हैलो, आप यहाँ कहाँ? क्या संजोग है! छोड़ दिया क्या वो गाँव? कब?"

चांगदेव उसे पहचानते हुए बोला, "अरे इधर भी घूमते हैं क्या आप? अब मैं यहाँ के कॉलेज में आ गया हूँ। उधर हम मेवाड़ लॉज में मिलते थे ना? अब यहाँ के लॉज में!"

"आपके दोस्त गायकवाड़ कहाँ गए? वो भी नहीं दिखे।"

"वे मई के महीने में मुम्बई चले गए। मैं परसों यहाँ आया।"

"ऐसा?"

"उनका पता है क्या आपके पास? मुम्बई में मिलेंगे कभी। आपने वो घटिया गाँव छोड़ दिया यह अच्छा किया। कॉंग्रेच्युलेशंस। यह गाँव अच्छा है पहले वाले की तुलना में। लेकिन गायकवाड़ ने मुम्बई में अपना तबादला करवा लिया ये बेस्ट। मुम्बई चियरफुल है। ठीक है, जब भी इधर आऊँगा तो मिलूँगा। इस गाँव में मेरी खास जान-पहचान का वैसे कोई नहीं है। अब आप आ गए ये अच्छा हुआ। शाम के वक्त ऊब जाता है आदमी। तो फिर ठीक, मिलेंगे शाम को, सिनेमा चलेंगे।"

भोजन के बाद चांगदेव कॉलेज गया। दोपहर एक बजे इस तरह कॉलेज आना ठीक नहीं है, उसने तय किया कि अब जल्दी उठने की आदत डाल लेनी चाहिए। अगर अच्छा पढ़ाना है तो सभी अच्छी आदतें डाल लेनी चाहिए। पहले यह सब करना है बाकी कुछ बाद में। सवेरे जल्दी उठना निहायत जरूरी।

डिपार्टमेंट के सभी लोग स्टाफ रूम में थे। यह अच्छा हुआ। प्रिंसिपल का कहना था कि आज टाइम टेबल हो जाना चाहिए। लेकिन कानिटकर अब तक नहीं आए थे और आश्चर्य यह था कि कासार भी वहीं बैठे थे और सभी उनका मजाक उड़ा रहे थे।

चांगदेव आते ही बोला, "कासार साब, क्या आप जलगाँव नहीं गए अब तक?" सुनते ही सब जोरों से ठहाका मारकर हँसे। फिर दूसरा दौर शुरू हुआ

मजाक करने का। हर साल इनका यही रहता है—कोशिश करना—किसकी? जाने की या 'किस' की?—बच्चे क्लास के बाहर इन्तजार कर रहे होंगे—जलगाँव में, आदि।

कासार अपना छोटा गंजा सिर खुजलाते हुए सब मजाक में ले रहे थे। उनके सामने के दो दाँत गिरे हुए थे और उनकी उम्र का सभी आदर करते थे। वे अपने ऊपर आई बाजी पलटने के लिए बोले, "कहीं मेरी जगह कानिटकर तो नहीं चले गए जलगाँव?" सब लोग फिर जोर से हँसे।

कासार बोले, "हम और कितनी देर राह देखेंगे कानिटकर की? पढ़ाना शुरू करना है कि नहीं इस साल? फिर पाठ्यक्रम अधूरा रह गया, ये कौन सुनेगा?"

इसके बाद सभी से चांगदेव का परिचय करवाते हुए कासार बोले, "ये ना.म. जोशी—ये आर.एस.एस. के हैं। इन्हें हम नामजोशी बुलाते हैं। ये मिसेज देशपांडे। कानिटकर के बाद सीनियॉरिटी में इन्हीं का नम्बर है। अर्थात वे ही कानिटकर के बाद सीनियर हैं—उम्र में। लेकिन तनख्वाह के बारे में सबसे आखिरी। ये हैं शेख, कानिटकर के एक जमाने के छात्र। इनके सामने कानिटकर के बारे में हमेशा अच्छा बोलना। ये गुंडाप्पा और वो सूर्यवंशी। हाँ, तो टाइम टेबल का क्या करना है? हम सब लोग उपस्थित हैं—हेड को छोड़कर। देशपांडेबाई—अब आप ही हमारी हेड बन जाओ। ख्यँ ख्यँ ख्यँ।"

गर्दन घुमाते हुए देशपांडेबाई बोलीं, "ये मेरा बिजनेस नहीं। आपको हेड बनना है तो बन जाओ। समझे?"

थोड़ी देर बाद कानिटकर हैट पहने स्टाफ रूम में आए। हैट उतारकर अपनी अलमारी के पास कुछ किया, मस्टर पर हस्ताक्षर किया, फिर सब लोगों की ओर अजनबी की भाँति देखकर कानडी भाषा में शेख से कुछ बोले, उन्होंने भी कानडी में ही कुछ कहा। फिर गर्दन हिलाकर नमस्कार के तौर पर हँसते हुए चांगदेव को देखा और बाहर जाने को हुए। इतने में प्यून आया और उनको पाकिट थमाकर बही में हस्ताक्षर माँगने लगा। बही को बन्द करते हुए, पाकिट वापस देकर सब लोग सुनें इतने जोरों से कानिटकर ने कहा, "मैं अब इंग्लिश डिपार्टमेंट का हेड नहीं—बता दे अपने प्रिंसिपल को अंग्रेजी आती नहीं उसको। मेरा लेटर ठीक से पढ़कर सुनाना।"

अपनी टोपी ऊपर-नीचे करते हुए प्यून हड़बड़ी में चला गया।

कानिटकर भी बाहर चले गए।

गुंडाप्पा बोले, "शेक्सपियर की ट्रेजेडी के नायक जैसी एंट्री हुई।" शेख को छोड़कर सभी हँसे।

थोड़ी देर बाद प्यून आकर देशपांडेबाई को बुला ले गया। वापस आकर वे बोलीं, "प्राचार्य ने मुझे टाइम टेबल करने को कहा है। चलो शेख, हम कर डालते हैं।"

सभी कागज-पेन लेकर टाइम टेबल का नियोजन करने में लग गए। बीच-बीच में कासार अपने पैर लम्बाते हुए बोले, "चाय मँगाओ रे कोई।"

शेख बोले, "आप ही मँगाओ।"

कासार ने कहा, "चाय की क्या बात है, मैं मिसक मँगवाता अगर मुझे हेड बनाया होता। अब ये मैडम का प्रिविलेज है, ख्यँ, ख्यँ, ख्यँ।"

लेकिन देशपांडेबाई पूरी एकाग्रता से किस विषय के कितने पीरियड, सवेरे के कितने, दोपहर विज्ञान के कितने, क्लास रूम कितने आदि बातों का हिसाब लगाने में जुट गईं। बीच-बीच में वे शेख से कुछ पूछतीं मगर शेख उन्हें टालमटोल वाले जवाब देते और उनकी परेशानी को आराम से देखते। दोपहर के चार बज गए लेकिन टाइम टेबल टस से मस नहीं हुआ। साबित हो गया कि देशपांडेबाई की इसमें कुछ भी गति नहीं थी। बाद में खीजकर कागज-पेन समेटती हुई वे बोलीं, "मेरी तो कुछ समझ में नहीं आ रहा। आपसे कुछ बनता हो तो देखो। शेख देखो तो आप कुछ, प्लीज...।"

उनका सुरीला अनुनय सुनकर और यह सोचकर कि कुछ तो हल निकालना चाहिए, शेख हीरो की तरह आगे बढ़े। ना.म. जोशी तो हमेशा की तरह अखबार पढ़ते हुए बीच-बीच में सूर्यवंशी के साथ खबरों के बारे में चर्चा कर रहे थे। शेख ने जब उन्हें बुलाया तो अपनी मुस्लिमद्वेषी चिड़चिड़ाहट को अपनी आवाज से दर्शाते हुए जोशी बोले, "मुझे मेरा टाइम टेबल दो। बाकी और कुछ मुझसे पूछने की जरूरत नहीं।" इस अजीब-सी परिस्थिति को देखकर सूर्यवंशी बिला वजह खुश होकर हँसने लगे। इन सब बातों से चांगदेव का अच्छा मनोरंजन हुआ।

बिना समय गँवाए टाइम टेबल बनाते हुए शेख ने सभा से अपने-अपने पीरियड लिख लेने को कहा। नामजोशी के हिस्से में एम.वाय. का व्याकरण आया तो वे बोले, "मुझे यह मंजूर नहीं।"

शेख बोले, "इसीलिए तो मैं आपको बुला रहा था। अब मैं इसमें कोई परिवर्तन करनेवाला नहीं हूँ। आगे सी.ए.पी. लिखो—प्री-डिग्री-ए पोएट्री, बी प्रोज, सी

ग्रामर, एफ.वाय.-ए प्रोज, बी ड्रामा, एस.वाय. नावेल, टी.वाय. स्पेशल नाइंटींथ सेंचुरी—कितने हुए? पन्द्रह हुए ना? ओ.के.। बाकी बचे ट्यूटोरियल्स के तीन, वो बाद में देखेंगे। आगे—कासार—लिखो...।"

इस प्रकार कॉलेज के बड़े टाइम टेबल में सभी के नाम फटाफट लिखते हुए उन्होंने काम पूरा किया और निकल गए।

नामजोशी सूर्यवंशी से बोले, "कानिटकर और अपने लिए अच्छा टाइम टेबल ले लिया साले ने। हम आपस में बदल लें क्या?"

सूर्यवंशी बोला, "नहीं बा। कासार सर से पूछो।"

कासार सर बोले, "यह लो मेरा टाइम टेबल। आपको जो अच्छा लगे वो ले लो और मुझे कोई भी पन्द्रह पीरियड दे दो। हमें पढ़ाना ही नहीं आता, फिर ये क्या और वो क्या? नए हेड को पूछ लो और जैसे चाहिए वैसे चेंज करो।"

इसके बाद देशपांडेबाई ने इसके-उसके पीरियडों को अदल-बदल करते हुए अपने सवेरे के पीरियड दूसरों को देते हुए अपना टाइम टेबल ठीक-ठाक करवाने में छह बजा दिए। कानिटकर की अनुपस्थिति का फायदा उठाते हुए उन्हें भी सवेरे वाले पीरियड दे दिये। फिर सब बाहर निकल पड़े।

जाते-जाते कासार चांगदेव को अपने घर ले गए। डिपार्टमेंट में क्या कुछ झमेले हैं इसकी पूरी खबर उसे कासार से मिली—"अब देशपांडेबाई को उच्च श्रेणी मिलने को है। कानिटकर कहीं बाहर जाने की जुगाड़ में है—उसे यहाँ रहना अब अपमानजनक लगता है, बहुत अच्छी बेइज्जती हुई साले की। बहुत सताया है जी उसने हमको। हरामखोर, बच्चों के सामने बोलता था मुझे अंग्रेजी नहीं आती। मैं उस जमाने में पूना विश्वविद्यालय का सेकेंड क्लास हूँ। क्या स्टैंडर्ड था हमारे जमाने में। ये गुंडाप्पा भी कानिटकर का ही चेला है इसी से यहाँ लगा, लेकिन देखा, इस साल कन्फर्म होते ही कैसे साँप की तरह उलटा पड़ा कानिटकर। साले ये साउथ इंडियंस बड़े खतरनाक होते हैं। ये सूर्यवंशी वाइस प्रेसिडेंट डॉक्टर वाघे का भांजा है—उसे कुछ भी नहीं आता, लेकिन आप देखेंगे कि चार-पाँच साल में वो ग्रेड मारकर हम सबके ऊपर होगा। बहुत पॉलिटिक्स है यहाँ।"

चांगदेव बोला, "देशपांडेबाई अगर हेड होती हैं तो अच्छा ही होगा, अच्छी मैडम हैं—शान्त।"

"अजी कैसी धाँसू औरत है वो! सेक्रेटरी के हर जन्मदिन पर दोनों पति-पत्नी हार लेकर जाते हैं उनके घर। इसी कारण उसका पति अर्थशास्त्र विभाग का हेड

बन बैठा। अब ये अंग्रेजी की हेड। कल्याण हो गया बुड्ढों की जिन्दगी का। और हमारे जैसे लोग, देखो, कैसे इतनी सी जगह में इतने बच्चों को लेकर गुजारा कर रहे हैं। हमेशा मेरी सीनियारिटी को नकारा जाता है। लेकिन इस स्टेज में अब कहाँ कॉलेज बदलने जाएँगे। एक-एक साल निकालना है बस। रिटायर होने को अभी बारह साल हैं। पोस्ट में नौकरी करते हुए मैंने एम.ए. की पढ़ाई की। कभी-कभी लगता है, वहाँ पोस्ट में ही अच्छा था।"

कासार के घर चाय-पोहा लेकर वह लॉज पर आया। खुशी की बात थी कि इस वर्ष के टाइम टेबल में अलग-अलग कक्षा में अलग-अलग किताब को पढ़ाना था। कल से पढ़ाना शुरू करना था इसलिए वह काफी उत्तेजित था। दो-तीन महीने के बाद फिर एक बार कक्षा में खड़ा होना है। रात काफी देर तक वह कल की तीन कक्षाओं की तैयारी करता रहा। फिर थककर सो गया। खिड़की खुली छोड़ दी। बल्ब भी जलता छोड़ दिया। ताकि सवेरे जल्दी नींद खुले।

सवेरे जब हड़बड़ी में चांगदेव कॉलेज जाने को पैदल ही निकला तो समझ में आया कि उसे काफी देर हो गई है क्योंकि कॉलेज जानेवाला कोई छात्र रास्ते में दिखाई नहीं दिया। अब तो जल्द ही साइकिल और एक घड़ी लेनी चाहिए...। कॉलेज में सब तरफ खामोशी देखकर अपनी देर से उठने की आदत पर उसे खीझ हुई। लेकिन भाग्यवश कहीं कक्षाएँ नहीं लगी थीं। उसे कुछ तसल्ली हुई। सभी छात्र ग्राउंड के उस पार के सभागार में जमा थे। स्टाफ रूम से भी लोग निकलने की तैयारी में थे। आज प्रिंसिपल छात्रों को सम्बोधित करनेवाले थे। नए प्रिंसिपल का भाषण सुनने को सभी उत्सुक थे। स्टाफ रूम में सिर्फ कानिटकर किताब में डूबे बैठे थे, बाकी सभी निकल गए। कुल मिलाकर आज हुई देरी किसी को नजर नहीं आई। लेकिन कल से साढ़े सात बजे कॉलेज में हाजिर होना ही है। यह जरूरी है।

मराठी भाषा में भाषण देकर जी.जी. ने प्रिंसिपल की अंग्रेजी में भाषण देने की कई सालों की परम्परा को तोड़ दिया। बाद में शेख, कानिटकर और चांगदेव कैंटीन में गए तो कानिटकर ने कहा, "कैसा रहा नए प्रिंसिपल का भाषण?" शेख ने कहा, "मराठी में किया और वह भी पढ़कर। जी.जी. के हाथ में रखा कागज भी काँप रहा था!" कानिटकर बोले, "उसे कहाँ अंग्रेजी आती है। मराठी भी ढंग से नहीं आती।" चांगदेव बोला, "लेकिन लड़के-लड़कियाँ शान्ति से बैठे थे। पिछले

कॉलेज से यह कॉलेज मुझे आदर्श मालूम होता है, कुछ तो कल्चर है यहाँ।" कानिटकर बोले, "तुम भी देखोगे कैसे सत्यानाश करते हैं ये देहाती लोग इस संस्था का थोड़े ही दिनों में। मेरे कार्यकाल में प्राचार्य के भाषण के बाद कक्षाएँ और पढ़ाई शुरू हो जाती थीं। अब तो छुट्टी मिल गई दिन-भर की। इन मूर्खों को कुछ भी एकेडमिक सेंस नहीं। भाषण के बाद छुट्टी? हँऽ!"

कोल्हे से पूछकर चांगदेव ने गेस्ट हाउस की चाबी ली। कोल्हे बोले, "आपके साथ माली सर भी हैं गेस्ट हाउस में। मराठी विषय के हैं। रात में ही आए हैं वो।"

डबीरबाई की जगह माली को आया देख चांगदेव को माली पर यूँ ही गुस्सा आ गया था। गेस्ट हाउस पर गया तो देखा कि बच्चों-सा गोरा, ताजा दिखनेवाला, अभी-अभी अध्यापक बना हुआ माली बड़ी मौज में खर्राटे भर रहा था। चपरासी कमरे में रखी दूसरी खाट, टेबल, कुर्सी आदि की सफाई करने लगा। उसका नाम था चिलटे। उसने सारी व्यवस्थाओं के बारे में बताया, "यह बेसिन। यह आप वाला टावल। साबुन भी वहींच रखा। उधर नीचे बाथरूम और टॉयलेट भी वहीं है। थोड़ा सात बजने के पैले उठें तो अच्छा। नईं तो उधर से पोटे-पोट्टी पढ़ने को आते रते और इधर सारे प्रोफेसर टॉयलेट में घुसते नजर आते हैं। हँ हँ हँ...।"

इतने में माली उठ बैठा! बोला, "आप सी.ए. पाटील हो न? नमस्ते। कब आए? लगता है सामान नहीं लाए अब तक? चलो, मैं भी आपके साथ हूँ, मुँह धोकर तैयार होता हूँ। चाय लाता क्या रे तब तक?" बेसिन के पास खड़े होकर मुँह पर साबुन मलते हुए माली को देखकर चिलटे बोला, "साबुन जरा देखके लगाना भौ, ज्यादा मत मलना।"

बन्द आँखों पर पानी मारता हुआ माली बोला, "क्या तेरे बाप का कॉलेज है? चल भाग, दो चाय ला।"

चिलटे बोला, "पैसे तो निकालो पैले। उधार नै देता वो कैंटीनवाला बम्मन, उसकी माँ की...।"

चांगदेव ने चार आने दिये।

माली बोला, "नहीं, नहीं, पैसे वापस लो। जा रे, उसे मेरे खाते में लिखने को बोल—नो कैश सिस्टम।" इस बात पर दोनों हँसे। माली हँसते हुए बोला, "अब एक तारीख तक पैसे खर्चना बन्द। सब कुछ उधार! अभी मुझे प्राध्यापक होने

जैसा नहीं लगता जी। उसके लिए कुछ कपड़े वगैरा सिलाने पड़ेंगे। मेरे कपड़े, साधारण छात्रों जैसे हैं।"

चांगदेव बोला, "हाँ, अपने धन्धे में कपड़े अच्छे होने चाहिए।"

गाँव में कहीं मिलेंगे क्या क्रेडिट पर अर्थात मराठी में उधार?

"मैं भी नया हूँ। पकड़ेंगे किसी को। चलो, जल्दी करो—सामान भी लाकर रखेंगे।"

थोड़ी देर बाद दोनों लॉज में जाकर ताँगे में सामान लादकर लाए। माली बोला, "इतनी किताबें आपने कब लीं—छात्र थे तब या लेक्चरर होने के बाद? मेरे पास तो 'महाराष्ट्र सारस्वत' और 'ज्ञानेश्वरी' वगैरा तीन-चार किताबों के सिवा कुछ भी नहीं।"

"लेक्चरर होने के बाद एक भी किताब नहीं ले पाया। विद्यार्थी समय में ही ज्यादा किताबें लेना सम्भव हुआ।...तो अब आपके पास रिटायर होने तक वही तीन-चार किताबें रहेंगी।"

"कितना कम पगार मिलता है जी हम लोगों को। लेकिन क्या करें? मराठी वालों को और कहीं नौकरी नहीं मिलती। ऊपर का ग्रेड जब तक नहीं मिलता, तब तक यह गरीबी रहेगी ही।"

कुल मिलाकर थोड़ी ही देर में उसको लेकर चांगदेव के मन में आई द्वेष की भावना नष्ट हो गई। माली एक यथार्थवादी आदमी था। यह खूबी की बात थी कि ऐसा आदमी अपने साथ रहेगा। एम.ए. होते ही उसे कई बातें ज्ञात हो गईं। सतारा के पास ही के देहात से वह आया था। छुट्टी में खेत-खलिहानों के काम करके, सतारा के भाऊराव पाटील के बोर्डिंग में गरीबी में शिक्षा पूरी करके, खूब पढ़ाई करके वह हाल ही में फर्स्ट क्लास में पास हुआ था। इन्हीं कारणों से उसमें व्यवहार कुशलता अपने आप आ गई थी।

वह बोला, "साइकिल क्यों लें? हम यहीं कहीं कॉलेज के आसपास रूम ले लेंगे पच्चीस-तीस रुपये में। पैदल आते रहेंगे कॉलेज। मेरा सामान कुछ खास ज्यादा नहीं है। दो खाटों जितनी जगह हो बस। और आपकी किताबें भी कार्टनों के अन्दर से क्यों निकालना? एम.ए. के बाद किताबों की क्या जरूरत? अब तो खाली पढ़ाना है।"

लेकिन यह बात चांगदेव के गले नहीं उतरी। वह बोला, "अलग-अलग कमरे ही ठीक रहेंगे।"

चांगदेव का सामान गेस्ट हाउस में रखकर वे दोनों खाने के लिए कैंटीन में आए। कॉलेज शुरू हुए पन्द्रह साल हो गए थे, शुरू से ही इस कैंटीन का कॉन्ट्रैक्ट दामले के नाम था। यह बाद में पता चला कि पहले प्रिंसिपल शिन्दे और दामले की दोस्ती थी। बाद में आए प्रिंसिपल मोडक और दामले की एक लड़की का लफड़ा हुआ, तो उन्होंने दामले को कॉलेज में कैंटीन बनवा दी और रहने को जगह भी दी। लेकिन दामले एकदम सीधा आदमी था। खासकर प्राध्यापक लोगों को वह अच्छी चीजें, अच्छा खाना और घी आदि देता। इसके पहले दामले कहीं किसी सर्कस में थे और बुढ़ापे में शिन्दे जी की पहचान से यहाँ बस गए। कॉलेज के लड़के हर तरह से उन्हें सताते लेकिन दामले इतने साल के अनुभव के कारण इस धन्धे में माहिर हो गए थे। साथ ही उनकी बेटियाँ काफी सुन्दर थीं। सो लड़के दामले के साथ यूँ ही बेअदबी से पेश आते। वे लड़कियाँ सामने होतीं तो लड़के बड़े शरीफ बन जाते।

बही में मेम्बरों के नामों में चांगदेव और माली के नाम लिखवाते समय चांगदेव ने आदतन जेब से पैसे निकालते हुए कहा, "डिपॉजिट कितना है?"

चांगदेव का हाथ पकड़कर उसे पीछे हटाते हुए रोबदार ढंग से माली बोला, "नो डिपॉजिट सिस्टम फॉर लेक्चरर्स।"

सिस्टम शब्द के उपयोग से दोनों ओर से अब बात ही खत्म हो गई है, यह दामले और चांगदेव समझ गए। वे दोनों कुछ नहीं बोले। खट्टा मुँह बनाते हुए दामले ने अपनी कॉपी बन्द करके बाजू में रख दी।

चांगदेव को भोजन पसन्द आया। दोपहर में नहीं सोना है यह तय था, फिर भी चांगदेव ने जबरदस्त खाना खाया। उसे लगा, अगर ऐसा खाना साल-भर मिलता रहा तो अपनी सेहत एकदम सुधर जाएगी।

चांगदेव माली को बताने लगा कि कैसे पढ़ाना चाहिए ताकि दोपहर में नींद न आए, पर माली हाँ-हाँ कहते-कहते खर्राटे भरने लगा। चांगदेव को भी नींद ने घेर लिया था लेकिन सवेरे जल्दी उठना है तो रात में जल्दी सोना है इसलिए अभी जागना जरूरी था। बाहर आकर वह कॉलेज में चक्कर काटने लगा। ग्राउंड पर कुछ लोग क्रिकेट का पिच तैयार कर रहे थे। इंटरव्यू के समय जिस पाटील से मुलाकात हुई थी, वह पी.पी. पाटील भी मौजूद थे। शायद उनके यहाँ कमरा मिल जाए, यह सोचकर चांगदेव उनके पास गया।

पी.पी. बोले, "क्यों? आपसे मुलाकात ही नहीं हुई? आपको एक रूम दिखाना था।"

"कब देखेंगे? आपका तो काम चल रहा है।"

"काम तो हमेशा लगा रहता है। घंटा-भर हम नहीं रहे यहाँ तो कौन टोकेगा हमको? इस पूरे कॉलेज को मैंने ही खड़ा किया है। शिन्दे से लेकर आज तक। चलो, इसी वक्त चलेंगे। यहीं है दस-पन्द्रह मिनट की दूरी पर। पैदल जाने पर ज्यादा-से-ज्यादा बीस मिनट लगेंगे, साइकिल से पन्द्रह मिनट। वैसे रोज एक घंटा चलना चाहिए ऐसा भी कहा जाता है।"

चांगदेव समझ नहीं पाया कि घर कितने फासले पर है। चलते-चलते, पी.पी. की बेसिर-पैर की बातें सुनते नदी कब पार कर गए मालूम ही नहीं हुआ। गाँव में घुसने के बाद भी काफी दूर चलने पर एक पुराने मकान की ओर उँगली उठाते हुए पी.पी. बोले, "यह रहा अपना घर, नजदीक ही है। आप जैसे कुँवारे आदमी को हमारे जैसे पड़ोसी चाहिए। आपके घर के सभी कामों के लिए आदमी हैं अपने घर में, मसलन चाय बनाना, कपड़े धोना, रसोई आदि सभी। अर्थात चार-पाँच किरायेदार हैं। अपने फाउंडर मेम्बर पी.जेड. पाटील मेरे चचेरे भाई हैं। सगे। इसलिए आगे काम होने की दृष्टि से आप बेफिकर हो सकते हैं। सब करवा लेंगे—कन्फर्मेशन वगैरा।"

चांगदेव बोला, "मुझे कन्फर्मेशन की चिन्ता नहीं।"

पी.पी. बोले, "वैसी कोई बात नहीं—लेकिन कुछ न कुछ तो काम निकलता रहता है। अब ये अपने इतिहास के फेगड़े सर तीन महीने टाइफाइड से बीमार रहे। कौन देता तीन महीने का सवैतनिक अवकाश? लेकिन मैं पी.जेड. भाऊ से बोला, अच्छा लड़का है, गरीब है बेचारा, एप्लीकेशन मंजूर कर दो। और हो गई मंजूर। वैसे, आपको ऐसा कुछ हो यह मैं नहीं चाहता, लेकिन कुछ भी इमरजेंसी हो जाती। परसों—अपने हिन्दीवाले मिश्रा—उनको पुलिस ने पकड़ लिया। शराब आप पियो, कौन मना करता है? लेकिन शराबखोरी कर किसी से छेड़खानी करना—ये बात हमें पसन्द नहीं। इन यू.पी. के लोगों को कैसे-कैसे शौक रहते हैं। वैसे उस औरत के साथ उसका पहले से ही कुछ चल रहा था। लेकिन पुलिस ने रेडहैंड पकड़ा—नग्नावस्था में। उसने सीधे मुझे सन्देशा भिजवाया। मैं सीधा पी.जेड. दादा के पास गया। इधर दादा ने डी.आई.जी. को फोन लगाया और उधर मिश्रा बाहर। मैं कभी किसी को पराया नहीं मानता। लेकिन वही मिश्रा कल की मीटिंग में मेरे

बारे में उलटा-सीधा बक रहा था। ऐसे बोल रहा था कि मैं फोकट का पगार खाता हूँ, तो ये रहता है।"

उनका मकान देखकर तो चांगदेव का वहाँ खड़े रहने का भी मन नहीं हुआ। यह ऊपर का अँधियारा कमरा। बड़े वजनदार दरवाजे और खिड़कियाँ, पीछे की ओर भी वैसे ही बड़े कमरे, नीचे कई परिवार और बाथरूम, शौचालय सभी किरायेदारों के लिए सिर्फ एक। और सीढ़ी लकड़ी की। "आगे पक्की सीढ़ियाँ बनाएँगे," पी.पी. ने आश्वासन दिया।

चांगदेव का मुँह देखते ही पी.पी. बोले, "वैसे आपको सम्मिलित शौचालय में जाना पसन्द नहीं तो हमारे शौचालय का भी इस्तेमाल कर सकते हैं बीच-बीच में। हम उसमें ताला नहीं लगाते।"

देखेंगे, कहकर चांगदेव ने पीछा छुड़ाने की सोची। पी.पी. बोले, "आप जगह देखकर गए हैं, यह बात पी.जेड. भौ को बता देना। अर्थात पसन्द आना-न आना आपकी मर्जी है। मैं किसी को फोर्स नहीं करता। आइए फुरसत से। एक साथ दादा के पास जाएँगे।"

नदी के किनारे-किनारे प्रसन्नता से चलते हुए वह वापस आया। माली उसकी ही राह देख रहा था, बोला, "गजब नींद आई मुझे! कल सतारा से निकला और पुणे आया, पुणे से रात में बस पकड़कर यहाँ। आज अच्छी नींद लिये बिना कल पढ़ाना मुश्किल है और कल दो लेक्चर व्याकरण के हैं। और एक पीरियड यशवन्त कवि का। वैसे मुझे तो सभी कंठस्थ हैं ही। चलो, अब थोड़ा घूमा जाए, फिर कुछ खाया जाए और फिर कुछ पढ़ाने का पढ़ा जाए।"

चांगदेव बोला, "वाह, आपने घूमा जाए, खाया जाए और पढ़ा जाए इन तीन क्रिया पदों का क्या मस्त इस्तेमाल किया है साहब। खाया जाए की क्रिया ही सबसे महत्त्वपूर्ण है। घूमना और पढ़ना कुछ भी नहीं उसके मुकाबले! घूमा जाए, पढ़ा जाए, वाह।"

माली जोरों से हँसते हुए बोला, "अपन को खाना बड़ा पसन्द आया, उधर नीचे महाराष्ट्र में हमारे एरिया में बड़ी कंगाली है। अच्छा घी तो मैंने कितने सालों बाद खाया। चलो, घूमा जाए।"

"फिर खाया जाए। फिर पढ़ा जाए," चांगदेव बोला।

माली बोला, "फिर सोया जाए। फिर कल उठा जाए और पढ़ाया जाए और दोपहर में खाया जाए।"

सवेरे छह बजे माली खुद तो उठा ही, उसने चांगदेव को भी उठा दिया। माली के साथ रहने से सवेरे जल्दी उठने की आदत पड़ सकती है, यह सोचते हुए प्रसन्नता से स्नानादि पूरा करते हुए चांगदेव ने माली के साथ चाय पीते हुए मजेदार बातें कीं। फिर वे अपनी-अपनी क्लास में चले गए।

फिर एक बार नए चेहरे। चांगदेव हाजिरी लेते समय पुराने चेहरों की याद आने से फिर एक बार उदास हो गया। ज्यादातर छात्र देहात से थे। इस कारण सहमे हुए थे। कुछ छात्र शहर के थे लेकिन सुसंस्कृत थे। गाँव में दुकानदारी करनेवाले इने-गिने लोग होने के कारण पिछले साल की तरह उसे मवाली लड़के नहीं दिखे। तीन पीरियड अच्छे हुए। उसे लगा मानो इस धन्धे की चाबी अपने हाथ लग गई है। इस तरह एक-एक कर दिन बीतने लगे। उसे महसूस हुआ कि अध्यापन भी एक तरह की कला है। यहाँ के छात्रों को दूसरे प्राध्यापक भी अच्छा बता रहे थे। कहीं रास्ते में मिले तो ये छात्र हाथ जोड़कर प्रणाम करते। इसे देखकर चांगदेव को लगा कि मुम्बई का एक हाथ हवा में उछालते हुए चलते-चलते नमस्कार करने का रिवाज कितना असंस्कृत है। कभी-कभार क्लास में कहीं गड़बड़ होती तो उस तरफ देखकर आवाज थोड़ी बढ़ाने से सभी शान्त हो जाते।

एक बार क्लास में छात्रों को कुछ वाक्य लिखने के लिए कहकर चांगदेव बेंचों के बीच से चक्कर काटते हुए पीछे की ओर जाकर खड़ा हो गया। छात्र-छात्राएँ शान्तिपूर्वक गर्दन झुकाए लिखने में व्यस्त थे। उन्हें पीछे की ओर से देखकर उसे कुछ अद्भुत-सा महसूस हुआ। पिछले वर्ष कौन सा गाँव कहाँ के छात्र और इस साल अचानक यहाँ! ये इतने जवान लोग एक शिक्षक के सामने क्यों इतनी शान्ति से घंटा-भर बैठे रह पाते हैं? गत वर्ष गुंडागर्दी करनेवाले बच्चों को टेबुल के पास खड़े बड़बड़ाते हुए देखकर मेरा अस्तित्व कितना क्षुद्र लगा होगा? मुमकिन है, अगर मैं यहाँ नया-नया पढ़ाने आता तो यहाँ भी उन्हें उसी तरह क्षुद्र लगा होता। वैसे यह बड़ा अप्राकृतिक और अमानवीय है कि इतने युवा छात्रों को घंटा-भर एक जगह बिठाकर कुछ फालतू चीजें पढ़ाई जाएँ। इस बारे में इन बच्चों के बड़प्पन की दाद देनी होगी। इसलिए इन्हें सम्मान देकर ही पढ़ाना होगा। इनमें से एक भी हट्टा-कट्टा लड़का बिगड़ पड़ा तो मुझे आसानी से क्लास के बाहर फेंक सकता है। लेकिन नैतिकता का पालन करते हुए किसी को वे ऐसा नहीं करते। हमें भी

उतनी ही नैकिकता का निर्वाह करते हुए घंटे-भर में जितनी हो सके उतनी महत्त्वपूर्ण बातें बता देनी चाहिए। मतलब, कुछ तो अच्छा पढ़ाना चाहिए।

फिर बेंचों के बीच से ही आगे की ओर आते हुए उसने एक नाटे लड़के की सफेद कमीज की आस्तीन को बारीकी से देखा। आस्तीन को घरेलू ढंग से मोटे टाँकों से सिला गया था। कमीज रोज-रोज घर पर ही धुलने से तार-तार हो रही थी। सलवटें पड़ी हुई थीं। कमीज डोरी पर सुखाई गई थी यह उसकी पीठ पर पड़ी लकीर से स्पष्ट हो रहा था। चांगदेव अचरज के साथ उसे देखने लगा। उसकी देहाती माँ ने अपने हाथों से जो सिलाई की होगी उसका रहस्यमय स्पर्श चांगदेव को महसूस हुआ। उसके कन्धे पर हाथ रखकर चांगदेव देखने लगा कि वह क्या लिख रहा है। लज्जित होकर वह लड़का अपने लिखे को मिटाने लगा। चांगदेव ने कहा, "ठीक तो है, चलने दो ऐसा ही।" लड़कों में संस्कृति नहीं है, यह वह खुद पिछले साल चिल्लाता रहा था। अब इन्हें देखने का नजरिया बदलना होगा। जी-जान से मेहनत करके पढ़ाना होगा। ये कौन कहाँ से गिरि-कन्दराओं में रहनेवाले सत्तर पीढ़ियों के बाद शहरों में आने लगे हैं। इन्हें थोड़ी आध्यात्मिकता से ही देखना होगा।

अब वह पढ़ाने में एकदम मगन हो गया। दोपहर में पढ़ना, शाम को माली के साथ घूमकर आना और खाना खाकर सो जाना, फिर सवेरे बड़े उत्साहित मन से पढ़ाने निकलना। खाली पीरियड में स्टाफ रूम में बैठकर नए लोगों से पहचान बनाना। गाँव में कमरा ढूँढ़ने का भी एक महत्त्वपूर्ण काम था ही। स्टाफ काफी बड़ा था, सो अच्छे लोग भी काफी मात्रा में मिले। इनमें नामजोशी, फेगड़े, सोनार, माली और सूर्यवंशी—उम्र में चांगदेव के बराबर के और कुँवारे थे। इसलिए शाम को किसी एक के रूम में सब इकट्ठा हो जाते। पिछले वर्ष जैसा अकेलापन यहाँ नहीं था, यह अच्छी बात थी। और तो और, दो-दो बच्चों के बाप होते हुए भी शेख, नकवी, बोडस, वाणी आदि को इनकी कम्पनी में कुँवारों की तरह घंटों तक गप्पें हाँकते रहना सुहाता। नकवी कहते, "शादी के बाद दो बच्चे होने पर आदमी वापस कुँवारा हो जाता है। बैठने दो हमें भी अपनी कम्पनी में।" ये सभी माली और चांगदेव को कमरा दिलवाने में मदद कर रहे थे। माली को स्टूडेंट जैसा छोटा-सा रूम चाहिए था। एक तारीख से उसे नवजीवन कॉलोनी में कॉलेज के पास ही एक अच्छा कमरा मिलनेवाला था। उसकी समस्या तो हल हो गई लेकिन चांगदेव को एक अच्छा-सा बड़ा कमरा या दो कमरों की जरूरत

थी। इस कारण उसका काम थोड़ा आगे-पीछे हो रहा था। यह गाँव और कॉलेज उसे पसन्द आया था, यहाँ से साल-भर में निकल जाने का बुरा खयाल उसके मन में कभी इसलिए नहीं आया। उलटा उसने सोचा कि कई साल यहाँ रहना है तो अच्छी जगह लेनी चाहिए।

शिरसीकर नाम के एक प्राध्यापक उससे बोले, "आपके लिए एक अच्छा-सा ब्लॉक देख रखा है। सुन्दर झाड़ियों के बीच एक अनूठा-सा बँगला है। उन्हें अच्छे लोग चाहिए। किराया थोड़ा ज्यादा पड़ेगा, चलेगा न? और यह ब्लॉक गाँव में है जिससे आने-जाने की तकलीफ भी कम हो जाएगी।"

चांगदेव बोला, "अच्छी जगह मिलती हो तो गाँव में भी चलेगा और किराया ज्यादा देना पड़ा तो भी कोई बात नहीं।"

चांगदेव यह सोचकर थोड़ा विचलित हुआ कि इस नई जगह के लिए अगर एडवांस देना पड़ा तो इतने रुपये कहाँ से आएँगे? पास में चार-पाँच रुपये मुश्किल से होंगे। एक तारीख को तनख्वाह भी थोड़ी ही मिली। आठ-नौ दिन के पगार में महीना चलाना था। कैंटीन का बिल भी चुकाना था। काफी चीजें खरीदनी थीं। इसीलिए वह पवार के मनीऑर्डर की राह देख रहा था। आठ-दस दिनों से पवार की ओर से कोई खत नहीं मिला था। इसलिए चांगदेव ने पवार के नाम एक के पीछे एक दो-तीन खत लिखे कि मेरा जून का वेतन लेकर अपने पैसे काट लो और बाकी रकम जल्दी से जल्दी भेजो। यहाँ मेरे दो जून खाने के लाले पड़ गए हैं। गाँव में नगद के सिवा कुछ मिलता नहीं, कैंटीनवाला भी उधार देना बन्द कर रहा है, वगैरा-वगैरा।

लेकिन पवार का न कोई जवाब आया, न कोई मनीऑर्डर। नई पहचान के लोगों से उधार माँगना भी ठीक नहीं था और कैंटीनवाले दामले भोजन के सिवा और कुछ भी उधार देने को तैयार नहीं थे। अब तो माली भी निकल गया और कोई तरकीब लड़ाकर उधार में खाना-पीना उसके बस की बात नहीं थी। अजीब-से दिन आ गए। दामले के यहाँ जाकर खाना भी बेशरमी लगने लगा। आपके पास अगर पैसे न हों तो नई जगह में बिलकुल चोरों जैसी हालत हो जाती है। लेकिन कोई चारा नहीं था। पवार को खत लिखना बन्द कर दिया और गेस्ट हाउस में तकिए पर सर रखकर छत को निहारते हुए समय बिताने के दिन फिर से आ गए। गेस्ट

हाउस में और एक महीना रहने को बोले तो बेशरमी की हद हो जाएगी। और यहाँ रात होते ही सब तरफ एकदम सन्नाटा। केवल इमारतें और मैदान। इसमें खुद पूरी तरह से नया वह, उसे बड़ा विचित्र लगता। रेडियो भी नहीं। सामान सभी बँधा पड़ा है। रुपये नहीं हैं तो सिनेमा भी नहीं।

झाड़ियों में छिपे जिस सुन्दर ब्लॉक के बारे में एक बार प्राध्यापक शिरसीकर ने बताया था, उस पर बाद में वे कोई बात छेड़ने को तैयार नहीं दिखे और वह खुद कमरों के बारे में किसी से पूछ नहीं पाया क्योंकि पास में पैसे नहीं थे। एक बार शिरसीकर से स्टाफ रूम में अकेले में मुलाकात हुई तो वे खुद ही बोल पड़े, "आपके रूम का क्या हुआ? कुछ बात बनी क्या कहीं?"

"अभी नहीं, आप एक ब्लॉक दिखानेवाले थे गाँव में? आप ही कुछ कहेंगे मैं यह सोच रहा था।"

"हाँ, मैं बतानेवाला था उसके बारे में, पर भूल गया। मेरा तो उस मकान-मालिक से झगड़ा हो गया। आप नाराज होंगे, यह भी मुझे लगा। लेकिन ऐसा कहीं होता है क्या? इन हरामखोर कैपिटैलिस्ट मकान-मालिकों को पहले ही हम इतना सारा किराया देते हैं। वो भी सह लें लेकिन किरायेदार कौन, कैसा, कहाँ, का है—ये पूछने की क्या जरूरत है? मैं पहले उनसे मिला तो कुछ नहीं बोले, किराया तय हो जाने पर बोले, 'क्या आपके ये युवा प्राध्यापक ब्राह्मण ही हैं?' मुझे गुस्सा आ गया। अब आप ब्राह्मण हैं या नहीं ये मुझे कहाँ मालूम था। मैंने उनसे कह दिया कि अब तो मेरे मित्र अगर ब्राह्मण हैं भी तो भी मैं उन्हें यहाँ नहीं लाऊँगा। अब आप तो ब्राह्मण होंगे ही, मैं भी हूँ, वो मकान-मालिक भी ब्राह्मण है। लेकिन हमें अपनी ये कमनसीबी नष्ट करनी चाहिए। हमें मराठों के घर में जगह मिलती है, राजपूतों के घर में मिलती है, मालियों के घर में मिलती है। ब्राह्मण को किराये पर जगह देने से कोई मना नहीं करता। भले कितने ही गन्दे रहते हों हम। लेकिन अपने ही लोग खाली-पीली ये बातें निकालते रहते हैं।"

चांगदेव बोला, "मुझे इस बात की खुशी है कि आप जैसे लोग यहाँ भी हैं। मुम्बई में तो बहुत हैं। लेकिन इधर यह बात कुछ ज्यादा ही है। मेरे लिए यह सब नया है।"

शिरसीकर बोले, "सन् बयालीस की जंग में मैं दो साल छुपा रहा। अमलनेर के साने गुरुजी के साथ थे हम छात्रावस्था में। भुसावल में हम सभी अलग-अलग जाति-धर्म के लोग एक ही कमरे में रहते थे। जहाँ कहीं ये घृणास्पद वृत्ति दिखाई

देती है मैं उसकी कड़ी आलोचना करता हूँ। ये बात धीरे-धीरे मेरी समझ में आने लगी है कि यहाँ पर भी हमें ही विरोध करना पड़ेगा। और अब तो ऐसा मालूम हो रहा है कि हमें विरोध करते हुए दिन काटने होंगे। कांग्रेस वालों ने कुछ अलग ही शुरू किया है। अब तक तो लगता था कि ब्राह्मणों में सुधार आएगा तो सब सुधर जाएगा, लेकिन मराठे भी गलत राह पर चल पड़े हैं और ढेढ़ भी उन्हीं की राह पर चलने लगे हैं। अपने प्रेसिडेंट और हम सेवादल के लोग यहाँ हरिजनों के लिए बोर्डिंग चलाते हैं। वहाँ हरिजन लोग भी अपनी जाति-पाँति को भूलना नहीं चाहते। पता नहीं, आगे इस देश का क्या होगा!"

क्लास पूरी करके शेख और नामजोशी भी वहीं हॉल में आ गए।

नामजोशी को सुनाने के लिए शिरसीकर जान-बूझकर ऊँची आवाज में बोले, "और इन भट लोगों के जैसा जातिभेद और कोई नहीं करता।"

शेख ने बैठते हुए कहा, "एम.ए. होने के बाद मैं सीधे यहाँ सर्विस पे आया। उधर धारवाड़ में हॉस्टल में हम सब लोग एक फेमिली के माफिक रहते थे। लेकिन इधर आने पर एक साल तक हिन्दू बस्ती में मुझे मकान नहीं मिला। मैं कभी मस्जिद में नहीं जाता, न मैं नमाज पढ़ता हूँ। अंग्रेजी का स्टूडेंट होने के नाते मेरा आउटलुक भी मॉडर्न है, ऐसा कह सकते हैं। मराठी भी मैं अच्छी बोल लेता हूँ। लेकिन मुझे कोई हिन्दू मकान-मालिक मकान देने को तैयार नहीं था। मैंने भी तय कर लिया कि मैं मुस्लिम मोहल्ले में नहीं रहूँगा। मतलब केवल ब्राह्मण ही नहीं, सभी हिन्दू ऐसा करते हैं।"

नामजोशी बोला, "लेकिन क्या मुसलमान लोग ढेंढ़-चमारों को अपने मोहल्ले में जगह देते हैं? आखिर तुम्हें एक हिन्दू ने ही घर दिया न?"

उधर से पान थूककर आते हुए नकवी बोला, "क्योंकि शेख का मकान-मालिक जाति का केवट है। उसके मकान में दूसरे हिन्दू भी नहीं जाते इसलिए उसने शेख को मकान दे दिया। मेरे मकान में सारे किरायेदार हिन्दू हैं। है कोई हिन्दू जिसके घर में इतने मुसलमान किरायेदार रहते हों पूरे शहर में? मैं बस फैक्ट बता रहा हूँ। गलत मत समझिएगा।"

नामजोशी ने कहा, "शिरसीकर साहब, मुझे लगता है मुसलमानों के मकान में मुसलमान रहें तो इसमें क्या बुराई है? ब्राह्मणों के घरों में ब्राह्मण ही रहें यह भी स्वाभाविक ही है। अपने लोगों को छोड़कर वे दूसरी तरफ भला क्यों रहें? आचार-विचार, खानपान आदि भी तो समान चाहिए।"

शिरसीकर बोले, "यही पढ़ाता क्या रे भौ क्लास में? कौन किसके यहाँ रहे ये अपने आप तय नहीं होता। तुम्हारा ब्राह्मण मकान-मालिक किस आधार पर यह कह सकता है कि किसी विशेष जाति का आदमी उसे रास नहीं आता? आप संघ वालों की समझ में यह बात नहीं आती कि अगर भविष्य में महाराष्ट्र में सभी शिक्षा संस्थान यह तय कर लें हम हमारी ही जाति के लोगों को काम पर लेंगे तो क्या आपके सभी ब्राह्मण शिक्षक-अध्यापक पूना के नू.म.वि. और फर्ग्युसन में समा सकेंगे? और इसी बात को आगे बढ़ाते हुए यहाँ के सभी मराठा मकान-मालिकों ने अगर हमें निकाल दिया बाहर तो?"

नामजोशी बोला, "पहले ये सारे पूर्वग्रह नष्ट होने चाहिए। उसके बाद ही इस प्रकार का हठ करना उचित होगा।"

शिरसीकर बोले, "कुछ होनेवाला नहीं है ऐसी ऊपरी मरहमपट्टी से। सब जड़ से उखाड़ना होगा। बाद में हमारे साने गुरुजी भी ऐसा ही कहने लगे थे। वो शुरू से अगर कम्युनिस्ट होते तो हम इस प्रकार कांग्रेस को मदद नहीं करते।"

"अब तो हो ही गए न आप शिष्यगण भी कम्युनिस्ट। असेम्बली में एक सीट जीत नहीं पाए आप। हम जनसंघ वालों ने कम-से-कम दो सीटें तो मिलाईं पार्लियामेंट में।"

"हमारे पास आपके जैसा जाति का आधार नहीं है न।"

कुल मिलाकर यह कि इन सब बातों से चांगदेव को जगह मिलने में देरी होने लगी। पैसे आने तक तो यह एक हिसाब से ठीक था। लेकिन अचानक एक दिन पवार द्वारा भेजा गया एक सौ रुपये का ड्राफ्ट मिला। लिफाफे में कोई चिट्ठी नहीं थी। गाँव छोड़नेवाली बात उन्हें पसन्द नहीं आई थी उसकी, वरना कुछ तो जरूर लिखते। चांगदेव दिन-भर गत वर्ष की बातों की याद से बेचैन रहा।

सौ रुपये आने से मानो उसमें गर्मी आ गई। वह गाँव से निकलकर चलते-चलते सीधे एस.टी. स्टैंड गया और मसाला डोसा खाकर आया। वापसी में प्राध्यापक बोडस को कमरा जल्दी देखने की हिदायत देकर वह आगे प्राध्यापक वाणी के घर गया। वाणी बोले, "चलो, दो-तीन लोगों के यहाँ कमरा देख लेंगे।" वाणी उसे मेन रोड पर रहनेवाले प्राध्यापक चांडक के घर ले गए।

चांडक बोले, "गाँव में रूम की क्या कमी है? मुझे लगा कि आपको केवल नवजीवन कॉलोनी में ही जगह लेनी है। अभी चक्कर लगाते हैं आसपास की दुकानों में।"

रास्ते में माली और फेगड़े दिखे। वे चांगदेव से बोले, "हम तुमको ही ढूँढ़ रहे थे। गेस्ट हाउस पर नहीं दिखे तो जाएँगे कहाँ? इस रास्ते पर तो कोई लापता आदमी भी मिल जाता है। कहाँ चलें कमरा ढूँढ़ने, चलो, जरा चांडक के साथ जाकर आएँगे।" फिर सब के सब बारात की तरह एक दुकान से दूसरी दुकान होते रहे—चांडक का रौब देखते हुए, चाय पीते हुए—तकिए से टिककर कमरे की पूछताछ करते हुए। चांडक हर दुकानदार से चांगदेव की पहचान करवाता—ये मेरे भाई, चाचा, बड़े फूफा, छोटे फूफा, हमारे साले, भाई के साले—ऐसे रिश्ते बताता। ये हमारे अंग्रेजी के प्रोफेसर हैं। बम्बई के हैं। इनको अच्छा-सा कमरा दिलवा देना। जल्दी। अब आपके जिम्मे छोड़ता हूँ यह—इतना कहकर वह आगे की दुकान में चला जाता। एक गुजराती सज्जन ने कहा, "हमारा पिच्छूका बाजूमाँ छोटा-सा लॉजिंग था। अभी बन्द हाय। देखभाल करनेवाला कोई नहीं हाय। एक आदमी रख्या था, वो साला पैसा खाने लगा। अभी बन्द कर दिया। तीन कमरा है। मैं आपकी मौसी से आज बात करके कल तुमको बताता। ठीक है!"

इस तरह चक्कर काटते हुए आखिरी दुकान में, जो शरबत की थी, चाय के बजाय आइसक्रीम, सोडा पिलवाकर चांडक बोले, "अब कल से तुम खुद इन लोगों में से किसी से भी मेरा नाम बताकर कमरे के बारे में पूछ लेना। सब अपने ही लोग हैं, शरमाना मत।"

फिर वाणी भी निकल गए। फेगड़े, माली और चांगदेव नवजीवन कॉलोनी में पी.टी. के घर थोड़ी देर बैठकर हमेशा की तरह नामजोशी को साथ में लेकर दामले कैंटीन में भोजन के लिए आए। हमेशा की तरह गप्पें हाँकते हुए घंटा भर खाना खाने के बाद गेस्ट हाउस में थोड़ा बैठकर हर कोई दूसरे दिन के पढ़ाने के बारे में सोचते हुए आखिर निकल पड़ा। चांगदेव भी किताब लेकर थोड़ा लेटा। कब कमरा मिलेगा, कब अपनी किताबों को बक्सों के बन्धन से आजाद कर करीने से लगाएँगे और कब खाट पर पड़े-पड़े रेडियो सुनेंगे—वह सोच रहा था। अब जागने की आदत कम हो गई थी, इसलिए थोड़ी देर में ही नींद आ गई।

दूसरे दिन माली और फेगड़े को साथ लेकर शाम को मेन रोड पर एक-दो लोगों से मिला। उन्होंने एक-दो दिन के बाद आने को कहा। फिर जिसने लॉज की बात कही थी उसके पास। वह खुश होकर बोला, "च्यलो दिखाता।"

वह सभी को दुकान के अन्दर से लेकर गया। सभी को अपनी गर्दन सँभालने के बारे में बोलता हुआ काफी फासला तय कराने के बाद वह एक बड़े घर के चौक से होकर पिछवाड़े की गली में पहुँचा। उस घर में लॉज होने के निशान तख्तियों के रूप में अभी भी थे : गन्दगी मत करो। हाथ बाहर धोना। एक खाट : दो रुपया।

मालिक बोला, "यह नीचेवाला खोली आपके लिए ठीक नाय। इधर को संडास, उधर को मोरी—इसमें नल हाय। यहाँ से सीढ़ी से ऊपर च्यलो। ये आपके तीन खोली। बीच वाली में अँधेरा हाय। उधर हमीच रहते ऊपर के माले पर। इस आखरी खोली में इधर मोरी है, अँधेरे में। यहाँ आप नहा सकते। पेशाब करे तो भी च्यलेगा लेकिन पानी डालते जाओ। यानी की उधर हम रहते ना भौ इसलिए बोला। ये सामनेवाली रूम आपको पढ़ाई के लिए बेस्ट हाय। बाहर थोड़ा-थोड़ा सज्जा भी हाय। अभ्यास में ध्यान नहीं लग्या तो बैठने के लिए। लेकिन पानी तुमको नीचे से लेना पड़ेगा। आदमी लगाना पड़ेगा। यानी कि सीढ़ी पर तुम फिसले तो खाली-पीली परेशानी। आदमी लगा देंगे एक। उसमें क्या। च्यार रुपे में पानीच पानी!"

तीनों कमरों में तीन-तीन खाट थे लोहे के। माली ने पूछा कि इसका क्या करना है तो मालिक बोला, "खड़ी करके रख सकते उनको। इधर कुछ दिन रखेंगे बाद में आप बोले तो नीचे ले आएँगे चौक में। बेचने के हैं सब। किसी को लेना हो तो दे देंगे सस्ते दामों में। तीस-पैंतीस दे कोई तो भी दे देंगे। प्रोफेसर साब कुं हरेक कमरे में एक रख देंगे—सोने को। टेबल खुर्ची (कुर्सी) भी भौत है, जब तक नहीं बिकाते, तुम इस्तेमाल करो।"

एक-दूसरे को देखते हुए खुश होकर माली और फेगड़े बोले, "हम लेते खाट, टेबल, कुर्सी। लेकिन पैसे किस्तों में देंगे।"

"अरे आप लोगों के पैसे कहीं नहीं ज्याते भौ। जो भी कुछ चाहिए सो लेकर ज्याव सब। अब तो सभी तोड़ देने कू बोलती मेरी घरवाली। खाली-पीली तकलीफ होता था हमकू आने-जानेवाले का। मोरी से पेशाब का बास मारता था। रात-बेरात आकर लोग शोर मचाता था। खटमल भी होग्या था सबमें। च्युना मारके साफ किया है सभी कमरे।"

किराये के बारे में पूछने पर मालिक बोला, “चांडक भाऊ जो बोलेंगा वो अपने को कबूल। मैं कोई पैसे के लिए रिश्ते बिगाड़ेंगा नहीं। आपके सरीखा पढ़ा-लिखा आदमी मिल्या तो और कुछ नहीं च्याहिए।”

तीन रूम का चालीस रुपये किराया तय किया गया। चांगदेव बोला, “फर्नीचर बीच की खोली में रखें तो चलेगा?” एक बड़ा टेबल और दो-तीन कुर्सियाँ अपने लिए अलग रखवाकर उसने बाकी सामान एक तरफ लगवा दिया। माली और फेगड़े ने एक-एक सेट अपने लिए ले लिया सौ-सौ रुपये में। हाथगाड़ी को आने को कहा। फिर सारा सामान नीचे ले आए। तीस रुपये पेशगी में देकर दूसरे दिन सामान लेकर आने की बात कर चांगदेव के साथ सभी हाथगाड़ी के पीछे निकल पड़े। फिर नवजीवन कॉलोनी से नामजोशी को साथ लेकर सभी भोजन के लिए कॉलेज की ओर चल पड़े।

नए कमरे में सामान-असबाब लगाने के बाद गादी, तकिए आदि लाने के लिए धुनिया के पास भाग-दौड़ करनी पड़ी। शेख के साथ होने से ये काम जल्दी हो गए। एक दुकान से उधारी में चद्दर ले लिए। शेख बोला, “सामने ही छोकरियाँ रहती हैं, इसलिए परदे लेने पड़ेंगे।” परदे के लिए अलग से कपड़ा लेकर उसे सिलाने के लिए एक दर्जी के पास दे दिया। फिर टमरेल, झाड़ू, बाल्टी, लोटा आदि लेने के लिए वापस मेन रोड पर आए। चांगदेव के पैसे खत्म हो गए तो शेख ने झट से सौ रुपये दे दिए और बोला कि फुरसत से लौटाना। यह भी बोला कि आपको घड़ी की भी जरूरत है—“वो पुरानी फेंक दो—ले लें क्या नई घड़ी?” चांगदेव बोला, “अभी नहीं चाहिए, उससे ज्यादा जरूरी तो अलार्म घड़ी लेना है।” शेख बोला, “मोहम्मद भाई अपने मैनेजमेंट के ही हैं। हमें वहाँ कुछ भी मिल सकता क्रेडिट पे।” मोहम्मद भाई की दुकान से अलार्म घड़ी लेकर वे फिर से कमरे पर आए। शेख बोला, “अब हम सब इधर ही मिलते रहेंगे। अच्छा हुआ भौ, तुमने गाँव के सेंटर में कमरा ले लिया।”

इतने में माली और नकवी भी आ गए। पूरे घर को घूमकर देख आने के बाद नकवी ने कहा, “अच्छा किया यार पाटील। यह बीच का कमरा लेते तो दिन में भी रात लगती। मस्त किया ये तुमने। लेकिन चाय-वाय का कुछ बन्दोबस्त चाहिए यार।”

"चाय यहीं नुक्कड़ से मँगवा लेंगे। खाली बोलकर आना है। वो बच्चा ले आता है पाँच मिनट में।"

"ऐसा? फिर आने के पहले बोलकर आया करेंगे इधर। और मेरे लिए चेस का भी इन्तजाम करना यार। तुम्हें आता नहीं क्या चेस? अभी बता देंगे। और एक ऐश ट्रे जरूर लाना, ये क्या डिब्बा रखा है ऐश ट्रे के नाम पर? फेंको इसे!"

"अब नकवी साब धीरे-धीरे इधर मैखाना चाहिए बोलेंगे। देखते रहना पाटील भौ।"

"चेस को क्या पैसे लगने यार? चलो शेख भौ, तैयार रहो, अभी चेस लेकर आया।" कहते हुए नकवी नीचे से चेसबोर्ड और नर्द लेकर आ गए। शेख और नकवी शतरंज खेलने बैठ गए। थोड़ी देर बाद फेगड़े आया। चांगदेव जाकर चाय का ऑर्डर दे आया। चाय पीते हुए गप्पें होने लगीं।

रोज का यही सिलसिला हो गया। कोई शतरंज खेलने बैठता। कोई खाट पर पड़ा रेडियो सुनते हुए सिगरेट पीता रहता। कोई कॉलेज की राजनीति के बारे में बोलता रहता।

चांगदेव का चाय का खर्चा बढ़ने लगा! चार बजते ही एक के बाद एक आठ-दस लोगों का जमावड़ा हो जाता। बीच-बीच में सोनार, सूर्यवंशी भी आ जाते। चांगदेव का खर्चे का बोझ बढ़ते देखकर वाणी, शेख, नकवी, शिरसीकर वगैरा आने से पहले ही पैसे देकर—'चार स्पेशल प्रोफेसर के ह्याँ' बोलकर आते। इसलिए शाम को तीन-चार बार चाय हो जाती। बोडस, जो बाजू में रहते, रोज ही आ जाते। वाणी और चांगदेव, 'चलो खाने पर जाना है', कहकर सभी को सात बजे से ही निकालने में लग जाते। 'ठैरो यार, इतनी जल्दी क्या खाना खाते हो, आठ बजे जाना'—कहकर नकवी और दो बाजियाँ खेल लेते। रोज ऐसे ही होता।

बाद में ऐसा होने लगा कि स्टाफ का कोई भी अगर गाँव में आता तो मेन रोड से फौरन गली में मुड़कर इसके रूम पर आ जाता। कोई पति-पत्नी उसके रूम पर अपने छोटे बच्चे छोड़कर बाजार हो आते और चाय पीकर ही जाते। ये लोग चांगदेव को बाद में अपने घर पर भी बुलाते। चांगदेव को आज यहाँ, कल वहाँ चाय-पोहा खाने के लिए लोगों के घर जाना पड़ता। कुल मिलाकर दिन अच्छे बीत रहे थे।

चांडक सर भी कभी-कभार उसके यहाँ आते और फिर गाँव के बाहर अपने सिनेमाघर की ओर जाते। पूरे जिले में उनके पाँच सिनेमा थियेटर थे। उनके पिताजी

ने यह कारोबार उनको सौंपा था—"तू अपनी प्रोफेसरी का काम दूसरे नम्बर पर रख," वे चांडक को कहा करते। दूसरे भाइयों को और भी कारोबार दिये गए थे। चांडक फिल्म की एक पेटी मँगाते, पहले यहाँ दिखाते बाद में बारी-बारी से दूसरे थियेटरों में दिखाकर वापस भेज देते। तब तक दूसरी पेटी आ जाती। लेकिन वे हमेशा रद्दी-फिसड्डी पिक्चरों की ही फिल्में मँगवाते। कई बार चांगदेव को रूम से निकालकर अपने साथ थियेटर तक गप्पें मारने ले जाते और रास्ते-भर अपने कारोबार की बातें करते। वे कॉमर्स के अध्यापक थे लेकिन पढ़ाने के बारे में कभी कुछ नहीं बोलते थे। इस पेटी में कितना मुनाफा हुआ, उस गाँव का मैनेजर कैसा बदमाश है, उसे बदलना चाहिए—ऐसी ही सब बातें। इसलिए चांगदेव उन्हें टालने की कोशिश करता। लेकिन चांडक जबरन उसे अपने साथ ले जाते। शाम सात बजे के आसपास उन्हें थियेटर पहुँचना होता। कारण तब तक रोकड़ गिनकर तैयार रहती। पहले रोकड़ का आँकड़ा मैनेजर से पूछते, फिर सिनेमा का एक भाग खत्म होने पर थियेटर में झाँककर प्रेक्षकों की तादाद का अन्दाजा लेते। थियेटर के बाहर चक्कर काटते। फिर सिनेमा छूटने पर अपने मालिक होने का रौब जमाने के लिए मैनेजर के ऑफिस के सामने उँगलियों में हीरे वाली अँगूठियाँ घुमाते खड़े रहते। वे चांगदेव से कहते, "आप शौक से सिनेमा देखो।" लेकिन चांगदेव को वहाँ कभी अच्छी फिल्म आई हुई नहीं दिखी और इंटरवल के बाद की फिल्म देखकर यह अन्दाजा लगाना मुश्किल होता कि पहले क्या हुआ है। फिर भी उत्कंठावश कभी-कभी वह चांडक से कहता, "दूसरे शो का पहला हिस्सा भी मैं देखूँगा।"

चांडक कहते, "आराम से देखो। डोरकीपर, प्रोफेसर साब को अच्छी सीट पे बिठाव, फैन जिधर चालू है, वहाँ।"

अच्छी सीट का मतलब पंखे के नीचे जहाँ से कोई खम्भा आड़ में नहीं आए। सभी पिक्चर बंडल होने के कारण फिर से पहला हिस्सा देखने का कोई ज्यादा उत्साह नहीं रहता था। ऐसी घटिया पिक्चर क्यों लाते हैं, यह पूछने पर चांडक बोले, "पुरानी घटिया पिक्चर पेटी सस्ते में मिलती है। दो दिन में पैसे वसूल और वापस करने का तकाजा नहीं होता। प्रोफेसर की जिम्मेदारी भी तो सँभालनी पड़ती है। पुरानी पेटी मँगाना, जितने दिन चले उतने दिन चलाना फिर तालुका भेज देना अपने थियेटर पर। वहाँ भी दो-एक सौ की कमाई होने तक रखना और आमदनी कम होते ही अगले गाँव भिजवाना। ऐसे इंस्ट्रक्शंस सभी मैनेजरों को दिये गए हैं। ये डिब्बा छाप पिक्चर बड़ी फायदेमन्द होती हैं। एक पेटी पन्द्रह दिन में घूमकर

आ जाती है। पाँच पेटियाँ सभी थियेटरों में इसी प्रकार घूमती रहती हैं। ठीक चल रही है।"

इंटरवल के बाद देखने पड़ रहे सिनेमा का डर चांगदेव के मन में ऐसा बैठा कि चांडक की आवाज आते ही वह नींद का नाटक करने लगा। या फिर रूम में बैठे और लोगों से कहलवाता कि कहीं बाहर जाना है। सिनेमा देखना उसकी जान पर बन जाता था।

सवेरे तीन-चार घंटे कॉलेज में पढ़ाने के बाद पूरा उत्साह समाप्त हो जाता। फिर दिन-भर सुस्त दिमाग से मित्र-मंडली के साथ कुछ भी बेसिर-पैर की बातें करते रहता। यह क्रम चल निकला। पिछले साल सवेरे का पढ़ाना बेजान-सा होता था और शाम का वक्त जोश-भरा। और खुद के बारे में फालतू चिन्ता बनी रहती। इस वजह से पिछला वर्ष बड़ी भयानक उदासी में बीता। हर गाँव की एक नब्ज होती है, वह जब तक नहीं मिलती जीने की खुशी नहीं मिल पाती। कदाचित पिछले गाँव की नाड़ी पकड़ में नहीं आई होगी। मुम्बई की नाड़ी मिल गई थी इसलिए वहाँ खुलकर जी सका। अब इस गाँव की नस और इस धन्धे की चाभी भी मिल गई। छात्रों को खूब सोचने पर मजबूर करना, खूब ज्ञान देना और दिन का पूरा जोश उनके लिए खर्च करना। बाकी फिर खुले दिल से खाना-पीना, चाय, दोस्त लोग, गपशप, सिगरेटें, घूमना वगैरा। फालतू चिन्ता नहीं करना। बाहर की बातों का एक पुख्ता कांक्रीट अपने भेजे पर डालना मतलब अपनी निरुपयोगी भावनाओं के कोंपल न उगने पाएँ, ये विचार इस गाँव में उसे अच्छे से मिल गया।

सिगरेट ज्यादा पीने से एक बार सीने में जोरों का दर्द उठा और आँखों के सामने निर्मम अँधेरा छा गया। फिर महीना-भर के लिए सिगरेट छोड़ दी। इससे थोड़ा ठीक मालूम होने लगा। लेकिन मन का स्वास्थ्य बिगड़ने लगा। अब तो इस ज्वालामुखी को ऊपर आने से रोकना ही होगा। इसलिए अब वह बाहर की बातों में ज्यादा रुचि लेने लगा। लगा कि सिगरेट से बीड़ियाँ अच्छी रहेंगी, खर्चा भी कम होगा। यह सोचकर उसने दस-बारह अलग-अलग नमूनों की बीड़ी पीकर एक ब्रांड अपने लिए तय कर लिया। प्रोफेसर बीड़ी पीते हैं यह देखने के लिए स्टाफ रूम के सामने बच्चे भीड़ लगा देते और पाटील सर को बीड़ी पीता देखकर जोरों से हँसकर निकल जाते। स्टाफ में भी यह बात सभी को हास्यपूर्ण लगी। सस्ती पड़ती है यह वजह बताकर चांगदेव सबको समझाता। आखिर चुप हो गया। गाँव

में भी यह बात सब तरफ फैल गई। एक बार स्वयं एस.जी. ने जी.जी. को फोन किया कि क्या यह सच है कि अपने कॉलेज का कोई प्राध्यापक बीड़ी पीता है? उसका क्या करना है?

जी.जी. ने उत्तर दिया, "ये आजकल के छोकरे ऐसे ही कुछ-कुछ स्टंट करते रहते हैं। और यह लेक्चरर तो अपने पास इसके बावजूद आया है कि कानिटकर ने इसे इन्क्रीमेंट नहीं दिया था। वो पढ़ाने में अच्छा है, उसे इन्क्रीमेंट देने का डिसीजन हमें जल्द ही लेना चाहिए।"

सिगरेट की तलब चांगदेव को बाद में कभी हुई ही नहीं। बीड़ी का कड़क जायका उसकी मानसिकता से मिलता था। कई सालों की चारमीनार की दोस्ती छूट गई। बाद में उसने कपड़ों को इस्त्री करना भी छोड़ दिया। धोकर सुखाए हुए कपड़े पहनकर कॉलेज चला जाता। इससे उसे ज्यादा खुलापन और आजादी का एहसास होता, और तो और अध्यापन कार्य भी अच्छा होने लगा।

यह गाँव कुल मिलाकर खुशहाल था। इस शान्तिपूर्ण गाँव में कॉलेज का होना बड़ी बात थी। इसी कारण प्राध्यापक लोगों का भी सम्मान होता। इस बड़ी संस्था की स्थापना होने के बाद ही गाँव को अच्छे दिन देखने को मिले थे। गाँव के आसपास बहुत-से जंगल होने के कारण वन विभाग के बड़े और महत्त्वपूर्ण कार्यालय भी यहीं थे। लकड़ी और तेल के बड़े कारोबार भी गाँव से सटकर ही थे। जिले के हिसाब से सभी बातें थीं ही। सबसे अहम बात यह थी कि कपास और धान का बहुत बड़ा कारोबार होने के कारण गाँव में ज्यादातर किसान ठीक-ठाक धनी थे। गाँव में बकाली नहीं आए लेकिन दरिद्रता भी न हो इतनी समृद्धि गाँव में इन दिनों आ गई थी। गाँव से दो-तीन विधायक-मंत्री आदि भी थे, सो सरकार की भी गाँव पर मेहरनजर थी। बाहर से ज्यादा लोगों के न आने से गाँव की मूल कृषक संस्कृति भी पहले जैसे ही बरकरार रही। गत दस-पन्द्रह सालों में कृषि में क्रान्ति होने से समृद्धि बढ़ गई थी। लेकिन लोगों का रहन-सहन वही पुराने किसानी ठाठ का था। रात में सभी लोग आँगन में खटिया डालकर सोते। अच्छे-बड़े बँगलों में गाय, बैल, भैंसें बँधी रहतीं। खेती के औजार दिखाई देते। पूर्णत: सफेदपोश हो जाना गाँव को नामंजूर था। जंगलों में बहुत काम मिलता था, इसलिए गाँव में मध्यवर्गीय लोगों को कपड़े, बर्तन आदि कामों के लिए काम करनेवाली औरतें मुश्किल से मिलतीं।

कुछ धनिक लोगों के घरों में इस काम के लिए औरतें थीं, लेकिन ये पूर्णतया उन्हीं के घर में रहनेवाली अनाथ अथवा बूढ़ी अथवा विधवाएँ थीं। घरेलू काम के लिए बच्चे या फिर ज्यादातर पुरुष ही रहते।

पन्द्रह साल पहले तो यह गाँव देहात ही लगता था। दुमंजिले मकान इक्का-दुक्का थे। दामले बताते कि जब कॉलेज शुरू हुआ तो प्रोफेसर कैसे दिखते हैं यह देखने के लिए लोग पुल के पास जमा हो जाते थे। प्रिंसिपल शिन्दे को देखने के लिए कामकाज छोड़कर औरतें घर के दरवाजे में खड़ी हो जातीं। दामले ने बताया कि इसी कारण मई की गर्मी में भी शिन्दे टाई और कोट-बूट पहनकर ही घर से निकलते। लेकिन अपनी भैंस को दुहने का काम शिन्दे खुद करते।

कुल मिलाकर गाँव में बड़े शहरों-सा फूहड़ उत्साह या देहाती लोगों-सा आलस नहीं था। अपनी पेट-भराई सादगी से करते हुए लोग सन्तुष्ट थे। यह असंस्कृत माना जाता कि पति-पत्नी दोनों नौकरी करें। इसीलिए कॉलेज के दूसरे प्रिंसिपल मोडक ने अपनी पत्नी को, जो एम.ए. पास थी, कॉलेज में नहीं लिया। लेकिन देशपांडे दम्पती ने यह बात नहीं मानी। इन दोनों के बारे में अभी भी गाँव के लोगों और कॉलेज में भी अच्छा मत नहीं था। प्राध्यापक सोनार उनके बाजू में रहता था। वह एक बार बोला, "साले ये दोनों कुछ भी अजीबो-गरीब हरकतें करते रहते हैं। रात में कभी भी अचानक उठ बैठते हैं। दोनों में से एक पेटी बजाता, दूसरा गाना गाता। फोकट परेशान करते साले।" एफ.जेड. बोलते, "निरे पगले हैं ये दोनों देशपांडी। दिन-भर कॉलेज में साथ-साथ रहते हैं, रात में और दोपहर में भी साथ-साथ हैं शाम को नदी किनारे घूमने भी साथ-साथ जाते हैं। क्या एक-दूसरे से ऊबते नहीं ये दोनों? चक्रम हैं साले," और एफ.जेड. जोरों से हँसते, "हू हू हू हू।"

गाँव के ठीक बीच से बड़ा हाइवे नागपुर जाता था। रात-दिन बड़े-बड़े ट्रकों का आना-जाना लगा रहता। ड्राइवर बड़े बेमुरव्वत होकर लारियाँ चलाते। इस वजह से कॉलेज जाते समय रोज एक-दो सूअर रास्ते पर कुचले हुए दिखते। उनकी आँतें इधर-उधर बिखरी होतीं जिनके इर्द-गिर्द कुत्ते, कौवे, गीदड़ मँडराते रहते। सूअरी के बच्चे अपनी मरी हुई माँ के आसपास घूमते रहते। कुत्ते भी मरे हुए मिलते। कभी कुछ कुत्ते इन सूअर के पिल्लों को खाते नजर आते। यह बड़ा ही भयावह लगता। बाकी गाँव में कहीं कोई हिंसा नहीं दिखती थी। पुलिस अफसर कहते कि पिछले कई सालों में गाँव में किसी का खून नहीं हुआ। नीचे वाली म्लेच्छ बस्ती

में और गाँव के आसपास सभी तरफ गरीब लोग बसे थे। लेकिन उनकी भी एक प्रतिष्ठा थी, सम्मान था क्योंकि उन्होंने कभी किसी को तकलीफ नहीं दी। अमीरों के घर काम करना गरीबों की औरतों को अप्रतिष्ठा की बात मालूम होती। कुल मिलाकर लोग सीधे-साधे भोले-भाले थे।

एक बार चांगदेव की एक पुरानी कमीज की आस्तीन फट गई तो वह उसे सिलवाने के लिए एक दर्जी के यहाँ गया। यह दर्जी अपने घर के सामने ही एक ऊँचे चबूतरे पर मशीन लगाए हुए था। वहीं सिलाई का काम करता रहता। खुद दर्जी होकर भी उसके कपड़े हमेशा फटेहाल रहते। गली में खड़े होकर उसे देखने के लिए गर्दन ऊँची उठानी पड़ती। पीछे घर के आँगन में बच्चे खेलते रहते। कभी औरत धान वगैरा बीनती दिखती। कभी-कभी चार-पाँच औरतें अपनी अँगिया सिलाने के लिए उसे कपड़ा देकर वहीं उसकी पत्नी से दुख-सुख की बात करने बैठ जातीं। उन बातों में दर्जी भी बहुत रस लेकर शामिल होता।

"अब तुम्हीं बताओ बहना, ऊपर वाले की करनी के आगे किसी का कुछ चला है? फिर अपने जिया को काइकु लगा लेना सब?"

सिर को हाथ लगाकर रोनेवाली गिन्हाईक औरत बोली, "लेकिन भौ, अपने कोईच फिकर रहती, रहती की नईं? वो क्या खतम होती? कैसे जान चली जाती देखते-देखते हँसते-खेलते?"

"बोले तो वो भी ठीकच है लेकिन अपना कुछ बस चलता क्या? बोलो भला! अरे पोट्टों, इतराओ मत ना, चीप बैठो।"

चांगदेव नीचे खड़े-खड़े यह सम्भाषण सुनने में तल्लीन हो गया। जैसे समाधि में हो। फिर यह सम्भाषण अचानक रुक गया—"क्यों भौ? आओ ना ऊपरीच। सतरंजी डालेंगे।" "नहीं।" "जरा इतना सा टाँका ले दो।" "अच्छा, आओ ना ऊपरीच। जरा बैठो। घर में भागो रे पोट्टों।"

"नहीं। मैं यहीं रुकता हूँ। बच्चों को खेलने दो।" मशीन के डोरे झटपट तोड़कर, चोली अलग रखकर, बच्चों से—अरे इतराओ ना उधर खेलो—ऐसा कहते हुए उसने चांगदेव की कमीज ली और उसे उलटा कर मशीन पर चढ़ा दिया। फिर टाँके लगा दिये।

"ढोसा लग्या क्या?"

"ढोसा?—हाँ, कील में अटक गया।"

"वोईच। अब अच्छा हो गया। सिलाई दिखाई नी देगी। अरे पोट्टों, हटो उधर, अजी लो ना इसे।" उसने मशीन से धागे तोड़ते हुए कमीज को अलग निकाला और उसे फिर से सीधा करते हुए ठीक से लपेटकर कुर्सी टेढ़ी होने तक झुककर चांगदेव के हाथ में दे दिया।

चांगदेव बोला, "कितने हुए?"

"क्या, कित्ता बजे, पूछा क्या?"

"नहीं, पैसे कितने देना है, पूछा।"

"पैसे? कायके पैसे भौ?—चीप बैठो रे पोट्टों।"

"यही, टाँके मारने के?"

वह दर्जी इस तरह बोला मानो उसके हाथों कोई अपराध हो गया हो, "पैसे कायके भौ? ना-ना, इत्ते से काम का कोई भला पैसे लेता क्या? और कोई दे भी क्यों?"

पढ़े-लिखे लोगों की तरह बात खत्म करने के अन्दाज में चांगदेव बोला, "नहीं-नहीं दुकानदारी है तो बिना कुछ लिये-दिये कैसे चलेगा? लो ये ले लो।" और हाथ ऊँचा उठाकर किसी तरह उसकी मशीन पर दो आने रखकर चांगदेव जल्दी-जल्दी वहाँ से निकल पड़ा कि कहीं वह पैसे वापस न कर दे।

लेकिन जाने के बाद उसे लगा मानो उसके हाथ से कोई गुनाह हो गया। ऐसे भले आदमी को मैंने जबरन पैसे दे दिये और वह भी दो आने। कम-से-कम चार आने तो देता। सच पूछो तो एक रुपया देने की बात थी। वह दर्जी, वह चबूतरा, वह मशीन, नीचे गली में—उसके पैरों के पास—खड़ा चांगदेव ऐसा एक दृश्य स्थिर हो गया और चांगदेव के दिलो-दिमाग पर छा गया। एक प्रतीक की तरह।

पहली अगस्त को वेतन मिला तो माली को साथ लेकर चांगदेव इसी दर्जी के पास कपड़े सिलवाने गया। दोनों ने कमीज के लिए ऊँची किस्म का कपड़ा लिया था। दर्जी को देखते ही माली बोला, "क्या यह अपने कपड़े सी सकेगा? चलो, उधर अच्छी दुकानें हैं।"

चांगदेव बोला, "अच्छा-बुरा क्या होता है कमीज में? अपने तन पर फिट बैठ जाए इतना काफी है।"

लेकिन माली ने अपने कपड़े वहाँ नहीं दिये। चांगदेव सीढ़ी चढ़कर ऊपर जाकर बोला, "दो कमीज और दो पाजामे सिलाने हैं।"

उसके हाथ से कपड़े लेकर सीधा करके उस पे हाथ फेरते हुए दर्जी अदब से बोला, "पाजामे तो मैं बना देता। लेकिन कमीज के लिए टेलर देखना पड़ता भौ।"

चांगदेव बोला, "मतलब आप टेलर नहीं हैं क्या?"

"ना बाबा, टेलर की दुकान में लगाने का पैसा नहीं भौ। अपनी गरीबी में येई काम ठीक है, घर में बैठे-बैठे।"

"बना दो, क्या लगता उसको, कोशिश तो करो।"

"है मेरे पास बही में कमीज का माप लिखेला। लेकिन कभी सिया ही नहीं तो वो अच्छा होगा कैसे? भौ, देखो ना दुसराईच टेलर?"

"बना दो आप ही—कैसा भी—मुझे चलेगा।"

"ठीक है, आओ हफ्ते-भर में फुरसत से बनाऊँगा।"

हफ्ते-भर बाद जब चांगदेव उसके यहाँ गया तो ऊँचाई पर बैठा वह बोला, "राम राम, ये पाजामे कभी के हो गए। लेकिन इन कमीजों ने बड़ा सताया बाबा। लेकिन कॉपी में देख-देखकर सिया मैं, देखो। खासच हो गए ये। अब आपको जँचे या न जँचे। लाना तो वो साहब के कपड़े। वो पोट्टा सोया की नै? साला।" उसकी पत्नी जो बच्चे को डरा-धमकाकर सुला रही थी, अन्दर जाकर कपड़े लेकर आई।

"इसकु जरा भारी बटन लगाए तो अच्छा रहिंगा। मेरे पास तो हलका माल है, नायलान के बटन ला देंगे तो ठीक होंगा। अब तो वोईच फैसन है।"

फिर चांगदेव खुद नायलॉन के बटन लेकर आया। दर्जी अपनी बीवी से बोला, "अपना काम छोड़ दे थोड़ा, ये बटन जोड़ दे जल्दी। बच्चे को थोड़ा नीचे सुला दे साले को।"

चांगदेव बोला, "मैं थोड़ा घूमकर आता हूँ, तब तक।"

"आओ भौ, जाकर आधे घंटे में, तब तलक होताच काम।"

वाणी के घर थोड़ी देर बैठकर वह वापस आया। पुराने अखबार में कपड़े लपेटकर रखे हुए थे। उन्हें लेकर उसने दर्जी के हाथ में दस रुपये का नोट थमा दिया। बड़ी कोशिश करके दर्जी उठा और टोपी सँभालते हुए लम्बे डग भरता हुआ, बाजू की दुकान से छुट्टा लेकर आया। पूरे छुट्टे पैसे चांगदेव के हाथ में देकर उन्हें वह ललचाई नजरों से देखने लगा।

चांगदेव ने उसे सिलाई के काफी रुपये दिये तो वह हाथ जोड़कर कहने लगा, "कुछ गलती हो तो वापस ले आना। उसमें रूमाल भी बाँध दिये हैं।"

चांगदेव बोला, "रूमाल कौन से?"

"बचे कपड़ों से निकाले। चार-चार इंच का कपड़ा ज्यादा था।"

घर आकर चांगदेव ने कपड़ों को खोलकर देखा। पाजामे अच्छे बने थे। कमीज भी अच्छी थी, पर कुछ ज्यादा ही ढीली बनी थी। और चार-पाँच रूमाल देखकर तो उसे मजा आ गया। कोई टेलर इस तरह से बचे हुए कपड़ों के रूमाल नहीं बनाता। ये रूमाल आगे कई साल तक चले।

उसकी कमीज सभी के लिए हँसी की बात हो गए। लेकिन चांगदेव पर इसका कोई असर नहीं हुआ। वाणी ने उसकी हँसी उड़ाते हुए कहा, "अब तो कौड़ियों का टोप पहन लो और बन जाओ वासुदेव। जय अम्बे माँ—जय अम्बे माँ—हा हा हा।"

पूरा एक महीना जोरों की बारिश होती रही। इसलिए आते-जाते हमेशा भीग जाता था और गीले कपड़े बदल-बदलकर पहनने पड़ते थे। एक छाता लेना पड़ा। लेकिन इस बात में एक अनोखी खुशी का अनुभव होता कि सवेरे जल्दी से उठकर, फुर्ती से नहा-धोकर जल्दी-जल्दी पैदल चलकर कॉलेज जाना है। अपने सर के साथ हँसी-मजाक करते हुए पैदल चलने में छात्र भी खुशी का अनुभव करते। कॉलेज पहुँचते ही सबसे पहले कैंटीन में चाय के साथ चिउड़ा खाकर एक-दो बीड़ी फूँकते ही उसे मानो सुरूर आ जाता। फिर घंटी बजते ही स्टाफ रूम से निकलकर क्लास रूम में जाता एक के बाद एक बारह बजे तक क्लास लेते-लेते थकान आ जाती। बीच में तीसरा पीरियड बोडस का भी खाली रहता। दोनों साथ-साथ चाय पीने जाते। बोडस की सारी उम्र शब्दों का खिलवाड़ करने में गुजर गई। जहाँ कुछ सूझा नहीं तो शब्दों को उलटकर इस्तेमाल करते और खुद ही हँसते रहते। 'कापआ रकटनिका धाग है', कहते और खूब हँसते। उधर से शेख को जाता देखकर यह कहते, 'खशे लाच, खशे लाच' और हँसते।

साढ़े ग्यारह के बाद माली का एक लेक्चर साइंस के छात्रों के लिए होता था इसलिए चांगदेव उसकी राह देखते हुए लाइब्रेरी में बैठकर पत्रिकाएँ पढ़ता

रहता। फिर स्टाफ रूम में आकर नामजोशी और माली को साथ ले कैंटीन में खाना खाने जाता।

शेख के सिवा कोई भी आजकल कानिटकर से बात नहीं करता था। लेकिन चांगदेव जान-बूझकर उनके पास जाकर बैठता। वे चांगदेव के रूम पर रोज शाम को रेनकोट, हैट वगैरा पहनकर आते और घंटा-दो घंटा वहीं बिताते। कॉलेज की राजनीति के बारे में लगातार बोलते हुए उकता जाने पर वे खुद ही बात का विषय बदलते। प्राचार्य पद का उन्हें काफी अनुभव था। साथ ही बीस वर्ष तक कर्नाटक और महाराष्ट्र में अध्यापन कार्य करने का भी अनुभव और किस्सों का खजाना था उनके पास, जिसके बारे में वे बोलते रहते। शेख की उपस्थिति में इन बातों का रंग और भी जमता। लेकिन वाणी या दूसरा कोई आ जाता तो वे जल्दी निकल जाते। फिर रूम पर अलग तरह की बातें होतीं। नकवी और बोडस आते तो शतरंज की बाजियाँ होतीं। चांगदेव भी धीरे-धीरे सीख गया था। एक महीने में तो वह शतरंज में माहिर हो गया। उसे समझ में आ गया था कि वक्त काटने के लिए यह बहुत अच्छी चीज थी। जब से खुद चांगदेव को शतरंज का नशा होने लगा तब से माली, फेगड़े आदि लोगों को दिक्कत होने लगी। वे उसके रूम पर आकर रेडियो लगाते और आठ बजने की राह देखते। फिर भोजन के लिए कॉलेज की ओर निकलते।

चांगदेव कहीं बाहर गया हुआ होता तो सभी लोग चक्कर काटकर परेशान होकर चले जाते। दूसरे दिन कॉलेज में मुलाकात होने पर उसे बोलते, "कहाँ छुप गए थे? कल शाम को हम परेशान हो गए। आज तो रहोगे न रूम पर?" एक बार के तलाकशुदा मिश्रा जी नवजीवन कॉलोनी में अकेले रहते थे। वे भी कभी-कभार वक्त गुजारने चांगदेव के रूम पर आ जाते। कई बार ऐसा होता कि कभी किसी से कुछ काम रहता तो उसे सी.ए. के रूम पर आने का कहकर वे शाम को उसके रूम पर आते। घर में जगह कम होने से कासार सर भी इसी रूम पर कॉपियाँ जाँचने का काम करते। वो प्यून को सीधा कह देते, "कॉपियाँ सी.ए. के रूम पर ले जाकर रख दो। मैं वहीं देख लूँगा।"

शिरसीकर बोलते, "दूसरे के रूम पर ये झंझट क्यों लगाए कासार भौ?"

कासार हँसकर बोलते, "नहीं तो क्या काम रहता है इस साँड़ को। जब तक संसार का पचेटा पीछे नहीं लगता तभी तक जाएँगे इसके यहाँ। कल को अगर शादी हो गई तो क्या हम जाएँगे उसके यहाँ?"

"वह भी हमें क्यों आने देगा तब भला?"

मिश्रा कभी-कभी कहते, "क्यों बन्धु, कुछ दिनों के लिए मैं रेकॉड्र्स लाया हूँ कुछ-कुछ दोस्तों से। तुम्हारे ह्याँ रख देता। सुनेंगे इतवार को। मेरे ह्याँ कोई भी आकर बजाने लगता है। तुम्हारे ह्याँ सुरक्षित रहेंगे।"

चांगदेव को कुछ दिन मौज-मस्ती के लगते। दोपहर और रात को मिश्रा जी का प्लेयर बजाने में वक्त अच्छा गुजरता। आने-जानेवाले दोस्त कुछ खाने-पीने का मँगवा लेते।

मिश्रा जी कत्थई रंग का कोट पहनकर आ जाते तो चांगदेव इसका मतलब भली-भाँति समझ जाता था। मिश्रा कहते, "आज हमारे साथ खाना खाना। वो चूतिया दामले की आज छुट्टी, क्यों बन्धु?"

तब माली वगैरा सभी को बेमन से खाने को निकल जाना पड़ता। फिर नीचे का दरवाजा बन्द कर मिश्रा जी ऊपर आते-आते अपने कोट से बोतल निकालते। मटके से ठंडा पानी भी खुद ही ले लेते। और बोतल खलास होने तक दोनों पीते। औरतों को लेकर मिश्रा की बड़बड़ाहट शुरू हो जाती। बीवी कैसे लाना, इस बारे में मिश्रा जी चांगदेव को लेक्चर देते। फिर दोनों सुनसान रास्तों से होकर गाँव के बाहर एक झोंपड़ीनुमा होटल में मुर्गी खाकर आते। वापसी में मिश्रा जी यह पूछने से नहीं चूकते, "बन्धु, चलते क्या?"

"कहाँ भई?"

"मेरे साथ—छबेली के ह्याँ!"

"छोड़ो यार। तुम जाओ।"

"चलो यार, कुछ नहीं होता। बाद में स्ट्राँग सोडा पी लेना। कुछ नहीं होता। चूतिये हो तुम पूरे। तीस साल गुजार लिये, अब रहा ही क्या है? चलो...।"

"नको रे बाबा। कहीं सड़-वड़ गया तो मर जाएँगे।"

"तो ड्यूरापैक ले लेंगे।"

"ड्यूरापैक? उसमें क्या मजा है? उससे तो मुट्ठी अच्छी साले, जाओ तुम, गुड नाइट, हैप्पी स्ट्रोक।"

मिश्रा के बारे में चांगदेव को सबने आगाह किया था लेकिन उसे मिश्रा से कभी डर नहीं लगा। दोस्ती के लिए मिश्रा अच्छा था। चांगदेव ने यह पक्का तय कर रखा था कि रूम पर अकेला नहीं रहेगा। अकेला रहने से शैतानी खयाल हावी होते हैं। कभी जब ऐसा होता कि रूम पर कोई नहीं आता तो उसकी छटपटाहट बढ़ जाती। किसी के आने की आहट सुनने के लिए वह दरवाजे की आवाज पर

पूरा ध्यान देने लगता। कोई न आता तो वह जल्दी में कपड़े पहनकर पैदल नदी पार कर नवजीवन कॉलोनी में चला जाता। किसी के भी घर। पी.टी. हमेशा घर पर मिलते, बच्चों के साथ खेलते हुए। वहाँ पोहा, चाय तो कभी भोजन लेकर फिर रात में रूम पर वापस। लेकिन ऐसा कभी ही होता, रोज कोई-न-कोई रूम पर आ ही जाता। कभी-कभी तो 15-16 लोग आ जाते। प्रिंसिपल जी.जी. एक बार बोले, "आपके रूम पर 'इवनिंग स्टाफ रूम' की तख्ती लगाने का मेरा विचार है।" एक बार तो जी.जी. और राजपूत भी इस 'प्रेक्षणीय' स्थान को आकर देख गए। सभी को यह रूम एक खास चीज लगने लगा था। लेकिन इस भीड़ में पढ़ाई के लिए ज्यादा वक्त नहीं मिल पाता। भोजन के बाद रात में जो थोड़ा वक्त मिलता वही। शनिवार-रविवार को तो सारी रात राक्षसों की तरह जागकर बी.ए. के एक कठिन पेपर की पढ़ाई पूरी कर लेता। नीचे की कक्षाओं को पढ़ाने के लिए रोजाना रात में दो-तीन घंटे पढ़ना होता ही था। पहले सब पढ़ा हुआ था सो अब सभी कुछ आसान लगता। छात्र भी अच्छे थे। नया-नया बहुत कुछ उन्हें पढ़ा देता। ऊपर की कक्षाओं के छात्र तो एक भी पीरियड से नहीं चूकते थे। ये पच्चीसेक लड़के-लड़कियाँ उसे बहुत सराहने लगे थे।

लेकिन क्लास छूटने पर किसी भी छात्र को मिलने से वह टाल देता। एकदम से स्टाफ रूम में दोस्तों की गपशप में घुस जाता। दो-चार खूबसूरत लड़कियाँ थीं। बातों-बातों में कुछ लफड़ा हो जाता। और यह खुशी की बात थी कि इस मामले में यह गाँव अभी पिछड़ा हुआ सा था। लड़कियों के लफड़े गाँव में बहुत कम सुनने-देखने को मिलते। किसी की बदनामी करने के लिए ही किसी का नाम औरतों से जोड़ा जाता। कॉलेज के पूरे इतिहास में केवल तीन-चार प्रेम विवाह हुए थे। पुराने छात्र हर साल यह इतिहास नए छात्रों को बताया करते। लड़के-लड़कियाँ घूमने के लिए जाते थे लेकिन उनमें जो वातावरण था वह पुरानी मराठी रोमांटिक कविता जैसा था। बच्चे खासकर अविवाहित प्राध्यापकों को साथ ले जाते। नामजोशी, माली, सूर्यवंशी, फेगड़े ऐसे मौके को छोड़ते नहीं थे। लेकिन चांगदेव हमेशा टाल देता। गाँव में ही दिन मजे से बीत जाता है कहीं घूमने जाने की जरूरत ही नहीं थी। और जबसे उसे शतरंज आने लगी तबसे वह लोगों को खास बुलावा देने लगा। पास में ही रहने के कारण बोडस को कभी भी बुलाओ वो खुशी-खुशी आ जाते। दिन में और रात में कॉलेज के दो चक्कर हो जाते। खाना अच्छा होने से नींद भी बहुत अच्छी आती। खाना खाते

वक्त सभी नामजोशी के हिन्दुत्ववाद पर टूट पड़ते। इसमें और मजा आता था। वक्त गुजारना यहाँ कोई मुश्किल काम नहीं था। आगे कभी एक बार नदी के किनारे-किनारे चलकर पर्वतों के बीच नदी के उद्गम तक जाने का साहसी इरादा उसके मन में था ही। वह यह भी तय करता कि उस पर्वत पर हमेशा जाया जाए। पर्वत सुहाने थे। लेकिन ये बाद में कभी। हर चीज से ऊब जाने पर वह पहाड़ पर जाने के अपने इरादे के बारे में सोचता और आते-जाते पहाड़ियों को सन्तोष भरी निगाहों से देखता।

जबसे यह नया प्रोग्राम तय हुआ कि हर रविवार को शतरंज की पचास बाजियाँ खेली जाएँ तबसे कॉलेज वाले और गाँव वाले कई लोग रविवार को रूम पर इकट्ठा होने लगे। कई बार तो रूम इनके जिम्मे छोड़कर वह खाना खाकर आ जाता। मेन रोड के साइकिल की दुकानवाले अब पहचान के हो गए थे। इसलिए कई बार जब जी चाहे तब चलते-चलते ही साइकिल पर कॉलेज चला जाता। एक मुसलमान साइकिल वाला ज्यादा पहचान का हो गया था। आधे घंटे के लिए वह कोई पैसा नहीं लेता था।

शतरंज खेलते हुए एक दिन बोडस बोले, "इतनी तीन रूम की जगह है फिर भी आप कुछ नहीं करते महाशय।"

नकवी बोले, "क्या तू उसे शादी करने के लिए बोल रहा है?"

बोडस बोले, "देखो, शादी के अलावा दूसरा कुछ रहता ही नहीं मुसलमान के दिमाग में। चांगदेव, आप सुबह उठकर ऐसे ही कॉलेज जाते हैं, ये ठीक नहीं। इस उमर में ही सेहत बनती है। आप जैसे कुँआरे के रूम पर दूध, पाव, अंडे वगैरा तो होने ही चाहिए। अच्छा-सा ऑमलेट बनाकर खाओ, ओवल्टीन मिलाकर दूध पीओ फिर देखना, कैसे फ्रेश मालूम होता सवेरे। नटीलव्हओ मेंधदु स्टबे।"

चांगदेव को सुबह नाश्ते में ऑमलेट खाने की बात जम गई। वह बोला, "उसके लिए तो बहुत सारा झंझट खड़ा करना पड़ेगा। मैं ये सब पिछले साल उधर ही छोड़ आया। वैसे स्टोव ले आया हूँ। वहाँ के मालिक ने जबरन मेरे सामान में बँधवा दिया था। पवार बेचारे बड़े अच्छे थे।"

"दस-बारह रुपये में ये सब चीजें आ जाएँगी। नाश्ते का बाहर का रोज का खर्चा कितना है वो तो देखो। शक्कर, चाय के डिब्बे तो मेरे घर से ले जाओ। कॉलेज से लौटते वक्त रोजाना पाव, अंडे, साँबर ले आना। दूधवाला अपन की

गली में आता ही है। कम-से-कम चाय का तो इन्तजाम करो। होटल की चाय पीकर अब मितली होने लगी है। कीलटेहो यचा न्दब।"

नकवी बोले, "देखो, बम्मन को तो खाने में इंटरेस्ट जास्ती है।"

चांगदेव बोला, "अभी चलो, सामान लेकर आते हैं। नकवी साब, तुम ठहरना जरा। कोई न कोई तो आता ही होगा थोड़ी देर में। शेख तो जरूर आएगा।"

"जल्दी आना भाई, अकेला बोर हो जाऊँगा। आधे घंटे के अन्दर कोई नहीं आया तो मैं चला जाऊँगा।"

बाजू के मेन रोड की ओर जाकर बोडस और चांगदेव ने बर्तनों की दुकान से स्टील की दो पतीलियाँ, सँड़सी, चम्मच, ऑमलेट पैन, उलथना, दो थालियाँ, कप, तश्तरी आदि खरीद लिये। रॉकेल समेत डिब्बा, पानी के लिए लोटा आदि भी लिया। पंसारी की दुकान से जीरा, नमक, डालडा, मिर्च, शक्कर, चायपत्ती, मिल्क पाउडर आदि लेकर वापस रूम पर आए। यहाँ नकवी और वाणी में शतरंज की बाजी चल रही थी। वाणी का वजीर नकवी के ऊँट की चपेट में आ गया था और वजीर हिलाने से पीछे राजा को शह मिलनेवाली थी। वाणी अगर नकवी का ऊँट मारता तो ऊँट के पीछे से आया घोड़ा वजीर को खा जाता। इसलिए हारने को तैयार वाणी बोला, "अच्छा मारा नकवी ने। मुसलमान है साला। ईरान से ही घोड़ों को घुसाया सालों ने हिन्दुस्तान में। वे क्या तौलें अपने को। माँ के मुसलमान।"

पान चबाते हुए वाणी की चालों पर ध्यान देते हुए नकवी हँसकर बोले, "खेलो बेटा, खेलो।" इतने में बोडस खाली डिब्बे लेकर आते हुए बोले, "डिब्बे ये रहे। चलो अब तुम लोग अंडे, मिर्च, साँबर ले आओ और करो उद्घाटन। तब तक मैं इस मुसलमान के घोड़े को फिर से ईरान खदेड़ देता हूँ।"

नकवी बोले, "तू क्या खेलेगा बम्मन। भागना आता खाली तुम को। चलो, लगाओ बाजी।"

और ऐसे सब चलता रहा। बाजार से जल्दी आने के लिए चांगदेव मेन रोड वाले मुसलमान से साइकिल लेकर निकला। जल्दी में साइकिल लेते समय यह ध्यान नहीं रहा कि उसके ब्रेक नहीं लगते थे। यह तब समझा जब वह भगत सिंह चौक की भीड़ से गुजरने लगा। पैर टिकाते-टिकाते उसकी साइकिल एक गांधी टोपी पहने आदमी से टकरा गई। उस आदमी ने सतर्क होकर हैंडल पकड़ा तो थोड़ा सा धक्का लगा। अब हो गया लफड़ा, यह सोचकर चांगदेव खुद ही जोरों

से बोल पड़ा, "मैं तो कहाँ से घंटी बजा रहा था, आपने सुना नहीं?"

लगा कि वह नाटा आदमी गुस्सा होकर ऊँची आवाज में बोलेगा। लेकिन उसका चेहरा बहुत ही भयभीत-सा हो गया। वह बोला, "लेकिन हमने कुछ कम्पलेंट की क्या भौ?"

चांगदेव ने भी उससे कहा, "ब्रेक ठीक नहीं था जरा माफ करना।" वह आदमी भी नमस्कार कर आगे चला गया। इस गरीब आदमी के लिए चांगदेव के मन में अपार करुणा जाग पड़ी।

चांगदेव अंडे, साँबर आदि लेकर आया तब तक बोडस की सहायता से वाणी का वजीर बच गया था। शतरंज की बाजी अच्छी तरह देख लेने पर चांगदेव ऑमलेट बनाने के लिए अन्दर जाने लगा तो दरवाजे में सूर्यवंशी और फेगड़े दिखे। उनके हाथ में सामान पकड़ाकर, 'यह अन्दर रखो' कहकर वह उनके लिए अंडे लाने बाजार की ओर गया। दो अंडे लेकर आया और यहाँ उसे शेख और माली भी आए हुए दिखे। परेशान होकर वह बोला, "अब मैं नहीं जाता, शेख, तुम खुद लेके आओ अंडे। साइकिल भी वापस कर देना।" माली के हाथ में पैसे देकर शेख बोला, "तू लेके आ, मैं खेलने को बैठता।"

उधर बोडस के हमले से परेशान हुआ नकवी गालियाँ बकते हुए उठ खड़ा हुआ और चांगदेव को रसोईघर में सामान रखने के लिए हिदायतें देने लगा। फिर शेख और नकवी खेलने लगे। नकवी ने शेख के राजा को जगह पर ही मार गिराया। सूर्यवंशी बोला, "इस नकवी को देखो मैं अभी हराता हूँ।" बोडस और चांगदेव ऑमलेट बना रहे थे। माली और अंडे ले आया। बोला, "जल्दी करो यार, नहीं तो और लोग आ जाएँगे।" उसी डर से उन्होंने जल्दी में ऑमलेट बनाए और तश्तरियों में रखकर बाहर ले आए।

सूर्यवंशी मुश्किल से अपने मोहरे बचा पा रहा था। ऑमलेट खाते हुए बोडस बोला, "वाह वा सूर्यवंशी। मुसलमान को मस्त हरा दिया। नकवी का घोड़ा बहुत खतरनाक चलता, सूर्यवंशी। उसकी तरफ ध्यान देना।"

शेख बोला, "अब जो हारेगा उसी को चाय बनानी है, कैसा?"

इसके साथ ही नकवी पान थूककर आया और ज्यादा ध्यान से खेलने लगा।

बोडस बोला, "मराठी है वो, शिवाजी वर्सेस औरंगजेब चल रहा है। खेलो, खेलो, जीवाशि सर्सेव बजेगरंऔ। हा-हा-हा।"

घोड़े को आगे चाल देते हुए नकवी बोले, "लेकिन मस्त पकड़ा था ना तुम्हारे

शिवाजी को? क्या चिड़ियों की तरह चहक रहा था, तो आठ दिन में ही नाक दबाया था जयसिंग ने। वैसाच सीधे आगरा क्यों?"

अपना वजीर आगे लाते हुए सूर्यवंशी बोला, "वही तो चाल थी तुम लोगों की, खुद पीछे रहना और हमारे लोगों को हमारे ऊपर डालना।" नकवी बोले, "आमने-सामने जंग करते थे बेटा। तब भी हरा दिया है जंग में। चलो, कितनी देर लगा रहे। अपना ऑमलेट भी ठंडा हो रहा है उठाओ वजीर।"

बोडस रसोई के बारे में चांगदेव को समझाने लगे। चांगदेव स्टोव वगैरा साफ करने लगा। बोडस बोले, "सवेरे हलुआ बना लेना—एकदम बेस्ट।" चांगदेव बोला, "इस पाउडर वाले दूध की चाय अच्छी नहीं लगती। सवेरे छह बजे वह दूधवाला चिल्लाता जाता है गलियों में। इस गाँव में यह अजब बात है। दूधवाला घर में नहीं आता। गली में पतीला लेकर जाएँ तब तक वह चला जाता है।

बोडस बोले, "ल्दीज ठऊ ओजा रफि।" कोशिश करो। नहीं तो आपके लिए हम दूध लेकर रखेंगे। मेरी बेटी सन्ध्या दे जाएगी आपको। लेकिन ताजा दूध लिया करो। जब तक आपकी शादी नहीं होती तब तक आपको हमारे लिए यह सब सहन। पड़ेगा।"

क्या करें और?

नकवी बोले, "शादी कर लो यार तुम अब। देर मत करो।"

माली बोला, "इसने शादी की तो तुम सब लोग कहाँ बैठोगे चूतियो दिन-भर? अच्छा है ना ऐसाच।"

सूर्यवंशी का खेल बिगड़ रहा था तो चांगदेव बोला, "जल्दी खत्म करो बे अपना, मुझे और नकवी को एक दाँव खेलना है। सूर्यवंशी तेरे तो पैर काँपने लगे हैं। अब तो सीधा जयसिंग और शिवाजी जैसा मामला दिख रहा। पहले तो शिवाजी जैसी धमचक मचाई और उधर से बढ़ा जयसिंग आया तजुर्बेदार तो खेल खत्म। लपेटो यारो, अब सूर्यवंशी का एक भी मोहरा नहीं हिल पाएगा। भगवा झंडा लपेटकर रख दो अब सूर्यवंशी।"

चांगदेव ने बेगम अख्तर का रेकॉर्ड लगाया और नकवी उस गाने की धुन में कुछ गलत चाल चल गए। मौके की ताक में बैठे सूर्यवंशी ने दो-तीन चालों में अपने मोहरे भिड़ाते हुए नकवी का राजा मार गिराया। सभी खुश हुए—"चलो, उठो औरंगजेब, चाय बनाओ, शिवाजी महाराज की जय!"

नकवी ने अपनी जिन्दगी में कभी चाय नहीं बनाई थी। स्टोव से लेकर हर

बात पर टिप्पणी करते हुए उन्होंने आखिरकार चाय बनाई। तब तक शेख और चांगदेव खेलने बैठ गए थे। आठ बज गए तो माली और फेगड़े भोजन के लिए जाने की जिद करने लगे। लेकिन दाँव खत्म होने का नाम ही नहीं ले रहा था। फिर माली ने खेलनेवालों के बीच में से जान-बूझकर फेगड़े की ओर तौलिया फेंका और शतरंज को तितर-बितर कर दिया। सभी लोग धत तेरे की कहकर माली को मारने दौड़े। फिर दूसरे दिन खेलने का तय करते हुए सभी रूम से निकल पड़े।

"ये आजकल ऐसा ही चल रहा है दो-तीन दिन से," चांगदेव ने बोडस से कहा, "आपने ये ऑमलेट का भूत तो मेरे पीछे लगा दिया। लेकिन रोजाना बाल्टी भर बर्तन हो रहे हैं उसका क्या? कुछ दिन तो मैं माँजता रहा बर्तन विम से। लेकिन अब ऊब गया मैं। पानीवाला भी दो बाल्टी ही पानी लाता रोज। अब इन बर्तनों के लिए क्या तीसरी बाल्टी के पैसे दूँ? और एक बार खा लेने पर झाड़ना, पोंछा लगाना, धोना आदि काम करना मुश्किल है।"

बोडस बोले, "नर्तब नेजमाँ एलिके ईबा। यह तो ध्यान में नहीं आया पहले। हमारे घर में तो मेरी पत्नी यह काम करती। इधर कामवाली बाई मिलने में परेशानी है जरूर। कोई लड़का ढूँढ़ना पड़ेगा इस काम के लिए। नकवी को बोलो कोई मुसलमानी पोट्टे को भेजने के लिए। उसकी गली में 50-60 बच्चे खेलते रहते।"

"लेकिन उस बच्चे ने आना कब? हम थोड़े ही न हमेशा रहते रूम पर। और पानी तो सवेरे या शाम को आता, तो उसने बर्तन कब माँजना?"

बोडस बोले, "सारे सवाल हल होंगे—अपने आप। तुम अपना जो चल रहा है वो वैसे ही चलने द्यो।"

दो दिन के बाद बोडस थोड़ा सा खीजकर बोले, "हमारे कुछ बर्तन हैं शायद तुम्हारे पास! क्या हमारे सारे बर्तन अपने यहाँ लाकर रखने का इरादा है?"

"सॉरी! मैं आज शाम को सभी साफ करके रखता हूँ। रात में खाने को जाते वक्त दे जाऊँगा।" या फिर और दो-तीन नए बर्तन ले लूँ क्या? दूध का पतीला रात में माँजने से उकता जाता हूँ।

"बर्तन कितने भी लो, इस्तेमाल करने पर तो माँजने ही पड़ेंगे?"

"वो भी सही है। लेकिन मैंने बनियान और अंडरवियर सात जोड़ी खरीदे हैं।

रोज कौन धोने बैठता? एक खोके में रख देना और इतवार को सर्फ के पानी में भिगोकर धो डालना। अभी बारिश के दिन हैं, सोमवार को सूखते नहीं कपड़े। मतलब एक और जोड़ा खरीदना चाहिए। सात दिन के सात और आपात स्थिति में आठवाँ जोड़ा। तौलिए से भी बू आती है, वो भी एक लाना है।"

"यह तो ग्रेट आइडिया है। लेकिन सात-आठ पतीले इतवार को माँजना मतलब पूरा दिन सफाई में साफ हो जाएगा।" आप थोड़ा देशस्थों की तरह रहो। इतना साफ-सुथरापन जानलेवा है।"

नकवी बोले, "एक बुढ़िया भेजूँ क्या हर इतवार? सब काम इतवार को निपटा लेना। क्यों? तुमने कुछ नहीं करना हफ्ता-भर।"

शेख बोला, "देखो साला, शादी किए होते तो ये सब कटकटी दूर हो जाती। करो शादी।"

अब तो कामवाली बाई देखनी ही है, यह सोचकर चांगदेव उस दिन मकान-मालिक के पास गया। मालिक बोले, "हमारे यहाँ है बाई, भेजूँ क्या कल से?"

चांगदेव बोला, "कितने पैसे वगैरा देना है, तय करा दो। दूध का, चाय का और दूसरे कुछ ऐसे बर्तन होते हैं। शाम को आए तो चलेगा। झाड़ू लगाना, पोंछा लगाना आदि काम करे तो और ठीक। लेकिन बर्तन माँजना सबसे ज्यादा जरूरी है।"

"ठीक है, भेज देता हूँ।"

दूसरे दिन सुबह जल्दी ही दरवाजे पर थपथपाने की आवाजें आने लगीं। रात में देर से सोने के कारण घड़ी का अलार्म बजने तक सोते रहने का उसका इरादा था। लेकिन इन हल्की थपकियों की आवाज से वह जैसे-तैसे उठ बैठा। दरवाजा खोला तो देखा बोडस की सन्ध्या नहीं थी, एक ऊँची-पूरी बाई थी। पल्लू सँवारते हुए वह बोली, "मालिक ने भेजा है।" थोड़ी देर से उसे यह समझ में आया कि वह बर्तन माँजनेवाली है।

"हाँ, हाँ...आइए, अन्दर आइए। वो वहाँ बर्तन रहते। कपड़े भी धोएँगी क्या आप या फिर केवल इतवार को सब कपड़े धोएँगी? इधर कुछ प्यालियाँ और तश्तरियाँ भी हैं इस रूम में। रुको, मैं ही लाकर देता। वो पतीले उस मोरी पर हैं। जो बगल वालों के साथ साझा की है। रोजाना नहीं रहेगा इतना काम। ज्यादा-से-ज्यादा एक-दो बर्तन। और प्याली-तश्तरी तो मैं ही धो लिया करूँगा। इधर दरवाजे

के पीछे झाड़ू रखी है। आपको जैसे बन आए, वैसे काम करो। मैं सात बजे तक बाहर रहता हूँ। आप साढ़े सात तक भी आएँ तो चलेगा। या फिर ऐसे ही जल्दी आएँगी? या फिर शाम को ही ठीक रहेगा रोज?"

वह कुछ भी बात नहीं कर रही और अपन उसके पीछे-पीछे बड़बड़ाते चले जा रहे हैं, यह बात उसके ध्यान में आई तो वह सकुचाकर बाहर के रूम में आया। बर्तन माँजकर कामवाली अब पीछे के रूम के दरवाजे के पास खड़ी थी। दरवाजे के पास वह खड़ा था तो उसके जाने के लिए रास्ता नहीं बन रहा था। यह बात समझते ही वह बिस्तर पर बैठ गया।

वह थोड़ा सा ऊँघने लगा। तभी अलार्म बज उठा। पानी गर्म करने को रखकर उसने दाँत साफ कर, दाढ़ी बनाई, स्नान किया और कपड़े बदलने लगा। तभी वह चमचमाते धुले हुए बर्तन नीचे से ऊपर लेकर आई। चुपचाप बर्तन रखकर उसने झाड़ू उठाई और बाहर के रूम में गई। चाय का पानी उबल रहा था, उसे देखकर इंसानियत के तौर पर वह उससे बोला, "आप चाय लेतीं क्या? करूँ क्या आपके लिए चाय?"

अपने सिर पर पल्लू लपेटे वह झाड़ू लगा रही थी। पल्लू के अन्दर से ही उसने कहा, "नहीं।"

फिर अपनी चाय उड़ेलते हुए, चाय पीते हुए, उसके पीछे-पीछे चलते हुए वह बोला, "कपड़े इतवार को ही धो देना एक साथ।" बिना कुछ कहे उसने झाड़ू दरवाजे के पीछे रखी और झट से खोली से निकलकर सीढ़ियाँ उतरकर चली गई।

दूसरे दिन अलार्म बजने पर वह उठा तो समझ में आया कि वह बाई नहीं आई है। नहाकर आने तक वह दरवाजा खटखटाकर चली न जाए, यह सोचकर उसने बाहर का दरवाजा खुला छोड़कर स्नान किया। बोडस की सन्ध्या दूध का पतीला रख गई। उसने मालिक के बाजू वाली खिड़की को खोलकर टोह ली। कोई नहीं दिखा तो अपनी प्याली-तश्तरी उसने धो डाली और चाय बनाई। बाई सात बजे तक नहीं आई तो दरवाजा बन्द करते हुए मालिक के पास चाबी रखने के लिए उसने बीच का दरवाजा खटखटाया। उधर से भी किसी ने दरवाजा खटखटाया और कामवाली बाई की आवाज आई। उसने दरवाजा खोला लेकिन वह पीठ फेरकर खड़ी रही।

वह जोर से बोला, "ये लो चाबी, बर्तन माँज के रख देना।" जब चलने लगा तब वह बोली, "बर्तन माँजने को राख नाय। माँजना कैसे होगा साब...।"

और वह चली गई। और कितनी देर दरवाजे के पास रुका जाए, अकेले, यह सोचकर वह दरवाजा आगे कर बाहर निकल पड़ा।

कॉलेज में उसने बोडस से पूछा, "साली यह राख कहाँ मिलती है? एक काम करो तो दूसरी कुछ दिक्कत आ जाती है।"

बोडस बोले, "रोज दोपहर में वो भिखारिन चिल्लाती, आप ध्यान नहीं देते? नह्या हीन तारहा कापआ?"

फिर दोपहर को गली में ध्यान रखकर उसने एक भिखारिन से राख ले ली। उसे रखने को जगह नहीं मिली तो नीचे नल के बाजू में फर्श पर डालकर उसने भिखारिन की टोकरी वापस दे दी। इस तरह समस्या हल हुई।

दूसरे दिन फिर वही बात। सवा सात बजने तक बाई नहीं आई। बीच की जाली वाली खिड़की से उसने पहले कुछ जायज लिया फिर वह सीधा कॉलेज के लिए चल पड़ा। तीसरे दिन भी वही हुआ। दोपहर में कॉलेज से आते वक्त उसने मालिक से यह बात कही। सफाई के लिए बर्तनों का अम्बार फिर से लग गया। बोडस के भी चार पतीले जमा हो गए तो वह गुस्सा होकर शाम को मालिक की दुकान में गया और बोला, "बाई आई नहीं तीन-चार दिन से। सब बर्तन वैसे ही पड़े हैं माँजने के। बोली थी राख नहीं है तो वह भी ले आया। कमाल है, आपने क्या कम पैसे देने की बात कही थी?"

मालिक गले से खराश निकालता हुआ झूठ-मूठ का थूककर आया और डरते हुए बोला, "ऐसा है भौ, बाई ने मना कर दिया। हमारा ही काम उसे भारी पड़ता है। बुरा मत मानना प्रोफेसर साब। उसकी जगह कोई लड़का ही देखो ना। दो बर्तनों के लिए वो ना-नुकुर कर रही है।"

वह बोला, "बच्चा इतना ठीक काम नहीं करेगा। यही ठीक रहेगी। दस रुपये ले ले, बोलना, लेकिन काम पर आ जाए।"

अब मालिक बड़े धीरज के साथ बोला, "उसका क्या है प्रोफेसर, तुम कुँआरे हो, घर में अकेला मर्द हो तो औरत जात का जी घबराता है। आया ना ध्यान में! तो ऐसा है वो, हाँ-हाँ। पैसे का मामला नहीं। ठीक है, दूसरा इन्तजाम करो। यानी कि सच्ची-सच्ची बात बताया तुमको भौ! हाँ!"

टाँय-टाँय फिस्स! ये बात तो उसकी समझ में ही नहीं आई। शर्म के मारे वह सीधा रूम पर आया। आज बोडस के पतीले वापस देना जरूरी था। सब बर्तन, कप, तश्तरी आदि माँजना जरूरी था। सब बर्तनों को बाल्टी में इकट्ठा लेकर वह

नल के पास राख लेकर रगड़-रगड़ कर बर्तन माँजने लगा। पहले ही वह खिसिया चुका था इसलिए यह काम उसे भारी लगा। और समय वह गाना गाते हुए बर्तन माँज लिया करता था।

नींद का इतना असर उस समय उसकी आँखों पर था कि वह औरत दिखने में कैसी है यह भी उसने ठीक से नहीं देखा था। शायद मिचमिची आँखों से उसने उस औरत को देखा होगा जो उसे अजीब लगा होगा। या फिर दरवाजा खोलते ही उसे शायद पाजामे के खुले हुए बटन दिख गए होंगे। कई दिनों से टूटे हुए थे। वैसे वह औरत एकदम जवान नहीं थी तो काफी बूढ़ी भी नहीं थी। लेकिन मुझसे डर लगे, ऐसी भरी-पूरी कद-काठी वाली तो थी ही। और फिर मेरा पहला बर्ताव भी ठीक नहीं लगा होगा! शुरू में दरवाजे को आड़ा हाथ लगाए यूँ ही बोलते हुए मैं खड़ा रहा और वह सीढ़ियों पर खड़ी थी। फिर उसे अन्दर मेरा बिछौना दिखा होगा जहाँ मैं सोया था। फिर उसके पीछे-पीछे घूमते हुए फालतू बड़बड़ाता रहा। वह तो कुछ बोली नहीं, लेकिन इसी से ही तो डर गई होगी। फिर जब वह बर्तन माँजकर ऊपर गई तब मैं कपड़े बदल रहा था। वह दृश्य भी कुछ सही नहीं था। मैं अभी भी खुद को कुँवारा ही समझता हूँ। वैसे तो पच्चीस साल का हो गया मैं। शायद नासमझी में ही उसकी ओर क्षुधार्त नजरों से देखा होगा मैंने! क्या कहें? अपना भी कुछ दोष नहीं उसमें। उसका भी नहीं। भाड़ में जाए ये सब। लेकिन बर्तन माँजना महाकष्टसाध्य कर्म है।

इतने में माली और वाणी खो-खो करके जोरों से हँसते हुए आए।

"क्या औरतों के जैसे काम कर रहे भौ? चलते ना खाने को? वाणी की औरत भी गाँव को गई आज। सोचा, चलो आज से हमारे साथ नामजोशी का मजाक उड़ाने।" माली बोला।

चांगदेव झुँझलाते हुए बोला, "बर्तन माँजने को भी बाई नहीं मिलती आपके गाँव में वाणी! क्या करें? ये चाय-ऑमलेट का झमेला ही बन्द करना चाहिए बिलकुल आज से। आपको बड़ा मजा आता होगा मुझे इस तरह झुक-झुककर बर्तन माँजता देखकर? इतना खी-खी कर हँस रहे हो। मजाक उड़ाते क्या जी इस गरीब का। वाणी को तो मैंने आज ही इतना खुश होते देखा। हँसो, तुम्हारी माँ की हँसी।"

माली बोला, "आप पर नहीं हँस रहे थे। आपकी गली में जब कभी भी आते हैं तो आजकल कुत्तों के मिथुन अटके हुए दिखते हैं एक-दूसरे में, पूरी गली में।

उन पर हँस रहे थे हम। वाणी मुझसे बोले कि सी.ए. और मुझे इनसे कुछ प्रेरणा लेनी चाहिए। इस बात पर हँसी हो रही थी, आप पर नहीं।"

चांगदेव बोला, "भादों का महीना है और यह मेन रोड का पिछवाड़ा, उधर यातायात से परेशान सभी कुत्ते यहाँ आ जाते साले। सवेरे तो इन कुत्तों के जमघट में से सर झुकाए जैसे-तैसे निकलना पड़ता है। और फिर अपनी कुछ छात्राएँ भी यहाँ रहती हैं। इस तरह उनके सामने से जाना तो शर्म की बात है। लेकिन क्या करें? नवजीवन कॉलोनी में जगह नहीं मिलती और यहाँ कुत्ते मजे उड़ा रहे हैं। शर्म की बात है यह...।"

वाणी बोले, "उसमें शर्म कैसी? यह तो प्राकृतिक है। ईमानदारी तो केवल कुत्तों में ही बची है। हम छुपा-छुपाकर अपनी मनोग्रन्थि बढ़ाते रहते हैं। निपटाओ यार ये बर्तन। एक बाजी खेलेंगे जल्दी से। ये क्या दो-दो बर्तन माँजने लगे। मैं तो चायवाला पतीला आठ-आठ दिन तक साफ नहीं करता।"

माली बोला, "लेकिन सी.ए. अपने तीनों कमरे बड़े साफ-सुथरे रखता। प्याली-तश्तरी भी विम लगाकर एकदम साफ। खुद इतना सब करना बोले तो क्या? एक बाई लगाई थी ना काम पे?"

"वह एक ही दिन आई। मुझसे डर लगा शायद उसे।"

ताली देते हुए माली बोला, सही है एकदम। आपके जैसा गबरू सुन्दर जवान देखकर उसके मन में बर्तन माँजने की जगह वोऽऽ खयाल आते होंगे। वो आपके बी.ए. के क्लासवाली कुलकर्णी बच्ची आज पूछ रही थी, वो पाटील सर ब्राह्मण हैं क्या। दो ताली।"

वाणी बोले, "दो ताली। बर्तन माँजनेवाली समस्या उसे समझ में आ गई होगी। तो पाटील सर, अब घरकाम के लिए एक लड़का रखो।"

माली बोला, "आपको देखकर तो वो भी भाग जाएगा।"

चांगदेव बोला, "सालों, मैं परेशानी में हूँ और तुम लोग..."

माली बोला, "फिर आसपास कोई बुढ़िया देखो। मतलब सब कुछ सुरक्षित। चलो, उधर पूछेंगे।"

वाणी बोले, "चुप, किसी झमेले में मत पड़ो। अकेले आदमी के घर काम करने कोई बाई नहीं आती। मेरी पत्नी अगर गाँव चली जाए तो हमारी कामवाली भी नहीं आती। अपनी बच्ची को भेज देती है। क्या मालूम, वो झाड़ू लगाती रहे और आप उस पर चढ़ गए तो? हा-हा-हा ऊँटनी पर ऊँट।"

एक-दो दिन के बाद बोडस बोले, "टलेमऑ न्दब?" यचा न्दब? नेपआ धदू भी न्दब वारक यादि दयशा? ऐसा क्यों?"

चांगदेव बोला, "साली कटकट बन्द कर दी। लेकिन अब भूखे पेट कॉलेज तक दौड़ लगाना भी मुश्किल लगता है। आपकी सहायता के लिए धन्यवाद। आपकी बच्ची सन्ध्या को भी एक तारीख को कुछ मिठाई देऊँगा, कहना। बच्ची को काफी तकलीफ हुई होगी।"

दो-तीन दिन के बाद माली खबर लेकर आया, "हमारी राधाकृष्ण बिल्डिंग में से एक परिवार जा रहा है। पी.टी. को मैंने बता दिया है। उन्होंने भी मकान-मालिक से बात की है। तीन कमरों में आप अकेले रहेंगे, यह सुनकर ही वो खुश हो गए। मालिक इधर गाँव में ही रहते। हम मिलेंगे उन्हें एक बार।"

चांगदेव बोला, "अच्छा हुआ। मैं भी इस गाँव में इस जगह से उकता गया था। बहुत भीड़ होने लगी यहाँ। पढ़ाई बिलकुल नहीं। और मुझे बी.ए. के लिए काफी कुछ पढ़ना पड़ रहा है। और अब जाड़े के दिनों में सुबह जल्दी हो जाती है। गाँव में से दो बार पैदल आना-जाना काफी तकलीफ का काम हो जाता है।"

माली बोला, "मेरे ब्लॉक के दूसरे बाजू में कोई चौधरी नाम के फॉरेस्ट ऑफिसर रहते हैं। वो भी अभी कुँआरे हैं। लेकिन उनके घर एक लड़का काम करता है। आपको भी सुविधाजनक रहेगा। मेरा कमरा तो आपने देखा ही होगा। अच्छा लगा ना? फिर भी हमारे ब्लॉक में हम दो लोग रहते हैं। इसलिए पीछे वाला हिस्सा उनके पास है। उधर से आपने नजारा देखा नहीं। बड़ा सुन्दर दिखता उधर से। पूरा ब्लॉक अगर आप ले लेंगे तो यह सुहाना नजारा आपको रोज देखने को मिलेगा। मैं आपको सन्देशा दे दूँगा उनके यहाँ से जाते ही।"

चांगदेव बोला, "एडवांस वगैरा भरना पड़ेगा क्या?"

माली बोला, "नो एडवांस सिस्टम।"

पी.टी. ने भी कहा, "मेरी भी नजर थी इस घर पे। अपने हाथ की बात है। और मेरे पिछवाड़े के घर में आप आएँगे यह तो बहुत अच्छी बात है। गाँव के इस कमरे पर मेरा ज्यादा आना नहीं होता था। हमारा मधु भी आजकल बीमार रहता है। बड़ी

भीड़ रहती है आपके यहाँ, क्यों? कोई यूँ ही बाजार जाता हुआ भी आपके पास बैठकर जाता है। आप इन्हें मना क्यों नहीं करते? बड़े पॉपुलर हो रहे हो आप! पॉपुलर बुक डिपो ही कहना पड़ेगा!"

"अब वो कमरा छोड़ते ही ये सब अपने आप बन्द हो जाएगा। मेरा कमरा बीचोबीच पड़ता था, इसलिए आते थे साले! इधर आने पर तो कोई झाँककर भी नहीं देखेगा।"

"वैसे कुछ मत कहो तुम। यहाँ सब निठल्ले लोग हैं। आप पाँच मील की दूरी पर भी रहने चले गए तो भी आ जाएँगे। फिर भी ये रोजाना घूमते हुए आनेवाले कम हो जाएँगे। लेकिन अपने आधे से ज्यादा प्राध्यापक इसी कॉलोनी में रहते हैं। वो तो आते-जाते रहेंगे ही हमेशा। उनमें मैं भी एक हूँ ही। बाकी मिश्रा, कासार, माली, फेगड़े, नामजोशी...।"

"वैसे अच्छा रहता है लोग आएँ तो। पिछले साल अकेले रहकर मेरी हालत भूत जैसी हो गई थी।...अर्थात उस गाँव में कुँआरे दोस्त कम ही थे और प्राध्यापक लोग भी कम थे। अच्छा रहता है बाहर के लोगों के आने-जाने से। कुछ खबरें मालूम होती हैं कुछ मौज-मस्ती होती है। यहाँ आने-जानेवालों की वजह से महीने भर में ही मुझे आपके गाँव की अच्छी पहचान हो गई, गाँव की सोच के बारे में पता चला। लेकिन अब इस रोज की भीड़ से जी भर गया। रोजाना वही बातें बेमतलब की।"

"मुझे ऐसा ही लग रहा था। आपका स्वभाव भी मेरे समान ही एकान्तसेवी है। मुझे भी अकेले रहने में ही खुशी मिलती है। शादी के बाद बच्चे वगैरा भी हो गए फिर भी मुझे अकेले रहना ही ज्यादा पसन्द है। लेकिन अपने बच्चों के साथ खेलने में बड़ा आनन्द आता है। मैं तो कहूँगा इसी के वास्ते आप शादी कर डालो। पत्नी तो क्या...एक बीच की थोड़ी अवस्था होती है। बच्चे होने पर तो एकदम गोकुल सा सुख। उसकी कोई सीमा नहीं। सच मानो मेरी। देखो, शादी के बारे में जल्दी सोचो। कम-से-कम बच्चों के लिए तो यह आफत उठा लेनी चाहिए।"

"आपके मधु को क्या हुआ? कल-परसों थोड़ा मुरझाया-सा दिखा। सोया रहता है न आजकल?"

"कुछ लिवर की शिकायत हो रही है उसे। यहाँ अच्छे डॉक्टर इक्का-दुक्का ही हैं। कुछ समझ नहीं आया उनको। उलटा, कड़क दवाई और इंजेक्शन देने से मधु की तबीयत और बिगड़ रही है। क्या करें, कुछ समझ में नहीं आता। जलगाँव

में अच्छे डॉक्टर हैं, उन्हें दिखाने की सोच रहा हूँ। बच्चे को तो इस डॉक्टर के इंजेक्शन का डर बैठ गया है। साथ में घूमने भी नहीं आता, बाहर निकलो तो डॉक्टर के डर से चिल्लाने लगता है। मैं बहुत परेशान हूँ। पढ़ाने में भी मन नहीं लगता। कौन से ग्रहों का प्रभाव हो रहा है, समझ में नहीं आता। शनि मेरे ही पीछे पड़ा है शायद।"

"तो देर किस बात की? जल्दी से जलगाँव चले जाओ। अभी इस शनिवार को ही जाकर दिखा आओ।"

"देखेंगे—एक तारीख के बाद।"

"सोच क्या रहे हो? इतना प्यारा सा लड़का है आपका। इस उम्र में उसकी अनदेखी हुई तो उसका विकास ठीक से नहीं होगा आगे। आपको जाना ही चाहिए। पैसों की तो कोई तकलीफ नहीं है न?"

"हाँ, वो भी एक बात है। इतने साल हो गए, ये साले बदमाश लोग मुझे ऊपर की ग्रेड नहीं दे रहे। मैनेजमेंट में मेरी पहचान के लोग हैं। लेकिन मैं कभी किसी के सामने नहीं गिड़गिड़ाता। मेरा स्वाभिमान मुझे मना कर देता है। यह दुनिया बड़ी दुष्ट है। इतनी सी तनख्वाह में पाँच-छह लोगों को सँभालना मुश्किल है, नहीं पोसाता। उसमें यह बीमारी। एम.ए. पढ़ाते हुए चार साल हो गए, लेकिन ग्रेड..."

"क्या आप मेरी सुनेंगे? मेरे पास सौ रुपये हैं, मुझे अभी उनकी जरूरत नहीं है। मैं कल ही लाकर देता हूँ। आप परसों निकलो यहाँ से। उसे डॉक्टर को दिखाओ। छोटे बच्चे बीमार हों, यह मुझसे देखा नहीं जाता। किसी के भी घर कोई बालक बीमार है इस खबर को सुनकर ही मेरा दिल डर के मारे पानी-पानी हो जाता है। न! अब यह तय हुआ या फिर मैं आऊँ आपके साथ?"

"नहीं, इसकी कोई जरूरत नहीं, मैं ले जाऊँगा उसे। रेलगाड़ी में जाने के लिए वो हमेशा तैयार रहता है। और आपके रुपये मैं लौटा दूँगा।"

"वो छोड़ो अभी। जब मुझे जरूरत हो तब दे देना।"

मुम्बई का मेडिकल रिप्रेजेंटेटिव फिर एक बार आया। शाम को कमरे में आकर गपशप करने बैठा। दो महीनों बाद मिल रहा था। बोला, "बारिश के दिनों में टूरिंग बन्द रहता है। अब सितम्बर से काम जोरों से शुरू।"

चांगदेव बोला, "अच्छा हुआ इस जगह में मुलाकात हुई। अब तो जल्द ही नवजीवन कॉलोनी में जानेवाला हूँ। राधाकृष्ण नाम की एक बड़ी बिल्डिंग है, तीन मंजिला, वहीं एकदम आखिर में।"

"राधाकृष्ण मतलब वो धोटे का मकान तो नहीं? अच्छा है वो। ले लो। अबकी बार वहीं मिलेंगे। वहीं बाजूवाली गली में डॉ. मिस पिंगले रहती हैं। मैं हमेशा एक विजिट वहाँ देता हूँ। अब इस साल हमेशा मुलाकात होती रहेगी। और इस आनेवाले मार्च महीने में परमानेंट होकर मुम्बई का एरिया मिलने तक यह घूमना जारी रहेगा इसका मौका, इंसिडेंटली मि. पाटील, आयम ऑन द टु एंगेजमेंट मैरेज...।"

"वाऽ-वाऽ बहुत अच्छे। लड़की देख ली क्या?"

"काफी दिन हुए, दो साल हो गए...वी मेट इन अ पिक्चर गैलरी...।"

"वेरी गुड। पेंटर है क्या आपकी पत्नी...मतलब प्रेयसी...।"

"नहीं, उसकी सहेली पेंटर है। आपको क्या भविष्य वगैरा देखना आता है? कुंडली या फिर...।"

"इन बातों में मेरा विश्वास नहीं है। कुछ थोड़ी सत्यता होगी भी उसमें। बाय द वे, मुझे कुछ किताबें चाहिए, अबकी बार मुम्बई से आते समय ले आओगे क्या? आपको कुछ असुविधा नहीं होनी चाहिए।"

"श्योर-श्योर। जरूर। नाम लिख दो और पैसे भी दे दो। बाय द वे, प्रोफेसर पाटील, आप अचानक इस तरह वो गाँव छोड़कर यहाँ कैसे आ गए? आपकी उधर कुछ एंगेजमेंट हो गई थी—मिस सावनूर वो स्मार्ट लड़की—आयम सॉरी—यूँही एक बार वहाँ एक डॉक्टर के पास बैठा था तो किसी ने बताया। उस गाँव में हमेशा कुछ न कुछ र्‌यूमर्स फैलते रहते हैं शायद। सॉरी, क्युरिऑसिटी बोलके पूछा। वो तो एयर होस्टेस हो गई, उसका सर्टिफिकेट जब वही डॉक्टर बना रहे थे तब मैं गया था वहाँ।"

चांगदेव बोला, "आप मुम्बई वालों का अच्छा रहता है। आपस में मिलने को बहुत-से ठिकाने रहते हैं। मतलब अब आप शादी करने ही वाले हैं।"

"मुम्बई में प्यार जल्दी ही हो जाता है लेकिन शादी होने में देर लगती है। पहले तो ढंग की नौकरी नहीं थी। वैसे एक साल से ठीक चल रहा है। एक गुजराती फर्म है। अपने लोगों को कब निकाल देंगे कोई भरोसा नहीं। मैंने तय किया था कि परमानेंट होते ही शादी कर लेंगे। इस साल होना था लेकिन फर्मवालों ने एक साल और आगे बढ़ा दिया। फिर भी मैंने सबसे ज्यादा एरिया कवर किया है।

मेरा रेकॉर्ड सबसे ब्रिलियंट रहा। अब और काम करना पड़ेगा इस साल। मेरे से ज्यादा उसे तकलीफ है।"

"हो जाएगा इस साल। आपकी पत्नी—आपकी होनेवाली पत्नी क्या काम करती है? चलो, चाय पीते हैं नीचे जाकर!"

"वो एक पत्रिका में काम करती है थोड़ा सा। वो बहुत अच्छी है। मैं बेकार बैठा था, मुझे दिल्ली से इंटरव्यू का कॉल आया था। पास में दस रुपये भी नहीं थे। आगे साल-भर के बचाए हुए डेढ़ सौ रुपये उसने मुझे दिये। बोली जल्दी जाओ। मैं बोला, इतनी दूर क्यों जाना? मराठी लोगों को उधर कोई महत्त्व नहीं देता। फिर वो बोली, मतलब तू ऐसे ही बैठा रहेगा दाढ़ी बढ़ाकर। तुम कहीं भी जाओ, मैं देती रहूँगी रुपये तुम्हें। उसने रुपये दिये। अच्छे कपड़े होने चाहिए इसलिए अपने पैसों से उसने कपड़े दिलवा दिये। कहा, ठीक से इंटरव्यू देकर आना। उससे मैंने रुपये तो ले लिये लेकिन उस समय उसकी पहनी हुई घटिया किस्म की सस्ती साड़ी को देखकर मुझे बहुत बुरा लगा। दूसरे दिन सवेरे दिल्ली जाना था। लेकिन मैं गया ही नहीं। सोचा उसने अपने खर्चों में इतनी कटौती करके जो रुपये बचाए हैं वो दिल्ली के लिए क्यों खर्च करूँ? मैं खादी ग्रामोद्योग से उसके लिए एक अच्छी-सी साड़ी ले आया। वादे के मुताबिक हम तीन दिन बाद वी.टी. के सामने मिले। उसने आशान्वित होकर पूछा, कैसा रहा इंटरव्यू! मैं उसके कन्धे पर साड़ी लगाते हुए बोला, मैं गया ही नहीं, तुम यह साड़ी पहनो। साड़ी को मरोड़कर एक तरफ करते हुए आँखों में पानी भरकर वह बोली, अपने अच्छे दिन कब आएँगे? मुट्ठियाँ भींचकर मैं बोला, जब आएँगे तब आएँगे, पहले हमें ठीक से रहना-पहनना चाहिए—और दो महीने बाद ही यह नौकरी मिल गई। अब देखते हैं, शादी तो होनी ही है, थोड़े दिन और निकाल लेंगे।"

चांगदेव बोला, "होगी, होगी। लो, चाय लो।"

"सॉरी भला! मैं अंट-शंट में आपका समय लेता रहा। लेकिन हम लोग एक ही किस्म के हैं—इसलिए बात निकाली। आता हूँ। लिस्ट दो अपनी। अगले महीने लेकर आता हूँ।"

"आपका नाम भूल गया देखो।"

"नाडकर्णी। सुभाष नाडकर्णी।"

"और पत्नी का? मतलब होनेवाली।"

"सुषमा गजरे।"

"सुभाष मतलब—चार जोड़ छह जोड़ चार, नाडकर्णी मतलब—सात जोड़ एक जोड़ तीन...और जोड़ाक्षर, है ना? दस कितने हुए। रुको, कागज ला रे। अं अं अं। पैंतीस यानी कि आठ। और सुषमा गजरे नाम बताया न? तीन जोड़ नौ जोड़...यानी शून्य...कितने हुए...अं...अं...अं...छब्बीस यानी आठ। आठ। ओम्या नाडकर्णी वो ही फिगर आई, यानी आपकी शादी इसी साल जल्दी होनी चाहिए। अभी मतलब कुछ ही दिनों में। अब तुम चाय पिलाओ।"

"चाय लो, लेकिन यह मुमकिन नहीं है जी। कहाँ से सीखा यह शास्त्र? लेकिन कभी तो होगी जरूर, यह जानकर अच्छा लगा। अच्छा, अब राधाकृष्ण में मिलेंगे अक्टूबर में।"

शेख बहुत पहले से कभी-कभार शाम को घूमने के लिए एक जगह जाता था। गाँव के बाहर की रोड से सटकर एक प्लॉट था वहाँ तक। वह प्लॉट वजीर सुलतान नाम के एक बुजुर्ग आदमी का था। वह वहाँ मोटर गैरेज चलाता था। चार-पाँच लड़के रखे हुए थे। चूना बनाने का उसका कारोबार भी वहीं चलता था। खुली हवा में दो-चार खटिया डाले पाँच-छह लोग वहाँ हमेशा बतियाते रहते। बड़ा-सा इमली का पेड़ था। एक मुसलमान बढ़ई भी थोड़ा-सा किराया देकर वहीं टिका हुआ था। ये बढ़ईगीरी करनेवाले दोनों भाई दिन-भर वहाँ काम करते रहते।

इन लोगों के पास थोड़ी देर बैठकर शेख वापस चला आता था। कभी किसी इतवार को शेख चांगदेव को अपने घर मटन खाने बुलाता। उसकी पत्नी और मुस्लिम औरतों की तरह परदा नहीं रखती थी। वैसे दक्षिण में बुर्का ज्यादा नहीं पहना जाता। शेख की पत्नी होशियार थी। उसके पिता वकील थे। इस कारण उसे अच्छी शिक्षा मिली थी। माली भी कभी-कभी चांगदेव के साथ आ जाता था। नामजोशी कभी भी मुसलमानों के यहाँ खाना नहीं खाता था। शेख के घर खाना होने के बाद थोड़ा सुस्ताकर गाँव के बाहर इस प्लॉट तक जाकर वे वापस आते थे।

वहाँ इधर-उधर की गप्पें हाँकते, चाय या सोडा कुछ लेते। चांगदेव भी इन लोगों से अच्छा परिचित हो गया। आते ही वजीर सुलतान हमेशा कहता, "इधर आते रहना प्रोफेसर साब। इधर कोई-न-कोई रहताच हमेशा। अच्छा रहता है मिलना-जुलना तुम्हारे जैसे पंडत लोगों से।"

दूसरे लोग भी कहते, "हाँ, आते रहना। शेख साब साथ में नहीं भी हों तो तुम अकेले भी आ सकते हो। शेख साब के हजार धन्धे हैं। तुम आते रहना। खटिया पर बैठे सभी लोग नागपुर रोड पर चलनेवाली यातायात को देखते रहते या फिर सामने बढ़ई का काम एकाग्रता से देखते हुए कुछ दुनियादारी की बातें करते रहते। किसी भी तरह के अजीबो-गरीब सवाल की ओर ये लोग बड़ी समझदारी से देखते। गोवा से आया रिटायर्ड क्रिश्चियन फॉरेस्ट ऑफिसर भी हमेशा रहता, बाकी लगभग सभी मुसलमान थे। उदाहरण के तौर पर अगर कोई यह बात छेड़ता कि आजकल लॉरी चलानेवालों की बेपरवाही के कारण हादसे बढ़ गए हैं। इस पर एक कहता, "वो लोग पीते हैं बहुत, इसलिए कंट्रोल नहीं होता।" दूसरा कहता, "फिर भी अगर बराबर साइड से गाड़ी चलाएँ तो एक्सिडेंट नहीं होगा।" फिर तीसरा कहता, "लेकिन भौ, पैदल चलनेवाले भी कभी-कभी ठीक नहीं चलते।"

इस प्रकार एक विषय के सभी पहलुओं पर समझदारी के साथ सभी अपनी बात कहते और लोग हाँ में हाँ मिलाते गर्दन हिलाते रहते, सड़क की ओर देखते रहते और फिर से अपने अलग-अलग विचारों को सामने रखते। मसलन, फॉरेस्ट ऑफिसर यह खबर सुनाता कि चोपड़ा गाँव में हिन्दू-मुस्लिम दंगा हुआ है। इतनी संवेदनशील बात पर भी वजीर सुलतान गर्दन हिलाते हुए कहता, "दोनों तरफ से गलतियाँ रहती हैं जी।" फिर दूसरा मुसलमान कहता, "लेकिन एक-दूसरे की गलतियाँ बर्दाश्त नहीं करते दोनों तरफ के लोग, ये सबसे बुरी बात है।" तीसरा मुसलमान कहता, "आखिर दो दिन की झड़प होने के बाद फिर भाईचारा तो चलता ही है ना? फिर एक-दूसरे की गर्दन काटने से क्या मिलता है?"

इस तरह सब चलता रहता। चांगदेव शेख से कहता, "बहुत ही समझदार हैं ये लोग।" और वह शेख को उधर ही ले जाता। कभी-कभी शेख क्लब में ताश खेलने जाता तो चांगदेव अकेले भी जाता प्लॉट पर। प्लॉट के आसपास चूने के पिरामिड जैसे ढेर रहते और इस पार्श्वभूमि में खटिया पर पड़े लोग, सुस्ताई सड़क बाजू में, थोड़ा यातायात, ऐसा एक चित्र बनता था इसका। ये लोग चाय और सोडा पीकर पान खाते और बैठे-बैठे शाम का वक्त गुजारते।

एक बार कुछ लोग चूने का एक ढेर बैलगाड़ी पर लाद रहे थे। गाड़ी के बैल अलग एक तरफ बैठे कड़वी चर रहे थे। गाड़ी भरते ही गाड़ीवान ने बैलों को उठाने के लिए ललकारा ताकि गाड़ी चले। एक बैल तो उठ गया, दूसरा जुगाली करता हुआ आराम से सड़क की तरफ ताकता रहा। गाड़ीवान ने उसे एक-दो

कोड़े लगाए फिर भी वह उठने का नाम न ले। आखिर गाड़ीवान गुस्सा हो गया और वह उस बैल की पीठ में लकड़ी ढोसते हुए बोला, "अरे उठ बे भौ, बैल है कि आदमी?"

इतना कहना था कि बैल हड़बड़ाकर उठ खड़ा हुआ।

बाकी के सब लोग यह नजारा देख ही रहे थे। चांगदेव ऐसे खिलखिलाकर हँसा कि सभी लोग हँसने लगे। फिर चाय आई। फिर थोड़ी देर सटर-फटर बातें कर चांगदेव और शेख वहाँ से निकल पड़े। चांगदेव बोला, "अच्छा लगता है यार इधर। हमें इधर ज्यादा आना चाहिए।

शेख बोला, ये सब लोग दिन-भर काम करके थक जाते हैं इसलिए शाम को आराम से बैठकर मस्त बातें करते हैं। हम लोग इंटेलेक्चुअल हैं न। न काम करते हैं, न थकते हैं। इस तरह तो नहीं थकते।"

"लेकिन इस गाँव की हवा ही ऐसी है कि इधर लोग अच्छे हो गए हैं।"

"बहुत गर्मी रहती है भई इधर। तुमने देखा नहीं अभी तक, लेकिन फरवरी से लेकर बारिश तक गाँव एकदम भट्टी जैसा हो जाता है। फिर भी आसपास जंगल है, नदी है, इसलिए शाम को फिर ठंडा हो जाता है। गर्मी के दिनों में रातें खुशनुमा लगती हैं।"

"ज्यादा गर्मी की वजह से ही ये लोग अच्छे हो गए होंगे। गर्मी में बचपना आप ही आप खत्म हो जाता है। ऐसी धूप में लोग अच्छे तपकर पुख्ता हो जाते हैं।"

अर्धवार्षिक परीक्षा शुरू हुई तो सभी को खाली समय मिलने लगा। स्टाफ रूम पचास-साठ लोगों से भरा रहता। इसी बीच एस.जी. के साठ साल के हो जाने पर एक प्रोग्राम करने के बारे में उनके चमचे योजना बना रहे थे। उलटी-सीधी बातें कर रहे थे। कानिटकर कहने लगे कि अब ऐसे आयोजन की कोई जरूरत नहीं है जबकि खुद प्रिंसिपल रहते समय मूलत: कानिटकर ने ही इस कार्यक्रम के बारे में योजना बनाई थी। कानिटकर से कोई सलाह भी नहीं ले रहा था। बस चांगदेव जान-बूझकर उनके पास जाकर थोड़ी देर के लिए बैठता। फिर सभी सुन सकें इतनी ऊँची आवाज में कानिटकर बोले, "यह आदमी बड़ा ही छिछला है। पाठशाला चलाता है, कॉलेज चलाता है, बोर्डिंग चलाता है और एक भी काम ढंग का नहीं करता। इसने उपकार किया है क्या हम पर? खुद के ही लोग लगाए

काम पर। बहुत डींग हाँकता था पहले कि इस संस्था को जातिवाद से बचाना है। लेकिन देख लो, संस्था कैसे जातिवादी होती जा रही है। साने गुरुजी का नाम लेता है, बस दिखावे के लिए।"

एफ.जेड. आदि कुछ प्राध्यापकों ने भी इस समारोह का विरोध किया। वे बोले, "साठ साल हर किसी के पूरे होते हैं। एस.जी. के भी हुए। हमें इससे क्या? उलटे इसी आदमी के कारण संस्था में इतने ब्राह्मणों की भर्ती हुई। ये तो कहता था कि हम किसानों को अध्यापक का काम नहीं आता। अपने छात्रों को अच्छे ढंग से पढ़ाया जाना जरूरी है जिसे इसके लिए अच्छे अध्यापक लेने चाहिए। और ब्राह्मण ही अच्छे अध्यापक हो सकते हैं, ऐसे यह बूढ़ा मीटिंग में सबके सामने कहता था।"

फिर भी प्रिंसिपल जी.जी. ने एक मीटिंग बुलवाकर एस.जी. के समारोह के लिए धन-संग्रह का प्रस्ताव पास करवा लिया। मीटिंग के बाद एफ.जेड. बोले, "जिनको प्रमोशन चाहिए वो लोग पैसे देंगे। हम तो नहीं देनेवाले। और आप?"

चांगदेव बोला, "हम भी नहीं देंगे।"

कानिटकर बोला, "एफ.जेड. का कहना सही है। हम भी कुछ नहीं देंगे।"

लेकिन एफ.जेड. कानिटकर से बोले, "कानिटकर, आपका विरोध अलग वजह से है। जब तक आपको सब कुछ मिलता रहा तब तक आप एस.जी. के तलवे चाट रहे थे। अब संस्था छोड़ते समय आपको मूल्यों की बात याद आ रही है।"

बाद में कोल्हे ने कहा, "यही कानिटकर प्रिंसिपल थे उस वक्त। एस.जी. के घर जाते थे पुष्पहार लेकर उनके जन्मदिन पर। कॉलेज मैगजीन में पहले पन्ने पर हमेशा बड़ा फोटो छपवाते थे एस.जी. का। एस.जी. को खुश रखने के लिए उनके घर जाकर डॉक्टर साहब और एन.ओ. को गालियाँ देते और डॉक्टर साहब के घर जाकर एस.जी. के बारे में चुगली किया करते। बड़ा उस्ताद बम्मन है। एन.ओ. के घर देर रात तक बैठकर ऐसे ही इधर-उधर की सुनाता रहता और बाहर से ऐसे दिखाता मानो सेक्रेटरी के पास जाता ही नहीं, और मानो ये प्रेसिडेंट का आदमी है। एक बार बॉडी की मीटिंग के पहले दिन रात को मैं एन.ओ. के घर गया तो कानिटकर वहीं थे। मैंने उन्हें देखा इस कारण वो बड़े नर्वस हो गए। दूसरे दिन कानिटकर एन.ओ. को बता रहे थे कि प्रेसिडेंट क्या चाल चलेंगे। थोड़ी देर में मेरा काम तो हो गया लेकिन उसी समय एस.जी. का कोई सन्देशा लेकर प्यून चिलटे वहाँ आया। फिर तो वो मजा आया कि पूछो मत। चिलटे कहीं देख

न ले इस डर से कानिटकर दरवाजे के पीछे आरामकुर्सी पर पैर ऊपर करके छिप गए अँधेरे में। चिलटे यह देखकर चला गया कि कौन-कौन लोग थे। फिर धीरे से सर बाहर निकालकर कानिटकर मुझसे बोले, अचानक सिर में दर्द होने लगा था इसलिए थोड़ा लेट गया था। ऐसे हैं ये कानिटकर। मैं तो उस समय सादा कारकून था लेकिन ये सब मुझे इनकी क्षुद्रता का लक्षण महसूस हुआ। चार साल तक यह आदमी अपनी कुर्सी के लिए इधर की चुगली उधर करता रहा और इस समारोह की बात कहकर इसने फिर से एस.जी. को खुश किया था।"

जी.जी. बोले, "हम तो ऐसे धन्धे नहीं करते। मैं एस.जी. के सामने जितनी साफ बात करता हूँ उतनी ही एन.ओ. और डॉक्टर साब से भी करता हूँ। राजपूत और मैं भाई-भाई जैसे रहते हैं आपस में।"

कोल्हे बोले, "आपकी बात तो ठीक है लेकिन राजपूत के बारे में कुछ नहीं कह सकते। उसका कुछ तो अलग चलता रहता है।"

जी.जी. बोले, "नहीं-नहीं। मुझसे पूछे बिना राजपूत एक भी काम नहीं करते।"

कोल्हे बोले, "अब आप दोनों के बीच में हम क्या कहें? लेकिन किसी पर इतना विश्वास जताना ठीक नहीं। एन.ओ. के पास जाकर राजपूत अलग ही चाल चल रहा है। मालूम हो जाएगा आपको अभी। आप खुद ही देख लेना, मैं बताऊँगा आपकी दोस्ती में खटाई डालने जैसा होगा।"

एफ.जेड. बोले, "आनेवाले इलेक्शन में एन.ओ. और एस.जी. में फिर से झड़प होगी ऐसा दिखता है। इलेक्शन का समीकरण मराठा-गैर मराठा होने से सारे राजपूत इकट्ठा होंगे ही। एन.ओ. को मुख्यमंत्री का सपोर्ट है। इसी कारण एस.जी. को पद्मश्री नहीं मिल रही। एस.जी. इस वजह से नाराज है। अपनी षष्टिपूर्ति समारोह मनाकर उन्होंने कुछ प्रतिष्ठा प्राप्त करने का स्वाँग रचा है। अब हम उन्हें समर्थन नहीं देंगे। पहले से ही हम उन्हें आगाह कर रहे थे कि इन हरामी लोगों को संस्था के बाहर निकाल दो। लेकिन उन्हें इस बात में अपना बड़प्पन लगा कि अपने लोगों को छोड़कर दूसरों को अपनाएँ। भुगतने दो अब अपने किए का फल। इस मीटिंग में तो हम डॉक्टर साब का पक्ष लेंगे। संस्था में वही एक आदमी प्रामाणिक बचा है। एस.जी. आदि अपने ही लोगों को दबाते रहते हैं।"

कोल्हे बोले, "डॉक्टर साब के प्रेसिडेंट होते ही आप वाइस प्रिंसिपल बनेंगे, तब तक आर्ट्स और साइंस कॉलेजेज अलग हो ही रहे हैं। यानी कि आप साइंस कॉलेज के प्रिंसिपल।"

एफ.जेड. बोले, "कोल्हे, इतनी दूर की हम कभी नहीं सोचते। हम अगर ऐसे होते तो अब तक इसी कॉलेज के प्रिंसिपल बन गए होते। खुद जी.जी. को भी मैंने ही समर्थन दिया था। कुछ भी हो, अपना आदमी है। कानिटकर को भगाना ज्यादा महत्त्वपूर्ण था, जानते हो? ज्यादा मत बोलो।"

कुल मिलाकर संस्था में ऐसी ही बातें चल रही थीं। इस कारण कॉलेज के किसी भी छोटे-मोटे कार्यक्रम में अध्यक्ष के रूप में आने के लिए प्रेसिडेंट, वाइस प्रेसिडेंट और सेक्रेटरी उतावले रहते। इनमें भी वाइस प्रेसिडेंट वाघ को अपने डॉक्टर होने के कारण इधर आने को कम वक्त मिलता था। उनका दवाखाना भी गरीब मरीजों से भरा रहता था। चार-चार आने की फीस के बदले वे किसी भी मर्ज का इलाज कर देते। वे कम्युनिस्ट होने से ज्यादा ब्राह्मण-द्वेषी थे। उनकी यह तीव्र मराठा स्पिरिट सभी पाटील लोगों को बहुत अच्छी लगती। लेकिन इधर एस.जी. को समाज में इतनी मान्यता, प्रतिष्ठा प्राप्त थी कि उनके खिलाफ बोलने की हिम्मत किसी में नहीं थी। और एस.जी. भी खुद को उदार विचारों वाला बताने की कोशिश करते। कई क्षेत्रों में पहले से ही आगे होने के चलते उनकी सब तरफ साख थी। उनके इस बड़प्पन का फायदा उठाते हुए राजपूत आदि गैर-मराठा प्राध्यापक भी मराठा प्राध्यापकों को मात देते थे। लेकिन जी.जी. और राजपूत परस्पर इतने घनिष्ठ मित्र थे कि ये सारी राजनीति कॉलेज में घुस नहीं पाती थी।

इस बार कॉलेज को देखने दो अमरीकी प्राध्यापक आए। सभा की अध्यक्षता एस.जी. ने की। अमरीकी प्राध्यापकों के भाषण होने के बाद एस.जी. ने समारोह को सम्बोधित किया। अंग्रेजी में, वह भी एक भी वाक्य ठीक से न बोलते हुए। आधे घंटे तक लोग गर्दन घुमा-घुमाकर हँसते रहे। केमिस्ट्री के सी.यू. जैसे गम्भीर वृत्ति के महाशय भी हँसने लगे। उन अमरीकी प्राध्यापकों को भी यह समझ में आ रहा था, लेकिन वे गम्भीर बने एस.जी. का भाषण सुनते रहे।

समारोह के बाद सब चाय के लिए बाजू वाले हॉल में गए। उस समय अर्थशास्त्र के भावे नौकरों की तरह उन अमरीकियों के आगे-आगे विचरण कर रहे थे। उन्हें झुककर चाय देना, थैंक्यू कहना, खाली कप-तश्तरी लेना, फिर थैंक्यू कहना, आदि। कासार बड़ी चालाकी और परिश्रमपूर्वक एस.जी. के आसपास बने रहे। एस.जी. ने धीरे से पूछा, "कैसा रहा भाषण?"

एक हाथ घुमाते हुए कासार ने कहा, "वा, क्या कहना। एकदम बेस्ट। अपने एग्रीकल्चर के बारे में आज तक ऐसे कोई नहीं बोला। सुपर्ब।"

माली और फेगड़े ध्यान से सुन रहे थे। बाद में एस.जी. जब सी.यू. से बतियाने लगे तो माली कासार की पीठ ठोंकता हुआ हँसते हुए बोला, "वा-वा कासार सर, इस बार शायद प्रमोशन है आपका? वाऽ भौ!"

कासार बोले, "उसमें गलत क्या है? आँ?"

फेगड़े हँसते हुए बोले, "ऐसे लोगों को विदेशियों के सामने बोलना नहीं चाहिए और आप जैसे प्राध्यापक ऊपर से कहेंगे भाषण अच्छा हुआ? वाऽ भौऽ।"

कासार चिउड़ा चट करते हुए हँसकर बोले, "मैंने कहाँ उनके भाषण के बारे में कुछ कहा? मैं उन अमरीकियों के बारे में बोल रहा था।"

माली बोला, "लेकिन उन्होंने तुमसे अपने भाषण के बारे में पूछा था।"

कासार बोले, "किसी के बारे में भी पूछें। अपन को अमरीकियों के बारे में ही बोलना है। फिर कुछ दिक्कतें नहीं होनी, क्या? कुछ भी हो, अच्छा हुआ कहना, बस!"

लेकिन एस.जी. की अंग्रेजी जैसी भी हो, आदमी बड़ा घाघ था। चाय के बाद लाइब्रेरी में चर्चा के दौरान भावे ने बड़े आदर के साथ अमरीकियों से पी.एल. 480 के बारे में पूछा।

यहाँ भी एस.जी. अपनी टोपी सीधी करते हुए जोरों से चर्चा में शामिल हो गए। अमरीकी प्राध्यापक यह समझाना चाहते थे कि हम भारत को जान-बूझकर घटिया गेहूँ भेज रहे हैं, यह एक दुष्प्रचार है, अमरीका की बदनामी है। हमारा गेहूँ ओपन मार्केट में बिकता है। गेहूँ की क्वालिटी के अनुसार अलग-अलग दाम होते हैं। आपकी सरकार को जितना फॉरेन एक्सचेंज मिलता है, उतने में जो गेहूँ आएगा वही आपको मिलेगा। उसमें हम क्या करें?

इस पर एस.जी. पाटील आगबबूला होकर बोले, "व्हाट ओपन मार्केट? व्हाट फॉरेन एक्सचेंज? वुई इट दयाट एंड गेट वुई गेट?—वुई गेट? क्या वो...?" उन्हें शब्द नहीं सूझ रहे थे। आसपास बैठे प्राध्यापक अलग-अलग शब्दों का सुझाव देकर अपनी होशियारी दिखाने लगे ताकि उसका उपयोग आगे कन्फर्मेशन या प्रमोशन के लिए हो सके। किसी ने 'इन्फीरियर क्वालिटी' सुझाया, किसी ने 'सेटबैक' सुझाया।

लेकिन एस.जी. नेतागिरी की स्टाइल में हाथ से सबको नकारते हुए खुद अपने शब्द ढूँढ़ने लगे : नहीं, नहीं, सेटबैक क्यों? वुई गेट धीस—यह कहकर उन्होंने औंधा हाथ हवा में उठाकर अँगुलियाँ खुली छोड़ दीं और हाथ हिलाते रहे। हाथ में लोटा पकड़ने की वह भंगिमा सब समझ गए और हँसते-हँसते लोट-पोट हो गए। बेचारे अमरीकन यह माजरा नहीं समझ पा रहे थे। फिर देशपांडे सर ने झट से शब्द सुझाया 'डायरिया'। एस.जी. बोले, "हाँ! डायरिया! वुर गेट डायरिया!"

इस प्रकार एस.जी. पाटील के कारण यह चर्चा हँसी-मजाक होकर रह गई। बाद में बोलने को कुछ रहा नहीं। कॉलेज के अर्थशास्त्र के प्राध्यापक भी खामोश बैठे रहे। अमरीकन प्राध्यापक भी कुछ नहीं बोले। भावे उनके साथ गहरी नम्रता दिखाते हुए बतियाते रहे। लेकिन एस.जी. व्हाट ओपन मार्केट, व्हाट पी.एल. 480—ऐसा करते रहे। एक बार तो गुस्से में वे काफी देर तक व्हाट-व्हाट ही कहते गए।

बाद में उनकी राष्ट्रीयता की प्रशंसा करते हुए सभी बाहर निकले। इतने में कानिटकर ने शुरू किया, "इन गधों को कुछ समझ में नहीं आता। अपने देश की इज्जत मिट्टी में मिलाते हैं। इन्हें एक वाक्य अंग्रेजी में ढंग से बोलना नहीं आता।" बाद में उन्होंने कहा, "पाठशालाओं की शिक्षिकाओं को काम पर लगाते समय यह आदमी बड़े लफड़े करता था। खासकर गरीब, अनाथ लड़कियों को पाठशाला में नौकरी देकर बाद में बहलाकर अपने घर बुलाता था। ऊपर से सामाजिक सेवा करने का ढिंढोरा पीटता। इसने एक बार मोडक से पूछा था कि अर्धमागधी को फुल टाइम लेक्चरर की क्या जरूरत है?

"और इसने कृषि पंडित की उपाधि कैसे पाई होगी? एक बार भी कभी खेत में गया है ये? लेकिन 'उत्कृष्ट किसान' बन बैठा। नौकरों के भरोसे खेती है इसकी और ऐसों को ही अपनी सरकार कृषि पंडित का सम्मान देती है।"

बोडस बोले, "सच पूछो तो वो कुशी पंडित है। शीकु तडिपं!"

तभी वी.पी. आया तो बोडस ने कानिटकर को इशारों में कहा, "बड़ी कोठी का कुत्ता! पचु होर, पी.पी. यालाआ।"

फिर सब चुप हो गए।

फिर पूना विश्वविद्यालय के एक कमीशन के आने की खबर मिली तो एन.ओ. आदि जिम्मेवार लोगों ने बचे-खुचे सभी काम जल्दी से निपटाने का निर्णय लिया।

मीटिंग्स लेकर कार्यालय के आवश्यक कागजात साथ लेकर एन.ओ. खुद दिल्ली गए। इस हड़बड़ी में चांगदेव को इन्क्रीमेंट भी मिल गया जो पहले गलती से रह गया था। उसे कॉलेज ने जो पत्र दिया था उसमें एक की जगह दो इन्क्रीमेंट्स दिये जाने के बारे में लिखा था। यह गलती वह जी.जी. को दिखाने गया तो जी.जी. बोले, आपके बारे में अच्छी रिपोर्ट दी थी। शायद इसीलिए दो दे दिये हैं। रहने दो अब दो तो दो ही। फिर से उसमें कम-ज्यादा कौन करे?"

कुछ समय बाद कमीशन के तीन-चार बूढ़े प्रोफेसर आए। उन्होंने अटेंडेंस रजिस्टर, ट्यूटोरियल आदि हर चीज को बारीकी से जाँचा। खासकर जी.जी. के सभी कागज-पत्र, डिग्री परीक्षाओं के मार्क्स, श्रेणी वगैरा को जान-बूझकर जाँचते रहे। इस साल शामिल हुए नए प्राध्यापकों की पात्रता के बारे में कड़ी जाँच की। इस वर्ष जिन्हें ऊपर का ग्रेड दिया गया था उनके बारे में कई सवाल पूछे। यह भी पूछा कि पी.पी. पाटील कौन-कौन से हैं। पिछले वर्ष किसी वाघ नाम के रसायनशास्त्र के अध्यापक ने कुछ छात्रों को परीक्षा के पहले ही प्रश्नपत्र दे दिये थे, ऐसी शिकायतें विश्वविद्यालय में दर्ज हुई थीं। उस अध्यापक को कमीशन के लोगों ने बुलाया और इस मामले के बारे में सवाल पूछे। कुल मिलाकर सभी बातों की उन्होंने इतनी बारीकी से जाँच की जिसकी कोई जरूरत नहीं थी। प्राचार्य पद के लिए आठ साल के लेक्चररशिप के अनुभव की आवश्यकता होती है, फिर जी.जी. को छह सालों में ही प्राचार्य कैसे बना दिया गया, यह सवाल उन्होंने अपनी रिपोर्ट में प्रेसिडेंट से किया।

यह साबित हो गया कि इन सब बातों की जानकारी कमीशन वालों को किसी ने पहले से ही दे रखी थी। कानिटकर के बारे में सबको सन्देह था ही। खासकर केमिस्ट्री लैब में गैस की नली लीक होने की बात पहले बताए बिना कमीशन को मालूम होना सम्भव नहीं था।

दूसरे ही दिन डॉ. वाघ कॉलेज में आए। जी.जी. से गुस्से में बातें करते हुए स्टाफ रूम में आ धमके और आधे घंटे तक केवल आधी प्याली चाय पीते हुए सभी को सम्बोधित करते रहे :

"इन भट ब्राह्मणों में क्या योग्यता है जो हमें अक्ल सिखाते हैं? यही बात तो हमारे उत्तर महाराष्ट्र वाले बहुजन समाज की समझ में नहीं आई अब तक!

कोल्हापुर वालों ने बड़ी खुशी से अपना अलग विश्वविद्यालय बना लिया। यहाँ हमारे नेताओं को अब तक इसकी सुध नहीं आई। कितने दिन रहेंगे हम इन ब्राह्मणों के विश्वविद्यालय में? इन्हें हमारी केमिस्ट्री के लैब का ट्यूब दिखता है, लेकिन हमारी इतनी अच्छी लाइब्रेरी नहीं दिखती। और बहुजन समाज के इतने लोगों वाली दूसरी एक भी संस्था है क्या इनके पूना में? मराठों ने सभी को अपने में समाविष्ट किया है, और इन भटों ने? इनकी संस्थाएँ अस्सी साल पहले जैसी थीं वैसी ही आज भी हैं। तिलक, रानडे, गोखले, परांजपे, जोशी, गोडबोले यही लोग हमेशा-हमेशा पेपर निकालते हैं और यही जाँचते हैं। ये लोग अपने भाई-भतीजों को ज्यादा अंक देकर ऊपर नहीं रखेंगे इस बात पर कौन विश्वास करेगा? जो लोग दूसरी जाति के लोगों की थोड़ी-सी भी प्रशंसा करने से कतराते हैं वो अपनी-अपनी जाति के लोगों का कितना भला करते होंगे? रंग्लर परांजपे की सराहना होनी ही चाहिए लेकिन यह भी तो देखो कि दूसरी जाति में कितने रंग्लर हुए हैं। आगरकर कुछ भी आलतू-फालतू लिखते थे उसकी कितनी तारीफ! और फुले, शिन्दे, भाऊराव, पाटील आदि लोगों ने खुद पदभ्रमण किया समाज के लिए उनका नामोल्लेख भी मुश्किल से। यह एकदम सही था जो शाहु महाराज पूछते थे, जैसे मराठों की महिलाएँ ब्राह्मणों के घरों में बर्तन माँजने के काम करती हैं वैसे ब्राह्मणों की औरतें क्यों नहीं करतीं मराठों के घर? न्याय क्या केवल इन्हीं के साथ होगा—हमारे साथ नहीं? इन्होंने ही सदियों से जात-पाँत और भ्रष्टाचार को पाला-पोसा है और अब दूसरी जाति के लोगों में जागृति हो रही है तो उनमें उन्हें जातिवाद दिख रहा है। हमने इतनी विभिन्न माइनॉरिटीज के लोगों को लिया है फिर भी ये लोग हमारी संस्था को कम्युनल कहेंगे। वाह रे न्याय! हम ही मूर्ख हैं जो इतने लिबरल हैं। यानी कि ये लोग संस्था को तभी अच्छी कहेंगे जब संस्था में सिर्फ ब्राह्मणों को लिया जाए। ये लोग भूल रहे हैं कि हमारे बाप-दादा सब खेती में हल जोतनेवाले थे, फिर भी हम एक ही पीढ़ी में इनके बराबर आ गए हैं। इतने दिनों तक इन्हें फूटा हुआ गैस ट्यूब नहीं दिखा और आज कुत्ते की तरह सूँघ रहे थे उस ट्यूब को। ब्राह्मणों का प्रिंसिपल था तो सभी रिपोर्ट अच्छी होती थी और अब किसान का बच्चा उस कुर्सी पर बैठा तो इनकी आँखों में चुभने लगा? अरे चोरो, अब थोड़े ही दिन बचे हैं तुम्हारे। मुझसे ज्यादा न बुलवाओ। सारी दुनिया में मुफ्तखोरी की मिट्टी पलीद हो गई। लेकिन हमारे ये हरामखोर बम्मन...अब मुझसे ज्यादा नहीं बोला जाता...और क्या कहूँ...?"

सभी ब्राह्मण चुपचाप सुन रहे थे। दूसरे मजा लेते हुए हँस-हँस कर डॉक्टर साहब की हर बात पर दाद दे रहे थे। वाघ के भाषण पूरा करके निकल जाने के बाद केवल देशपांडेबाई बोलीं कि हमारे "डॉक्टर साब सच कहते हैं, भले वह कडुवा क्यों न हो।"

भावे बोले, "वा देशपांडेबाई। ब्राह्मणों की एक विशेषता डॉक्टर साब बताना भूल गए। चापलूसी।"

इस पर माली नामजोशी से बोला, "क्या बन्धु, आपने सब चुपचाप सुन लिया। मैं खामोश नहीं बैठता। या तो कहो कि आप सही हैं या फिर बताओ कि हमारी क्या गलती है।"

नामजोशी बोले, "बोलने दो इन लोगों को। अपन अपनी नौकरी करते रहो। पी-एच.डी. मिल गई एक बार फिर पूना यूनिवर्सिटी में जगह मिलने ही वाली है। कौन इन मूर्खों की बातें सुने? ये संस्थाएँ स्टेपिंग स्टोन की हद तक ठीक हैं। हमारे गाइड ने भी कहा है कि एक-दो साल में यूनिवर्सिटी में वैकेंसी होगी ही होगी। हम वही करते हैं जो हमें करना है। इनकी बातों से इनमें कूटनीति का अभाव स्पष्ट दिखता है। सबके सब गँवार हैं।"

नवजीवन कॉलोनी के 'राधाकृष्ण' में जगह खाली होने का चांगदेव को बेसब्री से इन्तजार था। दो इन्क्रीमेंट्स मिलने से तनाव भी बढ़ गया था। इसलिए महँगावाला ब्लॉक लेना जरूरी था। गर्मी के दिनों में ही उस आदमी का तबादला बम्बई हो गया था लेकिन वहाँ रहने को जगह न मिलने के कारण वो इस फिराक में था कि किसी की सिफारिश से दूसरी ओर तबादला हो जाए। सतारा में उसका तबादला होना तय था लेकिन निश्चित रूप से कुछ सामने नहीं आ रहा था। बार-बार चक्कर लगाकर चांगदेव भी उकता गया। इस गाँववाले कमरे से भी वह ऊब गया था। लोगों को वहाँ आकर टाइम पास करने की आदत सी हो गई थी। दूध का बर्तन माँजना, रोज़ नीचे से पानी भरना। 'राधाकृष्ण' में ऊपर की टंकी मोटर से भरी जाती। पीने का पानी भी थोड़ी देर के लिए ऊपर चढ़ता था। लेकिन उस परिवार के जगह छोड़ने के आसार नजर नहीं आ रहे थे। बार-बार जाकर पूछना भी ठीक नहीं लगता था। उस घर में एक जवान लड़की थी। माली और चांगदेव के वहाँ जाते ही वह भी अपनी माँ के साथ सामने आकर बैठ

जाती और इनसे बातें करने लगती। हमेशा आगे-पीछे करती रहती। फिर माँ उसे डाँटकर कहती, "कमल तू अन्दर जा।" चांगदेव को लगा कि बार-बार वहाँ जाने से शायद उस महिला को गलतफहमी हो सकती है। वह महिला कहती, "वैसे तो हम भी बहुत उकता गए हैं लेकिन उस माटी मिले वडकस ने यह तबादले का झमेला खड़ा कर रखा है। गर्मियों में वो मुम्बई को गए, अब दीवाली आ गई। लगता है लटका दिया हमें। ये छुटका तो अपने बाप के बिना सोता भी नहीं। हमारी कोशिश जारी है, थोड़े दिन और ठहरो। मालिक से तो हमने बहुत पहले कह रखा है कि हम जगह खाली कर रहे हैं। लेकिन उधर क्या होता है इस पर निर्भर करता है—कमल, तुझे कहा ना अन्दर बैठो करके—उनके सिवा मुझ अकेली का भी दिल नहीं लगता। पर क्या करें? अजी अन्दर तो आओ, पानी पी लो थोड़ा। कमल पानी ले आना तो।"

कभी कमल दरवाजा खोलती और काफी देर तक बातें करती रहती। तब अन्दर से माँ की चिल्लाने की आवाज आती, "किससे बात कर रही है तू, कमल?" कमल बताती कि फलाँ लोग हैं?

फिर उसकी माँ मेकअप वगैरा करके बाहर आती और इनसे बड़ी देर तक गप्पें हाँकती। उसकी लड़की झुँझलाकर बातों-बातों में उससे लड़ लेती।

माली बोला, "माँ बूढ़ी नहीं हुई और बेटी पहले ही जवान हो गई। इसलिए ऐसा होता है। यह लड़की एक बार ऊपर आकर मुझसे पढ़ने के लिए कुछ माँगने लगी। अब अपने रूम में किस्से-कहानियों की कोई किताब रहती नहीं। लेकिन उधर से चौधरी ने यह सुन लिया और गाँव में जाकर चौधरी उपन्यास वगैरा खरीदकर ले आया। नहीं तो आपको क्या लगता है वो आदमी किताबें लेगा? देखो, काम-पीड़ित आदमी कैसा होता है। आखिर चौधरी ने खुद जाकर उसकी माँ को किताबें पढ़ने को दीं।"

चांगदेव बोला, "शादी नहीं हो रही शायद?"

माली बोला, "किसकी? माँ की बहुत पहले ही हो गई होगी। लड़की की अब होगी। अभी वो मैट्रिक में है। अच्छा चौधरी का पूछ रहे क्या? उसकी शादी का नहीं पता।"

दीपावली की छुट्टियाँ शुरू हुए पन्द्रह दिन हो गए थे। 'राधाकृष्ण' का पीछा आखिर चांगदेव ने छोड़ दिया और शतरंज में अपना वक्त बिताने लगा। तभी एक

दिन अचानक पी.टी. आए और कहने लगे, "वो परिवार सतारा चला गया। तुम ब्लॉक को ताला लगा लो। माली गाँव चले गए थे इसलिए खबर नहीं कर सका। घर के कामों से भी फुरसत नहीं मिल पाई।"

चांगदेव ने तुरन्त साइकिल पर जाकर ताला लगा दिया और आते-आते बैलबंडियाँ बुलाकर धड़ाधड़ सामान पैक किया और एक ही चक्कर में 'राधाकृष्ण' में ले जाकर डाल दिया। वह बहुत उतावला हो गया था। अब उसे लगा कि फर्नीचर भी नया लिया जाए। इसलिए मालिक वाला पुराना फर्नीचर उसने वहीं छोड़ दिया। बाजार में जाकर नया बड़ा-सा लोहे का पलंग और कुर्सियाँ खरीदकर ठेले पर लादकर ले आया। साइकिल पर सुलतान के प्लॉट पर जाकर बढ़ई को एक बड़ा टेबल और अच्छी कुर्सी बनाने का ऑर्डर भी दे आया। अकेले ही सब सामान पैक किया और नई जगह में अकेले ही सब लगाया। पसीने से पानी-पानी हो गया। छुट्टियों के कारण कोई दोस्त नहीं आया मदद करने को। नहीं तो कई लोग आए होते। अब तक कोई अकेलापन नहीं था। इस नई जगह में इस प्रकार का एहसास हो, यह ठीक नहीं। नए पलंग पर लेटे-लेटे उसने खिड़की से बाहर देखते हुए बड़े-बड़े नीम के पेड़ों को ध्यान से देखा। हरे-भरे पेड़ों पर कौओं की काँव-काँव कानों को तकलीफ दे रही थी। तरह-तरह की आवाजें एक-दूसरे में उलझे हुए धागों की तरह। बीच-बीच में दस-बीस कौए पंख फड़फड़ाकर आवाज करते हुए उड़ते। फिर किन्हीं टहनियों पर स्थिर हो जाते। इन तीन-चार पेड़ों पर हजारों कौए होंगे। हर रोज शाम को ये आवाजें... मतलब सत्यानाश। दिमाग में ऐसी आवाजें उठने लगीं और वे इतनी बढ़ने लगीं कि वह उठकर खड़ा हो गया।

जहाँ पाँच-सात लोगों का परिवार रहता था वहाँ मैं अकेले रहूँगा, इस बात को सोचकर उसे यूँ ही पहले वाले परिवार का एहसास हुआ। सब तरफ उनके रहने के निशान मौजूद थे। घर छोड़ते समय उन्होंने सफाई भी नहीं की थी। बोतलें, डिब्बे, रद्दी पेपर, टूटी हुई कंघियाँ इधर-उधर बिखरे पड़े थे। रसोईघर में एक टूटी हुई घोंटनी और जंग लगी खिसनी पड़ी थी। रसोई का कट्टा बहुत ही गन्दा कर रखा था। सब तरफ तेल के धब्बे थे। एक बार साबुन-सोड़े से धोना जरूरी था। फर्श पर भी दाग थे। कुल मिलाकर शादी और संसार का मतलब है ये दाग और चिकनापन। साले कितनी गन्दगी में रहते थे। उधर आगे के बड़े कमरे में खिड़की के कोने में काजल के दाग थे। कुमकुम के और सिन्दूर के लाल, छोटे-छोटे बुँदके

भी थे आईने के आसपास। खिड़कीवाले कोने में नेलपॉलिश के हल्के उँगली के धब्बे थे। नीचे लम्बे बालों के गुच्छे अब भी पड़े थे। ये बातें मजेदार थीं लेकिन कुल मिलाकर थी तो गन्दगी ही।

सारा सामान मोटे तौर पर लगाकर वह चाय के लिए पी.टी. के घर जा ही रहा था कि शेख और वाणी लम्बी साँसें भरते हुए आए।

"क्यों यार, भाग के आए हो क्या इधर? मकान-मालिक बता रहा था, पता नहीं किधर गए।"

"अच्छा हुआ तुम आ गए, कल सुलतान के यहाँ चलेंगे फर्नीचर लाने को।"

"इतने कमरों का क्या करोगे पाटील तुम? शादी के बारे में तो नहीं सोच रहे? बाकी जगह तो एकदम बढ़िया है भौ। वाहऽ। अकेले का इतने बड़े ब्लॉक में रहना मतलब फैमिली का शौक केवल जगह से ही पूरा करने जैसा है।"

चांगदेव बोला, "ऐसा थोड़ी ही है कि बड़ी जगह केवल फैमिली वाले ही ले सकते हैं। मुझे तो ऐसी ही जगह ज्यादा पसन्द है। एक कमरे से उकता गए तो इस रूम से उस रूम में। पूरी जगह से बोर हो गए तो जगह ही बदल देना। उससे भी तंग आ गए तो गाँव बदल दो।"

"गाँव से भी तंग आ गए तो क्या करोगे?"

"देखेंगे जब का तब। कितना अच्छा हो अगर देश भी बदलना मुमकिन हो! बोलो है कि नहीं? देशों से उकता गए तो ग्रह भी बदलना मुमकिन होना चाहिए। पृथ्वी से गुरु पर!"

एक-एक कर सभी खिड़कियाँ खोलते हुए शेख बोला, "यहाँ से अच्छा व्यू है। इधर अपना टेबल रखना। उधर पलंग। सोते-सोते पेड़ाँ दिखते हरे-हरे। उधर भी ठीक रहेगी खटिया। सोते-सोते पहाड़ दिखते हैं और गैलरियाँ दो हैं तुम्हारी। दो कुर्सियाँ रखना उनमें। शाम को मजा आएगा। घर अच्छा है। सुलतान के यहाँ ऑर्डर दिये ना तुम? जल्दी फर्नीचर लाना। इधर किचन में डिब्बे रखने को शेल्फ भी बनवाना।"

वाणी ने कहा, "लेकिन शेख, हम सभी को यह जगह बहुत दूर पड़ेगी। नकवी का तो बहुत ही बुरा हाल होगा साले का। पहले ठीक था दो गलियाँ लाँघकर आता और पाटील के यहाँ पड़ा रहता। साला आलसी है। इतनी दूर नहीं आएगा वो।"

ये बात सच साबित हुई। इस तरफ गाँव से आनेवालों की तादाद कम हो गई। लेकिन अब कॉलोनी में रहनेवाले दूसरे प्राध्यापक ज्यादा आने लगे। कासार सर नजदीक कहीं रहते थे, पी.टी. तो पिछवाड़े में ही थे। नामजोशी, कानिटकर, कासार, मिश्रा—सब आसपास थे। ऊपर की मंजिल पर माली था। उसी मंजिल पर दूसरे बाजू चौधरी रहते थे। लेकिन इधर के प्राध्यापक ज्यादातर अपने घर में ही रहना पसन्द करते थे, इस कारण चांगदेव को उनसे इतनी तकलीफ नहीं थी। कभी-कभी गाँव से वाणी और शेख जरूर आ जाते।

इस बीच शेख से झगड़ा हो जाने के कारण उसकी पत्नी बच्चों को लेकर मायके चली गई। वाणी की पत्नी भी किसी कारण मायके चली गई थी। इसलिए वे दोनों अकेले ही थे। मिश्रा भी अकेले रहता था और मूड आने पर अपना कत्थई रंग का कोट चढ़ाकर उसमें बोतल छुपाकर वक्त-बेवक्त चांगदेव के यहाँ चला आता। वहाँ अगर कोई और आया होता तो इधर-उधर की बातें कर बोतल वैसे ही लेकर वापस चला जाता। उसके उस कोट को देखकर ही चांगदेव समझ जाता, बात क्या है।

'राधाकृष्ण' में पानी की किल्लत नहीं थी, सो उसे तीनों कमरे और रसोईघर का कट्टा बार-बार धोने की आदत-सी हो गई। पानी के लिए रूम के बाहर जाने की जरूरत नहीं थी। लैट्रीन-बाथरूम घर में ही थे। सवेरे जल्दी ही पीने का नल का पानी आ जाता था। नींद से उठने में देर भी हो गई तो नीचे आठ बजे तक पानी रहता था। लेकिन वहाँ औरतें कपड़े-बर्तन धोया करतीं और उस भीड़ में मटका लेकर जाना चांगदेव को पसन्द नहीं था। इसलिए छुट्टी के दिन भी जल्दी उठकर एक घड़ा पानी भरकर वापस सो जाने की योजना उसने बनाई। चौधरी जंगल में कहीं घूमने गए थे। उनके वापस आने पर उनका नौकर छोकरा काम पर वापस आनेवाला था। मतलब ऑमलेट, चाय, बर्तन माँजना—सब कुछ ठीक होने की उम्मीद थी। पीछे इधर अहीरों के घर थे। अहीरों के बच्चे सवेरे घर पे ही दूध दे जाते। दूध भी स्वादिष्ट होता था।

'राधाकृष्ण' बिल्डिंग की तीनों मंजिलों में कुल मिलाकर छह बड़े-बड़े ब्लॉक थे। बीच में सीढ़ियाँ थीं। आमने-सामने ब्लॉक्स थे। ऊपर की मंजिल पर बाईं ओर चौधरी और माली मिलकर एक ब्लॉक में रहते। उसके बाजू में दाहिनी ओर एक सरकारी नौकर था। वह नवबौद्ध था इसलिए किसी से भी ज्यादा मिलना-जुलना नहीं था। उसका महीनों तक दौरे पर रहता था और उसकी बीवी मायके चली

जाती थी। बच्चे नहीं थे। कुल मिलाकर यह परिवार नहीं के बराबर था। बीचवाली मंजिल पर चांगदेव के सामने साठे नाम के एस.टी. के कोई बड़े अधिकारी रहते थे। एक-दो बार की मुलाकात से उनके साथ बनावटी हँसी हँसने तक का परिचय हो गया था। उनका हाई स्कूल में पढ़नेवाला एक लड़का था। साठे बाई स्कूल में नौकरी के लिए जाती थीं, इसलिए वहाँ दिन-भर शान्ति रहती।

चांगदेव के ब्लॉक के एकदम नीचे तलमंजिल पर एक नया शादी-शुदा जोड़ा रहता था। वह रात-दिन एकान्त में ही रहता। हमेशा घर में ही। इस कारण उनका नाम, चांगदेव को आखिर तक मालूम नहीं हुआ। और नीचे ही बाईं ओर एक अधेड़ उम्र के हाई स्कूल टीचर का परिवार था। कुल मिलाकर 'राधाकृष्ण' में सभी तरह के लोग रहते थे—बाल-बच्चे भी थे, नवदम्पती थे, वयस्क थे, दो-तीन कुँआरे थे, एक-दो बूढ़ी औरतें भी थीं। सीढ़ियों पर खेलनेवाले आते-जाते बच्चे उसे काका-काका कहकर पुकारते। चांगदेव ने अपने पास के बिस्किट्स कुछ दिन उन्हें दिये, बाद में उसने टॉफी-गोलियाँ लाकर रख ली। इस कारण बच्चों की संख्या बढ़ने लगी थी।

कॉलेज यहाँ से पीछे की गैलरी से दिखाई पड़ता था, इतना नजदीक था। लेकिन यह पीछे का रास्ता ऊबड़-खाबड़ था। रात में टॉर्च के बिना तो जा ही नहीं सकता था कोई। सामनेवाले रास्ते से काफी आगे जाकर, घूमकर फिर पीछे आकर कॉलेज का रास्ता लेना पड़ता था। यह मार्ग लम्बा था, सो, पीछे वाला रास्ता ही सुविधाजनक था। पीछे वाली गैलरी से दूर तक बंजर जमीन, उस पर उग आए नीम-बबूल के पेड़, घास, नागफनी, इधर-उधर चरनेवाली बकरियाँ, गाएँ, भैंसें और गधे दिखाई देते। ऊपर तक सुन्दर दिखनेवाले काले-पीले साफ-सुथरे खेत पहाड़ी की तलहटी तक फैले हुए थे। कुल मिलाकर दृश्य मनोहर था। खिड़की से नीम के हरे-भरे पेड़ दिखाई देते। सामने की गैलरी से एक मंजिला मिट्टी की छतवाले घर दिखते। बिलकुल सामनेवाले घरों से तो बोलने की आवाजें स्पष्ट रूप से सुनाई देती थीं। लोगों के व्यवहार भी दिखते। ऊपर गच्ची पर जाने पर पूरा गाँव और दूर तक के खेत दिखाई देते। सुन्दर घर मिलने की खुशी में, अपने कमरे में वह रेडियो पर गाना बजाकर इधर-उधर गोल-गोल घूमता रहता। अकेले आजादी से जीने का यह एहसास अपने आप में बेशकीमती था। इसकी कोई बराबरी नहीं थी। यहाँ रेडियो जोरों से लगाओ, रिकॉर्ड लगाओ, जो भी जी में आए करो—कोई कुछ भी पूछनेवाला नहीं था। कॉलेज भी नजदीक ही था। आराम से आना-जाना

हो सकेगा रात में माली, नामजोशी, फेगड़े खाने को साथ चलेंगे। पी.टी. का घर बाजू वाले मकान में था इसलिए वहाँ से घासलेट, माचिस, शक्कर—कुछ भी खत्म हो जाए, लाना सम्भव था। मुम्बई छोड़ने का सही सुख अब मिलने लगा था। पूरा खुलापन, आजादी।

एक दिन चौधरी आए और वह लड़का भी काम पर आने लगा। चौधरी अपने घर में ही उस लड़के से रसोई बनवा लेते। खुद चौधरी भी अच्छी रसोई बना लेते थे। जो कहते उस लड़के को वह सब कुछ ले आता। लेकिन चौधरी के जंगल में ड्यूटी पर जाते ही—वह अनियमित हो जाता। चांगदेव और चौधरी एक-दूसरे को ऑमलेट और चाय के लिए बुलाते। चौधरी बहुत ही कम बोलते थे। दूसरों की हर बात से वह सहमत रहते। उन्हें कोई सांस्कृतिक-सामाजिक प्रश्न महत्त्वपूर्ण न लगता। वैसे आदमी बड़े होशियार थे, लेकिन किसी भी चर्चा को शुरू करते ही हूँ, हूँ करके टाल देते। उनकी शादी में कहीं रुकावट आई थी शायद इसी कारण उन्हें किसी भी बात में दिलचस्पी नहीं थी। लेकिन सिनेमा देखने के लिए वे हमेशा तैयार रहते और पूरा खेल होने तक बड़ी लगन से देखते। बाद में घर आते समय छोटी-मोटी बातों की चर्चा भी करते। यानी उनकी शादी जल्दी हो, यह जरूरी था। इसी कारण शायद उन्होंने दो रूम का ब्लॉक ले रखा था। वस्तुत: माली के समान, उनका भी काम एक रूम से चल सकता था। चौधरी एकदम पत्थर बन जाएँगे अगर और कुछ दिन में उसकी शादी नहीं हुई तो। फॉरेस्ट डिपार्टमेंट के किसी इम्तहान में भी वे बार-बार फेल हो रहे थे। इस वजह से उनकी तनख्वाह भी रुकी हुई थी। चांगदेव एक बार उनसे बोला, "चौधरी साहब, ये इम्तहान अबकी बार निकाल ही दो।" वे बोले, "पढ़ने में मेरा ध्यान ही नहीं लगता। अब करता हूँ शुरू।" लेकिन वे किताब लेकर बैठे हुए नजर नहीं आए। खाट पर पड़े रहते परेशान-से।

चांगदेव सोचता कि मैंने कमरा बदल दिया, गाँव बदल दिया, नए चेहरे, सब कुछ नया, अच्छे दिन बीत रहे हैं। बदलाव जीवन का रंग बदल देता है। कम-से-कम पहले के द्रव्य में कुछ तो नया पड़ता है और नया रंग बनता है। यह रंग भी पुराना होते ही जीवन बदरंग लगने लगता है। तब बिना देशमित्र, फिर से जगह बदलकर नए भौतिक आकारों में अपने अस्तित्व को ढालना चाहिए, यानी कि जिन्दगी की जगहों के, पेड़ों के, गैलरी से दिखनेवाले खेतों के और छपरों के नए-नए आकार मिलते हैं। इन नए बिम्बों की बदौलत मस्तिष्क की दीप्ति

और विचार-शक्ति जाग्रत रहती है और अन्दर ही अन्दर मन सुशोभित होता रहता है। बदलाव तो चाहिए ही। इसी वजह से तो नई चीज लेने पर खुशी होती है। परसों उस लड़के के हाथ से पुरानी प्याली-तश्तरी टूट गई और वह डर के मारे थरथराने लगा। लेकिन चांगदेव को बुरा नहीं लगा, उलटा वो खुश हुआ कि अब नई प्याली-तश्तरी ला सकेंगे।

शतरंज की बाजियाँ अब कभी-कभी ही कोई आया तो होती थीं। इधर ज्यादातर कोई आता नहीं था। इस कारण अगले टर्म की पढ़ाई अच्छे तरीके से होने लगी। उसके लिए रात में जागना पड़ा। वैसे भी देर रात तक जागकर सवेरे देर से उठने में काफी समय बिताने का एहसास मिलता। जब कॉलेज शुरू होगा तो छुट्टियों की यह दिनचर्या बदलनी पड़ेगी। बी.ए. के छात्र भी अच्छे थे। खासकर उसके पढ़ाने के तरीके से दो-तीन छात्राएँ काफी खुश थीं। इस कारण अच्छे से अच्छा पढ़ाना जरूरी है। उसे लगता कि यह स्वाभाविक ही है कि कासार जैसे चालीसे में आए लोग अच्छा नहीं पढ़ाते। अपने जैसा जवान होने के कारण छात्रों की निकटता की वजह से गुलामों जैसी मेहनत करते हुए जैसे युवा अध्यापक कई किताबों को पढ़कर नोट्स निकालकर पढ़ाना सरल है, वैसा शायद कासार के लिए सम्भव नहीं है। कार्यक्षमता का लैंगिकता से इतना घनिष्ठ सम्बन्ध होने के बारे में फ्रायड का लिखा उसने कुछ नहीं पढ़ा था। फ्रायड के आलेख फिर से पढ़ने की बात वह हमेशा तय करता लेकिन जून महीने में फ्रायड और युंग की किताबें जो लाइब्रेरी से वह ले आया था—वैसे ही पड़ी थीं। पूरे टर्म में एक भी किताब नहीं पढ़ी थी उसने। क्या चौधरी जैसा आलस मुझको भी आ गया? यह सोचकर वह डर गया क्योंकि पिछले साल की तरह दिन-भर रेडियो और गानों के कारण बेचैन होकर एक धुन्ध में पड़े रहना पूरी छुट्टी में चल रहा था और पिछले साल भी जिन्दगी इसी तरह निरुत्साही रही थी। इस साल शतरंज और गपशप में ज्यादा दिलचस्पी दिखाई थी लेकिन अब तो वह भी खत्म हो गया है। पारू जब थी तब दो-चार महीने बड़े उल्लास भरे थे। यह भी गौर करने की बात है। हम फ्रायड केवल पढ़ते हैं और बाद में अपनी इच्छाओं को दबा देते हैं! अपने देश में युवा लड़कों के नसीब में यही तो है। या फिर चौधरी की तरह उदास होकर शादी की राह देखते रहना, बड़ी दयनीय अवस्था है हमारे युवाओं की। फिर दिल बहलाने के लिए बर्तन साफ करना, फर्श धोना, टेबल पोंछना, ऐसे सारे काम करते रहना।

छुट्टी में अब पढ़ाने का काम रुक गया था, सो स्फूर्ति भी कम हो गई। यह बात भी गौर की थी। उस जोश का, फुर्ती का ताल्लुक फिर लैंगिकता से था। सज-धज कर आनेवाली लड़कियों को ही अच्छी तरह से पढ़ाना तो ऊँचे दर्जे की हास्यास्पद बात थी। लेकिन यह हम्माली अपने हाथों से हुई यह सच है। और छुट्टी के बाद शुरू होने जा रहे कॉलेज का इन्तजार करना बड़ी विकृति थी। इतना बड़ा ब्लॉक लेने में भी विकृति है। साफ़-सफाई, रख-रखाव भी विकृति है।

ऐसे तूफान तकिया सिर के नीचे लेते ही फिर शुरू हो गए। इस बात से वो डर गया। अर्थात पहले वाला कमरा ही अच्छा था, यह लगने लगा। वहाँ इस तरह का अकेलापन नहीं था। लोग हमेशा आते-जाते रहते थे। अब इतनी दूर कोई नहीं आता। रूम में इस प्रकार अकेले पड़े रहना, पेड़ों पर जमा होते कौओं की तरह-तरह की काँव-काँव सुनते-सुनते अँधेरा और फिर रात—ये बात बड़ी भयानक है।

यहाँ इस कमरे में वैसे उसके सिवा और एक महाशय रहते थे। वह था एक छोटा नया-नया आया हुआ मकड़ा। वह बड़ा फुर्तीला था। कहाँ से कब आया नहीं मालूम लेकिन साफ-सफाई तब हुई नहीं थी। मोरी की दीवार के एक कोने में इसने अपना डेरा जमाकर अँधेरे में अपना जाल बिछाने की शुरुआत की थी। वह जाल भी कोई सुन्दर गोलाकार नहीं था। जैसे-तैसे आठ-दस कोनों में ताना गया था। लेकिन बीच वाले भाग में काफी घना बुना हुआ था और इसका एक ताना तो उसने नए ब्रश को लगा रखा था। चांगदेव को लगा रहने दो बेचारे को। चाय पीने के लिए ही तो आते हैं इस रूम में। वह रहे शिकमी किरायेदार की तरह, उसे नहीं भगाना चाहिए। ब्रश पर उसने कब्जा जमा लिया था इस कारण अब मोरी साफ करने का काम भी रह गया। अच्छा हुआ। बाद में उसने उस लड़के को भी हिदायत दे दी कि इस ब्रश को और जाले को न हटाए। तोड़े नहीं। ध्यान रखे कि पानी फेंकना हो तो उधर से फेंके। उस लड़के को यह सब मजाक लगा।

आखिर तक वह जाल वैसा ही रहा। कभी-कभी चाय तैयार होने तक चांगदेव उस जाल को बड़े ध्यान से देखता। कभी कोई मक्खी उस जाल में फँसकर चूँ-चूँ आवाज कर निकलने की कोशिश करती तो लम्बे डग भरता हुआ मकड़ा उसे धर दबोचता और जाले में लपेटकर ठंडा कर देता। और चारों तरफ से उसे काफी देर तक काटता रहता। इस दौरान वह चाय भर देता। यह बड़ा अच्छा मनोरंजन था।

बाकी समय मकड़ा घंटों खाली बैठा रहता। उकता जाने पर ऊपर की डोरी से नीचे यूँ ही लटकने लगता। कभी-कभी चांगदेव खुद ही एकाध मक्खी झाड़ू से मारकर उस पर धीरे से डाल देता। लेकिन मकड़ा इस मक्खी के लिए नहीं दौड़ता था। उँगली से जाल को थिरकाने से भी वह मक्खी की तरफ नहीं आता। बड़ा ही धूर्त मकड़ा था। वह इन तरीकों से कभी फँसा नहीं। पहले तो चांगदेव के कदमों की आहट से कोने में जाकर छुप जाता था। लेकिन परिचय होने के बाद उसने डरना छोड़ दिया। प्यार से पैर हिलाता रहता। या फिर पीठ दिखाते हुए विश्वासपूर्वक लटका रहता।

धीरे-धीरे छुट्टियाँ तकलीफदेह होने लगीं। बोरियत बढ़ने लगी। सभी तरफ लोगों के घर मेहमान आए हुए—किसी का भाई तो किसी की बहन तो किसी के साले-सालियाँ। चौधरी भी गाँव चले गए। उन्होंने चांगदेव को दीवाली पर अपने साथ आने का न्योता दिया था। लेकिन चांगदेव बोला, “नहीं, मैं भी शायद अपनी बहन के घर जाऊँगा। चौधरी बोले, लेकिन जरूर जाना, अकेले मत रहो यहाँ। मुझे अकेले रहने का बहुत ही बुरा अनुभव है।” ऐन दीवाली में दामले ने उसे आठ-दस दिन के लिए आने से मना कर दिया। इस कारण परेशानी शुरू हो गई। अकेले होने की वजह से दामले उसे अपने ही घर में बना खाना कुछ दिन देते रहे। लेकिन उन्होंने जब देखा कि चांगदेव आ ही रहा है, तो उन्होंने स्पष्ट रूप से मना कर दिया। अब गाँव में दो बार आना-जाना होने लगा। पैदल चलने से अच्छा लगता। बिल्डिंग में भी एक उस नवदम्पती को छोड़कर बाकी सभी ताले लगाकर अपने-अपने गाँव चले गए। पी.टी. भी गाँव चले गए। सब तरफ चौबीसों घंटे सन्नाटा। दिन में एक बार नींद, रेडियो, दो बार खाने के लिए बाहर, रात में वापस आकर फिर से रेडियो—दिन का टाइम टेबल फिर से उलटा-पुलटा हो गया। फिर दोपहर के बाद उठना। फिर खाना खाकर आने के बाद रेडियो... *मेरे तन पे छाँव हैऽ उसी की रेऽऽऽ आएगा रे उड़केऽ मेरा, हंस परदेसी...*फिर अकेले ही जाकर बेमन से घर लौटना। फिर वही संगीत निर्देशक, वही सुन्दर अभिनेत्रियाँ, वही रोमांटिक समां और प्रेम, हास्यास्पद तो था फिर भी कोई भंगिमा दिल को छू लेती, दिल मसोसनेवाला वही यौवन सुलभ प्रेम, विविध भारती, जयमाला, सिलोन के रंगारंग प्रोग्राम, नूरजहाँ, सहगल, गीता दत्त, नौशाद और रोशन। एक तो मुझमें

कुछ बदलाव नहीं आता, न बढ़ना न घटना, या यह अवस्था पार होने में अभी चार-पाँच साल लगेंगे। पैंतीसी में आए कुँआरे लोग शान्त, स्थिर दिखाई पड़ते। शरीर एक बार बूढ़ा हो गया तो मन भी बैल जैसा गतिहीन हो जाएगा। लेकिन ये कितने दिनों तक चलेगा ऐसे?

इन तीन कमरों में पारू आसानी से रह सकती थी। बिनी पारू से भी ज्यादा होशियार थी। खुले स्वभाव की थी। उसे मैंने टाल दिया। पहले यह गलत हुआ। उसने हँसते हुए कहा होता, चलो, हम भाग चलते हैं। या उसने खुद ही कहा होता, आप कुछ भी करो, मैं अब आपको छोड़कर नहीं जानेवाली। उसने मुझे बातों-बातों में ही हरा दिया होता। पारू ज्यादा सभ्य लगती थी, डरपोक थी, कारण वह ज्यादा सुन्दर थी। सब कुछ उलटा हो गया। इतनी होशियार थी बिनी कि उसे मेरा स्वभाव झट से समझ में आ गया था। एक बार वह पारू के बारे में बोली भी थी कि पारू को अपने हुनर का इस्तेमाल करना नहीं आया। यह पारू ने ही मुझे बताया था। उस गाँव में अगर मैं फिर से गया तो इतना अजनबी लगूँगा कि मुझसे कुछ भी नहीं बन पाएगा। हँसमुख बिनी किसी मेडिकल कॉलेज में आ चुकी होगी। पारू भी निश्चित रूप से नहीं होगी वहाँ। हवाई जहाज में कहीं शान के साथ इठलाती होगी—यूरोप में, अमरीका में, अवकाश में। किसी का किसी के बिना कुछ रुकता नहीं। उस समय कौन सा शैतान हावी हो गया था मुझ पर?

नींद में नीचे से कोई जोर-जोर से पुकार रहा था। नींद खुली तो यह समझना मुश्किल हो गया कि वह मुम्बई में है या पवार के बाड़े में या यहाँ? ऊँचे तकिए पर सर रखकर शेषशायी नारायण की तरह पड़ा था। गहरी साँसें भरकर खिड़की खोलते हुए उठ बैठा। बाहर चिलचिलाती धूप थी। नीचे कोई नहीं था। कोई होगा जो उकताकर चला गया होगा। नीचे वाला नई शादीवाला जोड़ा भी अजीब ही था। मकान के मुख्य प्रवेश द्वार को हमेशा अन्दर से बन्द कर देता था। उनसे पूछा कि कुंडी क्यों लगाए रखते हो तो पुरुष उद्दंडता से बोला, "पूरी बिल्डिंग में हम ही हैं। कोई अन्दर घुस गया तो? तुम्हारा क्या, तुम कभी रहते हो, कभी नहीं रहते, रहकर भी न रहने के समान। आनेवाले दरवाजा खटखटाते हैं तो हमें ही हमेशा दरवाजा खोलना पड़ता है।

शायद मेडिकल रिप्रेज़ेंटेटिव नाडकर्णी आए होंगे। वे कुछ किताबें लानेवाले थे। और मैं इस बिल्डिंग में कहाँ रहता हूँ यह उन्हें ठीक से मालूम नहीं था। वे ऊपर आते तो अच्छा टाइमपास होता। मुँह धोकर मकड़ी को देखते हुए उसने बिस्कुट खाए, चाय बनाई, पीछे की गैलरी में से खेतों को देखते हुए पी और बाद में शेख को लेकर सुलतान के प्लॉट पे जाना है, यह सोचकर बाहर निकल गया। बड़े गुस्से से प्रवेश द्वार की कड़ी निकाली और उसे खुला छोड़कर निकल गया। उसके साथ ही छाती खुजाता हुआ नई शादी वाले जोड़े का पुरुष बाहर आया और उद्दंडता से बोला, "वापस कब आओगे?"

"कुछ तय नहीं। क्यों?"

"दरवाजा! देर से आओ तो खटखटा देना।"

धड़ाम से दरवाजा बन्द करके उस आदमी ने अन्दर की कुंडी लगा दी। उसका यह बर्ताव चांगदेव को अच्छा नहीं लगा। उसे उस आदमी को छेड़ने की सूझी। दो ही मिनट में चांगदेव ने वापस जाकर दरवाजा बजाया। वह आदमी अन्दर से ही चिल्लाया, "कौन? कौन है?"

"मैं! खोलो दरवाजा, पर्स रह गया।"

काफी देर बाद दरवाजा खुला। वह जब अन्दर जा रहा था तो नवविवाहित पुरुष दरवाजे की ओर पीठ कर घर में घुस रहा था। इसलिए गुस्से से भरा उसका चेहरा देखना नसीब नहीं हुआ। उसकी स्त्री अन्दर खाट पर पड़ी सर उठाकर देख रही थी। उसके चेहरे पर लटके बाल बड़े खूबसूरत लग रहे थे। ऊपर जाकर एक चक्कर काटकर चांगदेव जोर से ताला बजाकर नीचे आया। उसके बाहर जाते ही दरवाजा बन्द होने की और कुंडी लगाने की आवाज आई। फिर वह रास्ते पर चला आया।

शेख की बहन ने बताया कि वह क्लब गया है। झुँझलाकर उसने अपने भाई को 'जुआरी' कहा। शेख को दिन-दिन-भर खेलने की आदत थी। चांगदेव अकेले ही सुलतान भाई के प्लॉट पर गया। वहाँ रिटायर्ड फॉरेस्ट ऑफिसर भी था। दो-चार लोग बढ़ई के बनाए ड्रेसिंग टेबल को लेकर निरर्थक चर्चा कर रहे थे। चांगदेव भी उनमें शामिल हो गया। चांगदेव ने सभी के लिए चाय मँगाई। वे लोग भी काम करके थक गए थे।

चांगदेव बढ़ई से बोला, "क्यों हुसैन भौ, अपने को किताबों का रैक कब बनाकर दे रहे हो तुम? टेबल-कुर्सी तो आपने मस्त बनाई, अब रैक कब बनाओगे?"

"बनाऊँगा साब, ये जरा शादी का मौसम जाने दो।"

रिटायर्ड आदमी बोला, "हुसैन भौ को आज ऑर्डर दो तो पूरे साल भर में बनाता है। मैंने कब से उसे आरामकुर्सी बनाने को कह रखा है।"

सुलतान का भाई बोला, "वो देर जरूर लगाता है, लेकिन काम बेहतरीन करता है।"

रिटायर्ड आदमी बोला, "इसमें कोई शक नहीं।"

इस तरह सब लोग सयानों जैसी बातें करते रहे, फिर ट्रैफिक की ओर दखने लगे। अँधेरा छा गया। जाड़ा लगने लगा। बढ़ई ने पॉलिश पेपर का काम समाप्त किया। दोनों ने मिलकर ड्रेसिंग टेबल को आहिस्ता से उठाकर बाजू वाले गैरेज में रखा। सुलतान के भाई ने लकड़ी का भूसा और ढलपी जमा करके अँगीठी बनाई। सभी उसके चारों ओर बैठकर गपशप करने लगे।

अँगीठी बुझने पर सभी निकले। चांगदेव भोजन के लिए एस.टी. स्टैंड तक पैदल ही गया। वहाँ से फिर एक बार शेख के घर गया था। वह घर पे नहीं था। उसकी बहन बोली, "कभी-कभी रात-भर घर पे नहीं आते भाईसाब। उधर ही ताश खेलते बैठे रहते। उनको तुम्हीच समझाना जरा। भाभी तंग आकर मायके चली गई...।"

झुँझलाते हुए रास्ते से बीड़ियाँ लेकर वह वापस आया। बीच में ही गाँव में रोशनी गुल हो गई। पुल लाँघकर कॉलोनी के कच्चे रास्ते पर अन्दाज से चलते हुए 'राधाकृष्ण' की दिशा में आते-आते अँधेरे में खड़ी उस बड़ी-सी इमारत को देखकर उसके कलेजे में अकेलेपन का एहसास पानी-सा थर्राने लगा। अँधेरे में ही दरवाजे पर दस्तक दी और बाहर झुँझलाता खड़ा रहा।

"कौन?"

"मैं। दरवाजा खोलो।"

"कौन मैं?"

"मैं ऊपर रहनेवाला। खोलो कुंडी। कोई चोर-वोर नहीं घुसता। खोलो जल्दी। फोकट परेशानी।" नवविवाहित जोड़ी में से किसी एक ने कुंडी खोली। वह पुरुष ही था। बोला, "अँधेरे में मालूम नहीं होता, नाम बताया करो। अँधेरे में कोई अन्दर घुस आया तो? पूरी बिल्डिंग में आप और हम ही हैं।"

"हाँ, मालूम है, बार-बार बताने की जरूरत नहीं। बाजू हटो।"

"कुंडी लगाने के लिए रुका हूँ मैं, उधर से जाओ—हाँऽ।" अँधेरे में टटोलते हुए वह दरवाजे से सटकर अन्दर आया।

नवविवाहित जाहिल आदमी ने धड़ाम से दरवाजा लगाकर कुंडी लगा दी और दीवार के सहारे आगे सरकने लगा। दोनों ही घने अँधियारे में आँखें गड़ाए और हाथ ताने हुए अपना-अपना रास्ता ढूँढ़ रहे थे। इतने में अपने आदमी की सुविधा के लिए उसकी स्त्री ने दरवाजे में खड़े होकर दियासलाई जलाई। उस उजाले में ये दोनों अन्धों जैसे हाथ आगे बढ़ाए रास्ता ढूँढ़ते हुए उसे दिखे तो शायद उसे एकदम अजीब लगा और वह इतनी जोरों से हँसी कि तीली हाथ से नीचे गिर गई। पुरुष ने कहा, "हँसने की क्या बात है?" अपनी हँसी को मुश्किल से दबाते हुए वह यह वर्णन करने लगी कि अँधेरे में दोनों हाथ आगे बढ़ाए, कैसे दिख रहे थे वगैरा। चांगदेव को भी ये सब बातें मजेदार लगीं। वह भी हँसने लगा। मीठी आवाज में वह बोली, "आजकल बिजली अक्सर चली जाती है। रोजाना क्या-क्या बिगड़ता होगा, क्या मालूम। क्या गाँव में भी लाइट नहीं है?"

अपनी औरत पराए आदमी के सामने इतना खुलकर बोले, हँसे, यह उस पुरुष से सहा नहीं गया। वह बोला, "बस करो, चलो अन्दर" और दरवाजा बन्द हो गया। दियासलाई की तीली के थोड़े से प्रकाश में चांगदेव को जो रास्ता दिखा था उसी को ध्यान में रखते हुए वह सीढ़ियाँ चढ़कर ऊपर आया। काफी देर तक चाबी आजमाने के बाद ताला खुला। दरवाजा धकेलकर वह अँधेरे में कितनी ही देर त्रस्त अवस्था में पड़ा रहा। रेडियो भी नहीं चल रहा था। अँधेरे में वक्त काटना मुश्किल था। मुट्ठी भी एक ही बार मुमकिन थी, बाद में वही उकताहट। रात में किसी समय लाइट आई होगी! दूधवाला जब आया तब दोनों कमरों के बल्ब जल रहे थे। उन्हें बुझाकर, पानी पीकर वह वापस सो गया।

दीवाली के दो-तीन दिन काफी कठिन रहे। शेख के घर जाकर थोड़ा वक्त कटता। शेख भी आया। बाद में एक-एक महाशय आने लगे। चौधरी भी आ गए। कॉलेज शुरू होने से पहले की रात एक बजे माली आया। चांगदेव चिढ़कर बोला, "बड़ी जल्दी आ गए आप। कल सवेरे साढ़े सात बजे आना था। पूरी छुट्टी बाहर बिताकर। भड़वे, एक-दो दिन पहले तो आते।"

माली बोला, "आज दोपहर में ही आ जाता मैं, लेकिन पूना के स्टेशन पर

बेहद भीड़ थी। दिन-भर की गाड़ियाँ स्थगित कर दी गईं। नामजोशी भी वहीं मिला। एक पाँव पर खड़े रहकर आए हम। कहीं तो युद्ध शुरू होनेवाला है। नामजोशी भी बोल रहा था कि तीन-चार दिनों से आधी गाड़ियाँ आर्मी वालों के लिए जा रही हैं। हमने भी गाड़ी भर सैनिक देखे। इतना भयानक लगा वो। बाप रेऽऽ बाप! लगा, अपना देश बड़ा बलवान हो गया। खुशी से सीना भर आया। दुनिया में तीसरे नम्बर पे है अपनी सेना!"

"ठीक है, अब सोने दो।"

दोपहर को भोजन के समय नामजोशी मिला। चांगदेव बोला, "कैसी लड़ाई शुरू हो रही है जी? आपके आने के लिए गाड़ियाँ भी नहीं थीं शायद।"

"अखबार आप नहीं पढ़ते, अब समझे इस कारण क्या नुकसान हुआ? हमें हमेशा चिढ़ाते थे, 'अखबार पढ़नेवाले' बोलकर। अब आपको जानकारी कौन देगा? रेडियो पर आधी सरकारी खबरें ही सुना करो आप। कश्मीर में शान्ति है वगैरा।"

"वो सब छोड़ो, हुआ क्या है यह तो बताओ? हुआ क्या है?"

"कश्मीर में पाकिस्तानी घुस गए हैं। हमने कुछ नहीं किया तो कश्मीर जाएगा हाथ से आठ-दस दिनों में। सीमा को पार कर कश्मीर में पाकिस्तानी मुसलमान घुस आए हैं। भारतीय मुसलमान उनके हाथ में होते ही हैं। सीमा पर अमरीकी टैंक और हवाई जहाजों की सहायता से पूरी तैयारी के साथ अयूब खान ने इधर घुसपैठ करवाई है। मामला संगीन है। कश्मीर के मुसलमानों को सरेआम काटना चाहिए—शेख अब्दुल्ला समेत।"

"कश्मीर में सभी मुसलमानों को अगर आप गुप्तचर मान बैठेंगे तो वे अपनी ओर से कैसे होंगे? उन्हें हिन्दुस्तानी कहकर बुलाया जाए तो ही उनमें राष्ट्रीयता का उत्साह आएगा कि नहीं?"

"शुरू हो गया आपका कवित्व? अभी तक तो आपको यह भी मालूम नहीं था कि युद्ध शुरू हो गया और तुरन्त आपकी विद्वत्ता शुरू हो गई! खाना खाओ पेट-भर। उधर, अगर दिल्ली पर मुसलमानों का कब्जा हो जाए तो भी आप उन्हें शरीफ ही कहेंगे! शेख ने कुछ कहा नहीं क्या इस बारे में? नकवी क्या बोला?"

"हम ऐसी बातों पर बहस नहीं करते। और कश्मीर में पाकिस्तान के गुप्तचर हैं यह बात तो हिन्दू अखबारों में तब से आ रही है जब से हमें आजादी मिली। शेख को राजनीति में कोई इंटरेस्ट नहीं। मुझे भी नहीं।"

"क्या इस बात पर कोई यकीन करेगा कि मुसलमानों को ये बातें मालूम नहीं हैं? और जमाते-इस्लामी का नकवी भी कुछ नहीं बोलता क्या?"

"काफी दिनों से नकवी उधर नहीं आए। एक बार कभी शतरंज खेलने आए थे। ज्यादा मुलाकात नहीं होती इन दिनों।"

"मिला भी तो आपको कुछ नहीं बताएगा वह। उनका दिल गवाही नहीं देता उन्हें। देर रात में रेडियो पाकिस्तान लगाकर लेटेस्ट खबरें सुनते हैं ये लोग। खुश होकर।"

"और शायद आप नहीं सुनते होंगे? मैं भी कभी-कभी लगाता हूँ पाकिस्तान रेडियो।"

फिर माली आया और साथ में अर्थशास्त्र के भावे को भी भोजन के लिए ले आया। भावे एक ऐसा आदमी था जो कभी किसी से मिलेगा नहीं, बोलेगा नहीं, न किसी को चाय पिलाता था, न किसी से चाय पीता था, काम न हो तो बोलता भी नहीं था। लेकिन पाकि़स्तान की बात चलते ही नामजोशी की बात को आगे बढ़ाते हुए वह भी मुसलमानों पर टूट पड़ा। उनके जोश के आगे माली और चांगदेव फीके पड़ गए।

भावे बोले, "इतना-सा टुच्चा-सा पाकिस्तान है लेकिन साले क्या टुर-टुर करने लगे हैं? अमरीका की शै पर रुआब कर रहे हैं साले। इन अमरीकियों को भारत की तरक्की फूटी आँखों नहीं सुहाती। इधर सी.आई.ए. से पूरी खुफिया जानकारी लेकर उधर पाकिस्तान के मार्फत कश्मीर छीन लेने का उनका इरादा है। ये गुटनिरपेक्षवादी विचार हमें खतरे में डाल सकते हैं। सच पूछो तो हिन्दुस्तान में स्थित सभी अमरीकन एजेंसीज बन्द कर देनी चाहिए। साले लाइब्रेरी और सेमिनार्स के जरिये जासूसी करते रहते हैं। उन्हें तो अपने जूतों के पास भी जगह नहीं देनी चाहिए।"

माली बोला, "लेकिन परसों अमरीकी अर्थशास्त्रियों के आने पर आप ही आगे-पीछे हो रहे थे उनके।"

भावे बोले, "वो बात अलग है। पॉलिसी कुछ भी रहे अपना बर्ताव पोलाइट ही होना चाहिए।"

इस प्रकार भोजन के साथ-साथ रोजाना अमरीका, भारत, पाकिस्तान आदि विषयों पर डेढ़-डेढ़ घंटे तक चर्चा चलती रहती।

अब मालूम हुआ कि कानिटकर ने छुट्टी में ही इस्तीफा दे दिया था। वर्ष के अन्त तक वे बने रहें, इसके प्रयास चल रहे थे। दरअसल, ऐन मौके पर कोई नया आदमी मिलना मुश्किल था। लेकिन कानिटकर का जाना तय था। औरंगाबाद के ब्राह्मणों की एक संस्था में उन्हें प्रिंसिपलशिप मिल गई थी और उधर का वातावरण, पहाड़ी, वेरूल आदि सब बातें कितनी सुन्दर हैं वे यह बता रहे थे। कानिटकर इसीलिए खुश थे कि उनके इस तरह चले जाने से संस्था को परेशानी का सामना करना पड़ेगा। शेख, चांगदेव आदि ने मिलकर उनके विदाई समारोह के लिए चन्दा देने हेतु सूचना निकाली। लेकिन इन दो-चार लोगों को छोड़कर बाकी सभी ने 'सॉरी' लिखकर हस्ताक्षर कर दिए। शेख, शिरसीकर और चांगदेव कहने लगे कि इस आदमी ने बड़ी मेहनत से संस्था को बड़ा किया है सो उन्हें अच्छी तरह से विदा करना होगा। इस पर एफ.जेड. बोले, "ये क्या संस्था का नाम करेंगे, इस संस्था में काम करने से यह प्रसीद्ध हुए और इसी वजह से इन्हें औरंगाबाद की ब्राह्मण संस्था में ऊँची पोस्ट मिली। नहीं तो इन्हें कौन पूछता था पाँच साल पहले?"

कम-से-कम डिपार्टमेंट के लोगों को तो उनका विदाई कार्यक्रम करना चाहिए यह सोचकर शेख ने देशपांडे, गुंडाप्पा और कासार से विनती की लेकिन कोई भी राजी नहीं था। कासार चांगदेव से बोले, "तुम नए लोग इस पचड़े में भला क्यों पड़ते हो? शेख आगे बढ़कर कह रहा है यह ठीक है। कानिटकर की वजह से उसे नौकरी मिली, ग्रेड मिला। हम अगर ऐसा फंक्शन करते हैं तो अपना इम्प्रेशन खराब होगा। आपको तो अगले वर्ष निकाल ही देंगे, देखना।"

चांगदेव बोला, "उसकी मुझे फिक्र नहीं। कानिटकर मेरे साथ हमेशा अच्छे रहे हैं। मैं किसी से नहीं डरता।"

शिरसीकर बोले, "कासार यूँ ही कुछ भी बोलता रहता है। संस्था के लोग इतनी ओछी बुद्धि वाले नहीं हैं। जी.जी. कभी किसी का बुरा नहीं करेंगे। इतनी उदारता है इन लोगों के पास।"

नामजोशी बोला, "और शेख के खिलाफ कुछ हुआ तो महम्मद भाई हैं ना बॉडी में। ये उनका पिट्ठू है। महम्मद भाई ने ही तो कानिटकर को कहकर शेख को ग्रेड वगैरा दिलवाया था। आपका, मेरा कौन है वहाँ? गवर्नर से लेकर छाता दुरुस्त करनेवाले तक सभी मुसलमान एक ही रहते हैं।"

आखिरकार चांगदेव के घर कानिटकर के विदाई समारोह के लिए शिरसीकर

वगैरा तीन लोग आए। और अचरज की बात यह कि राजपूत सर भी साइंस के दो-तीन लोगों को साथ लेकर आए। ऊपर रहनेवाला माली भी आया। राजपूत अपने साथ कुछ भेंट लेकर आए थे जिसे देखकर कानिटकर भावुक हो गए। कानिटकर बोले, "आप वाइस प्रिंसिपल रहकर भी उन लोगों की मर्जी के खिलाफ यहाँ आए इसलिए आपके स्वाभिमान की मैं तारीफ करता हूँ। मैंने आपसे बुरा सलूक किया था।" कहते हुए उनकी आवाज भर्रा गई।

राजपूत बोले, "सर, आपको तो सब मालूम है। इन लोगों में रहकर भी मैंने अपने उसूल नहीं छोड़े। सच कहूँ तो आपको विदाई देने के बारे में जब मैंने एस.जी. से कहा तो वे भड़क उठे। मेरे इस सुझाव पर जी.जी. भी हैरान हो गए थे। एन.ओ. कह रहे थे कि एक समारोह होना चाहिए। वो सब छोड़ो। मैं इन्हें नहीं गिनता। आपने अंग्रेजी विभाग इतना अच्छा बनाया तो इस विभाग के सभी लोग तो आते। सी.ए. की हिम्मत की दाद देनी चाहिए। अच्छा छोकरा है। अभी कन्फर्मेशन नहीं हुआ और यह हिम्मत!"

सभी कहने लगे, "सी.ए. के कारण सभी ग्रुप्स इकट्ठा होते हैं। पहले ऐसा नहीं होता था। ऐसे लोग कॉलेज में रहने चाहिए।"

कानिटकर बोले, "लेकिन ऐसों को संस्था में टिकाकर रखना चाहिए। नहीं तो कई कॉलेज हैं और अच्छा आदमी कहीं भी जा सकता है। और अपनी संस्था में कास्ट स्पिरिट बहुत बढ़ गया है।"

राजपूत धीमी आवाज में बोले, "इन लोगों को लगता है कि ये मेजॉरिटी में हैं और इनका ही राज होना चाहिए। लेकिन इस बात को मिट्टी में मिलाने की कोशिश कर रहे हैं हम सब। दूसरी छोटी-छोटी जातियों के लोग अगर एक हो गए तो ये मराठे कहीं के नहीं रहेंगे। तीस-पैंतीस फीसदी भी नहीं हैं ये। अब इलेक्शन में एन.ओ. को कांग्रेस का टिकट जरूर मिलता। पी.जेड. ने काफी कोशिश की लेकिन उन्हें तो झटक दिया गया। छोटी जाति के लोगों को ये जरा भी महत्त्व नहीं देते। सच पूछो तो अगर हम एक हो गए तो इनका नामोनिशान भी नहीं बचेगा।"

फिर चिउड़ा, बिस्किट, कॉफी वगैरा चलता रहा। किसी ने एक फोटो खींचा और यह प्रोग्राम खत्म हुआ।

दूसरे दिन चांगदेव को पहले ही पीरियड के लिए जाते समय कोल्हे मिले। बोले, "क्या सी.ए. भौ, थोड़ी नेस कॉफी बची होगी ना आपके घर? हमें बुलाओ एक बार।"

चांगदेव बोला, "जरूर आइए, कोई खास बात है क्या?"

कोल्हे बोले, "लेकिन शक्कर खत्म हो गई, सुना मैंने। सच है ना?"

चांगदेव बोला, "इतनी छोटी-सी बात का आपको कैसे पता चला?"

वे बोले, "सब कुछ मालूम हुआ जी.जी. से। लेकिन जी.जी. को एस.जी. के घर पर मालूम हुआ कल रात! सभी माइनॉरिटीज इकट्ठा हो रहे हैं यह भी समझा। वाह! और कानिटकर जब प्रिंसिपल थे तब माइनॉरिटीज को लाड़-प्यार नहीं किया जाएगा यही नीति थी ना?"

चांगदेव बोला, "मुझे इन बातों से लेना-देना नहीं है। मैं अपने सन्तोष के लिए सब करता हूँ। कानिटकर हों या आप, मैं सभी से इसी तरह पेश आऊँगा।"

वे बोले, "आपका कोई दोष नहीं। लेकिन आप स्वतंत्र विचारों के हैं इसलिए कहता हूँ कि उस राजनीति में आप न पड़ें तो अच्छा। वैसे जी.जी. के मन में आपके लिए कोई बुराई नहीं है। लेकिन ये लोग अपनी मर्जी से कुछ नहीं करते। उधर इनके नेता लोग जो भी कहते हैं और उन्हें सुनना पड़ता है। नहीं तो ये लोग ऐन मौके पर विदाई देने कैसे पहुँचे? इसीलिए आपकी शक्कर खत्म हो गई, दो ताली! अच्छा, फिर मिलेंगे आज का *दैनिक क्रान्तिकारक* पढ़ो।"

बाद में नामजोशी भी बोले, "कॉंग्रेच्युलेशंस! *दैनिक क्रान्तिकारक* में आपका नाम छपा है।"

जब पन्द्रह-बीस लोगों ने कुत्सित स्वर में उसे यही एक बात कही तो वह बौखला गया। कैंटीन में खाना खाने के समय दामले ने उसे *दैनिक क्रान्तिकारक* अखबार ही लाकर दे दिया। उसमें सी.ए. पाटील सर के घर पूर्व प्राचार्य कानिटकर को विदाई देने की खबर छपी थी। अलाँ-फलाँ लोग हाजिर थे लेकिन जिस संस्था के लिए कानिटकर ने अपना पसीना बहाया था उस संस्था का एक भी पदाधिकारी नहीं था। उस बारे में थोड़ी गाली-गलौज भी छपी थी।

नामजोशी ने कहा, "एन.ओ. ग्रुप का पेपर है ये।" ब्राह्मण सम्पादक केवल कहने भर के लिए है।"

चांगदेव बोला, "मरने दो। अब कानिटकर तो गए। अब इस बात से अपना कोई सम्बन्ध नहीं। आप जाएँगे तो आपको भी विदाई देंगे अपने घर से।"

बाद में एफ.जेड. और एच.ओ. भी मिले। बोले, "भौ, कानिटकर क्या बोले? राजपूत जो बोले वो मालूम हुआ, लेकिन कानिटकर क्या बोले?"

चांगदेव बोला, "वैसे किसी ने भाषण-वाषण नहीं दिया। यूँ ही बैठे गपशप कर रहे थे सभी।"

"लेकिन कानिटकर ने कुछ तो कहा होगा ना? आप अगर हमारे दोस्त हो तो थोड़ा कुछ बताओ।"

चांगदेव एच.ओ. से बोला, "उनकी अपनी पर्सनल बातें थीं। उन्हें भी हमें समझ लेना चाहिए।"

कानिटकर ने कहा, "एक ही जाति के लोग अगर संस्था में रहें तो बौद्धिक वातावरण का इनब्रीडिंग होगा—यह सोचनेवाली बात है।"

एच.ओ. बोले, "मुझे तो इसी में खुशी है कि वो हमेशा के लिए जा रहे हैं। फिर इधर इनब्रीडिंग हो या कुछ और। मुझे हमेशा चिढ़ाता था—अपनी अंग्रेजी सुधारो।"

एफ.जेड. अपनी हमेशा की स्टाइल में सवाल पूछते हुए, धीरे-धीरे आवाज चढ़ाते हुए, अपनी भौंहें उड़ाते हुए, अदालती लहजे में बोलते रहे। उनकी चढ़ती आवाज को सुनकर दो-तीन प्राध्यापक और पचासेक छात्र जमा हो गए। एफ.जेड. कह रहे थे : "इनब्रीडिंग होता? आपकी ब्राह्मणों की संस्थाओं में सालों से इनब्रीडिंग चल रही है, उसकी चिन्ता कभी आपने की है क्या? और अब आप ऐसी संस्था में जा रहे हैं, औरंगाबाद में, जहाँ स्टाफ में सभी ब्राह्मण हैं और आपस में रिश्तेदार भी हैं। वहाँ आधे स्टाफ में पति-पत्नी भरे पड़े हैं। रिश्तेदारों की रोजी-रोटी के लिए ही है सब! यहाँ तो वैसी कोई बात नहीं। उनसे पूछा कि क्या वो औरंगाबाद में होनेवाले इनब्रीडिंग की फिक्र करेंगे? इन भट ब्राह्मणों की हालत उस कानी जैसी है जो अपना फुल्ली न देखे, औरों की ढेंढर देख बखाने। इन्हें हर क्षेत्र में ऊपरवाली पोस्ट चाहिए। स्वार्थ नहीं छूटता इनसे। इतनी देखभाल कर आखिर एक प्रोफेसर की हैसियत से अपनी जाति की संस्था में गया ना वो? लेकिन दूसरों की संस्था में उन्हें ऊपर की पोस्ट पर होना सन्तोषजनक लगता और मराठा प्राचार्य के हाथ के नीचे काम करने में अपमान की अनुभूति होती है, ऐसा ही है ना? वैसे, यहाँ उसे कौन सी कमी थी? अच्छा पढ़ाओ और शान्त रहो! इसे सबसे ज्यादा तनख्वाह मिलती थी, डिपार्टमेंट का हेड था, उलटा प्राचार्य पद से कमी होने पर उसकी तनख्वाह के फर्क की राशि के हिसाब से एस.जी. साब ने उसे खास सौ रुपये ज्यादा देकर वेतन में बराबर कर दिया था। फिर भी पूरे टर्म में वो कितनी

उद्‌दंडता से रहा। ऐसे नमूनों को जी.जी. जैसे शान्त स्वभाव के लोग ही झेल पाते हैं। मैंने तो कामचोरी और इनसबॉर्डिनेशन के तहत उसे निकाल ही दिया होता। प्रिंसिपलशिप कोई बपौती थोड़ी ही है। यहाँ प्रिंसिपल होने से पहले वो बारह साल जूनियर लेक्चरर था बेलगाँव और पूना में। बच्चे कहते हैं कि एक जगह बारह साल तक रहने पर अच्छा पढ़ाना अपने आप आ जाता है। और उस वक्त हमारे एस.जी. को भी मराठा प्राचार्य नहीं चाहिए था। शिन्दे को देखकर उन्होंने ब्राह्मण प्राचार्य के लिए जोर दिया था। अपने प्रेसिडेंट ऐसे हैं कि उन्हें मोडक की चाल ठीक लगती है लेकिन शिन्दे का नहीं सुहाता। नहीं तो कानिटकर की जगह मेरा ही नम्बर था उस वक्त। अभी भी उन्हें जी.जी. पसन्द नहीं थे। बताता हूँ जी.जी. कैसे प्रिंसिपल बने...।"

सुनते-सुनते चांगदेव के सिर में दर्द होने लगा। लेकिन अपने ऊपर हुए अन्याय का वर्णन एफ.जेड. तिलमिलाकर कर रहे थे। कुल मिलाकर जातिवाद की यह गन्दगी जितनी निकालो उतनी कम है। फिर भी लोग ये काम बिना थके करते रहते हैं, यह बड़ी मजे की बात है।

कॉलेज अब जोर-शोर में शुरू हो गया। काम में वक्त भी जल्दी बीतने लगा। आठ ही दिनों में फिर से जल्दी उठने की आदत हो गई। जाड़े के दिनों में सुबह उठना थोड़ा तकलीफदेह था लेकिन कामवाला बच्चा दरवाजा बजा देता। दरवाज़ा खोलकर चांगदेव फिर से गर्म बिछौने में लेटा रहता। फिर वो लड़का अपने काम करने लगता, जिसमें पानी भरना, स्टोव सुलगाकर पानी गर्म होने के लिए रखना, बर्तन साफ करना, कपड़े धोना आदि काम शामिल थे। झाड़ू लगाते हुए जब वह चांगदेव की खाट के पास आता तो रजाई खींचकर उसे उठा देता। "साब सात बज गए" वह कहता। हालाँकि तब साढ़े छह बजे होते लेकिन हड़बड़ी से चांगदेव को उठा देखकर वह हँसने लगता। चांगदेव के नहाकर आने तक वह प्याज वगैरा काटकर ऑमलेट बना देता, चाय का पानी गर्म करने के बाद वह ऊपर चौधरी के घर चला जाता। इतना सारा काम वह लड़का तीन रुपयों में करता इसलिए चांगदेव उसके प्रति कृतज्ञता महसूस करता। इसी कारण चांगदेव उसे काफी पैसे देता और हिसाब के बारे में लापरवाही दिखाता। पैसा तो जीवन-भर मिल सकता है लेकिन ऐसे इनसान भला कहाँ मिल पाएँगे? ऑमलेट-ब्रेड खाकर चाय के साथ बिस्कुट लेते हुए वह मकड़े की सुबह-सुबह

की उल्लासपूर्ण हरकतों को देखकर सात बजे तक बाहर वाले रूम में आ जाता। बीड़ी पीते हुए सिलोन रेडियो स्टेशन पर पुराने गाने सुनते हुए कपड़े पहनकर साढ़े सात बजने से पाँच मिनट पहले ताला लगाकर वह माली को आवाज देता। माली भी इस आवाज के इन्तजार में ही रहता। फिर दोनों जल्दी-जल्दी चलते हुए पीछे के रास्ते से दूसरी घंटी बजने तक कॉलेज में आ जाते। सर्दी के मारे कोई बोलता नहीं। माली कभी-कभी मराठी के लेखकों के लिखे शब्द पूछता, जैसे कि चिद्रुप, खंडमेरू वगैरा।

'राधाकृष्ण' के आसपास बहुत-से प्राध्यापकों के घर होने के कारण बीच-बीच में उनके घर खाना हो जाता। अचरज तो यह था कि भावे ने भी एक बार उसे खाने पर बुलाया। लेकिन इसके बदले वे चांगदेव से चाय वसूलने लगे। दूसरे संसारी लोगों को चाय के लिए खींचकर लाना पड़ता था। दो-एक लोगों ने उसे अभी तक खाने पर नहीं बुलाया था। चांगदेव उन्हें कहता, अरे एक बार तो अपने घर खाने को बुलाओ। वे लोग कहते, हाँ जल्दी ही बुलाएँगे। इस प्रसन्न वातावरण में रहन-सहन से समाज में रहने की रोगमुक्त भावना अपने आप आ गई। कुछ समय पहले दीपावली के दिनों में आई अकेलेपन की बीमारी भी दुरुस्त हो गई। कुँआरे दोस्त भी रूम पर आने लगे। साथ-साथ खाना, साथ में घूमने जाना, सिनेमा जाना, एक-दूसरे के रूम पर जाना, जाकर खाना ऐंठना, रात में फिर खाना, गपशप करना, थोड़ी देर पढ़ाने का देखकर सो जाना, सुबह से लेकर बारह बजे तक उत्साह के साथ पढ़ाते हुए थक जाना—सब फिर से शुरू हो गया।

उसके रूम में आनेवाले लोग आते ही मजाक से पूछते, "कैसा है तुम्हारा वो दोस्त? अच्छा चल रहा है ना उसका?" और अन्दर जाकर मकड़े को देख आते।

नकवी काफी दिन तक इधर न आ सके तो उन्होंने कहा, "तुम्हारे मकड़े देखने को आना है यार एक दिन। लेकिन जमता नहीं। आएँगे एक दिन और एक-दो शतरंज की बाजी भी खेलेंगे आराम से।"

फेगड़े बोले, "सी.ए. के यहाँ और एक मजेदार बात रहती है। नीचे की मंजिल पे। साइकिल उस खिड़की के पास रखते हुए धीरे से खिड़की के अन्दर देख लेना!"

माली बोला, "बेटा, तुझे सही स्पॉट समझ में आ ही गया। इसीलिए वहाँ साइकिल लगाने को तरसता रहता है!"

फेगड़े बोला, "मस्त चिपके रहते वो दोनों हूऽ हूऽ हूऽ हूऽ।"

शेख बोला, "तुम लोग अगर और कुछ दिन कुँआरे रहे तो पड़ोसियों को मुश्किल कर दोगे। तुम लोगों की शादियाँ होना बहुत जरूरी है अब। दूसरों की खिड़कियों से देखना बोले तो...।"

माली बोला, "लेकिन ये लोग परदे क्यों नहीं लगाते? उन लोगों को मालूम नहीं है क्या हम आते-जाते हैं?"

चांगदेव बोला, "इसी कारण मुझसे चिढ़ता होगा वह नई शादी वाला आदमी। मेरे घर तो लोग आते रहते हैं। पिछली छुट्टियों में तो दोपहर में बड़ी गर्मी रहती थी इसलिए वे दरवाजे, खिड़कियाँ खुली रखकर मनमानी हरकतें करते रहते थे। अब हम क्या अपनी आँखों पर पट्टियाँ बाँध लें?"

शेख बोला, "लेकिन तुम लोगों को मॉर्बिड क्युरिऑसिटी है कि नहीं सेक्स को लेकर? गरीब रहते कोई लोगां। अभी-अभी शादी हुई है, खर्चा बहुत रहता शादी के बाद। परदे वगैरा लेंगे धीरे-धीरे।"

चांगदेव बोला, "शेख जो बोलता है वह सही है, माली। शेख में अच्छा विजडम है। शायद शादी करने के बाद ऐसी अक्ल आती होगी।"

माली बोला, "अपन तो इस छुट्टी में दो-तीन लड़कियाँ देखकर आए। आनेवाली गर्मी की छुट्टियों में कर डालेंगे शादी।"

"वाऽ वाऽ माली! कैसी थीं लड़कियाँ...इतने दिन नहीं बताया हमको! तभी थोड़ा फर्क दिख रहा था आपकी नजर में!"

"एक अच्छी है लेकिन उसका बाप गरीब है। दूसरी ठीक है, उसका बाप लखपति है। माँ की ओर से रिश्ता भी है। देखेंगे। घरवालों पर छोड़ दिया है सब।"

शेख बोला, "फेगड़े भौ, तुम भी अब जल्दी करो। क्या है कि शादी की भी एक उम्र रहती। पच्चीस के पहले शादी होना चाहिए। उसके बाद ओवरएज होने से शादी का मजा खत्म हो जाता है। सी.ए. भी वैसे ओवरएज हो गया है, लेकिन शादी के बारे में कुछ बोलने नहीं देता।"

फेगड़े बोला, "माली की पॉलिसी पसन्द आई। माता-पिता पर छोड़ देना सब। आखिर एक बार शादी कर लेना ही महत्त्वपूर्ण रहता। लेकिन ये नको वो नको पढ़ी-लिखी होना, दिखने में अच्छी होना, फिर ससुर पैसे वाला होना—उन सबमें दिन निकल जाते। अब इन गर्मियों में दो साल की सर्विस हो जाएगी मेरी और मई में कन्फर्म हो जाऊँगा। इसी बेसिस पर जरा ढंग की लड़की मिल सकती है, स्थायी सर्विस के कारण।"

माली बोला, "हम मराठी वालों की नौकरी के बारे में कुछ कह नहीं सकते। आज है तो कल नहीं। फिर लड़कियाँ मिलती कहाँ हैं? इसलिए जब तक नौकरी है तब तक बना लो शादी!"

चांगदेव बोला, "और शादी के बाद निकाल दिया नौकरी से तो?"

माली बोला, "ससुराल ऐसी देखना कि नौकरी की झंझट ही न रहे बाद में! शादी के बाद नौकरी गई भी तो पत्नी तो रहती ही है पास में! ससुर जी को ही फिक्र रहती बाद में अपनी!"

चांगदेव बोला, "तुम प्राध्यापक लोग भी ऐसा ही सोचने लगे तो फिर मुश्किल लगता मुझे।"

माली बोला, "मैरेज के बारे में आदमी को हमेशा प्रैक्टिकल रहना चाहिए। अपना समाज कैसा है, क्या है! ज्यादा आइडियलिज्म से काम नहीं चलता।"

थोड़ी देर बाद माली और फेगड़े ऊपर की मंजिल पर गए, वह देखकर चांगदेव शेख से बोला, "मैरेज में प्रैक्टिकल रहना बोले तो क्या? आपके इतने प्रैक्टिकल होने पर भी आपकी बीवी क्या आपसे झगड़कर मायके नहीं चली गई? वाणी की बीवी भी कुछ वजह होने से ही तो अपने मायके गई होगी? करेंगे क्या ऐसी मूर्ख लड़कियों से शादी करके?"

शेख बोला, "वैसे तुम्हारा बढ़िया है। मेरी वाइफ का एक ही कहना है कि मैं रमी खेलना बन्द कर दूँ। अब रात-दिन घर में बैठकें भी क्या करना बताओ? और भी दूसरे कई फैमिली ट्रबल्स हैं।...मेरी सिस्टर को तलाक दे दिया गया? वो अपने बच्चों के साथ मेरे यहाँ रहती। अब उनको मैं सहारा नहीं दूँ तो कौन देगा? तुम सही बोले, औरतें पागल होती हैं। कभी-कभी लगता है शादी करना बचकानी हरकत है।" लेकिन बाद में वह बोला, "...फिर भी औरतों में कोई-कोई क्वालिटीज अच्छी रहती हैं जो हमारे में हो ही नहीं सकतीं...।"

तभी अपने बच्चे को कन्धे पर थपकियाँ देकर सुलाते हुए पी.टी. वहाँ आए। उन्होंने भी शेख की बात को तूल देते हुए कहा, "सी.ए. शादी के बिना आदमी के चेहरे से मायूसी दूर नहीं होती।"

चांगदेव बोला, "वही तो मैं पूछ रहा था, वाणी की इस साल शादी हो गई, फिर भी कितना उदास रहता है वो।"

पी.टी. बोले, "वाणी की पत्नी आई नहीं क्या अब तक, मुश्किल है...।"

वाणी के हाथ पर जलने के सफेद दाग थे। उनके बारे में चांगदेव ने एक-दो

बार पूछा था। लेकिन पी.टी. इस बारे में कुछ कहने से बचते। शेख भी टालमटोल करता। इसी साल शादी हुई फिर भी वाणी ज्यादा देर तक घर के बाहर क्यों रहता है? इतना मायूस क्यों रहता है? मेरे रूम पर या कॉलेज में देर-देर तक क्यों बैठा रहता है? क्यों परीक्षा और कॉलेज के कामों का बोझ अपने ऊपर लेता रहता है? वाणी से जुड़े इन सवालों को लेकर चांगदेव उत्सुक था। वैसे वाणी बड़ा भावना-प्रधान और मधुर स्वभाव का व्यक्ति था। लेकिन उसके निजी जीवन के बारे में पूछने पर एकदम मायूस हो जाता और थोड़ी ही देर में पागल-सा लगने लगता।

आज अचानक पी.टी. को कुछ महसूस हुआ और उन्होंने चांगदेव को वाणी के बारे में सब बताया, इस शर्त पर कि वह किसी को कुछ नहीं बताएगा :

"यह करीब दस साल पहले की बात है जब मोडक प्राचार्य थे और वाणी ट्यूटर की पोस्ट पर कॉलेज में आया। मोडक वाणी से इसलिए नाराज थे कि उन्हें अपना एक छात्र इस पोस्ट पर लेना था पर संस्था के लोगों ने वाणी को ले लिया। उस समय ट्यूटर को केवल पचासी रुपये मिलते थे। गरीब घर का, अच्छे स्वभाव का, एम.ए. पास और नौकरीवाला होने के कारण उसकी शादी हो गई। उसकी पत्नी भी सुशील थी। जैसे-तैसे गृहस्थी शुरू कर दी। छोटा-सा रसोईघर था। स्टोव काफी दिन से बिगड़ा हुआ था। उस वक्त छमाही परीक्षा चल रही थी और मोडक ने उसे हद से ज्यादा काम दे दिया था। दिन-रात काम करके भी पेपर्स का काम पूरा नहीं हो रहा था, इस कारण स्टोव को ठीक कराने का काम पड़ा ही रहा। साधारण घर की लड़की होने के कारण उसकी पत्नी अत्यन्त सहनशील थी। वो अपने पति के सामने कुछ भी नहीं बोलती थी और इसी स्टोव से काम चला रही थी। वाणी भी एक-दो बार उस पर गुस्सा हो गया था कि घर की झंझटें मुझे मत बताया करो। इतने कम वेतन में नया स्टोव लेना सम्भव न था, बात टलती गई। एक बार स्टोव में आग भड़क गई और उसकी पत्नी को भी पकड़ लिया, उसे बचाने गए वाणी के भी हाथ जल गए। ये दाग उसी के हैं। अपनी औरतें भी बड़ी अजीब होती हैं। कपड़े उतारकर नंगा हो जाने का विचार तक उनके मन में नहीं आता। तड़पकर मर गई बेचारी।"

ठंडी साँस छोड़ते हुए चांगदेव बोला, "मतलब ये अभी जो है वह उसकी दूसरी पत्नी होगी?"

"हाँ, इसी साल शादी की उसने। आठ-दस साल वैसे ही पागलों-सा अकेला रहता रहा। दूसरी शादी को तैयार ही नहीं हो रहा था। मैड हो गया था। अभी-अभी

अपनी कम्पनी में उसने हँसना सीखा है। अगर पहले तुम उसको देखते तो पता चलता कितना शॉक लगा था उसको। अब तो उसे ग्रेड भी मिल गया है—अच्छा चल रहा है।" पी.टी. अपने बच्चे को थपथपाते हुए बोला, "इसी कारण वो घर में ज्यादा देर नहीं बैठता। बेचारे को पहले की सब बातें याद आती होंगी, लेकिन अब ठीक चल रहा है, लेक्चरर भी हो गया, घर में गैस है—पहली वाली ने काफी परेशानी में दिन निकाले थे। उसे यह सब याद करके बड़ी कोफ्त होती होगी। उसकी बीवी भी इस बर्ताव से परेशान होती होगी।"

चांगदेव बोला, "वाणी मेरा पहले से ही अच्छा दोस्त है, लेकिन अब उसके बीवी के बारे में यह सब सुनकर तो मेरा मन उसके बारे में और भी स्नेहशील हो गया है। एक इनसान के नाते वह मुझे पहले ही पसन्द था लेकिन यह सब मालूम होने पर अब ज्यादा ही प्यार होने लगा है उससे। मतलब यह सब मालूम नहीं होता तो शायद उसके बारे में मैं इतना स्नेहशील न होता।"

"लेकिन यह सब बड़ा ट्रैजिक है...इसी कारण हममें से किसी का दिल नहीं होता यह सब बताने के लिए। हम लोगों ने बहुत सँभाला वरना वाणी खल्लास हो गया होता।"

"लेकिन ऐसी बातें सुनकर जिसकी समझ में आता है उसकी समझ बढ़ जाती है।"

"फिर भी, किसी सुननेवाले की अक्ल बढ़ाने के लिए ये झंझटें क्या करना? उसे कैसा महसूस होगा अगर कोई इस बारे में फालतू पूछताछ करने लगे? वो भावे साला पी-एच.डी. के लिए जंगलों में रहनेवाले आदिवासियों का सर्वे करता रहता है। मतलब उधर काम करना और इधर उसके सवालों के जवाब देने का झंझट—और डॉक्टरेट का फायदा मिलेगा भावे को। वाणी तो पहले ही पगला गया था। वो बड़ा नाजुकमिजाज है! लोगों का क्या जाता है पूछताछ करने में? आप अपनी कुछ जाती जिन्दगी की बातें बताओ—फिर हमारे मन में आपके लिए भी प्यार बढ़ेगा!"

चांगदेव को लगा मानो वह अन्दर से टूट गया हो—मैंने लड़कपन में भी अपना दुख अपने माँ-बाप तक को नहीं बताया था। सालों-साल जीते रहे अपनी ही जिन्दगी को एक साहस समझकर। सतही तौर पर लोग सिनेमा के बड़े-बड़े इश्तहारों-से घूमते रहते हैं। सभी समान सपाट लगते हैं। बड़े-बड़े नेता लोग भी कार्डबोर्ड के विशाल कटआउट की तरह लोगों में घूमते रहते हैं।

बिलकुल नजदीक के लोग भी सपाट कार्डबोर्ड की आकृतियों से आते-जाते दिखते। बचपन से ही सभी लोग अपने मन में फिल्म की रील की तरह लिपटे पड़े रहते हैं।

शाम होते ही कौओं की काँव-काँव सुनने का मन नहीं था इसलिए चांगदेव गाँव में इस गली से उस गली आड़े-टेढ़े रास्तों से होते हुए यूँ ही घरों को देखते हुए घूम आया। खेत से वापस आए लोग, काम पर से आईं औरतें, घरों से उठनेवाला रसोई का धुआँ, माँओं के इर्द-गिर्द नाचनेवाले बच्चे, बरामदे में घेरा बनाकर खाने बैठे परिवार के लोग, चारपाइयों पर गोदी-कन्धों पर बच्चों को लेकर आराम फरमाते बाप। परिवार को छोड़कर बाहर के लोगों से तमाम सम्बन्ध अस्थायी और एकतरफा होते हैं। सभी के केन्द्रबिन्दु में होता है घर। उसमें भी अगर कोई सन्तोष की बात है तो वह आसपास खेलनेवाले बच्चे। अपना दिन-भर का सारा कारोबार इन बच्चों के अस्तित्व का कारण बनता है। स्त्री-पुरुष के सम्बन्ध भी आखिर इन बच्चों के ही कारण हैं। इस वंश-सातत्य के लिए ही लोग सयाने होते ही एक-दूसरे की ओर आकर्षित होने लगते हैं और कामातुर मोर की तरह पंख फैलाए थिरकते रहते हैं। यह केवल कामातुरता नहीं होती, उसके पीछे इन बच्चों की आहट भी छुपी होती है। कम-से-कम नर के लिए तो काम का अस्तित्व बीजोत्सर्ग तक ही सीमित है, बाकी सब केवल नखरे हैं!

अब पूरा दिन कॉलेज में ही बीतने लगा। कानिटकर ने अपने हिस्से का पाठ्यक्रम जैसा का तैसा रखा था। उनके ज्यादातर पीरियड प्रिंसिपल ने चांगदेव को इसलिए दे दिए कि वे अच्छा पढ़ाते हैं। यह छात्रों का कहना था। इसलिए अंग्रेजी का सारा इतिहास चांगदेव को ही पढ़ाना पड़ा। दिन-भर लाइब्रेरी में बैठकर जो जानकारी जमा होती वह एक-दो पीरियड में ही पूरी हो जाती। उसके अपने क्लास तो थे ही। लगभग रोज ही उसे बी.ए. अंग्रेजी की कक्षा में जाना पड़ता था। जब चाहो तब ज्यादा पीरियड हो जाते थे। इस कारण ये छात्र भी दिन-भर लाइब्रेरी में या कक्षा में ही रहते थे। लाइब्रेरी से चांगदेव जब क्लास में जाता तो पहले कैंटीन में चाय पीता। तब ये छात्र भी उसके पीछे-पीछे जुलूस बनाकर चाय पीने चल पड़ते। जेब में पैसे रहते थे इस कारण उन सभी को चाय पिलाता। दो-तीन धनी घरों के छात्र थे, वे भी कभी-कभार जबरन बिल दे देते। कैंटीन में ही कोई छात्र

पढ़ाई को लेकर कुछ पूछने लगता तो फिर काफी देर तक चर्चा चलती। ज्यादा पीरियड को आए दूसरे छात्र भी इन्हें ढूँढ़ते हुए वहीं आ जाते। वहीं पर कुर्सियाँ डाल ली जातीं और हँसी-मजाक के साथ पढ़ाई की चर्चा होने लगती। दूसरे प्राध्यापक चांगदेव के इर्द-गिर्द बैठे जमावड़े को देखकर कहते, "क्यों सी.ए. अब प्राध्यापकों से ऊब गए क्या? पहले टर्म में आपके इर्द-गिर्द प्राध्यापक होते थे, अब छात्र हैं।"

चांगदेव मजाक में कहता, "वह इसलिए कि छात्र प्राध्यापकों से ज्यादा इंटेलिजेंट लगते हैं।"

फिर चांगदेव के पीछे-पीछे इन लड़के-लड़कियों का जमघट क्लास रूम की ओर जाता। वहाँ दो-तीन घंटे पढ़ाई होती। मन में आया तो बीच में ही फिर एक बार कैंटीन का चक्कर लगता। ऐसा करके एक बड़ा-सा चैप्टर पूरा हो जाता था। चांगदेव अचानक बहुत ही उत्साहित महसूस करने लगा था। जाड़े के दिन भी अच्छे लगने लगे थे। पहले पढ़ा हुआ सब काम आ रहा था। तभी नामजोशी का टाइफाइड हो गया। उनके भी दो-तीन क्लास चांगदेव को लेने पड़े। छात्र खुश थे और बीस-पच्चीस की संख्या वाली छोटी क्लास होने के कारण कभी भी बुलाकर पढ़ाना शुरू हो सकता था। कभी पढ़ाते-पढ़ाते सीने में दर्द होने लगता तो चांगदेव कहता, "बच्चो, आज तो मैं उकता गया, आज पढ़ाई नहीं होगी। चलो वहाँ आम के पेड़ के नीचे गप्पें हाँकेंगे। वहीं 'फॉस्टस' का एक अंक पढ़ेंगे बारी-बारी से।" इस पर बच्चे भी खुश हो जाते, कहते, "सर लिख-लिखकर उँगलियाँ दर्द करने लगीं। अब सिर्फ पढ़ेंगे।" लड़के-लड़कियों को मौका मिलता एक-दूसरे से बतियाने का, मसखरी करने का। छात्रों को कॉलेज एकदम से सुन्दर लगने लगा था। लेकिन इन छात्रों में फालतूपन जरा भी नहीं था। एक लड़के ने एक लड़की से प्यार का जुगाड़ बिठाया था। वातावरण आधुनिक हो जाने के चलते दूसरे विषयों के छात्र अंग्रेजी के छात्रों की ओर अभिलाषा से देखते रहते। अच्छे अध्यापक छात्रों को किस तरह बदल सकते हैं, ऐसी चर्चा आपस में करते। सभी छात्र उस पर फिदा थे।

उसे भी रूम पर अकेले पड़े रहना पसन्द नहीं था। दिन अच्छे कट रहे थे। इस बीच गैदरिंग आ गया। कॉलेज का उदास वातावरण बदल गया और छात्र-छात्राएँ छोटे-छोटे गुट बनाकर कुछ न कुछ कार्यक्रम करते रहते। लेकिन चांगदेव नियमित रूप से अपने क्लास लेता रहा। उसने जी.जी. से कहा कि उसे पढ़ाने के

अलावा दूसरा कुछ काम न दिया जाए। जी.जी. ने भी उसे दूसरे कामों से खाली रखते हुए कहा, "इस साल आप डिपार्टमेंट में हैं इसलिए मेरी चिन्ता दूर हो गई। नहीं तो कानिटकर के जाने से परेशानी हो जाती।"

डिपार्टमेंट के लोगों को भी चांगदेव सुहाने लगा। सभी लोग आराम के साथ काम करते, खुश रहते। देशपांडेबाई तो कानिटकर के दो पीरियड लेते-लेते थक गई। बोली, "कितने गन्दे-गन्दे उपन्यास पढ़ने पड़ते जी? और यह हजार-हजार पन्नों के उपन्यास पढ़ें कब? मैं तो बस नोट्स लिखा देती हूँ, बाकी का तो आप पढ़ा ही रहे हैं। अच्छा है।"

कासार बोले, "अब तुम ही बताओ, क्या ये मिल्टन का 'पैराडाइज लॉस्ट' अभी पढ़ना मुमकिन है? देखो, कानिटकर जाते-जाते भी सता रहा है। अब मैं अपना पोर्शन पढ़ाऊँ कि ये पढ़ने बैठूँ? कानिटकर के वेतन की बचत कर रहे हैं हम। क्या संस्था के हरामी उसका वेतन देंगे हमें?"

चांगदेव मजाक करते हुए बोला, "अब ये सब पढ़ना मुश्किल है कासार साब, वह सब एम.ए. करते वक्त ही पढ़ना चाहिए।"

कासार बोले, "भरी जवानी में एम.ए. करते समय 'पैराडाइज लॉस्ट' पढ़ते, क्या हमें पागल कुत्ते ने काट खाया था? अपने प्रोफेसर के यहाँ जाकर उसको मस्का मार-मारकर हमने सब पेपर मालूम कर लिया और छूट गए मिल्टन के पेपर में।"

शेख बोला, "कानिटकर का वेतन बाँट लेने की बात हमें अच्छी लगी।"

देशपांडेबाई अब हेड बन गई थी। वह भी कुछ करती है यह दिखाने के लिए वह कासार से बोली, "नहीं तो ऐसा करो, 'पैराडाइज लॉस्ट' सी.ए. को दे दो और आप उनसे ड्रामा वगैरा कुछ भी ले लो।"

सूर्यवंशी बोला, "फिर सी.ए. का वेतन बढ़ाना होगा कुछ दिनों के लिए।"

कासार बोले, "कौन-सा देते हो मुझे? सी.ए., देखूँ तो आपका टाइम टेबल जरा?"

चांगदेव का टाइम टेबल देखने पर कासार बोले, "बाप रे बाप, ये आपका टाइम टेबल है या पूरे कॉलेज का? क्या लेना बाबा इसमें? पहले आप क्या हाई स्कूल टीचर थे? इतने पीरियड लेते थे?"

चांगदेव बोला, "ये विक्टोरियन पीरियड के दो क्लास ले लो।"

"विक्टोरियन पीरियड मतलब ब्राउनिंग वगैरा क्या? नको रे बाबा! ये क्या?

एटींथ सेंचुरी मतलब क्या है? नहीं-नहीं, होना ही नहीं कुछ मुझसे। इससे अपना पैराडाइज लॉस्ट ठीक है। उसके बारे में काफी किताबें हैं।"

चांगदेव बोला, "मेरा पढ़ाना जनवरी के अन्त तक हो गया तो फरवरी में दो हफ्तों के लिए मैं ले लूँगा 'पैराडाइज लॉस्ट'। एम.ए. में मैंने अच्छे ढंग से पढ़ा है वह।"

"थैंक्यू, थैंक्यू। मतलब मैं अब केवल जनरल डिस्कशन ही लूँगा। फिर बता दूँ बच्चों को ये?"

सूर्यवंशी हँसते हुए बोला, "उन्हें बताने की जरूरत नहीं है। आप हमेशा जनरल डिस्कशन लेते हैं, यह उन्हें मालूम है। कुछ नहीं, नोट्स लिखवा दो बस!"

कासार हँसते हुए बोले, "वही तो जरूरी होता है। उसी से अच्छे मार्क्स मिलते हैं। पेपर में यह थोड़े ही देखते हैं कि आपने टेक्स्ट पढ़ा या नहीं। पढ़ाने पर भी बच्चों को ठीक से मार्क्स नहीं मिलें तो क्या फायदा? मेन-मेन प्वाइंट्स उतार देना क्या?"

कासार की क्षमताओं के बारे में कोई कुछ भी कहे, उसे फर्क नहीं पड़ता था। वे कहते, "गत पन्द्रह सालों से ये लोग मेरे बारे में यही सब कहते आए हैं। इसमें कुछ नया नहीं। पढ़ाना नहीं आता मुझे तो नहीं आता। आगे बोलो?"

कासार—कभी किसी को चाय तक न पिलानेवाला आदमी। उसने भी चांगदेव को अपने घर बुलाकर बड़े प्यार से चाय-पोहे खिलाए। उनकी पाँच सन्तानें थीं। उनमें दो लड़कियाँ शादी की उम्र की थीं। दो कमरों का छोटा-सा घर था। लिखने-पढ़ने को टेबुल तक नहीं घर में। पन्द्रह साल हो गए लेकिन शुरू में जो ग्रेड मिला आज भी वही, वेतन भी वही का वही, कोई बढ़ोतरी नहीं। अर्थात पढ़ाने में उनका ध्यान कभी नहीं लगा। अंग्रेजी के लोग नहीं मिलते इस वजह से कॉलेज ने नीचे की कक्षाओं के लिए उन्हें ले लिया था। इलेक्शन में कभी एन.ओ. का प्रचार करना, कभी एफ.जेड. का, कभी डॉ. वाघे के घर के हल्के-फुल्के काम करना, कभी खेती के कामों के लिए एस.जी. के खेतों में जाना। उन्हें कॉलेज से निकाल देना बड़ी क्रूरता का काम होता। बच्चे हर साल कासार के खिलाफ शिकायतें करते लेकिन प्राचार्य कुछ कहकर उन्हें लौटा देते। बीच-बीच में ग्रेड के लिए प्रयत्न करते। कभी-कभी इस्तीफा देने का नाटक करते। फिर संस्था के लोगों को हाथ जोड़कर ग्रेड देने के लिए गिड़गिड़ाकर त्यागपत्र वापस ले लेते। ऐसा था यह निरुपद्रवी, भला शरीफ व्यक्तित्व!

लेकिन गैदरिंग का सारा काम वे अकेले ही करते। कई तरह के काम होते थे जिनमें नाटकों के रिहर्सल, नाटक में लगनेवाला सामान जुटाना, रिहर्सल पर लड़कियों को रात में उनके घर तक छोड़ना, खेलकूद के कार्यक्रम पी.पी. से करवाना, सर्टिफिकेट तैयार करवाना, पुरस्कार वितरण के समय शील्ड, कप, तमगे, सर्टिफिकेट ठीक क्रम से लगाना, व्यासपीठ व्यवस्था, इलेक्ट्रिशियन से काम करवाना, अल्पाहार की व्यवस्था करना और यह सब करते हुए हाथों में किताब लेकर गड़बड़ी में क्लास पर जाते हुए यह कहना कि पढ़ाने के काम में कामचोरी नहीं होनी चाहिए। इतना सब करनेवाले आदमी के बारे में किसी के भी मन में अदावत नहीं हो सकती थी। एस.जी. तो कहते थे कि केवल एक गैदरिंग के कामों के लिए भी इन्हें लेक्चररशिप देना कोई बुरी बात नहीं। इसके अलावा वर्ष के अन्त में प्रिंसिपल के पास बैठकर ट्यूटोरियल, परीक्षाओं के मार्क्स, स्कॉलरशिप, ई.बी.सी. के फार्म भरना, आदि सब कामों में सहायता भी करते थे। किसी को नहीं लगता कि कासार सर कॉलेज छोड़कर जाएँ।

चांगदेव के मन में कासार के लिए सहानुभूति और भी बढ़ गई जब वह उनके घर गया। इतनी सी तनख्वाह में यह आदमी इन पाँच बच्चों का संसार चला लेता है, यह अचरज की बात थी। और इसके बावजूद घर का वातावरण बड़ा ही सौहार्दपूर्ण था।

चांगदेव के जाते ही घर की सीढ़ियों पर बैठे हुए कासार चिल्लाए, "चाचा आ गए रे, पहचाना क्या तूने चाचा को? पीछे एक बार आए थे ना वो? उठो जरा, बाहर खेलो। जगू, चाचा को कुर्सी दे। जग्या, उठ साले।" चांगदेव के पहुँचते ही घर में भगदड़-सी मच गई। दोनों बड़ी लड़कियाँ हड़बड़ी से घर सँवारने लगीं, चीजें इधर-उधर रखने लगीं, ऊपर शेल्फ पर, कहीं कोने में, एक ने झट से झाड़ू लगाई, दूसरी नई चद्दर खाट पर डालती हुई कुर्सी पोंछकर छोटे बच्चे को समझाते हुए बाहर ले गई। एक लड़का स्लेट पर आधा लिखा हुआ वैसे ही बस्ते में रखने लगा। पाँच मिनट में घर मेहमान को बैठाने लायक तैयार हो गया और शान्त भी यह अनुशासन चांगदेव को क्रूरतापूर्ण लगा।

फिर कासार सर पत्नी को बोले, "अजी सुनती हो, शानदार पोहा बनाओ। मेहमान कुँआरा है, तो ऐसा तड़का लगाओ कि झट से शादी को हाँ कर दे। क्यों पाटील साब?"

कासार के घर जाने पर उसके खिलाफ कुछ भी बुरा कहने का मन नहीं होता। छोटे बच्चे उसके बदन पर उछल-कूद करते रहते। 'अरे, अरे ये क्या, चाचा क्या कहेंगे,' ऐसा कहते हुए वे बच्चों को पत्नी के हवाले कर देते। पोहा बनता तो बच्चों में खाने के लिए भाग-दौड़ मच जाती। फिर शरबत के लिए रोना-चिल्लाना। छोटेवाला लड़का 'मुझे भी गिलास भरके दो', कहकर चिल्लाता। फिर कासार अपने गिलास में से थोड़ा उसके गिलास में डालकर कहते, "वा वा! देखो इतना सारा शलबत? इतना पीने पर भी उसका ध्यान चांगदेव के गिलास की ओर रहता और वो उसे घूरकर देखता रहता। ये मरियल से बच्चे, इनके बढ़ते शरीर और उनकी खाने की माँग, प्राध्यापक के बच्चे होने के चलते ऊपर से पढ़ाई की मार। घर में कोई भी चीज नई नहीं। जो कुछ भी था बच्चे होने से पहले का खरीदा हुआ था। लकड़ी की अलमारी, आरामकुर्सी, प्लास्टिक का लेमन सेट।

ये ऐसे लोग हैं जो शादी के उस किनारे जाकर स्थितप्रज्ञ हो गए हैं। चालीसी में आ गए हैं। इनका बड़प्पन हमें अपने स्तर से समझ में आना मुश्किल है। इन्हें अपने सारे गुण और मर्यादाओं का एहसास होता है। दुनियादारी की जानकारी होने से इनमें पच्चीसी के युवकों जैसी आत्मकेन्द्री छटपटाहट नहीं होती। इस सबके बावजूद यह महाशय बाहर कितने मीठे रहते हैं। हमारे साथ मजाक भी कर लेते हैं, यह बड़प्पन का लक्षण है। चांगदेव के मन में उनके बारे में आदर भाव जागृत हुआ।

वैसे पढ़ना-पढ़ाना बोलें तो कासार को झंझट ही लगता। इतना कि वे अपनी इस बात का काव्यमय उल्लेख करके खुद का ही मजाक उड़ाते रहते। मिसाल के तौर पर इस साल उन्हें 'पैराडाइज लॉस्ट' एक बड़ी आफत लगी तो वे उसी को यहाँ-वहाँ दोहराकर मजाक उड़ाते।

एक बार चांगदेव यूँ ही उनके घर बैठा हुआ था। नामजोशी के टाइफाइड की बात चली तो कासार सर बोले, "बहुत उछलता था नामू बच्चू। अब उसका पैराडाइज लॉस्ट हो गया।"

चांगदेव बोला, "कितने दिन हो गए जी उसे अवकाश लिये हुए? उसके पीरियड लेते-लेते मेरा दम निकलने लगा है। कब सही होगा वो?"

कासार सर बोले, "ये हर साल होता है उसका, पोर्शन रह गया कि नामजोशी का पैराडाइज लॉस्ट हो जाता है। जान-बूझकर बीमार पड़ता है वो। और इस साल वो ऊपर की ग्रेड माँगनेवाला है। उसे मिलेगी भी ग्रेड। ऐसा ही है अपनी संस्था

में। ये हरामखोर लोग मानते हैं कि कम काम करनेवाला आदमी ज्यादा बुद्धिमान होता है। हमाली करनेवाले को मूर्ख मानते हैं यहाँ।"

"मतलब इस वक्त भी वो नामजोशी स्वाँग ही कर रहा है क्या? मुझे तो शक हो रहा है। उसने कल तक कुछ भी नहीं पढ़ा था।"

"स्वाँग नहीं कह सकते, लेकिन इतने दिन कहीं टाइफाइड रहता है क्या? छोटी-छोटी कक्षाएँ ले सकता है वो। घूम-फिर रहा है। घर पे बैठे रहा हो तो वो साल-भर भी ठीक नहीं होगा।"

"चलो, उसके घर, देखकर आएँगे।"

"चलो, उसको कहेंगे, भाई अपने बी.ए. के दो पीरियड तो लेना शुरू कर। कितने क्लास लेते रहोगे सी.ए. तुम? अभी जवानी की उम्र है इसलिए मालूम नहीं पड़ता। बाद में बुढ़ापे में साँस फूलेगी तो याद आएगा तुम्हें विक्टोरियन पीरियड।"

"मतलब आपकी भाषा में मेरा पैराडाइज लॉस्ट। चलो, चलते हैं नामजोशी के यहाँ।"

"हा हा हा। चलो, चलो!"

फिर अपनी पत्नी से ये पूछकर कि बाजार से क्या कुछ लाना है वे बाहर जाने को तैयार हुए। पत्नी बोली, "कुछ नहीं लाना है, आज बटाटा-प्याज की सब्जी है।"

खुश होकर कासार बोले, "मतलब आज मैं खाली हूँ। चलो सी.ए., आज तुम्हारे साथ गाँव में घूमेंगे, उधर गए काफी दिन हो गए।"

नामजोशी के घर के रास्ते में फेगड़े का रूम आया। कासार सर को भी अपने पहले दिन याद आए और उनका फेगड़े के यहाँ वक्त काटने का मूड बन गया। दोनों उसके यहाँ गए।

वहाँ चायपानी लेकर नामजोशी के यहाँ पहुँचे। कासार रुककर बोले, "इधर से पीछे से जाएँगे। वो साला पूना का बम्मन है। दरवाजे से ही नजर रखता है और कोई आया है, देखकर चद्दर तानकर सो जाता है।"

दीवार का चक्कर लगाकर वे पिछवाड़े से नामजोशी के घर की सीढ़ियाँ चढ़ने लगे। नामजोशी अपने पड़ोसी के घर में उसके साथ जोर-शोर से बातें कर रहे थे। कासार बोले, "देखो, हिन्दुत्ववाद पर बोल रहा है। इतने जोरों से क्लास में बोले तो इसके बाप का क्या बिगड़ता है?"

नामजोशी के कमरे में जाकर उसकी खाट पर बैठकर कासार बोले, "वाह, वाह नामजोशी। तो ऐसी बीमारी है आपकी! मजे चल रहे भाऊ आपके! वा!"

चांगदेव बोला, "साले तेरे काम की सफाई करते-करते मैं उधर मरा जा रहा हूँ और तू इधर लेक्चरबाजी कर रहा है। वाह!"

नामजोशी बोला, "अभी भी कुछ ठीक नहीं हूँ मैं। दो-चार दिन तो और लगेंगे! आज डॉक्टर को दिखाने की सोच रहा था। रिस्क क्यों लेना?"

कासार बोले, "हम भी आपके साथ चलेंगे। देखेंगे क्या कहत है डॉक्टर, आँखों देखा हाल।"

कुछ सोचते हुए नामजोशी बोला, "आज तारीख क्या है—पच्चीस या छब्बीस? शायद कल बुलाया है—आज नहीं।"

"कुछ भी बंडल मत मारो अब—आज ही जाएँगे—अभी के अभी। यहाँ कोई पूना जैसे हाईफाई डॉक्टर नहीं हैं जो तारीख देंगे। और कल रविवार है—दवाखाना बन्द रहता है!"

फिर उसके साथ सभी डॉक्टर के पास पहुँचे। नामजोशी जान-बूझकर कन्धे झुकाकर थका-सा बीमार-सा चलने लगा। डॉक्टर के यहाँ बहुत भीड़ थी। थोड़ी देर बाद नामजोशी का नम्बर आया। जाँच होने के बाद उन दोनों का संवाद ध्यान देकर सुनने लगे कासार। डॉक्टर बोले, "अभी थोड़ी कमजोरी है, अच्छा महसूस करते हो तो कॉलेज जा सकते हो।"

नामजोशी बोला, "और अच्छा नहीं लगा तो?"

डॉक्टर बोले, "आँ?"

थका होने से डॉक्टर के कुछ पल्ले नहीं पड़ रहा था। नामजोशी की पीठ ठोंकते हुए चांगदेव बोला, "चल, कल से आ जा। एक-दो पीरियड ले लेना, चलेगा। है न डॉक्टर साब?"

नामजोशी बोला, "सब कुछ ठीक से पूछ लेना चाहिए, रिस्क नको। आनेवाला ही था वैसे मैं सोमवार को!"

नामजोशी को उसके घर छोड़ने के बाद कासार बोले, "अब गाँव में जाकर पॉल से मिलेंगे। हमारा पुराना दोस्त है वो।"

"पॉल यानी कि वो व्हिनस क्लासेस वाला?"

"हाँ, वही। आपकी पहचान नहीं शायद उससे? चलो। वैसे स्वभाव से अच्छा

है लेकिन बड़ा चालू है पंजाबी। साले ने हजारों रुपये कमाये क्लासेस के जरिये। पहले दो-तीन साल अपने कॉलेज में था। फिर इधर के क्लास डुबोकर उधर क्लासेस लेने लगा। उसे मेमो वगैरा दिये गए लेकिन दो साल तक वैसे ही चलाया उसने दोनों तरफ! फिर कानिटकर ने दबाव डाला तो उसने त्यागपत्र दे दिया। लेकिन कमाया बहुत उसने। उधर प्लॉट लेकर रखे हैं। बीस साल बाद गाँव धीरे-धीरे वहाँ तक फैल जाएगा, यही सोचकर पाँच-पाँच सौ रुपये में खेत लेकर डाल दिये हैं साले ने। इन पंजाबियों जैसा बिजनेस स्पिरिट अपने लोगों में नहीं है। चलो बैठेंगे उसके यहाँ—मुर्गी भी वसूलनी है उससे।"

"नहीं, ऐसे आदमी के साथ समय नहीं गँवाना। उससे अच्छा है वाणी के यहाँ बैठें...।"

"नहीं जी, पॉल आदमी अच्छा है। ट्यूशन के बच्चे अगर हल्ला मचाते हैं तो वो कहता है—खामोश। ये कॉलेज नहीं है। ह ह ह। चलो अच्छा लगता है कभी-कभी घर के बाहर रहने से। आपके जैसा आजाद जीवन कभी रहा ही नहीं मेरा। छोटी उम्र में शादी हो गई और कुछ समझने के पहले बच्चे। तीन बच्चे होने के बाद मैंने एम.ए. पूरा किया, पोस्ट में रातपाली काम करके! मैं बड़ा होशियार था जी।"

पॉल के क्लासेस में मिश्रा भी बैठे हुए थे। पॉल बोला, "आइए, आइए, प्रोफेसर साब, क्या शुभ दिन है आज। तशरीफ रखिये। कौन साब हैं ये? सी.ए. पाटील? वाह जी वाह! नमस्ते प्रोफेसर साब। इधर बैठिए आराम से। बहुत ही बड़े आदमी को लाए कासार साब तुम। अपने मिश्रा साब ने बताया इनके बारे में। हमारे सब बच्चे तुम्हारा नाम लेते हैं। बहुत बढ़िया पढ़ाते साब आप। आपके लेक्चर्स के नोट्स देखते ही मुझे आपकी तगड़ी लर्निंग समझ में आ गई। वो कानिटकर साला हरामी था। अच्छा हुआ कि आप हमारे गाँव में आए।"

मिश्रा बोले, "छोड़ो यार पॉल, इतना मस्का मत मारो। उसको पेपरसेटर होने में टाइम है अभी।"

कासार बोले, "लेकिन पॉल के मूवमेंट्स अभी से शुरू होते। चार साल के बाद काम कर लेगा लेकिन मुर्गी अभी से खिलाएगा।

"क्या बात करते यार तुम लोग। पाटील साब, आपके कॉलेज में इतने बदतमीज लोग कैसे जमा हो गए हैं, समझ में नहीं आता। अच्छा आपको क्या खिलाऊँ, क्या पिलाऊँ, बोलिए। अपने को आदमी से प्यार है, बाकी कुछ नहीं। क्यों मिश्रा

जी, कम्पनी अच्छी है आज।" फिर अन्दर से व्हिस्की की बोतल लाते हुए बोला, "कासार तो बियर के सिवा कुछ लेता नहीं और आज मेरे पास बियर नहीं है। ये नशाबन्दी कब तक रहेगी पता नहीं।"

खुशी में आकर कासार बोले, "लेंगे व्हिस्की भी।"

फिर थोड़ी सी व्हिस्की में ही कासार आउट हो गए। अलग-अलग नखरे दिखाने लगे। पॉल ने रिकॉर्ड प्लेयर शुरू किया।

कासार हाथ में जाम लेकर नाचने लगे। मैंने पी रखी है इस कल्पना से ही वे अलग-अलग मजाक करने लगे।

फिर पॉल सभी को अपनी गाड़ी में लेकर गाँव के बाहर के पेट्रोल पम्प वाले होटल पर आया। मुर्गी मँगाई, फिर गप्पें हाँकते रहे। बीच में ही पॉल बोला, "क्यों कासार साब, पेपरसेटर के नाम मिले कि नहीं? देशपांडेबाई तो जरूर होगी।"

कासार बोले, "बताऊँगा यार, बताऊँगा।"

पॉल बोला, "पिछले साल बड़ा घाटे में डाला मुझे तुम्हारे शेख ने। बड़ा चालू आदमी है, उसके सामने बोलता मैं। किसका डर है? मुझे साले ने एसेज बताए रेलवे स्टेशन और क्रिकेट मैच। नहीं बताना हो तो मत बताओ। लेकिन बोगस क्वेश्चन क्यों बोलना? मैं मर गया। सब बच्चे फेल हो गए। लेकिन इस साल पूरा पेपर मिलना माँगता कासार! अपने कासार रहे तो कोई फिकरीच नहीं! इस साल तुम है ना बोर्ड में कासार?"

कासार बोले, "बताऊँगा यार, बताऊँगा।"

"यानी तुम जरूर इस साल हो, है न?"

"बताऊँगा यार, बताऊँगा। पाँच सौ रुपया तैयार रखना!"

वापसी में नशे में मिश्रा बोला, "चलो सी.ए., छबेली के पास चलते हैं! चूतियापन छोड़ दे। मस्त नई छोकरी लाई है वो। पॉल साब हम दोनों को चौक पे छोड़ दीजिए!"

पॉल बोला, "तुझे अकेले को मरना है तो जाओ जहन्नुम में। लेकिन शरीफ आदमी को उल्लू मत बनाओ। उन्हें इस गाँव में रहने दे।"

कासार बोले, "मैं आऊँ क्या मिश्रा तेरे साथ? चलो आज के दिन सब माफ! पॉल बेटे, हम दोनों को..."

पॉल बोला, "चल बुड्ढे घर पर! बदतमीज! बताऊँ क्या भाभी को?"

घर की याद आते ही कासार का चेहरा एकदम सूख गया!

पूर्व परीक्षा के पहले पाठ्यक्रम पूरा करने के लिए सभी प्राध्यापक काम में जुटे हुए थे। चांगदेव वक्त का पाबन्द था सो उसका पाठ्यक्रम पूरा होनेवाला था। बच्चे भी खुश थे। शेख थोड़ा आलसी था। अब उसके लिए मेहनत करना जरूरी हो गया था। कई बार तो रात-भर रमी खेलकर वह सीधा कॉलेज आ जाता और फिर पढ़ाते-पढ़ाते उबासियाँ लेने लगता। ये भी बन नहीं पाया तो वह नोट्स उतार देता। देशपांडेबाई का तो क्या कहना, क्लास में जाते ही वह ऊपर पैर करके कुर्सी पर बैठ जाती और पुराने नोट्स देती रहती। और तो और, वह अभी-अभी पेपर सेटिंग से आई हूँ और जितना मैंने बताया उतना ही करो, और कुछ देखो मत—ऐसी गुप्त सूचनाएँ भी देती रहती।

नकवी के उर्दू के पन्द्रह-बीस बच्चे भी साल-भर गायब रहते और इन दिनों में नकवी सर को ढूँढ़ते फिरते। नकवी इसलिए मशहूर थे कि वे हूबहू पर्चा उतार देते हैं। इस सुनहरे मौके को हथियाने के लिए बच्चे उतावले रहते। छात्र नकवी को कहते, "जल्दी से पूरा करवा दो।" नकवी धीमी आवाज में कहते, "सबको फर्स्ट क्लास दिला दूँगा बेऽ क्यूँ सताते लौंडे खाली-पीली? भागो ह्याँ से!"

विश्वविद्यालय में उर्दू के सभी प्राध्यापक इसलिए मशहूर थे कि वे अपने-अपने छात्रों को सत्तर-अस्सी से कम अंक कभी नहीं देते थे। इसलिए उर्दू बोर्ड के खिलाफ दूसरी भाषा वाले लोग शिकायत करते। लेकिन मीटिंग में आए उर्दू के प्राध्यापक इस शिकायत पर चर्चा के लिए होनेवाली मीटिंग को दो दिन आगे ढकेल देते और दो दिन का डी.ए. माँग लेते। पिछले साल उर्दू के एक छात्र को नकल करते हुए पकड़ा गया। नकवी बोले, "चूतिये हो तुम लोग। कुछ भी लिख देते तो साठ-सत्तर मार्क्स मिल ही जाते। नकल क्यों करना उसके वास्ते?"

नकवी साब इन दिनों स्टाफ रूम में आरामकुर्सी पर पैर ऊपर करके सोये रहते। पहले सत्र में वे शतरंज खेला करते थे जिसके कारण और लोगों को भी क्लास में जाने में देरी होती थी। इसी कारण कानिटकर ने शतरंज खेलने के खिलाफ नोटिस जारी किया था। तब से स्टाफ रूम में शतरंज का खेल बन्द हो गया। और नकवी आरामकुर्सी पर कब्जा जमाये पड़े रहने लगे। कभी बच्चे क्लास के लिए

उन्हें उठाते तो जम्हाई लेते हुए, इतनी देर से मुँह में रखा पान थूककर दूसरा पान मुँह में ठूँसते हुए कहते, "कितने लौंडे हैं बे? सब के सब हैं क्या? फिर घर पर आओ बेटा शाम को। बैठेंगे।" और शाम को नकवी घर पर नहीं रहते यह बच्चों को अच्छी तरह मालूम रहता था।

इस तरह सबका सब कुछ ठीक-ठाक चल रहा था। मेहनत करके पढ़ानेवाले पढ़ाते रहते, बाकी के आराम फरमाते। सभी लोगों को आपस के सभी धन्धे मालूम हो चुके थे। शिक्षा प्रणाली बिलकुल खँडहर हो चुके किसी पुराने मकान की तरह हो गई है जिसे जमींदोज करना भी मुश्किल था, सुधारना भी मुश्किल था—यह बात सभी प्राध्यापकों को अच्छी तरह मालूम हो चुकी थी। अपनी-अपनी तनख्वाह लेना, थोड़ा-थोड़ा पढ़ाना, दोपहर में सोना, संस्था के लोगों को खुश करते हुए प्रोमोशन हथियाना, अपने बच्चों की ठीक से पढ़ाई करवाना और घर वगैरा बनवाकर बीमा लेकर रिटायर हो जाने का सनातन मार्ग सभी ने अपना रखा था। अपवादस्वरूप कोई प्राध्यापक शिक्षा-प्रणाली के बारे में, परीक्षाओं के बारे में, जोशपूर्ण भाषा में बोलता तो ये सारे जरठ तपस्वी हँसकर उसकी सराहना करते। कोई व्यंग्य भी कसता और सभी मिलकर हँसते। आखिर में एकाध शिरसीकर जैसा कोई जागरूक आदमी कहता, "जब तक अपनी सरकार मूर्ख है, तब तक कुछ होनेवाला नहीं। एक ही रास्ता है—छात्रों को भड़का देना चाहिए, उकसाना चाहिए इस सबके खिलाफ! लेकिन बच्चे तो हम लोगों से भी ज्यादा बुढ़ा गए हैं साले।"

ऐसे में बोडस के खिलाफ बच्चों ने जी.जी. से शिकायत दर्ज कर दी कि साल-भर में उनका पढ़ाया हुआ कुछ भी समझ में नहीं आया था उनको। उन्होंने बोडस के एक क्लास के नोट्स जी.जी. को दिखाए और एक साथ कहने लगे, "सर, इसमें का आपको कुछ समझ में आता क्या देखो," कॉपी को उलट-पुलटकर देखते हुए जी.जी. बोले, "अरे मराठी में ही है सब, इसमें न समझनेवाली भला क्या बात है?"

बच्चे बोले, "फिर भी समझ में नहीं आता। तर्कशास्त्र वैसे तो आसान माना जानेवाला विषय है, लेकिन इसका एक अक्षर भी पल्ले नहीं पड़ता। पढ़के बता रे एक पैरा।"

एक बच्चा हूबहू बोडस की आवाज की नकल करते हुए पढ़ने लगा :

"साधारणों के जिन बन्धित नियमों का संकोच अथवा लम्बनशक्ति अथवा उनकी अर्थ-मर्यादा का संकोच अथवा लम्बनक्रिया जिस अद्भुत सारासार प्रक्रिया

की तौलनिक प्रगति से खंडित अथवा अनुत्तरित नहीं होती—उसी प्रकार से उनकी विस्तार क्षमता असामान्यों के परिणामों को कदापि छेद नहीं देती—उसी बन्धित नियमों की गुणमान्यता और पात्रपात्रता स्पर्श, रंग-रूप आदि इन्द्रियधर्मों के मूलभूत अंगधर्मों से सीमित नहीं होती।"

जी.जी. भी अनायास बोल उठे, "हत, इसके माँ की मारूँ मैं।"

सभी छात्र जोरों से हँस पड़े, कहने लगे, "कुछ समझ में आया, सर? ऐसे ही चलता रहता है घंटा-भर। इससे भी भारी-भरकम कुछ बोलते रहते हैं बोडसे सर।"

चांगदेव वहीं था तो प्रिंसिपल ने उससे कहा, "ये क्या है जी?"

बच्चे हँसने लगे। लेकिन बोडस की बात रखते हुए जी.जी. बोले, "विद्यापीठ ने इसी साल मराठी माध्यम किया है। अपना उस पर कोई बस नहीं चलता। किताबें पढ़ो। जाओ।"

चांगदेव बोला, "अंग्रेजी में भी क्या समझ में आएगा आपको? चलो, पढ़ो, मराठी की भी आदत हो जाएगी तब तक।"

फिर चांगदेव ने बोडस से कहा, "किस प्रकार की मराठी का इस्तेमाल करते हैं आप? इसी को अच्छी मराठी में नहीं बता सकते क्या? विषय अगर एक बार समझ में आ गया तो आसानी से मराठी में पढ़ाना आना चाहिए।"

बोडस बोले, "बच्चों को सुनने में इतनी तकलीफ होती है तो मुझे पढ़ाते वक्त कितनी होती होगी? अंग्रेजी मीडियम नको तो लो मराठी! तर्कशास्त्र की परिभाषा ही नहीं है मराठी में।"

चांगदेव बोला, "अंग्रेजी में बड़ा आसान रहता है। वही बात क्लिष्ट करके मराठी में बताने से क्या समझ आएगा?"

बोडस बोले, "मराठी में शब्द ही नहीं हैं तो मैं क्या कर सकता हूँ? पहले शब्दावली होना जरूरी है।"

चांगदेव बोला, "यह जरूरी है कि अच्छी-सी मराठी में कुछ भी कहना आना चाहिए। नहीं तो वह मातृभाषा ही कैसी? इतने दिन अंग्रेजी के बारे में हड़बड़ी चल रही थी। अब मराठी के लिए अभिरुचि पैदा करनी होगी।"

लेकिन बोडस उखड़ गए चांगदेव पर। इस प्रकार की उखड़ी-उखड़ी बातें आजकल प्राध्यापकों में अक्सर होने लगी थीं। सभी लोग पढ़ाने के तनाव से परेशान-से रहते।

कासार बोले, "थोड़ा तीन-चार दिन की छुट्टी लेकर जा रहा हूँ। लड़की के लिए एक रिश्ता आया है। लेकिन प्रिंसिपल बोले कि दो दिन की ही छुट्टी लो। तुम्हीं कहो, अगर 15 दिनों की छुट्टी अपना हक है तो ये मना कैसे कर सकते हैं? ये प्रिंसिपल भी कानिटकर जैसे ही करने लगा।"

माली बोला, "आपके पन्द्रह दिन अभी भी बाकी हैं क्या? पच्चीस दिन की छुट्टियाँ हो गई होंगी आपकी पहले ही टर्म में।"

"दस हुई हैं केवल! देखो रजिस्टर। अभी पाँच बाकी हैं महाराज!"

"रजिस्टर का हमें मत बताओ मियाँ! आप सुबह-सुबह साइन करके पहली कक्षा छोड़ देते हैं और दो दिन की अर्जी देकर तीन दिन गायब हो जाते हैं। बाद में चौथे दिन धीरे से आकर पहले दिन का साइन करके दो दिन का हिसाब पूरा कर लेते हैं कि नहीं, सच बताओ?"

हँसते हुए कासार बोले, "क्या वाहियात पोट्टे आए हैं इस साल स्टाफ में। हमेशा दूसरों की धोती नापते रहते हैं।"

कासार समझ गए कि छुट्टी लेने की उनकी तरकीब दूसरों को मालूम हो गई है। हँसते-हँसते अपनी डिबिया से तम्बाकू निकालकर, उसमें चूना रगड़कर, मुँह में धीरे से रखते हुए बोले, "देखो, अब जा लहा हूँ मैं किलास में। या फिल कहोगे तल लजापे ज्याता तो आज केवल शाइन करी।"

चांगदेव बोला, "अब तम्बाकू मुँह में डालकर आप क्लास में जा रहे हो सर, वहाँ क्या बोल पाओगे आप?"

माली बोला, "जाकर बोलना क्या है? हाथ में किताब नहीं, नोट्स नहीं...।"

कासार बोले, "तुम्हाले सलीके कागज लेतल थोले ही पल्हाते हम लोग। ग्यान सान कैसे मुथोद्गत होना चाहिए फाय्, फाय्, फाय्!"

स्टाफ रूम के कोने में रखे सूटकेस की ओर अँगुली दिखाते हुए माली बोला, "ये सूटकेस किसका है? आपका ही है! सीधे स्टेशन जाएँगे आप अब, है ना?"

कासार दयनीय होकर हाथ जोड़कर बोले, "अरे मेरे बाप, धीरे बोल! महत्त्वपूर्ण कामों को छोड़कर क्या मास्टरी करनी है फोकट की? मत बताना किसी को। ठीक है, मिलेंगे दो-तीन दिन के बाद!"

हर साल की तरह गैदरिंग के लिए एक नाटक का मंचन तय हुआ।

उसके लिए बी.ए. की कक्षा में पढ़ रही देसले नाम की एक सुन्दर लड़की को तैयार किया गया। बाद में वह लड़की अकड़ दिखाने लगी और नाटक में काम करने से मना करने लगी। चांगदेव क्लास लेता रहता तो जी.जी., राजपूत वगैरा सीधे क्लास में आकर उसकी विनती करने लगते। वह आज हाँ बोलती, कल ना, वैसे हमेशा अनुपस्थित रहनेवाली वह लड़की अब पूरा मेकअप वगैरा करके चांगदेव की क्लास में आने लगी। इस कारण उसे समझाने आनेवाले लोग चांगदेव का क्लास डिस्टर्ब करने लगे। एक दिन जब यह सब हो गया तो चांगदेव उस लड़की पर गुस्सा होकर बोला, "आप सुन्दर हैं इसलिए लोगों को आप में इंटरेस्ट है। नहीं तो कौन पूछता है?" सभी बच्चे हँसे। वह झूठ-मूठ गुस्सा हो गई।

पीरियड खत्म होते ही चांगदेव जल्दी से स्टाफ रूम में गया और दूसरों के साथ गपशप में लग गया। उसे मालूम था कि वह लड़की पीछे-पीछे आएगी। वैसे भी इस लड़की का चाल-चलन थोड़ा ज्यादा ही मुक्त था। वह बिना कारण कुँआरे प्राध्यापकों से मिला करती। चांगदेव से भी।

बड़ी धृष्टता से चांगदेव को बुलाकर नाटकीय ढंग से रोते हुए वह बोली, "मुझे कुछ कहना है।"

और फिर बाजूवाले केबिन में घुस गई। चांगदेव ने इस केबिन का उपयोग कभी नहीं किया था। वह यह मानता कि साधारणत: लम्पट प्राध्यापक यहाँ लड़कियों की शंकाओं का शमन करते हैं। चांगदेव ने छात्रों से स्पष्ट रूप से कह दिया कि कुछ भी पूछना हो तो क्लास में या बाहर गैलरी में ही पूछें। लेकिन यह सुन्दर लड़की अब हुक्म चलाने के अन्दाज में उसे बुला रही थी। लेकिन वह वहीं खड़ा रहा। वह कहने लगी, "सर आप हमेशा मेरे साथ ऐसे ही पेश आते हैं। मैंने अपने जन्मदिन पर आपको खास तौर पर बुलाया फिर भी आप नहीं आए। बाद में अपॉलजी भी नहीं। आज भी आप मेरे साथ तुच्छता से बातें कर रहे हैं। मुझे ज्यादा पढ़ाई करनी है, नाटक में काम करके मुझे क्या मिलेगा?"

वह बोला, "तो पहले ही बताना था न यह सब। अब ऐन मौके पर कौन मिलेगा नाटक के लिए?"

वह धीमी आवाज में बोली, "सर आपने जो बोला क्या मैं सचमुच सुन्दर हूँ? इसके पहले तो आपने ऐसे कभी नहीं कहा था। आपने तो मुझे उस चौथे पेपर में साठ अंक दिये थे।"

चांगदेव बोला, "आप सचमुच खूबसूरत हैं। पढ़ाई हमेशा थोड़े ही होती है। आप होशियार हो, नाटक में भी काम करो तो अच्छा है।"

वह बोली, "आप कहते हैं तो मैं नाटक में काम करूँगी। नहीं तो मैं किसी का भी कहना नहीं मानती। लेकिन आप आएँगे न रिहर्सल में?"

"ठीक है।"

उस खूबसूरत लड़की की ओर देखते हुए चांगदेव ने मन-ही-मन सोचा—इसका मतलब कुछ और ही है। लेकिन इसका अन्त कैसे होता है यह मैं भली-भाँति जानता हूँ। ये खूबसूरत लड़कियाँ दूसरों के लिए ही होती हैं। बीच-बीच में यूँ ही टाइमपास के लिए मेरे जैसे मास्टर ठीक रहते।

बाद में देसले एक बार बोली, "सर, आप क्यों नहीं आते रिहर्सल में? मैं तो राह देखते-देखते थक गई।"

चांगदेव बोला, "वह रात में रहती है इसलिए मैं नहीं आ पाता।"

चांगदेव गैदरिंग के कुछ प्रमुख कार्यक्रमों में ही उपस्थित था। उसके बी.ए. क्लास के चहेते छात्र अलग-अलग प्रोग्रामों में हिस्सा ले रहे थे। यह क्लास ही बेहतूर, होशियार कलाकार छात्रों का था।

चांगदेव की हाजिरी से उनका उत्साह चौगुना हो गया। अच्छे से बात करनेवाले, रंगोली बनानेवाले, गाना गानेवाले, दौड़ में हिस्सा लेनेवाले और मिमिक्री करनेवाले अपने क्लास के इन लड़के-लड़कियों को देखकर उसका सीना खुशी से भर आया। यह देखकर चांगदेव गद्गद हो उठा कि एक लड़की दौड़ में अव्वल आई, हालाँकि उसके पास पहनने के लिए जूते तक नहीं थे। किसी भी सुविधा के अभाव में ये छात्र इतनी चमक दिखा जाते हैं, देश समृद्ध और बलशाली हो गया तो बहुत ही तरक्की कर लेगा। एक छात्र ने चांगदेव की नकल हूबहू उतारी। बहुत तालियाँ बजीं। और एक छात्र ने फिजिक्स के हेड एस.टी. मोरे सर की बहुत ही भयानक नकल उतारी, इतनी कि मोरे उठकर चले गए। बाद में जी.जी. ने उस लड़के की खिंचाई की। लेकिन नकल बड़ी खरी उतरी। मोरे जिस तरह आते थे वैसे ही वह लड़का कन्धे उड़ाते हुए आया, हाथ में पुरानी फाइल और बाहर झाँकते पीले पन्ने! फिर स्टेज पर रखे टेबल पर उन पन्नों को ताश की तरह ऊपर-नीचे कर एक पन्ना हाथ में लेकर क्लास में पढ़ाने का अभिनय करने लगा। इधर-उधर देखकर मुँह खट्टा करते हुए बोला, "कोई भी नहीं? आँ? कहाँ गए सब्बी हरामखोर? तू कौन रे भौ? कौन से किलास का? यहीं का? फिर अन्दर आता कि मैं आऊँ

बाहरी? आँ? खिरकी से क्या झाँकता? इधरा। कहाँ गए दूसरे हरामखोर? कैंटीन में? अरे भड़वो, जाओ तो जाओ लेकिन याद रखो इस साल मोरे सर पेपरसेटर हैं—जा बोल उनको पेपर दें—हयले! चल भाग!"

रात में नाटक का मंचन हुआ। उस खूबसूरत देसले ने अपने अभिनय से सभी को जैसे बाँधकर रख दिया। चांगदेव का मन एक बार कि नाटक खत्म होने पर स्टेज के पीछे जाकर उससे मिले। लेकिन वह माली के इन्तजार में वहीं बैठा कुर्सी पर बीड़ी पीता रहा। सभी चले गए। सन्नाटा छाने लगा। बाद में कासार के कहने पर स्टेज भी हटाई जाने लगी। नाटे कद के कासार स्टेज पर घूमते हुए मजेदार दिख रहे थे। माली भी स्टेज के पास ही घूम रहे थे। थोड़ी देर में नाटक करनेवाले सभी लोग बाहर आए। देसले भी। उसने अभिमान के साथ खाली कुर्सियों के बीच बैठे चांगदेव को एक बार देखा। थोड़ी देर बाद फिर एक बार देखा। लेकिन वह आगे की कुर्सी पर पैर जमाए बीड़ी फूँकता बैठा रहा। थोड़ी देर बाद अपनी भारी साड़ी का पल्लू सँभालती हुई वह सुन्दरी माली के नजदीक आकर बोली, "सर कैसा रहा मंचन?"

सकपकाकर माली बोला, "बहुत खूब। आपने बहुत बढ़िया काम किया।"

वह बोली, "बढ़िया? यानी कैसा?"

वह बोला, "वेरी ग्रेट, कांग्रेच्युलेशंस। लेकिन...मुझे ऐसा लगा...कैसे बताऊँ तुम्हें वहाँ आकर, सॉरी।"

वह बोली, "आपको पसन्द आया क्या?"

वह बोला, "बेहद!"

अपने दोनों हाथ नीचे दबाकर कन्धे उचकाते हुए पूरा बदन घुमाकर उसने कहा, "मुझे बड़ा अच्छा लगा कि आपको पसन्द आया! सर, आप एक बार हमारे घर आइए।"

माली फिर प्रशंसा करने लगा उसके नाटक की, लेकिन वह झटके से मुड़ते हुए अपनी नाटक मंडली में शामिल हो गई। माली और चांगदेव इन लड़के-लड़कियों के बारे में बतियाते हुए 'राधाकृष्ण' पर आ गए।

फिर जमकर पढ़ाने का दौर शुरू हुआ। चांगदेव सुबह जो निकलता घर से तो रात में पूरा थका-हारा खाना-वाना खाकर ही 'राधाकृष्ण' पर आता। इन दिनों दामले बेकार खाना देने लगा था। अमरीकी गेहूँ से सभी को तकलीफ होने लगी।

लेकिन चांगदेव को अब तक कोई तकलीफ नहीं हुई थी। इस साल देश-भर में जगह-जगह सूखा पड़ा है, इसलिए जो मिल रहा है वही बहुत है ऐसे सोचकर समझदार प्राध्यापक लोग दामले के यहाँ खाना खाते। इसी बीच यह खबर अखबारों में छपी कि लालबहादुर शास्त्री भी हर शुक्रवार को शाम को खाना नहीं खाते। इस खबर को छात्रों को प्रेरणा देने के लिए दामले ने फ्रेम कराकर भोजनगृह में टँगवा दिया। पढ़ाई की मार से बौखलाए बच्चे पराँठे कच्चे हैं कहकर इधर से उधर फेंकते। तीन-तीन दिन चावल होते ही नहीं थे। आजकल नामजोशी भी बौखलाए हुए थे, वे कांग्रेस को गालियाँ देते हुए खाना खाते। चांगदेव भी काम की मार से थक गया था। ऐसे में उसे अचानक ही दस्त होने लगे और तबीयत खस्ता हो गई।

इन्हीं दिनों कश्मीर में पाकिस्तानी फौजों के घुस आने की खबरें अखबारों में आने लगीं। देश में आपातकाल लागू हो गया। मिट्टी का तेल बाजार से गायब हो गया। गाँव में जो पावरहाउस था वह रोज रात में ऑयल न होने के कारण बन्द पड़ा रहता और अँधेरा छाया रहता। हर तरफ युद्ध की बातें चल रही थीं। गाँव की हवा ही अजीब-सी हो गई। अखबारों में विश्व स्तर की खबरें छपने लगीं।

कैंटीन में खाना खाने आए कुँआरे और जिनकी बीवी गाँव गई हों ऐसे अध्यापक वाणी, शिरसीकर, भावे वगैरा देश के इतिहास, भूगोल, राजनीति आदि के बारे में जोश-खरोश के साथ चर्चा करने लगे। आराम से खाना खाते हुए ये लोग दो-दो घंटों तक कैंटीन में रुकते। खासकर भावे सात-आठ अखबार पढ़कर आते और नामजोशी जो अपनी उम्र के बाईसवें साल में एम.ए. होने के लिए विश्व का इतिहास पढ़ चुके थे, इन चर्चाओं को गम्भीर बना देते। भावे और नामजोशी की हिन्दुत्वनिष्ठा पूरे जोश में थी। दामले भी हिसाब-किताब छोड़ चर्चा में शामिल हो जाते। खासकर नामजोशी और माली ने पिछले ही महीने जवानों से भरी रेलगाड़ियाँ क्या देख लीं, वे समझने लगे कि अपना देश भी किसी से कम नहीं है। लेकिन वे दोनों रेडियो पर यह सुनकर जाती तौर पर आगबबूला हो गए कि पाकिस्तान ने कश्मीर पर कब्जा कर लिया है।

नामजोशी बोले, "चीनियों के हमलों से पहले ही अपना नाम दुनिया में बदनाम हो गया है। अब मौका है कि अपनी पहले वाली छवि सबके सामने आए।"

उसे उकसाने के इरादे से चांगदेव बोला, "क्या पहले वाली छवि खड़ी करते भौ? मोहनजोदड़ो से लेकर सिकन्दर और पानीपत के तीन युद्ध तक और कल

के चीनियों के आक्रमण तक अपनी परम्परा ही रही है लड़ाई के मैदान से भाग खड़े होना। इतिहास में हम डरपोक के नाम से विख्यात हैं।"

एक घूँट में पूरी कटोरी-भर दाल पीकर अपने हाथ को तलवार की तरह लहराते हुए नामजोशी बोले, "किसने कहा तुम्हें कि हम डरपोक हैं? एक-एक युद्ध का वर्णन पढ़ो आप तो पता चलेगा कैसे हिन्दुओं ने पराक्रम के परचम लहराए हैं। दूसरे महायुद्ध में भारतीय सेना के बारे में मांटगोमरी ने क्या कहा कुछ मालूम है?"

"फिर भी अंग्रेजों समेत सभी ने हमें मात दी है, ये भी सभी को मालूम है।"

"हममें एकता का अभाव है इसी कारण सभी विदेशी घुस पाए, मालूम है?"

"लेकिन एकता भी तो शौर्य का ही एक पहलू है। पानीपत के युद्ध में ब्राह्मणों को यह मंजूर नहीं था कि उनका डेरा महार जाति के लोगों के पास हो। युद्धकाल में शूरवीर ऐसी बातों पर ध्यान नहीं देते।"

"पानीपत का वर्णन आप ठीक से पढ़ो! शाम तक तो अपनी ही जीत हो रही थी—थोड़े में गया पानीपत का युद्ध नहीं तो..."

"मतलब छह बजने को दस मिनट थे तब तक इनकी विजय हो रही थी और बाद के दस मिनट में यह मैदान छोड़कर भागने लगे। नहीं तो आज नामजोशी और भावे काबुल के विश्वविद्यालय में हेड ऑफ़ द डिपार्टमेंट होते!"

"मल्हारराव होलकर ने पहले से ही बदमाशी की थी। नहीं तो मुसलमानों को कच्चा चबा जाते!"

"लेकिन गर्भाधान संस्कार करते-करते युद्ध, लड़ाई पर जानेवाले पेशवा की अपेक्षा वह मल्हारराव कई गुना समझदार था। रजवाड़े का लिखा इतिहास पढ़ने के कारण सभी महाराष्ट्रियनों के दिमाग खराब हो गए, साले।"

भावे बोले, "लेकिन पेशवा हमसे अपने कपड़े न धुलवाए इसलिए एकाध शत्रु रहने दो, यह कहना कौन-सी समझदारी है?"

माली बोला, "और यह बात भी पेशवा के बारे में सच ही थी। अगर बदमाश ही राज करते हों तो दूसरे भला ऐसे क्यों न सोचें?"

"इस प्रकार की सोच ही अपनी हार का कारण बनी है हमेशा। शत्रु तो शत्रु है। उसे पहले खत्म करना चाहिए। आपस में हम कुछ भी करें, दुश्मन को पहले मिटाना चाहिए।"

"मतलब बाद में कपड़े धोने को अपन खुल्ले।"

"वो छोड़ो यार, वह जमाना ही खराब था। समूची पेशवाई में दो ही आदमी

बड़े थे। एक पहले बाजीराव और दूसरा इब्राहिम खान लोदी। बाकी सब कारकून!"

"चीनी युद्ध में भी हमें नेहरू की लापरवाही के परिणाम भुगतने पड़े। पार्लमेंट में मूर्खों की तरह गन्दी अंग्रेजी झाड़ते हुए तीन-तीन घंटे बकबक करनेवाला वह बम्मन। फिर भी अपने लोग नेफा में जी-जान से लड़ रहे थे।"

"जी-जान से? हँ हँ हँ! बहुत जोरों में। हमारा एक दोस्त था तब आर्मी में, वह बोला कि हिन्दी और चीनी दोनों सेनाएँ दिल्ली की ओर ही दौड़ रही थीं—एक साथ।"

सब हँस पड़े! शिरसीकर बोले, "इसीलिए तो नामजोशी अखंड हिन्दुस्तान के पक्ष में हैं। समझो दिल्ली हाथ से गई तो भागते-भागते दूर कराची तक जाने की सुविधा हो सकती है हिन्दुस्तानी सेना के लिए। हे हे हे हेऽऽ!"

भावे बोले, "कुछ भी हो, लेकिन आज ये नौबत आई, उसकी वजह है अपनी गुटनिरपेक्षता की नीति और अमरीका का दुष्टतापूर्ण षड्यंत्र! इधर हिन्दुस्तान को सहायता देकर दुर्बल बना देना और उधर धर्मान्ध पाकिस्तान को अपने हाथ का खिलौना बनाकर भारत के टुकड़े कराना—यही है अमरीका की नीति। मुम्बई के अखबार वाले यूँ ही नहीं प्रशंसा करते अमरीका की।"

"लेकिन इस तरह से दो देशों को मदद करके उनमें लड़ाई कराना, मतलब दो भूखे कुत्तों को टुकड़े डालकर लड़वाना और फिर बैठकर तमाशा देखना जैसा है कि नहीं?"

भावे बोले, "यह अपनी सरकार को समझना चाहिए। अमरीकी सहायता लेने से पूरी तरह इनकार कर देना चाहिए। होगा क्या—मरेंगे भुखमरी से लेकिन इस तरह लज्जास्पद सहायता लेने से तो बचेंगे।"

माली बोला, "भावे साब पिछले हफ्ते चावल नहीं थे तो आप गालियाँ दे रहे थे सरकार को। अमरीका ने सहायता बन्द कर दी तो ये चपाती भी नहीं मिलेगी खाने को। दो ही दिन में यहीं मर जाओगे, सबसे पहले आप।"

चांगदेव बोला, "मरने दो, क्या बिगड़ता है? आबादी तो कम होगी और चार-पाँच बच्चों को जनम देनेवालों को यह तो समझ में आएगा कि शादी क्या होती है। भूख से बेजार लोग सरकार को ही उलटकर रख देंगे। हम भी होंगे नक्सलवादी!"

भावे बोले, "एक्जैक्टली! सरकार चाहती है कि देश में गड़बड़ी न मचे! कांग्रेसी सरकार बड़ी धूर्त है। उसे यह मालूम हो गया है कि इस दरिद्र प्रजा को

दो जून की रूखी-सूखी भी मिल जाए तो भी ये खुश रहते हैं। इसीलिए तो चल रहा है अमरीका के नखरे उठाए जा रहे हैं!"

जैसे-जैसे युद्ध का वातावरण गर्म होता गया, वैसे-वैसे ये चर्चाएँ और देर तक चलने लगी। दामले भी बैठे सुनते रहते। बर्तन वगैरा सँभालने में देर होने से दामले बाई चिढ़ जाती!

दोपहर को स्टाफ रूम में भी कुछ लोग नकवी आदि मुसलमानों को पाकिस्तान के बारे में बोलकर छेड़ते रहते। नकवी इस्लाम के कट्टर समर्थक थे। गाँव के मुसलमानों के लीडर भी थे। गुस्से में आकर आखिर नकवी कहते, "पाकिस्तान को तुम मिटा दो, ईरान को भी मिटा दो भाई, लेकिन इस्लाम ने आपका क्या बिगाड़ा है? इस्लाम हमेशा जिन्दा रहेगा। और हिन्दोस्ताँ हमारा भी वतन है। हमें एंटीनेशनल कहलाना पसन्द नहीं है।"

एफ.जेड. बोले, "फिर निकालो ना तुम लोग पाकिस्तान विरोधी मोर्चा। देखते हैं कितने लोग आपके साथ आते हैं।"

बोडस बोले, "कायका इस्लाम जिन्दा रहेगा जी? उधर इत्ते से इसराइल ने उनकी कमर तोड़ दी है। इधर से हमने पाकिस्तान का सर कुचल दिया तो रहेगा क्या इस्लाम?"

नकवी बोले, "हमारे लोगों को दो टैम पेट-भर खाना नहीं मिलता, वे क्या मोर्चा निकालेंगे? खामखाह तुम्हारे मिडल किलास लोगाँ मोर्चा निकालेंगे, सब कुछ करेंगे। मोर्चा निकालकर ऐसी कौन सी देश की सेवा करते तुम लोगाँ?"

देशपांडेबाई नाक से आवाज निकालती हुई पीं पीं करती हुई बोली, "क्यों जी, मैं एक बात पूछती हूँ, आपके लोग रोज क्यों नहीं नहाते? मांस खाते रहते। और मुसलमान लोग फैमिली प्लानिंग क्यों नहीं करते? हिन्दुस्तान में मुसलमानों की मेजॉरिटी करने का इरादा है तुम लोगों का? हाँऽ जन-गण-मन चलते समय आप लोग सीटियाँ बजाते हुए थियेटर से बाहर चले जाते। पाकिस्तान-हिन्दुस्तान का मैच हुआ और पाकिस्तान का गोल हुआ तो आपके लोग तालियाँ बजाते।"

चांगदेव बोला, "थियेटर में जन-गण-मन के लिए मैं भी नहीं रुकता। उसका देशप्रेम से क्या ताल्लुक?"

देशपांडेबाई गुस्सा होकर बोली, "अजी, मुसलमानों की निष्ठा इस देश पर

नहीं है यह साबित हो चुका है। कॉमन लॉ क्यों नको इन्हें? बोलो। बेशुमार आबादी बढ़ा रहे हैं ये लोग। जल्दी ही इनकी तादाद हिन्दुओं से बढ़कर होगी इस देश में।"

शिरसीकर गम्भीरता से जनसंख्या की बात को स्पष्ट करते हुए बोले, "इसकी वजह यह है कि धर्म का प्रभाव हिन्दुओं की अपेक्षा इन लोगों पर ज्यादा है। सौ साल पहले हिन्दुओं का भी ऐसे ही था। एक तो हिन्दुओं की तुलना में मुसलमान समाज में गरीबी की समस्या ज्यादा है। धर्म का प्रभाव गरीबों पर ज्यादा रहता है। फिर मुसलमानों में हिन्दुओं के समय लैंगिक विधि निषेध नहीं रहते, विधवा विवाह की मनाही अथवा किसी एक दिन सम्भोग न करें, वगैरा बम्मनी नियम उनमें नहीं रहते।"

बोडस बोले, "लेकिन काजीपुरा में हुई मुसलमानों की आम सभा में इनके कट्टर नेता ऐसे निर्णय कैसे करते हैं कि गोवध बन्दी कुछ नहीं, हम तो गाय का मांस खाएँगे। नकवी साब, आप ही तो अध्यक्ष थे, ऐसा सुना।"

नकवी बोले, "मैं तो अपने लोगों से हमेशा शान्ति बनाए रखने की बात कहता हूँ।"

शिरसीकर बोले, "गाय क्या, बैल भी मारकर खाएँ। परसों बाजार में मेरी बच्ची गाय के नीचे आ गई थी। ऐसा गुस्सा आया, लगा, उसी वक्त काट डालूँ। ये गायें यूँ ही बाजार में घूमकर इधर-उधर की सब्जी खाती रहती हैं। इन लावारिस गौओं को भगाने के लिए हर सब्जीवाला लकड़ी लेकर बैठता है। इन्हें मार डालना चाहिए—मुसलमानों को खाना तो मिलेगा। एक अमरीकी अखबार में छपा है कि सूखे में गायें मरती हैं और आदमी भी। भले मजाक से कहा हो लेकिन सही है।"

"तुम कम्युनिस्टों को इतना ही अर्थशास्त्र आता है। बाकी आप ये क्यों नहीं कहते कि दस-दस बच्चे और चार-चार औरतों से शादी करनेवाले मुसलमानों को जेल में डालो? इसीलिए तो आपकी पार्टी खत्म हो रही है। आप कॉमन लॉ के बारे में कभी कहते नहीं कुछ।"

शेख बोला, "मुसलमान तो माइनॉरिटी हैं। तुम लोग क्यों पार्लियामेंट में बहुमत से कॉमन लॉ पास नहीं करते? कौन रोकनेवाला है हिन्दुओं को?"

चांगदेव बोला, "यह आपने ठीक कहा। हम ही डरपोक हैं। बिल पास कर दो सारे मुसलमानों को ताक पर रख दो।"

बोडस बोले, "इन कांग्रेस वालों को इनकी वोटिंग चाहिए। नहीं तो एक रात में इनका बन्दोबस्त हो जाए।"

चांगदेव बोला, "और दो से ज्यादा बच्चे होने पर जेल का कानून क्यों न हो? बिल पास करना किसके हाथ में है, हिन्दुओं के कि मुसलमानों के?"

"जरूर करो, है हिन्दुओं में दम तो जरूर करो।"

"लेकिन कौन करेगा? आप और हम हिन्दू ही तो हैं? माइनॉरिटी को देने से पहले अपनी नकल की जाँच करनी होगी। सभी राजनैतिक पार्टियाँ बेकार हैं।"

पी.टी. बोले, "ऐसे कानून बनने लगे तो साहब हिन्दुस्तान के पचास टुकड़े हो जाएँगे। शासन करनेवाले आप जैसे मोटी अक्लवाले नहीं हैं जो रोजाना पेशाब करने की तरह कुछ भी बिल पास करते रहें। हिन्दी को राष्ट्रभाषा करो तो तमिलनाडु आजाद हो जाएगा, और नागालैंड अलग पड़ जाएगा। गोवधबन्दी और वन्दे मातरम् शुरू करो तो देश-भर के सभी मुसलमान देशद्रोही हिन्दुओं से हाथ मिलाकर इस देश को खोखला कर देंगे। अंग्रेजी कम्पलसरी करो तो उत्तर हिन्दुस्तान अलग पड़ जाएगा। देवनागरी का कहोगे तो पंजाब छुट्टा पड़ जाएगा। अपना देश इस तरह की कई समस्याओं का पुलिन्दा है। धीरे-धीरे सब ठीक हो जाएगा। अंग्रेजों ने इतना निचोड़ रखा है हमें गुलामी में कि बीस साल में क्या कुछ करेंगे बताओ।"

बोडस ने कहा, "बिलकुल कांग्रेस की वकालत कर रहे थे पी.टी.।"

चांगदेव ने नकवी से कहा, "क्यों नकवी भौ, कभी बीफ खाने को बुलाना मुझे।"

"छोड़ो यार, क्यों तुम मेरे पीछे पड़े हो? एक तो मैं तंग आ गया हूँ इन बातों से। चूतियों जैसा आर्ग्युमेंट करते हैं लोग। अब हमारे गरीब लोग बीफ नहीं खाएँगे तो क्या महँगा मटन खाएँगे?"

"सचमुच, मुझे बीफ खाना है। मैंने खाया है इसके पहले भी।"

"लोग मारेंगे तुम्हें और मुझे भी कि मैंने तुम्हें भ्रष्ट कर दिया।"

"छोड़ो यार। हिन्दुओं में इतनी ताकत कहाँ? कब आऊँ बोलो? जब मुझे मेरे हिन्दू होने पर झुँझलाहट होती है तब उसके इलाज के लिए मैं बीफ खाना पसन्द करता हूँ।"

नकवी हँसकर चल दिये लेकिन चांगदेव के पीछे पड़ने पर एक बार रात में उसके रूम पर आकर बोले, "तो फिर आते क्या इतवार को सुबह? जरूर खिलाएँगे तुम्हें, थैंक्यू।"

दूसरे दिन कैंटीन में भोजन करते वक्त चांगदेव ने सबको कहा, "अपने लोग शाकाहारी होने के कारण ही डरपोक बने हैं। अब सभी मटन खा रहे हैं। आनेवाले दिनों में बीफ भी खाएँगे सब। यानी कि मुसलमानों और अपने बीच की बहुत बड़ी अड़चन दूर हो जाएगी।"

नामजोशी बोला, "लेकिन मुसलमान कभी सूअर का गोश्त खाएँगे क्या? अपने ही देश में हमें ही सब समझना है? कल को गणेश उत्सव भी बन्द करवाओगे अड़चन समझकर।"

चांगदेव बोला, "नारायण मल्हार जोशी, अपनी संस्कृति इसीलिए महान है क्योंकि हमने सबको स्वीकार कर लिया है। कहो, क्या गलत बोला?"

"सही है, लेकिन इसी वजह से हम अपनी नींव खो बैठे। कुछ आचार संहिता, कुछ प्रतीकों का रक्षण जान पर खेलकर भी करना चाहिए। संस्कृति को चौपाल बना देना उचित नहीं है कि कोई भी आए कोई भी जाए।"

"मतलब गैया को क्या आप केवल प्रतीक मानते हैं?"

"अब वैसा ही हो गया है लेकिन अपने देश में गो का संवर्धन आर्य संस्कृति को पोषण देने हेतु हुआ है। उसका एक भावनात्मक मूल्य भी है। इसीलिए गोवधबन्दी कानूनन होनी चाहिए।"

"लेकिन आर्यों के पहले यहाँ द्रविड़ थे, नाग थे, नीग्रो थे। उन्हें ऐसा महसूस नहीं हुआ था। और हम जितने आर्य हैं उतने ही द्रविड़ भी हैं भौ।"

"हम आर्य ही हैं।"

माली बोला, "नामजोशी का पक्का काला रंग और नीग्रो जैसे होंठ और साढ़े चार फीट की नाटी कद-काठी देखकर इन्हें कौन आर्य कहेगा? ह ह ह...।"

नामजोशी उखड़कर बोले, "ये पर्सनल बोलना तो गँवार होने का प्रमाण है। मेरे घर के दूसरे लोगों को देखो आप...गोरे-गोरे...।"

माली बोला, "अब आर्य, द्रविड़, नीग्रो की चर्चा होने पर रंग, होंठ, ऊँचाई आदि बातें आएँगी ही और थोड़ा पर्सनल हो गया तो मैं क्या कर सकता हूँ?"

फेगड़े बोला, "लेकिन आर्य गोमांस नहीं खाते थे ये किसने कहा आपसे? हम लोगों में तो अभी भी गुँधे हुए आटे की गाय बनाकर उसे काटते हैं। अपने देश में कोई भी एक वंश से नहीं है। सभी में मिश्रण दिखता है। ब्राह्मणों ने खामखाह गोत्र वगैरा की बातें चलाकर अपना महत्त्व बढ़ा रखा है। और कुछ नहीं। जो

धर्मभ्रष्ट होते हैं वे ज्यादा कट्टर होते हैं—उसी प्रकार ये दक्षिण के धर्मभ्रष्ट आर्य ज्यादा ही कट्टर हैं।"

चांगदेव बोला, "अपनी डिग्री के फार्म पर वंश और धर्म के कॉलम हैं। हमारे सभी मित्रों ने रेस आर्यन और धर्म हिन्दू लिखा। मैंने यूँ ही मजाक में द्रविड़ियन और हिन्दू लिखा। अब लगता कि वही बात सही है। हम सब द्रविड़ियन हैं...।"

नामजोशी बोला, "लेकिन अपनी भाषा संस्कृत से उत्पन्न हुई है—उसका क्या करेंगे?"

"भाषा तो हर पीढ़ी में बदलती भौ और अपने धर्म में कौन से आर्यन गॉड हैं बताओ? गणपति, शंकर या भवानी?"

"यह सच है नाम्या कि कुल मिलाकर हम हिन्दू हैं। और किसी बात पर विश्वास नहीं किया जाता। मेरी एक बहन नीग्रो जैसी काली है तो दूसरी अंग्रेज जैसी गोरी। ऐसा कइयों के बारे में हुआ है।"

"इसका मतलब हममें से हर एक के परदादा या परदादी ने यकीनन कहीं तो लफड़ा किया होगा। क्या आर्य और क्या द्रविड़—सभी बाहर से इस देश में आए। ऐसे घुमक्कड़ लोग अपने साथ अपनी औरतें कम ही लाते थे। महाभारत में देखो आप—शुरू से ही कितने लफड़े ही लफड़े हैं। पट्ठा भीम तो राक्षसियों से ही शादी करता घूमता रहता था। अब भीम के घटोत्कच को क्या कहें, आर्य का लोकल राक्षस? बभ्रुवाहन नाग का आर्य? कृष्ण ने तो राष्ट्रीय एकता के लिए कितनी शादियाँ कीं।"

नामजोशी हतोत्साहित होकर होंठ चबाते हुए चुपचाप बैठे रहे। चांगदेव हँसकर बोला, "तो नामजोशी, तू धीरे-धीरे मुसलमान लड़की से लफड़ा शुरू कर दे। बीफ खाना सीख ले। मैंने खाया है एक बार। और कुछ लोगों को इसी वजह से उर्दू सीखना चाहिए। एकता चाहिए तो मुसलमानों से भी एकता कर लेनी चाहिए नहीं तो फिर एक बार पानीपत!"

नामजोशी बोला, "उर्दू? इतनी गन्दी भाषा हम नहीं सीखेंगे। क्या बोलते साले—झाड़ पर से गिरया तो बहुत लग्या।"

फेगड़े बोला, "लो, कर लो बात! अब इन्हें यह भी नहीं पता कि मराठी की ही तरह उर्दू भी संस्कृत से निकली है। अब तो बात करने का कोई मतलब ही नहीं।"

नामजोशी बोला, "क्या अभद्र सम्बन्ध जोड़ते हैं आप संस्कृत से। उर्दू तो लांडों की भाषा है।

फेगड़े बोला, "ओ नामजोशी भौ, आप थोड़ी एथ्नोलॉजी पढ़ो। सबसे प्योर आर्यन हैं ईरानी और पाकिस्तानी। आप और हम बोले तो भ्रष्ट आर्यन। बड़ा मुश्किल काम है आप जैसे हिन्दुत्ववादियों का, खुद को आर्य तो मत कहो। आर्य बड़ी निष्ठुर, क्रूर जमात थी। उससे अच्छा है हिन्दू कहलवाना।"

शेख के साथ शाम को सुलतान के प्लाट पर फिर वही जंग की बातें, हिन्दू-मुसलमानों के मुद्दे। लेकिन वे सभी समझदार, सयाने लोग थे। सुलतान बोला, "शेख भौ, क्या है कि अपने बाप-दादाओं ने लगा दिया है मन्दिर-मस्जिद, खाना-पीना सब कुछ। वैसे रहना, चलना।"

शेख बोला, "लेकिन सुलतान भौ, जमाना बदलता है और उसके हिसाब से बदलते जाना जरूरी है। हमारे में ऐसे लोगाँ हैं, मस्जिद में पीछे वाले ने धक्का दिया तो आगे तक पहुँचा देनेवाले हैं अपने मुसलमान। कुरान शरीफ किसने बोला, "किसने लिखा, असली कुरान शरीफ क्या था, बाद में किसने क्या घुसेड़ दिया, ये सब चीजें जानना जरूरी है। अबुल कलाम आजाद ने ये सब रिचर्स किया था लेकिन किसी ने नहीं पढ़ा। हम हिन्दुस्तान के मुसलमानों को तो कम-से-कम दुनिया-भर के मुसलमानों की आँखें खोलना चाहिए।"

रिटायर्ड ऑफिसर बोला, "हमारे में बाइबिल पर हर साल कोई-न-कोई नई बात करता है। उसका भी क्या फायदा है, बोलो। एक ने तो ऐसे ढूँढ़ के निकाला कि जीसस मद्रासी था! मैं कहता हूँ अगर लोग पढ़ते ही नहीं ऑरिजिनल बाइबिल तो रिसर्च का क्या फायदा?"

समझदार मुसलमान बढ़ई भी बोला, "अपना मजहब कैसा भी हो, उसके मुताबिक अगर चलें तो कोई बाधा नहीं रहती। लेकिन धर्म से कोई चलनेवाले नहीं तो शोर भी काहे को करना! पहले जैसा है वैसे चलना सीखो। हिन्दू गीता के जैसा चले, क्रिश्चियन बाइबिल की बात माने, मुसलमान शराब न पीये, चोरी न करे, तो लफड़ा होगा ही नहीं दुनिया में। क्यों प्रोफेसर भौ, ठीक बोल्या ना?"

इतवार को चांगदेव नकवी के घर खाने के लिए गया। नकवी की औरत एक बार भी सामने नहीं आई। एक बूढ़ा नौकर ही परोसने का काम कर रहा था।

नकवी को भी यह बात चुभी होगी। लेकिन औरत की पवित्रता परदे में है, यह माननेवाले मुसलमानों में सुधार कौन करे, कैसे करे? कौन किसे कितना समझाए? खुद ही कोई सोचे और प्रयास करे तो ही धीरे-धीरे बदलाव आ सकता है। हिन्दुत्ववादियों को भी क्यों इन मुसलमानों को सुधारने की जबरदस्ती करना? ब्राह्मणों को चाहिए कि दहेज और कई ऐसी बातों में वो अपने को पहले सुधारें। सभी को अपनी-अपनी जाति को सुधारने का देखना चाहिए। मेरा हिन्दू दोस्त मेरे घर बीफ खाने आया है और नकवी को इस बात की शर्म महसूस होती है कि उसकी अधेड़ उम्र की औरत बुर्के में बैठी है, तो भी काफी बदलाव है। उसके बारे में हमें नहीं सोचना है। कम-से-कम मुसलमानों में एक शेख और हिन्दुओं में एक मैं हूँ, यह भी क्या कम है। यह सोचकर वह चुपचाप खाता रहा।

अचानक ही अखबारों में खबरें आने लगीं कि पाकिस्तानी सेनाएँ पंजाब में घुस गई हैं। रेडियो पर हर घंटे जंग का हाल आने लगा। सब तरफ घबराहट फैल गई। गाँव में रहनेवाले रिटायर्ड जवानों और अफसरों को बुला लिया गया। बन्दूक चलाने का प्रशिक्षण देने के लिए होमगार्ड आनेवाले थे। सभी के नामों की फेहरिस्त बनाई गई। क्लास में भी युद्ध की बातें करते हुए छात्र उछल-उछलकर बोलते। ऐसे में पढ़ाई की बात करना या कोई कविता पढ़ाना मजाक लगता। अखबारों में भी मुसलमानों के खिलाफ गन्दी बातें छपने लगीं। 'पाकिस्तान को मिटा दो' के नारे लगाते हुए एक बड़ा मोर्चा दोपहर को भरी धूप में निकाला गया। सभी छात्र उधर चले गए कॉलेज खाली पड़ा रहा। उस मोर्चे में कॉलेज की लड़कियाँ भी शामिल हुईं जो मुट्ठियाँ भींचकर जोरों से नारे लगा रही थीं। पुरुषों के साथ हम भी कुछ कर सकती हैं यह भावना उनमें प्रबल थी। छात्रों ने मुस्लिम बस्ती में अयूब खान का पुतला हरे झंडे के साथ जलाया। मुसलमान घबरा गए। हिन्दू भी डर के मारे घरों में छिप गए। सब तरफ मुसलमानों के बारे में चर्चा होने लगी।

चांगदेव के पास रेडियो था। रोज दोपहर से ही प्राध्यापक उसके रूम पर आने लगे। सभी 'बी.बी.सी.' अथवा 'रेडियो पाकिस्तान' लगाकर उधर की खबरें जानने के लिए उत्सुक थे। कारण, ऑल इंडिया रेडियो पर किसी का भरोसा नहीं रहा। फिर भारत का नक्शा देखकर माली और नामजोशी इसका अन्दाजा लगाते कि कहाँ क्या चल रहा है और फिर खबरें सुनने में लग जाते। इत्ता-सा पाकिस्तान है पर अमरीकी युद्ध सामग्री को लेकर हमें कैसे परेशान कर रहा

है—इसकी चर्चा होती। गाँव से भी कोई अफवाह लेकर आ जाता—पानी की टंकी के पास पाकिस्तानी जासूस पकड़ा गया। पुलिस ने उसके पास से जहर की पुड़ियाँ बरामद कीं। रेल के पुल के नीचे किसी को बम गाड़ते हुए पकड़ा। 'दैनिक क्रान्तिकारक' ने तो यहाँ तक छाप दिया कि गाँव में एक खास समय पर ट्रांसमीटर चलता है—पुलिस पता लगाए। शहर में पाकिस्तानी जासूसों का जाल फैला है।

सभी का इशारा मुसलमानों की तरफ था। एक दिन एक भीड़ ने मेन रोड पर स्थित मूसा अली का बड़ा जनरल स्टोर तोड़-फोड़ कर लूट लिया। चिलटे ने चार-पाँच छाते चुरा लिये। आग लगाने से पहले ही पुलिस आ गई। वातावरण तनावपूर्ण था। रात का कर्फ्यू जारी हो गया। उधर जंग और भी तेज होती गई। इस गड़बड़ी में शेख और नकवी कॉलेज में ज्यादा नहीं दिखे। साइन करके एक-दो पीरियड लेकर चले जाते। शेख तो कई दिनों से चांगदेव के रूम की तरफ आया तक नहीं। इसीलिए चांगदेव एक दोपहर खुद उसके घर गया। वह सोया हुआ था।

"क्यों शेख भौ, आजकल बाहर नहीं निकलते क्या?" शेख उठा, मुँह धोकर बहन को सेवइयाँ और चाय बनाने को बोलकर बाहर आया—"क्या चल रहा है सी.ए. भौ?"

"ठीक है, तुम आए ही नहीं बहुत दिनों से। कॉलेज में भी नहीं मिलते। मुझे लगा तुम्हारे बीवी-बच्चे वापस आ गए क्या?"

"नहीं आती वो। मैंने भी लिख दिया है, अच्छी तरह से रहना है तो आना, नहीं तो उधर ही रहना। घर में किरकिरी नको साली।"

शेख की तलाकशुदा बहन घर में हमेशा के लिए तकलीफ बन गई थी। शेख बोला, "मेरी सिस्टर चुपचाप बैठती, घर का सारा काम करती, फिर भी बीवी को उसका इधर रहना पसन्द नहीं। हमारे मुसलमानों में सिस्टर को तलाक मिलना कॉमन है। उसके हसबैंड को लगता है कि पालनेवाला है तो कर ले दूसरी शादी। बिलकुल जानवर रहते साले। मैं लेके आया सिस्टर को। कुछ ह्यूमन आस्पेक्ट है कि नहीं? मार-पीट...।"

शेख की बीवी की बात भी सही थी। महँगाई बढ़ रही थी। अकेले रहनेवाले चांगदेव को भी अपनी तनख्वाह जैसे-तैसे पूरा पड़ती थी। प्राध्यापक कई सालों से पगार बढ़ने की राह देख रहे थे लेकिन कुछ हुआ नहीं। इतनी सी तनख्वाह

में शेख को अपने बच्चे, बहन, बहन के दो बड़े बच्चे, उनका दूध, खाना-पीना, कपड़े आदि का खर्चा चलाना होता। बड़ा ही मुश्किल था सब।

शेख बोला, "मेरा कमिटमेंट है कि सिस्टर को आखिर तक सँभालूँगा। घर में कितनी भी किर-किर क्यों न हो। लेकिन औरतों को दिमाग कम रहता है। अच्छा है तुम कुँआरे हो यार।"

शेख नवाब खानदान से आता था। गाँव में बूढ़े माँ-बाप ही थे केवल। वे इत्र की एक छोटी-सी दुकान चलाते थे। दादा के जमाने में बहुत बड़ा कारोबार था लेकिन अपने ढीले बर्ताव से पिताजी ने सब कुछ गँवा दिया। खाना-पीना, आराम, कोई गरीब दरवाजे पर आया तो उसे कुछ भी दे देना, घर में सोने के अक्षरों से लिखी कुरान की आयतें बड़े-बड़े फ्रेमों में लगाना, हिसाब-किताब के लिए रोज नई पेंसिल लेना, ऐसा उनका रहन-सहन था। उनकी हर शर्ट की जेब में एक पेंसिल हुआ करती। शेख अपने घर का इतिहास हँसते हुए बताता। बाद में रियासतें नष्ट हो गईं, नवाबी खत्म हो गई।

चांगदेव बोला, "नकवी साब को कुछ तकलीफ हुई, सुना मैंने। सूर्यवंशी बता रहा था कि महमद भाई ने उनको बुलाकर कुछ बताया। अपनी-अपनी पढ़ाई करो और ज्यादा पॉलिटिक्स में मत पड़ा करो, ऐसा कुछ कहा उनको। नकवी को निकाल देने की माँग को लेकर बच्चे हड़ताल करनेवाले हैं, सुना।"

शेख बोला, "वैसे नकवी साब दिल के खुले आदमी हैं। खाली बकवास करते रहते वो, लेकिन गाँव के सामने क्या चलता है?"

चांगदेव बोला, "तुम्हें कुछ तकलीफ तो नहीं हुई न?"

शेख बोला, "हाँ, परसों टेंशन थी। मकान-मालिक का छोकरा बोल रहा था कि गली में कुछ लोगाँ मेरे खिलाफ कुछ बात कर रहे थे। किसी ने बंडल मार दिया कि मैं रेडियो पाकिस्तान सुनता हूँ चुपचाप। मैं रेडियो लगाता तब रात में दो बच्चे बैठे रहते खिड़की के पास।"

चांगदेव बोला, "कमाल है! रेडियो पाकिस्तान हम भी सुनते हैं रोजाना! जंग के बारे में यूँ ही क्युरिऑसिटी रहती है। उसमें खास बात क्या है?"

"लेकिन मैंने सचमुच कभी रेडियो पाकिस्तान नहीं सुना। घबरा भी गया तो नहीं लगाता हूँ। खाली बम्बई से खबरें सुन लेता हूँ। मुझे बहुत बुरा लगा। परसों हम सब घर में रात-भर बैठे रहे डर के मारे। सिस्टर बहुत डरी हुई थी। बोली अपने-अपने मोहल्ले में रहते तो ये मुसीबत नहीं आती। पर मैं बोला, होने दो जो

होना है। मर जाएँगे कोई आए मारने को तो। और क्या? जला डालेंगे घर तो जल जाएँगे अन्दर!"

चांगदेव बोला, "ऐसा नहीं होता यार! सब लोग पागल थोड़े ही हैं। आते-जाते रहना। रहना मेरे कमरे पर। दोस्त मिले तो अच्छा लगता है।"

शेख बोला, "आजकल तो ऐसा हो गया है कि घर के बाहर जाने का मन नहीं करता। लगता जैसे पराए देश में हों। कोई बच्चा भी कुछ चिल्लाता है तो दिल दहल जाता है। टेंशन हो जाती है। उधर मारवाड़ी गली में मुझे देखते ही छोकरे पाकिस्तान जिन्दाबाद! चिल्लाने लगते हैं।"

चांगदेव बोला, "ये मादरचोद रेडियो पाकिस्तान गलत प्रोपेगेंडा करता रहता है। और हमारे लोग इतने बुद्धू हैं कि उस पर भरोसा कर लेते हैं। वही तो पाकिस्तान का परपज है। चलो जरा घूमकर आते हैं।"

वे दोनों बाहर निकले। गाँव के बाहर एस.टी. स्टेशन पार करते समय भीड़ की तरफ शक की निगाहों से देखते हुए शेख बोला, "मुझे आजकल गाँव में कुछ नए चेहरे दिखाई दे रहे हैं, वार टाइम में। क्यों?"

चांगदेव बोला, "हमेशा नए लोग मिलते रहते हैं। ये साले अखबार वाले गाँव में जासूस पहुँच गए कहकर कुछ भी उठा देते। पाकिस्तान जिन्दाबाद के नारे लगाते हुए रात में काजीपुरा में बच्चों ने साइकिल रैली निकाली ऐसी खबर छपी है। जासूसों के बारे में तो रोज छपता है। बड़े-बड़े शहरों को छोड़कर इस चिल्लर गाँव में भेजने के लिए पाकिस्तान को कौन लोग कहाँ मिलेंगे? नामजोशी भी कल कह रहा था कि गाँव में से ट्रांसमीटर के सिग्नल भेजे जाते हैं। दो-तीन मुसलमानों के घरों में तलाशी भी ली गई शायद! कितना अजीब लगा होगा उन सज्जनों को? मिला तो कुछ भी नहीं, फिर भी लोगों ने अफवाह उड़ा दी कि ट्रांसमीटर मिला।"

शेख बोला, "लेकिन मुझे सचमुच कुछ सस्पीशियस चेहरे नजर आते हैं गाँव में।"

चांगदेव बोला, "साली ये हवा ही गन्दी हो गई है। ऐसे में हर चेहरा सन्दिग्ध ही दिखता।"

सुलतान के प्लॉट में आज कोई नहीं था। बढ़ईगीरी भी बन्द थी। गैरेज में

ताला लगा था। यह बात चांगदेव को अजीब लगी। थोड़ा और आगे जाकर वे दोनों पेट्रोल पम्प के आगे सिन्धी की चाय की टपरी में चाय पीने बैठे। थोड़ी देर बाद पम्प पर काम करनेवाला सलीम मैले कपड़ों में वहाँ आया। सुलतान के प्लॉट में यह हमेशा बैठा दिखता था। उसने दोनों को सलाम किया।

चांगदेव बोला, "क्यों सलीम भौ, सुलतान भौ नहीं दिखे इधर? किधर गए सब लोग?"

सलीम बोला, "आजकल गड़बड़ की वजह से नहीं आ रहे वो लोग। रात में कर्फ्यू भी होता।"

फिर खुश होकर दुकान के सिन्धी मालिक से बोला, "मालिक, चाय मत दो, चाय बहुत हुई आज। सोडा लाओ भौ, एकदम स्ट्राँग। ऐसा सोडा लाओ कि दिल जल जाए, हाँ।"

सिन्धी बैठे-बैठे दो उँगलियाँ होंठों पर रखकर पान की पिचकारी मारकर बोला, "क्यों बे पाकिस्तानी, आज सोडा चाहिए क्या? उधर गाँड़ मार दी तुम लोगों की। लाहौर में घुस रहे हैं हमारे लोग। लाहौर स्टेशन कल रात में लगा थोड़ी देर। तब से बिलकुल बन्द। देखो, इधर लाहौर लगता तुम्हारा। मीडियम पर। हमेशा बकवास चलती थी उर्दू में। अब बिलकुल गायब है। है कोई तुम्हारा लाहौर अब? आँ?"

सलीम झूठ-मूठ हँसता हुआ दबी आवाज में उससे बोला, "पाकिस्तान हमारा कायकू? वो तुम सिन्धी लोगों का।" लेकिन सिन्धी अपनी भारी भौहें क्रूरता से उड़ाते हुए बोल रहा था। मजाक में सलीम बोल गया, "सच बोलें तो तुम सिन्धी लोग असली पाकिस्तानी हो! हिन्दुस्तानी तो हम हैं! ये वतन हमारा है।"

दुखती रग पर घाव लग जाए, सिन्धी ऐसे खौलकर बोला, "तुम्हारा वतण? अबे, जा बे। दिखावेंगे एक दिण तुम लोगों को तुम्हारा वतण। इधर तुम लोग इतनी भी गड़बड़ किए न तो तबा कर देंगे भैणचोद सबके सबको, हाँ! और सिन्ध तो हमारा हैच। देखो अब लाहौर के बाद कराची लेंगे। फिर देखना बेटे हमारा वतन। भैणचोद!"

रेडियो पर खबरें आने लगीं। चांगदेव सिन्धी को कुछ बोले, इसके पहले ही घड़ी देखकर उठते हुए शेख बोला, "चलो।"

जाते हुए भी वह बार-बार घड़ी देखते हुए जा रहा था। आठ बजे गए तो कर्फ्यू लग जाएगा, तुम भी सीधे घर चले जाना, लेकिन चांगदेव उसे घर तक छोड़ने गया और थोड़ी देर बैठकर आराम से नौ बजे तक अपने रूम पर आया।

सभी दोस्त ऊपर माली के घर में बैठे चांगदेव की राह देख रहे थे। वे नीचे आ गए। लाहौर पर कब्जा होने की खबरें सुनकर सभी अपने आपको वीर समझ रहे थे। बड़े ठाट से खाने को निकले। खुशी के मारे नामजोशी ने तो नीचे के माले के दोनों परिवारों को नींद से उठाकर यह खबर सुना दी कि लाहौर पर कब्जा हो गया। वे भी खुशी में बोले, "हमने भी सुना।"

थालियाँ परोसकर दामले इनकी ही राह देख रहे थे। नामजोशी ने दामले को समझाया कि अब पीछे नहीं हटना है। सेना को सीधे कराची में घुसना चाहिए। शास्त्री ग्रेट आदमी हैं। और शास्त्री को इंग्लैंड की धमकियों को नजरअन्दाज कर देना चाहिए। और पाकिस्तान को धूल चटानी चाहिए वगैरा राजनीति की बातें माली और भावे मिलकर करने लगे। उन सबने मिलकर तय किया कि अब चाहे महायुद्ध हो जाए, लेकिन पाकिस्तान का नामोनिशान मिटा ही देना चाहिए।"

नामजोशी बोला, "इधर हिन्दुस्तान में हम दस कोटि मुसलमानों का पालन-पोषण कर रहे हैं, फिर अलग से पाकिस्तान की क्या जरूरत है बोलो?"

फेगड़े भी बोला, "इस उपखंड की भौगोलिक रचना ही कुछ ऐसी है कि यहाँ दो समान सत्ताओं का अस्तित्व नहीं रह सकता। नेपाल, भूटान, सिक्किम, पूर्व बंगाल, पाकिस्तान और नीचे सिलोन आदि सभी को जीतकर हिन्दुस्तान सार्वभौम सत्ता प्रस्थापित करे यह ठीक होगा।"

माली बोला, "फिर ब्रह्मदेश और अफगानिस्तान भी क्यों छोड़े? तिब्बत भी लें। इनके माँ की, ले लो सभी प्रदेश।"

चांगदेव बोला, "यहाँ काजीपुरा के मुसलमान भी नहीं सँभलते तुमसे? कट्टरपन्थी पाकिस्तान कैसे सँभालोगे तुम सालो? उसके लिए बड़े-बड़े रोमन लोगों की जरूरत होगी। लोहिया ठीक ही कहते थे, मुसलमानों के साथ हमें प्यार से पेश आना चाहिए, पाकिस्तानी मुसलमान खुद विलीन हो जाएँगे भारत में।"

नामजोशी तलवार की तरह हाथ लहराते हुए बोला, "आपके हाथ में शस्त्र हो तो सभी शरण में आते हैं। वो काम हम कभी नहीं करते। परसों अयूब खान का पुतला जलाया गया, चाँदतारा जलाया तब हमें रोकने की एक भी मुसलमान की हिम्मत हुई क्या? खाली-पीली टुर-टुर करते रहते साले। माँ की चूत बोल के हर वाक्य की शुरुआत करते इत्ते से पोट्टे भी। मुसलमानों में एक कहावत है कि बच्चा कमजोर भले हो मगर मगरूर हो। क्या ऐसी सीख हम देते हैं अपने बच्चों को? अब तो ऐसे ही सिखाना होगा। छुरे रखने होंगे साथ में। ओम् भद्रम् वाली नीति बस हो गई।"

चांगदेव बोला, "लेकिन नामजोशी, तूने साले सीधा ऑमलेट भी नहीं खाया आज तक, तू क्या छुरा घोंपेगा मुसलमानों को?"

सब हँस पड़े।

दूसरे ही दिन जंग खत्म होने की घोषणा हो गई। शास्त्री जी के फोटो बाजारों में बिकने लगे। बाद में वे ताशकन्द गए और वहाँ हुई उनकी मौत की भी खबरें आईं। कोई यह न बता सका कि उन्होंने क्या विशेष काम किया। कुछ दिन बाद गाँव में सभी लोग हाथ में मिट्टी तेल के कनस्तर लेकर घूमते नजर आने लगे। जब काला बाजार में भी मिलना मुश्किल हो गया तो लोग सरकार को गालियाँ देने लगे। इस बीच दामले ने दो-चार दिन मकई की रोटियाँ इसलिए खिलाईं कि गेहूँ मिलना मुश्किल हो गया। इस कारण सबसे पहले नामजोशी बीमार हुआ और अवकाश लेकर बैठ गया। उसके पीरियड फिर सभी को बाँटकर लेने पड़े। एक बार सभी दोस्त उसकी तबीयत का हाल पूछने उसके घर गए। वह बिछौने पर पड़ा था। बोला, "थकावट बहुत ही आ गई। कुछ भी खाया हुआ पचता नहीं। दामले चावल भी नहीं देता। घर में कुछ करो तो मिट्टी तेल नहीं।"

चांगदेव बोला, "लेकिन तेरे पोर्शन कौन पूरे करेगा? साला फोकट स्वाँग भरता है बीमारी का—है ना?"

नामजोशी बोला, "साले उठकर बैठा भी नहीं जाता, गाँड़ इतनी दर्द कर रही है—ऐसा लगता किसी ने मारी हो हूऽहूऽहूऽ।"

माली बोला, "अखंड हिन्दुस्तान बना देते तो इससे भी ज्यादा मारी जाती। अच्छा है लाहौर तक ही निपट गए। अब अमरीकी गेहूँ शुरू हुआ है। जल्दी दुरुस्त हो जा उसे खाने को। चावल भी आ रहा है ब्रह्मदेश से। हिन्दुस्तान अमर रहे!"

कुछ लोग आखिरी के कुछ पीरियड लेकर स्टाफ रूम में आराम करने लगे। लेकिन अंग्रेजी के प्राध्यापक कानिटकर और नामजोशी को गालियाँ देते हुए पाठ्यक्रम पूरा करने में व्यस्त थे। 'पैराडाइज लॉस्ट' तुम ले लो कहते हुए कासार चांगदेव के सामने गिड़गिड़ाते। इस साल देशपांडेबाई ने पेपरसेटर होने के कारण प्रश्नपत्र से सम्बन्धित भाग पढ़ाया और प्रश्नोत्तर लिखवा दिए। बाकी सब छोड़ दिया। उसका पाठ्यक्रम पूरा हुआ। उसने अन्य छात्रों से भी कहा कि इतने सवाल-जवाब तैयार करो और दूसरों को भी बताओ। हर साल, अंग्रेजी के ही कारण कॉलेज का रिजल्ट

नीचे आता है, अंग्रेजी में अस्सी प्रतिशत छात्र फेल होते हैं, इसलिए ये दिये हुए प्रश्न ठीक से तैयार करो। प्री-डिग्री को पढ़ाना बन्द कर दो। जी.जी. कहते, "प्री-डिग्री वालों की भीड़ नहीं चाहिए जनवरी में।" ऐसा कहते हुए उसने चांगदेव को आँख भी मारी। चांगदेव शेख से बोला, "चलो, अब सोडा पी ही लिया जाए।"

धीरे-धीरे कॉलेज पर परीक्षा की हवा छा गई। एकाएक क्लास बन्द होने लगे। भीड़ कम हो गई। पी.टी., एफ.जेड., शिरसीकर आदि लोग यूनिवर्सिटी की परीक्षाओं की तैयारियों में लग गए और टाइम टेबल, इनविजिलेशन, क्लास रूम के नक्शे, छात्रों की संख्या आदि बातों की चर्चा करने लगे। तबीयत ठीक हो जाने से नामजोशी भी क्लास लेने लगा। इससे चांगदेव को थोड़ी फुरसत मिली। एक बी.ए. का क्लास पूरा होते ही आराम हो जाता।

ऐसे में भावे के अमरीका जाने की बात से गड़बड़ी हो गई। पूरी गोपनीयता रखते हुए भावे ने मुम्बई के मामा की बीमारी का बहाना बनाकर वहाँ जा-जाकर पासपोर्ट तैयार करवा लिया और बाद में कॉलेज को बताया।

सभी प्राध्यापक भावे को अभिलाषा और द्वेषभरी नजरों से देखने लगे। किसी ने कहा, वो बुद्धिमान है। किसी ने कहा, पूना के अपने गाइड को रोज घी पहुँचा देता था यहाँ से। एक मर्तबान हमेशा रहता था साथ में!

अपने रिश्तेदारों की सहायता से उसने बम्बई के एक अखबार में अपना फोटो तथा परिचय भी छपवा लिया। इस खबर में लिखा था कि प्रा. भावे लोकप्रिय और मशहूर प्राध्यापक हैं और वे अमरीका जाकर उनके शिक्षा संस्थानों में भारत की आर्थिक समस्याओं पर चर्चा करेंगे।

यह खबर सभी को जोरों से पढ़कर दिखाते हुए बोडस हँसते हुए बोला, "जिसे गोल्ड स्टैंडर्ड क्या है, ये ठीक से पढ़ाना नहीं आता वो अमरीका में क्या चर्चा करेगा? साले अखबार वाले। इसे एक वाक्य भी अंग्रेजी में ढंग से नहीं आता और ये वहाँ चर्चा करेगा?"

एफ.जेड. बोले, "लेकिन कुछ भी क्यों न हो, पी-एच.डी. करके अपना नम्बर तो लगा लिया ना उसने? आपको इतना अच्छा पढ़ाकर भी क्या फायदा मिला? दस साल दो सौ रुपयों पर काम करते रहोगे।"

शिरसीकर बोले, "ये साला हमेशा ही अमरीका को गालियाँ देता था। परसों ही बोला था कि अमरीकी सहायता बन्द होनी चाहिए। अब उधर जाने को एक पैर पर

तैयार! पी.एल. फोर एटी लेकर! अब उधर कुछ सटर-फटर डिप्लोमा ले लेगा और इधर बड़ी कम्पनी में टाई लगाकर ज्यादा पगार मारेगा। ऐसे हैं हमारे बुद्धिजीवी।"

फेगड़े बोला, "हम फर्स्ट क्लास लेकर भी नहीं समझ पाए कि कहाँ-कैसे घुसना है। अच्छा हुआ बेचारा कोल्हू से छूटा।"

पी.टी. बोले, "इसी प्रकार कुछ भी गड़बड़ी करके उधर जाकर सेटल होते ये पूना के लोग। ब्रेन ड्रेन हो रहा है आजकल।"

एफ.जेड. तो पी.टी. पर उखड़ गए। बोले, "क्या ब्रेन ड्रेन लगा रखा है जी! ऐसे निर्बुद्धि लोगों की वजह से क्या ब्रेन ड्रेन होगा भला? अच्छा है उलटा ये कचरा यहाँ से परदेस जा रहा है। इधर बहुजन समाज के लोगों को नौकरी तो मिलेगी। इन ब्राह्मणों का केवल भाषा पर ही अधिकार होता है। इन्हें किसी भी मुद्दे पर किसी भी प्रसंग में उचित शब्द और फ्रेज का सही इस्तेमाल करना आता है। बाकी मूर्खता में इनका कोई सानी नहीं है। मैंने तो अब तक एक भी बुद्धिमान ब्राह्मण नहीं देखा।"

फेगड़े बोला, "लेकिन भाषा और ज्ञान का आपस में बड़ा घनिष्ठ सम्बन्ध है, यह आपको मालूम है कि नहीं एफ.जेड. भाऊ? ज्ञान और भाषा अलग-अलग नहीं रह सकते।"

एफ.जेड. बोले, "क्या इसका मतलब यह है कि ड्राफ्टिंग करनेवाला कारकून बॉस से भी ज्यादा इंटेलिजेंट होता है?" भावे के चले जाने पर अगले वर्ष उसकी जगह किसे लिया जाए इस बात पर संस्था के विभिन्न गुटों में चर्चा गर्म हो गई। सभी इस बात पर एकमत हुए कि अगर मूर्ख ब्राह्मण ही लेना है तो अपने लोगों में से ही किसी कमअक्ल को क्यों न लिया जाए? ऐसा कौन-सा आइंस्टाइन होता है ब्राह्मणों में? और होता भी हो तो वो ऐसे छोटे गाँवों में क्यों आने लगा? अपने ही किसी पूर्व छात्र को ले लेना चाहिए।"

अब शादियों का मौसम शुरू हुआ तीन-चार लड़कियों के अभिभावक बार-बार आकर चांगदेव को परेशान करने लगे। उन्हें चांगदेव का पता कैसे मिला, यह कहना मुश्किल था। उनमें से एक तो पीछे ही पड़ गया था। लेकिन कुछ अटकलें लगाकर चांगदेव ने उन्हें मना कर दिया। फिर भी शादी के उस विचार से वह काफी अस्थिर हो गया। कभी तो शादी करनी पड़ेगी, इस विचार से भी उसे

अजीब-सा महसूस होने लगा। यह किसी अनजान लड़की को पकड़कर, अपने साथ रहने को कहने जैसा था। इससे तो अभी की हालत अच्छी थी। वह माली को बोला, "कुल मिलाकर हालात तो शादी करने योग्य नहीं, वैसे पाँच-दस मिनट से ज्यादा औरत की जरूरत महसूस नहीं होती, बाकी फिर औरत की जरूरत ही क्या? और इतनी सी पगार में शादी करना ठीक नहीं लगता। दो कमरों के घर में जिन्दगी काटना तो मुझे चूहों जैसे रहना ही लगता है। इससे तो जो चल रहा है वही अच्छा है।"

एक दिन बोडस बोले, "क्या परसों एक महाशय आए थे आपके पास? उन्हें आपकी नई जगह का पता नहीं था इसलिए मेरे पास आए थे। मैंने आपका नया पता बताया। कौन थे? क्या षशेवि?"

माली बीच में ही बोला, "लड़की के पिता हैं, परसों आए थे। इस जुलाई में सिंहस्थ शुरू हो रहा है। मुझे भी वैसा ही लगा। तो क्या शादी कर रहे इस साल?"

चांगदेव बोला, "नहीं जी, इधर चार दिन हो गए चाय बनाने के लिए मिट्टी का तेल भी नहीं मिल पाया। शादी के बाद क्या होगा? गेहूँ नहीं, शक्कर नहीं, डालडा नहीं।"

"शादी के बाद पत्नी देख लेती सब। उसकी चिन्ता मत करो। तीस की उम्र के पहले कर लेना ठीक रहता। आपके दोस्त नामजोशी तो बीमार रहकर भी लड़की देखने गए पूना को। और ये माली तो बहुत ही उत्साहित है शादी को लेकर। कब एक बार शादी हो, यही रोग लगा है।"

चांगदेव बोला, "माली ने साल-भर बचत की है, गैस का नम्बर लगाया है दो सौ रुपये देकर। अपने पास तो दस साल में भी दो सौ रुपये नहीं होंगे बचत के। शादी के लिए कुछ तो पहले से तैयारी करनी ही पड़ती है।"

ह ह ह हँसते हुए बोडस बोले, "शादी की पूर्व तैयारी तो हर एक के पास होती है। केवल उत्तरक्रिया बाकी रहती है।"

माली गड़गड़ाहट भरी हँसी हँसते हुए बोला, "यह बात सही है।"

फिर बोडस बोले, "वैसे अरेंज्ड मैरेज अगर आपको पसन्द नहीं है तो क्लास में ही कोई देख लो। एक-दो तैयार हैं। बताऊँ क्या उन्हें? लगता है आपकी भी कोशिश जारी है। इसी कारण तो अँधेरा होने तक बी.ए. के क्लास लेते आप अभी भी।"

चांगदेव बोला, "परस्त्री माता समान।"

बोडस मुँह बिचकाकर बोला, "हँऽ आप भी इतने दम्भी होंगे मालूम नहीं

था। आपको तो कहना चाहिए परस्त्री मिट्टी समान। ह ह ह स्त्रीरप नमासटीट्मि। ह ह ह।"

"चलो माली, नहीं तो ये और जोक मारेगा कुछ!"

एक-दो दिन बाद चांगदेव को अकेला देख बोडस धीरे-से बोले, "ये बात हँसी में उड़ाने की नहीं है सी.ए.। देर हो गई तो आगे लड़कियाँ मिलना बड़ा मुश्किल हो जाता। बोलो, कहूँ क्या एक लड़की को, वो जो हमारे घर आती रहती है। मेरी पत्नी से उसने अपने दिल की बात कही है। मुझे लगा पहले आपसे पूछ लें। लेकिन वधूपिता खुद ही आपके घर आने लगे तो...। यह लड़की बड़ी अच्छी है। आप पर बड़ी फिदा है। आपको लेकर बहुत खुश रहती है।"

"कौन है? क्या नाम है?"

"वो क्यों बताऊँगा? पहले आपकी इच्छा तो ज्ञात हो। बच्ची ब्राह्मण की है। इतना कहता हूँ कि अच्छे घर की है। नाम नहीं बताऊँगा।"

"मत बताओ। चलता हूँ, मेरा पीरियड है।"

उसकी समझ में नहीं आया कि ये कौन सी लड़की होगी। बोडस से दुबारा उसके बारे में पूछना भी अपनी शान गँवाने जैसा था। बोडस इतना पक्का है कि नाम नहीं बतानेवाला। वह कौन हो सकती है, चांगदेव सोचने लगा। क्लास में पढ़ाते वक्त किसी सुराग की उम्मीद से वह लड़कियों की तरफ विशेष रूप से देखने लगा। लेकिन सभी लड़कियाँ एक ही जैसी दिख रही थीं। सभी उसके साथ आदर से पेश आ रही थीं। अचानक उसे सभी लड़कियाँ अच्छी लगने लगीं। सभी शादी के लिए उत्सुक। पूछने पर कोई भी तैयार हो सकती थी। लेकिन बाद में धर्म, जाति, खानदान आदि हजार लफड़े निपटाना मुश्किल हो जाता। कौन वह मराठी उपन्यास और हिन्दी सिनेमा जैसे काम करे। उनमें वह नाटकवाली लड़की खूबसूरत और ज्यादा उत्सुक लगती थी। लेकिन यह मराठा थी। बोडस वाली दूसरी होगी। धीरे-धीरे ये सब बातें मजाक लगने लगीं और त्रह शान्त हो गया। बोडस का यह प्लान तो नहीं कि कोई बची-खुची बदसूरत ब्राह्मण लड़की उसके गले में अटकाकर उसके बाप की तकलीफ दूर करे। वह नामजोशी से इसके बारे में क्यों नहीं बोला? अच्छी लड़की भला ऐसे ही कौन देगा?

सच पूछो तो जैसे-जैसे खाली समय मिलता गया वैसे-वैसे वह फिर से अकेलेपन के भँवर में फँसता गया। अकेलेपन के थपेड़ों से उसकी हिम्मत जवाब देने लगी। फिर भी थोड़े जाड़े के दिन होने से बदन में कुछ ताजगी थी और सोते पड़े रहना जरूरी नहीं था। फिर धूप चढ़ने लगी तो सिरहाने तकिए रखकर सोने का या पड़े रहने का जानलेवा मौसम शुरू होगा। फिर से रेडियो और पड़े रहना और कौवे और जागरण और देर से उठना और अकेलेपन के प्रचंड थपेड़े। यह सोचकर वह अभी से बैचेन हो गया। माली, फेगड़े, जोशी अभी से पन्द्रह मार्च की राह ताकते दिन काट रहे थे। छुट्टियों के उनके प्रोग्राम भी तय हो गए थे। तीनों में आजकल शादी के बारे में ही बातें होतीं। शेख की बीवी भी आ रही थी। वाणी भी अपनी पत्नी को लाने की बात कर रहा था। मतलब सब मुझे अकेला छोड़ने के पीछे थे। ऐसा ही कुछ है। बड़ी मुश्किल हो जाएगी।

यह भयानक सोच आते ही उसने कई काम शुरू कर दिए। सोचने लगा कि इन छुट्टियों में अगर पूर्णतया उल्लसित रहकर दिन काट सका तो आनेवाली सभी गर्मियों की छुट्टियों पर मान करने का गुर हासिल हो जाएगा। अकेले में वक्त बिताना आना ही चाहिए। इस गाँव में नई पिक्चर्स भी कम ही आती थीं। जो भी आतीं, उसकी पहले से ही देखी हुई होतीं। जिन गाँवों में बदहाली रहती है वहीं पर सिनेमा अच्छे चलते हैं। यह बात कुछ ठीक नहीं थी, लेकिन कोई चारा नहीं था। गाँव के लोग मराठी नाटक चाव से देखते थे और चांगदेव को मराठी नाटक कतई पसन्द नहीं था। ये झूठ-मूठ के ऐतिहासिक नाटक या झूठे प्रेम के नाटक। कभी-कभार ब्रेख्त-पिरांदेलो वाले नए प्रायोगिक नाटक आते। लेकिन उनका स्तर किसी नौटंकी के बराबर भी नहीं होता था।

दिल बहलाने के लिए ले-देकर रेडियो ही बचा था। मतलब अब फिर घर में पड़े रहना होगा। और आजकल किशोर कुमार का मोहम्मद रफी होने लगा था, सचिनदेव भी न जाने कहाँ छुप गए थे। लता को सुनना मुश्किल हो जाता अगर संगीतकार अच्छा न हो। एकदम मेले में बजनेवाली तूती!

सवेरे चाय के समय दस्तक सिलोन, फिर कॉलेज में बी.ए. का एक पीरियड, फिर लाइब्रेरी, फिर भोजन के बाद स्टाफ रूम में जो भी मिले उससे इधर-उधर की गप्पें छाँटना और बाद में निरुपाय हो 'राधाकृष्ण' में वापसी। गुरुवार, शनिवार को कराची से आए गाने सुनना, फिर पढ़ाने की सामग्री नींद लेने के बजाय रूम

में कुछ भी इधर-उधर धोना, पोंछा लगाना। तब तक कोई आ जाए तो उसके साथ शतरंज खेलना, और कोई आ गया तो सब मिलकर गाँव में जाकर चाय लेते फिर इधर-उधर किसी के घर जाकर टाइमपास करना और आखिर में आठ-नौ बजे तक खाना खाने के बाद फिर से गप्पें हाँकते हुए रूम पर! आजकल केमिस्ट्री के सी.यू. पाटील बीच-बीच में देर रात तक किसी वैज्ञानिक विषय पर चर्चा करते। फिर रेडियो सुनना और पढ़ाने का देखना। आजकल तो बीड़ी पीने की आदत भी बढ़ गई थी।

कुल मिलाकर यही सब चल रहा था। लेकिन अध्यापन समाप्त होते ही हर कोई अपने घर में बैठा रहेगा। शाम को थोड़ी देर ही लोग बाहर आएँगे घूमने को। फिर रंडी की तरह उनकी राह देखते पड़े रहो। पेपर जाँचने का काम शुरू हो गया इसलिए और मुश्किल। सब उसी में लग जाएँगे। फिर सब अपनी छुट्टियों में व्यस्त। तो छुट्टियों में कुछ तो करते रहना चाहिए। यह सोचकर उसने अलग-अलग प्रोग्राम तय किए। पहले तो एक लिस्ट बनाई जिसमें पढ़ने के लिए किताबों के नाम थे। दोस्तोएव्स्की की बची हुई सभी किताबें पढ़ने में एक महीना तो लग ही जाएगा। बाकी बचे हुए रूसी लेखकों को पढ़ने से बाकी समय कट जाएगा। यह नहीं हुआ तो दो-तीन आलेख लिख देंगे। इसके पहले भेजे हुए आलेख का कोई जवाब नहीं आया था। शायद पवार के पास आया हो। आलेखों से ऊब गए तो पेंटिंग करने का काफी दिनों से दिमाग में चल रहा था। तो ब्रश, पेपर, रंग वगैरा ले आना चाहिए। लेकिन कुछ उपाय बाहर रहने के भी करने होंगे। हर माह कुछ रुपये बचाकर सफर पर भी जा सकते हैं। लेकिन ऐन मौके पर उतना उत्साह तो रहना चाहिए। अजन्ता जा सकते हैं। तुलजापुर की माता भवानी भी देखनी है। वहीं से आगे पंढरपुर में जाकर विट्ठलनाथ की मूरत देख लेंगे। या फिर दो-तीन महीनों के जमा किए हुए रुपये लेकर मैसूर, श्रवण बेलगोल तक जाकर आ सकते हैं। वो विशालकाय मूर्ति देखना जरूरी हो गया। दिल में आया तो वहीं से गोकाक का जलप्रपात देखकर गोवा भी जाया जा सकता है। कोल्हापुर की महालक्ष्मी के दर्शन बाद में कर लेंगे। इसी में पन्द्रह-बीस दिन निकल जाएँगे। बाकी चौधरी के साथ बीच-बीच में जंगल घूमना भी जारी रखना चाहिए। अकेले ही नदी और पर्वतों के भ्रमण का प्रोग्राम बनाया हुआ है। ये बाहर वाले प्रोग्राम ही ठीक रहेंगे क्योंकि आजकल पढ़ने में दिल तो लगता नहीं। किताब हाथ में लेना भी मुश्किल मालूम होता है। मार्क्विस द साद की किताबें कब से टेबल पर पड़ी हैं। जो पढ़ाने के लिए

आवश्यक है बस उतना ही पढ़ना होता है। चौधरी जैसी संवेदनशून्यता आ रही है।

वैसे देखा जाए तो ये साल कामकाज में झट से निकल गया। बहुत काम रहा इसलिए खाली वक्त गुजारने की नौबत ज्यादा नहीं आई। अपने जैसे कुँआरे लोग बहुत-से मिले और दिन बड़ी मस्ती में कटे। लेकिन अब ये सब लोग शादी की जुगाड़ में लगे हैं। साल-दो साल में सभी शादीशुदा हो जाएँगे। मतलब अपनी बराबरी का कोई रहेगा ही नहीं। यह भी एक बात है। अर्थात मिश्रा की तरह पत्नी की अनुपस्थिति में जीना बेमतलब का है। साला हमेशा अश्लील बोलता और दारू पीता रहता है। उसे पढ़ने-लिखने या घूमने में अभिरुचि नहीं है। उसके जैसी अपनी हालत नहीं होगी। भावे कहते, आपकी इतनी पढ़ाई है तो पी-एच. डी. क्यों नहीं करते? आपका वक्त भी अच्छा कटेगा और डॉक्टरेट भी मिलेगी। बाद में आप कहीं भी नौकरी कर सकते हैं। इस तरह किसी भी कॉलेज में जाने की झंझट से बचोगे। लेकिन पी-एच.डी. करने के लिए तो विश्वविद्यालय के किसी प्रोफेसर के सामने इत्ता सा मुँह लेकर जाना होगा। वह जो प्रोफेसर एक बार व्याख्यान देने आया था, वह तो पागल ही था। ऐसों की मिन्नतें करने का कोई मतलब नहीं। सच पूछो तो उनके पास पहले से कई छात्र काम कर रहे होते हैं और वे कहते हैं हम बाहर के नए छात्रों को तो लेते ही नहीं, कहते हैं। इस विद्यापीठ में बाहर से भी पी-एच.डी. नहीं कर सकते। तो यह बात भी नहीं बनती। इससे तो स्वतंत्र रूप में आलेख लिखना ही अच्छा होगा। अपनी बुद्धिमत्ता उस धृष्ट प्रोफेसर को समझने में कौन जाया करे? जिसकी औकात नहीं है वही सब ऊपर जा बैठे हैं। पूना में साक्षात्कार के समय मिला वह प्रोफेसर भी आज इंग्लैंड में है ऐसा मालूम हुआ।

अब क्या किया जाए के सवाल को लेकर अगर मन में अभी से भँवर बनने लगे तो आगे फरवरी-मार्च में क्या होगा? और अप्रैल और मई के बारे में तो सोचना भी मुश्किल है। अपनी दिमागी उथल-पुथल को रिकॉर्ड करें तो हजारों मील लम्बा टेप तैयार हो जाएगा। इसीलिए ज्यादा-से-ज्यादा बाहर ही रहना ठीक। यह सब उस गड़गड़ाहट की मात्र शुरुआत है। क्या करेंगे यह सवाल भी खौलता हुआ अन्दर से सतह तक आने लगा। गर्मियों जैसा यह लक्षण कुछ ठीक नहीं। ऐसे नहीं होने देना है। इन झटकों को रोकना ही है। बाहर के विश्व से ही चिपके रहना है छिपकली की तरह। अन्दर से अगर ढह गए तो गुरुत्वाकर्षणहीन ग्रह जैसी हालत होगी—गत वर्ष की तरह। इस साल तो ऐसा नहीं होने दूँगा। कम-से-कम पिछले

वर्ष पारू और बिनी के कारण दिल पर एक बोझ रहा। इस साल तो वह भी नहीं है। उठो पारू, चाय बनाओ। कुछ तो खाने को चाहिए पारू। बिनीऽ उठो, काम करो। उठो, देखेंगे वह मकड़ा क्या कर रहा है। तब तक कोई आएगा। फिर घूमने जाएँगे। फिर खाना खाते हुए गप्पें। एक दिन का अन्त होगा।

इतने में किसी ने दरवाजा खटखटाया। माली अन्दर आया।

इधर-उधर झाँककर बोला, “कमरे में अकेले हो क्या? फिर बातें किससे कर रहे थे? आवाज दी क्या किसी को?”

चैतन्य होते हुए चांगदेव बोला, “कुछ नहीं।”

“आवाज तो सुनी मैंने। लगा, मुझे ही पुकार रहे हो। नीचे ही था मैं। लगा तुमने बुलाया।”

“ये किताब पढ़ रहा था जोरों से। ऊब जाता हूँ तो मैं ऐसे ही जोरों से पढ़ता हूँ नाटक की तरह।”

“अच्छा! लेकिन ऐसा मैंने कई बार सुना है। ठीक है, चलता हूँ, सॉरी डिस्टर्ब किया। मिलेंगे शाम को खाना खाते वक्त।”

“किधर निकले? गाँव की तरफ जा रहे हो क्या?”

“एक छात्र के घर...बुलाया है उसने। मैं जाकर आता हूँ।”

“ठीक है। आओ आठ बजे तक। नामजोशी को बुलाऊँगा या उसे कहो मैं आ रहा हूँ।”

अब पढ़ाने का काम काफी कम हो गया था। फिर भी वह कॉलेज में ज्यादा देर तक रुका रहता। कमरे पर आना उसकी जान पर आता। ज्यादा समय बाहर ही बिताने का उसका निश्चय जारी था। लाइब्रेरी में बच्चे पढ़ते रहते। बी.ए. के छात्र भी चाय पर साथ आ जाते। पढ़ाई में उन्हें मार्गदर्शन मिलता। एक-दो छात्राओं को एग्जाम में अच्छे अंक मिलने के आसार थे। एक-दो छात्र भी मेधावी और अलग से सोचनेवाले थे। उन सभी में आगे चलकर एम.ए. करने के बाद अच्छे लेखक बनने की भी क्षमता थी। उनके साथ समय अच्छा कटता। सभी छात्र चांगदेव के प्रति कृतज्ञ थे। वे कहते कि चांगदेव के कारण ही उनकी साहित्य में अभिरुचि हो गई थी और वे आधुनिक बन पाए थे। अगले साल से कॉलेज में ही एम.ए. की कक्षाएँ शुरू होने जा रही थीं। छात्र कहते, सर अगर आप

पढ़ाते हैं तो हम यहीं पे एम.ए. करेंगे। विश्वविद्यालय में एक-दो को छोड़कर कोई नहीं पढ़ाता।

पिछले साल ही क्लास में खड़े रहना मुश्किल था। इस साल यह। एक ही साल में इस धन्धे के गुर मिल जाने से चांगदेव बेहद खुश था। जी.जी. भी बोले, "सी.ए. जैसा और एक आदमी मिल गया तो अपना डिपार्टमेंट विश्वविद्यालय में सबसे अच्छा हो जाएगा। छुट्टियों में इंटरव्यू होंगे तो आप यहीं रहना। आपको सिलेक्शन कमीशन में रहना चाहिए। कहीं जा रहे हों तो पहले इत्तला कर देना।" यह सब सुनकर उसे अपनी उपलब्धि पर गर्व हो आया। बोला, "हम सब मिलकर इस संस्था को आदर्श बनाएँगे। लेकिन घर आने पर दोपहर के हावी होते ही ये लोगों का अच्छा कहना, अच्छा पढ़ाना, मान-सम्मान, प्रशंसा, छात्रों के बीच खड़े होकर बतियाना, प्रिंसिपल का पीठ ठोंकना—यह सब बेमानी लगता। यह सब कागज के फूलों की मानिन्द कचरा होकर उड़ जाता।

मन में इतने बवंडर उड़ते कि बाहर की उल्लसित करनेवाली दुनिया, आनेवाले साल की उम्मीद जगानेवाली बातें घर में आते ही कागज के समान हल्की हो जातीं। उनका अच्छा कहना ही अपने से प्यार जताना नहीं हो सकता। वह तो मानो अपना बोझ ढोने की रसीद मात्र है। कल अगर मैं किसी लड़की से कहूँ कि मैं अच्छा पढ़ाता हूँ, इसलिए तुझे पकड़ना चाहता हूँ तो क्या वह राजी होगी? प्रिंसिपल से कहूँ कि मेरी तनख्वाह सौ रुपये बढ़ा दो क्योंकि मैं अच्छा पढ़ाता हूँ तो क्या वह राजी होगा? वह कहेगा, पाँच साल रुको, बाद में आपको ग्रेड मिलेगी। इस 'बाद में' का कोई मतलब नहीं। दो साल बाद तबीयत खराब होने पर अगर मैं पढ़ा नहीं पाया तो प्रिंसिपल एक नोटिस देकर मुझे निकाल भी सकता है। मतलब, दो वक्त की रोटी के भी लाले पड़ जाएँगे। वह सुन्दर लड़की कहेगी, शादी करनी है तो मुझे बुलाना वरना नहीं। कुल मिलाकर हर जगह लेन-देन का कारोबार है।

मतलब यह कि कमरे में अकेले होते ही अपन पूरे शैतान हो जाते और बाहर आदमी बने फिरते, ऐसा ही है यह। या फिर कमरे में ही अपन ठीक रहते हैं और बाहर झूठ-मूठ अच्छे बनते हैं—ऐसा भी होता होगा क्या? पारूऽ, ये कुछ ठीक नहीं हो रहा। पारूऽ, चलो जरा बाहर जाकर आते हैं। बिनीऽ, आज थोड़ी दूर तक घूमने जाना चाहिए। तेरे जैसी मीठी हँसी किसी की नहीं यहाँ। चलो...अब उठा जाए।

मतलब ये झटके अभी से आने लगे और वह खुद पर ही गुस्सा हो गया।

केवल मन्थन और चौदह रत्नों वाली बात! पारूऽ, छुट्टी में यह सब नहीं चलेगा! धोखा! चेतावनी!!

चौधरी बोले, "आप अकेले ही बातें करते रहते क्या जी? आज दोपहर में किसी को जोरों से बुला रहे थे। माली बोला आप नाटक पढ़ रहे होंगे।"

अपने ये लक्षण चांगदेव को कुछ ठीक नहीं लगे। उसे डर लगने लगा कि शायद उसे इस बात पर विश्वास हो रहा है कि वो पारू के साथ सचमुच में यहाँ रहने लगा है। ये तो पागल हो जाने के आसार हैं।

कॉलेज की मैगजीन का काम पी.टी. ने हमेशा की तरह बड़े उत्साह से शुरू किया। इन दिनों वे एक बड़ा-सा झोला हाथ में लिये घूमते नजर आते। उसमें आलेख, कविता, फोटो, रिपोर्ताज, स्कॉलरशिप की लिस्ट, प्रकाशन के लिए देने को साहित्य, प्रूफ आदि सब कुछ रहता। इसलिए पी.टी. ने चांगदेव से कहा कि अच्छे छात्रों को कहकर कुछ कविता लिखवाएँ। चांगदेव ने बोचरे नाम के बी.ए. के एक छात्र को कविता लिखने के लिए कहा। तीन-चार दिन बाद बोचरे चांगदेव से अकेले में कैंटीन में मिला और जेब से कागज निकालते हुए बोला, "सर कविता।"

चांगदेव ने जैसे ही कागज खोलकर कविता पढ़नी शुरू की बोचरे इधर-उधर देखने लगा और लजाता हुआ खड़ा रहा। बहुत ही असहज हो गया वह। चांगदेव ने कहा, "बैठो, चाय पीते-पीते ही इसे पक्का कर देंगे। अच्छी लग रही है, आज ही पी.टी. को दे देंगे।"

एक ही लाइन पढ़ते हुए चांगदेव वह, बहुत खूब, यह शब्द थोड़ा भारी हो गया, यहाँ थोड़ा अजीब लग रहा है आदि कहता गया। इस बीच दूसरे छात्र भी हमेशा की तरह चांगदेव को ढूँढ़ते हुए वहाँ आ गए। नवकवि लज्जा से चूर-चूर हो गया। बोचरे अपने कवित्व पर यूँ ही लज्जित हो रहा था। उसकी क्लास के लड़के और लड़कियाँ उसे झुक-झुककर देख रहे थे।

चांगदेव बोला, "कुल मिलाकर ठीक ही हुई है। वाह, कॉग्रेच्युलेशंस। फिर से पढ़ता हूँ। देखो रे बच्चो, आपको कैसी लगती है।

आरती नारी की

हे नारी तुम हो अगणिता
पिता-पुत्र के बीच हो तुम शृंखला
सर्वांग सुन्दर होती है हर कोई नारी
घर-द्वार में प्रेम की दुहाई है नारी
जय अम्बे मैया कोमलांगी
बहुप्रसवा जीवनसृष्टि की कर्त्री॥ ध्रु. ॥"

सभी पेट पकड़कर हँसने लगे। बोचरे शर्म के मारे चूर-चूर हो गया लेकिन चांगदेव सबको अपने हाथ से शान्त कराते हुए बोला, "यह तो बड़ा ग्रेट विचार है। लेकिन 'तुम हो अगणिता' का क्या मतलब निकलता है?"

बोचरे धीरज धरते हुए अपने बचाव में बोला, "मतलब नारी के कई प्रकार होते हैं। हर स्त्री अलग ही दिखती है।"

एक लड़का बोला, "मतलब सर वो शंखिणी, पद्मिनी वगैरा होगी।"

फिर से सभी जोर से हँस पड़े।

चांगदेव बोला, "अच्छा, अच्छा, आगे 'घर-द्वार में प्रेम की दुहाई'—यह बड़ा अच्छा लगा। इसी कारण तो परसों अपनी सरकार ने यह ऐलान किया है कि सार्वजनिक क्षेत्र में महिलाओं को आगे आना चाहिए। यूरोप में हर क्षेत्र में महिलाएँ पुरुषों के साथ हैं, वहाँ समाज में कल्चर है। पुरुषों की उद्दंडता कम हो जाती है। आगे ध्रुपद में 'जीवनसृष्टि कर्ती' लिखा है, वह कैसे?"

एक लड़का बोला, "मतलब सम्पूर्ण स्त्री तत्त्व को सम्बोधित कर कहा गया है यह।"

चांगदेव बोला, "लेकिन इतना उच्च विचार देने के बाद आगे जो नारी के डिटेल्स दिये हैं वे जरा अलग लगते हैं। रहने दो। ध्रुपद अच्छा हो गया। अब आगे। 'भूचाल है हृदय में सदियों से तेरे...' हृदय की जगह उदर होना चाहिए। उदर में हृदय से बढ़कर सेंस आता। और हिऽरऽदऽय—ऐसा एकाएक अक्षर पढ़ने से बच जाते। वैसे वो भी ठीक है।"

बोचर बोला, "उदर में ही कर डालता हूँ।"

हाँ, तो अब देखो :

भूचाल है उदर में सदियों से तेरे
परिवार के लिए तू हमेशा मरे
स्वयंवर की पुष्पमाल हाथ में सोहे—
और शादी के सेहरे सर पर लिये—
जय देवी हे ससुरों वाली,
ऋतुस्त्रावणी प्रिय चन्द्रमा की लाडली॥

"हाँ, ये भी अच्छा है। लेकिन क्या आप स्वयंवर पद्धति के विवाह में विश्वास रखते हैं? 'हाथ में सोहे' मतलब 'डिजर्व'। लेकिन यह 'चन्द्रमा की लाडली'—का क्या मतलब है?"

सभी सोचने लगे। बोचरे को शायद यह मालूम था लेकिन शर्म के मारे वह सबके सामने चुप रहा। क्लास में गुप्ते नाम की एक पुष्ट शादीशुदा लड़की थी। उसके दो छोटे बच्चे भी थे। ये सब बातें वह गहरी अभिरुचि से सुन रही थी। वह ढीठ होकर बोली, "सर, इसका ताल्लुक चन्द्र के मंथली कोर्स से और मैन्स्ट्रुएशन से है।"

"अच्छा, ठीक, ठीक। आगे :

तू ही पापियों का उद्धार करती
तेरे ही स्तन बच्चों की भूख मिटाते
संसार में स्थिर हुए तेरे कारण
विस्तार वंशों का और खिलखिलाए आँगन
जय देवी हे सुख-दुख की कारण
तुझ से ही है जन्म और मरण"

"यह जरा टेढ़ा-मेढ़ा हो गया लगता है। हाँ, लेकिन थीम से मिलता-जुलता जरूर है। कुछ लाइनें घुमाकर लेनी पड़ेंगी। यहाँ दुख और मृत्यु के उल्लेख जन्म से मेल नहीं खाते।"

"आखिरी कड़ी एकदम हाई क्लास :

प्रिय नारी तूने कर दिये सब नंगे।"

"...वाह वाह बोचरे, यह लाइन सबसे अच्छी है। इसे रिअलिज्म कहते हैं।" सभी

के साथ चांगदेव भी चिल्लाया, मगर बाद में खिसिया गया। फिर आगे पढ़ने लगा :

सभी उतारते हैं तेरी आरती
तेरी प्रशंसा में कवि क्या कह सकते
फिर भी तेरा गुण गाएगा 'बोचरे'
जय देवी...

"अरे यहाँ अधूरा छोड़ दिया क्या?"

"आगे कुछ सूझा नहीं, सर।"

"आज पूरी लिखकर लाओ। अच्छी बनी है। मराठी के आज के मशहूर बुद्धू लोगों को इतना भी नहीं आता। कुछ भी लिखकर साले मशहूर हो जाते हैं। इसके पहले कुछ लिखा नहीं क्या?"

"नहीं! यह पहला प्रयास है।"

"तो फिर अच्छा है। सृजन का यह आनन्द महत्त्वपूर्ण है। नारी के बारे में इतना मूलगामी मैंने नहीं पढ़ा था। चलो, अब 'पैराडाइज लॉस्ट' खत्म करेंगे। वहाँ मिल्टन ने रेप के बारे में फिर वैसा ही लिखा।"

गुप्ते ने कहा, "सुन्दर कविता है यह।"

पीरियड खत्म होने के बाद गुप्ते चांगदेव के साथ फिर से कैंटीन में आई। फिर गाँव में भी वह उसके साथ पैदल गई। उसका पति डॉक्टर था और कोई खास डिप्लोमा करने के लिए एक साल से मुम्बई गया हुआ था। इसीलिए वह अपने बच्चों के साथ अकेली रहती थी। उसने घर में एक नौकरानी रखी थी इसलिए वह इस साल बी.ए. पूरा कर सकती थी। मैट्रिक होते ही उसकी शादी हो गई थी। उसे पढ़ने की बहुत तमन्ना थी। बाहर से वह परीक्षा देते हुए बी.ए. तक आ गई थी। इस साल पति के घर पर न होने से नियमित रूप से कॉलेज भी करने लगी थी। वह बोली, "बाहर से परीक्षा देने में और ऐसे कॉलेज करने में काफी फर्क पड़ता है।"

एक बार उसने क्लास की दो-तीन लड़कियों और चांगदेव को नाश्ते के लिए बुलाया। एक माँ होने के नाते वह बहुत प्यार भरी थी। एक-दो बार कुछ नए व्यंजन उसने बनाए और डिब्बे में डालकर चांगदेव को रूम पर लाकर दिये।

उसके बदले में उसने चांगदेव से नोट्स भी हासिल किए और समय पर लौटा भी दिये। लाइब्रेरी से छात्रों को दो ही किताबें मिलतीं लेकिन उसने चांगदेव से दस-बारह किताबें ले लीं। चांगदेव वैसे किसी को किताबें नहीं देता था लेकिन प्यार का हक जतानेवाली इस महिला के आगे वह एकदम निष्प्रभ हो गया था। और यह भी कि वह सही मायने में पुष्ट और गदराई हुई थी। सभी बातों से वाकिफ होने के चलते उसे किसी तरह की अड़चन महसूस नहीं होती थी। लेकिन चांगदेव के लिए सहज होना मुश्किल हो गया। ऐसी तजुर्बेकार लड़की की तरफ ज्यादा देर देखना भी चांगदेव के लिए मुमकिन नहीं था।

बाद में इस क्लास के पीरियड बन्द हो गए। बच्चे भी पढ़ाई में लग गए। सभी पढ़ाई करनेवाले थे।

भरी धूप में एक दिन पसीना-पसीना होते हुए मिश्रा कोट पहने चांगदेव के घर आए। चांगदेव अकेले खाट पर पड़ा था। अन्दर आते ही खाट पर कहाँ-कहाँ तकिए रखे हैं यह बारीकी से देखते हुए टेबल पर बोतल खोलते हुए मिश्रा बोले, "लाव बन्धु, लाव प्याले। तू भी पूरा ब्रह्मचारी है। खाली-पीली तकियों के ऊपर सोता रहता है। जवानी ऐसे ही गुजर जाएगी मूरख। और फिर हमारे गुरुकुल के स्वामी शिवानन्द की तरह बकरी अन्दर लेके कमरा बन्द करते थे वैसे ही तुम शुरू कर दोगे। चूतिये हो तुम यार।"

शराब पीते हुए मिश्रा हमेशा की तरह कामक्रीड़ाओं के बारे में बोलते रहे। फिर उपदेश देते हुए और हमेशा की तरह चांगदेव को चूतिया कहते हुए बहुमूल्य जानकारी देने लगे। इस विषय में चांगदेव का अज्ञान देखकर उनकी बातों का जोर और भी चढ़ने लगता। चांगदेव भी अपने आपको ज्यादा-से-ज्यादा अज्ञानी बताता और उनकी बातें सुनता रहता।

"चूतिये, तुम्हें क्या मालूम सेक्स के बारे में? खाली-पीली पोएट्री पढ़ाके क्या झाँट समझेगा तू? तुझे तो औरत में किधर क्या रहता ये भी आज तक मालूम नहीं। लो। और वो साला नामजोशी भी वैसा ही है। उसको परसों मैंने पूरा मैप निकाल के बताया—किधर क्या रहता। बस वो तो घबरा गया। उधर अमरीका, इंग्लैंड में चौदह साल के छोकरे लड़कियों को पटकते रहते और तुम लोगों को पच्चीस साल के बाद ये मामूली चीज भी मालूम नहीं। चूतिये! मूरख!"

चांगदेव हू हू कर हँसते हुए पीता रहा। बाद में वे दूर एक जगह खाने पर गए। वापस आते हुए मिश्रा बोले, "अरे यार, मैं बम्बई से एक मस्त रिकॉर्ड लाया हूँ गुलाब बाई का! क्या गाती है साली! सुनना चाहते हो? आओ मेरे कमरे पे। तेरा तो दिल टूट जाएगा। हाय हाय हाय—*तोड़ी पलंगवाऽ की पाटीऽऽ!* चलें सुनने को?"

मिश्रा के रूम पर गुलाब बाई की गजलें सुनकर फिर वापस 'राधाकृष्ण' पर लौटा।

एक बार शाम को वह ऐसे ही अकेला पड़ा हुआ था जब एक बच्चा गुप्ते बाई की चिट्ठी देकर गया। चिट्ठी लिफाफे में बन्द थी। उसे पढ़कर चांगदेव ठंडा ही पड़ गया। बहुत कुछ सांकेतिक लिखा था। काफी जगहों पर कुछ लिखने के बजाय केवल '...' ऐसे लिखकर...यह मैं अंटशंट बक रही हूँ...यह बुखार की वजह से है...ऐसा लिखा था। और जल्दी चले आओ...जैसे हो वैसे आओ...ऐसे। आखिर में एक शे'र भी :

उनके आने से जो आती है मुँह पे रौनक,
वो समझते हैं कि बीमार का हाल अच्छा है।

शाम को आने का मतलब वह खूब समझ गया था। चिट्ठी लानेवाला दरवाजे पर खड़ा था, बोला, "क्या बताऊँ?"

चांगदेव बोला, "कहना चिट्ठी मिल गई। जाओ।"

उसके जाने के बाद चांगदेव वैसे ही पड़ा रहा। बाद में अचानक उठकर गुप्ते बाई की वापस की हुई किताबों को ठीक से देखने लगा। इनमें उसे इसी तरह की कई चिट्ठियाँ मिलीं। उनमें ऐसे ही कुछ शे'र लिखे हुए थे। ये बात उसे पहले समझ में ही नहीं आई थी। एक शेर :

मोहब्बत में नहीं है फर्क जीने और मरने का
उसी को देखकर जीते हैं जिस काफिर पे दम निकले।

जनाना लिखावट में लिखे गए इस शे'र का अर्थ वह समझ ही रहा था कि माली और चौधरी आए। वे बोले, "क्या सीरियस मुँह बनाए बैठे हो? क्या पढ़ रहे हो? कुछ खास?"

झटपट टेबल पर रखी चिट्ठियाँ समेटते हुए वह बोला, "कुछ नहीं...यूँ ही थोड़ा ये अपना..."

माली बोला, "चौधरी सिनेमा दिखा रहे हैं, अभी नया रिलीज हुआ है। चलो।"

थोड़ा घूम-घामकर भोजन के बाद वे तीनों सिनेमा गए। उसमें वही हमेशा वाला प्रेम और नायिका को हासिल करना ही जैसे जीने का अन्तिम ध्येय हो—ऐसा सब था। उस पर वैजयन्ती माला जैसी अधेड़ उम्र की महिला एक कुमारिका के रोल में और राजकपूर जैसा साँड़ उसके प्रेमी के रूप में था। आखिर तक पूरी फिल्म में शंकर-जयकिशन का पों-पों संगीत। सारा मामला गन्दा। सुन्दरता कहीं नहीं। हिन्दी सिनेमा के दिन लद गए। अर्थात कुल मिलाकर अब मनोरंजन का एक माध्यम कम हो जाएगा। आगे तो बड़ी मुश्किल होगी। कहाँ वो पुरानी फिल्में, कहाँ ये!

अब कॉलेज में पूरी तरह सन्नाटा था। पूर्व परीक्षा के काम का एक दौर समाप्त हो गया था। हर कोई पेपर जाँचकर बच्चों को दिखाता हुआ अपना काम कर रहा था। बच्चे पढ़ाई में डूब गए। फिर विश्वविद्यालय की परीक्षाओं की तैयारी शुरू हुई। इस साल धूप शुरू से ही तेज हो गई थी। इस कारण कोई खास वजह न हो तो कोई किसी के यहाँ आता-जाता नहीं था। माली, चौधरी, चांगदेव अपने-अपने कमरों में लोट-पोट करते रहते। जब मन हो एक-दूसरे को शराब पिलाते और जम्हाइयाँ लेते रहते। शाम को घूमकर आते। चौधरी जब जंगलों में निकल जाते तो चांगदेव और माली एक-दूसरे से ऊब जाते। एक चाय बनाने को लेकर आपस में छोटी-मोटी तकरार हो जाती। उदाहरण के तौर पर, चांगदेव कहता, "चाय इतनी उबालो मत भौ।"

माली बोलता, "उबालना नहीं तो शक्कर डालकर पानी ही पी ले तू।"

चांगदेव कहता, "तुझे इतनी उबली चाय लेनी है तो मेरा एक कप पहले ही निकालकर रख दे। बाद में बैठ औटाने।"

माली कहता, "इससे तो अच्छा है अपने-अपने कमरों में ही चाय ले लेते। इतनी सी बात पर भला इतना बखेड़ा क्यों?"

इसके बावजूद माली और चांगदेव बड़े अच्छे और समझदार दोस्त थे। फेगड़े और नामजोशी तो इस बात पर भी झगड़ते कि किस रास्ते से जाना है—इधर से या

उधर से—फिर दोनों अलग-अलग रास्ते से निकल जाते। सूर्यवंशी के घर जाकर गप्पें लड़ाना ज्यादातर सभी को पसन्द था।

लेकिन उसका गाँव दो-तीन मील की दूरी पर ही था इसलिए वह हर दूसरे दिन अपने गाँव चला जाता और सीधे कॉलेज ही पहुँचता। इन दिनों तो वह गेहूँ की फसल देख रहा था। उसके कपड़ों पर गेहूँ की बालियाँ लगी रहतीं। उधर पी.टी. कॉलेज की मैगजीन के काम में लगे थे। वह शाम को छापेखाने में ही चले जाते और कम्पोजिटरों को खुद अलग-अलग शहरों के भेद बताते। उनका लड़का इन दिनों बीमार था, इसलिए उनमें एक अलग-सा चिड़चिड़ापन आ गया था। कुछ लोगों के इम्तहान में व्यस्त रहने की वजह से इधर शतरंज खेलने भी कोई नहीं आता था। वाणी और उनकी पत्नी का भी मामला बिगड़ा हुआ था। इस वजह से वे भी उदास रहते और मिलने से कतराते थे। मिश्रा के यहाँ लैंगिकता की बातें ही हो सकती थीं। नकवी घर का पिछवाड़ा बनवा रहे थे इस कारण हमेशा ईंट-चूने को लेकर परेशान रहते। चांडक के घर में वही हमेशा की सिनेमा की और रुपयों की बातें। बचे हुए सभी पाटील, राजपूत आदि लोग संस्था की राजनीति को लेकर चर्चा करने में दिन-रात बिता देते। साल-भर की जमा छुट्टियाँ पूरी करने के लिए कुछ लोग बाहर गाँव चले गए थे। शेख भी बारह दिनों का अवकाश लेकर अपनी बीवी को लिवाने ससुराल चला गया। कासार सर अपनी बच्ची के लिए नागपुर से लेकर बेलगाँव तक अपनी जाति के कुँआरे लड़कों की लिस्ट लिये घूम रहे थे। कुल मिलाकर सभी लोग अपनी-अपनी पारिवारिक जिम्मेवारियाँ पूरी करने में जुटे हुए थे। चांगदेव को कभी लगता कि ये लोग ही सही हैं। चांगदेव से कभी उनकी मुलाकात होती तो तुम तो मजे में हो भौ, पारिवारिक झंझटों से दूर हो—ऐसे कहकर अपनी आपबीती का रसीला वर्णन करने लगते। यह भी उनके लिए मनोरंजन की बात थी। चांगदेव के पास कहने को कुछ नहीं होता था—स्टोव, मिट्टी तेल वगैरा के अलावा। और ये बातें बिलकुल रसीली न होतीं।

तो आखिर में बचा अकेला चांगदेव। कभी-कभार बदलनेवाली फिल्में, धूप उतरने पर अकेले-अकेले ही घूमकर आना। गर्मी, पसीना, दिन-भर खाट पर बिना कपड़ों के पड़े रहना। दोपहर में कॉलेज की तरफ जाना और खाना होने तक यूँ ही इधर-उधर भटकना। रात में माली के साथ एक चक्कर और फिर रेडियो के गाने सुनना और लेटकर पढ़ते रहना।

पहले कभी छुट्टियों के लिए जो खास कार्यक्रम बनाए थे उन्हें अब शुरू

करना जरूरी हो गया था। इम्तहान का कोई काम उसके जिम्मे नहीं था। अर्थात मार्च से लेकर जून तक की पूरी गर्मियों के दिन कैनवस की तरह उसके सामने थे। अब कुछ प्रचंड करने का उसे सुर सवार हो गया था। किताबें वगैरा तो थीं ही, आलेख लिखने में एक माह तो जरूर बीत जाएगा। बहुत-से कागज, रंग, ब्रश भी लाए हुए थे। फरवरी से ही धूप इतनी तेज होने लगी तो आगे के महीनों में समाधि कैसे लगाई जाए इसके बारे में उसने मन-ही-मन कुछ तय कर रखा था। दिन-भर सोने, रात की सुनसान गर्मी में बीड़ी फूँकते हुए काम करने और सवेरे सोकर देर से उठने का दौर शुरू हुआ। रात-भर में बहुत-सी पढ़ाई हो जाती। पुरानी ढेर सारी किताबें पढ़ ली गईं। तय किए गए अपने कामों को दर्पपूर्वक पूरा करने में जुट गया। चित्र बनाना अगर एक बार शुरू हो गया तो गर्मियों के दिन रंगों में ही पिघलकर रह जाएँगे यह सोचकर उसने ब्रश के स्ट्रोक लगाने शुरू कर दिए। अब समय काटना कोई बड़ी बात नहीं रह जाएगी यह सोचकर उसे एक तरह के आध्यात्मिक आनन्द की अनुभूति होने लगी।

अचानक ही पावरहाउस में कुछ हुआ और एक बहुत बड़े-से धमाके के बाद पूरा ट्रांसफार्मर चकनाचूर हो गया। दूसरा ट्रांसफार्मर भी बिगड़ गया और पावरहाउस के टिन उड़ गए। आग लग गई।

इसके साथ ही शहर में अँधेरा छा गया।

आज ठीक होगा, कल ठीक होगा, लोग ये बातें करते रहे। इसी तरह कई दिन बीत गए। सभी दुकानों के सभी लालटेन बिक गए, मोमबत्ती मिलना मुश्किल हो गया। बैटरी दुगने दामों में बिकने लगी। जंग के बाद जो मिट्टी तेल थोड़ा-बहुत कालाबाजार में मिल जाता था वह भी अब बन्द हो गया। कोई आदमी हाथ में टिन या डिब्बा लेकर चिल्लाता हुआ भागता जाता कि जमनादास एंड कम्पनी में ट्रक भरकर टंकियाँ आई हैं। फिर सभी लोग डिब्बे, कनस्तर लेकर भागते नजर आते। इतने में उधर से कई लोग 'खलास हो गया जीऽऽ' कहते हुए वापस आते दिखते। लोगों ने चूल्हे लगाकर रसोई बनाना शुरू कर दिया। दिन का उजाला रहते लोग खाना खाकर सोने लगे और सूर्योदय होते ही उठने लगे—पशु-पक्षियों

की तरह। नवविवाहितों को छोड़ दें तो सभी बड़ी मुश्किल में थे। खासकर जिन्हें जागते रहने की आदत थी वे अनिद्रा के मरीज हो गए। गाँव के नुक्कड़ सुनसान हो गए। शाम होते ही होटल बन्द होने लगे। गलियों में चलनेवाले रेडियो गुमसुम पड़े रहने लगे। अँधेरा होते ही पूरा गाँव सन्नाटे की ओट में चला जाता। किसी सुनसान जगह से भी बढ़कर शान्ति छा जाती। आगे तो लोगों ने लालटेनें और मोमबत्तियाँ भी जलानी बन्द कर दीं और अँधेरे में ही रहने के आदी हो गए।

रात के अँधेरे में रास्ते पर चलनेवाले लोग कुछ आवाज निकालकर चलते रहते। किसी ने कुचल दिया तो क्या करेंगे? कीड़े-मकोड़ों को दूर करने के लिए ये लोग इस कदर विचित्र आवाज निकालते जो कभी अपनी जिन्दगी में उन्होंने न निकाली हो। बच्चे लोग व्यांव-व्यांव करते, औरतें जोरों से बातें करती हुई चलतीं, जवान लोग सीटियाँ बजाते, अधेड़ उम्र के और बड़े-बूढ़े लोग खाँसते, थूकते हुए ख्यँक ख्यँक, हूऽ हूऽ हूऽ आदि आवाजों के साथ जल्दी से घर में घुसने की ताक में रहते। ताँगेवाले पों-पों बजाते और साइकिलवाले बत्ती न होने से हू-हू कर आवाज करते। सामने से साइकिल वाला जोरों से आता और उसकी आवाज से ही पैदल लोग डर के मारे रास्ते से हटकर किनारे खड़े हो जाते और चिल्लाते, "अरे लाइट नहीं तो उतर जाओ भौ। आदमी है या ताँगा है जी? जरा सँभाल के भौ।"

गाँव में करीब पाँच सौ करघे थे जो बिजली से चलते थे। उनके सहारे अपना पेट पालनेवाले मुसलमान पन्द्रह-बीस दिन बिजली की बाट देखकर आखिर में निराश हो गए। घर में रोटी के लाले पड़ गए। रोते-बिलखते बच्चों को देखकर मारे गुस्से के वे इकट्ठा होकर कलेक्टर को अर्जी देने गए। ऐसी कई अर्जियाँ दे दी गईं। एक माह बीतने पर पावरहाउस से निकाले गए कर्मचारियों से पता लगा कि पावरहाउस का मालिक यह कम्पनी बेच रहा था लेकिन सरकार इसे खरीदने को तैयार नहीं थी। किसी ने कहा कि वह मालिक दो साल से सरकार को कह रहा था कि इसे खरीदो मगर सरकार के कान पर जूँ तक नहीं रेंगती थी। कोई बोला कि यह धमाका पावरहाउस में इसीलिए हुआ है ताकि सरकार इसे खरीदे। गाँव-भर में उसने ताँबे के तार निकालकर एल्युमिनियम के तार लगवा दिये थे।

अब कुछ महीनों तक गाँव में बिजली नहीं रहेगी। छात्र यह सोचकर गुस्सा हो रहे थे कि इम्तहान के लिए पढ़ाई कैसे हो? हर कोई इसी फेर में रहता

कि सारे काम दिन में ही पूरे हो जाएँ। लोग हर हाल के साथ तालमेल बैठाने की कोशिश करते हुए अपनी जिजीविषा की परमावधि दिखाते हुए जी लेते हैं। सिनेमा तो सभी बन्द ही थे। लेकिन चांडक ने इस परिस्थिति का फायदा उठाने के लिए तहसील के गाँव की अपनी टॉकीज बन्द कर दी और वहाँ का जनरेटर और ऑयल इंजन मँगवाकर यहाँ की टॉकीज शुरू कर दी। मनोरंजन का एक ही साधन होने के कारण इस टॉकीज पर रोज भीड़ उमड़ पड़ती। चतुर चांडक ने दोपहर तीन का भी शो लगवा दिया। अब आमदनी जोकि पाँच सौ के ऊपर नहीं होती थी; दो-दो हजार तक होने लगी। पिक्चर तो सभी एक से एक घटिया, पुरानी और सस्ते में मिली हुई लाई जातीं। लेकिन इसे देखने के लिए भी झगड़े होते, इतनी भीड़!

यह सभी को मालूम हो गया कि बिजली का आना मुश्किल है। सभी लोगों ने उसी हिसाब से अपनी जिन्दगी को मोड़ना शुरू कर दिया। उन्होंने अपनी सोच को ही बदल डाला। देहातों में कहाँ बिजली हुआ करती थी? वे लोग कैसे ठीक से रहा करते थे? एक बार आदत हो गई तो सब आसान है। थोड़ा आँखों को फाड़कर देखें तो अँधेरे में भी दिखाई देगा। बिल्ली कैसे चूहों को पकड़ती है अँधेरे में? कुत्ते कैसे पहचानते हैं चोर को? बिजली को मरने दो, जब आएगी तब आएगी। कलेक्टर ने भी तो मीटिंग में लोगों से कहा है कि इस संकट का सामना सब मिलकर करेंगे और सरकार को इसका हल निकालने के लिए बाध्य करेंगे।

बाद में मंत्री कलेक्टर पर गुस्सा हो गए, "क्या ऐसे ही आई.ए.एस. हो गए? ये सब बकने की क्या जरूरत थी? आपको इतना भी सेंस नहीं?"

इधर काजीपुरा में कम्युनिस्ट पार्टी की एक सभा हुई। एक महीने में ही सभी भुखमरी के शिकार होने लगे थे। औरतों के चेहरों पर करुणा साक्षात दिखने लगी। बच्चे भीख माँगने को मजबूर हो गए। मस्जिद जाने को भी कोई राजी नहीं हो रहा था। इस सभा का जमाते-इस्लाम वालों ने बहिष्कार किया था फिर भी सभा में तूफानी भीड़ हुई।

उस दिन हमेशा की तरह एस.टी. कैंटीन से खाना खाकर चांगदेव वापस आ रहा था। इस सभा के बाजू में रुककर सुनने लगा। आजकल दूर चलकर खाने जाना बड़ा जानलेवा होने लगा था। ईंधन न होने से दामले ने कैंटीन बन्द कर दी थी। हॉस्टल के बच्चे अपने गाँव चले गए थे। आसपास के देहात से आए छात्रों

को तो उनके गाँव से खाने के टिफिन आ जाते थे और कुछ एक अपने हाथों से बनाकर खाते थे। चांगदेव दोपहर में ऑमलेट वगैरा कुछ भी बनाकर खा लेता, फिर रात में एस.टी. स्टैंड पर जाकर डटकर खाता। चांडक के कहने पर एक दिन मिट्टी का तेल मिल गया था। इस कारण चाय वगैरा बनाने में कोई परेशानी नहीं थी। लेकिन खाने के लिए रोजाना एस.टी. कैंटीन का चक्कर काटने में बड़ी दिक्कत होती थी।

तो चांगदेव एक घर के सामने के अहाते में बैठा बीड़ियाँ फूँकते हुए सभा देख रहा था। बत्ती की तेज रोशनी में सामनेवाली लाइन के लोगों को छोड़कर बाकी के चेहरे नहीं दिख रहे थे। चौराहे पर आई चारों गलियों में अन्दर तक बड़ी तादाद में औरतें बैठी हुई थीं। होनेवाले निर्णय को सुनने के लिए ये औरतें निर्विकार भाव से बच्चों को सँभाल रही थीं। उन्हें मच्छरों से बचाने के लिए इन औरतों ने खुद को भी कपड़ों में ढक लिया था। एक-एक औरत के आगे-पीछे दो-दो, चार-चार बच्चे गड़बड़ मचा रहे थे। कुछ अधनंगे बच्चों के गले में तावीज बँधे हुए थे और बत्ती की रोशनी में दीवार पर बन रही परछाइयों को देखकर उछल-कूद कर रहे थे, जोर-जोर से हँस रहे थे। भाषणों की कोई भी बात औरतों के पल्ले नहीं पड़ रही थी, न ही पुरुषों के—लेकिन वे दिखावा कर रहे थे कि कुछ तो समझ आ रहा है।

वक्ता कॉमरेड हिन्दू थे देशपांडे नाम के। वे बार-बार जता रहे थे कि वे मुसलमानों के कितने करीब हैं। इसकी कोई जरूरत नहीं थी। अपने दो घंटा चलनेवाले भाषण में वे फारूक भाई बोले, मेरे जिगरी दोस्त रुस्तम मियाँ कह रहे थे—ऐसे वाक्य बोले जा रहे थे। बीच-बीच में उर्दू शब्दों को गलत तरीके से इस्तेमाल कर रहे थे। एक बार तो उन्होंने कहा, "सरकार बड़ी अकलमन्द हो गई है, उसका दिमाग काम नहीं कर रहा।"

एक तरफ थोड़ी दूरी बनाकर एक नया नौजवान इंस्पेक्टर कुर्सी पर दोनों पैर रखकर शान्ति से पान चबाता हुआ कुछ लिख रहा था। उसकी डायरी पर रोशनी करने के लिए एक सिपाही हाथ में लालटेन लिये खड़ा था। लालटेन गर्म होने के कारण उसकी उँगलियों को तकलीफ हो रही थी। उसने दो बार अपना हाथ बदलने की कोशिश की लेकिन इंस्पेक्टर ने उसे गुस्से से देख लिया। इस कारण वह सिपाही उसी तरह तकलीफ सहता खड़ा रहा। हाफ पैंट होने से नीचे से मच्छर काट रहे थे सो अलग। आराम से पान चबानेवाले उस इंस्पेक्टर को वह गुस्से

से ताक रहा था। आखिर में वह नेता बोला, "मजदूरों की ताकत कल कमबख्त सरकार को कलेक्टर ऑफिस में मालूम हो जाएगी।"

सभी ने हायऽ हायऽ के नारे लगाए।

दूसरे दिन कलेक्टर के ऑफिस पर जो मोर्चा निकाला गया उसमें पाँच-छह पुलिसवाले जख्मी हुए, एक पुलिसवाले को लोगों ने कुचलकर मार दिया, गोलीबारी में चार मजदूर मारे गए और कई घायल हुए। जैसे-तैसे आईएएस पास हुआ कलेक्टर घबरा गया। कांग्रेस के नेताओं ने मंत्री को फोन लगाया। मंत्री ने आश्वासन दिया कि जल्द ही सरकार द्वारा पावरहाउस को खरीद लिया जाएगा और नया ट्रांसफार्मर बिठाने के बारे में विचार किया जाएगा। 'दैनिक क्रान्तिकारक' में बड़े अक्षरों में छपा : 'नया ट्रांसफार्मर जल्द ही आएगा'—लेकिन कब, कैसे इसके बारे में कुछ नहीं लिखा था। ये सब रिवाज के मुताबिक ही हुआ—गोलीबारी से लेकर अखबारों में आए आश्वासन तक। कलेक्टर का तबादला हो गया। भुखमरी और अँधेरा लेकिन वैसा ही रहा—जैसा पहले था।

चांगदेव को रात-भर जागने की आदत हो गई थी। अब आगे के चार महीने कैसे कटेंगे यह सोचकर वह परेशान हो गया। रेडियो भी न हो तो रात-भर खटिया पर पड़े-पड़े क्या करेंगे? नई बैठरी लाकर भी रेडियो चलाएँ तो भी बार-बार बैटरी लाने का झंझट तो था ही। और वह मिलती कहाँ थी। छुट्टियों में पढ़ने-लिखने के सभी इरादों पर पानी फिर गया। दिन-भर कुछ काम नहीं होता था। सवेरे आठ-नौ बजते ही गर्मी शुरू हो जाती। आगे मार्च-अप्रैल में तो सूरज उगते ही गर्मी इतनी होगी कि पसीने बहने लगेंगे। तो फिर दिन में सोना चाहिए। लेकिन अब रातें भी इसी तरह बितानी होंगी, यह सोचकर वह घबरा गया। अभी तो सदाबहार गीतों का प्रोग्राम चल रहा होगा, वे गाने तरंगों के रूप में होंगे यहीं आसपास लेकिन साली बिजली नहीं है। रेडियो तो मरा पड़ा है...सिलोन के प्रोग्राम खत्म हुए तो वाइस ऑफ अमरीका। बाद में फॉरेन सर्विस। अब सब खलास।

ऐसे समय में आमतौर पर सुविधाजनक लगनेवाली बातें असुविधाजनक लगने लगती हैं। गाँव के बाहर ऊँचाई पर स्थित मकान की ऊपरी मंजिल में रहना इतने दिन ईर्ष्या की बात रही थी। लेकिन अब हर एक बात तकलीफदेह हो गई। उधर गाँव में आज भी घंटा-भर पानी आता था लेकिन इधर आधा घंटा भी आने का भरोसा नहीं रहा। म्युनिसिपैलिटी ने पानी के पम्प बन्द करवा दिये। और दिनों में

यहाँ मशीन द्वारा पानी चढ़ाया जाता था और ऊपर भी पानी हमेशा रहता था। अब नीचे औरतें कपड़े-बर्तन साफ करतीं। उस भीड़ में जाने को मन नहीं मानता था। न ही उतने से काम के लिए सवेरे उठा जाता। लेकिन शाम को पानी मिल जाता। कभी पीने को तो कभी नहाने तक को भी।

कुल मिलाकर ये चार महीने ऐसे ही कटेंगे—पानी रहा तो नहा लो, तेज धूप, दिन-भर पसीना, कपड़ों में बदबू, फिर भी कपड़े धोना नामुमकिन; पीने का पानी दो-दो दिन तक चलाओ, कभी खत्म हुआ तो पड़ोसी से माँगकर लाओ एक-दो लोटा पानी; सिनेमा नहीं, पढ़ना नहीं, रेडियो तो बिलकुल नहीं। बड़ी मशक्कत करके मिले मिट्टी तेल से लालटेन जलाकर पढ़ा जाए ऐसी किताब भी नहीं थी कोई। अँधेरे में वक्त काटने के लिए कोई जानवर जैसे जमीन में छिपकर बैठा हो, ऐसा लग रहा था। जब तक छात्र इम्तहान के लिए नहीं आते तब तक कॉलेज की कैंटीन भी बन्द रहनेवाली थी। परीक्षा होते ही फिर बन्द। गाँव में चल रहे भोजन गृह भी छात्रों के आने पर जून में ही खुलेंगे। एस.टी. कैंटीन गाँव के दूसरे छोर पर यानी कि भरी दोपहर में तीन मील का चक्कर काटकर वहाँ जाओ। इससे तो बढ़िया कि खाओ ही नहीं! यानी कि दोपहर में भोजन को छुट्टी देते हुए चाय-पाव, बीड़ी कुछ भी। यानी कि दो-तीन बजे फिर से भूख! नींद खुलने में देर हो गई तो दूधवाले का बाहर रखा हुआ बोतल का दूध खराब हो जाता है तो चाय मिलना भी दुश्वार! फिर पतीला लेकर दूध के लिए इधर-उधर भागना न पड़े यह प्रार्थना!

कुल मिलाकर सुबह से लेकर शाम तक ऐसे ही कुलबुलाते पड़े रहना होता। भूख से क्लान्त होकर सो जाना। सिर में बहुत भारीपन होने लगा तो नीबू-पानी लेकर बीड़ी पीते हुए फिर से लोट-पोट करना। बीच-बीच में बीड़ी पीकर किक लेते हुए दिन गुजारना। लोग घरों में छोटे-छोटे दीये जलाकर खाना खाते या अँधेरे से दो-दो हाथ करते हुए घर के कामकाज निबटाते रहते और घर के बाहर खटिया डालकर नींद के इन्तजार में कुछ भी बड़बड़ाते रहते। कुछ लोग तो शाम से ही खर्राटे भरने लगे—जरा हवा चलने पर चांगदेव खाने के लिए निकलता तो इसे ये सब दृश्य दिखते। इन दृश्यों के बीच से पैदल चलते हुए निकलना होता, उसने इस पदयात्रा के चार भाग बनाये थे अपनी कल्पना से : एक 'राधाकृष्ण' से लेकर मुख्य मार्ग पर आने तक का, दूसरा, वहाँ से नदी के पुल तक का, तीसरे में सारा गाँव और चौथा, चौक से लेकर एस.टी. तक का। रोजाना इन विभागों की गिनती

करते हुए उनमें अपना मन लगाए रखने के लिए बचे हुए फासले का हिसाब करते हुए चलना। एस.टी. स्टेशन पहुँचने तक पैर दर्द करने लगता और खाना खाकर लौटते वक्त पैर खींचते हुए आना पड़ता। राधाकृष्ण बिल्डिंग में अँधेरे में चढ़ते हुए उसका सर हल्का हो जाता।

लगा, मानो रात ही मुख्य है और दिन गौण! चाँदनी रातें कभी छोटी लगतीं, कभी बड़ी। सूरज, दिन अनावश्यक और मूढ़ लगता। छत पर तारे देखते हुए पड़े-पड़े चाँद को ऊपर उठते देखना आवश्यक लगता। भरी चाँदनी में एक अकेला आदमी केवल पागल ही हो सकता है। बाहर के रुपहले मुलायम प्रकाश में कितना भी घूमो, जी नहीं भरता। ऐसे ही चाँदनी रात में घूमते-घूमते चांगदेव कभी गाँव के बाहर चला जाता और किसी खेत में पड़ा रहता, भूत-सा बैठा रहता, फिर उठकर चलता हुआ थका-हारा घर पहुँचता। चारों ओर पृथ्वी मानो निर्जीव ग्रह के समान। वैसे ही ऊपर चमकते तारे सफेद। चाँद की चाँदनी में चीजों के आपसी फासले यूँ ही मुलायम होते हैं। मन की गति एक परिसीमा को पार कर स्थिर-सी होती हुई।

शाम को अँधेरे में बैठकर कौओं की आवाजें सुनते हुए खिड़कियों से चाँदनी को देखते रहना एक भुतहा एहसास होता। फिर इतने दिनों तक बेजान बनाकर रखे हुए अशान्ति के पहाड़ धीरे से खिसकने लगते। पुराने घरों के, चेहरों के, घटनाओं के चलित चित्रों के अद्भुत बसेरे कोलाहल कर उठते।

नहीं सुहाता था उसे यह कोलाहल। लेकिन वही तो अन्दर से फूटता हुआ, जहाजों के बेड़ों-सा आक्रमण करता हुआ आ रहा था। वह चिल्लाने लगा। बड़े बुरे दिन हैं।

सिंहस्थ शुरू होनेवाला था इसलिए माली भी अवकाश लेकर अपने गाँव चला गया था। वह वापस आया तो बड़ा खुश और उत्साहपूर्ण लग रहा था। रात में ताँगे की ध्वनि और नीचे के दरवाजे पर जोरों से प्रहार करने की आवाज सुनकर चांगदेव नीचे आया। माली अँधेरे में लड़खड़ाकर अन्दर आते हुए बोला, "क्या तुम जाग रहे थे या उठ गए? चार बज रहे हैं। और अब तक लाइट नहीं आई क्या जी?... छह महीने? अ ब ब ब ब! दूध वगैरा है क्या? अब तो सो पाना मुश्किल है। चाय करो। लाइट नहीं तो बड़ी परेशानी है। काट लेंगे दिन ऐसे ही। अपन को तो

पड़ते ही नींद आ जाती है। छुट्टी लगने में वैसे थोड़े ही दिन बाकी हैं। पानी नहीं क्या पीने को? कमाल है। नीचे से पानी लाने में दिक्कत होती होगी अब। मोटर तो बन्द ही होगी। हत इसकी माँ की!"

चाय वगैरा हो जाने पर वह बोला, "दोनों ही लड़कियाँ पसन्द कर आया हूँ। एक जो सुन्दर है, उसके घर की हालत साधारण ही है। मेरी माँ को भी यही लड़की पसन्द है। दूसरी थोड़ी दिखने में कम खूबसूरत है, लेकिन उसका बाप लखपति है। अपने को स्कूटर मिलने का चांस है। उसके शक्कर के कारखाने हैं और एक कॉलेज भी है उसके नाम का। एक लाख रुपये दिये हैं उसने कॉलेज को। पिताजी ने कहा, यही ठीक रहेगा।

"मतलब मैंने इधर इस्तीफा दिया तो उधर मेरा ससुर मुझे प्रिंसिपल ही बनाएगा। मैं पिताजी को कहकर आया हूँ कि आप दोनों का झगड़ा खत्म हो जाता तो मुझे इत्तला करो।" फिर ऑय ऑय ऑय होऽ...ऐसी जम्हाई लेते हुए बोला, "साहब आपको चलना पड़ेगा मेरे साथ मेरी शादी में। पन्द्रह दिन उधर ही रहना। यहाँ की नहाने से लेकर खाने-पीने तक की परेशानी मिट जाएगी आपकी और मुझे कम्पनी मिल जाएगी।"

माली की ये बातें चांगदेव को रोज सुननी पड़तीं। फिर माली शादी के लिए सूट लेने को कहने लगा। बोला, "कपड़ा एकदम भारी होना चाहिए।" चांगदेव को साथ लेकर गाँव की सभी कपड़ों की दुकानों के कपड़े उसने देख डाले। चांगदेव बोर होने लगा। बाद में चांडक ने माली से कहा कि "मुम्बई में कपड़ा सस्ता मिलता है और अर्जेंट में बनाकर भी देते हैं। वहीं कपड़ा लेना वहीं सिलवाना—एक दिन में दे देते हैं।"

माली चांगदेव से बोला, "अब तनख्वाह मिलते ही अपन दोनों मुम्बई जाएँगे। आप मुम्बई के हैं तो आपको सब मालूम होगा—दुकान, टेलर वगैरा।" रूखेपन से चांगदेव बोला, "मुम्बई? ना बाबा! शादी तुम्हारी तो परेशानी मुझे क्यों?"

इधर फेगड़े भी दो दिन गाँव की तरफ जाकर अपना रिश्ता तय कर आया! सवेरे चांगदेव सोया था। दरवाजा बजाते हुए उत्साहित फेगड़े ने उसे उठाकर कहा, "हम भी अपना तय कर आए! दिखाऊँ क्या फोटो? पहले चाय बनाओ। फिर मिलकर देखेंगे सभी! नहीं तो अभी देखो।"

नींद खराब होने से आए गुस्से को निगलते हुए चांगदेव ने उनींदी आँखों से फोटो देखकर अपनी खुशी प्रकट की। अपनी उत्तेजना में फेगड़े ऊपर की मंजिल

से माली और चौधरी को भी नीचे ले आया। माली बोला, "लगती तो खूबसूरत है।" चौधरी उदास हो गए, खाली हाँ-हाँ करते रहे।

माली चौधरी से कहने लगा, "अगर मेरी माँ की पसन्द की लड़की से मेरी शादी हुई तो मुझे यहीं रहना पड़ेगा। फिर आप अपने दो कमरों में से एक मुझे देंगे या फिर मुझे दो रूमवाला अलग ब्लॉक ही देखना पड़ेगा?"

फेगड़े हँसते हुए बोले, "फिर अपनी शादी का सोचकर चौधरी जो इतने दिन से दो कमरों का किराया दे रहे थे वो क्या फिजूल जाएगा? क्यों चौधरी, क्या इस साल कुछ बात बनेगी? सिंहस्थ के कारण अगले साल भी कुछ नहीं होगा फिर।"

अपनी शादी की उत्तेजना में फेगड़े चौधरी का मजाक उड़ा रहे थे। चौधरी मन-ही-मन उदास हो रहे थे पर झूठ-मूठ हँस रहे थे। माली बोला, "नहीं तो फिर सी.ए. का ब्लॉक मैं ले लूँगा और उसको ऊपरवाला कमरा दे दूँगा।"

चांगदेव बोला, "मैं उस भंगार कमरे में एक दिन भी नहीं रह सकता।"

चौधरी यह सोचकर कि चांगदेव ने फेगड़े को अच्छा सबक सिखाया, जोरों से हँसने लगे।

फेगड़े और माली एक तारीख को मुम्बई गए और दो दिनों के बाद दोनों अपना सूट लेकर ही आए। उसी कपड़े का टाई भी बनवाकर लाए।

सूट पहनने की रिहर्सल करने के लिए दोनों अपने-अपने सूट लेकर दोपहर में चांगदेव के पास पहुँचे। नामजोशी भी फेगड़े के साथ आए। टाई बाँधना सिखाने के लिए चौधरी को बुलाया गया था। चांगदेव के यहाँ खुली जगह थी, सो सभी वहीं पर इकट्ठा होते। फिर बम्बई में कैसे, कहाँ गए, कैसे चालाकी से काम लिया, कपड़ों का बिल देते समय फेगड़े ने अंडर पैंट से पैसे निकालने के लिए, कैसे वहीं पर पैंट उतारी ये सब बातें बताने लगे। फिर दोनों दूल्हे राजाओं ने अपने सूट पहने। टाई बाँधकर आईने में अपने आपको झुक-झुककर देखा। कुर्सी पर खड़े होकर सूट का बचा हुआ हिस्सा भी आईने में देखा। फिर कहने लगे, "अच्छे हैं ना जी सी.ए. सूट? आपका क्या कहना है? कपड़ा तो अच्छा है नामजोशी?"

चौधरी बोले, "सिलाई तो अच्छी है लेकिन कपड़े में आप ठगे गए दोनों हऽऽ।"

नामजोशी बोला, "नहीं, कपड़ा तो अच्छा है, सिलाई घटिया है।"

चांगदेव बोला, "कपड़ा और सिलाई दोनों बेकार हैं।"

नामजोशी बोला, "ही ही हा हा—! फेगड़े तो साला बिलकुल अब्राहम लिंकन लग रहा है। हा हा—और यह माली हूबहू चार्ली चैपलिन! काला चैपलिन।"

चौधरी हँसते-हँसते लोट-पोट हो गया, बोले, "शादी में दोनों देहाती साहब दिखेंगे। हा हा हा—या फिर रिपब्लिकन पार्टी के उम्मीदवार। हा हा खो खोऽ।"

फाइनल के इम्तहान शुरू हुए तो कॉलेज में फिर से जान आ गई। छात्र लालटेन की रोशनी में पढ़ाई करने के अभ्यस्त हो चुके थे। ज्यादातर छात्र दिन में ही पढ़ाई कर लेते। जी.जी. ने लाइब्रेरी में गैस बत्तियों की सुविधा करवा दी थी। उसके लिए एन.ओ. ने परमिट से मिट्टी तेल की टंकियाँ मंजूर करवाई थीं। चिलटे इन्हीं डिब्बों से मिट्टी तेल कालाबाजार में बेचता। दामले की कैंटीन शुरू होने से चांगदेव, माली, फेगड़े आदि भी खुश थे। इतने दिन खाने की अव्यवस्था जो हो गई थी। लेकिन पहले की तरह घंटों तक बैठना अब सम्भव नहीं था। मोमबत्ती बुझने से पहले खाना हो जाना चाहिए था। बाजू वाले बच्चों के भोजन गृह में दो बड़े पलीते लगवाकर सभी छात्रों को एक साथ खाना परोसा जाता जानवरों की तरह। आधे-पौन घंटे में सब गड़बड़ इधर-उधर। फिर अँधियारा छा जाता और सब भयावह लगने लगता।

चांगदेव ने परीक्षा का एक भी काम अपने ऊपर नहीं लिया था। पिछले वर्ष का अनुभव कुछ अच्छा नहीं रहा था। इम्तहान के काम इस बात का सर्वश्रेष्ठ उदाहरण हैं कि प्राध्यापक पैसों के लिए क्या-क्या कर सकते हैं। ढाई रुपये के लिए तीन घंटे पुलिसगीरी करते पहरा देते हुए छात्रों की जेबें जाँचो, लड़कियों ने ब्लाउज में क्या कुछ छुपाया है वह देखो, कितने तो दस्तखत करो, अनुपस्थित छात्रों के नम्बर लिखो, उनके फार्म भरो, सप्लीमेंट देते रहो, उसका हिसाब लिखते रहो, बाँधने को डोरे देते रहो, कितने लाए, कितने दिये। और किसी को नकल करते भी पकड़ लिया तो प्राचार्य को बुलाओ, विद्यापीठ से आए प्रतिनिधि के सामने रपट पेश करो, फिर बच्चे प्राचार्य के पाँव पड़ेंगे, प्राचार्य उन्हें छोड़ देंगे—यही बच्चा रास्ते में तकलीफ देगा—कुल मिलाकर छात्रों को गुनहगार मानकर उनसे उन्हीं के ज्ञान को परखने का यह रिवाज ही गन्दा है। खासकर उसे परीक्षा जैसी पुरानी मृतप्राय: पद्धति के तहत तीन घंटे कक्षा में घूमते रहने से चिढ़ आती थी। मायूस चेहरों के साथ बैठे युवक-युवतियों को लिखते देखकर दर्द होता।

परीक्षा से कुछ ताल्लुक न होते हुए भी अँधियारी रातों और बेजान धूप के दिनों का सताया वह दिन-भर कॉलेज में ही रहता। उसने खाने के बाद लाइब्रेरी में थोड़ा समय बिताकर फिर शाम का खाना खाते हुए देर से रूम पर आना शुरू कर दिया। गुप्ते बाई से किताबें वापस लेनी तो थीं लेकिन वे दोनों अब एक-दूसरे को टाल रहे थे। एक बार शाम को लौटते समय वह अचानक ही सामने पड़ गई। लेकिन गर्दन नीचे झुकाकर अनदेखी करते हुए निकल गई। उसने भी कुछ नहीं कहा। पीछे मुड़कर उसकी पुष्ट आकृति और भरा-पूरा शरीर एक बार देख लिया...वो समझते हैं कि बीमार का हाल अच्छा है...।

फिर रात में अँधेरे के कारण लड़खड़ाते हुए अपने मकान में जीना टटोलते हुए ऊपर चला गया। ताला खोलकर धड़ाधड़ कुंडी हटाते हुए लात से दरवाजा खोलकर फिर से अन्दर आने पर उसी तरह धड़ाधड़ दरवाजा लगाते हुए खाट पर हुश्शऽ करके पड़ना। फिर रात-भर गर्मी के कारण करवटें बदलते हुए बिछौने पर पड़े रहो। ऐसे में किसी औरत के बारे में शायद उसने अलग से सोचा होता। इस अँधेरे में नीति-अनीति कुछ समझ नहीं आती। मूल दरअसल अँधेरा ही होता है, नवजात जब पहली रोशनी देखता है तब ये भेदाभेद, सच-झूठ, अच्छा-बुरा आदि शुरू होता होगा।

जिस दिन बी.ए. के इम्तहान खत्म होनेवाले थे उस दिन वह खासकर उससे मिलने कॉलेज में जल्दी गया। दिन-भर इधर-उधर घूमता रहा। छह बजे पेपर खत्म होते ही वह जान-बूझकर सामने आकर खड़ा हो गया। इम्तहान से थके-हारे छात्र बात करते जा रहे थे। लेकिन वह दूर से ही निकल गई। उसने जो किताबें ले रखी थीं उन्हें वापस लेना जरूरी था लेकिन उसे आवाज देने की हिम्मत चांगदेव में नहीं थी।

इस बात से उसे बड़ी कोफ्त हुई। अनीति का धीरज तो था ही नहीं ये कब का साबित हो चुका था। यह विषय बचपन से ही हमें कोई स्पष्ट नहीं कराता। मिश्रा जी यूँ ही नहीं टिंगल करते। यह कुँआरापन सीने से लगाए तड़पते रहने में कोई मजा नहीं है। सौन्दर्य भी नहीं। इससे तो अनीति कितनी सुन्दर है। वे धैर्यवान लोग अच्छे हैं जो साँप की तरह कहीं भी जगह बनाकर घुस जाते हैं।

रात में अँधेरा बरसने लगता और उसी के साथ दिल में ये धमाके भी शुरू हो जाते। यह अच्छी बात नहीं थी। अन्दर की तरंगों को बाहर सतह पर आने नहीं देना चाहिए। अब तो बाहर ही घूमा जाए। जड़ों को हिलने से रोकना है।

वह चौधरी से बोला, "आप जंगल कब जाएँगे? मुझे भी साथ आना है। यहाँ एक-एक दिन भयावह लगता है। उधर कुछ तो ठीक लगेगा।"

चौधरी बोले, "अच्छी बात है, कल-परसों निकलेंगे। वैसे इस महीने में मुझे भी सेंट्रल कूप पर जाना ही था। आप साथ में रहेंगे तो अच्छी कम्पनी हो जाएगी। वरना अकेले का जी नहीं लगता।"

"यहाँ भी अँधेरे में पड़े-पड़े क्या करेंगे? कितने दिनों के लिए जाएँगे? चलो, अब तो छुट्टियाँ हैं।"

"आठ-दस दिन काफी हैं—एक-दो दिनों में ही मन ऊब जाता है। आदिवासियों के नाच-गाने देखेंगे, आप उनके साथ पी लेना थोड़ा-सा। अपना फॉरेस्ट का बँगला काफी ऊँचाई पर है। इन दिनों में वहाँ ठंड रहती है। ऊनी कपड़े ले लेना—स्वेटर वगैरा। कोट तो आपके पास है नहीं। मैं कैमरा ले लूँगा। अच्छा हुआ आपका भी मूड हो आया जाने का। माली को भी पूछ लेंगे। वहाँ खाने को भी रहता। बिस्कुट, चिड़वा ले लेंगे, अपनी बीड़ी भी लेना।"

माली इम्तहानों के इन्विजिलेशन के रुपये गँवाने को तैयार नहीं था। इसके अलावा उसे अपनी शादी के बारे में जवाब मिलने की प्रतीक्षा भी कर रहा था। रोज पोस्टमैन की बाट देखता था। उसका सब माँ-बाप के निर्णय पर निर्भर था। इसलिए हमेशा खुशमिजाज रहनेवाला माली थोड़ा संजीदा हो चला था। वह जल्दी सोने और जल्दी उठनेवालों में से था। उसे रातें काटने की मुश्किलों का पता नहीं था।

बस में बैठने से पहले चौधरी ने बहुत-से अखबार और साप्ताहिक पत्रिकाएँ साथ में ले लीं। चांगदेव बोला, "क्यों लिया ये सब रद्दी का पुलिन्दा?" चौधरी बोला, "उधर जाने के बाद इधर की दुनिया से कोई सम्पर्क ही नहीं रहता।"

"अच्छा ही तो है। उधर जंगल की भी अपनी एक दुनिया होती है। ये अखबार पढ़ने से यूँ ही हमें गलतफहमी हो जाती है कि दुनिया को मोरारजी देसाई, स.का. पाटील, आयसेनहावर जैसे लोग ही पाल-पोस रहे हैं।"

"आपका ये हमेशा कुछ तो अलग ही रहता।" कहकर चौधरी ने फिल्मफेयर में सर गड़ा दिया। रात के जागरण के चलते चांगदेव को भी नींद आ गई। नींद खुली तो बस डरावने मोड़ लेती हुई पर्वतीय रास्तों से जा रही थी। चौधरी अब

दूसरी पत्रिका पढ़ रहे थे। वो बोले, "क्या सोते हो यार! बस में इतना कोई सोता है? देखो, देखो बाहर प्रकृति की सुन्दरता को! यह घाटी खत्म होते ही हमारी रेंज शुरू होगी।"

"क्या मुसीबत है—अब भी पढ़ रहे हो—फेंको उसे।"

"अरे देखो, ये शादी के इश्तहार देखो। लिखा है—कोई भी युवक, तीस साल का चलेगा। कौन औरत होगी यह?"

"अपने देश में बड़ी विकट अवस्था है। कोई भी चलेगा मतलब क्या—शर्म आती है पढ़कर।"

"मतलब, इस प्रकार की शादी और सभाओं में फर्क ही क्या है?...लड़के और लड़कियाँ तो तैयार रहते ही हैं, उन्हें एक साथ आने के लिए वजह की जरूरत नहीं होती। और इन आदिवासियों को आप देखेंगे—लड़कियाँ इतनी निडर होती हैं कि किसी के भी साथ शादी करने को राजी रहती हैं। जंगली होकर भी इनमें हमारी जैसी समस्याएँ नहीं होतीं।"

"सच पूछो तो जंगली तो हम हैं।"

जहाँ पर बस रुकी वहाँ चार-पाँच झोंपड़े थे। चौधरी ने एक झोंपड़े में चाय बनाने को कहा और दूसरे आदमी को बँगले पर जाकर खाना बनवाने को बोला। चाय लेने क बाद दोनों धीरे-धीरे पहाड़ी चढ़ने लगे। एक पहाड़ी के खत्म होते ही एक बड़ा-सा घास भरा मैदान आया। थोड़े पेड़। पंछियों का कलरव। बढ़ी हुई घास में से आती आवाज और गन्ध। उल्लसित करनेवाली ठंडी हवा। फिर घना जंगल। फिर घुमावदार रास्तों की चढ़ाई। टीले का शिखर। फिर एक और चरागाह मैदान।

एक जगह घास के बीच चार-पाँच आदिवासी बच्चे एक बड़ा-सा कन्द खोदकर निकालने में लगे थे। इन दोनों को देखते ही वे चोरों की तरह भाग खड़े हुए। बच्चे-बच्चियों ने कमर पर एक कपड़ा-सा लपेट रखा था। हड्डियों के ढाँचों जैसे दिखनेवाले इन देश के मूल स्वामियों को देखकर उसे दया आई और देश पर कब्जा करनेवाले बाहर से आए सभी वंश के लोगों के बारे में घृणा उत्पन्न हुई। चौधरी ने उनसे उनकी ही भाषा में कुछ कहा। इससे वह बच्चे सामने तो खड़े रहे लेकिन कन्द-मूल निकालना उन्होंने रोक दिया। चांगदेव बोला, "सच पूछो तो यहाँ की हरेक चीज पर इन्हीं का हक है। फिर ये ऐसे चोरों की तरह क्यों रहते हैं?"

चौधरी बोले, "इन्हें हमेशा यह महसूस होता है कि उनका यहाँ कुछ नहीं है। ये यहाँ अजनबियों जैसे रहते हैं। इनके माँ-बाप ठेकेदार के यहाँ काम करते हैं। आठ-दस दिन वे उधर ही रहते हैं। इधर ये बच्चे ऐसे ही झोंपड़ों में रहते हुए जो मिला वह खा लेते हैं। जब माँ-बाप उधर से बाजार से कुछ लेकर आते हैं तब ये खुश हो जाते हैं। तब तक ऐसे ही हरी पत्ती खाकर रहते हैं।"

"लेकिन ये ठेकेदार तो इन्हें ठगते हैं, सुना। इनकी मेहनत का पैसा नहीं देते इन्हें।"

"ये तो चलता ही है। क्या दुकानदार हमें नहीं लूटते? क्या हम उन्हें ठीक कर सकते हैं? समझ तो इन लोगों को आनी चाहिए, नहीं तो हम क्या कर सकते हैं? यहाँ का इंसाफ ही (रिवाज ही) अलग है। हमारे खाते में फॉरेस्ट अफसर उसी को माना जाता है जो पैसे खाता हो। हमारा मुँह बन्द करते ही ठेकेदार इन्हें लूटने को खुल्ले हो जाते हैं। फॉरेस्ट अफसर मतलब—शराब, पैसा, औरतें। बड़ी अनोखी दुनिया है ये।"

"कुल मिलाकर इसका मतलब हुआ कि ये लोग अपनी सुरक्षा खुद नहीं कर पाते, यही न? अलग-अलग जातियों-जनजातियों के लोग पीसे जा रहे हैं। साले इस देश में कुछ भी ठीक नहीं है।"

बँगले के पिछवाड़े में फॉरेस्ट ऑफिसर के नौकर और उसकी बीवी ने खाने में मुर्गी पकाकर रखी थी और इनकी राह देख रहे थे। चौधरी चांगदेव को बाजूवाले टीले पर ले गए और आसपास के क्षेत्र की जानकारी देने लगे। वहाँ से आगे बड़ा-सा तालाब, दूर तक पेड़ों का हरा-पीला झुरमुट, सब तरफ शान्ति—अचल लेकिन जीती-जागती दुनिया। नीचे आकर उन्होंने खाना खाया। आदिवासी महिला का एक बालक झोली में सोया था और दूसरा नंगा ही घास में खेल रहा था। खाना होते ही चौधरी शाम के अँधियारे को देख ऊँघने लगे, चांगदेव चद्दर ओढ़े अहाते में बैठा रहा। झोंपड़े से छोटे बच्चे के रोने की और उसकी माँ की उसे अपनी भाषा में समझाने की आवाजें आ रही थीं। यह सब उसे अच्छा और मधुर लगा।

थोड़ी देर में सियारों की आवाज आने लगी। सब तरफ से घने पत्तों से आती हवा की आहट। तेजतर्रार ठंडी हवा और पूर्णतः घनघोर अँधेरा। अगर ये आँका जाए कि उधर बाहर की दुनिया में क्या हो रहा होगा तो वह सब कुछ इस

बीहड़ों की दुनिया से ज्यादा आकर्षक नहीं होगा। फिर भी उस बाहर की दुनिया को अपने सुसंस्कृत होने का कितना घमंड है! क्या इसी घमंड के चलते वे लोग इस संस्कृति को मिटाने पर आमादा हैं? यहाँ की झोंपड़ी में चल रहे संसार और मुम्बई के कीड़ों-मकोड़ों जैसे उस संसार में वैसे कोई खास फर्क नहीं है। उलटा यह ज्यादा सुन्दर है।

दोपहर में जब उसकी आँख खुली तब चौधरी काम पर चले गए थे। उस औरत ने चूल्हा फूँक-फूँककर चाय बनाई। थोड़ा ब्रेड खाने के बाद बचा हुआ ब्रेड चांगदेव ने उस औरत के बच्चे को दिया। बच्चे ने उसे फौरन खा लिया। उसको खाता हुआ देखकर माँ की खुशी उसके चेहरे पर झलक आई।

फिर वह चौधरी के निर्देशानुसार उस जगह पर पहुँचा जहाँ कटाई चल रही थी। शाम का खाना उधर ठेकेदार के साथ ही था। थोड़ी देर में कुल्हाड़ी के चोटों की आवाज जंगल में गूँजने लगी।

बीच में कडाड् कड् कड की प्रचंड ध्वनि के साथ वृक्षों से जमीन पर गिरने की आवाज होती फिर लोगों की चिल्लाहट सुनाई पड़ती, फिर कुल्हाड़ी की आवाज।

ठेकेदार और चौधरी अलसाये-से तम्बू के सामने बैठे हुए चारों ओर काम करनेवाले मजदूरों और आदिवासी औरतों को देखते हुए वक्त बिता रहे थे। पेड़ काटे जाने से बहुत-सी जगह बन गई थी। कमर से बँधा हुआ कपड़ा वैसे ही पीठ पर लिये ये काली-कलूटी महिलाएँ इसी देश की हैं और इन्हें यहाँ बेरहमी से काम पर लगाया गया है। इस एहसास के कारण चांगदेव चौधरी से बोला, “आज हम केवल खाना खाकर निकलेंगे। इन्हें नाच-गाने के लिए मत कहो।”

ठेकेदार ने कहा, “नाचने का क्या, पाँच रुपये की शराब में ये रात-भर नाच लेंगे।”

चांगदेव बोला, “नहीं।”

चौधरी को अकेला छोड़कर वह इधर-उधर भटकता रहता। दिन अच्छे जा रहे थे। शाम होते ही अँधियारे में एकदम आध्यात्मिक लगता। देर रात आसमान में चाँद चढ़ आता। वह और भी अद्भुत लगता।

एक बार चांगदेव हमेशा की तरह घास में चलते हुए टीले को पार कर सीधा तालाब की ओर बढ़ा। यहाँ काले नाग बड़ी संख्या में हैं, ऐसा चौधरी ने कहा था। एक मोड़ पर सामने से मोरों का झुंड जल्दी में आगे निकल गया। वैसा ही जैसा उसने बचपन में गाँव की तरफ देखा था। अपनी वजनदार मोरपंखी सँभालते हुए, एक नजर में दीवाना बनानेवाले रंगों से सजी नीले रेशम-सी गर्दन को मोड़ते हुए मोर और उतनी ही कुरूप दिखनेवाली मोरनी उसके साथ। इस झुंड के पीछे वह जंगल में राह भटक गया। फिर पेड़ों के तनों के साथ रास्ता ढूँढ़ते, उतरते हुए वह कगार पर पहुँचा। वहाँ से आगे बड़ा-सा विस्तृत तालाब था। हरे रंग का किनारा। ऊपर उड़ता एकाध किलकिला पंछी।

तालाब की ओर जाते समय रास्ते में कहीं-कहीं कुछ सफेद, गोलाकार फल पड़े हुए थे। उसने उठाकर देखा तो लगा कि वो कोई फल नहीं है—इतना उसका वजन था। कोई कन्द होगा यह सोचकर चांगदेव ने एक कन्द में दाँत गड़ाये। उसकी जिह्वा पर तेजाब-सा तीखा, कड़वा स्वाद फैल गया। सर्पदंश-सा दाह होते ही उसने उसे दूर फेंक दिया। मुँह में मानो अंगार पड़ गया और जीभ अन्दर की ओर मुड़ जाने से उस रस को थूकना भी मुश्किल हो गया। आवाज भी नहीं निकल रही थी।

अपना रूमाल मुँह में ठूँसकर उसे कसकर पकड़े हुए वो भागने लगा। इस जहरीले कन्द को खाने से अपनी मृत्यु शायद निश्चित है यह सोचकर उसकी आँखें चकराने लगीं। कुछ सोचकर उसने एक कन्द हाथ में उठाया और तालाब की ओर भागा। यहाँ मर गए तो किसी को पता भी नहीं चलेगा, इसलिए बस्ती की तरफ जाना जरूरी था। तालाब के पास एक बच्चा खड़ा मछली पकड़ रहा था। उसके पास जाकर चांगदेव ने अपने हाथ में रखा कन्द दिखाकर उसे अपना मुँह खोलकर बताया। यह देखते ही वह बच्चा भी डर गया। और अपनी भाषा में हू ए हूऽ कहते हुए भागने लगा। चांगदेव भी उसके पीछे भागने लगा। तालाब का चक्कर काटकर वे दोनों बस्ती में घुस गए। झोंपड़े, उनकी कँटीली बाड़, मुर्गियाँ, घर के सामने के गोबर के ढेर, एकाध बूढ़ा आदमी—इन सबको पीछे छोड़ते हुए दोनों एक झोंपड़ीनुमा दुकान में पहुँचे। चिल्लाता हुआ वह बच्चा अन्दर गया।

पिछवाड़े में एक आदमी बारदाने पर सोया हुआ था। खद्दर पहने शान्त वृत्ति का दिखनेवाला वह आदमी हड़बड़ाकर उठ बैठा। उसने जल्दी से डिब्बे टटोलते हुए एक में से इमली निकाली और मुट्ठी-भर इमली चांगदेव को देते हुए कहा,

"खाओ जल्दी, खाओ। कुछ तकलीफ नहीं होगी। अच्छा स्वाद लेकर खाना, अच्छा हुआ जल्दी आ गए।"

इमली खाते ही जहर का असर धीरे-धीरे जाता रहा। जीभ सीधी हो गई। मुँह में आए थोड़े से फफोलों को छोड़कर सब कुछ ठीक हो गया। खद्दर वाला आदमी चांगदेव से पूछताछ करने के बाद खुश हुआ।

चांगदेव बोला, "इमली बोलें तो बड़ा जालिम इलाज है इस कन्द पर?"

वह बोला, "है लेकिन मालूम होना चाहिए और समय पर मिलना चाहिए। अच्छा हुआ आपने उसे निगल नहीं लिया। यहाँ के लोग इसी को साफ करके पकाकर सुखाते हैं और बाद में खाते हैं। यही खाना पड़ता है धूप के दिनों में। फिर भी आजकल हमने उन्हें पैसों की बचत और संचयन की आदत लगाई है। मैं हूँ आसाराम लोटू महाजन। ये हमारा सर्वोदय केन्द्र है। मैं दस साल से यहाँ पर हूँ। यहाँ पीछे पाठशाला लगती है। ये दुकान—सभी मैं ही सँभालता हूँ।"

"सर्वोदय का काम अर्थात बिना वेतन का?"

"नहीं, साठ रुपये तनख्वाह मिलती है। यहाँ का खर्च बीस-पच्चीस से ज्यादा नहीं। घर का किराया नहीं। दूध अपनी ही भैंस का, गाँव में खर्च करने को मनोरंजन का साधन नहीं। रुपयों-पैसों का व्यवहार गाँव में इसी जगह होता है। उन लोगों से सूत, जूट, चटाई इत्यादि लेना और बदले में गुड़, नमक आदि देना। मेरे इस केन्द्र को चौंसठ साल का पहला पुरस्कार मिला। वो देखो वहाँ पर लगाया है।"

विनोबा भावे, जयप्रकाश आदि की तस्वीरों के साथ ही सर्टिफिकेट भी दीवार पर टँगा हुआ था।

"बहुत अच्छा! काफी अच्छा महसूस होता होगा न यहाँ? लेकिन क्या दिल लग जाता है? ऊब जाते होंगे?"

"हाँ, होता है कभी-कभी। लेकिन वक्त अच्छा गुजरता है। अभी गाँव में कोई नहीं है इसलिए वैसा लगता होगा। जंगल से लोगों के वापस आते ही सब ठीक हो जाता है। बच्चे यहीं पाठशाला के आँगन में खेलते हैं। लोग बहुत अच्छे हैं। बड़े खुशमिजाज हैं। बस्ती के दो लड़कों ने इस साल मैट्रिक किया है। छुट्टियों में आएँगे। अच्छा हुआ आपसे मुलाकात हुई। अब आप बताएँ कि उन्हें किस कोर्स के लिए भेजा जाए।"

"अर्थात, आप इन लोगों में सुधार लाना चाहते हैं।"

"हम बाहर से आकर क्या सुधार सकते हैं? इन्हीं में से कोई आगे बढ़े, लीडर बने तो ये समाज अपने आप आगे आएगा। तो बताओ कोर्स के बारे में...।"

फिर चांगदेव ने उन्हें स्कॉलरशिप, बोर्डिंग, कहाँ क्या करना है, अर्जी कैसे दें आदि के बारे में पूरी जानकारी दी। उन्होंने कुछ पते भी लिखवा लिये। वे बड़े खुश हुए। बोले, "धन्यवाद, आप कहाँ रहते हैं यह बताएँ ताकि बच्चों को आपके पास भेज सकूँ। आप उनकी मदद करें।"

"जरूर भिजवाएँ। लोगों के लिए आप यहाँ इतना सब कुछ कर रहे हैं तो क्या हम यह भी नहीं करेंगे?"

"आजकल इन लोगों में काफी बदलाव आया है भौ, अब इन्हें ठगना मुश्किल है। रोज के रोज पैसे लेकर ही ये लोग अब काम को हाथ लगाते हैं। लेकिन बच्चों को स्कूल भेजने के लिए ये राजी नहीं हैं। हम कोशिश कर रहे हैं। इस गाँव के नाम का उल्लेख जयप्रकाश जी ने अपने पत्र में भी किया था। पढ़ा होगा आपने, 'सर्वोदय' में?"

"नहीं जी, क्या यहाँ पोस्टमैन भी आता है?"

"नीचे गाँव में डाक आती है। कोई इधर आता है तो उसी के हाथ भेज देते हैं। कभी मैं ही ले आता हूँ खत। चलो, चाय लेते हैं।"

नीचे झुककर चलते हुए दोनों झोंपड़े के पिछवाड़े में आए। वहाँ एक कुटिया थी जिसमें इस सर्वोदय का संसार बसा था : एक बड़ा-सा मिट्टी का बना चूल्हा, बाजू में लकड़ी का ढेर, एक बाल्टी, लकड़ी से बने बर्तन, एक लोटा, दो थालियाँ, छोटे-छोटे डिब्बे, पानी गर्म करने को पतीला, दो-चार छोटे पतीले और डोरी पर सूखने को डाले हुए खद्दर के मैले कपड़े, कोने में खटिया और कम्बल। अविवाहित आदमी का आदर्श संसार।

चांगदेव को खटिया पर बिठाकर वे चाय बनाने लगे। फुँकनी से इस तरह चूल्हे में आग बढ़ाना उसे कई सालों से देखने को नहीं मिला था। फुँकनी की आवाज सुने भी काफी साल हो गए थे। चूल्हे के अच्छी तरह सुलगते ही उन्होंने पतीले में चाय का सामान डालकर उसे चूल्हे पर रखते हुए अपनी कमीज से माथा पोंछते हुए कहा, "आपसे मिलकर अच्छा लगा।"

खटिया से उठकर नीचे बैठते हुए चांगदेव बोला, "आप जैसे लोग कम ही मिलते हैं। हम जैसे तो हजारों हैं जिनकी कोई कीमत नहीं। बाहर की दुनिया में हम अपनी तनख्वाह के दम पर जीते हैं। आपकी तरह बचपन में ही खुद को किसी कार्य

में झोंक देना चाहिए। अब तो प्राध्यापक हो जाने से लगता है जैसे नपुंसक...।"

उसका ध्यान चांगदेव की बातों की ओर नहीं था। उधर एक पेटी पर किताबें रखी हुई थीं, उन्हें देखकर चांगदेव बोला, "क्या आप पढ़ते भी हैं? तुकाराम गाथा भी है—बहुत अच्छा।"

"थोड़ी-बहुत किताबें हैं, वही बार-बार पढ़ते रहते हैं।"

"मैं भेजूँगा आपको, मेरे पास काफी किताबें हैं। अंग्रेजी में चलेंगी क्या? मासिक पत्रिकाएँ तो हम रद्दी में बेच देते हैं!"

दिल ही दिल में चांगदेव सोचने लगा, ऐसे आदमी को देने लायक अपने पास क्या होगा? अपनी डी.एच. लॉरेंस वगैरा की किताबें यहाँ भेजने के योग्य हैं भी? ह.ना. आप्टे, खांडेकर, फड़के आदि की किताबें यहाँ भेजना तो बहुत बड़ा मजाक होगा। अंग्रेजी में भी अपने पास बाइबिल, होमर, रॉबिन्सन क्रूसो अथवा डॉन क्विक्जोट के अलावा और क्या है? इसकी जगह सन्त वाङ्मय अच्छा होता या गीता प्रेसवालों के 'रामायण', 'महाभारत' के खंड अच्छे रहेंगे। ज्ञानेश्वरी नहीं, 'कथा सरित्सागर' ठीक होगा। 'अलिफ लैला' ठीक होगा। अर्थात देसी किताबें ही ठीक होंगी, विदेशी लेखक उधर शहरों में अच्छे चलते हैं—सार्त्र और कामू जैसे। एक बार दोस्तोएव्स्की चलेगा।

चाय लेकर दोनों बाहर आए! उसने पूछा, "पाठशाला कब लगती है?"

"सुबह छोटे बच्चे आते हैं। पहली चार कक्षाएँ, एक साथ होती हैं। ऊब जाने तक बच्चे बैठे रहते हैं। उनके माँ-बाप भी उन्हें इसीलिए भेजते हैं कि वे समझते हैं कि मैं बच्चे सँभालनेवाला ही हूँ। लेकिन बड़े बच्चों को वे काम पर ले जाते हैं। वे सब रात में या बारिश के दिनों में पढ़ाई कर लेते हैं। अपनी सरकार उन्हें अपनी योजना के तहत काफी मदद करती है ताकि ये बच्चे शहरों के हाई स्कूल में जा सकें। अगले साल तो हमारे बच्चे कॉलेज जाने लगेंगे। मेरा सपना पूरा होगा, ध्येय पूर्ण होगा।"

चांगदेव बोला, "इतने हजारों छात्र पढ़ते हैं विश्वविद्यालयों में। ये बच्चे पढ़कर भला आगे क्या कर पाएँगे? और फालतू नौकरियों के सिवाय इन्हें मिलेगा भी क्या? एक ही कमरे में सिमटे मुम्बई के संसार आपने भी देखे होंगे। विकास का मतलब कपड़ों और आइसक्रीम खाने के अलावा कुछ नहीं।"

"मुझे लगता है आप चूक रहे हैं। इनमें से एक भी अमरीका हो आया तो उसे अपने लोगों के लिए कुछ करने की प्रेरणा मिलेगी। क्या क्रान्ति लाए हैं आंबेडकर ढेंढ़ लोगों में! हमें भले ही शहरों से घृणा होती हो लेकिन इन उपेक्षितों में भी जब

तक यह भाव नहीं आएगा तब तक उनका विकास नहीं होगा। वे इसी माहौल में पशुवत काम करते रहेंगे। लड़कियों-महिलाओं की इज्जत की कोई सुरक्षा यहाँ नहीं, खुशी के दो निवाले नहीं, चैन की नींद नहीं। बाहर का सम्पर्क जब तक यहाँ नहीं होता तब तक ठीक है। लेकिन वह एक बार हो गया तो इनकी दुनिया तो अर्थहीन हो जाएगी। और यह सम्पर्क तो होना ही है।"

चांगदेव बोला, "आप सच कहते हैं भौ, उनका विकास होना ही चाहिए। लेकिन जब बाहर से इस देश में द्रविड़, आर्य वगैरा विकसित लोग आने लगे तो इन सयाने लोगों ने शान्ति से बीहड़ों में घुसकर रहना पसन्द किया और उनके स्पर्श से दूर रहे। शायद इन आदिवासियों को यह ज्ञात हो गया होगा कि उनकी संस्कृति में कोई जान नहीं है, इसीलिए आदिवासी जन पर्वतीय इलाकों में छिपे रहते। इनकी अच्छाई के गुणगान करने के लिए बाहर वालों ने शबरी आदि की गाथाएँ रच डालीं। लेकिन अब तो बाहर के लोग पर्वतों में भी घुसपैठ करने लगे हैं। अब उनके पास विकास करनेवाले के सिवाय कोई चारा नहीं रहा। और विकास का मतलब है सभी का एक साथ विकास। इंग्लैंड का विकास हिन्दुस्तान के बलबूते पर हो, वह कोई विकास है?"

चांगदेव की बात न समझ पाने पर वे बोले, "अर्थात यही एक रास्ता है।"

चांगदेव बोला, "बाहर के सब समाज सड़ चुके हैं। अब इन लोगों को बाहर जाने दो। ये देश सुधर जाएगा।"

शाम होने को आई तो चांगदेव निकल पड़ा। सर्वोदयी सज्जन ने कहा, "अब आप ठीक हो गए हैं। आपके वे चौधरी साब वैसे ठीक हैं। इसके पहले वाला फॉरेस्ट अफसर बड़ा दुष्ट था। बड़ा सताया उसने हमारे लोगों को। चौधरी तो शराब तक नहीं पीते। औरतों की तरफ देखते तक नहीं। हमारे लोग सूखी लकड़ी भी लाते हैं तो रेंजर मना करता है। हम कभी पेड़ों पर कुल्हाड़ी नहीं चलाते। मैं खुद इन्हें रोकता हूँ। अपने चौधरी भौ से मेरी ओर से विनती करें इस बारे में...। उन्हें इधर बुलाना है। आपके साथ ही आ सकें तो। बड़े सज्जन हैं।"

"जरूर कहूँगा, अब मैं निकलता हूँ। आइए एक बार 'राधाकृष्ण' याद रखिएगा।

अँधेरा होने तक भी चांगदेव नहीं आया तो चौधरी घबरा गए। उसके आने पर भी गुस्से में ही थे। जहरीले कन्द खाने की बात सुनकर तो और घबरा गए। बोले,

"मुझे आपको पहले ही बताना चाहिए था। लेकिन मुझे क्या मालूम कि छोटे बच्चों की तरह आप एक चीज मुँह में डाल लेंगे? आपकी जान पर आई थी, सो टल गई समझो!"

खाना खाते वक्त चांगदेव ने महाजन की बात चौधरी से कही।

चौधरी बोले, "ये लोग बड़े हरामी हैं। आधा जंगल तो इन्होंने साफ कर दिया। कहाँ-कहाँ पर हम लोग वॉच करेंगे? लकड़ी चुराकर नीचे गाँव में बेचते हैं। इसके पहले अंग्रेजों ने यह नीति अपनाई थी कि भारत में एक-तिहाई जंगल हो। अब तो ये लोग साले इतने भुक्खड़ हैं कि दो-दो रुपये की लालच में बड़े बड़े सागवान रात-भर में काटकर व्यापारियों को पहुँचा देते हैं—मादरचोद। अब तो दसवाँ हिस्सा भी नहीं रहा जंगल का। परसों कोईमतूर के सेमिनार में मैंने यह बात डटकर कही, अंग्रेजी ठीक न आते हुए भी मैं बोला कि वृक्ष की कटाई तभी रुक सकती है जब जंगलों से बस्तियाँ पूरी तरह से हटेंगी। मंत्री तो बड़े खुश हुए थे। चायपान के समय मैंने यह भी कहा कि—अपना महाराष्ट्र राज्य सबमें बोगस है—जो सबसे कम अकलमन्द मिलता है उसी को वन विभाग या शिक्षा विभाग दिया जाता है। मंत्री बड़े खुश हुए। बड़े ही अच्छे हैं।"

"तो फिर ऊपर की पोस्ट क्यों नहीं हथियाते?"

"क्या करें, हर साल मेरा सी.आर. बड़ा ही खराब बना दिया जाता है। और इस परीक्षा में पास भी तो नहीं हो रहा। कोई कहीं शरारत जरूर कर रहा है ऐसा लगता है। वो साला थत्ते मुझे अपना दुश्मन मानता है क्योंकि मैं रिश्वत नहीं लेता। अब तो मैं इतना निराश हो गया हूँ कि लगता है लेना ही नहीं प्रमोशन! धुलिया क्या चाँदा क्या—हर गाँव में मेरी सबसे अनबन हुई। उधर इन कांग्रेस के गधों ने जंगलों में गाँव के गाँव बसा दिए और बीहड़ों को खेती में बदल डाला। बस्ती वालों की समस्या लेकर अगर कोई आगे आए तो ये साँड़ समाजवादी कार्यकर्ता। एक रेंज में कम्युनिस्ट भी काम कर रहे हैं। मेरा तबादला इधर करके थत्ते ने मेरा करियर बर्बाद कर दिया। आदमी जंगल का दुश्मन है। जंगल में मुझे पेड़ों के अलावा एक भी आदमी दिखता है तो गुस्सा आता है। लगता है, गोली दाग दूँ। जाने दो वो सब। मैं अकेला कहाँ तक क्या कर पाऊँगा?"

"चौधरी, सच्चे फॉरेस्ट अफसर तो आप हैं। अगर मैं मंत्री बना तो आपको सबसे ऊपर की पोस्ट दूँगा। और आपके बारे में महाजन भी तारीफ कर रहे थे।

बता रहे थे—दारू भी नहीं पीता—औरतों से दूर रहता है।"

"लेकिन ऐसा करना ही तो हमारे डिपार्टमेंट की सरकारी नीति है। मैं अब तक नीचे ही रहा, क्योंकि ये सब मैं कर नहीं सकता।"

"लेकिन चौधरी, हम अगर इस तरह दूध के धुले रहे तो अपने कुएँ में ही पड़े रहेंगे—मामूली बने। थोड़ा-बहुत गन्दा-गलीज किए बिना हम खुशहाल नहीं हो सकते, ऐसा मुझे लगता है।"

"ये भी सच है। मैं सीधा-सादा रहता हूँ, इसी कारण ये आदिवासी भी मुझे अपनी भाषा में भड़ुआ कहते हैं। अर्थात गाँडू! इनकी औरतों को मसलनेवाले को ही अच्छा माना जाता है। 'वो' एक बार शुरू कर दिया तो ये लोग लकड़ी चुराने को खुल्ले!"

"लेकिन आप कॉन्ट्रैक्टर को मीलों तक के जंगल क्यों साफ करने देते हैं? केरल से मैसूर तक तो वो कागज के मिल वाले लखपति लोग ही जंगल साफ कर गए और यह सच है।"

इस कारण कितना फॉरेन एक्सचेंज बचा अपना, मालूम? इतना कागज अखबार के लिए कभी तैयार होता था क्या?"

"इसकी माँ की अखबार! करना क्या है उन अखबारों का—झूठा प्रचार और केवल जातिवाद को बढ़ावा देनेवाले! मुम्बई से लेकर पूना तक। इतवार का एक संस्करण एक हजार पेड़ों की जान लेने जैसा है! इतनी जरूरत है तो सरकार ही एक अखबार बाँटे चार पन्नों वाला। इन गँवार सम्पादकों के लेख पढ़ना किसी अत्याचार से कम नहीं—और इसके लिए इतनी वृक्ष-हानि?"

चौधरी हँसते हुए बोले, "पाटील भौ, उधर जंगल साफ होने लगे हैं यह भी तो आपको उन्हीं अखबारों से पता चलता है—है ना? ह ह ह। आप भी बचे नहीं रह सकते! कीचड़ में रहो और तुम भी नाचो दूसरों की तरह। अब मैं थोड़ा सो लेता हूँ। तुम जाओ बाहर लेकिन ज्यादा दूर मत जाना। मैं बारह बजे तक आऊँगा। बाद में खाना खाकर निकलेंगे। वो बस चूक गई तो बाद में बस नहीं मिलेगी। मेरा यहाँ का काम हो गया। अब आएँगे दो महीने बाद।"

दूसरे दिन चांगदेव एक टीले पर बैठा नीचे दूर कुछ खोदने का काम करती एक आदिवासी महिला को देख रहा था। बीच में ही उसने अपने बच्चे को छाती से लगाकर दूध पिलाया और फिर अपने काम में लग गई। वह बच्चा घास में कीड़े पकड़ता, खेलता रहा। अचानक किसी चीज के काटने से वह चिल्लाया

तो उस महिला ने उसे थोड़ी देर गोद में लिया और फिर खेलने को छोड़ दिया। काफी मेहनत के बाद उसने वह कन्द जमीन से निकाला। वह महिला आदिमानव जमात की एक प्रतिनिधि-सी लगी। मेहनत, जद्दोजहद और बहादुरी से अपना अस्तित्व बनाए रखने के कुछ मायने नहीं। बाहर का मानवी समाज कब नष्ट हो जाए यह कह नहीं सकते। लेकिन इन आदिवासी समाजों में आदमी के जिन्दा रहने के कुछ तो आसार हैं।

चौधरी की आवाज आई, "चलो भौऽऽ।"

इस बस का ड्राइवर डरपोक निकला। घाट से उतरते वक्त उसने हजार बार बस रोकी। इसी कारण रास्ते में ही शाम हो गई और गाँव आते-आते अँधेरा हो गया। गाँव कब आया यह भी पता नहीं चला।

घर में करने के बहुत-से काम थे जिन्हें अँधेरे में करना मुश्किल था। नीचे से पानी लाना जरूरी था, फर्श पर इतने दिनों की धूल जमा हो गई थी उसे साफ करना, धोना, पोंछा लगाना, चद्दर बदलना, चौधरी वाले छोकरे से बर्तन मँजवाना, बाथरूम साफ करवाना, कपड़े धुलवाना आदि सब करने के बाद एक अच्छी-सी नींद लेना भी जरूरी था। लेकिन अँधेरे में यह सब होना नामुमकिन था। बाकी छुट्टियों में कुछ नया करने का उत्साह चांगदेव ने अपने मन में अभी भी सँजोये रखा था।

चौधरी बोले, "इतने दिनों के बाद मुझे भी घर की सफाई के बिना अच्छा नहीं लगेगा। मैं मोमबत्ती जलाकर रात-भर में ही सब काम निबटा लूँगा। लेकिन भौ, पानी मिलना चाहिए। बाजूवाले बँगले में एक हौज है। उसमें से पानी लेकर नहा तो लेंगे। सवेरे नल पर फिर भीड़ हो जाएगी।"

चांगदेव बोला, "बिल्डिंग में रहनेवालों में से काफी लोग तो गाँव चले गए होंगे। बच्चों के इम्तहान होने तक रुके थे। सभी चले गए हों तो बड़ा अच्छा होगा। पानी की समस्या नहीं रहेगी। नहीं तो अपना नम्बर लगना मुश्किल है। और वे औरतें बगल हटती ही नहीं, बेशर्मों की तरह जाँघें उघाड़े कपड़े धोती रहती हैं सालियाँ। बेशरम!

"कुल मिलाकर शादीशुदा लोगों को ही पानी ज्यादा लगता है। छोटे बच्चों के टट्टी-पेशाब के लिए ही बाल्टी भर चाहिए। गलिच्छ! उस हिसाब से हम घर का किराया पूरा देकर भी दो बाल्टी के ऊपर पानी नहीं लेते। अब कैंटीन में खाना मिल भी गया तो पानी नहीं मिलेगा। रूम पर ही करेंगे कुछ ब्रेड वगैरा।"

यह समझना मुश्किल हो गया कि अँधेरे में ताँगा कहाँ जा रहा है। और सच में घोड़ा पहले मोड़ पर ही मुड़ गया और गलत जगह पर जाकर रुका उसे मोड़कर फिर मेन रोड पर और बाद में आगे के मोड़ से गली के अन्दर लाना पड़ा।

चौधरी ताँगेवाले से बोले, "अब तो सही ले चल भौ।"

दोबारा घूमने से ताँगेवाला पहले ही परेशान था, घोड़े को पीटते हुए बोला, "अब क्या घर के ऊपर चढ़वाओगे ताँगा? इसकी भैन की तो ये लाइट भी साली नहीं और माँ की तुम्हारा मकान भी साला नहीं मिल रहा...। अँधेरे में तो माँ की कुछ भी दिखाई नहीं दे रहा...।"

'राधाकृष्ण' पर आते ही दोनों ने देखा कि नल चल रहा है। दोनों खुश हुए। बारी-बारी से एक-एक बाल्टी पानी दोनों ने लिया। इतने दिनों बाद अपने रूम में आने पर चांगदेव उत्साहित था। साफ-सफाई को परम कर्तव्य मानते हुए उसने तीनों कमरों के फर्श पर पानी डालकर एक हाथ में मोमबत्ती लेकर दूसरे हाथ से झाड़ू चलाते हुए ठीक से साफ कर दिया। फिर एक बाल्टी पानी लाकर रसोई का कट्टा साफ किया। पड़े हुए बर्तन माँजकर धो डाले, चद्दर बदल डाले, पुरानी चादरें, पहने हुए कपड़े सभी साबुन के पानी में भिगोकर रख दिए। मटके को दो-चार बार धोकर रख दिया। चौधरी का भी ऐसा ही कुछ सफाई का काम चल रहा था। ऊपर बाल्टी ले जाते समय वे चांगदेव को आवाज देकर बोलते, "आपकी बाल्टी लगाई है भौऽ, ले आना और मेरी वाली लगा देना।" चौधरी के इस तरह आवाज करने से नीचे रहनेवाला अभी-अभी शादीशुदा आदमी भी परेशान हो गया।

चकाचक सफाई करने के बाद चांगदेव कपड़े उतारकर जल्दी से नहाया और कल के लिए बाल्टी भर पानी लाने के लिए जल्दी से नीचे गया। नल अभी भी चल रहा था। चौधरी का भी फर्श धोना जारी था। चांगदेव अपनी बाल्टी लेकर ऊपर जाने लगा।

बीच में कहीं पानी गिरा हुआ था चांगदेव का पैर फिसल गया और बाल्टी के साथ वह गिर पड़ा। बड़ी आवाज हुई। ऊपर के माले के लोग गाँव चले गए थे इसलिए अभी-अभी शादी हुआ परिवार ही अपना दरवाजा खोलकर लालटेन के साथ बाहर आया। चौधरी भी भागते हुए आए। दोनों ने उठाकर चांगदेव को ऊपर ले जाकर लिटाया। घुटने पर अच्छी-खासी चोट लगी थी। मौके का फायदा उठाते हुए वह आदमी चांगदेव को काफी कुछ कहने लगा : "क्या जरूरत थी

इतनी रात में पागलों की तरह इतना ऊपर-नीचे करने की? आप लोगों को समय का कुछ भी अन्दाज नहीं रहता। जब दिल में आए जो दिल में आए वही करते रहते हैं पागलों की तरह। चौधरी, ये रात-भर ऊपर कुछ तो करते रहते हैं भूतों-सा और हमें नीचे नींद नहीं आती। फर्श क्या कल नहीं धो सकते थे? अभी पैर टूट जाता तो? सीढ़ियों से गिरते तो मर ही जाते समझो?"

इतने में उस उद्दंड आदमी की पत्नी भागी-दौड़ी हाथ में अमृतांजन की बोतल लेकर आई। यह देखकर तो वह आदमी मन-ही-मन आगबबूला हो गया लेकिन चुप रहा। चौधरी ने ज्यों ही हाथ भरकर अमृतांजन निकाला और लगाना शुरू किया त्यों ही वह आदमी खौल उठा और अपनी औरत की इस हरकत पर लाल-पीला हो गया। थोड़ी देर में चौधरी ने वह बोतल जैसे ही नीचे रखी वैसे ही उस बोतल को बातों-बातों में एक ओर करते हुए वह अपनी औरत को आँखों के इशारे से बोतल ले जाने को कहने लगा। लेकिन वह औरत व्याकुलता से चांगदेव की वेदना देखती रही। बाद में औरत बोली, "अजी सुनते हो, इन्हें किसी डॉक्टर के पास ले चलें क्या? काफी चोट आई है।"

इस पर बम फटने की तरह वह आदमी बोला, "कितनी मूरख है तू? इस वक्त कौन सा डॉक्टर मिलेगा? तू चुपचाप नीचे जा। हो जाएगा ठीक सवेरे तक। बेमतलब की समझदारी दिखाना है, चलो।" ऐसा कहकर उसने बोतल पत्नी के हाथ में रखकर इतने गुस्से से देखा कि उसके पास दूसरा कोई चारा नहीं रहा। फिर भी वह सीधी-सादी महिला जाते-जाते बोली, "यह बोतल रहने दो, आगे पड़ेगी जरूरत इसकी।"

तब अपनी क्षुद्रता को उजागर होता देख वह आदमी बोला, "हाँ-हाँ, रख लो। रात में घुटनों पर अच्छी तरह मलना। हम चलते हैं।"

चांगदेव घुटने को छाती से लगाए सूऽ सूऽ करता और गहरी साँसें भरता इधर से उधर बेतहाशा लोट-पोट कर रहा था। दर्द से कराह रहा था। थोड़ी देर में कहीं से माली भी आ गया। चौधरी भी स्नान आदि कर आ गए। चांगदेव अपना घुटना मसलते हुए न जाने किसे गालियाँ दिये जा रहा था। च्यायला, मायला, साला कैसे लग गया—ऐसे चल रहा था। माली बोला, "तुम दोनों ही बड़े पंडित हो। क्या बर्तन और फर्श सवेरे नहीं धो सकते थे? वैसे भी आपका यह धोना-माँजना मुझे किसी मानसिक विकृति से कम नहीं लगता। किसे दिखाने हैं अपने ये कमरे? कौन सी लड़कियाँ आएँगी यहाँ सीढ़ियाँ चढ़कर? ह ह ह।"

चौधरी बोले, "रूम बड़े गन्दे हो गए थे जी। इस गाँव से एक दिन भी बाहर जाओ तो धूल की परत जम जाती है। आठ दिनों में तो पूरा कूड़ेदान ही हो जाता है।"

चांगदेव बोला, "माली अपने इतने से रूम को भी कितना सँजोकर रखता है और हमें उलटी पट्टी पढ़ा रहा है। जरा नीचे से पैर खींचो भला चौधरी भौ। टूट न गया हो, कुछ समझ में नहीं आ रहा साला।"

माली बोला, "छात्र जीवन में हम सभी काफी लापरवाह होते हैं। पच्चीस के होने पर यह सफाई का पागलपन सवार होता है। पारिवारिक वातावरण बनाने का यह जनाना प्रयास होता है। अब मैं तो यही कहूँगा कि तुम लोग शादी कर लो। ह ह ह ह।"

"तेरी शादी का क्या हुआ? तू तो बूढ़ों जैसी बातें कर रहा है।"

"जम गई—सत्रह अप्रैल को है। जी.जी. को बता दिया कि जून के बाद मैं यहाँ नहीं हूँ।"

"सभी कुछ फटाफट हो गया।"

"अब तो बस ससुर के कॉलेज में क्या भौ? प्रिंसिपल एकदम!"

"मैं गाँव की तरफ भी हो आया। अब सामान ले जाने ही आया हूँ। आप लोगों के जंगल से लौटने की ही राह देख रहा था। अच्छा हुआ आपसे मुलाकात हो गई। आनेवाले माह की एडवांस तनख्वाह मिलनेवाली थी इसलिए दो-चार दिन रुकना पड़ा। एस.जी. के घर बार-बार चक्कर काटे तब कहीं काम हुआ। उन्होंने तेरे बारे में पूछते हुए कहा, कहीं तुम भी शादी करके कहीं चले तो नहीं जाओगे। मैंने कहा, उन्हें यह कॉलेज और गाँव बड़ा पसन्द आया है। इस पर वे खुश हो गए। मेरे जैसे गए तो क्या, और रहे तो क्या!"

चांगदेव बोला, "लेकिन लाइट का जल्दी कुछ इन्तजाम करो, बोलना यह गाँव है या कोई श्मशान?"

माली बोला, "एस.जी. के घर पर एक नेता बैठे थे। कह रहे थे कि और छह महीने लगेंगे नए ट्रांसफार्मर बैठने में। मंत्री लोग आपस में लड़ रहे हैं इस कारण जान-बूझकर देरी हो रही है।"

"फिर तो साली बड़ी दिक्कत है। उधर आठ-दस दिन मजे में गए, ये अच्छा ही हुआ।"

"उधर जंगल में भी अँधेरा ही होगा ना भौ?"

"लेकिन जंगल में अँधेरा अच्छा लगता है। इधर गाँव में बिजली होना जरूरी है। ये गलियाँ और मकान यही सोचकर बनाए गए हैं कि बिजली तो होगी ही

यहाँ। कमरे भी उसी सोच को लेकर बने हैं। इन कमरों में अँधेरा रात में कई भ्रम पैदा करता है। अगर अँधेरा ही रहना था तो पहले की तरह अलग तरह के घर लोगों ने बनाए होते।"

"अच्छा आप लोगों ने खाने के बारे में भी कुछ सोचा है? मेरे पास पाव और दूध बचा है थोड़ा। वही खा लेंगे। इस अँधेरे में कहीं जाने को मन राजी नहीं। इसको चोट भी आई है।"

फिर चांगदेव के रूम में चाय-ब्रेड खाने के बाद सभी माली की शादी के बारे में सोचते रहे और थोड़ी देर बाद जम्हाई लेते हुए दोनों चले गए। घुटने को सीने से लगाए हुए चांगदेव कराहते और माँ, माँ ये क्या हो गया कहते हुए करवटें बदलता रहा।

खाली पेट नींद न आने से वह अपने आप पर गुस्सा हो गया। चिल्लाते हुए बोला, "जा घर में कुछ खाने को है क्या, देख?" फिर लँगड़ाते हुए ठंडी साफ फर्श पर से चलते हुए अन्दर के कमरे में मोमबत्ती जलाकर कुछ ढूँढ़ने लगा। एक डिब्बे में मूँगफली के बजने की आवाज आई। "हाँ पारूऽ, ये फली के दाने होंगे, स्टोव जला, भूनकर खाएँगे।"

फिर बड़बड़ाते हुए मकड़े के जाल को देखते हुए मूँगफली खाने बैठा। मकड़े ने अब जाल की परतें बढ़ा दी थीं और एक कोने में बैठा हुआ था। मोमबत्ती खलास हो गई तो अँधेरे में ही टटोलते हुए दाँत साफ करने के बाद वह लँगड़ाता हुआ बाहर के रूम में आया। अब थोड़ी धीमी चाँदनी फैल गई थी। ऊपर आसमान में अजब से आकार में चाँद भी फीका-फीका सा लग रहा था। थोड़ी देर बाद उसे अपने आप ही नींद आ गई।

जैसे-जैसे गर्मी का जोर बढ़ने लगा मोहल्ले के घर खाली होने लगे। गर्मियों के दिन आते ही इधर की नई आबादी वाला एरिया सुनसान होने लगता। बाहर से नौकरी के लिए आए हुए लोग आपस में पूछताछ करते रहते कि आज कितना डिग्री है।

और एक सौ पन्द्रह के आसपास तापमान होने पर अपने बाल-बच्चों की फिक्र में डूबे रहते। इस साल तो पानी की भी किल्लत और अँधेरा होने से 'राधाकृष्ण' के आसपास के नौकरीशुदा लोग अपने-अपने गाँवों की तरफ चले गए। इतने बड़े 'राधाकृष्ण' में ही केवल तीन किरायेदार बचे थे। ऊपर के माले पर चौधरी, बीच

वाले में चांगदेव और नीचे वह नया शादीशुदा जोड़ा। इसी वजह से वह उजड्ड आदमी हमेशा मुख्य द्वार बन्द रखने लगा। गर्मी और उमस के चलते वह आजकल दोपहर में भी अपने घर का दरवाजा खुला छोड़ देता। उसकी नजरों में चौधरी और चांगदेव बचकाने और शरमीले थे। इसलिए अपनी पत्नी के साथ खटिया पर बिना संकोच के पड़ा रहता।

चौधरी भी किसी ट्रेनिंग के तहत धूप से बचने के लिए महाबलेश्वर चले गए। अब बचा केवल चांगदेव। चौधरी के न होने से काम करनेवाले लड़के का भी आना बन्द हो गया। वाणी की पत्नी ने उसे अपने खत में साफ लिखा था कि अगर वह घर में रुका करेगा तो ही वह वापस आएगी। घर में रहने की बात कबूल करवाकर ही वह आई। इस वजह से उसके घर जाना भी मुश्किल था। वह भी किसी के घर नहीं जाता था। बाकी दोस्त परीक्षा के पेपर्स जाँचने में लगे थे। शेख के बीवी-बच्चे आ गए थे और उसने अपने ससुर को वचन दिया था कि वह पत्ते नहीं खेलेगा। इस कारण वह भी घर के बाहर कम ही आता। कभी-कभार चांगदेव उसके घर खाना खाने चला जाता। बाकी समय वह एस.टी. कैंटीन में ही खाता। अब किसी के घर जाना उतना आसान नहीं रहा। खाना खाकर आने के बाद अँधेरे में छटपटाते रहना ही बाकी रह गया था। कभी गाँव से बाहर जाने की इच्छा मन में आती लेकिन उत्साह के अभाव में रह जाती। माता-पिता से एक बार मिलने जाना है, यह भी तय किया था। पिताजी के खत में एक बार आया था कि उन्हें कारोबार में बड़ा झटका लगा है। लेकिन वहाँ जाकर कुछ हासिल नहीं होना था सिवाय परेशानी के। इसके बजाय श्रीरामपुर वाले चाचा के यहाँ जाना अच्छा होगा। उनके हर खत में आने के बारे में पूछताछ होती रहती थी। बचपन से ही चांगदेव चाचा के साथ खेलकर बड़ा हुआ था। एक शुगर फैक्ट्री में सर्विस मिलने के बाद अब उसका अच्छा चल रहा था। तीन साल पहले उसकी शादी हो गई थी और दो बच्चे भी। इसलिए हमेशा मन करता कि उसका यह संसार देखा जाए। अब तो उन बच्चों को देखने की इच्छा भी बढ़ गई थी। वह जाने की सोच ही रहा था।

उधर गाँव में बातें चल रही थीं कि बिजली आज आएगी, कल आएगी। यह भी अफवाह थी कि अब ट्रांसफार्मर नहीं मिलेगा। अब इस बात पर ध्यान न देना ही समझदारी थी। रूम पर ही कुछ खाने की चीजें ले आना, खाने से लौटते समय मंडई से होकर अंडे, मिर्च, धनिया आदि लेते आना, दोपहर को चाय, ऑमलेट

खाकर पढ़ने बैठेंगे। लेकिन पढ़ने में मन नहीं लगता था। अगले वर्ष क्या करेंगे, क्या पढ़ाएँगे, यही सोचते-सोचते मन की अस्थिरता बढ़ जाती। मटकी के पानी की शिकंजी इतनी शीतल नहीं होती थी। होटलों में जाकर बर्फ लाना जान पर आ जाता। और इतना-सा टुकड़ा दो आने में भी कोई नहीं देता। पाव सेर बर्फ लेना तो पैसे और बर्फ दोनों बर्बाद करने जैसा था। वक्त बिताने के लिए स्टोव साफ करना, कमरे पोंछना, थोड़ा कहीं धब्बा दिखते ही पोंछ लेना, धूल साफ करते रहना यही सब पागलों की तरह करता रहता। कपड़ों की मरम्मत, बटन लगाना, प्याज, धनिया काटते हुए खुद से ही बतियाते हुए ऑमलेट तैयार करना, अलग-अलग तरीके से चाय बनाना—यही सब होता रहा।

अब तो शक्कर भी सरकारी कार्ड से ही मिलने लगी। चिलटे पैसे लेकर जो गया तो वापस आया ही नहीं। राशन कार्ड बनवाने गया तो तहसील बाबू बोलने लगा कि इसके लिए उसके गाँव की तहसील के कार्यालय से उन्हें खत मिलना जरूरी है। चांगदेव उसे गालियाँ बकते हुए घर आया। नकवी के कार्ड पर सत्रह आदमियों के झूठे नाम थे, उन्होंने दो किलो शक्कर चांगदेव को लाकर दी।

गर्मी की वजह से अंडे दो ही दिन में खराब हो जाते। दूध भी बेकार हो जाता। अब सही अर्थ में खाने-पीने के लाले पड़ने लगे।

एक बार बोडस के घर जाने पर पता चला कि उनकी पत्नी की जचगी हुई है। मतलब यहाँ मिलनेवाला चाय-पोहा भी अब बन्द हुआ समझो। उलटा बोडस बोले, चलो, “दवाखाने में डिब्बा पहुँचाकर आते हैं...।”

बोडस भाभी बालकृष्ण हॉस्पिटल में डिब्बे की ही राह देख रही थीं। नन्ही सी जान उनके बाजू में आराम से सोई थी। यह दृश्य कुल मिलाकर बड़ा लुभावना था। बैठे-बैठे दोनों पति-पत्नी उस शिशु के बारे में बड़े प्यार से बड़बड़ाते रहे। चांगदेव के पास बात करने को कोई विषय न था, उसने शिकायत भरे लहजे में कहा कि “धूप के कारण दूध, अंडे वगैरा जल्दी ही खराब हो जाते हैं।” बोडस भाभी ने कहा, “अजी अंडों को पानी में रखना चाहिए, ठंडे रहने से खराब नहीं होते। दूध की पतीली भी पानी में रखना, वो अच्छा रहेगा। अगर ऐसा लगे कि दूध खराब होनेवाला है तो उसे उबालने के पहले थोड़ा पानी मिलाना चाहिए। मिर्च आदि चीजें इन दिनों में मटकी के अन्दर ही रखें गीले कपड़े में।”

चांगदेव को अचरज हुआ कि ये सब बातें औरतें कैसे समझती होंगी। बोडस भाभी के बताए नुस्खों को आजमाने पर चांगदेव को काफी राहत मिली। रोज

जाकर चीजें लाने की तकलीफ कम हो गई। औरतों की इस सहज अकलमन्दी को लेकर उसका मन कृतज्ञता से भर उठा। इतना कि एक दिन वह खुद बोडस के घर से डिब्बा लेकर बालकृष्ण हॉस्पिटल गया। बोडस भाभी ने फिर से चांगदेव के खाने-पीने के बारे में आस्थापूर्ण पूछताछ की। चांगदेव यह सोचकर गद्गद हो गया कि इतनी छोटी-छोटी बातों के बारे में औरतों के सिवाय कौन सोचता होगा भला। बोडस भाभी ने एक अनूठा सुझाव दिया कि नीबू काँच की शीशी में रखना चाहिए और कहा कि लौटते समय उनके घर से एक काँच की शीशी लेता जाए।

चांगदेव ने बोडस से कहा कि खाना खिलाना तो औरतों को ही आता है, तो वह बोला, "तो देखना क्या, कर डालो शादी तुम भी इस सीजन में!"

मटकी में रखने से चीजें अब काफी अच्छी रहने लगीं। पहले तो घर में कभी-कभी खाने को कुछ भी नहीं मिलता था। शाम को केवल मूँगफली खाकर ही सोना पड़ता! वाणी की पत्नी ने बताया कि मटकी पर गीला कपड़ा ढकने से पानी अच्छा ठंडा होता है। उसने अपनी एक कमीज फाड़कर उससे मटकी ढक दी और आते-जाते उस पर पानी छिड़कता रहा। यह भी एक काम हो गया।

नहाने को और पीने को पानी लाना, दूध और ऑमलेट के बर्तन माँजना, ये काम करने से जान पर बन आती। खाली पेट तो इन कामों के लिए उत्साह होता ही नहीं। दोपहर में धूप में खाने के लिए पैदल यात्रा करना उसे पहले से ही पसन्द नहीं था। अब साइकिल आवश्यक हो गई। किराये पर साइकिल ले आया लेकिन गली के पोट्टे उसकी हवा निकाल देते। अब धूप में फिर से साइकिल लेकर जाना। उकताकर उसने कुछ ही दिनों में साइकिल वापस कर दी। एक अकेला आदमी बच्चों के मजाक का विषय बन जाता है। उस नवविवाहित आदमी की साइकिल को बच्चे छूते तक नहीं थे। इससे तो अच्छा कि घर में ही दोपहर को चाय और ऑमलेट हो। चार-पाँच किलो मूँगफली के दाने लाकर रखे लेकिन बार-बार चाय के साथ खाने से नाक से खून टपकने लगा तो यह भी बन्द करना पड़ा। एक दुकान में पोलसन का बटर मिलता लेकिन वह दो दिन में ही खराब हो जाता। इस बारे में सलाह लेने के लिए फिर से बोडस भाभी के पास गया। बोडस भाभी बोलीं, "मक्खन भी पानी में ही रखना चाहिए, इससे दो-तीन दिन बू नहीं आती।" यह उसे बड़ी ही ग्रेट सलाह लगी। फिर से जब वह मक्खन लाने गया तो दुकानदार ने कहा, "खलास हो गया, इस गाँव में भला

कौन मक्खन खाएगा? आठ-दस दिन में आ जाएगा।" इस तरह फिर से खाली ब्रेड पर ही गुजारा किया।

एक बार चांगदेव लाइब्रेरी से एक अंग्रेजी किताब लेकर आया जिसका नाम था प्राणियों के यौन व्यवहार। वजह थी अपने दोस्त मकड़े की चिन्ता जो उसे सता रही थी कि छह महीने हो गए फिर भी उसे कोई मकड़ी नहीं मिली थी। यह भी एक अचरज की बात थी। अब तो उसका जाल और भी गन्दा दिखने लगा था। उस मकड़े का विकास भी ठीक से नहीं हुआ था। इस किताब में उसे मकड़ी के बारे में कोई जानकारी नहीं मिली। और यह ठहरा भारतीय मकड़ा। तो अमरीकी किताब में उसकी जानकारी न मिलना भी स्वाभाविक ही था। और सभी प्राणियों के बारे में जानकारी थी। पक्षी गाना गाकर, आवाज लगाकर, अपने रंगीन पंखों को फैलाकर मादाओं को आकर्षित करते हैं। हथिनियाँ हाथियों से पहले वचन लेती हैं और फिर जमीन पर लेट जाती हैं। फिर रतिक्लान्त हथिनी को उठाकर खड़ा करना हाथी की जिम्मेवारी होती है। सम्भोग क्रिया में शेर शेरनियों को इतना जख्मी और जर्जर कर देते हैं कि शेरनियों का रतिसुख लहूलुहान होने पर ही पूरा होता है। कुछ प्राणी मादाओं के उत्फुल्ल गर्भाशय की गन्ध को दूर से ही जान लेते हैं और पगलाए हुए उस दिशा में भाग पड़ते हैं। पूरी जानकारी बड़ी रोमांचक थी। कुल मिलाकर देखो तो मनुष्य के ही यौन व्यवहार बन्द जगहों में, उमस भरे वातावरण में, बेरंग, गन्धहीन और स्वादहीन होते हैं। मनुष्य काम, क्रोध और मदजन्य उन्माद को खो बैठा है और इतनी-सी स्वाभाविक क्रिया के लिए उसे जाने क्या-क्या पापड़ बेलने पड़ते हैं। ये शादी-ब्याह का आडम्बर—पत्नी प्राप्त करने के लिए भागमभाग। इंग्लैंड, अमरीका में औरतों ने यह आजादी हासिल कर ली है। मुम्बई में भी यह थोड़ा देखने को मिलता है। इधर हर गाँव में यह चलन कब आएगा क्या पता। आजाद कुमारिकाओं के वे सुन्दर देश अमर रहें। हिन्दुस्तान मुर्दाबाद। स्त्रियों की आजादी का जय-जयकार!

नीचे रहनेवाले उस अक्खड़ आदमी का घर अब खुला ही रहता। उसका घर-संसार बड़ा ही सुहाना दिखता। कभी-कभी उस आदमी के कपड़े धोकर लाइन से सूखने के लिए टाँगे हुए दिखते। उस हरामजादे को सभी कुछ अनायास ही मिलता होगा। एक बार उसकी औरत जमीन पर बैठकर हाथ में कैंची लिये उस अक्खड़

आदमी की पैंट दुरुस्त कर रही थी। अपने पति के कपड़े इस तरह सुधारनेवाली गृहिणी भी एक खूबसूरत बात थी।

दोपहर में कोई नीचे से ऊँची आवाज में पुकार रहा था। चांगदेव धूप की धुन्ध-भरी दोपहर को जैसे-तैसे पड़ा-पड़ा ढकेल रहा था। शायद आभास होगा—आँख खोलकर वह ठीक से सुनने लगा। किसी नए आदमी की आवाज लग रही थी। लेकिन अब खामोशी छा गई और वह तकिए पर गर्दन लुढ़काए शान्त पड़ा रहा। फिर शक्तिहीन तरीके से गैलरी में जाकर उसने देखा तो काफी दूर मेडिकल रिप्रेजेंटेटिव नाडकर्णी उसे लौटता हुआ दिखा। अब उसे आवाज भी देता तो नाड़कर्णी को तो सुनाई नहीं पड़नेवाली थी और गला भी सूख रहा था। जल्दी से पाजामा-शर्ट लटकाकर वह नीचे आया। नीचे वाला वह अक्खड़ आदमी हमेशा की तरह दरवाजा खुला छोड़ अपनी पत्नी के ऊपर एक पैर डाले बैठा था। उसे गालियाँ बकते हुए बड़े दरवाजे की कुंडी खोलकर चांगदेव नाडकर्णी को आवाज लगाता हुआ रास्ते पर दौड़ने लगा। नाडकर्णी ने मुड़कर देखा और वापस आने लगा। ठिंगना-सा, मोहक, उभरे गालों वाला और भारी वजन का बैग एक हाथ में थामे और दूसरे बाजू में अपनी सीट को टेढ़ा कर वजन सँभालने की कोशिश में भी अपनी सजीली चाल चलते हुए धूल उड़ाता नाडकर्णी उसके पास आया।

वह थका हुआ था लेकिन अपना तरोताजापन बरकरार रखते हुए वह धूप में घूमता रहता। दरबदर घूमनेवाले इस आदमी का नूर देखकर चांगदेव को बुरा लगा। नौकरी कन्फर्म होने पर शादी होनी चाहिए इसीलिए वह आदमी इतनी मेहनत कर रहा था।

"माफ करना, मैं सो गया था। और वह नीचे वाला हमेशा ही कुंडी लगाकर बैठता है। मेरे पास कोई आता है तो दरवाजा भी नहीं खोलता।"

"अच्छा, जभी तो मैं कहूँ ये दरवाजा हमेशा बन्द कैसे रहता है? नहीं खोलता क्या दरवाजा? चलो बैठेंगे थोड़ी देर। धूप है कि आग है, बाप रे बाप! तौबा!"

फिर इमारत में घुसकर दरवाजा खुला ही छोड़कर दोनों ऊपर आ गए। नाडकर्णी ने भी उस नई शादी वाले के घर का दृश्य देखा। फिर एक सीढ़ी नीचे उतरकर ठीक से देखते हुए बोला, "इसीलिए तो ये लोग बाहर वाला दरवाजा बन्द रखते हैं, तब तो सही है!"

चांगदेव बोला, "आजकल पंखे नहीं चलते, इसी कारण ये लोग दरवाजा खुला रखते हैं। लेकिन कुछ परदा तो लगा लेना चाहिए।"

ऊपर आते ही नाडकर्णी ने अपनी टाई को ढीला करते हुए शर्ट के बटन निकालते हुए खिन्नतापूर्वक चांगदेव को देखकर कहा, "इस साल बड़ी ही ग्लूमी लाइफ लगती है यहाँ, है ना? ऐसे एक सौ अठारह डिग्री तापमान में कूलर, फैन, फ्रिज आदि का न होना बड़ी मुश्किल की बात है। ठंडा पानी माँगना भी गलत है। इससे तो पिछले साल वाला गाँव ही अच्छा था। आपके दोस्त आपको याद कर रहे थे। पिछले साल मैं पन्द्रह दिन अपने उस मेवाड़ लॉज पर था। वो लॉजवाला झुमर भी आपको याद कर रहा था। मैंने सबको कह दिया कि आपका अच्छा चल रहा है। बाय द वे, आपके कॉलेज की एक लड़की को दो-चार लड़के गाड़ी में डालकर उठा ले गए। वो दो दिनों बाद मिली। राजवाड़े नाम की। आप तो उसे जानते होंगे। ये लफड़ा बड़ा मशहूर हुआ। बाकी गाँव बड़ा अच्छा है।"

चांगदेव सुनते-सुनते बेचैन हो गया। बात बदलने के लिए उसने कहा, "शरबत लो। थोड़ा ज्यादा बनाया है। और एक राउंड करेंगे।"

थैंक्यू-थैंक्यू कहते हुए नाडकर्णी बोला, "रात में बड़ा भयावह लगता है इस गाँव में! पूरा अँधेरा और इधर गाँव के बाहर तो और भुतहा लगता होगा। पीछे भी दो-तीन बार आकर गया मैं। पिछले वक्त तो आप कहीं बाहर गाँव गए थे। आपकी किताबें लाए हैं—आप बायें पैर से थोड़ा लँगड़ाते चल रहे हैं? क्या हुआ?"

"हाँ, परसों सीढ़ियों से गिर गया था। बहुत चोट आई। लगा, हो जाएगा दुरुस्त, हो जाएगा ठीक—कहाँ-कहाँ ध्यान दें?"

"ये तो ठीक नहीं है। ऐसी लापरवाही नहीं करनी चाहिए। आगे पाँच-दस साल में भी अकस्मात् ये हड्डी का दर्द शुरू हो सकता है। हमारी कम्पनी की गोलियाँ हैं अच्छा इलाज। उससे नहीं हुआ तो एक्स-रे करवा लेना—पक्का ना?"

अपने बैग से उसने एक बोतल निकालकर दी। शरबत पीते हुए बोला, "आपका बताया भविष्य बिलकुल सही हुआ। इस माह के अन्त में हम रजिस्टर मैरेज कर रहे हैं। मैं अचानक ही परमानेंट हो गया पिछले महीने में! अगले साल मुम्बई में ही जॉब—फिर ये दौड़-धूप बन्द! अब तो मेरे सितारे अच्छे हो गए!"

"परमानेंट होने की राह क्यूँ देखते रहे? पहले ही निपटा लेते सब। शादी के बाद खुल्ले...है ना? हऽ हऽ हऽ।"

"तो क्या पहले खुल्लमखुल्ला नहीं था?...हमारा सब कुछ चलता रहता लेकिन बिना शादी के अच्छी फीलिंग नहीं आती...साली अपनी खुद की जगह होनी चाहिए। आपके जितना एक ब्लॉक मुम्बई में लेना हो तो दो-तीन हजार रुपये तनख्वाह होनी चाहिए—या फिर पाँच हजार पगड़ी के।"

"लेकिन मुम्बई में जगह को छोड़कर सब कुछ मिलता है। हमारे पास तो केवल जगह है। यहाँ किसी जवान लड़के के लिए किसी लड़की के पास जाना बड़ा मुश्किल काम है। क्या फायदा इस बड़े ब्लॉक का? हऽ हऽ हऽ।"

"हाँ, मुम्बई में ये एक चीज अच्छी है। शाम को मिलो, दिन में होटल में बैठो, ओवल पर बैठो। मेरे एक दोस्त का दो साल से ऐसे ही चल रहा है। और उसकी वो तो डॉक्टर है। उन्हें जगह जल्द ही मिल जाएगी, शायद हमारे पहले। देखेंगे, हमारा भी चल रहा है जगह का सरस्वती कॉलोनी में। फिलहाल एक दोस्त को दो-तीन घंटे के लिए बाहर रहने को कहा है हमारे लिए! वह दोस्त तो उस डॉक्टरनी के क्वार्टर पर ही सो जाता है चुपचाप।"

"इधर आसपास कोई डॉक्टरनी है जिसके पास आप जाते हों शायद?"

"कौन? मिस पिंगले? हाँ—क्यों?"

"नहीं, यूँ ही पूछ लिया। काफी उम्र लगती है। शादी नहीं हुई शायद उसकी।"

"मिला करो उससे। बहुत ब्राइट है। क्या आपकी अब तक पहचान नहीं हुई? अच्छी है वो लेकिन शादी क्यों नहीं हुई, पता नहीं।"

"ऐसी औरतें अच्छी हैं जनसंख्या की दृष्टि से। हर किसी की शादी होने लगी तो खड़े रहने को भी जगह नहीं बचेगी। पचास साल के बाद यही होगा, कहते हैं। अभी से मिट्टी तेल नहीं, शक्कर नहीं, गेहूँ है, तो घी नहीं..."

"हमारे एक मेडिकल जर्नल में पॉपुलेशन एक्सप्लोजन के बारे में आर्टिकल छपे थे। उसमें एक आर्टिकल बड़ा मजेदार था। लिखनेवाला शायद मुसलमान या कैथलिक होगा। उसका कहना था कि बर्थ कंट्रोल के फिजिकल आस्पेक्ट्स कितने ही अच्छे हों—उसके एथनोसाइकोलॉजिकल पहलू बड़े घातक हैं।"

"ये कैसे हो सकता है?"

"उसका यह कहना है कि अपनी तादाद कम करने की कोशिश इस हद तक जो हम मनुष्य कर रहे हैं वो ठीक नहीं है। कम बच्चों का होना जो आजकल अच्छा माना जाता है वो भी उचित नहीं है। ऐसा भी आगे हो सकता है कि अपना वंश ही नामशेष हो जाए। आजकल शेरों की फर्टिलिटी ऐसे ही प्रभावित

हुई है। सभी फिजिकल कंडीशंस देने पर भी उन्हें अपने वंश को बढ़ाने की इच्छा नहीं होती। अगर मनुष्य के बारे में भी ऐसा होने लगा तो फिर फर्टिलिटी के बारे में भी खासा अनुसन्धान करना पड़ेगा। पुरातन काल से मानव फर्टिलिटी की उपासना करता आया है इसीलिए आज इस पृथ्वी पर मानव का राज है। नहीं तो मानव वंश इतना समृद्ध नही होता। करोड़ों की तादाद में होने से ही हम बेहतर साबित हुए।"

चांगदेव बोला, "आपकी बात गौरतलब है। शेरों-सी हालत अगर मनुष्य की हो गई तो इन्हें भी नंगा करके पिंजड़े में छोड़ना पड़ेगा।"

अपनी कमीज और टाई ठीक करते हुए नाडकर्णी बोले, "अब अगले महीने आऊँगा।"

चांगदेव बोला, "अबकी बार दोनों आना। यहाँ नजदीक में एक अच्छा हिल स्टेशन है। अपने चौधरी साहब से कहलवाकर वहाँ सभी अरेंजमेंट्स कर देंगे।"

वह हँसकर बोला, "हाँ, उसे बम्बई को छोड़कर आना अच्छा लगता है। बचपन से ही वो चार दिन के लिए कहीं नहीं गई। आपकी भविष्यवाणी के बारे में मैंने उसे बताया तो खुश हुई। और मैं परमानेंट हो गया। ठीक है, अब चलना होगा, थैंक्स फॉर शरबत, ये आपकी किताबें और बचे हुए दो रुपये। शाम होने से पहले और दो विजिट्स करने हैं।"

चांगदेव ने नाडकर्णी को नीचे तक छोड़ा। वह वैसे ही रोबीली चाल में जूते बजाता हुआ एक बाजू में सीट झुकाकर बैग सँभालता चला गया।

फिर शाम हो गई। कौवों का शोर। वह बैठा रहा अकेले शरबत के गिलास धोता, किचन पोंछता, शक्कर के डिब्बे से चींटियाँ निकालता, चाय बनाते हुए मकड़े को देखता, खुद से बतियाता। फिर अँधेरा। रात। छटपटाहट। शेर के समान आदमी को फर्टिलिटी की समस्या! कौवों की पगला देनेवाली बेतरतीब काँय-काँय। फिर रात-भर अँधेरे के साथ बकझक। बाजूवाली बिल्डिंग की एक आठ-दस साल की तेज-तर्रार लड़की हमेशा उसके घर जाती थी। इस अंकल के घर हमेशा खड़िया, बिस्किट मिलते हैं, यह कहकर वह दूसरी सहेलियों को भी साथ लेकर आती और पहचान का हक जताते हुए खुद ही बिस्किट और खड़िया निकालकर बच्चियों को देती। फिर अपने लिए लेकर डिब्बा बन्द करके

अपनी जगह रख देती। कई दिनों तक वह चपल बच्ची नहीं आई तो उसे लगता वह क्यों नहीं आई? कभी बच्ची-सी लगनेवाली या कभी अपनी दोस्त लगनेवाली इस होशियार बच्ची के आने से चांगदेव को अच्छा लगता। चांगदेव हमेशा उसके पीछे-पीछे रहता और उससे चुहल करता, कान उमेठता, कभी पीछे से उसके कन्धे दबाता, कभी पप्पी कहकर उसे दबोचकर घबरा देता, फिर छोड़ देता। एक बार तो उसने लाड़ में उसे इतनी जोर से दबाया कि वह घबराकर रो पड़ी। उसे अपने आप पर शर्म आने लगी।

श्रीरामपुर वाले चाचाजी का खत फिर आया। लिखा था कि उनके बड़े बच्चे के कान बींधने हैं, अब अगर उसकी छुट्टियाँ हैं ही तो इस बहाने आ क्यों नहीं जाता? खत में यह भी लिखा था कि घर में पिताजी की हालत खराब हो गई थी। हमेशा की तरह शादी के बारे में पूछते हुए लिखा था कि जलगाँव वाली बुआजी की पहचान में एक सुन्दर लड़की है। बुआजी ने खासकर उसके लिए पुछवाया है। हमेशा की तरह आनेवाले खतों से उसे यह खत अलग और महत्त्वपूर्ण लगा। इस तरह अँधेरे में छटपटाते रहना उसे अब क्लेशकारक लगने लगा। ऐसे ही दो-तीन महीने अगर और बीते तो वो पागल हो जाएगा। खुद से तो इतने दिनों में कहीं कुछ जुगाड़ नहीं हुआ। गायकवाड़ बोलता कि अविवाहित प्राध्यापक को पहले ही वर्ष में एक लड़की पटा लेनी चाहिए। नहीं तो दो सौ तीस रुपये महीने की इस नौकरी में और रखा ही क्या है। लेकिन उससे दो सालों में भी कुछ बात बनानी नहीं आई, और आगे भी ऐसा कुछ होने के आसार दिखाई नहीं दे रहे थे। वह झोपे बोलता था, 'ये नंगी सच्चाई है कि रंडी के भी कपड़े उतारने पड़ते हैं।' और क्या बोलता था झोपे, 'लड़कियों को गर्भवती बना दो, बस।' लेकिन, आपके बाल कितने अच्छे हैं, यह कहने में भी हमें लगता है क्या बकवास कर गए। इस इलाके में बम्बई जैसी लड़कियाँ नहीं हैं। लड़कियों से सादा बात करने में भी हिचकिचाहट हो तो आगे बात कैसे बढ़ेगी? और मैं तो एक से एक पुराने गाँवों की चपेट में फँसता जा रहा हूँ।

अब इन अँधेरी रातों में ये कुँआरापन और भी बदसूरत और भद्दा महसूस हो रहा है। हिन्दुस्तान के हम युवा विषयसुख के अज्ञान के चलते डरपोक नामर्दों की तरह हस्तमैथुन किए जा रहे हैं। डरपोक इतने कि गुप्ते बाई की छातियों को देखकर ही साँस फूल जाती है। हमारा पुराना पवित्र साहित्य और लोक साहित्य यौवन

कलापों के वर्णनों से भरा पड़ा है। फिर भी न जाने कब ये नामर्दाना यौन-अज्ञान हमारे देहाती मध्यवर्ग में घुस गया और आज तक हम उसी को सँजोये जा रहे हैं। गुलाब बाई का वह रिकॉर्ड अब बजाना ही चाहिए, बार-बार बजाना चाहिए—

अकेली डर लागे, रात मोरी अम्मा
जब रे सिपहिया ने चोलीबन्द खोली
जोबन दोनों डट गए, रात मोरी अम्मा
जब रे सिपहिया ने मोरा लैंगा पकड़ो
भरतपुर लुट गयो, राम मोरी अम्मा
भरतपुर लुट गयो रात मोरी अम्मा
अकेली डर लागेऽ...

घोर अँधियारी रात फिर बहुत देर तक यूँ ही बनी रहती। उससे कोई छुटकारा नहीं था। दूसरी जाति की लड़कियाँ अपनी कुछ परवाह नहीं करतीं। और लफड़े करना अपने बस की बात नहीं, कोई मिल भी गई तो ऐसी ही नाकारा लड़की होगी। खानदानी नवयुवतियाँ उन्हीं की जाति में ब्याही जाती हैं। माली ने अपनी ही जाति की एक उठा ली। फेगड़े ने भी अपनी ही जाति वाली एक चुन ली। पहले अपनी जाति, फिर नौकरी, तनखा, घर-बार आदि बातों को लेकर लड़कियों की खपत होते-होते सारा अच्छा लॉट खत्म हो जाता है। बचता है थर्ड रेट माल। उसकी खपत भी जाति के बाहर हो जाती है। इसी कारण नामजोशी को बीसियों लड़कियाँ देखनी पड़ीं पुणे में।

अगर अपनी ही जाति में कोई सुन्दर लड़की मिलने की सम्भावना हो तो उसको स्वीकार क्यों न किया जाए? अपनी मौजूदा काबिलियत का ज्यादा-से-ज्यादा इस्तेमाल क्यों न किया जाए? इसमें लज्जा किस बात की? इस तरह अँधेरे में वक्त जाया करना तो उससे भी लज्जास्पद है। सभी लोग अगर अपनी जाति का दोहन कर रहे हैं तो हमने क्या पाप किया है? कम-से-कम इस भयानक आपत्ति से निजात पाने के लिए जाति का सहारा लेने में क्या हर्ज है? अपना आधुनिक आदर्श इसी हद तक ठीक है कि नौकरी के लिए जाति का उपयोग नहीं करेंगे मैं सभी आदर्शों का पालन करने लगूँ तो इस देश में जीना मुश्किल हो जाएगा। यूरोप के लेखकों का लेखन पढ़कर अपने आपको जंगली मानना कोई समझदारी

की बात नहीं। हिन्दुस्तान भी तो अपनी अलग समृद्ध परम्परा को सँजोनेवाला प्राचीन देश है ही। विदेशी लोगों के हजार साल के आक्रमणों के बाद भी यह स्थिति नहीं बदली तो आज मैं पुराने विचारों का कोई हल निकालूँ, यह सम्भव नहीं। और अपनी व्यवस्था में भी एक खूबसूरती है। सुन्दरता है ही कुँआरेपन में लेकिन शादीशुदा होना कहीं ज्यादा सुन्दर है। माली के समान न सही लेकिन हमें थोड़ा-बहुत यथार्थवादी बनना ही चाहिए।

सच पूछो तो एक रखैल होनी चाहिए। मतलब कोई झंझट ही नहीं। जैसे गायकवाड़ का भाई उधर हैदराबाद से एक सुन्दर बाई भगाकर ले आया। या उधर विदेश में मिस्ट्रेस होती हैं वैसे।

और एक औरत रखना अगर अच्छी बात है तो शादी में क्या है? शादी एक बाई रखने का सम्मानजनक रिवाज नहीं तो और क्या है? रसेल ने भी कहा कि शादी एक दीर्घकाल तक चलनेवाला वेश्या-व्यवहार ही है। क्या फर्क है? नाडकर्णी जैसों का प्रेम विवाह हो या फिर माली, फेगड़े जैसा शुभमंगल विवाह के बाद तो दोनों एक जैसे ही हैं। प्रेम बन्धन तो शादी के पहले। बाद में केवल विवाह। और मौजूदा हालात में तो अपने लिए यही एक रास्ता है।

फिर अँधेरे में लड़खड़ाते हुए उठकर उसने चाचा को खत लिखने के लिए मोमबत्ती जलाई। लिखा, जल्दी ही आऊँगा। फिर कुछ सोचकर पारू के पते पर भी एक खत लिखा—अपना नया पता बताओ। यह खत उसने फाड़ डाला और फिर से उसे सादा तरीके से लिखा। जलगाँव की बुआ को भी खत लिखा। कितने सालों के बाद! फिर इतने सालों के बाद अचानक अपनी शादी के बारे में कैसे लिखूँ, यह सोचकर केवल खुशहाली का खत लिखा। रास्ता ढूँढ़ते हुए अँधेरे में ही जाकर खत डाक पेटी में डाल आया।

अब वह खतों के जवाब की राह देखने लगा। पारू का भी खत आ जाता तो यह गुत्थी सुलझ जाती। वह राह देखता रहा लेकिन कहीं से जवाब न आने से हतोत्साह हुआ। उसे लगा कि लोगों के अपने-अपने काम हैं, अपना संसार है। अपने लिए किसके पास समय है? और मैं भी तो किसी को सालों-साल खत नहीं देता, न किसी से मिलता हूँ। मुझे कौन पूछेगा? सच पूछो तो असल बात लिखना आवश्यक था उसमें लज्जा कैसी? हालचाल पूछने वाला पत्र किस काम का? फिर वही हमेशा की तरह अकेले पड़े रहना, बार-बार कमरे साफ करना, रात में

खाना खाकर अँधेरे में तड़पना। रात-भर गर्मी के कारण इतना पसीना आता कि सवेरे जाकर थोड़ी आँख लगती।

एक बार खाना खाकर आते समय वह यूँ ही डॉक्टर मिस पिंगले के घर चला गया। उसके दवाखाने में जाने की कभी नौबत नहीं आई थी। लेकिन मैं यहाँ पिछवाड़े रहता हूँ यह उसे पता तो चले। और नाडकर्णी के बारे में पूछताछ करना भी एक बहाना था ही।

वह गैस बत्ती की रोशनी में दवाखाने में बैठती थी इसलिए पूरे अँधेरे में यही एक घर आकर्षक लगता था। इसके अलावा अकेली रहनेवाली कुँआरी डॉक्टरनी में भी एक आकर्षण था ही। वह एक बूढ़े रिटायर इंजीनियर का बँगला था जिसका एक हिस्सा डॉक्टर मैडम ने किराये पर ले रखा था। गाँव में भी एक दवाखाना था। घर में भी यहाँ शाम को दो-एक घंटा दवाखाना चलाती।

पहली ही मुलाकात में उसका रवैया अच्छा लगा। इधर-उधर की बातें हुईं। नाडकर्णी के बारे में बोलते हुए उसने बताया कि इन दिनों में वे इधर आए क्या, यही पूछने के लिए वह आया था। यही गलती हो गई क्योंकि ऐसा कहते ही उसके चेहरे का रंग बदल गया।

कुल मिलाकर एक बार फिर साबित हो गया कि औरतों के सामने धूर्तता से पेश आना उसके बस की बात नहीं है। उसे लगा कि अपने साथ गपशप करने आया यह कुँआरा आदमी मुझ जैसी अधेड़-सी कुँआरी को गपशप का लुत्फ भी नहीं लेने देता। और खासकर उस वक्त तो उसे झूठ नहीं बोलना था। झूठ बोलने की कोई जरूरत ही नहीं थी। फिर भी वह बोली, “आते रहना, आजकल काफी बोरियत होती है अकेले में” वगैरा।

अब चांगदेव आजकल हर दिन आकर बैठने लगा। वह अमरीका जाने की कोशिश में थी इसलिए अंग्रेजी भाषा के बारे में पूछती रहती। कभी-कभार शरबत बनाती। आजकल अँधेरे में कहीं-किसी के यहाँ जाना मुमकिन न था, सो यहाँ गप्पें लड़ाना अच्छा लगता। वह तीस पार कर चुकने पर भी शादी लायक लगती थी। और इस उम्र में फालतू रूमानियत भरी बातों की तोहमत से दूर रहा जा सकता था। लेकिन कुल मिलाकर वह अकड़ू और घमंडी थी। यह भी उसकी शादी न होने की एक वजह होगी। कभी वह आत्मीयता से पेश आती, कभी उसे बाहर बिठाकर अन्दर जाती तो आधा घंटा बाहर ही नहीं आती। कभी खाना खाने पर मजबूर करती।

लेकिन चांगदेव उसके साथ बड़ी चालाकी से पेश आता। कुल मिलाकर उसका अच्छा चल रहा था। लेकिन एक बार ऐसा कुछ हुआ कि उसने चांगदेव को घर से बाहर ही निकाल दिया। उससे क्या गलती हुई है यह समझने से पहले ही वह लज्जा के मारे मर-सा गया। एक पुरुष होकर इस तरह से अपमानित होने पर उसे बड़ा मलाल रहा।

हुआ यूँ कि बढ़ती हुई मित्रता को देखते हुए उसने शादी और उम्र के बारे में बोलना शुरू किया। बातें बनाने में माहिर होने पर भी उससे गलती हो ही गई। फिर भी उसने यह नहीं कहा था कि मैं शादी करूँगा। लेकिन वह अचानक ही गुस्सा हो गई।

बातों-बातों में वह यह कह गया था कि उसे ऊँची कद-काठी वाली हट्टी-कट्टी औरतें पसन्द हैं। यह सुनते ही वह निश्चल हो गई। बात को सँभालने के लिए चांगदेव बोला, "अधेड़ उम्र की औरतों के साथ शादी करने के जो फायदे प्रेसिडेंट जेफर्सन ने बताए हैं वह क्या आपको ज्ञात नहीं हैं?"

वह बोली, "जेफर्सन? कौन से फायदे?"

चांगदेव बोला, "एक तो उम्र में बड़ी होने के कारण ऐसी महिलाएँ सभी बातों को लेकर तजुर्बेकार होती हैं। और कम हसीन होने की अपनी खामी को पूरा करने के लिए एक तरह की अच्छाई उनके पास होती है।"

वह फिर से स्तब्ध हो गई।

"और तो और, जल्दी में होनेवाले बच्चों की तादाद पर भी रोक लग जाती है अपने आप ही—एक, दो बस।"

वह बोली, "यानी कि कांट्रासेप्टिव्स का खर्च भी नहीं, कोई झंझट भी नहीं! ये अच्छा है, मुझे भी पसन्द आया। और आगे बताओ?"

"और तो आगे मुझे ठीक से समझ में नहीं आया लेकिन आपको शायद ठीक से मालूम हो। जेफर्सन कहता है कि खड़े रहनेवाले स्तनधारी प्राणियों की मांसपेशियों का ताजापन उनकी उम्र के साथ सर से नीचे की ओर कम होता जाता है। अर्थात बीस साल की लड़की की अपेक्षा तीस साल की उम्र वाली महिला का चेहरा थोड़ा फीका भी पड़ जाए तो नीचे सब वैसे ही रहता है। फर्क तो चेहरे पर पड़ता है, नीचे कुछ फर्क नहीं पड़ता। जेफर्सन मजाक में कहता है कि अँधेरे में हर बिल्ली भूरी लगती है। है ना?"

इतना सुनते ही वह झटके के साथ खड़ी हो गई। बोली, "ठीक है, अच्छा

है। अब आप निकलो यहाँ से, इतनी देर गप्पें हाँकने के लिए मेरे पास समय नहीं है।"

चांगदेव बोला, "आपको शायद थकान महसूस होती होगी, तो मैं जरा जल्दी ही आया करूँगा। अपना वह अंग्रेजी का भी...वह भी शुरू करेंगे...।"

वह बोली, "न ही आओ तो अच्छा है!"

अँधेरे में टटोलते हुए घर आते समय वह सोचने लगा कि यह तो खैर रही कि मैंने जेफर्सन वाली आखिरी बात नहीं बताई। उसने कहा है कि ऐसी औरतों से शादी करो तो वे हमेशा के लिए अपने पति की ऋणी रहती हैं। कुल मिलाकर ये औरतों वाला मामला अपने बस की बात नहीं है, यही सच है।

'राधाकृष्ण' पर आने के बाद फिर उस नवविवाहित अक्खड़ आदमी के दरवाजा खोलने की राह देखनी पड़ी। साली सभी बातें बकवास!

पी.टी. अचानक गाँव से वापस आ गए। गाँव में रहते हुए बच्चे ने कुछ अनाप-शनाप खा लिया होगा, सो उसके लीवर पर सूजन आ गई। वह बहुत ही बीमार हो गया। चांगदेव बोला, "कहीं से भी पैसों का इन्तजाम करो और इसे जल्द ही मुम्बई ले चलो।"

"वही तो मैं तय कर रहा हूँ। ऑपरेशन टालने की कोशिश की थी लेकिन लगता है कराना पड़ेगा। इस हफ्ते जाना ही होगा।"

चांगदेव बोला, "खर्चे के बारे में ज्यादा मत सोचो। थोड़े रुपये मैं दे दूँगा। लेकिन सब कुछ अच्छी तरह से हो जाना चाहिए। मुम्बई में अच्छे अस्पताल हैं। बच्चों की तकलीफ देखी नहीं जाती। आप जल्दी करो।"

शेख के घर से होते हुए चांगदेव काफी दिनों बाद सुलतान के प्लाट पर आया। सुलतान बोला, "क्यों प्रोफेसर भई, घर नहीं गए क्या छुट्टी में? इधर क्या कर रहे हैं रात में, इत्ते अँधेरे में?"

रिटायर फॉरेस्ट ऑफिसर बोला, "मैं भी कहीं भाग जाने की सोच रहा हूँ। रात में मुझे पहले से ही नींद नहीं आती। अब तो और भी मुश्किल हो गया। और प्रोफेसर जैसे जवान आदमी तो और भी बोर हो जाते होंगे! क्यों भतीजे, ठीक कहा ना मैंने? ह ह ह।"

चांगदेव थोड़ा हँस दिया।

शेख बोला कि अब इनकी शादी होनी चाहिए। सुलतान हँसकर बोला, "शादी के लिए तो ये दिन बहुत अच्छे हैं। पूरी रात अँधेरा। किर-किर नहीं। फिर सभी हँस पड़े। कुल मिलाकर ये कि इन समझदार लोगों को सब कुछ मालूम रहता है। और अपनी ओढ़ी हुई सभ्यता के बावजूद अपनी क्या हालत है ये भी इन सालों को पूरी तरह मालूम है। चांगदेव खिसिया गया।

किसी का खत नहीं आया। उसने फिर एक बार अपने चाचा को खत लिखा। पिताजी को भी खत लिखा ताकि उन्हें अच्छा लगे कि आप अब थक चुके हैं और थोड़ा कामकाज देखकर आराम करें। आपने घर के लिए बहुत कुछ किया है—वगैरा। अब तो रात होते ही अँधेरा सारे शरीर को घेर लेता है और रात-भर दिमाग में उलटे-सीधे चक्कर घूमते रहते हैं। शाम को बाहर निकलने पर ऐसा लगता है कि घर वापस जाना ही नहीं है। गुप्ते बाई के घर से किताबें लाने के लिए जाना है यह सोचकर एक बार वह उधर निकल पड़ा।

बाई ने खुद ही दरवाजा खोला। किताबों का जिक्र कर वह बैठ गया। थोड़ी देर में अन्दर से उसका पति आया और एकदम सामने आकर खड़ा हुआ। कोर्स पूरा हो जाने के कारण वह हमेशा के लिए आ गया था। उसने अपने भविष्य की योजनाएँ बताकर चांगदेव को घंटा-भर बोर किया। बाद में बाई फटी-पुरानी हालत में तीन-चार किताबें लेकर आई। और कहा, बाकी की एक-दो नहीं मिलीं, बाद में भेज दूँगी।

चांगदेव यह कहकर निकल पड़ा कि कोई बात नहीं। किताबों में अन्दर यहाँ-वहाँ कुछ लिखा हुआ था। उसे खुद पर ही गुस्सा आया। लाइब्रेरी की किताब पर कोई निशान भी बनाए तो उससे बर्दाश्त नहीं होता था। लेकिन लम्पटता के चलते चुप रहा। मुँह लटकाकर वापस आ गया।

फिर दो खत आए हुए दिखे। एक तो उसी का पारू को लिखा खत इधर-उधर भटककर वापस आया था। उसी पर गन्दे अक्षरों में पोस्टमैन ने लिखा था, गलत पता।

दूसरा चाचाजी का था जिसमें उन्होंने उसे जल्दी से आने को कहा था। लिखा था कि बुआजी का खत मिला होगा, एक ठिकाना बताया है। उसे भी लगता है कि शादी जल्दी हो जाए तो अच्छा। फिर उम्र बीती जाती है शादी की। जल्दी करना ही अच्छा है। लड़की तो सुन्दर ही होनी चाहिए लेकिन तुझे पढ़ी-लिखी चाहिए तो बताना।

बुआजी का खत न जाने क्यों नहीं मिला। नीचे रहनेवाला वह नया शादीशुदा आदमी मुख्य दरवाजे को बन्द ही रखता है। इसी वजह से पोस्टमैन अपने खत वहीं छोड़ जाता है। इसी वजह से कुछ खत गायब हो जाते होंगे। बुआजी ने जरूर शादी के बारे में ही लिखा होगा।

इस वजह से उस नए शादीशुदा धृष्ट आदमी पर वह इतना गुस्सा हो गया कि एक बार उसका खत ऊपर लाकर पढ़ने लगा। यह खत उसके बूढ़े बाप ने लिखा था कि शादी के बाद तू इतना एहसानफरामोश हो गया कि हमें भूल बैठा। तू इतना जोरू का गुलाम हो जाएगा यह पता नहीं था...। दीपावली के लिए भी नहीं आया, खत भी नहीं लिखता और रुपये भी नहीं भेजता। माता-पिता तो भगवान का रूप होते हैं। तू चांडाल पत्नी के पल्लू में छुपा बैठा है...आदि-आदि।

यह पढ़कर चांगदेव को लगा कि ये कार्ड तो उस मगरूर आदमी को मिलना ही चाहिए। वो धीरे से नीचे गया और खत रखकर ऊपर आ गया। इस खत का प्रभाव शाम को सुनने को मिला। वह आदमी किसी थोड़ी-सी बात के लिए अपनी पत्नी को डाँट रहा था, उस पर चिल्ला रहा था। वह बेचारी सहे जा थी चुपचाप। शायद रो रही थी। चांगदेव को भी बुरा लगा।

आज जाएँगे, कल जाएँगे करते हुए वह एक दिन जल्दी उठकर नौ बजे रेलवे स्टेशन पहुँच गया। गाड़ी देर से निकली। वह पूरी दोपहर सोता रहा। मनमाड में गाड़ी बदलकर फिर श्रीरामपुर को। आखिर देर हो जाने से चाचा के कारखाने को जानेवाली बस निकल गई थी। इस वजह से वह नहर के किनारे-किनारे चलता हुआ कारखाने की ओर निकला पड़ा। फासला काफी था। चारों ओर गन्ने के लहलहाते खेत। हरे पत्तों पर डोलते सफेद तुर्रे। बाद के खेतों के बीच कारखाने की बेडौल इमारत दिखाई देने लगी। इतनी दूर गाँव से अलग चार-पाँच मील पर चाचा बाल-बच्चों के साथ रहता है, यह बड़ी हिम्मत की बात थी। फैक्टरी के साथ ही क्वार्टर्स की दो-चार लाइनें थीं—यही बस्ती बस। लेकिन चाचा का कमाल कि यहाँ पर भी वह खुशी से रहता था। क्वार्टर्स की कतारों पर मोटे काले अक्षरों में ए, बी, सी लिखा हुआ था। ए दर्जे के क्वार्टर्स बड़े बगीचे वाले थे। बी मध्यम आकार के थे, जहाँ छोटा-सा बगीचा था। सी वाले बिलकुल छोटे-छोटे-से दो सीवरों की कतार के बीच में बँधे हुए से थे। कुछ

लोगों ने सामने थोड़े पेड़ वगैरा लगवा लिए थे। घर पर सीमेंट की चद्दरें और कच्ची ईंटों की दीवारें।

चाचा 'सी' दर्जेवाले में ही होगा, यह सोचकर चांगदेव उधर की ओर मुड़ गया। ऐसे घर में चाचा पाँच-छह साल से रह रहा है यह सोचकर उसे दया आ गई चाचा पर। बुरा भी मालूम हुआ। घर के सभी लड़कों के बारे में ऐसा ही हुआ। पिताजी ने किसी का भी भला नहीं किया। लड़कियों का भला करने की कोशिश की थी वह भी उनसे ठीक तरह नहीं हो पाया लेकिन चाचा उसको बेहद चाहते थे यह बड़ी अच्छी बात थी। बचपन में साथ-साथ खेले-कूदे, खाया-खिलाया—सब कुछ याद रहता है। हर खत में चाचा लिखता कि ऊपर की पोस्ट मिलेगी लेकिन अब तक वह नहीं मिली। नहीं तो उस बागवाले 'बी' क्वार्टर्स में रह लेते कुछ दिन।

कोई मेहमान बस्ती में आया है यह देखते ही 'ए' से लेकर 'सी' तक के सभी घरों से औरतें झाँक-झाँककर देखने लगीं। 'ए' वाली अपनी सम्भ्रान्ता को सँभालती हुई तो 'बी' वाली सीधे बाहर आकर खड़ी होकर देखने लगी। 'सी' क्वार्टर्स में रहनेवाली औरतें तो सीधे पूछने ही लगीं, "कौन हो?" कुल मिलाकर ऐसा लगा कि इधर मेहमान ज्यादातर नहीं आते होंगे। सभी के चेहरों पर किसी के घर कोई तो आया है इसकी मिठास झलक रही थी। स्थानान्तरित सुख।

चाचा के घर का नम्बर दिखा। बाजू वाले घर के आँगन में दो-तीन बड़ी सी दिखनेवाली लड़कियाँ कंकर खेल रही थीं। छोटे बच्चे शोर मचा रहे थे। सभी के लिबास साधारण से थे। एक होशियार लड़की खेल रोककर बोली, "कौन हो?"

चांगदेव बोला, "पाटील।"

"ये हयांच, आव, औ मौसी देखो तो कौन मेहमान आए तुम्हारी तरफ।"

इसी के साथ दरवाजे में से उन लड़कियों की माँ इस तरह बाहर आई मानो उसी के घर कोई आया हो। वो नाटे कदवाली, मोटी, गोरे रंगवाली गुजराती महिला थी। उसने भी चिल्लाकर कहा, "ओ ज्यावो ता ओ नीलू, मौसी को बोल के आव अन्दर।" फिर चांगदेव से बोली, "दो-तीन दिन से हम राह देख रहे हैं।"

"आओ ना अन्दर। ओ लता बेन—ओ लता बहेन...।" चांगदेव ने सोचा इस पड़ोसन को इतनी आत्मीयता क्यों है? फोकट की तकलीफ। सी क्वार्टर्स की सभी औरतें अपने घरों की सीढ़ियों पर बैठी उसके आगमन को एकटक देख रही थीं—बड़े सुख से। बच्चे-कच्चे भी माँओं के इर्द-गिर्द खड़े होकर देख रहे थे।

गुजराती बाई बोली, "वही तो दरवाजा है, क्या खुला नहीं है? इधर आओ हमारे घर से होकर ज्याव। घर एकच है। क्या कर रही हो नीलू मौसी? बच्चे को नहला रही हो क्या? रुको मैं आती हूँ।" चांगदेव उस महिला के पीछे-पीछे चलते हुए पिछले आँगन में उतरा। वहाँ पीठ की ओट कर चाची छह महीने के एक छोटे बालक को सीधे बाल्टी में खड़ा कर नहला रही थी और उससे तुतलाती हुई बतिया रही थी। यह दृश्य चांगदेव को अच्छा लगा।

चाची को चांगदेव ने कभी नहीं देखा था, ना ही चाची ने उसे। हाथ-पैर धोकर चांगदेव चाची के बाजू में बैठकर बच्चे के साथ खेलने लगा। इतने में चाची ने बड़ी फुर्ती से वहाँ आजू-बाजू पड़े जो खेल-खिलौने, चीजें आदि सब बिखरे पड़े थे—सभी सँभालकर रख दिये।

इतने में वह गुजराती बाई अपने पाँच-छह बच्चों के साथ वहीं आ गई। बिलकुल अपने इर्द-गिर्द चूजों को साथ लेकर घूमनेवाली मुर्गी की तरह! वो मजाकिया ढंग से चाची को बोली, "तुम भी क्या खूब हो बेन, चार रोज से मेहमान की राह देख रही थीं और आज ये आए तो दरवाजा ही बन्द करके बैठ गईं। आप शायद पैदल आए, बस में नहीं। मैंने देख्या।"

चांगदेव के लाड़ जताने से वह बच्चा रोने लगा। उसे तौलिये में लपेटकर चाची ने गुजराती बाई के हाथ में सौंप दिया और खुद काम सँभालने चली गई। गुजराती बाई ने उसे अपनी गोद में लिटाया और अपनी बड़ी बच्ची को काजल, पाउडर, लँगोटी, कुर्ता आदि लाने को कहा। वह उसे अपना ही बच्चा मानकर गुजराती में बतियाते हुए बड़े लाड़ से उसके साथ खेलते हुए उसे नजरबट्टू लगाकर वहीं बैठी रही। फिर बच्चे को चांगदेव के हाथ में देते हुए वह बोली, "अब अपने भैया के पास जाओ, खेलो और उसके कपड़े गीले करो, फिर उसका ब्याह जल्दी होगा जाओ।"

इस बात पर सभी लड़कियाँ, बच्चे और चाची भी हँसने लगे।

चांगदेव अपने छोटे चचेरे भाई के साथ खेलता रहा। कई सालों से इतने छोटे बच्चे को उसने हाथ में नहीं लिया था। थोड़ी देर में चाचा का बड़ा लड़का प्रकाश आया और इन दोनों के साथ बतियाने लगा। बाजू में सभी लड़कियाँ और गुजराती बाई खुश होकर यह दृश्य देखती खड़ी रहीं। यह सब अटपटा-सा लगा तो चांगदेव बच्चे को लेकर रसोईघर में चाची के पास जा बैठा। लेकिन ये सब वहाँ भी पहुँच गए। फिर चाची ने उनका परिचय उन्हीं के सामने दे दिया। ये लोग

कच्छी हैं। भुज के पास के एक देहात से हैं। इनका नाम धरमसी है। इनका पति यहाँ पर हमारे साथ नौकरी में है। इनका स्वभाव बड़ा अच्छा है। इनकी वजह से तो ऐसा लगता ही नहीं कि अपना देश छोड़कर आए हों। इसके अलावा इनके तीन लड़कियाँ और दो लड़के हैं जिनकी वजह से हमेशा चहल-पहल रहती है। अरे बैठो तो, चाय लेकर जाना। कच्छीबाई बोली, "अभी चाय नको, हमारे घर ताजे नीबू हैं, मालू जा जरा नीबू लाना। चाय बाद में लेना।"

एक लड़की दौड़कर गई और नीबू लेकर आई। सभी वहीं पर बैठ गए। गुजराती बाई की सादगी के कारण वह उसे अपनों में से ही लगने लगी। कच्छ से इतनी दूर से उसका कोई मेहमान उसके घर नहीं आता था। इस वजह से उसे ऐसा लग रहा था मानो उसका अपना ही कोई सगा भतीजा आया हो। थोड़ा-थोड़ा शरबत लेकर सभी गपशप में लग गए और धरमसी बाई ने शादी की बात छेड़ दी। बोली, "भाऊ, अब आपको ब्याह कर लेना चाहिए। इधर लड़कियों को लायक वर नहीं मिलते, है ना ओ बहन?" चाची बोली, "सच है।" फिर चाची ने धरमसी के एक लड़के से कहा, "मुन्नालाल, जा तो जरा, चाचा को कहना चांगदेव आया है। क्या कहेगा?" जाते-जाते वह बोला, "काकू बोली, च्यांगदेव आयो।" इस पर सभी हँसे। फिर औरतों की गपशप। कच्छीबाई वहीं एक लड़की के बालों में कंघी करने लगी। छोटे बच्चे बीच-बीच में इधर से उधर कर ही रहे थे। सभी लोग, बच्चियाँ, चाची, कच्छीबाई—चांगदेव से उधर की बातें पूछने लगे और इधर की कुछ बातें बताने लगे। छह बजे तक सभी हँसी-मजाक करते हुए बच्चों का ध्यान रखते बैठे रहे।

छह बजे सायरन बजते ही सब उठने लगे। चाची चाय-पोहा बनाने लगी। गुजराती बाई जाते-जाते चाय का न्योता देकर गई।

कुल मिलाकर कि ये दोनों घर कहने मात्र को ही अलग थे। उठना-बैठना, खाना-पीना सब एक साथ होता था। इस कारण दोनों परिवारों को एक-दूसरे का सहारा था। इसके बिना इन वीरान खेतों में जीना मुश्किल हो गया होता।

सायरन की आवाज रुकते-रुकते चाचा हँसते-हँसते पहुँच गया। दोनों बच्चों को कन्धे पर लेता हुआ वह चांगदेव के पास आया। दोनों एक-दूसरे को खुशी से अपलक देखते रहे। चाचा के साथ बचपन में गाँव के बाहर नदी के किनारे पेड़ों की शाखाओं पर, घने जंगलों में क्या कुछ नहीं किया था। उस वक्त का खुशमिजाज, बातूनी, हँसोड़ चाचा और अभी सामने बैठा धीमा, पारिवारिक सुख से

ओत-प्रोत प्रौढ़ हो चुका चाचा! शादी के बाद आदमी क्या इतना बदल जाता है?

धरमसी भी पोहा खाने को आए। वे अदने कद वाले, शान्त स्वभाव के, मितभाषी, सज्जन और समझदारी की बात करनेवाले सभ्य गृहस्थ थे। "अब खाना खाकर सो जाओ" कहकर वे जाने को हुए। उन्होंने चाचा से पूछा कि कुछ लाना है तो कहो। चाचा ने उनके हाथ में पैसे और एक थैली थमा दी।

चाची ने दोनों बच्चों को धरमसी के घर छोड़ दिया। इस कारण उनका रसोई का काम जल्दी ही निपट गया। दोनों चाचा-भतीजे बाहर आँगन में खटिया पर बतियाते रहे। उधर धरमसी भी अपनी खटिया डालकर बच्चों को साथ ले सिगरेट पीते हुए तरकारी के दामों के बारे में बीच-बीच में बोलते रहे। चाचा और धरमसी के बच्चे खटिया के इर्द-गिर्द दौड़-भाग करते हुए शोर-शराबा कर रहे थे। छौंक लगाने की आवाजें दोनों घरों से आने लगीं—साथ में खुशबू भी। फिर फैक्टरी के दीये जल उठे। इतने दिनों बाद रात में प्रकाश देखकर चांगदेव खुश हो गया। पारिवारिक आवाजों और खुशबुओं के बीच इस तरह शान्त लय में खाट पर बैठे रहने के इस दृश्य में अपने आपको देखकर वह सन्तुष्ट हुआ।

भोजन के समय धरमसी के घर से दो सब्जियाँ आईं। चाची ने भी अपनी दाल, सब्जी उनके लिए भेजी। पेट-भर खाना खाकर वे बाहर बैठकर फिर से बातें करने लगे। चाचा को इस बात का बुरा नहीं लगता था कि उसे ऊपर का ग्रेड नहीं मिल पाया। उसने इतना ही कहा कि अब उसका ही नम्बर है, मिल जाएगा। उदली के घर के बारे में भी चाचा को कोई मलाल नहीं था। गाँव में बूढ़े आदमी दो जून की रोटी खाते हैं, आगे का आगे देखा जाएगा, बाड़ा बेचने दो, इतनी-सी खेती में कुछ मिलता नहीं। लेकिन बड़े चाचा के लड़के को पढ़ाना चाहिए—होशियार है वह, मैंने उसे पाँच सौ रुपये भेजे थे—आदि बातें करने के बाद चाचा यह जताना चाहता था कि वैसे सभी का ठीक चल रहा है। बहनों के बारे में बात निकली। उनका भी ठीक चल रहा है। भाइयों का भी ठीक चल रहा है। चाचा को लगता था कि पूरी दुनिया खुशहाल है। शादी के बाद चाचा बहुत ही धीमा पड़ गया था। सुखी और मृदु।

चांगदेव का बिस्तर बाहर खटिया पर लगाकर चाचा अन्दर की ओर चले गए। इसी बीच धरमसी ने चांगदेव को एक सिगरेट लाकर दे दी। कितने सयाने लोग हैं। चाची के काम भी पूरे होने को आए। धरमसी की लड़कियाँ भी बाहर बिछौने लगाकर हँसी-मजाक कर रही थीं, पहेलियाँ बुझा रही थीं। इत्ता-सा बच्चा पूरे घर की रक्षा करे—बताओ कौन? चाचा छोटे बच्चे को कन्धे से लगाकर आँगन में चक्कर

काटते हुए उसे सुलाने के लिए तरह-तरह की आवाज निकालने लगा—'माऊ-माऊ सो जा...वो देख बिल्ली आई...सो जा...।' अन्दर के दरवाजे से लाइट की एक पट्टी बाहर आँगन में पड़ रही थी। फिर धरमसी के घर समेत सभी घरों के सामने रोशनी की ऐसी पट्टी दिखने लगी। जैसे-जैसे लोग सोने चले वैसे-वैसे एक-एक पट्टी मिलती गई। थोड़ी देर में धरमसी के घर की पट्टी भी मिट गई और धरमसी बाई बच्चे को सुलाने के लिए बाहर आकर बैठ गई। फिर भी एक बच्ची उस बच्चे को सताने लगी तो धरमसी ने उसे एक चपत कस दी। वह जोरों से रोने लगी। फिर धरमसी बाई उसे समझाने में लग गई। इधर चाची के घर की पट्टी भी मिट गई और वह बाहर आकर बिछौना लगाने लगी। धरमसी के ही घर में सोये प्रकाश को हल्के से उठाकर चाची ने उसे गद्दी पर सुलाया। फिर भी नीचे लिटाते समय वह जाग ही गया। उसे धीरे-धीरे थपकी देकर चाची चुपचाप बड़ी होशियारी से बाजू हो गई। चांगदेव बड़ी खुशी से चाची के इस कौशल को देखता रहा। चाचा ने अपने कन्धे की ओर इशारा करते हुए कहा, "ये भी सो गया है। गधे ने अभी-अभी मेरी कमीज को भिगो दिया। इस हरामखोर का पोतड़ा बदल दे पहले।" और उसे चाची के हाथों में देते हुए चाचा ने अपने कपड़ों को एक बार जोर से झटका। फिर बच्चे को अपनी बाँहों में भरता हुआ अलेले कहकर पैर तानकर सो गया। उधर धरमसी कह रहे थे, 'ओ मुन्ना, बिल्ली आई। सो जा, सो जा।' चांगदेव बड़ी शान्ति के साथ इन दोनों के संसार को निरख रहा था। थोड़ी देर में ठंडी हवा चली। कारखाने की दूर से आनेवाली आवाज आती रही। बीच-बीच में सायरन बज रहे थे।

धूप एकदम आँखों पर ही आ गई तो चांगदेव को रोज के मुकाबले जल्दी उठना पड़ा। चाचा और धरमसी चार बजे ही चले गए थे। चाची अन्दर कुछ कर रही थी। सभी छोटे बच्चे इधर-उधर बिखरे सोये पड़े थे। प्रकाश ने गादी की चद्दर भिगो दी थी। छोटेवाला भी पूरी तरह से एक पैर का अँगूठा मुँह में लेकर खेल रहा था। उसकी लँगोटी पीली हो गई थी। चांगदेव ने चाची से हड़बड़ी में कहा कि बच्चे ने टट्टी कर दी है। लेकिन चाची ने बड़े धीमेपन से कहा, "सवेरे से उसके चार-पाँच पोतड़े बदलने पड़ते हैं।" धरमसी बाई भी बच्चों को जगा रही थी। उसने भी बच्चों की भीगी चद्दरों को बाहर कनेर के पेड़ पर सूखने को डाल दिया। उधर अन्दर सभी बच्चों का रोना, झगड़ना, जिद्द करना, नाक साफ करना, नहाना, पानी फेंकना, बच्चों को माँओं का समझाना, ये सब ऊँची आवाज में चल रहा था। आँगन में एक कट्टे पर बैठकर चांगदेव इन बातों के मजे ले रहा था। चाचा का

लड़का प्रकाश कट्टे पर खड़ा होकर नीचे फुलवारी में पेशाब करने लगा। पीछे से एक थप्पड़ जमाकर चाची ने उसे उठाकर बाथरूम में बिठाया तो वह जोरों से रोने लगा। फिर अपने ही हाथ से दूध पीने की जिद करने लगा और शर्ट पर आधा दूध गिरा लिया। फिर हाथ से मुँह पोंछकर खेलने चला गया। चाची ने सभी बिछौने तह करके रख दिये। भीगे चद्दर सूखने के लिए डाल दिये। झाड़ू-पोंछा किया।

धरमसी और चाचा आठ बजे घर आए। धरमसी के घर दोनों को उपमा और लड्डू खाने को दिया गया। खाना खाकर दोनों जल्दी-जल्दी कारखाने को निकल गए। अखबार सामने रखकर चांगदेव वहीं बैठा धरमसी का दो कमरों वाला संसार देखता रहा। नहाने के बाद सभी लड़कियाँ बाल सँवारने वहीं आ बैठीं। तीनों एक-सी दिखनेवाली तेजतर्रार। फिर लड़कियों ने घर सँवारना शुरू किया। बड़ी वाली अपनी माँ का हाथ बँटाने लगी। बीच वाली जाकर उधर से छोटे को लेकर आई जो पैरों के अँगूठे से खेल रहा था। उसे लेने के लिए दोनों लड़कियाँ झगड़ने लगीं। छोटे के मुँह से लार टपक रही थी जिससे उसकी गंजी गीली हो गई। उसकी छोटी-सी नाक भी बह रही थी। एक लड़की उसकी नाक पोंछने के लिए जैसे ही उसकी गंजी उठाती, वह जोर से चिल्लाकर मुँह फेर लेता। फिर छोटी लड़की उसे गोदी में उठाकर उसका मुँह अपनी गर्दन में छुपाकर उसे शान्त कराती। इस बीच छोटे ने गुस्सा होकर पेशाब कर दिया। उसका गर्म स्पर्श होते ही लड़की ने उसे बदन से अलग कर हवा में पकड़े रखा। धरमसी बाई उधर से झूठ-मूठ का गुस्सा दिखाती आई और अपने आटे से सने हाथों से उसके गाल सहलाते हुए पोंछे से फर्श को पोंछ दिया। तब छोटे ने माव-माव कहते हुए धरमसी बाई की ओर जाना चाहा। तुझे मौसी चाहिए क्या—कहकर बाई ने उसे अपनी गोद में बिठाया और लाड़ करने लगी। उसको हलकी चपत देकर गाल पर लगा आटा पोंछने लगी। साथ ही कच्छी में कुछ बोलती भी रही। लेकिन छोटे ने इस पर भी प्यार से पेशाब कर दिया और धरमसी बाई की साड़ी भिगो दी।

धरमसी बाई ने यह कहकर कि ले अपने मुत्रे-कुत्रे को, बच्चे को चाची के हवाले कर दिया। साड़ी निचोड़कर हवा में लहराई ताकि वो सूख जाए। इतने में चूल्हे पर रखा कुछ उफन गया तो उधर दौड़ पड़ी। उधर धरमसी बाई के लड़के ने पानी का गिलास उड़ेल दिया। ऐसे ही कुछ गिरना, पोंछा-पाछी करना, रोना-चिल्लाना, हँसना-हँसाना, ऊँची आवाज में एक-दूसरे को बुलाना चलता रहा। छोटे-बड़े सभी मिलकर जीने का मजा लूट रहे थे।

इतनी बड़ी संख्या वाले परिवार में चांगदेव काफी सालों बाद आया था। शुरू में गन्दे लगनेवाले ये संसारी लोग धीरे-धीरे अपने-से, मिठास भरे और स्वस्थ लगने लगे। पेट के बल चलनेवाले शिशु, गोदी में बैठा आगे-पीछे झाँकनेवाले बालक, दौड़ते हुए गिरनेवाले, रोते बच्चे, आपस में खींचातानी करती लड़कियाँ तरह-तरह की आवाज—चूड़ियों की, पैरों की, रसोईघर की, बर्तनों की, कपड़े धोने की, माँओं की—मीठी आवाजें, जनाना अधिकार दर्शानेवाली मधुर आवाजें। कपड़ों और बर्तनों के धोने से बिखरा हुआ पानी—चारों तरफ पैरों के निशान, सभी के पैर गीले। इधर धरमसी बाई चिल्लाती, 'आपके बछड़े को ले जाना जी, कुछ काम ही नहीं करने देता निगोड़ा।' तो उधर से चाची आकर क्यों रे हरामी करेगा ऐसे? कहकर घुड़की देती। यही सब चल रहा था।

'सी' दर्जा क्वार्टर्स में एक बड़ा रसोईघर और एक बड़ा कमरा और आगे-पीछे बरामदा था। और दो परिवारों का मिलकर एक बड़ा-सा आँगन। जगह की इस कमी के कारण हर एक चीज को करीने से रखना, इस्तेमाल होते ही अपनी जगह रखना, झाड़ू-पोंछा करना, ये सब काम ध्यान देकर किए जाते। बिछौने रात में निकालना, सवेरे फिर से एक के ऊपर एक जमाकर उन्हें चद्दर से ढक देना, बच्चों के खिलौने बिखरे पड़े रहते, उन्हें एक जगह करके रखना, बच्चे उन्हें फिर से बिखेर देते—फिर वही काम। बार-बार।

चाचा दोपहर में खाना खाने आते और फिर जो जाते तो चार बजे ही आते। कभी दिन-भर घर पर और रात में ड्यूटी को। कभी सवेरे चार बजे जाकर दोपहर तक। चांगदेव भी रोज कारखाने का चक्कर लगाकर आता। यंत्र वगैरा देखता और गन्ने का रस पेट-भर पीता। फैक्टरी से घर आने पर चाचा और धरमसी को बड़ा सन्तोष मिलता। मशीनों की आवाज से बाहर आने की खुशी जो रहती। घर में बड़ी शान्ति मिलती।

एक दिन दोपहर को धरमसी बाई एक बड़ी थाली में बड़े-बड़े लड्डू, गुझिया, सेव आदि परोसकर ले आई और चांगदेव से खाने को कहा और बताया कि ये हमारा कच्छी नाश्ता है। फिर जल्दी से गई और आँवले का अचार लाकर परोसते हुए कहा, "ये मेरे मैकेवाला है। कैसा है?" वह वहीं अपने बच्चे को लेकर बैठ गई। चाची और ये बाई हमेशा एक-दूसरे की तारीफ करती रहतीं। धरमसी बाई बोली, "पहला हम उधर सतरा लम्बर में था। हमारे पड़ोस में वो पुणेवाली बम्मन की बाई थी—बहुत ही अकड़ू थी। मैंने कहा होगी तू बड़े घर की। बाद में जगा

मिलने पर इधर आ गए। हम दोनों का अच्छा च्यलता। तुम्हारी चाची का स्वभाव अच्छा है, वोईच बड़ी बात रैती। बाकी आदमी को कुछ नहीं चाहिए। आप भी अपने लिए रिश्ता देखते समय स्वभाव देखना।"

चाची ने कहा, "मेरी जचगी में इसी ने तो सँभाला वरना मैं बीमार ही पड़ी रहती। मेरे प्रकाश को महीना-भर इसी ने देखा। उसी के पास रहता था वो। जरा आवाज देने की देर कि तीनों लड़कियाँ दौड़ी आतीं और बच्चे को ले जातीं। उन चार दिनों में तो इन्होंने रसोई तक की। अपने रिश्तेदारों की तुलना में ये लोग बड़े अच्छे होते हैं। ये बड़े दिलवाले हैं सब!"

चांगदेव ने चाची से कहा, "अपने इतने बच्चे हैं फिर भी उन्हें आपके बच्चों पर भी लाड़-प्यार है। कुल मिलाकर इन्हें बच्चों से लगाव है। कितने भी हों। अपनी संस्कृति में छोटे बच्चों को हमेशा सराहा गया है। इसी कारण तो कृष्ण की लीलाओं का वर्णन होता है। अपने उदली गाँव में दादी माँ हमेशा गाया करतीं—

माँ का दुलार पाने, भगवन् बने नन्हे।"

चाचा और धरमसी को चांगदेव के बराबर ही तनख्वाह मिलती थी। फिर भी चांगदेव को पैसा कम पड़ता था। उसे अपने तीन कमरों के ब्लॉक की तुलना में ये घर ज्यादा सुन्दर लगा। उसका कारण यही था कि बच्चों, औरतों से घर की शोभा बढ़ती है। अकेले के घर पड़ोसी नहीं आते। औरतें-बच्चे भी नहीं आते। घर मानो कारावास हो जाता है। इसीलिए हर एक को शादी करनी चाहिए। शादी करके बच्चे न हों तो नर्क को भोगो, धर्म में लिखा है।

आए हुए आठ दिन हो गए थे और चांगदेव को वहाँ से निकलना जान पर आने लगा। चाचा-चाची तो रुकने को ही कह रहे थे मगर ज्यादा रुकना उसे अच्छा नहीं लगा। धरमसी बाई भी रुकने की जिद कर रही थी। खाना खिलाना, हँसी-मजाक, बातें, चाय-नाश्ता आदि सभी डटकर हुआ इस कारण चांगदेव की तबीयत एकदम अच्छी हो गई।

एक दिन दोपहर में चांगदेव आँगन में खटिया पर पड़ा हुआ था। धरमसी बाई हड़बड़ी में आँगन पार करके खुशी की कोई बात कहने के लिए चाची के घर आई और जैसे कुछ अजूबा हुआ हो ऐसे दोनों में कानाफूसी होने लगी। चांगदेव ध्यान से सुनने की कोशिश करने लगा। धरमसी बाई की बड़ी लड़की को कुछ हुआ

था जिसकी बात वे दोनों कर रही थीं। चाची कहने लगी, "हाँ, होती है शुरुआत कभी-कभी तेरहवें साल में ही। मुझे तो चौदहवें साल में आया था। आपकी बच्ची खासी सेहत वाली है, अच्छा खाया-पिया है।" बाद में धरमसी बाई अपने मासिक धर्म का इतिहास बताने लगी। कहने लगी, हमारे में एम.सी. शुरू होते ही शादी बना देते हैं इत्यादि।

चांगदेव को मानो अचानक ही कोई साक्षात्कार हुआ हो, जैसे कोई ज्ञान-गवाक्ष खुल गया हो। उसने सोचा कि पुरुष के शरीर में कुल कितना गीलापन होगा? ज्यादा-से-ज्यादा एक कच्छे को लसीला कर सके इतना ही। फिर भी यह गीलापन कौमार्यावस्था में अन्दर से दस्तक देता है। इस गीलेपन के प्रवाही होते ही दुनिया के मायने बदल जाते हैं। ब्रह्मचर्य का अर्थ है तप्त रेगिस्तान। रूखा और सूखा। उसमें निर्झरों का प्रस्फोट मतलब फिर से नारी से सम्बन्ध। हम जो अपना घर पोंछ-पाँछकर एकदम साफ करते हैं तो वह सफाई किसी बीमारी से कम नहीं। नारी स्पर्श के न होने से उस सफाई में कोई मिठास नहीं। और हिन्दुस्तान जैसे देश में, जो कि उष्ण है, इस गीलेपन के झरनों का होना जीवन में बड़ा ही जरूरी है। वह और कहाँ से ला सकते हैं? उसका सम्बन्ध स्त्री से ही है। न जाने कितनी तरह की नमी से नारी जुड़ी होती है!

यह सारा संसार एक अजस्त्र नमी ही तो है—रसोई मतलब पकता हुआ पानी, जायकेदार सब्जियाँ, ताजा पकाए गए भापयुक्त व्यंजन, दूध, दही, छाछ, बिलौना, खटाना, चाशनी बनाना, भिगोना, नमकीन बनाना, मुँह में आती लार और जठर का पाचक रस, बर्तन माँजना, कपड़े धोना, निचोड़ना, सुखाना। गीले हाथ। संसार मतलब कपड़े ही कपड़े—चिथड़े धोना और निचोड़ना, रस्सी पर लाइन से सूखने डाले साफ कपड़े, छोटे-छोटे गंजी-फ्रॉक, लँगोट, चड्डी, फ्रॉक्स, ब्रेसियर्स, परकर, ब्लाउज, बनियान, साड़ियाँ, पाजामे, धोतियाँ—इनमें से टपकता साफ पानी, बूँदें, फर्श पर पोंछा लगाए जाने के एक गीले गोलाकार निशान, स्नान, गीले पैर, गुसलखाने से लेकर रसोईघर तक चलने से बने लक्ष्मी के पदचिन्हों से निशान, रंगोली जैसी सुन्दर गीली छाप, नियमितता से ऋतुमति होती रजस्वलाएँ, नवपरिणीताओं का जिद करके उमड़-उमड़कर रोना, आँसू, रसीले होंठों का गीलापन, गालों पर आई बूँदें, घर-घर में नम गर्भाशयों में बरसनेवाले उतावले गीले रेत, समागमकारक योनिरस, गर्भाशयों में पोषक रसों में तैरते गर्भस्थ जीव, जननकारक स्त्राव, बच्चों की लार से भीगे कपड़े और उनकी आँखों में चमकता

पानी, रोते बच्चों के आँसू, बहती नाक, शिशुओं का थोड़ी-थोड़ी देर से यूँ ही मजे के साथ पेशाब करना, गीले लँगोट, माँओं के स्तनों में भरा शिशु के मुख में जाने को बेताब दूध।

सारी जिन्दगी इसी रिसते लसीले, मुलायम पोषक गीलेपन में पनपती है। संसार की अप्राकृतिक दीवारों में से होकर चारों ओर से यह विश्वव्यापी गीलापन बहता हुआ आता है और जीवन को मृदु बनाता है, सूखने नहीं देता। ये गुनगुनाते स्त्रैण स्राव अलमस्त जवानी को बेसुध बनाकर बाद में चित कर देते हैं। ये बरसनेवाला प्रचंड गीलापन ही तो है सम्पूर्ण सजीव सृष्टि का अस्तित्व। अन्दर के गीलेपन को ऊपर से अगर ये गीलापन मिल जाए तो किसमें यह बेचैनी और छटपटाहट नहीं होगी।

दूसरे दिन चांगदेव जानेवाला था लेकिन उसी रात चाचा-चाची ने शादी को लेकर काफी चर्चा की। चाचा यह देखकर चकित रह गए कि चांगदेव शादी के लिए राजी था। चाचा ने कहा, "अब तो काम जल्दी होना चाहिए। तू कभी खत ही नहीं लिखता इसलिए इतनी देर हो गई। बुआजी ने तो तुझे पहले भी खत लिखा था। वह लड़की वैसे काफी खूबसूरत है। वे लोग माधवराव के दूर के रिश्ते में पड़ते हैं। यह काम तो कब का हो जाना था। लेकिन क्या करें तेरी ओर से कोई जवाब ही नहीं आया। अब तो अपनी वो बात नहीं रही, सिर्फ नाम ही नाम है। ऐसे में तेरे पिताजी ने कपास के काम में हाथ डाला और कपास के दाम गिरते जा रहे हैं। तुझे कुछ बताते नहीं क्या दादा? अरे बड़ी बेकार अवस्था है। दिवाला निकलनेवाला है लगता है। अब कोई रास्ता दिखाई नहीं देता। हम सबने उन्हें लिख दिया कि बाड़ा बेचना है तो बेच डालो। हमें उसमें से कुछ नहीं चाहिए। आपने हमारे लिए क्या कुछ नहीं किया। आपकी इज्जत हमारी इज्जत। पर मेरा कहना ये कि जो काम हमें नहीं आता उसमें पड़ना ही क्यों?...वो सब छोड़ो। मुझे लगता है अब जल्दी से तेरी शादी हो जानी चाहिए। दहेज अगर तू नहीं माँगता है तो वो लोग अभी राजी हो जाएँगे। अपने घर में आनेवाली बहू खूबसूरत होनी चाहिए। बिना दहेज आई बहुओं के कारण ही तो अपनी हालत कंगालों सी हो गई है। अपना दिवाला निकलता रहा है।"

गुस्सा होकर चाची ने कहा, "हमारे बाप-दादा नहीं आए थे आपके दरवाजे पर अपनी लड़कियाँ लेकर।"

अपने घर की इन झंझट वाली बातों को सुनकर चांगदेव उदास हो गया। बोला, "कैसे होगा यह सब? खत मुझे भी आए थे...लेकिन शादी का अभी...वैसे पैसे-रुपयों का क्या—लड़की सुन्दर हो यही काफी है।"

चाचा ने कहा, "अरे भाई पहले अपने घर को सँभालना चाहिए...छोड़ो वो सब। अभी अपनी साख तो है ही। लेकिन इस मई महीने में सब कुछ कैसे होगा? मुझे छुट्टी लेनी होगी। फिर तेरी छुट्टियाँ खत्म हो जाएँगी...।"

चांगदेव जल्दी में बोला, "चाचा अभी दो महीने हैं छुट्टी के। आपके और मेरे खयाल काफी मिलते-जुलते हैं। आपको जो तय करना है करो। आप फैसला करो और मुझे बताओ। मैं भी एक बार घर होकर आता हूँ। देखें क्या होता है।"

फैक्टरी छोड़कर जब चांगदेव चलने लगा तो उदास हो गया। उधर अपना घर बैठा जा रहा है और इधर मुझे शादी करने की पड़ी है। कुछ ठीक नहीं लगता।

चाचा और धरमसी सवेरे ही ड्यूटी पर चले गए। वे उधर से ही बस स्टैंड आनेवाले थे। जैसे ही बस की धूल उड़ती दिखाई दी, बच्चों ने शोर मचाना शुरू कर दिया। जब वह वहाँ से जाने लगा तो हर क्वार्टर के बच्चे-औरतें उसे विदा करने अपने घरों के सामने खड़े हो गए, मानो कोई शादी-ब्याह हो। छोटे को अपनी गोदी में सँभाले चाची उसका छोटा-सा हाथ उठाए उससे टाटा करवा रही थी। थोड़ी देर तक सभी के हाथ हिलते देखकर वह भी हाथ हिलाने लगा। सभी हँसने लगे। वह चाची के पैरों से लिपटकर खड़ा बच्चा भी टाटा करने लगा। धरमसी के सभी बच्चे अपनी माँ के इर्द-गिर्द खड़े होकर टाटा कर रहे थे। बड़ी वाली शर्मीली बच्ची हँस रही थी। चांगदेव ने उसे देखकर हाथ हिलाया। चाचा बस के पास खड़ा था। उसी ने बस को रोक रखा था। "एक बार सब मेरे यहाँ आओ," चांगदेव ने बस में बैठने के बाद चाचा से कहा। चाचा ने कहा, "तुझ जैसे अकेले के घर कौन आए? शादी कर ले, फिर आएँगे।"

गन्ने के खेतों के बीच से नहर के साथ-साथ चलती हुई बस स्टेशन पर आई। रेल ठीक समय पर पहुँची। डिब्बे में उसके सामने एक बाप अपनी शादी लायक

लड़की को लेकर कहीं जा रहा था—यह दृश्य बड़ा ही करुण लगा। उधर अपने जैसे, चौधरी जैसे शादी को लालायित युवक और इधर दहेज की चिन्ता से दरबदर पीड़ित पिता। और अपने बाप पर बिना वजह बोझ बनने के एहसास से मुरझाई हुई ये सुन्दर कलियाँ। पहले शादियाँ झट से हो जाती थीं। दहेज आदि की वजह से देर होने की बातें आजकल शहरीकरण के कारण होने लगीं। सब संस्कृति कैसी बेशर्म हो गई है। ऐसे देश का कैसा भविष्य?

अब रात के अँधेरों में प्रचंड छटपटाहट होने लगी। खत की राह देखते-देखते जान पर आई। खाने पर जाना भी जानलेवा मालूम होने लगा। नीचे वाले बदतमीज आदमी के दरवाजा बन्द किए रहने की वजह से उसके साथ तू-तू मैं-मैं होने लगी। बर्तन माँजना, कपड़े धोना, कुछ बनाकर खाना सब छूट गया। कमरे की सफाई भी बीमारीपन का एहसास देने लगी। अब तो तीनों कमरों में सामान की कमी अखरने लगी। ऐसे में गृहस्थी शुरू करें तो कहाँ क्या हो, और क्या कुछ लेना पड़े, इन बातों का, खर्चे का, अपनी तनख्वाह से तालमेल लगाते-लगाते अँधेरे में समय काटना दूभर हो गया। वह लड़की सुन्दर है मतलब कैसी है? अब तो बस इतना ही महत्त्वपूर्ण है कि वक्त कट जाए। जून में हम उस लड़की के साथ यहाँ रहेंगे! यह रेगिस्तान का दौर तो समाप्त होगा।

गाँव में कहीं भी मिट्टी तेल नहीं मिलता था। स्टोव भी बन्द। मतलब मर गए। चांडक को भी कहीं मिट्टी तेल नहीं मिला तो समझो कहीं भी नहीं। जैसे-तैसे चांडक ने अपने घर से दो बोतल मिट्टी तेल दिया। इतने में आठ-दस दिन तो चल सकता था। बाद में डिब्बा लेकर घूमना पड़ता।

ऐसे में चिलटे चपरासी आया। उसे अन्दर बुलाते हुए चांगदेव बोला, “चिलटे, अच्छा हुआ तू आया। पीछे कभी शक्कर लाने के पैसे लेकर गायब हुआ था और अब आया। खैर अब आया है तो एक काम कर।”

“कहीं गाँव गए थे क्या साब? कितने चकराँ काटे बापा बापा...। फिर समझा गाँव गए करके। शादी-वादी करने तो नहीं गए थे? निकालो जरा बीड़ी-वीड़ी? होगी तो?”

एक बीड़ी उसे देकर एक और खुद सुलगाते हुए चांगदेव बोला, “वो छोड़ो चिलटे, कुछ भी करके मुझे मिट्टी तेल लाकर दो। दो-चार बोतल मिल जाए बस!”

"मिट्टी तेल का छोड़ो जी, देंगे लाके, लगे उत्ता, इसकी माँ कू। लेकिन इधर क्या जल रह्या देखो तो जरा। ये लो साहब का खत और करो ह्याँ सही। वो जांबटे भी कितनी बार चक्कर काट के गया यहाँ। अच्छा हुआ उसकी आपकी मुलाकात नहीं हुई।"

अब ये क्या लफड़ा है यह सोचते हुए चांगदेव ने लिफाफा खोला। लाइब्रेरी के चपरासी जांबटे ने चांगदेव के फर्जी हस्ताक्षर करके दो किताबें उड़ाई थीं। लाइब्रेरी ने लिखा था : ये किताबें रजिस्टर में आपके खाते में दर्ज नहीं हैं, न ही आपके हस्ताक्षर उनके कार्डों पर हैं। इससे यह साबित हुआ कि किताबें आपने नहीं लीं। इसलिए आप यह लिखित रूप में कहें कि आपने किताबें नहीं लीं और आपके हस्ताक्षर ये नहीं हैं। अथवा और कुछ भी स्पष्टीकरण आप देना चाहें तो दें और प्रत्यक्ष आकर मिलें।" नीचे ग्रन्थपाल एवं प्राचार्य के हस्ताक्षर थे।

चांगदेव ने कहा, "चिलटे, यार ये क्या लफड़ा है? जांबटे ने ऐसा क्यों किया? मेरे नाम पर किताबें क्यों लीं?"

"बड़ा बवाल हो गया इस बात पे। वो पगला गया है साब। अजी एक पोट्टी को चुपचाप से किताबें दे बैठा वो। हाँऽऽ! ऐन परीक्षा के दिनों में किताबें नहीं मिलने से बच्चों ने कम्प्लेन किया और किताबें ढूँढ़ीं तो कार्ड भी मिल गए। टेबल के अन्दर छुपा रखे थे। और पकड़ा गया साला। अब निकालते उसे काम से! एस.ओ. भौ की सिफारिश से लगा था। अब कौन रखेगा उसे? खुद गायब रहता था चार-चार घंटे और ऊपर से लाइब्रीन पर कम्प्लेन करता था। वैसे वो लाइब्रीन भी सीधा नहीं लेकिन वो कहते हैं ना चमार की देवी ठुकाई से ही मानती है। क्यों पागल कुत्ते की दुम पकड़ना अपन। अब तो वो गया ना बारा के भाव में, इसकी माँ कू!"

"लेकिन काम करने में अच्छा था।"

"अजी कायका अच्छा! मेरे नाम से भी अर्जी दे दी थी उसने कि मैं मिट्टी तेल चुराता हूँ। इसी से तो जी.जी.. साब ने मुझे ऑफिस से हटाकर लाइब्री में लगाया। लाइब्री में इसकी माँ कू कितने लफड़े हैं। जांबटे की वजह से हुआ ये सब...मादरचोद।"

"वो जाने दो लेकिन किताबें वापस दीं या नहीं जांबटे ने? परीक्षा हुए एक महीना हो गया।"

"अजी एक पोट्टी को उसने किताबें दीं। अब कायको आतीं वापस? वो गई

शादी होकर अपनी ससुराल, अब कैसी किताबें? कौन सी किताबें? अब हो गया परेशान जांबटे...को गरम चटका लगने पर। ऊँट की तरह टेढ़ा चल रहा था। बड़ा तेल भाँग करके टाइट कपड़े पहन के घूमता था। लड़कियों को आँखें मारता था। ले साले तेरी माँ को ऐसा ही होना तेरे कू।"

"जवानी रहती बाबा। क्या बिगड़ा अगर अच्छे पहनकर घूमा तो? कुँआरा पोट्टा लड़की के पीछे घूमेगा ही। तूने भी यही किया होगा शादी से पहले। है ना?"

"लो! अब आप भी ऐसा बोलने लगे तो हो गया! निकालो एक बीड़ी इस बात पर। अजी क्या आप जवान नहीं? आप कुँआरे नहीं? आप करते क्या ऐसे धन्धे? जांबटे को कहो शादी कर ले—नौकरी गई तो कोई लड़की भी नहीं देगा।"

"लेकिन इतनी-सी बात पर उसे नौकरी से हटा देंगे क्या? लाइब्रेरियन ने ठान लिया है शायद।"

"उसमें भी बोलते हैं पॉलिटिक्स है। सभी लोग आजकल एन.ओ. के खिलाफ हो गए हैं। मराठों से सख्त नफरत हो गई है इन राजपूतों को। और इस जांबटे के भी बहुत-से किस्से हो गए इस साल। एक बार उसने एक पोट्टी को किताब में चिट्ठी दी थी—आई लव यू—अंग्रेजी में? वो पढ़ा एन.ओ. दादा ने। अब तो नईं बचता। आई लव यू क्या? अब बैठ लव करते घर पर ही। मुझ पर भी फोकट का इल्जाम लगाया था भौ इसने। फिर मैंने ही बता दिया कि एस.जी. भौ के घर कैसे फोकट का मिट्टी तेल दिया चार बार। फिर तो सब के सब चुपचाप हो गए।"

"चिलटे, अरे ये क्या, चाय का टाइम तो हो गया—बनाओ चाय दोनों के लिए।"

"वह साब, मेरे जैसी चाय कोई क्या बनाएगा। चाय का सामान कहाँ है बताओ फकत। माचिस तो है ही अपुन के पास। सटोव सुलगा दो उत्ता बस।"

स्टोव चालू करने के बाद चांगदेव बोला, "यहाँ पानी, यहाँ कप-प्लेट, यहाँ दूध, उधर चाय-शक्कर। ज्यादा उबालना मत। वह छोड़ो, मुझे मिट्टी तेल कब देता लाके?"

"धत्त तेरी की, आज ही दे दूँ क्या खाना खाने के बाद लाकर?"

"देखो, जरूर लाना, मैं राह देखूँ। अब इस जांबटे का क्या लिखकर देना कुछ समझ में नहीं आ रहा। कौन लड़की थी रे वह? क्या वह नाटक से मना करनेवाली खूबसूरत लड़की? अपने देसले भौ की।"

"कौन सा? वो अंग्रेजी वाला?"

"हाँ वोईच। बड़ी नखरेबाज थी वो। उसे तो फॉरेन रिटायर पति मिला। उसी लड़की पर ये बन्दर लाइन मारता था। मैं तो उसे समझाया करता कि अपन अपने स्टैंडर्ड से रहना। वो सुनता क्या किसी की। बड़ा हरामी है वो।"

"उस लड़की की शादी हो गई क्या? कहाँ रहता है उसका पति?"

"वो कुछ मालूम नहीं अपने को। अमरीका में है बोलते। इस जांबटे का एक और किस्सा बताऊँ? बहुत हँसेंगे आप। उसके गाँव की एक लड़की अपने सेंटर पर मैट्रिक की परीक्षा देने आई थी। ये बेखुप—क्या किया मालूम इसने—उस लड़की का पूरा नाम-पता मालूम कराके, एस.एस.सी. सेंटर पर जाके उसका नम्बर जहाँ जिस हॉल में है वो देखकर परीक्षा पेपर के दिन उसके सामने जाकर उससे मिलता। ये भाग-दौड़ी वो करता और इधर काम करके मरने को हम। ये ऐसी मजनूगीरी चलती उसकी। कोई करेगा ऐसे बोलो? जांबटे साला अपना...कन्धे पर उठाए घूमता था। हा हा ही ही ही।"

पेट पकड़कर हँसते हुए चांगदेव बोला, "और मत उबालो चाय, नहीं तो जहर हो जाएगा।"

"जरा सब्र से काम लो। अच्छा अर्क आना चाहिए उसमें। पीना तो अच्छी पीना। नहीं तो पानीदार चाय किस काम की?"

फिर दो-तीन बार चाय के पतीले को स्टोव पर रख-उतारकर बाद में छानकर उसने चांगदेव को चाय दी। चांगदेव बोला, "फर्स्ट क्लास चाय हुई चिलटे।"

"फिर! मेरे हाथ की चाय है यह। मामूली नहीं। और मिट्टी तेल के पैसे निकालकर रखो। खाने के बाद लेके आता। एक डिब्बा भर लाता। महीने-भर देखने की जरूरत नहीं। साला मिट्टी तेल अपने हाथ में था—इस जांबटिये ने सब गड़बड़ कर दी। अब जी.जी. ने मुझे लाइब्री में डाल दिया इसकी माँ कू। लाइब्रीन भी बड़ा झक्की दिमाग है। अच्छा, वो लेटर दो लिखके...।"

चांगदेव ने लिखने की शुरुआत की फिर कुछ सोचकर बोला, "चिलटे तू जा, मैं बात करता लाइब्रेरियन से।"

"वो जांबटे मिलेगा क्या? लेकिन उसे छोड़ना मत साले को।"

"तू जा रे—मिट्टी तेल लाना।"

रात के नौ बज गए लेकिन चिलटे नहीं आया। उकताकर चांगदेव आखिर खाना

खाने चला गया। वापस आने पर भी कहीं मिट्टी तेल का डिब्बा नहीं दिखा। पैसे भी गए और राह देखकर परेशान हो गया।

चार दिनों तक चिलटे कहीं नजर नहीं आया। गुस्सा होकर चांगदेव उसे ढूँढ़ने कॉलेज गया। दो किताबों का तकिया बनाकर दीवार से पैर लगाकर चिलटे लाइब्रेरी में सोया हुआ था।

"चिलटे, हरामखोर, साले, तेरी राह देखते-देखते मैं थक गया। क्या हुआ मिट्टी तेल का? आज तो कुछ भी नहीं है स्टोव में। क्या नालायक आदमी है—तूने पहले भी एक बार शक्कर के बारे में ऐसा ही किया था।"

हड़बड़ाकर उठते हुए अपनी टोपी ठीक करते हुए बड़ी नम्रता के साथ चिलटे बोला, "निकालो अपने पैर में का और मारो मेरे सर पे। गुनाह हो गया मुझसे... उस दुकानदार ने वादा किया फिर बंडल मारना शुरू कर दिया, मिट्टी तेल नहीं मिला। एक दुकानदार पैसे लेकर बैठा है। डिब्बा भी वहीं अटक गया। बस।"

चांगदेव लाइब्रेरियन से मिला और जांबटे को बचाने के लिए झूठ-मूठ यह लिखकर दे दिया कि वह मेरे ही हस्ताक्षर थे। इस कारण उसे लाइब्रेरियन के कोप का भागी होना पड़ा लेकिन जांबटे बच गया। लाइब्रेरी में काम करनेवाले सभी अचरज में पड़ गए। किताबों की कीमत देने को भी चांगदेव तैयार हो गया।

उस रात जांबटे भागा-भागा उसके घर आया और रुआँसा होकर उसके पैरों पर गिर पड़ा। चांगदेव बोला, "अरे, उसमें कौन सी बड़ी बात है। सभी को तेरे जैसा हिम्मतवान होना चाहिए आजकल।"

जांबटे फिर से पैरों पर गिरते हुए बोला, "सर, अब और मजाक मत उड़ाओ मेरा। इस हफ्ते मुझे बेहद पश्चात्ताप हुआ है। आपसे मिलने मैं कई बार आया था। आपके बड़े उपकार हैं। आपने मुझ जैसे के अपराध माफ कर दिये। सर, मैं अब सौगन्ध लेता हूँ कि मैं लड़कियों की तरफ नहीं देखूँगा।"

"अरे, अरे, मैं मजाक नहीं कर रहा था।"

"नहीं सर, आपके चरणों की सौगन्ध।"

चिन्ता से जांबटे सचमुच ठीक हो गया था। वह चला गया लेकिन पैसे देने की बात उसने नहीं की। इस लफड़े में पचास रुपयों का घाटा हो गया। सौगन्ध वगैरा लेने के माहौल में पैसों की बात कैसे हो। बाद में भी वह नहीं आया और चिलटे भी चांगदेव से गुस्सा हो गया। डिब्बा तो उसने दिया ही नहीं—पैसे भी उड़ा ले गया।

मिट्टी तेल पूरा ही खत्म हो जाने पर चांगदेव भरी धूप में गाँव में पैदल निकल पड़ा। एक खाली डिब्बा खरीदकर उसने दुगने दामों में तेल खरीदा। उँगलियों में डिब्बा अटकाए कभी इस हाथ में कभी उस हाथ में करते हुए हालात को गालियाँ देते हुए वह 'राधाकृष्ण' पर आया। कुल मिलाकर हालत जानलेवा थी। इस पर रात में अँधेरा होते ही भिखारिनें नीचे से चिल्ला-चिल्लाकर गुस्सा दिलातीं। पूरी इमारत में एक ही परिवार रहता था फिर भी वे भिखारनें ऊपर की ओर मुँह करके चिल्लाती हुई वहीं खड़ी रहतीं—हे माई कुछ तो खाने को दे दोऽ, शाक रोटीऽ दे दोऽ, हे नसीबों वालीऽऽ, ओ बड़े घरवालीऽऽ, ओ पति की प्यारीऽ, ओ रामदुलारीऽ तेरी गोद भरेगी, तेरे घर किशन भगवान आएँगेऽऽ, दे-दे बहना कुछ तो खाने को दे दे, रूखा-सूखा बासी दे देऽऽ।

रोज आधा घंटा ऐसे ही चलता। भिखारियों को भी टाइमपास करना होता है। अब यह अपनी ही जिम्मेवारी है कि उन्हें कहें कि यहाँ कोई रसोई करनेवाला नहीं और ये भिखारी चिल्लाते हैं औरतों के नाम से। लेकिन यहाँ तो एक अकेला पुरुष ही रहता है—जो चाय-ब्रेड खाकर रहता है, बाहर खाना खाता है—यह बात इन्हें कौन समझाए। बार-बार एक ही चिल्लाहट : ऊपरवाली माँ, तकदीरों वाली माँऽ, ओ गंगाबाईऽऽऽ, ओ चाचीऽ, मुझे खाना दो जीऽऽ। बड़ी मुश्किल है।

इसी बीच उसने चाचा और बुआ को खत लिखे। वह लोग पत्राचार न भी करें तो भी हमारा तो सम्पर्क में बने रहना जरूरी है। चाचा बड़ा होशियार आदमी है। वह खूब शादियाँ कराता होगा। वह छुट्टी लेकर जाने ही वाला था। लेकिन इधर चांगदेव का एक-एक दिन पहाड़ की तरह जा रहा था। पहले जैसे-तैसे रातें कट जाती थीं। लेकिन आजकल अँधेरा साथ का भोक्ता हो गया था। यह हालत बहुत खराब थी। सवेरा होते आँख लग जाती। बाकी सारी रात अँधेरा घेरे रहता।

एक दिन दोपहर में चिलचिलाती धूप के कारण आँखें मलते हुए वह नींद से जागा और हमेशा की तरह सीढ़ियों के सहारे नीचे होकर आया। नई शादीवाले आदमी की आदत थी कि वह चांगदेव के खत सीढ़ियों के नीचे डाल देता था। इसलिए चांगदेव वहाँ तक जाकर ऊपर आया। फिर भूख लगने तक घंटा-भर वैसे ही पड़ा रहा।

आज एक वजनदार लिफाफा आया। चाचा के हस्ताक्षर थे। उसने लिखा था कि वह जलगाँव होकर आया है। साथ में बुआजी की बताई लड़की की जानकारी थी, जो इस प्रकार थी—उसके पिता कानपुर की एक लेदर फैक्टरी में है। इधर

कभी नहीं आते इस कारण उसके लिए कोई कोशिश करनेवाला नहीं था। गरीबी और उसके तीन छोटे भाई। पिताजी की कमाई मामूली होने के कारण उनके पास पैसा नहीं। लेकिन लड़की खूबसूरत है सो उन्हें अच्छा लड़का ही चाहिए जमाई के रूप में। अगर अच्छा लड़का नहीं मिलता तो उसके पिता उसकी शादी नहीं करेंगे। इसी में दो साल गुजर चुके हैं। अभी लड़की यावल में अपने चाचा के घर रहती है और बुआजी ने उन्हें लड़के के बारे में जानकारी दे दी है। इस चाचा के झक्की स्वभाव के कारण लड़की का कहीं रिश्ता नहीं हो रहा। मैंने खुद लड़की को देखा है जो अपनी वीजू दीदी से भी ज्यादा खूबसूरत है। ऊँचाई लगभग तेरे इतनी ही है। बड़ी होनहार और समझदार है। बुआ ने उनसे कहा है कि तेरी तनख्वाह साढ़े तीन सौ रुपये है और नौकरी पक्की है, यह ध्यान रहे। यह भी ध्यान में रखना कि तुम्हारी उम्र 25 साल बताई गई है। घर के बखेड़े अभी किसी को मालूम नहीं हुए हैं और तुम भी ऐसी कोई बात मत छेड़ना। शादी-ब्याह के मामलों में ये सब करना ही पड़ता है। उन्हें हमारे बारे में सब कुछ पता है। लड़का सुन्दर है यह जानकर चाचा भी लड़की दिखाने को उतावले हो गए हैं। अपनी खेतीबाड़ी कुछ खास न भी हो तो कुल मिलाकर चालीस एकड़ बताई है। जलगाँव जाने पर आगे की बात बुआजी और माधवराव सुचारु रूप से कर लेंगे। बुआजी को अभी भी ऐसा लगता है कि तुझे शादी करने की इच्छा ही नहीं। लेकिन इस बार उन्हें ऐसा महसूस न हो। बुआजी का हम भाइयों में तुम्हारे पिताजी पर सबसे ज्यादा प्यार है। बुआजी यह बात हमें आज भी घंटों तक विस्तार से सुनाती हैं कि तुम्हारे माँ-बाप ने उनके लिए बचपन में किस तरह कष्ट उठाए हैं। एक वीजे को छोड़कर तेरी बहनों को दहेज के अभाव में अच्छे रिश्तेदार नहीं मिले इसका बुआजी को बड़ा दुख है। कम-से-कम तुम्हें तो अच्छी पत्नी मिले और तुम्हारे माँ-बाप का सपना पूरा हो। यह उनकी इच्छा है। बुआजी ने और भी लड़कियाँ देखी हैं लेकिन यह अच्छी है। इस बारे में उनकी राय लेकर ही चलना होगा। शादी इस माह के अन्त में कर देंगे। तुम एक बार लड़की पसन्द कर लो फिर सभी को खत लिखकर बता देंगे। शादी की तारीख सगाई पर ही तय करेंगे। आगे की बातें सामने मिलने पर होंगी।

इस प्रकार विस्तार से खत लिखकर आखिर में एक नोट लिखा था : सोने का भाव आजकल सवा सौ है। दो तोला सोने में अच्छा मंगलसूत्र बन सकता है।

चांगदेव का मन हुआ कि अभी इसी वक्त जल्दी से तैयार हो जाए और बस में या गाड़ी से जैसे भी हो जलगाँव के लिए निकल पड़े। फिर सोचा कि इतनी बेसब्री दिखाना भी ठीक नहीं। और जाते ही थोड़े न बीवी को उठाकर ले आएगा। देखने का कार्यक्रम होने पर कितनी बातें रहती हैं—कपड़े, गहने, मुहूर्त, सगाई। ये हिन्दू लोग भी अजब ही होते हैं। इस तरह थोड़ा धीरज धरते हुए उसने दो दिनों बाद जाने का निश्चय किया। अपने आने के बारे में खत लिखने बैठ गया। फिर दो बार पता जाँचकर डाक-बॉक्स में डाल आया। डाक निकलने ही वाली थी। रात में खाना खाकर वापस आते वक्त यह सोचकर वह खुश हुआ कि अब यह सब खत्म हो जाएगा। नई शादीवाले उस आदमी को उसने बता दिया कि वह दो-चार हफ्तों के लिए जा रहा है। अब दरवाजा लगाए रहो हमेशा के लिए। वह आदमी काफी खुश नजर आया।

कमरे का सारा सामान अब काफी दयनीय लगने लगा था। थोड़े से बर्तन, बाल्टी, कप-प्लेट, खाली बोतलें, दो-चार डिब्बे, किताबें सब बेमतलब। जल्द ही नया सामान लेकर तीनों कमरे भर डालेंगे। अपनी किताबें कहीं एक तरफ जमाकर रख देंगे। आते-जाते वह जरूरत की चीजों का हिसाब करते रहता। रुपयों का हिसाब भी चल रहा था। जमा-पूँजी कुछ नहीं थी। वैसे तनख्वाह भी कम ही थी, यह बात सर्विस में आने पर मालूम हुई। छात्र-जीवन में उसे यह मालूम नहीं था वरना अपने अध्यापकों से वह शराफत से पेश आ सकता था। अब नया वेतन आयोग लागू होने पर कुछ हाथ में आ सकता है। शादी होने तक यह हो जाए तो अच्छा। तीन सौ रुपये शुरू में और हर साल बीस रुपये की बढ़ोतरी। मतलब शादी होने के बाद यह खर्च अपने से हो जाएगा। मतलब दो लोगों का खाना अभी मेरे अकेले के खर्चे से भी कम में होना चाहिए। औरतें हर तरफ से किफायत करती हैं। और वह गरीबी में पली है, उसे इतनी तनख्वाह भी बहुत लगेगी। सामान भी काफी हो जाएगा।

अभी इस खाट से काम चल जाएगा जब फेगड़े की शादी तय थी तब वह नकवी से डबल खाट की कीमत पूछ रहा था। नकवी बोले, "क्यूँ, डबल खाट क्यूँ ले रहे? शादी तय हो गई क्या, मुबारक हो! लेकिन डबल खाट का खर्चा क्यों कर रहे भौ? शादी के बाद तो सिंगल खाट ही अच्छी रहती भौ, मेरी सुनो तो।"

अब मेरी शादी के बारे में पता चलेगा तो क्या-क्या मजाक उड़ाएँगे क्या मालूम। आजकल शादी के कितने ही निमंत्रण-पत्र आते रहते हैं। कुछ छात्रों के भी रहते हैं उनमें। फेगड़े और माली की शादी अभी हो जाएगी। फिर कोई दोस्त

भी रहेगा नहीं। लेकिन शादी के बाद दोस्तों की जरूरत भी नहीं होगी। किसी के घर जाने की जरूरत नहीं, रसोई का झंझट नहीं, दूध खराब होने की चिन्ता नहीं, बाजार का झंझट नहीं, सर्दियों में जल्दी उठकर पानी तपाने की जरूरत नहीं, रात का अँधेरा प्यारा लगेगा, सभी तकलीफें दूर—एक शादी के बाद सब इतना सहज हो जाएगा यह पहले ही सोचना चाहिए था। उसे बचपन में कीर्तनकारों से सुनी हुई एक राजा की कहानी याद आई—एक राजा था। उसके पैर धूप से जला करते थे इसलिए उसने सब तरफ चमड़ा बिछाने की आज्ञा दे दी। उसका प्रधान होशियार था, बोला, "महाराज इतना सब करने से अच्छा है कि आप अपने पैरों में जूता पहन लें। राजा ने कहा, अरे वह! उसी प्रकार से अब 'अरे वह' बोलने का अपना वक्त आ गया है।

उस दिन दोपहर को कॉलेज कमेटी की मीटिंग हुई। आनेवाले साल के लिए चांगदेव और केमिस्ट्री के सी.यू. को स्टाफ के प्रतिनिधि के रूप में चुना गया। चांगदेव को समझ में नहीं आया कि किसे कौन सा प्रतिनिधित्व कैसे दिया जाता है। मीटिंग में ऊपर का ग्रेड देने का भी निर्णय हुआ। संस्था के पदाधिकारी हाजिर थे। प्रमोशन देने की बात को लेकर एस.जी. और एन.ओ. में दो-दो बात हो गई थी इसलिए वे दोनों नहीं आए। लेकिन जी.जी. बड़ी कुशलता से दोनों गुटों के लोगों को सँभाल रहे थे। सभी नियुक्तियाँ लगभग तय थीं। गणित विभाग में एक ऊपर का ग्रेड देना तय हुआ। गणित के प्राध्यापक सहस्त्रबुद्धे अच्छे शिक्षक के तौर पर जाने जाते थे। बहुत ही शान्त स्वभाव के और निरामय व्यक्तित्व के धनी सहस्त्रबुद्धे से चांगदेव की साधारण जान-पहचान थी। चांगदेव एकदम बोल गया, "सहस्त्रबुद्धे अच्छा पढ़ाते हैं। उन्हें आठ साल का तजुर्बा है। उन्हें ग्रेड देना चाहिए।"

यह सुनते ही वाइस प्रेसिडेंट वाघे और दूसरे लोग बड़ी तुच्छता से चांगदेव की ओर देखने लगे। फिर वाघे जी.जी. से बोले, "शेलार को कितने साल का तजुर्बा है? पाँच? तो रूल्स में बैठता है उनका नाम। उनका ही नाम लो। सहस्त्रबुद्धे का बाद में देखेंगे।"

चुलबुलाता चांगदेव बाजू में बैठे सी.यू. से बोला, "ये क्या, सहस्त्रबुद्धे सीनियर हैं—शेलार की रिपोर्ट्स भी कुछ ठीक नहीं हैं।"

सी.यू. बोले, "चुप बैठो जी।"

चांगदेव को लगा कि इन सबका रोकना चाहिए। लेकिन इस बात को किनारे रख वाघे ने फिजिक्स के मोरे सर को इन्क्रीमेंट देने की चर्चा शुरू कर दी। चांगदेव

को महसूस हुआ कि सब कुछ पहले से ही तय रहता है। वह एकदम नाराज हो गया और अब उसका मन फौरन घर जाने को हुआ। सोचने लगा कि क्यों संस्था के क्रोध का पात्र बनें। सब छोड़कर निकल जाना चाहिए। क्या गृहस्थी को अपनाते ही आदमी इस तरह से गुलाम हो जाता है कि इनकार करने की, विद्रोह करने की ताकत खो बैठता है? कोई चारा नहीं। यही है गृहस्थाश्रम की तार्किक सोच।

मीटिंग खत्म होते ही वह गर्दन झुकाए हुए सीधे घर चला आया।

उस रात वह कई कारणों से सो नहीं पाया—अशान्ति, निकलने की तैयारी की सोच। शाम तक कपड़े धोकर, खरीदारी करके तैयार होना है। उधर जाने पर क्या कुछ कैसे होगा—सभी बातों ने सिर पका दिया। काफी समय अँधेरे में बीता। फिर सोचा मिश्रा जी के घर से रिकॉर्ड प्लेयर लाया जाए।

एकदम उठकर वह मिश्रा जी के घर गया। वहाँ पॉल भी था। उनका कहीं जाने का चल रहा था इस वक्त। मोमबत्ती के उजाले में दोनों बाल सँवारते हुए आईने में झाँक रहे थे।

चांगदेव बोला, "किधर जा रहे साले इत्ती रात में? छबीली के यहाँ क्या?

मिश्रा बोले, "आते क्या? चलो, चूतिये।"

फिर उसने वही घिसी-पिटी बातें कहना शुरू कर दिया। मिश्रा के यौन परामर्शों को सुनकर पॉल जोरों से हँसने लगा। चांगदेव के बचकाने चेहरे को देखकर मिश्रा को और जोर चढ़ा। आखिर चांगदेव बोला, "वो छोड़ो सब, मुझे वो गुलाब बाई वाला रिकॉर्ड दो न सुनने को। कोई भी दो सुबह लाकर दे दूँगा।"

"हाँ, ले जाओ। थोड़ी देर क्यों, आठ दिन रखो। कितनी बार सुनोगे गुलाब बाई? चूतिये, खाली सुनना बन्द करो मूरख। कुछ इश्क करो।"

चांगदेव बोला, "साले बकवास बन्द करो। कल लाकर देता हूँ। कल मुझे गाँव जाना है आठ-दस दिन के लिए। जून में आएँगे अब।"

"पॉल बोला, "क्यों प्रोफेसर साब, कुछ खास बात?"

रेकॉर्ड ढूँढ़ते हुए चांगदेव बोला, "ऐसे ही सीक्रेट काम है। बाद में मालूम होगा।"

मिश्रा बोले, "शादी का होगा? क्यों?"

चांगदेव बोला, "सही पहचाना। अब औरत लानी है।"

मिश्रा बोले, "लेकिन शादी के पहले यह तुम्हें मालूम कर लेना चाहिए कि औरत में किधर क्या...ह ह ह हऽऽ। वो पहले मालूम करो मूरख।"

पॉल भी हँसने लगा।

चांगदेव हँसते हुए बोला, "मराठी में एक कहावत है कि चक्की पीसने बैठो तो गाना अपने आप आ जाता है।"

"पीसो चूतिये, पीसो।" कहकर मिश्रा जी उसके साथ बाहर निकले। "हमें बुलाना शादी में।"

पॉल ने कहा, "बेस्ट ऑफ लक। पार्टी करना मस्त।"

चांगदेव को लगा, यह सबको बताते हुए घूमना गलत है। लेकिन सब कुछ तयशुदा ही है। प्रॉपर चैनल से हुआ कि बस!

अँधेरे में टटोलते हुए उसने रेकॉर्ड लगाया और हाथ से चुटकियाँ बजाते हुए लय में पूरे कमरे में गोल-गोल घूमकर कत्थक-सा नाचने लगा—

अकेली डर लागे, रात मोरी अम्मा

नाचते-नाचते उसे एक तरह के आध्यात्मिक आमोद की अनुभूति हुई। अपनी परम्पराओं में कहीं पर भी नाचना है ही नहीं। हिन्दुस्तानी स्त्री-पुरुषों में जो फासला है वह इसी वजह से है। इसी फासले की वजह से सभी कलाएँ पिछड़ गईं। सभ्यता बढ़ती गई। साले ज्ञानेश्वर जैसे सन्तों की एक बड़ी हरामखोर जमात की वजह से हिन्दुस्तान में सारा आलम सूखाग्रस्त हो गया। बीच में कहीं शाहीर लोग नाच रहे थे। नहीं तो इस तरह से दिन में नाचना, नाचते हुए थककर चूर होना कितनी हसीन बात है। दूसरे कला-प्रकारों में शरीर पूरा का पूरा शामिल नहीं होता। सिर्फ शरीर को ही माध्यम बनाकर कला का उपभोग केवल नृत्य में ही मुमकिन है। मुम्बई में नृत्य के कार्यक्रम देखने को तो मिलते थे। लेकिन नृत्य को केवल देखना काफी नहीं है। खुद ही नाचना चाहिए। वहाँ इन्द्राणी रहमान को नाचते देखा था। यहाँ शायद ही किसी को नाचना आता हो। सिनेमा के परदे पर देख सकते हैं लेकिन अँधेरे में नाचने का मजा यहीं पर मुमकिन है।

मोको पीहर में मत छेड़ेऽऽ
बलमा, कर ले जिगरिया में धीर।
मोको पीहर मेंऽऽ

यह भी शादीशुदा लोगों के लिए नहीं है। कामनिर्भर स्त्री-पुरुष हर हाल में खूबसूरत होते हैं। काम-व्यवहार अपने हर एक पहलू में लुभावने लगते हैं। उसके

लिए शुरू में जो जद्दोजहद करनी पड़ती है वह भले ही कुरूप हो पर बाद में मिलनेवाले सुख का जवाब नहीं। वैसे प्रेमावेग सब झूठ है। अन्तस में जब वंश निरन्तरता के भाव जागृत होते हैं, तभी लोग प्रेम करते हैं। ये बचकाना हरकत तो मैंने भी की थी। सभी करते हैं। इसका अन्त मादाओं का उपभोग करते हुए नग्न स्त्री-पुरुषों की कामक्रीड़ाओं में ही होता है। समूचा विषयलोलुप शरीर काम दुन्दुभी के बजने से गुंजित होता है। मादाओं का मिथ्या नाजुक मिजाज झड़ जाता है और नरों के व्यवहार नाजुक होते जाते हैं। केवल एक प्राणी तत्त्व ही बाकी रह जाता है। रतिक्रीड़ा के दौरान खूँखार भेड़िये भी मादाओं को कोमलता से चाटने लगते हैं। नामर्द से लगनेवाले लोग दरिन्दों की तरह अपना आपा खो बैठते हैं। इस कामातुर ध्वनि-लहरों से लोग अन्धे हो जाते हैं और संवेदनाओं की टकराहट से बेहोशी छा जाती है। इसी एक बात में मनुष्य की पशुता बरकरार है। अन्यथा झींगुर भी आदमी को मात दे देते। यह पशुता मनुष्य में चिरन्तन रहे।

बैंक बन्द होने से पहले पैसे निकालना जरूरी था। डेढ़ सौ रुपये ही बचे थे। शादी के लिए किसी से उधार लेना जरूरी था। अभी तो कपड़ों पर खर्च करना चाहिए। भिखमंगों जैसे कपड़े पहनना अब छोड़ना होगा। दो साल नौकरी के हो गए और केवल डेढ़ सौ रुपये हाथ में। ढंग के कपड़े तक नहीं बनवाए। घड़ी भी वैसी ही है, बीच में बन्द हो जाती है। तनख्वाह तो साली घर के किराये में ही चली जाती है। यह सब सोचता हुआ वह बैंक से निकाले गए पैसों का अब क्या किया जाए यह भी सोच रहा था। सोचते-सोचते वह मेन रोड पर आया।

यह सच था कि उसके पास एक भी अच्छी ड्रेस नहीं थी। एक पैंट थी ठीक-ठाक लेकिन कमीज काफी ढीली थी। बाकी किसी का बटन टूटा हुआ तो किसी की सिलाई उधड़ी हुई, कहीं बीड़ी की राख से छेद हुआ तो कहीं कुछ—ऐसा सब था। ऐसे कपड़ों से भरी अलमारी देखकर ही वह बाहर निकल पड़ा था। कुछ रुपये सँभालकर रखना भी जरूरी था इसलिए केवल जरूरी चीजें लेने का उसने निर्णय लिया। कपड़े नहीं लेंगे। दर्जी से सिलवाई एक अच्छी कमीज वैसे ही पड़ी थी। पैंट तो कैसी भी हो, कौन झुककर देखता है नीचे? बूट आवश्यक हैं लेकिन इस धूप में बूट-मोजे पहनकर लड़की देखने जाना मूर्खता होगी। कुछ अधकचरे लोग तो सूट, टाई पहनकर भी जाते हैं। इन हरामखोर लोगों ने पूरी संस्कृति बिगाड़

दी। समग्र दोस्तोएव्स्की, होमर, वर्जील पढ़े हुए मेरे जैसों को वह सब शोभा नहीं देता। इसलिए बस चप्पल और सूटकेस लेना है, कन्धे पर एक झोला लटका ही रहेगा। वैसे विद्वानों का गहना उनकी विद्या है। झोला भी गाँव में घूमते वक्त ठीक नहीं लगेगा। वैसे कुछ भी अच्छा लगेगा ऐसी ही अपनी संस्कृति है और यह बात माली, फेगड़े, शेख, नकवी आदि सभी ने कही थी। वे तो बोले थे कि ज्यादा नखरे करने से उल्लू-सा दिखूँगा।

महँगी वाली चप्पल और सूटकेस खरीदकर वह घर आया। दाढ़ी करते हुए उसका ध्यान अपने जंगली बालों की ओर गया। उसके बाल घुँघराले थे इस कारण उसे तीन-चार महीनों तक बाल कटवाने की नौबत नहीं आती थी। लेकिन अब लड़की देखने जाना है तो यह सब करना जरूरी था। दाढ़ी बनते ही कदमताल करते हुए वह जल्दी से गाँव में गया। उधर दूर एक दोस्त का सैलून था लेकिन इतनी धूप में इतनी दूर जाने का उसका मन नहीं था। सामने की ही एक छोटी साफ-सुथरी दुकान में चला गया। वहाँ देखा तो नाई बेंच पर सो रहा था। बाहर एक बच्चा कंचे खेल रहा था। उसने चांगदेव से कहा, "कटिंग कराना है?"

"हाँ। ये सो गया क्या?"

"उठाता उसे, दिन में भी सोता रात में भी सोता, उठाता उसे! ओ सीताराम भौ, उठ बे नाना, गिरहाक आया बे तेरी माँ की उठ! दलिद्दर।"

सीताराम बेमना-सा उठा। चांगदेव को ठीक से निहारकर वह समझ गया कि केस कटिंग का है—सीधे कैंची और कंघी ढूँढ़ने लगा। फिर कटोरी का पानी उसने उस बच्चे पर फेंका जिसने उसे गालियाँ देकर उठाया था। वह बच्चा फिर से गालियाँ देता हुआ भाग खड़ा हुआ। नाई उबासी लेता रहा।

चांगदेव ने सोचा कहाँ से आकर अटके इस आलसी आदमी की दुकान में। लेकिन चांगदेव का उत्साह भी धूप के कारण कम हो गया था। हमेशा की तरह कुछ खाया भी नहीं था सवेरे से, इस कारण सभी काम जल्दी में निबटाने थे।

"बैठूँ क्या भौ? करते ना कटिंग? या सोएँगे और? आपका काम करने को मन नहीं शायद?"

"अरे वा, उसी के लिए तो हम हैं। नहीं तो भौ फोकट में पान सौ रुपये पगड़ी देकर कोई दुकान खोलेगा क्या? बैठो।"

फिर उसने कटिंग के बारे में पूछा। फिर बोला, "भौ, चार आने देते क्या पहले?"

"वो क्यों?"

"नहीं, होंगे छुट्टा तो द्यो। चाय मार के आना झटपट। फिर वो कटिंग बनाता कि बस्स। इधर-उधर के बाल काटने में कोई मतलब नहीं। क्यों?"

जेब से चार आने मुश्किल से निकालकर देते हुए चांगदेव बोला, "देर मत करना।"

"नहीं तो फिर यहीं बुलाता चाय।" ऐसा कहकर वह सामने की टपरी को देखकर चिल्लाया, "ए बाजया, एक चाय पार्सल भेज इधर।" फिर चांगदेव के सर पर हाथ घुमाकर जम्हाई लेते हुए बोला, "छह महीने हो गए क्या जी, कटिंग कराए?"

चांगदेव बोला, "आठ हो गए! जल्दी कर। पन्द्रह मिनट में होना चाहिए।"

"बहुत बढ़ गए हैं। इधर से लेता। क्या?"

"कैसे भी लो लेकिन ये कानों पर आनेवाले कम करो। अन्दाजन एक-एक इंच कम करो जल्दी।"

"आपको जो अच्छा लगे वही करेंगे। नहीं तो हुआ? भाईसाब ये धन्धा ही ऐसा है, ग्राहक की मर्जी से लेना पड़ता। उसने कहा ऊपर पैर करो तो ऊपर करना पड़ता, क्या?"

"जल्दी करो।"

फिर चांगदेव के सर पर अंजुलि भर-भर के पानी उड़ेलते हुए वो आटे की तरह बाल गूँथने लगा। जम्हाइयाँ जारी थीं। इतने में चाय आई। चायवाला लड़का बोला, "नकदी पैसे दो बोले मालिक। चांगदेव के सर से पानी की बूँदें टपकने लगीं। उसे लगा झक मारी और यहाँ आए। और कितने ही काम पूरे करने थे। नहाना, हफ्ते-भर के कपड़े धोने। कल निकलना है तो आज शाम को ही तैयार रहना चाहिए। एक बार अँधेरा हुआ नहीं कि रतौंधे की तरह सब काम करना पड़ेगा। मोमबत्ती के भी दाम बढ़ गए।

नाई चायवाले से मजाक कर रहा था। झुँझलाया हुआ चांगदेव चिल्लाया, "चलो सीताराम भौऽऽ।"

"हौऽ हौऽ आयाच...।"

उधर नाई चायवाले से जिद कर रहा था कि चाय स्पेशल नहीं थी इसलिए एक आना ही मिलेगा। आखिर वह बारह पैसे देने को राजी हुआ मगर बदले में पान ठेले से पटेल जर्दा, किमाम डबल आसमान तारा पान बनवाकर लाने को उस बच्चे को भेजा, फिर अन्दर आया।

पान खाकर उसे वह जोश आया कि दस मिनट में ही बालों का काम तमाम कर दिया। चांगदेव अपनी ही फिक्र करता हुआ, केवल अपने टुच्चे चेहरे को

देखता हुआ, अपनी खूबसूरती के बारे में सोचता हुआ और आज तक मैंने इस बारे में क्यों नहीं कुछ किया आदि विचारों में खोया रहा। इसी बीच सीताराम ने उसके बाल एकदम से छोटे कर डाले। आईने में यह सब दिख तो रहा था मगर चांगदेव का ध्यान उधर नहीं था। होश में आने पर चांगदेव कटी घास जैसे अपने बालों को देखकर आगबबूला हो गया। गुस्से में उसने नाई को एक ओर धकेल दिया।

पान की पीक थूककर फिर से पान चबाते हुए सीताराम बोला, "देखो, कैसे एक लेवल में काटे हैं। एक सूत भी कम न ज्यादा—है ना? जैसे कि तरबूज!"

चांगदेव चिल्लाया, "कुछ मत बोलो। मूरख, मैंने इतने कम करने को थोड़े कहा था। नाई है कि...कि...

"टुम भी टो देख रहे थे ना साब आईने में? उसी समय रोकना था ना मुझे? आईना था ना सामने ही?" और फिर पान सँभालते हुए बात को स्पष्ट करने लगा।

अब बातें करने से क्या हासिल होना था। बाल तो चले गए। अखबार की भाषा में जिसे बहुत बड़ी हानि कहते हैं यही था वह। इसलिए थोड़ा पीछे हटता हुआ चांगदेव बोला, "चल जल्दी कर बाबा, झक मार के तेरी दुकान में आया। इस जगह को तूने ही चुना है—यूँ ही नहीं पाँच सौ रुपये दिये इसके माँ की..."

अपने छोटे-छोटे कटे गोरिल्ला के समान खड़े बालों को देखकर चांगदेव रोने को हो आया। परेशानी हो गई। नहीं तो कितने सुहाने दिख रहे थे घुँघराले बाल? अपनी हमेशा की दुकान में ही जाना था।

अब पछताकर क्या होगा यह सोचकर उसने समझदारी से नाई से कहा, "तू मुँह में पान ठूँसकर किसी की कटिंग मत करना। गूँगे जैसा तू बाल काटने लगता है, बाल काटते वक्त बीच-बीच में पूछना चाहिए न, हरामखोर!"

पान थूककर आते हुए वह बोला, "लेकिन आईना तो था ना आपके सामने भौ। पचास रुपये में लाया मैं। वो क्या मैंने ढककर रखा था कपड़े से? कैसी बातें करते आप पढ़े-लिखे लोग? आप भी कमाल करते बाबा हँऽऽऽ।"

"चल, चल निपटा काम और जाने दे।"

"लो, मुंडी नीचे करोगे तो ही काम होगा ना, आँ?"

फिर लम्बे डग भरते हुए घर आया। स्नान करके सभी कपड़ों को साबुन के

पानी में भिगोकर आधा घंटा तो रखना होगा, यह सोचकर वह कंघी लेकर बाल बनाने लगा। पर सभी बाल चले गए यह देख उसे बड़ी खिन्नता हुई। वह ऐसा दिख रहा था मानो घर का कोई बड़ा लड़का गंगाघाट से श्राद्ध करके आया हो। अब उसे यह मालूम हुआ कि उसकी सबसे खूबसूरत चीज उसके बाल ही थे। साला सीताराम नाई! मेरे बालों के कितने अच्छे स्टाइल बनते थे। अब तो बस सीधे खड़े हैं। कहते हैं न कि साधु की शादी करनी हो तो शिखा से शुरू करो—वैसा ही लगने लगा। फिर बैठे हुए गाल, उभरी हड्डियाँ, सारी रात जागने से निस्तेज हुई आँखें, चिन्ता के मारे स्याह हुआ चेहरा, बीड़ी और पान की वजह से पीले हुए दाँत। इतने से बाल सर पर। इतने सालों के संघर्ष में देहाती शरीर टिका रहा यह क्या कम है? अपने-आपको समझाते हुए उसने सूटकेस जमाया। कमरा ठीक-ठाक किया। फिर थकान के कारण थोड़ी देर पड़ा रहा।

इसी बीच कासार आकर अपनी बेटी की शादी के दहेज के बारे में बोल गए। इस कारण खाना हुआ ही नहीं। मूँगफली भूनकर खाई और चाय पी आया। कपड़ों से भरी बाल्टी लेकर नीचे गया और अँधेरे में नल आने की राह देखता रुका रहा। नल में हवा तो बज रही थी सूँ-सूँ लेकिन पानी आने का नाम नहीं ले रहा था। अब तो भोजन के लिए जाने में भी देरी होगी, यह निश्चित था। हाथ-पैरों के नाखून भी काटने थे जो जानवरों जैसे बढ़े हुए थे। सूटकेस के कपड़े सँभालने थे। धुले कपड़े ठीक से सुखाने थे। इस्तरी करना तो अब मुमकिन ही नहीं था। ये सब बातें हमेशा की तरह ही हो रही थीं—मतलब खाली समय काफी रहना और आखिर में ऐसी दौड़-धूप। बम्बई में पढ़ाई के दौरान परीक्षा के दिनों में भी ऐसा ही हुआ करता था।

पानी आते ही उसने कपड़े धोने का काम जल्दी से निपटाया। अँधेरे में ज्यादा साफ-सुथरी धुलाई भी नामुमकिन थी। कपड़े सुखाने को फैलाकर कपड़े बदलकर वो बाहर निकला। दूर एस.टी. स्टैंड तक चलने से उसे थकान हो आई। खाना खाकर रास्ते में वाहनों से बचते-बचाते फिर 'राधाकृष्ण' आया। नवविवाहित आदमी ने दरवाजा खोलने में हमेशा से ज्यादा देर लगाई। चिढ़कर चांगदेव बोला, "इत्ती जल्दी क्या सोते जी?" इस बार उस उजड्ड आदमी ने शर्म के मारे कुछ नहीं कहा। सीढ़ियाँ चढ़ते हुए चांगदेव बोला, "कल से मैं यहाँ नहीं हूँ। किसी को ऊपर मत जाने देना। ऊपर की मंजिल पर अब कोई नहीं है।" लेकिन उस आदमी ने सुना-अनसुना कर दिया।

इस तमोयुग की समाप्ति की आशा करते हुए चांगदेव अपनी घड़ी में समय मिलाने के बाद खाट पर लेट गया। थका हुआ था लेकिन शादी के खयालों के कारण उसे नींद नहीं आई। उसे लगा जैसे रेगिस्तान में चल रहा हो—अँधेरे में समय काटना मुश्किल हो रहा था। फिर अलार्म बज गया और वह उठ बैठा। नींद आई ही नहीं।

बस-स्टेशन पर भीड़ इतनी थी कि लगा शाम तक भी निकलना मुश्किल है। शादियों का मौसम चल रहा था और दूर तक लम्बी-लम्बी कतारों में लोग खड़े थे। शादी की चीजों की खरीदारी के लिए आने-जानेवाले, बस की छत पर बड़े हंडे, गागर, पानी के टीप, दोने और पत्तलों के ढेर, बोरियाँ—ऐसा सब कुछ। देहाती लोगों के हाथ में, कन्धों पर, पाँव के पास, आसपास चारों ओर सामान ही सामान। लगा मानो शादी के अलावा इनके जीवन में और कोई घटना होती ही नहीं। खर्चा करने की एक ही वजह—शादी।

दो बसें भरकर चली गईं पर लाइन खत्म ही नहीं हुई। वह परेशान हो गया। सामने खड़े लोगों से झगड़ा भी हो गया। हरेक का कहना था कि उसी का नम्बर है। आखिरकार एक बस आई और सबको धकेलकर वह गुस्सा होते हुए बस में सवार हुआ। कल रात नहीं सोने की वजह से यह जंगलीपन आ गया होगा, ऐसा उसे महसूस हुआ। हाल ही में जो उसके बालों की कटिंग हुई थी उसकी वजह से वह सब लोगों से ऐसे ही अलग दिख रहा था। बुआ के घर शाम तक पहुँचना जरूरी था। गाड़ी खचाखच भरी हुई थी। लोगों का आपस में कुचलना, बच्चों का रोना-धोना, उठना-बैठना, झगड़े, चिल्लाहट, खड़े-खड़े सफर करते लोगों की दीवार, और तूफान गर्मी—ऐसा सब कुछ। बस गाँव छोड़कर काफी आगे निकल गई लेकिन अन्दर शोर चल रहा था। रास्ते-भर छोटी-छोटी बस्तियों के सामने खड़े लोगों के झुंड बस की राह देख रहे थे। दूर से बस दिखते ही वे हाथ उठाकर उसे रोक लेते। फिर वही नजारा—उतरनेवाले, बैठनेवाले। छह-सात घंटे का सफर बेजार कर देनेवाला रहा।

आग बरसाती धूप में वह जलगाँव उतरा। वह कई साल बाद आया था। परिचित

रास्ते, गलियाँ आदि सब उसे बदला-सा नजर आया। लेकिन बुआ के घर का रास्ता उसे मालूम था।

कितने सालों बाद अच्छी ऊँची कद-काठी वाले अपने भतीजे को देखकर बुआ फूली नहीं समाईं। बुआ भी अब अधेड़ उम्र की महिला जान पड़ रही थीं। बचपन में सभी भाई, बहनें, छोटे-बड़े चाचाजी अपने-अपने बिछौने डाल अहाते में सोया करते। उस वक्त के ये नन्हे लोग आज खुद बाल-बच्चे वाले हो गए। मुझे देखकर बुआ को भी कुछ अजीब ही लगा होगा, चांगदेव सोचने लगा। उसे भी समय की गति का एहसास हुआ।

पुरानी यादें ताजा करते हुए बुआजी आँखें पोंछते हुए सब का इतिहास बताने लगीं। फूफा के आने तक उन्होंने चांगदेव को बहुत-से व्यंजन बनाकर खिला दिए। शरबत, चाय, तरबूज, पोहा, लड्डू, पापड़—एक के बाद एक। उनके दोनों लड़के अब बड़े हो गए थे। वे चांगदेव से थोड़े दूर-दूर ही थे। उन्होंने उसे कभी देखा ही नहीं था।

यह सोचकर कि चांगदेव शनिवार को आएगा। पूरा प्रोग्राम बुआ ने पहले ही बना रखा था। लेकिन वो एक दिन पहले आ गया। इसलिए एक दिन पहले जाने का तय हुआ। घर में बुआ की बात मानी जाती थी।

सन्देशा पाने के बावजूद माधवराव पाँच बजे आए। "ऑफिस से निकलना नहीं हो पाया," रूखेपन से कहकर वे शान्तिपूर्वक बैठे रहे। लेकिन बुआ उन्हें जल्दी न आने के कारण डाँट पिलाने लगीं। उन्हें शायद बुआ की यह आवाज पहले से ही पसन्द नहीं थी। सभी बहनों में बुआ की आवाज बचपन से ही इसी तरह की थी। स्वभाव भी ऐसा ही। लेकिन पास-पड़ोस के लोग कहते कि इन्हें इनकी तेज नाक की वजह से अच्छी ससुराल मिलेगी। और यह सच भी था।

कुछ खाने और चाय पीने के बाद बुआ ने माधवराव से दुखी स्वर में पूछा, "अब आप कल के लिए छुट्टी लेकर तो आए हो ना? अब यह काम आन पड़ा है तो आप ऐसा बर्ताव कर रहे हो!"

यह लड़की देखने जाना माधवराव को कतई पसन्द नहीं था। लेकिन चेहरे पर भाव ये थे कि अपनी पत्नी के लिए जो कुछ बन सके करना चाहिए। वे बोले, "इससे तो अच्छा ये है कि खाना खाकर अभी आखिरी गाड़ी से चलेंगे। वहाँ जाने पर अनन्तराव जोशी जी या और किसी के घर रुकेंगे और सवेरे ग्यारह बजे लड़की देखकर वापस हो लेंगे। मेरा टिफिन कल ऑफिस में ही भिजवा देना, मतलब मैं

उधर से ही ऑफिस चला जाऊँगा—फिर छुट्टी लेने की जरूरत ही क्या है?"

जागरण, सवेरे जल्दी उठने और बस के भीड़-भाड़ वाले सफर के कारण उसे बहुत नींद आ रही थी। अब खाना खाकर निकलना है यह सोचकर ही उसके होश उड़ने को हुए। रसोईघर में बुआ के पास बैठे-बैठे वह उनकी बातें सुन रहा था—पिताजी का अक्खड़ स्वभाव, ओझाओं से उनका लगाव, जन्तर-मन्तर, पुरानी बातें—यह सब। हम दिवालिया हो रहे हैं, बाड़ा तक बेचने की नौबत आ गई लेकिन खरीदनेवाला कोई नहीं। वजह यह थी कि आगे चलकर नदी के बाँध के कारण पूरा गाँव ही उठने में था। बाढ़ से गाँव को खतरा जो बना रहता है। ये सब बातें बताते हुए वह बीच-बीच में बोलतीं—तू इस साल शादी कर ले तो अच्छा। खाना खाते वक्त भी उनकी तीन बहनों, भाई, चाचा आदि के बारे में बड़बड़ाहट चलती रही। माधवराव यह सब सुनते-सुनते उकता गए।

आठ बजे वह माधवराव के साथ निकला। माधवराव ने पूछा, "कपड़े वगैरा ले लिए ना?" बुआ ने माधवराव से पूछा, "सोने का ठीक से इन्तजाम हो जाएगा न? नहीं तो सवेरे जाना—भीड़ के दिन हैं।"

गुस्सा होकर माधवराव बोले, "मुझे क्या तूने मूरख समझ रखा है? पचासों पंडे घेर लेते हैं वहाँ पैर रखते ही। अपने हमेशा वाले अनन्तराव हैं ही, एकदम घर जैसे। ज्यादा होशियार बनने की जरूरत नहीं।"

फिर वही भीड़, शोर-शराबा, चिल्ल-पों, बड़ी लाइनें। अभी चार बजे की बस भी नहीं गई थी तो नौ बजे वाली का क्या भरोसा? लेकिन माधवराव एकदम शान्त मुद्रा में थे। उन्हें कतार में खड़े रहना भी अपमानजनक लग रहा था इसलिए वह बाजू में खड़े थे। भाग-दौड़ और जागे रहने के कारण चांगदेव को सरदर्द होने लगा था। और बुआ ने काफी कुछ खिलाया था सो मुँह में खटास-सी भर गई थी। क्या कुछ हो रहा है वह यह समझने के परे चला गया।

आखिरकार बस आकर खड़ी हुई। माधवराव ने क्या तिकड़म लगाई मालूम नहीं पर कंडक्टर ने सबसे पहले उन्हें दो टिकट थमा दिये और ये दोनों बस में जाकर आराम से बैठ गए। माधवराव ने फिर एक बार पूछा, अच्छे कपड़े लाए हो ना?

चांगदेव बोला, "हाँ, सूटकेस में हैं। फिर माधवराव बखान करने लगे कि किस तरह शादी एक गन्दा बाजार बनता जा रहा है, जहाँ आदमी से ज्यादा उसके ओहदे को आँका जाता है, पैसा ही सब कुछ हो गया है वगैरा। चांगदेव को इन बातों में कोई दिलचस्पी ही नहीं थी, कारण खुद माधवराव ने बुआ की शादी में दहेज के नाम पर काफी सोना वसूल किया था जिसके कारण पिताजी को खेत बेचना पड़ा था। ये सब बातें उसे याद आईं। उसे बड़ी घृणा हुई अपने माँ-बाप से, अपनी जाति से, अपने देश से। बाद में खुद से भी।

वे रात में करीब ग्यारह बजे यावल पहुँचे। चांगदेव बोला, "लॉज पर ही जाएँगे।" माधवराव ने कहा, "इस उजड्ड गाँव में लॉज है कहाँ। कहीं तो रात निकालनी है, अनन्तराव जोशी के घर ठहरेंगे। अच्छा आदमी है। वो पुराने जमाने का वकील है और उसका धन्धा भी कुछ ठीक नहीं चलता। कोर्ट में कुछ सटर-फटर काम करता है। दो रुपये दे दो तो खुश हो जाएगा।"

नालियों को लाँघते हुए दोनों आगे बढ़ने लगे। तहसील का गाँव होने के बावजूद यावल बड़ा गलिच्छ और उजड़ा-सा था। वह इसी बात से सन्तुष्ट था कि लड़की इस गाँव की नहीं थी। माधवराव उस परिचित के घर के सामने खड़े होकर जोर-जोर से आवाज देने लगे, "अनन्तरावऽ, ओ अनन्तरावऽ, वकील साबऽ—अरे सो गए क्या भले आदमी...।"

अनन्तराव के घर पर उनके वकील होने की तख्ती लगी थी। बाजू में डिब्बे वाला शौचालय, नीचे मोरी, नाली के ऊपर घर में जाने के लिए चार पायदानों वाली सीढ़ियाँ और गटर से उठती संडास की भयानक बदबू। घर को सालों पहले लीपा-पोता होगा। रास्ते के बल्बों के पीले प्रकाश में ये शान्त पुराने मकान, सँकरी गलियाँ, हर घर के सामने बने पुराने शैली के डिब्बे वाले संडास और नालियों में बेखौफ घूमनेवाले सूअर देखकर वह सोचने लगा कि मैं यहाँ किस कारण आया हूँ? माधवराव अब ऊपर जाकर लोहे की सलाइयों वाला दरवाजा खटखटाने लगे। दरवाजे की आड़ से साफ दिखाई दे रहा था कि वहाँ कोई सोया है। चांगदेव ने लॉज पर जाने की बात दोहराई।

बाद में पन्द्रह-सोलह साल का एक लड़का अनमना-सा उठता हुआ बोला, "कौन है?"

"कहो, माधवराव आए हैं, जलगाँव से। पिताजी सो गए क्या इतनी जल्दी? उन्हें उठाना जरा और ये दरवाजा खोल, दो पैसेंजर हैं।" इतने में अहाते से बड़े दरवाजे के खुलने की आवाज आई। अन्दर बल्ब की पीली रोशनी में खुद अनन्तराव दरवाजे में खड़े दिखे।

"आओ, आओ, इतनी रात गए अचानक कैसे आना हुआ? अन्दर आओ, ये कौन, प्राध्यापक ना? बाबा, यहीं पलंग पर बैठ जाओ। यहीं दिन में हमारा ऑफिस होता है। बैठो प्रोफेसर साब, घर जैसा ही समझो। बैठो कुर्सी पर। माधवराव, बैठो-बैठोऽ। कपड़े उधर टँगा दो।"

वह बैठे इतने में बच्चे ने बाहरवाला दरवाजा लगाकर अन्दरवाला दरवाजा भी बन्द कर दिया और फिर से बिछौने में चला गया। पहले ही बहुत गर्मी हो रही थी। अनन्तराव नंग-धड़ंग थे इसलिए उन्हें गर्मी से तकलीफ नहीं थी। अपनी कमीज उतारकर माधवराव उसी से हवा करने लगे। हाथ-पैर धोने के बाद वे दोनों उनींदे से बतियाते रहे। खाना खाओगे या खा लिया? चाय-कॉफी लोगे या पान—इस प्रकार से मेहमाननवाजी दिखाकर आखिरकार उन्होंने पत्नी को चाय बनाने को उठा ही दिया। चाय पीते हुए उनके बदन से पसीने की धाराएँ बहने लगीं। इस सब झमेले से कब छूटेंगे, यह वह सोच रहा था।

अनन्तराव ने माधवराव को अपने पास ही खटिया पर सोने को कहा। अहाते में सो रहे बच्चे को उठाकर वहाँ चांगदेव के सोने का इन्तजाम कर दिया गया। वह लड़का चांगदेव को गुस्से से निहारता हुआ अन्दर चला गया।

चांगदेव नीचे जमीन पर पड़ी गद्दी पर सो गया लेकिन उसके पहले सोये उस लड़के के पसीने से वह भीगी हुई थी इसलिए चांगदेव ने गद्दी उलटी कर दी और अपने कपड़े उतारकर उस पर सोने की कोशिश करने लगा।

सब तरफ सन्नाटा छा गया। कल के जागरण के कारण चांगदेव की आँख लगी ही थी कि उसे जान पड़ा कि चारों ओर से मच्छरों ने घेर लिया है। परेशान होकर उसने चद्दर ओढ़ ली। बाहर के गटर और संडास की बदबू के बादल एक के बाद एक अन्दर आ रहे थे लेकिन वह पड़ा रहा। फिर सूअरों के आपस में झगड़ने की आवाज भी आने लगी। नींद आना मुश्किल हो गया। चद्दर ओढ़ने के बाद भी काटने का एहसास हुआ और खटमल होने की आशंका से वह हड़बड़ाकर उठ

बैठा। धुँधली रोशनी में आँखें फाड़कर उसने देखा तो खटमलों की फौजें दीवार से उसकी गद्दी की ओर आ रही थीं। अब तो नींद आना नामुमकिन ही था इसलिए वह खटमल मारने लगा। बदबू से सरदर्द होने लगा। बड़ी बेकार हालत हो गई। यह रात भी जागकर ही निकालनी होगी। देर रात सोने की आदत तो थी उसे। लेकिन कल जल्दी भी तो उठना है। दो दिनों का रतजगा, अपच, यातायात—ऐसे में सुन्दर लड़की को देखने जाना! बड़ी कठिन बात थी।

भोर के समय थोड़ी आँख लगी कि किसी ने दरवाजा खटखटाकर नींद उड़ा दी। काम करनेवाली बाई थी। उसने सोचा, फिर से सो जाऊँ लेकिन उस बाई ने बाल्टी लेकर बाहर से पानी भरने का काम शुरू किया। मतलब नल बाहर गटर में था—ऐसा यह गाँव! कसमसाकर उठा और बाजूवाली बेंच पर घुटनों में सर छुपाकर ऊँघने लगा। अन्दर साले सब मजे में सो रहे थे। मेरे ही हिस्से में यह बाहर वाली जगह आई, यह नसीब का फेरा था। कुल मिलाकर मैं गलत झमेले में पड़ गया। उधर अकेले रहकर बौद्धिक गुंडागर्दी करते हुए झूठ की जिन्दगी जीता रहा। अपनी असली जगह तो यहाँ है—गटर के पास, संडास के नजदीक—मच्छरों-खटमलों के साथ। लॉज में अच्छा सोया जा सकता था लेकिन माधवराव को इस स्नेही के घर ही रुकना था। वे मजे में खर्राटे भर रहे थे अन्दर।

थोड़ी ही देर में खूब हड़बड़ाहट और शोरगुल शुरू हुआ। पता चला कि अनन्तराव के चार-पाँच बच्चे एक साथ नींद से जाग उठे हैं। पूरे जागरण से परेशान चांगदेव के अन्दर इस शोरगुल के कारण अचानक विरक्ति के भाव जाग उठे। भीड़ होने से शौच जाने का नम्बर नहीं लग पाया और अनन्तराव के कहने पर पहले नहाना पड़ा। नहाने से थोड़ा ताजा-ताजा मालूम हुआ। बाद में शौचालय में नम्बर तो लगा लेकिन भरकर बहनेवाले डिब्बा और रात-भर की दुर्गन्ध से आधा घंटे बैठने के बाद भी उसे शौच नहीं हुआ। सब कुछ उलटा ही हो रहा था। उधर अनन्तराव का बड़ा लड़का अभी भी मुँह पर चद्दर ताने सो रहा था। जोशी बाई झुँझलाए स्वर में अनन्तराव को कह रही थीं, "अजी प्रदीप को उठाओ तो, मैं तो तंग आ गई। इतनी देर तक कौन सोता है।"

इसके साथ ही अनन्तराव हठपूर्वक चद्दर खींचते हुए उस पर चिल्लाए, "उठो, घर में मेहमान हैं और तुम सोये हो—शर्म नहीं आती? उठ और एक सन्देशा देकर आ—जल्दी—उठता है या मारूँ लात?"

मीठी निद्रा के भंग होने से प्रदीप नकार के अन्दाज में उठ बैठा। फिर माधवराव और खासतौर से चांगदेव को नफरत से देखते हुए उसने स्नानादि किया। फिर कपड़े पहनकर बाप से बेफिक्री से पूछा, "कहाँ जाना है?"

अनन्तराव बोले, "ध्यान से सुन। इधर सामने आ—कोर्ट के पास अपने वो बुटके काका हैं, उन्हें कहना कि हमारे यहाँ जलगाँव से माधवराव हिंगोणेकर आए हैं अपने भतीजे को लेकर, लड़की देखने। बस, इतना ही कहना, क्या?"

प्रदीप कुछ नहीं बोला। रात में नींद टूटने से और फिर सवेरे जल्दी जगाए जाने से जो क्रोध उसे आया था वो उसने चांगदेव की ओर एक तुच्छतापूर्ण कटाक्ष डालते हुए जता दिया, फिर गली में जोर से कूदते हुए चला गया।

माधवराव और अनन्तराव अपने-अपने काम-धन्धों के बारे में बतियाने लगे। फिर हाल में शादियों में हो रही भली-बुरी परम्पराओं पर बात आई। बाद में माधवराव ने चांगदेव के बारे में बात छेड़ी। बुटके मास्टर के घर रहनेवाली इस लड़की की पूछताछ की। चांगदेव समझ गया कि अनन्तराव और बुटके मास्टर के आपसी सम्बन्ध अच्छे नहीं थे। अनन्तराव बता रहे थे कि नाटा होकर भी कितना घमंडी है वह। बड़ा विक्षिप्त है। ये बूढ़ा हमारी म्युनिसिपैलिटी में हँसी का विषय बन गया है। कैसे चुनकर आता है, क्या मालूम। लेकिन उसकी भतीजी अच्छी है। एकदम सोना है सोना। आज ही पक्का कर दो। इस बूढ़े के स्वभाव के कारण बच्ची की शादी नहीं हो रही। अपने घर आई थी एक बार, है ना?"

अनन्तराव की पत्नी ने भी कहा कि बच्ची सुशील और स्वभाव से अच्छी है, गरीब है। उन्होंने कहा, "बच्ची तो इतनी खूबसूरत है कि उसके बाहर आते ही लोग उसे देखने दौड़ते हैं—उसकी चाची बता रही थी...।"

पोहे खाते-खाते दोनों अनेक विषयों पर चर्चा कर रहे थे। लेकिन सगाई सम्बन्धों को लेकर जो बातें हो रही थीं वह उकता देनेवाली थीं। लड़के-लड़कियाँ तो इन्हें कुत्तों जैसे जान पड़ते थे।

कौन लड़का कितना पढ़ा-लिखा है, कितनी तनख्वाह है, कहाँ पर काम करता है, घर की हालत कैसी है, किस लड़की वालों ने कितना दहेज दिया—यही सब।

अनन्तराव बोले, "आप उसे दहेज को ना मत कहना। इसका भी मतलब वो ये लेगा कि आप में ही कुछ खामी है। इतना क्या कम है कि वो आपको लड़की दिखाने को तैयार तो हुआ। नहीं तो पूरी तफ्तीश के बाद सीधे मना कर देता है। क्या आदमी है? लेकिन लड़की हीरा है!"

एक तो जागरण से चांगदेव की प्रतिरोध-क्षमता कम हो गई थी, दूसरे इन व्यवहारकुशल बेमतलब की बातों से वह परेशान हो गया। उसका जोश धीरे-धीरे कम होता गया। सीने में धड़कन भी तेज हो गई।

इतने में प्रदीप आया। उसके साथ एक नाटी कद-काठी वाला धूर्त किस्म का आदमी भी था। बुटके मास्टर यही थे काली टोपी पहने हुए। अनन्तराव के घर आना पड़ा वे इससे नाराज थे। उनकी म्युनिसिपैलिटी वाली आपसी शत्रुता यहाँ भी प्रकट हो रही थी। उदाहरणार्थ, बुटके मास्टर माधवराव से बोले, "सुबह से कुछ चाय-पानी हुआ या नहीं?" तो अनन्तराव बोले, "मेरे घर वैसे भी रोज पचासों लोग चाय पीते हैं। माधवराव तो मेरे दोस्त हैं—ह ह ह।"

फिर अनन्तराव बुटके मास्टर को चिढ़ाते हुए बोले, "सोमवार को आपके केस की हियरिंग है शायद, मेरी चित्रे वकील से बात हुई है। मैंने कहा कि आदमी कभी-कभी झटके में कुछ बोल जाता है। दिलजमाई करवा लो...।" बुटके मास्टर अनन्तराव की अनसुनी करते हुए माधवराव से बतियाने लगे। लेकिन उनका पूरा ध्यान चांगदेव की ओर था। अपने घर का पता ठीक से बताकर उन्होंने माधवराव को आने का निमंत्रण दिया और निकल गए। जाते हुए उन्होंने चांगदेव को देखा तक नहीं। माधवराव ने चांगदेव से कहा, "प्रोफेसर साब, जल्दी करो, कपड़े पहनो और चलो।"

सब सोच रहे थे कि तैयार होने में चांगदेव को आधा घंटा तो लगेगा ही। लेकिन चांगदेव तौलिया लपेटकर सबके सामने एक बिना इस्तरी वाली पैंट पहनकर उस पर अच्छी धुली हुई कमीज पहनकर फौरन तैयार हो गया।

पीछे कभी तो एक बार दर्जी के यहाँ सिली हुई यह कमीज बहुत ही ढीली-ढाली थी और उसका गहरा रंग पैंट के खाकी रंग से बिलकुल मेल नहीं खाता था। उसे इतना जल्दी तैयार होता देखकर माधवराव बोले, "इन कपड़ों में जाओगे लड़की देखने? उतारो ये और दूसरे पहनो। कोट-वोट नहीं है क्या? एस.टी ड्राइवर जैसे दिख रहे हो बिलकुल। टाई है ना? और क्या आपके गाँव में इस्तरी करनेवाला नहीं कोई?"

चांगदेव बोला, "कपड़े तो यही हैं। कोट तो मैं वैसे भी पहनता नहीं। झूठी शान की क्या जरूरत? इस धूप में—अंग्रेजों जैसे।"

माधवराव चिढ़कर बोलने लगे, "दूसरे कपड़े हैं ही नहीं क्या? तुम्हारे उदली के पाटीलों की खानदानी दरिद्रता आई है तुम सबमें। नाम बड़े और...मेरी पत्नी में भी वही आया है सब। नई साड़ियाँ पेटी में रखती है और फटे कपड़े पहने फिरती है, धत् तेरे की...।"

अपनी पत्नी और ससुराल पर गुस्सा उतारने का यह अच्छा मौका मिला माधवराव को। लेकिन उनका इस तरह सबके सामने बोलना ठीक नहीं था। इस काम की वजह से जो तकलीफ माधवराव को झेलनी पड़ी वह भी इन शब्दों में झलक रही थी। चांगदेव को सबसे ज्यादा बुरा इस बात का लगा कि उसकी तरफ तुच्छता से देखनेवाले प्रदीप के सामने ही यह सब बात हो रही थी और वह वहीं खड़ा हँस रहा था। चांगदेव को लगा कि ये सब लोग उसकी फजीहत देख रहे हैं और वह खुद किसी जोकर से कम नहीं लग रहा।

चांगदेव चुपचाप गुस्सा निगलते हुए आईने में देखते हुए अपनी खीज छोटे-छोटे बालों पर उतारते हुए बाल बनाने लगा। बड़े आईने में उसे खुद के कपड़े जोकरनुमा लगने लगे। काले-पीले दाँत छुपाए जा सकते थे पर ये द्रोण जैसे गाल और खूँटों जैसे बाल खुलेआम दिखेंगे और इन विदूषकी कपड़ों में मैं सुन्दर लड़की देखने जाऊँगा। बहुत ही घटिया नजारा होगा। इतनी देर कंघी घुमाने के बाद भी बाल ब्रश के बालों की तरह खड़े थे। मन-ही-मन आवेश में आकर वह खुद से ही बोला—मैं जैसा हूँ वैसा ही दिखना ठीक है। अब बस।

माधवराव चिढ़ते हुए बोले, "चलो, अब चलना चाहिए। ग्यारह के पहले सब पूरा हो जाना चाहिए। चलो अनन्तराव, हमें बुटके मास्टर का घर दिखा दो। बाद में उन्होंने अनन्तराव को पाँच रुपये का नोट थमा दिया। अनन्तराव ने 'थैंक्यू, आपका ही घर है, और भी आया करो' कहते हुए नोट ले लिया।

ठिंगने अनन्तराव आगे, फिर भारी-भरकम माधवराव हाथ में शान के साथ तिरछा छाता पकड़े और बीच-बीच में उसे जमीन पर ठोंकते हुए और सबसे पीछे लम्बी-सी कमीज में छोटे-से बालों वाला ऊँचा दुबला-पतला चांगदेव। ऐसा यह जुलूस

छोटी-छोटी गलियों से गुजरा। सच पूछो तो अच्छी-सी धोती, साफ टोपी के कारण माधवराव ही सबसे आकर्षक लग रहे थे। नई चप्पल के कारण चांगदेव चलने में पीछे ही रह जाता था। ये सब लड़की देखने जा रहे हैं यह समझते लोगों को देर न लगी। घरों से लोग, औरतें और लड़कियाँ झाँक-झाँककर इन्हें देखने लगीं। चांगदेव ने एक बार जो अपनी गर्दन झुकाई तो फिर ऊँची उठाई ही नहीं। शादी के लिए अगर यह सब करना पड़ता है तो ऐसी शादी का कोई मतलब नहीं। पारू सावनूर वाली बात अगर बन जाती तो इस यंत्रणा से गुजरने की आवश्यकता ही नहीं होती। अब तो निडर होकर इस सबसे गुजरना होगा। बाद में देखेंगे, इसका क्या करना है। लेकिन यह सब कुछ ठीक नहीं लग रहा था।

बुटके मास्टर घर के सामने ही खड़े थे। अनन्तराव ने दूर से ही घर दिखाया और चलते बने। बुटके मास्टर का घर अच्छा था। आगे आँगन में थोड़े पेड़, आँगन गोबर से लिपा हुआ, एक अच्छी-सी रंगोली, बाँस से घिरा अहाता, तुलसी-वृन्दावन—सब कुछ साफ-सुथरा।

जागरण के कारण चांगदेव का चेहरा पहले ही उतरा हुआ था और अनन्तराव के घर से यहाँ तक आते समय सूरज की रोशनी मुँह पर आने से आँखों में जलन भी होने लगी थी। लेकिन मन-ही-मन प्रसन्न होते हुए चांगदेव अहाते से होकर सीढ़ियाँ चढ़कर माधवराव के पीछे घर में दाखिल हो गया।

अन्दर बुटके मास्टर और उनका लड़का, दो ही लोग थे। लड़का कोई डी.ए.एस. एफ. या बी.ए.एम.एस.सी. जैसी आयुर्वेद की परीक्षा देकर डॉक्टर हो गया था लेकिन राजकीय और सामाजिक कार्य करते हुए राजनीति में आना चाहता था। प्रारम्भिक चर्चा हुई जिसमें आप क्या करते हैं, कैसे चल रहा है वगैरा और गैर-मामूली बातें होने के बाद काफी देर तक अजीब-सी खामोशी छा गई। चांगदेव समझ नहीं पाया कि कुछ बोला जाए या इधर-उधर देखता रहे। वह दीवार पर लगे परिवारजनों के फोटो, कैलेंडर, सजावटी चीजें आदि देखता रहा। तब बुटके मास्टर फोटो में ऊँचे ओहदों पर पहुँचे कुछ लोगों के बारे में जानकारी देने लगे। इस जानकारी का चांगदेव पर क्या प्रभाव होता है, यह भी वे देख रहे थे। चांगदेव इन बचकाना चीजों को संवेदनशून्य मन से देख रहा था। उसने कोई प्रतिक्रिया नहीं दी। चुपचाप कुर्सी पर बैठा रहा। जब उसे यह समझ में आया कि परदे के पीछे से दस-बारह लोग उसे देख रहे हैं तब उस तन्दुरुस्ती का महत्त्व समझ आया और उसके होश उड़ गए।

थोड़ी देर बाद परदे को किनारे करते हुए लड़की की चाची आई और कुछ

देर माधवराव से बतियाती रही। फिर चांगदेव को अच्छी तरह से निरखकर अन्दर चली गई। चांगदेव कोशिश कर रहा था कि उसके दाँत न दिखें। इसलिए डॉक्टर के चुटकुलों पर होंठों को दबाकर हँसता रहा। लेकिन बाल और बैठे गालों को छुपा नहीं सकते, यह वास्तव में उसे चुभ रहा था।

फिर काफी देर तक सभी खामोश रहे। माधवराव भी चुप हो गए। चांगदेव असहाय-सा नीचे-ऊपर इधर-उधर ताकता रहा। माधवराव उसे कुछ बोलने के लिए संकेत कर रहे थे। बुटके मास्टर अन्दर होकर आए। चांगदेव को लगा कि उनके चेहरे पर तिरस्कार के भाव उभर आए हैं। वह सामाजिक कार्यकर्ता पिताजी से राजनीति के बारे में कुछ कहने लगा। यह देखकर माधवराव चांगदेव को उकसाते हुए बोले, "यूँ ही बैठे रहोगे या कुछ बोलोगे भी?" तब चांगदेव ने थूक निगलते हुए सूखे गले को गीला किया।

अब वह बातचीत में हिस्सा लेने लगा लेकिन माधवराव और बुटके मास्टर की समझदारी से ओत-प्रोत भारी-भरकम भाषा के साथ चांगदेव की इतने सालों की बेफिक्र और चुभन-भरी भाषा का तालमेल बैठना मुश्किल हो गया। फिर भी वह बोलता रहा। नेहरू की बात निकली तो चांगदेव बोला, "उस वक्त मैं बी.ए. कर रहा था। नेहरू हमारे हॉस्टल के सामने से होकर जानेवाले थे। मैं परेशान हो गया और आखिर पुलिस के घेरे के बीच से होकर चाय पीकर आ गया और फुटपाथ पर खड़ा पान चबाता रहा। सोचा पुलिस के बाजू में होते ही अपने हॉस्टल में वापस घुस जाना है। नेहरू को देखने के लिए इतनी हैरानी कौन झेले? इतने में उधर सायरन बजने लगे। फिर सोचा अब इधर फँस ही गए हैं तो देख लेंगे प्रधानमंत्री कैसा होता है! तो पाँच-छह गाड़ियाँ गुजरने पर एक खुली गाड़ी में बौना नेहरू! बुड्ढा सभी को हाथ उठा-उठाकर हमेशा की तरह हँसकर देख रहा था। मेरे सामने से गाड़ी निकली और उसने मेरी तरफ भी हाथ हिलाते हुए देखा ऐसे! मैं घाघ बना नेहरू को देखता रहा। फिर उसने भी हाथ नीचे कर लिया। खुली गाड़ी में घूमना एक बड़ा जोक ही तो है! और पागलों के जैसे हाथ क्यों हिलाना? मैं तो अपने हाथ जेब में रखकर देखता रहा। मजा आया। नेहरू भी यह समझ गया होगा।"

जब वह बातें कर रहा था तभी उसकी समझ में आ गया कि बुटके मास्टर गुस्सा हो गए हैं। मतलब अपनी बात व्यर्थ हो गई। इतने में उसने देखा कि जिसका इन्तजार हो रहा था वह लड़की ट्रे में पोहों की प्लेटें लिये सामनेवाले

परदे से बाहर आकर खड़ी थी। शायद उसने भी यह सब सुना हो, यह सोचकर चांगदेव की आवाज ही बैठ गई। वह पूरी तरह गुमसुम हो गया।

बुटके मास्टर ने कहा, "इन्दिरा, आओ, इधर रख दो।" बड़ी अकड़ के साथ खड़ी इस ऊँची लड़की को देखकर चांगदेव का गला सूखने लगा। इतनी देर की अपनी बकबक बेमानी हो गई, यह तो वह समझ ही गया था बुटके मास्टर को देखकर। लेकिन इतनी सुन्दर लड़की देखने पर एक खुशी की लहर-सी उसे छू गई। वह जैसे-जैसे आगे बढ़ी वैसे-वैसे वह बेहोश-सा होता गया। यह तो पारू से भी कई गुना खूबसूरत थी। इतनी सुन्दर लड़की मैं कहाँ ले जाऊँगा, रखूँगा कहाँ? वह सोचने लगा कि क्या मैं इसके लायक हूँ? यह सोचते ही वह एकदम खिन्नता से भर उठा। अतीत के खिन्नताभरे गलिच्छ साल उसकी आँखों के सामने तैरने लगे। हमेशा की शाश्वत उदासी ने उसे घेर लिया। एक या दो ही बार वह गर्दन उठाकर देख सका। वह लड़की निर्विकार भाव से अपनी लम्बी-लम्बी उँगलियों से पानी के गिलास भर रही थी। ट्रे में पोहे भी काफी ज्यादा मात्रा में भरे हुए थे और ऐसे बने थे कि निगल पाना मुश्किल था। एक हाथ में पानी का गिलास लेकर उसने एक निवाला पोहा और एक घूँट पानी साथ-साथ लेना शुरू किया। धीरे-धीरे उसे अपने कपड़े, बाल और चिपके गालों का एहसास होने लगा। वह समझ गया कि किस कदर इन बातों की ओर कतई ध्यान नहीं दिया गया था। फिर तो खाली पोहे चबाना ही चलता रहा। सभी संज्ञाएँ मानो बन्द हो गईं। समय भी रुक सा गया मानो अनन्त काल से वह वहीं पर बैठा पोहे चबा रहा हो। और यह सुन्दरी ऐसे ही खड़ी है। स्थिर। एक तरह का डर बैठ गया मन में। इतनी क्रूरतापूर्ण अवस्था इसके पहले कभी नहीं हुई थी। सब तरफ से पोहे खाने की आवाजें आ रही थीं। कोई कुछ नहीं बोल रहा था। बुड्ढा बेफिक्र होकर सभी बातों को भुलाता हुआ उस आयुर्वेदिक लड़के के साथ कुछ बात कर रहा था। वह लड़का भी बेफिक्र हो गया था। शायद उसे कहीं जाना था। वह बार-बार घड़ी देख रहा था।

उसने चाय तश्तरी में उड़ेल दी—यह सोचकर कि जल्दी पी ली जाए। कुर्सी पहले ही ऊँचाई में कम थी इस कारण मुँह नीचे और सर आगे करते हुए चाय पीनी पड़ी। उसकी समझ में आ गया कि वह बेहद विचित्र और भद्दा दिख रहा होगा। सुन्दर इन्दिरा की ओर देखना भी अब निर्लज्जता थी। इस माहौल में उसके एक भी सद्गुण का प्रगटीकरण होना नामुमकिन हो गया।

बुड्ढे ने कहा, "कुछ पूछ लो।"

फिर भी उसका चाय पीना चल ही रहा था। इतने में माधवराव ने पूछा, "बेटी, तुम्हारी पढ़ाई कहाँ तक हुई?"

"केवल इंटर तक।"

"कब पूरा हुआ?"

"दो साल हो गए।"

इसके बाद माधवराव भी चाय पीने लगे। अब तो कुछ पूछना जरूरी है, यह सोचकर चांगदेव ने पूछा, "आगे की पढ़ाई नहीं की?"

एक निरर्थक सवाल।

थोड़ा सोचकर शालीनता से गर्दन झुकाकर टेढ़ी करते हुए उसने कहा, "नहीं।" उसकी आवाज में भी मिठास थी। पारू जैसी। और उसके पूछे गए सवाल का उस लड़की ने बड़ी होशियारी से जवाब दिया। उसकी अनुपम छवि को देखकर चांगदेव का रंग उड़ने लगा। उसकी जबान से शब्द निकलने बन्द हो गए। बुटके मास्टर ने लड़की को हाथ से ही अन्दर जाने का संकेत दिया। माधवराव ने विद्वत्ता, पढ़ाई, सादगी आदि बातों पर चर्चा शुरू की। बुटके मास्टर ने सीधे तनख्वाह के बारे में पूछा। उस आँकड़े का बुड्ढे पर कोई असर नहीं हुआ। उस धूर्त को यह पता था कि इस आदमी को इतनी तनख्वाह नहीं मिल सकती।

"ठीक है तो फिर, हम चलते हैं, मास्टर हम आपको बाद में सन्देशा भेज देंगे," कहकर माधवराव उठ खड़े हुए। चांगदेव भी खुद को सँभालता हुआ खड़ा हो गया। यह सोचा, आखिर छुटकारा तो मिला। किसी को नमस्कार करना भी वह भूल गया। सीढ़ियाँ उतरते हुए सुना, अन्दर दरवाजे के पास कानाफूसी हुई। देखा तो परदे के पीछे बैठे हुए सभी खड़े थे। चांगदेव अपनी नई चप्पल ढूँढ़ता हुआ नीची गर्दन किए वहीं खड़ा रहा। उसे लगा कि जिन्दगी का एक बहुत ही घटिया प्रसंग पूरा होने को है।

उनके रास्ते पर आते ही घर के सभी लोग खुलेपन से चर्चा करने लगे। किसी ने पूछा, "इसमें दूल्हा कौन था?" सभी जोरों से हँस पड़े। किसी ने कहा, "अच्छे घर-घराने के रिश्ते ठुकरा दिये। अब भुगतो।" एक बुढ़िया बोली, "लड़का तो खूबसूरत लगता है। अच्छे खानदान से है।" एक जवान लड़की बोली, "ये किस तरह से पढ़ाता होगा भला, इन्दिरा? देख ले तेरा होनेवाला पति दूर से कैसा दिखता है। क्या कपड़े हैं, क्या हुलिया है।"

उधर माधवराव चांगदेव की खिंचाई कर रहे थे, “इतनी नीची गर्दन करके मत बैठा करो। थोड़ा रुआब से रहो। तुम्हारे पिताजी क्या ठाठ से चलते-बोलते हैं। चार लोगों में आखिर यही तो महत्त्वपूर्ण होता है। अब तुम जैसे प्राध्यापकों को मेरे जैसा कारकून क्या पढ़ाएगा? लड़की तो पसन्द है ना? वो तो अप्सरा है ही। तेरे चाचा ने पीछे किसी शादी में इसे देखा था तब उसके घरवालों से बात की थी। लड़की अच्छी है लेकिन सोना एक तोला भी नहीं मिलेगा। शादी अच्छी कर देंगे वे लोग। बुटके मास्टर क्या सोचता है देखेंगे। तब तक तू या तो यहीं ठहर या फिर अपने गाँव उदली चला जा!”

जलगाँव वापस आते वक्त माधवराव ने फिर किसी तरह से टिकट हथिया लिए। भीड़ तो थी ही। किसी ने एक फोल्डिंग पालना भी गाड़ी में रख दिया था। कंडक्टर ने अन्दर आते ही उस आदमी को दुत्कारते हुए पालना छत पर रखने को कहा। वह बेचारा उठा, उसके साथ एक औरत भी उठ खड़ी हुई जिसकी गोद में एक नन्हा-सा शिशु था। वो रोने लगा। बाप पालना निकालने की कोशिश कर रहा था। फिर एक सज्जन ने कहा, “रहने दो भाई कुछ तकलीफ नहीं है।” दो-चार औरतें भी कहने लगीं, “रहने दो रहने दो।” उस बच्चों वाली माँ को देखकर कंडक्टर भी मान गया और उसने बेल दे दी। वह औरत बच्चे को छाती से लगाकर दूध पिलाने लगी। बाप भी बैठ गया। सब ठीक हो गया।

चांगदेव की आँखों के सामने उस लड़की की सुन्दर मयूराकृति उभर-उभरकर आती रही। वह सोचने लगा कि इस मरियल-सी जिन्दगी को अब बदल देना चाहिए। बुआ को भी सन्तोष था कि इतने दिनों के बाद इस लड़के ने मेरा कहा तो माना। उन्होंने कहा, “एक-दो दिनों में उनका सही जवाब आ जाएगा। इतने सालों से उस बच्ची का भी रिश्ता नहीं हो रहा था। इतने अच्छे-अच्छे रिश्ते आए पर उन्हें दहेज कहाँ से दें? एक शादी के लिए मुझे अगले हफ्ते यावल जाना ही है, तब उनसे स्पष्ट रूप से बात कर लूँगी। तब तक तू उदली होकर आ जा। तेरी माँ हमेशा तेरी ही फिक्र में रहती हैं। थोड़ा रह ले उसके साथ भी। तेरी शादी जल्दी हो जाए तो अच्छा। भाभी को कहना अब शादी की तैयारियाँ शुरू कर दो। तेरे जैसा सुन्दर और सुशील लड़का उन्हें कहाँ नसीब होगा।”

बुआ का दिया हुआ यह उधार का आत्मबल स्वीकार करते हुए चांगदेव सशंक वहाँ से निकला। अपने गाँव की ओर जानेवाली रेलगाड़ी में बैठते ही उसको लगा कि वह अपने घर के साथ फिर एक बार पुख्ता तौर पर जुड़ गया है। अपने पुराने बाड़े में रहने का मौका मिलेगा, नदी में गोते लगा लेंगे, खेत में दिन-भर भटकेंगे। फिर शादी ही तो है। कल का दिन बड़ा शर्मनाक रहा। लेकिन समस्या हल हो गई तो ठीक रहेगा। सभी बातें अपने हाथ में नहीं रहतीं।

घर के पिछवाड़े पीपल का पेड़ वैसे ही डोलता दिख रहा था। चार साल पहले जब घर छोड़ा था तब चांगदेव मानो किसी भँवर में फँस गया था। अब सारे रिश्ते-नाते पहले जैसी मजबूती पकड़ने लगे। फिर भी अस्थिरता की एक भावना बनी ही रहती। बाड़े के कमरों में पिताजी ने कपास ठूँस-ठूँसकर भर दी थी। पिताजी ने किसी गुरु महाराज के कहने पर कपास घर में रखवाई थी। कपास के दाम अच्छे आते तो हजारों की कमाई हो जाती थी। लेकिन सब उलट गया। दाम उतर गए। अब बारिश के पहले सब कपास बड़े व्यापारियों को बेचनी थी, जिसमें घाटा ही घाटा था। गुरु तो गायब हो गए। पिताजी काफी कमजोर पड़ गए। ऐसे में उनसे बात करना मुनासिब नहीं था। नदी पर बाँध बननेवाला था इसलिए गाँव को वहाँ से हटाया जाना लगभग तय था। नदी से पन्द्रह मील की दूरी पर एक मवेशियों का मैदान था। सरकार ने उसमें प्लाटिंग भी कर दी थी। अब यह बाड़ा बेचना भी नामुमकिन था। पिताजी अपने आप से कुछ बुदबुदाते घर में या चावड़ी पर बैठे रहते।

वह घर में सिर्फ आठ दिन रह पाया। बुआ का कोई खत भी नहीं आया। कोई सन्देशा भी नहीं। माँ भी हमेशा गृहस्थी में सब उथल-पुथल हो जाने की बातें करती रहती। बीच-बीच में चांगदेव से शादी के लिए भी पूछती। लेकिन चांगदेव को यह बताने का भी उत्साह नहीं था कि उसने लड़की देखी है। बुआ की ओर से कोई खबर नहीं थी।

माँ को भी चांगदेव से कोई आस नहीं थी। अब तो उसने यह तय कर लिया था कि बिना किसी शिकायत या झिकझिक के आया दिन निकालना है। उसने यह निर्णय लिया था कि गहने बेचकर छोटे-छोटे किसानों को कपास का बकाया

दे दिया जाए। लेकिन बुढ़ापे की लाठी के तौर पर एक खेत रखना चाहिए ऐसा उसका कहना था। अपने माँ-बाप को धीरज दिलाते हुए उसने दो-तीन दिन में सारा हिसाब लगाया। गहनों की कीमत आँकी। कपास जल्दी से बेच डालने की सलाह दी। फिर भी दस हजार का बकाया देना रह जाता था।

बहनों को खत लिखकर यह रकम जुटाई जाए, ऐसा तय हुआ। आगे जैसे होगा वह चुकाई जाएगी, चांगदेव के यह सुझाने पर पिताजी ने कहा, "तुम कुछ दे सकोगे क्या?"

वह खिन्नतापूर्वक बोला, "अब हमारी तनख्वाह बढ़नेवाली है, तो उसका बकाया वगैरा मिलेगा तो कुछ दे पाऊँगा।"

चांगदेव एक बार पिताजी के साथ उस नए बसनेवाले गाँव की ओर गया और प्लाट देख आया। खाली जमीन और खुदे हुए गड्ढे। जो कुछ भी पेड़ थे वे भी काट दिये गए।

चांगदेव ने कहा, "यहाँ कैसे रहेंगे?"

पिताजी बोले, "घर तो घर है। अपने भाग ही फूट गए तो जहाँ कहीं भी आसरा मिले उसे अच्छा समझो। ये क्या मालूम था कि कपास के दाम इतने गिर जाएँगे? किसी गरीब की दुराशीष न लगी हो? अरे नसीब ने साथ दिया तो फिर से बाड़े बना लेंगे। तुम बनवाओगे।"

चांगदेव अकेले ही कुछ-कुछ करके वक्त काटता रहा। एक बार तो तहखाने में चला गया और घुप्प अँधेरे में एक-एक कोना ढूँढ़ता रहा। उसे लगा कि उसकी बचपन की कुछ चीजें वहाँ पर मिलेंगी। वह तहखाने की तलाशी लेने लगा। तहखाने के उस अजस्र कबाड़ को देखकर, चीजें छुपाने की अटकलों को देखकर अँधेरी दुनिया को महसूस करते हुए उसे अजीब-सी भावना होने लगी। पहले तो इतने बड़े बाड़े के सन्नाटे से उसका दिल दहल गया था। अहाते से आते आकाश का वह तिकोना हिस्सा जिसे वह बचपन से देखता आया था। पुराने बड़े-बड़े बर्तन, नक्काशी वाले गिलास और लोटे—सभी जैसे के तैसे थे। आँगन में खड़े कुछ पेड़ भी वैसे ही थे जैसे सालों पहले थे। सिर्फ बच्चे बड़े होकर उड़ गए थे। आमों के नीचे झूलों पर झूलनेवाले सभी भाई, बहनें, चाचा, बुआ—सभी कहाँ-कहाँ चले गए पराए मुल्कों में। घर में अब भी उस जमाने के निशान ताजा थे। पुरानी सिंगार पेटियाँ, उनमें के गोल मुखौटे, टूटे झाड़-फानूस, हाँड़ियाँ, आईने, कुमकुम पात्र, दाँडियाँ, गुड़ियाँ, गौरी के हाथ, मुखौटे, बड़े-बड़े

दीयट, दादाजी के जमाने की पीतल की मूठ वाली छड़ियाँ, सहारे की लकड़ियाँ, पीतल की दाँडी के कोड़े, कड़ियाँ, बैलों के लिए खास बनाए गए काँच वाले झूलने, बैलों की घुँघरू, मालाएँ, पाजेब—सभी चीजें इधर-उधर बेसहारा-सी बिखरी पड़ी थीं। बड़ा भाई होने के नाते यह सारा कबाड़ पिताजी के हिस्से आया था। अब यह पानी में जानेवाला था।

उधर बड़े चाचाजी के बाड़े के चौक में फटी हुई सतरंजी और बड़े वजनदार लेकिन मैले तकिए, चाँदी का बड़ा सा लोटा और गिलास, भगवान की पूजा वाला चाँदी का सिंहासन आदि चीजें थीं। लेकिन घर की हालत ऐसी हो गई थी कि चायपत्ती है तो शक्कर नहीं। फिर भी उन्होंने चांगदेव को खाने पर बुलाया। पंच पकवान खिलाए। उनका दस वर्ष की उम्र वाला लड़का अब भी अपने लुकड़े पैरों पर खड़ा होकर आरती करता। उसकी आवाज सुनकर चांगदेव को अपने बचपन की याद आने लगती और अजीब-सा लगने लगता। घर का मन्दिर चाचाजी के हिस्से में गया, यह अच्छा हुआ। बचपन में कभी एक मोर भी पाला था जिसके पतले पाजेब भी एक बार मिले घर में। तोते का पीतल वाला पिंजड़ा नहीं दिखा—शायद चाचा के हिस्से में गया हो।

बाड़े की छत से पूरा गाँव दिखाई देता। आजकल सब तरफ शादियों की धूम थी। सब ओर बन्दनवार, बैंडबाजे, मेहमान। बाड़े के पिछाड़ी में पहले से रहते आए गरीब लोग आज भी वही पुराने शादी के गीत गा रहे थे—

उधर से कोयल उड़ आईऽ
अमवा चम्पा पे बैठ गईऽ
अम्बुवा चम्पवा की हरी डालीऽ

बाजू में नदी का विस्तीर्ण पाट। आज भी वातावरण ठीक वैसा ही लग रहा था जैसे सन्त ज्ञानदेव के जमाने में रहा होगा।

चांगदेव का दिल यह सोचकर थर्रा गया कि बाड़े की दीवार पर से दिखनेवाले सभी नए-पुराने मकान अब खाली हो जाएँगे और सब पानी में डूब जाएँगे। गाँव के धनवान किसान नई जगह में बड़े और सुन्दर घर बनाने की सोच रहे थे। जिनके घर अभी भी बड़े-बड़े थे उन्होंने सरकार से मुआवजे में मोटी रकम माँगी थी।

चांगदेव के पिताजी को चार-पाँच हजार मिलनेवाले थे। लोगों का कहना था

कि इस बाड़े में कहीं गुप्तधन गड़ा पड़ा है। इसलिए पिताजी तहखाने को खुदवाने के लिए मजदूरों को लाने की सोच रहे थे। कुछ लोग उनकी इस बात को लेकर हँसी उड़ाते थे। लेकिन पिताजी किसी की सुनने को राजी नहीं थे। चांगदेव को यह सब अजीब, अद्‌भुत, अजीबोगरीब लगता। घर में बैठो तो हमेशा पिताजी सामने रहते। वैसे उन्हें भी भारी सदमा पहुँचा था। इतने पर भी उन्होंने आस नहीं छोड़ी थी। कहते, "आगे चलकर अपने सितारे चमकेंगे।"

चांगदेव उन्हें एक बार कहने लगा, "इतने दिन तो मुझे इस जमीन के रहने का सहारा था। इसी वजह से तो मैं स्वाभिमान से नौकरी करता था। अब मुझमें यह अकड़ भी नहीं रहेगी।"

बड़ी शान्ति के साथ वे बोले, "अरे दुनिया में कितने लोगों के पास जमीन होती है? अरे शेर जैसे रहना चाहिए। संघर्ष करना चाहिए। मेरा इतना सब गया, क्या कभी देखा है मुझे रोते हुए? सब ठीक होगा। संघर्ष! वो देख कोने में अपनी पुरानी वाली साइकिल। जवानी में मैं मोटरगाड़ी लेनेवाला था। नहीं ले पाया मैं। लेकिन इसी साइकिल पर चलकर सात शादियाँ जोड़ीं मैंने। हालात बद से बदतर होने लगे थे और गाड़ी के भाड़े तक को पैसे नहीं होते थे। बहुत दूर जाना हो तो ही मोटर—नहीं तो साइकिल। मेरी इस मेहनत को तेरे चाचा लोगों ने भुला दिया। साइकिल चलाकर मेरे पैरों में अकड़न होने लगती। ये कहने में भी शर्म महसूस होती कि हम जमींदार हैं। साइकिल के पुराने फटे ट्यूब जोड़-जोड़कर चलाता था। नए लाने को पैसे कहाँ थे। किसी गाँव में लड़का जाकर देखो, उसके मामा से मिलने दूसरे गाँव में जाओ, रात में घर आओ। दूसरे दिन फिर यही सिलसिला, आते-आते रास्ते में किसी और घर की पूछताछ करना। ये सब काम तुम्हारी बुआएँ और चचेरी बहनों के लिए मैंने किया। घर-घराने की सुन्दर लड़कियाँ थीं इसलिए लगता कि उन्हें अच्छे घर-वर मिलें। अपनी खुद की लड़कियों जैसा ही उनका भी किया। मेरी मेहनत और परेशानियाँ उन्हें नहीं दिखीं। वो नारायण अब कहता है कि मैंने उसका दिवाला निकाल दिया। उसकी बहनों की पढ़ाई और धूमधाम से हुई शादियाँ क्या फोकट में हुईं? साइकिल बीच में ही पंचर हो जाती तो पम्प से हवा मारकर हाथ दर्द करने लगते। फिर वैसे ही ठेलते हुए ले जाना पड़ता। फिर से हवा मारना। पंचर बनाने के दो आने भी नहीं होते थे। चाय के लिए बचाए रखता था। कोई मिलता रास्ते में तो उसे चाय भी नहीं पिला पाता था। वो सोचता नाम बड़े और लच्छन खोटे। ऊपर

से तपती धूप में मैं पम्प मारकर बेजार हो जाता था। ऊबड़-खाबड़ रास्तों पर मीलों तक साइकिल हाथ में लेकर घसीटता जाता था यह सोचकर कि कहीं पंचर न हो जाए। पूछ अपनी माँ से कभी शाम ढलने से पहले घर में आया होऊँ तो। खेत-खलिहानों के काम होने पर यही सब चलता था। और मजदूरों के भरोसे होनेवाली खेती में क्या हाथ लगनेवाला? सभी ने नोचकर खाया। ये नारायण साँड बना फिरता था तब। कभी ध्यान नहीं दिया इधर। अब कहते हैं मुझे पढ़ने नहीं दिया। इस कमअकल को कोई कलक्टरी दे देता क्या? अब दिखते हैं दिन में तारे। गधे को एक भी लड़की की सगाई करना नहीं आता। लड़कियाँ कितनी भी खूबसूरत क्यों न हों—कौन शादी करता है ऐसे आजकल? अरे पैसा चाहिए पैसा। उसे मैंने सुझाया कि खेत का एक हिस्सा बेचना होगा तो मुझ पर बरस पड़ा—कहा कि मैं उसे कंगाल करने पर तुला हूँ। उसकी आँख तभी खुलेगी जब यह मौसम भी हाथ से निकल जाएगा। बाहर निकलना चाहिए घर से, घूमना चाहिए समाज में। मैं तो पौ फटने पर मन्दिर के घंटानाद को सुनते ही साइकिल लेकर निकल पड़ता था। पूछ अपनी माँ से। और रात में चिराग लेकर पंचर जोड़ा करता था। तेरे छोटे चाचा को मालूम है सब।"

ठंडे स्वर में चांगदेव ने कहा, "पीछे जो हुआ सो भूल जाओ पिताजी, हमेशा पीछे की ओर देखना छोड़ दो। आगे देखना चाहिए।"

पिताजी ने कहा, "तू देखेगा अब। मैं फिर से कारोबार शुरू करूँगा। मेरे गुरु ने सही राह बताई है। सब ठीक-ठाक करता हूँ। तू भी क्या देखेगा आगे जाकर! दो साल की अपनी नौकरी में सौ रुपये तक नहीं बचा पाया तू। क्या हुलिया बना रखा है। क्या कपड़े हैं! हूँ—ऐसी दरिद्री नौकरी करके क्या मिलेगा?"

अब यहाँ पर दिन बिताना मुश्किल होने लगा था। बचपन के एक-दो दोस्त थे। दो-एक छुट्टी पर भी आए हुए थे। उनके साथ थोड़ा वक्त गुजर जाता। सभी शादीशुदा थे और बच्चों के बाप बन चुके थे। उनकी दुनिया ही अलग थी। वैसे नदी में दूर तक तैरना भी अच्छा था वक्त गुजारने के लिए। कड़ी धूप के कारण खेत में उदासी छाई रहती। दोपहर का सन्नाटा जानलेवा लगता। उसका सारा ध्यान पोस्टमैन पर था। पोस्टमैन के आते ही वह सर पर तौलिया रखकर

बाहर आता। लेकिन इतने दिनों में कोई चिट्ठी न मिलने से वह इस बात से लज्जित हुआ कि वह इस झमेले में पड़ा ही क्यों? ये इस प्रकार का वाकया अब समझो आखिरी ही है, यह उसने दिल ही दिल में ठान लिया था। आखिर बुआ का खत आया।

उसने भी अपना गुस्सा उड़ेलते हुए पिताजी के दिवालियेपन के बारे में दो पन्ने लिख दिये थे। लेकिन महत्त्वपूर्ण बात आगे थी : उन मूर्ख लोगों को अपना रिश्ता पसन्द नहीं है। लड़की को कोई आपत्ति नहीं लेकिन उसका चाचा बड़ा जिद्दी है। मरने दो सालों को। मैंने एक और लड़की पसन्द कर ली है। तू इधर जल्दी ही आ जाए तो अच्छा। ये लड़की अच्छी बी.ए. पास है, वगैरा। इस खत को चांगदेव ने कहीं इधर-उधर ठूँसकर रख दिया। माँ और पिताजी को कुछ गोलमोल बताकर वो निकल पड़ा। माँ और पिताजी कहने लगे छुट्टियों में आया करो, महीने में एक खत तो दिया कर, अच्छा खाना, कपड़े पहनना अच्छे से। घी खाया कर। शादी जल्दी करनी चाहिए। घराने की प्रतिष्ठा दिनोंदिन कम होती जा रही है। बड़े चाचा की लड़की बाईस साल की हो गई फिर भी शादी नहीं हो रही। अब हमें कोई पहचानता नहीं, तो शादी जल्दी करनी चाहिए। उन दोनों की हाँ में हाँ मिलाते हुए चांगदेव चल पड़ा।

बाड़े के सामने बड़ी सी चौपाल थी जहाँ पर उसके बचपन में भगवन्नाम सप्ताह होते थे, जिसमें अलग-अलग प्रकार के भजन हुआ करते थे। चौपाल के सामने से जाते हुए उसे वह सब याद आया। उन भजनों में 'गरुड़' नाम से प्रचलित एक प्रकार के गीत होते थे जो चांगदेव को काफी पसन्द थे। स्टेशन जाते-जाते रास्ते में और बाद में गाड़ी आने तक स्टेशन पर बैठा चांगदेव एक-एक 'गरुड़' याद करके ताल दे-देकर गाने लगा और अपना मनोरंजन करने लगा। स्टेशन पर काफी भीड़ थी लेकिन उसके गाँव के लोग भी उसके लिए अनजाने बन गए। काफी सालों तक वह गाँव से दूर रहा था इसलिए कोई भी पहचाननेवाला नहीं था उसे। गाड़ी आने तक वह सुकून से 'गरुड़' गाता रहा—

भूत बड़ा हठीला ओ माँऽ
जकड़ लिया मोहे क्या करूँ ओ माँऽ

कुल मिलाकर जो सोचा था वही हुआ। उधर खुद की औकात तो मालूम हो ही गई थी, इधर गाँव में क्या साख रह गई है, वह भी पता चल गया।

लगा, जैसे सभी दीवारें ढह गई हों। खुद को ही कोसते हुए वह गाड़ी में सवार हुआ।

गाड़ी में होनेवाली हमेशा की भीड़। हमेशा की तरह शौचालय के पास खड़ा होकर सफर करने की खुद की आदत की कर्महीनता से वह अन्दर ही अन्दर घृणा से भर उठा। अपने में बहुत कुछ ऐसा है ही लेकिन उस सबका कहीं तालमेल बिठाना मुमकिन नहीं हो रहा, अपने बारे में ऐसा कुछ सोचते हुए भीड़ के ऊपर से डिब्बे में झाँकते हुए वह बोला, "कौन सो रहा है वहाँ सीट पर? चलो उन्हें उठाओ।"

बाजू में एक तिलकधारी गरीब किसान माला पहने खड़ा था। वह बोला, "सिख लोग ऐसे ही आते हैं पठानकोट से यहाँ तक। बड़े जंगली होते हैं ये।"

पूरे जोश में अन्दर घुसते हुए चांगदेव बोला, "हटो बाजू, उठाता एक-एक को, फिर बैठने को जगह होगी।"

सभी लोग बेजान-से बाजू को हो गए। वह गरीब किसान फिर बोला, "क्यों दुष्टों के मुँह लगते हो?" एक और ने कहा, "सावदा में गाड़ी आते ही ये सरदार जी खूब तानकर सो जाते हैं। उन्हें मालूम है कि यहाँ से महाराष्ट्र शुरू होता है। ये लोग महाराष्ट्र के लोगों को मच्छर समझते हैं। उठाओ सालों को।"

सामानों-पोटलियों के ऊपर से रास्ता बनाकर वह अन्दर घुसा। एक बेंच पर एक मोटा-तगड़ा सरदार खाली कच्छा पहने पड़ा था। डिब्बे में बैठी औरतों का भी लिहाज नहीं है उसे! आँखों पर हाथ रखकर पसीने से तरबतर उस अजस्त्र गोरी काया को देखकर ही लोग सहम जाते होंगे! चांगदेव का गुस्सा और बढ़ गया। उसकी आँखों से हाथ हटाते हुए वह बोला, "उठो सरदार जी।"

सरदार जी ने उसे सरसरी निगाह से देखते हुए बेफिक्री से कहा, "क्यूँ बे? ओय क्या होया?"

"उठो, वहाँ बच्चे, औरतें खड़ी हैं और तुम नंगे सो रहे हो? कुछ शर्म भी है तुम्हें?"

सरदार जी ने उसकी तरफ गुस्से से देखा और बेपरवाही दिखाते हुए सोता रहा। तभी बाजू वाली सीट पर उसी की तरह दूसरा सोया सिख आँखें खोलकर चांगदेव से बोला, "ओऽ क्यूँ तंग कर देने? बन्दा सुत्ता पया ने? वेख नी सकदा?"

इस ज्यादती को देखकर चांगदेव खौल उठा और उस सिख की कमर से सटकर बैठ गया। इतने में एक स्टेशन आया। और भी काफी लोग डिब्बे में आ गए। सब खड़े-खड़े चिढ़ते हुए सिखों की तरफ देख रहे थे। चांगदेव ने सभी से कहा, "उठाओ सरदारों को" और खुद सरदार जी को पीछे की ओर ठेलकर बैठने की कोशिश करने लगा। इतने में सामने की सीट पर सोये सरदार ने फिर से आँखें तरेरकर कहा, "ओऽ की कर रहे न? बन्दा सो रहया नी?" लेकिन चांगदेव उस सिख को इस कदर ठेलने लगा कि उसका सोये रहना मुश्किल हो गया। वह करवट बदलने लगा। यह देखकर चांगदेव चिल्लाकर बोला, "उठो भाई उठो।" अब उस सरदार जी ने गुस्से में आकर अपने सामनेवाले दोस्त से पूछा, "ओ पाईया, गड्डी खलोती ने की चल रही ने?"

सामनेवाले सरदार जी ने भी गुस्से से कहा, "बादशाहो, गड्डी खलोती है। चुक एन्नु। फेक साल्यानु एवें जान खा रया ने एनी माँ का...।"

इतना सुनते ही चांगदेव के पीछे सोया हुआ सरदार उठा और चांगदेव को बाजू और गर्दन से पकड़कर इससे पहले कि चांगदेव कुछ समझ पाता, पहले उसे उठाकर खड़ा किया, फिर पंजाबी में कुछ कहते हुए भरी भीड़ में से खींचते-घसीटते उसे डिब्बे के दरवाजे तक ले आया और फिर प्लेटफार्म पर फेंक दिया।

चांगदेव के साथ और भी दो-तीन लोग बाहर गिरे लेकिन वे फिर से डिब्बे में चढ़ गए। गाड़ी पहले ही चल चुकी थी। उसने सरदार जी को रोकने का प्रयास किया लेकिन यह समझकर उसकी हिम्मत जाती रही कि वह अब प्लेटफार्म पर फेंका जा चुका है। किसी भले आदमी ने उसका नया सूटकेस खिड़की से बाहर पकड़ रखा था। जैसे-तैसे सूटकेस को हथियाकर भागते हुए वह पीछे के डिब्बे से लटक गया। लोगों ने उसे अन्दर खींच लिया। गाड़ी ने रफ्तार पकड़ ली।

कौवों का प्रचंड कोहराम सुनते हुए उसने तय किया कि ऐसे लफड़े में फिर नहीं पड़ना है। तीनों में से एक कमरे की धूल कामचलाऊ तरीके से साफ करते हुए चद्दर झटककर, नहाकर, चाय बनाकर पीते हुए वह मकड़े की ओर देखकर बोला, "काफी हुआ। जाने क्या भूत-सा सवार हो गया था। यहीं

अच्छा है—अपना यह अँधेरा, और ये खाली कमरे, यह स्टोव, ये डिब्बे, दो-चार बर्तन, किताबें, टेबल, कुर्सी, खाट, मौजूदा कपड़े, मौजूदा नौकरी, और मौजूदा तनखा।" वासना की झंकार में आदमी क्या-क्या पागलाचार कर बैठता है। मुश्किल है सब।

मेषसम मदन वो केवल पंचानन
घायल किया नारद को
रौंद डाला रावण को
दुर्योधन को मारी जो गदा
उसके तो छूटे प्राण
वो केवल पंचानन
जिसने हराया इन्द्र को
जिससे घबराया चन्द्र भी
मेषसम मदन वो केवल पंचानन

एक कमरे से दूसरे कमरे में वह हाथ में कप लिये मेषसम मदन वोऽ गाते हुए टहलने लगा। इधर से उधर। जिसने हराया इन्द्र को—वो केवल पंचानन।

बाद में कइयों के खत आए—चाचा का, बुआ का, पिताजी का, माताजी का, किसी ने नए रिश्ते बताए, किसी ने लिखा, जल्दी आओ। खत पढ़कर चांगदेव उसे बाजू में रखते हुए गाता—वो केवल पंचानन। अब और तमाशा नहीं बनाना है खुद का। जो देखी थी वही लड़की मिले ये बात नहीं थी लेकिन उसी यंत्रणा से दुबारा गुजरने की हिम्मत नहीं थी। उस हीन अनुभव से गुजरने से तो अभी की जो हालत है वही अच्छी है। यह शादी है तो मानहानि और क्या होगी? सारा सयानापन, विद्वत्ता, वैचारिकता, भावनाएँ ताक पर रखकर यह नीच कर्म बार-बार नहीं करेंगे। और इस बाजार में भी अगर मनचाही लड़की नहीं मिलती हो तो क्यों चक्कर में फँसना? क्यों?

नन्दी पड़ गया फन्दे में
पीता पानी गन्दे में
हो राम जी होऽऽ

अब रात का अँधेरा पहले की तरह किसी-किसी चीज के लिए लालायित नहीं रहा। अब वह बेजान और विशाल जानवर-सा लगता। अँधेरे में पड़े रहना नसीब से मिली अवस्था है, यह मानकर चलना जरूरी हो गया। कभी-कभी रात के खाने को जाने का मन न होता। कुछ भी खाकर पड़े रहना, देर से उठना, बीड़ियों के सहारे दिन निकालना। कभी मन हुआ तो बाहर जाना, घूम आना। दिन-भर धूप के सैलाब टूट पड़ते। रात में उमस, गर्मी और अँधेरा।

दो दिन का उपवास करने के बाद एक बार खाना खाने के लिए वह दोपहर में एस.टी. कैंटीन गया। नदी के किनारे से वापस आते समय तेज धूप में एक पेड़ के नीचे पान के ठेले के सामने तीन किन्नर डफली बजाते हुए गोलाकार दनादन नाच रहे थे। उसे लोहे जैसी तपती धूप से मेल खाती दनदनाती ताल से चांगदेव अपने आप से बेदखल हो गया। एक किन्नर डफली पीट रहा था और दूसरे दोनों एक हाथ कमर पे, दूसरा हाथ हवा में लहराते, बीच-बीच में ताली दे-देकर नाच रहे थे। तीनों गोलाकार घूम रहे थे। जमीन तक झुकते फिर आगे-पीछे होकर नाचते। अपने घुँघरू बँधे मोटे पैर वे तपी हुई सड़क पर दनादन पटक रहे थे। तीनों ही बड़ी भद्दी आवाजों में एक सुर होकर एक ही गाना बड़ी तन्मयता से गा रहे थे :

बादल बरसे दुनिया जाने,
अँखियाँ बरसें कोई न जाने
दिल की लगी को दिल ही जाने
तेरी राहों में खड़े हैं दिल थाम केऽ
हाय, हम तो दीवाने तेरे नाम केऽ

उन किन्नरों को यह समझते देर न लगी कि चांगदेव इस गाने में खो गया है। वे तीनों चांगदेव को बीच में लेकर उसके इर्द-गिर्द ही नाचने लगे, उससे छेड़खानी करने लगे, आँखों से इशारे करने लगे। डफली बजाते गोलाकार। जमा भीड़ तालियाँ पीट-पीटकर हँसने लगी। पूरा माहौल किन्नरों के नाचने और गाने-बजाने से गूँज उठा।

जैसे ही चांगदेव को होश आया वह इन तीनों के घेरे को तोड़कर बाहर आया और भाग निकला। भीड़ में खड़े लोगों का अच्छा मनोरंजन हुआ! पीछे न देखते हुए वह सीधा अपने घर आया और बिस्तर पर निढाल होकर गिर पड़ा। फिर भी

उसकी यह भावना बनी रही कि उसे किसी का सहारा नहीं। फिर हो गई शाम! रात और झींगुरों की आवाज। सब तरफ घनघोर अँधियारा, बेफिक्र, बेलगाम, गूढ़तामय, संवेदनाशून्य, निरन्तर विस्तार—ऐसा कुछ तो अदृश्य दृश्य जो कभी भी काबू में न आनेवाला। न पूरब, न पश्चिम, न उत्तर, न दक्षिण। शरीर के मध्य बिन्दु का ही सन्दर्भ छूटा हुआ।

चांगदेव ने दूसरे दिन से अखबार मँगाना शुरू कर दिया। सोचता कि इस अँधियारे गाँव को जल्दी से जल्दी छोड़ना चाहिए। अब कॉलेज शुरू होने में मुश्किल से दो-तीन हफ्ते ही बाकी थे। उसके पहले ही यहाँ से बोरिया-बिस्तर उठाकर किसी नई जगह में पहुँचो। एक बार जो ये धक्के अन्दर से शुरू हो गए तो समझो अन्त भी ऐसा ही होगा। साल-भर ये धचके और नरसिंघे दबाये रखे थे, लेकिन ऐन मौके पर उछलाकर ऐसे आए कि काबू में नहीं रहे। अब कोई उपाय नहीं। अब तो भागना ही होगा। काफी दूर कोई, सुहाना-सा, एकदम देहात-सा लगनेवाला गाँव चुनना चाहिए। अपना यह अस्तित्व मानो किसी सुरंग को खोद-खोदकर आगे बढ़ने जैसा हो गया है। वह वैसा ही रखना चाहिए। और अब जिस किसी भी गाँव में गए वहाँ खुद को पूरी तरह गाड़ लेना है और जैसा बन पाए वैसा उगना और बढ़ते रहना है। सब कुछ बर्दाश्त करते हुए सालोसाल। वैसे यह कॉलेज भी अब जातिवाद के रास्ते पर चल पड़ा है। प्रिंसिपल-वाइस प्रिंसिपल के झगड़े, प्रेसिडेंट और सेक्रेटरी में खींचतान, यहाँ ब्राह्मणों का अस्तित्व तो केवल पेट-भराई की ही खातिर रह गया है। इन्होंने बेलगाँव वाली डबीर बाई को नहीं लिया था। भिड़े को भी अगले साल के लिए उन्होंने बखूबी टाल दिया। उसकी जगह शेलार। शेलार की सगाई हाल ही में चेयरमैन की भांजी से हुई, मालूम पड़ा। यानी सब सुनियोजित। स्टाफ के कई लोग संस्था अधिकारियों के कहीं-न-कहीं तो रिश्तेदार हैं ही। और परसों हुई मीटिंग में शिरसीकर को ग्रेड देने से वंचित रखा गया। अपना भी ऐसे ही होगा। बोडस कह रहे थे कि इस साल जिन्हें ऊपर के ग्रेड मिले वह सभी रिश्ते के ही लोग थे। बोडस ने यह भी कहा कि हम यहाँ दस साल से काम कर रहे हैं लेकिन हमें कोई कुत्ता तक नहीं पूछता। इस साल नए लोगों में से अगर कोई नहीं आया तो फिर दूसरों के लिए सोचा जाएगा। मतलब अपना अस्तित्व भी अजनबियों-सा ही है यहाँ। सामने पड़ते हैं तो झूठी स्तुति कर देते हैं। और चालीस की उम्र के

बाद तो यहाँ से निकलना भी मुश्किल हो जाएगा। शिरसीकर जैसी हालत होगी अपनी। यहाँ से छूटना चाहिए। कितने ही गाँव पड़े हैं नक्शे पर!

वे अशुभ अखबार फिर से आकर पढ़ने लगे। इश्तहारों में बार-बार वही गाँव। वह गत वर्ष का ख्रिस्त बन्धु माणिकराव कॉलेज, सोलापुर-सांगली-कोल्हापुर वगैरा। वहाँ फिर से जाना उचित नहीं। अब खास-खास जगहों पर अर्जी देंगे। लाइब्रेरी से गाँवों की जानकारी देनेवाली किताबें लेकर अच्छे गाँव चुनना होगा। अब तो दो साल का तजुर्बा भी है, इससे आत्मविश्वास बढ़ता है। पिछले साल की तरह नहीं। चेहरा भी थोड़ी परिपक्वता की पहचान देता है। यह सोचकर वो रोज के इश्तहार पढ़ने लगा। तीन-चार चुनिन्दा गाँवों में आवेदन पत्र भेजे—महाराष्ट्र के बाहर भी।

एक छात्र यह कहते हुए आया कि पी.टी. आए हैं। चांगदेव जल्दी से तैयार होकर नीचे गया। पी.टी. का घर खुला ही था। उनके बच्चे का ऑपरेशन हुआ है, ऐसा मालूम हुआ था। वह घर के दरवाजे पर जाकर खड़ा हुआ तो देखा कि पी.टी. घर में झाड़ू लगा रहे हैं। उसे देखकर उन्होंने झाड़ू फेंक दी। चांगदेव बोला, "क्यों, अकेले ही दिख रहे?"

इतना सुनना था कि पी.टी. खाट पर बैठकर अपने घुटनों में सर डालकर जोरों से रोने लगे। चांगदेव समझ गया। इस भावुक पिता को सांत्वना कैसे दी जाए, समझना मुश्किल हो गया। समझाने-बुझाने की भाषा बड़े-बूढ़ों को अच्छी आती है। चांगदेव के लिए यह सब मुश्किल हो गया।

चांगदेव बोला, "घर में दूध नहीं होगा। चलो मेरे यहाँ। चाय लेंगे। शाम को मेरे साथ चलो खाने को। रिकॉर्ड सुनेंगे।"

पी.टी. उसके साथ आए। उन्होंने सब बातें विस्तार से बताईं : ऑपरेशन तो अच्छा हुआ था। मधु अच्छा बोल रहा था, बाकी सुधार हो रहा था उसमें। उसकी खाट के बाजू में ही सोता था मैं एक महीना सतरंजी पर, उसकी देखभाल की मैंने बड़े प्यार से। उसके लिए नए-नए खिलौने लाता बाहर से। किताबें लाता चित्रों वाली। हम बाप-बेटे हँसी-मजाक करते। वो कहता, घर जाएँगे, जीजी को अपने

खिलौने दिखाऊँगा, पापा जल्दी चलो यहाँ से, खिलौने ठीक से रखना। ऐसे चल रहा था सब। वो खुद चित्र बनाता—मैं भी चित्र बनाता उसके साथ। और परसों रात में नर्स ने नली गलत लगाई या उसने गुस्से में निकाल दी—सवेरे वो उठा ही नहीं। सोया रहा वैसे ही। बेजान। उसकी माँ को अभी तक नहीं बताया। अब क्या बताएँ गाँव जाने पर? सोचता हूँ यह सब छोड़-छाड़कर चला जाऊँ कहीं। मैं क्या पढ़ा पाऊँगा अब, क्या रह गया मेरी जिन्दगी में?

बीड़ियाँ फूँकते हुए चांगदेव चुपचाप बैठा रहा। कौवों की हमेशा की जानलेवा काँय-काँय खत्म हो गई, पूरा अँधेरा हो गया लेकिन पी.टी. की बातें अविरत चल रही थीं। अब इस अँधेरे में इतनी दूर खाने के लिए जाने की इच्छा दोनों की नहीं रही। पी.टी. तो ऊपर छत पर भी जाने को तैयार नहीं थे। दोनों घर में अँधेरे में ही बैठे रहे।

एक दिन उसने इरादा किया कि भरी दोपहर में एस.टी. कैंटीन में जाकर डोसा खाना है, लेकिन इस एक काम के लिए नींद छोड़कर उठना, हाथ-मुँह धोना, कपड़े पहनना, हवा से धूल न आए इसलिए खिड़कियाँ बन्द करना, दोनों गैलरी के दरवाजे बन्द करना, ताला लगाकर सीढ़ियाँ उतरना, धूप में दो मील चलना, आते-आते थक जाना, पसीने से चिपके कपड़े बदलना, उन्हें धोने को ज्यादा पानी लाना, नहाना, कपड़े धोना—इतना सब तो करना ही पड़ेगा। लेकिन डोसा तो खाना ही है। बल्कि उसके साथ और भी कुछ खाया जाए। रात में खाने की झंझट नको। वापसी में अंडे, पाव, मिर्च वगैरा ले आएँगे तो परसों रात तक की चिन्ता मिटेगी।

पिछले तीन-चार दिनों में उसका गाँव में जाना नहीं हुआ। पिघला देनेवाली धूप से थोड़ी ही देर में सर में झनझनाहट होने लगी। बड़ी सड़क के कोने पर पेड़ के नीचे एक बर्फगोला बेचनेवाला था। बर्फगोला लेकर चलने में भी कोई जान नहीं आई।

धूप के अलावा पूरे रास्ते में कुछ भी नहीं दिखता था। दूर से एक ताँगा आता दिखा। पहले तो घोड़े का सिर और उसके ऊपर ताँगेवाले का पगड़ी पहने सर दिखा। थोड़ा आगे जाकर पता चला कि घोड़े का चलना एक आभास मात्र था। ताँगा तो अपनी जगह पर खड़ा था। थक जाने के कारण घोड़ा चल नहीं पा रहा था। घोड़ा क्या था हड्डियों का ढाँचा था। आँखें मूँदे खड़ा था। ताँगेवाला चाबुक

से अपनी दाढ़ी खुजला रहा था। उसका बड़ा ही करुण दिखनेवाला, इत्ते-से मुँह का लड़का क्लान्त उसकी गोदी में पड़ा था।

चांगदेव को देखते ही ताँगेवाला लालायित होकर बोला, "चलो साब, बैठो।" उस बच्चे को देखकर लगा, अठन्नी जाए तो कोई बात नहीं, बैठ जाओ ताँगे में। लेकिन उस मरियल, बीमार घोड़े को देखकर उसकी हिम्मत नहीं हो पाई। किस पर दया करें—घोड़े पर या लड़के पर?

हाथ से ही मना करते हुए चांगदेव आगे निकल गया। लेकिन वह ताँगेवाला मानो घोड़े को उसके शरीर से ही सटाना चाहता हो इस तरह पास आकर भीख माँगने के लहजे में बोला, "आपको जो देना हो दे दो, साब। बैठो।"

चांगदेव के लाख मना करने पर भी वह उसके पीछे पड़ गया। कहने लगा, "चार आने भी चलेंगे।"

चांगदेव अनमना-सा ताँगे में बैठा। आगे नदी का पुल आते ही चढ़ान पर ताँगा रुक गया। अब घोड़ा हिलने का नाम ही नहीं ले रहा था। चाबुक से सटकारने पर पैर खींचता हुआ थोड़ा-थोड़ा-सा चलकर रुक जाता। घोड़े को बेतहाशा पीटनेवाले उस ताँगेवाले से चांगदेव को घृणा हुई। खुद से भी हुई। लेकिन वह बच्चा अपने उछलते हुए बाप को पकड़कर बैठा रहा।

आगे घोड़े के पैरों के नाल फिसलने लगे और वह वहीं गिर पड़ा और पैर झटकने लगा। ताँगेवाला कूदकर नीचे आया। ताँगे के सामने से झुक जाने के कारण चांगदेव फिसलता हुआ पीछे से आगे गिरने के डर से कूद पड़ा। दुलत्ती झाड़ते घोड़े को देखना चांगदेव के लिए दर्दनाक हो गया। ताँगेवाले की ओर चवन्नी उछालकर उसके सलाम को अनदेखा करते हुए बड़ी खिन्नता से वह पुल चढ़ने लगा।

सीधे रास्ते से जाने के बजाय नीचे नदी के पार उधर रेत में बड़ी भीड़ देखकर वह ढलान से नदी के इलाके में चला गया। तप्त रेती पर चलने के बाद पानी में पैर रखते ही अच्छा लगा। नदी का पानी एकदम कम होते-होते छोटे झरने के समान रह गया था। उस तरफ विशाल रेगिस्तान बन गया था। आज से मुंजोबा का मेला शुरू हो रहा था। उधर पीपल की छाया में मुंजा के मन्दिर में डफ बज रहे थे। दुकानें लगी हुई थीं। ज्यादातर लोग देहात से ही आए थे।

औरतें, आदमी अभी आराम कर रहे थे। कुछ खाकर वापसी में आते हुए इधर एक फेरी मारने की सोचकर वह फिर से नदी के किनारे-किनारे भीड़

से बचता हुआ पुल की ओर निकला। आखिरी छोर पर नौटंकी के तम्बू तने थे। परदा डाले तम्बू के सामने दो-तीन नाचनेवाली औरतें रंगरोगन करने में लगी थीं। आगे पुल के नीचे किन्नरों की एक टोली मेकअप करते-करते तरबूज खा रही थी। एक किन्नर के बदन पर नीचे चट्टेदार चड्डी थी और ऊपर कपड़े ठूँसकर बनाई चोली। और एक ने अपना केवल मुँह पाउडर से पोता था। गर्दन के नीचे पूरा शरीर काला—बड़ा अजीब लग रहा था। तीसरा उकड़ूँ बैठा मुँह को साबुन लगाए नीचे नदी के पानी को टटोलकर धोने की कोशिश कर रहा था।

चांगदेव पुल की चढ़ान जल्दी से पार कर फिर से ऊपर पुल के रास्ते पर आ गया।

एस.टी. कैंटीन के सभी लोग अब उसे अच्छी तरह जानने लगे थे। वहाँ खाने आनेवालों में एक तरह का भाईचारा रहता था। इन सब बेघर लोगों में एक-दूसरे के लिए जो अपनापन था वह उनकी बातों में भी झलकता था। कैंटीन का मैनेजर भी कर्नाटक से अकेला आया था और रात में वहीं टेबल पर सोता था। चांगदेव को देखते ही वह रेडियो शुरू करते हुए बोला, "डोसा का टाइम है भौ, तब तक सेव-चिउड़ा खाओ। गाना सुनो। पानी ला रे घनश्याम, प्रोफेसर साब को। अन्दर से गिलास धोकर ले आ। जल्दी।"

मैनेजर के बाजू वाली मेज पर धड़ाम से बैठते हुए चांगदेव बोला, "बैटरी से पंखा क्यों नहीं चलाते तुम लोग?" अब काफी गपशप होगी यह सोचकर खुश होते हुए मैनेजर ने ह ह ह कर हँसते हुए गल्ले से सिगरेट निकाली लेकिन ड्राअर वापस लगाने के चक्कर में वह हाथ से छूटकर कुर्सी के नीचे चली गई। वह नीचे झुककर बोला, "गई क्या तू? जाव-जाव।" और दूसरी निकालकर सुलगा दी। उठकर सिगरेट ढूँढ़ने की शायद अब ताकत नहीं थी। एक जोरदार कश लेने के बाद वह पानी लानेवाले बच्चे से बोला, "घनश्याम बेटे, ये कुर्सी के अन्दर सिगरेट है। वो निकालो और तुम्हीं पी लो। मेरी तरफ से।"

खाली गिलास टेबल पर रखते हुए उस लड़के ने मालिक की उदारता को शक की नजर से देखा। फिर कुर्सी के नीचे घुसकर अँधेरे में इधर-उधर सिगरेट के लिए हाथ घुमाने लगा। लेकिन उसके हाथ कचरे के सिवाय कुछ नहीं लगा।

आखिर औंधे होकर—साली कहाँ गई तू?—कहकर उसने सिगरेट ढूँढ़ निकाली। फिर उसे साफ कर दोनों हाथों से सीधी करने के बाद अपने मुँह में टेढ़ी रखते हुए मालिक से बोला, "माचिस लाव!"

मालिक से उसका यह नखरा बर्दाश्त नहीं हुआ। उसने उसके मुँह से झटके से सिगरेट खींचते हुए कहा, "लाव इधर! सिगरेट दिया तो दिया, माचिस भी देव। उधर काम क्या तेरा बाप करेगा? जाव अन्दर, पोंछा लगाव।" फिर मालिक ने वह सिगरेट अच्छी तरह ड्राअर में रख दी। लड़के ने अपने एक कन्धे का कपड़ा दूसरे कन्धे पर रखा और रोज के इस अपमान को साधारण समझते हुए अन्दर चला गया। चांगदेव भुक्खड़ों-सा रेडियो के गाने सुन रहा था।

बाद में वहाँ एक हाथभट्टीवाला और दो पुलिसवाले आए। अपनी टोपी उतारकर अपनी जंघा पर रखते हुए पुलिसवाले कुर्सी पर बैठ गए। मैनेजर के इशारे पर बच्चे ने उनसे पूछा, "क्या देना?" उसको गुस्से से देखते हुए हाथभट्टीवाला बोला, "थोड़ा बैठने भी दोगे या भगाना चाहते हो हमें? चल भाग उधर, पानी-वानी ला, पेपर ला, मादरचोद।"

फिर एक पुलिसवाला बोला, "मुझे चाय नको, बहुत हो गया। खाली पानी। कोकाकोला ठंडा नहीं है—उसमें मजा ही नहीं आता।"

दूसरे पुलिसवाले ने कहा, "चाय मुझे भी नको भौ। आपको ल्यो लेना हो तो।"

हाथभट्टीवाला बोला, "हत्तेरे की—चाय का शौक क्या मुझ अकेले को है इसकी माँ कू। तीनों दो पेशल में लेंगे। ओ लड़के, दो फस्सकलास पेशल लाव... मादरचोद, देखता क्या है?"

चाय आई। एक बड़ी-सी जम्हाई लेते हुए हाथभट्टीवाले ने एक तश्तरी में चाय उड़ेलकर एक पुलिसवाले के आगे रखी। दूसरे पुलिसवाले ने भी वैसा ही करते हुए आधे से ज्यादा चाय पहले पुलिसवाले के सामनेवाली तश्तरी में डाल दी। बसऽ बसऽ कहने तक तो वो तश्तरी लबालब भर गई। फिर उसने उस तश्तरी को धीरे से उठाया और हाथभट्टीवाले की प्याली में डालते हुए उसे पूरा भर दिया। हाथभट्टीवाले ने वह प्याली उठाकर दूसरे पुलिसवाले की प्याली भर दी। यह सिलसिला चलता रहा। चाय पीने की तलब किसी को भी नहीं थी। फिर सिगरेट मँगवाई गईं। सिगरेट के लिए माचिस माँगी तो मैनेजर ने कहा, "बाहर डिबिया है। हम यहाँ नहीं रखते।"

"धत्तेरे की माँ की..." कहते हुए तीनों बाहर निकल गए। मैनेजर ने लड़के को टेबल साफ करने को कहा। चांगदेव को गाने सुनने थे लेकिन मैनेजर ने यह नहीं होने दिया।

बोलने लगा, "हरामी हैं साले। इधर दारू का धन्धा करते हैं। ये पुलिसवाले पाकेटमारों से हफ्ता माँगते। इनको तो मैं दो मिनट भी नहीं बैठने देता। भले आदमी के लिए जान हाजिर है अपनी, लेकिन बुरे लोगों को...।"

मैनेजर अपने बारे में ऐसे ही बकता रहा और चांगदेव को खासा बोर करता रहा। फिर डोसा आया और चांगदेव पूरा ध्यान जुटाकर डोसा खाने में लग गया। लेकिन मैनेजर चांगदेव से बतियाता रहा, "क्यों प्रोफेसर भौ, पावरहाउस का क्या हुआ? सुना, ट्रांसफार्मर आ रहा है। सच?"

चांगदेव बोला, "नहीं मालूम भौ।"

मैनेजर बोला, "पेपर में कुछ आया था।"

चांगदेव बोला, "वह तो चलता रहेगा। कोरे पेपर थोड़े ही बिकते हैं। हर रोज सभी कॉलम भरने होते हैं। रोज वे चूतिये लिखेंगे भी क्या?"

यह सुनकर मैनेजर को कुछ अलग सूझा, बोला, "पेपर नहीं निकला तो अपना सेव-चिउड़ा काय में बाँधेंगे यार? बोलो? हा हा हा।"

चांगदेव बोला, "दो ताली। आप भी इंटेलिजेंट बोले। तुमने प्रोफेसर बनना था भौ और हमने कैंटीनवाला।"

मैनेजर ने खुश होकर सिगरेट सुलगाई और रेडियो की आवाज बढ़ाते हुए बोला, "साला, इस गाँव में कुछ नहीं। सिनेमा नहीं, बगीचा नहीं, बड़ी मुश्किल है। और कितना दिन रहेगा ये भूतखाना! मैंने तो मालिक को लिखा कि अपने को पूना में बुला लेव वापस। तंग हो गया इधर मैं भौ। कब तक रहेगा सब ऐसाइच?"

"पता नहीं, हम तो गाँव छोड़कर जा रहे हैं अगले महीने।"

"कहाँ, क्यों? क्यों जा रहे हैं? ये गाँव अच्छा है भौ वैसे। किधर जा रहे? अगर जाना ही है तो हमारे कर्नाटक में जाना। क्या गाँव एकेक...ओ हो हो... जैसे सोला साल की छोकरियाँ। ह ह ह ह—कहाँ जाने का सोचा?"

"उसका पता नहीं। लेकिन जाएँगे जरूर।"

एक डोसा खाने के बाद चाय, चांगदेव ने चाय के साथ पाव भी खाया। बस अड्डे से अलग-अलग तरह की हजारों आवाजें आ रही थीं। आनेवाले,

जानेवाले, गाड़ियों की घड़घड़, सामानों की उठापटक, लाइन में खड़े बुदबुदाते मुसाफिर, कंडक्टर की सीटियाँ। मेले के कारण गाड़ियाँ खासतौर पर सवारियों से लदी-फँदी आ रही थीं। आदिवासी महिलाओं के झुंड के झुंड रंग-बिरंगे कपड़े पहने उतर रहे थे। बस अड्डे के तो मानो दिन ही बदल गए थे। खुश होकर वो बाहर निकला।

पुल शुरू होने के पहले ही रास्ते के बीचोबीच बहुत बड़ी भीड़ थी। ज्यादातर लोग खड़े रहना ही पसन्द कर रहे थे क्योंकि इससे आगे निकल जाना आसान हो जाता। लेकिन वे काफी देर तक वैसे ही खड़े रहे। बैठ ही जाते तो अच्छा था। बीच में एक मदारी एक हाथ में डमरू बजाता गोल-गोल घूम रहा था। भीड़ के कारण कम-ज्यादा मोटाई का एक आड़ा टेढ़ा-सा घेरा बन गया था। रास्ते का एक हिस्सा यातायात के लिए भले छूटा हो, जहाँ से ताँगेवाले, मोटरवाले, ट्रकवाले, झुँझलाकर अपना रास्ता निकाल सकते थे पर यह देखने को रुक जाते कि क्या चल रहा है। पीछेवाली गाड़ी का हॉर्न जब तक नहीं बजता तब तक उन्हें होश न आता। और इसकी वजह थी उस मदारी का बोलना, उसके लटके-झटके और नखरे।

उसकी बीन और डमरू एक साथ एक ताल में बज रहे थे। उसकी पोटली अधखुली पड़ी थी जिसमें से कई अजीबोगरीब चीजें झाँक रही थीं। मसलन, गेंडे का सींग, हिमगैया की सफेद फर वाली पूँछ आदि। ये चीजें लोगों को बाँधे रखने में कामयाब होतीं। मदारी का काला-कलूटा लड़का, आठ-दस साल का, लँगोटी लगाए दोनों पैरों पर उकड़ूँ बैठा। अपनी हाथ की लकड़ी से धूप से बचने की कोशिश कर रहा था। वह बीच-बीच में अपने बाप को देख लेता और सुस्ता लेता। लड़का काफी थक गया लगता था। मदारी एक जामुनी रंग की लुंगी पंजाबी ढंग से लपेटे था और वैसा ही कुछ कपड़ा बीच में बिछाया था। कपड़े के बाजू में एक बड़ा सा पिटारा पड़ा था जिस पर गोंद-सा कुछ लगाया गया था। चिलचिलाती धूप में वह पोटली, वह बच्चा, डमरू, जामुनी कपड़ा और पिटारा देखनेवालों को सहज ही बाँधे रखते इसलिए निकल जाने की किसे सूझती! पिटारे का ढक्कन थोड़ा सा खुला हुआ था और सबका ध्यान उसी की ओर लगा था।

मदारी के डमरू का स्वर धीरे-धीरे कम होने लगा। लड़का कपड़े के पास आया। फिर मदारी ने उस फन्देवाली बीन को टोकरी के ऊपर से एक-दो बार घुमाकर सबकी ओर देखकर बोलना शुरू किया, "नहीं-नहीं मालिक, नहीं सरकार, हम चार पैसे के खेलवाले नहीं हैं। सरकार, हम पेट के लिए मौत से खेलते हैं। जैसा कि आप साहब अपनी-अपनी रोजी-रोटी के लिए कुछ न कुछ करते हैं। इस टोकरी में क्या है? इसमें मौत है, मौत। दो साल पहले मैंने इस जंगल की रानी को अपने हाथ से पकड़ा था। आठ दिन मैं इसके पीछे रहा। ये तब भी कुँआरी थी और अब भी कुँआरी है। बड़ी जंग हुई सरकार, अब मैं क्या बताऊँ? लेकिन मैं जीत गया। देखने पर आपको पता चलेगा ये मामूली जानवर नहीं है। ये देवता है। देखोऽ माईऽ बाहर आओ। शहर के लोग दर्शन माँगते हैं। भाई लोग ताली बजाओ। नमस्कार करो और दान दो।"

लोगों ने जल्दी-जल्दी सिक्के उछाले। बच्चा सिक्के बटोरने लगा।

मदारी ने डमरू को धीमे-धीमे बजाना शुरू किया—डुम डुम डुम डुडुम डुडुम डुम डुम डुम...और अपने पैर से धक्का देकर पिटारे का ढक्कन ढीला कर दिया। लेकिन कोई हलचल नहीं हुई। फिर आगे सरकते हुए हाथ में लकड़ी उठाकर मदारी चिल्लाया, "इसका दर्शन कर लो बाबूजी। ये पाताल की देवता है। ऐसा जानवर पूरे दक्कन में देखने को नहीं मिलेगा। ये हिमालय की बेटी है, खास हिन्दोस्तान की औलाद है। दुर्गा, महाकाली है। देखो इसे। दान दो। दिल खोलकर दान दो।"

फिर से सिक्के उछाले गए।

मदारी डमरू की ताल पर फिर चिल्लाया, "इसके हजारों भाई हैं और वो हिन्दुस्तान के जंगलों में घूम रहे हैं।" अब चांगदेव किसी कालातीत संवेदन को महसूस करने लगा और एकदम असहज हो गया। इसके हजारों भाई हैं और वो हिन्दुस्तान के जंगलों में फन फैलाए घूम रहे हैं और यह बेचारी इस तरह लाचार होकर इस सड़क पर पड़ी है। कौन कहाँ जाकर पड़ेगा कुछ कह नहीं सकते। क्या साली जिन्दगी है! मदारी बोला, "हाय, इसके कोई बच्चे नहीं, इस कुँआरी को नमस्कार करो।" इतना कहने के साथ ही पिटारे को चारों तरफ से लकड़ी से थपेड़ते हुए मदारी ने फट से ढक्कन खोल दिया और साँप का फन उठा होगा यह सोचते हुए डमरू की आवाज के साथ चारों ओर नजर दौड़ाने लगा। सभी को लग रहा था कि पिटारे से एक हाथ ऊँचा फन ऊपर उठेगा इसलिए सभी उस तरफ

आँखें फाड़े देख रहे थे। लेकिन जैसे ही ढक्कन खुला, धूप में चमचमाता पीले रंग का एक लपेटा ही दिखाई दिया। लोग भयभीत और स्तम्भित नहीं हो पाए यह देखकर मदारी का मुँह लटक गया। यह प्रयास खाली जाता देखकर मदारी हाथ की लकड़ी से पिटारे को चारों तरफ से पीटने लगा, "माई अब तो आँखें खोलो? देखो कितने लोग दर्शन के लिए खड़े हैं।"

लेकिन लोगों के साथ मदारी भी यह बात समझ गया था कि माई माथा नहीं उठाएगी। अपने खेल की नाटकीयता खत्म होती देख मदारी शर्म से गड़ गया।

शायद इतनी तेज धूप में आने से माई थक गई थी। लाठी एक बाजू रखकर मदारी ने हाथ का डमरू हवा में ऊँचा उठाकर बजाया ताकि लोगों का ध्यान उधर चला जाए और इधर उस साँप के लपेटे के नीचे हाथ डालते हुए नागिन के मुँह को पकड़कर जोरों से खींचा। अपने हाथ में उसका मुँह पकड़कर उसने अँगूठे से उसकी गर्दन को बड़े जोरों से दबाया। यह चांगदेव को साफ दिखाई दिया।

इसके बाद नागिन ने अपना सर उठाते हुए हाथ के पंजे जैसा अपना फन दिखा दिया। अब मदारी खुशी से लोगों की ओर देख रहा था। भीड़ से सटकर चलते हुए एक हाथ से अपनी लुंगी सँवारता वह बड़बड़ा रहा था, "ये पाताल की देवता है। इसका रूप देखो।" उस महाकाय पीली नागिन को देखकर लोगों को भयानन्द हुआ। धूप सहकर भी लोग खड़े देख रहे थे। लेकिन उस नागिन का जोश आधे मिनट तक भी नहीं रहा। उसका शरीर ठंडा पड़ता गया। सर धीरे-धीरे झुक गया। बाकी शरीर गोलाकार होता हुआ निरर्थक होने लगा। धूप के कारण उससे मदारी के इशारों पर काम नहीं हो पा रहा था। माई अपने पिटारे में निढाल होकर जा गिरी। पूरी दुनिया से गुस्सा हुई माई पिटारे में ही अपनी गर्दन थोड़ी ऊपर उठाए मदारी के डमरू की ताल से डरी पड़ी रही।

उस महाकाय प्राणी की आज्ञाकारिता पर चांगदेव को तरस आया। दूसरे लोग जब यह तमाशा देख रहे थे, वह गर्दन घुमाकर वहाँ से चल दिया। लेकिन नागिन का धूप और डर से ऊपर-नीचे हो रहा सफेद पेट उसकी आँखों से हटने को तैयार नहीं था। न जाने किस जंगल से अपनी बिरादरी वालों से दूर करके इस माई को दरबदर भटकाया जा रहा है। ये प्राणी किसी पाषाण युग की पहचान है। ये जितने नामशेष होंगे उतने ही मनुष्य के चंगुल से छूट पाएँगे। मत्स्यावतार से लेकर नृसिंहावतार के युग तक सब समाप्त हो गए और यह मानव का युग है; यहाँ

राम-कृष्ण का घिनौना युग चल रहा है। मनुष्य होने के नाते खुद के सुरक्षित होने की कल्पना भी बड़ी ढीठता का एहसास दिलाती है। आज अगर रात के अँधेरे में हम घर से बाहर निकलते हैं तो कोई हमें धर दबोच नहीं सकता, हमारे दाँत नहीं उखाड़ लेता। हम मानव हैं, हम रेंगनेवालों में से नहीं हैं; हमारे पास बुद्धि है, भाषा है। हम खड़े रह सकते हैं दो पैरों पर। हमारे हाथ हैं, अँगूठा है। लपेटा मारकर कोई हमें उम्र-भर के लिए पिटारे में नहीं रख सकता। यह सभी अपने किन्हीं बौने पूर्वजों के पुण्य का फल है। इन उपकारों से उऋण होना सम्भव नहीं। और इसके लाभ उठाते हुए मानव क्षुद्र से क्षुद्र होता जा रहा है। प्राणियों पर हो रहे ये अनाचार तभी नष्ट होंगे जब मनुष्य से भी ज्यादा सुन्दर, बुद्धिमान प्राणी का अवतार होगा। वैसे मनुष्य बड़ा घिनौना, कुरूप है ही।

हिजड़ा हिडीस होमो सेपियन।

जैसे-जैसे वह मेले में आगे बढ़ा वैसे-वैसे डफों की आवाज में डमरू की ध्वनि अनसुनी होने लगी। अलग-अलग पालों से अलग-अलग ध्वनियाँ कानों से टकराने लगीं। वैसे तो अँधेरा छा गया था लेकिन गैसबत्ती और मशालों से भीड़ पर अच्छी रोशनी पड़ रही थी। इसी कारण वह मेले से बाहर जाने को राजी नहीं था। वह यहीं दो-तीन घंटे बिताने की सोच रहा था।

खिलौनों की दुकान पर अच्छी-खासी भीड़ लगी थी। मिट्टी के पुराने खिलौनों से लेकर टिन के नए खिलौनों तक, इन विभिन्न प्रान्तों से आनेवाले लोगों को मेले की जानकारी कैसे मिल जाती है, यह हैरत की बात थी। हर साल ये लोग यहाँ आते होंगे। तरह-तरह की मणि, कौड़ियाँ, पहाड़ों की दवाइयाँ, वनस्पति, जड़ियाँ, जड़ीबूटी, चूरन, भस्म, अलग-अलग प्राणियों की खाल, बाल, नाखून, हड्डियाँ, किसी द्रावण में भिगोये हुए अनेक प्राणी, बीज। एक कड़ाही में बड़ी गोह। एक बोतल में लोमड़ी का गर्भाशय, बीरबहूटी, पलंगतोड़।

बाजू में एक झूले की चरमर सुनाई दे रही थी। वह बचपन में कभी ऐसे झूले में नहीं बैठा था इसलिए उधर गया। दो ऊँचे खम्भों पर चार पालने लगे थे और दो भैया लोग हैया, हैया करते हुए पालनों की लकड़ी को पकड़कर गोलाकार घुमा रहे थे। जिन्हें पालने में बैठना था वे आसपास खड़े थे।

एक मोटी जाड़ी-सी बुढ़िया पान चबाती हुई खड़ी थी, हरी साड़ी पहने

सुन्दर-सी दिखनेवाली उसकी एक लड़की और सोने की अँगूठियाँ पहने एक मूँछोंवाले गबरू जवान उसके सामने खड़े थे। वह मूँछोंवाला पीछे से उस लड़की के कूल्हों पर चिकोटी काट रहा था और वह लड़की लजाते हुए उसका हाथ इतराकर झटक रही थी। बुढ़िया पान थूकती हुई लड़की का हाथ पकड़े खड़ी थी।

झूला रुका। एक पालने में केवल दो ही लोग बैठ सकते थे। बुढ़िया ने हताश होकर लड़की का हाथ बड़े असमंजस और सशंकता से छोड़ते हुए उसे उस लड़के के बाजू में बिठाते हुए चिल्लाकर कहा, "आवन्ते, पालना रुकते ही इधर रुकना बेटी। नहीं तो मेरे जैसा बुरा कोई न होगा।" आवन्ते, सुनती हो ना? आवन्ती ने गर्दन हिलाते हुए हाँ-हाँ कहा। लेकिन बुढ़िया को उस पर यकीन नहीं था। झूले वाले से भी उसने कुछ कहा, लेकिन उसे इन बातों से कोई लेना-देना न था। उसके एक झटका देने के साथ ही पालना ऊपर की ओर उठ गया। मूँछवाला अब उस लड़की को लेकर अपनी बाँहों में भरने लगा। बुढ़िया नीचे से चिल्ला रही थी, "जाना मत आवन्ते कहीं, यहीं रुकना नहीं तो देखना चमड़ी उधेड़ दूँगी तेरी।"

नीचे आए पालने में अब वह बैठ गई, यहाँ से वह अगले पालने को देख सकती थी। झूलेवाले ने उस बुढ़िया के बाजू में चांगदेव को बिठाया। चांगदेव सिमटकर बैठ गया। फिर एक झटके के साथ वह ऊपर की ओर गया। वह मूँछवाला और लड़की अब एकदम ऊपर की ओर हो गए। फिर भी बुढ़िया नजर उठा-उठाकर देख रही थी कि वे क्या-क्या गुल खिलाते हैं। अब एक झटके के साथ चांगदेव वाला पालना एकदम ऊपर की ओर हो गया। वहाँ से दूर तक फैला हुआ मेला दिख रहा था। अँधियारे गाँव के पास रोशनी की चहल-पहल, लोगों की भीड़ और नदी का सुन्दर पाट!

बुढ़िया ने चांगदेव से कहा, "ठीक से बैठो ना भौ, नहीं तो बुढ़िया से शरमाकर बैठोगे और उधर अपना हाथ खम्भे से तुड़वा लोगे। इधर सरक जाओ, तुम तो मेरे लड़के जैसे हो।"

फिर नीचे के पालने को देखकर बोली, "कहाँ है वो साँड़?" फिर एक झटका और चांगदेव का पालना बीच हवा में और उनका नीचे। इतने में बुढ़िया ने चिल्लाना शुरू कर दिया, "अरे भड़वो, ऐ पोट्टी, उतरे कायको? अरे रुकाओ रे झूला, ओ झूलेवाले। वो लड़की भाग निकली। तेरी मिट्टी पलीद हो, रुकाता

ही नहीं। मुझे उतार नीचे भड़वे।" वे दोनों उतर गए और उनकी जगह स्कूल के बच्चे बैठ गए।

मूँछवाला दाँव खेलते हुए उस लड़की को ले उड़ा। झूले के घूमने, डफों की आवाजों और कोलाहल में बुढ़िया की आवाज कौन सुनता। बुढ़िया पालने से कूदने को तैयार हो गई थी। लेकिन झूलेवालों ने झूले को जोरों से घुमाना शुरू किया। गिरगिरी की भाँति पालने घूमने लगे। बुढ़िया चिल्लाती रही। चांगदेव को झकझोरते हुए बोली, "रुकाओ ना भौ, बिना वजह बैठी मैं इस मौत के मुँह में। मेरी बच्ची गई। अब कहाँ देखूँ उसे? छिनाल, राँड़, मैंने पहले भी उसे कहा था आसानी से उसके हाथ न आए। सौदा भी कम दिया भड़वे ने।" कुल मिलाकर मूँछवाले से बड़ी रकम ऐंठने का बुढ़िया का दाँव खाली गया। पलना रुकते ही वह मुड़ी और चिल्लाती, गालियाँ बकती भीड़ में चली गई।

झूले में गोलाकार घूमने से और बुढ़िया के चिल्लाने से चांगदेव का सर चकराने लगा था। उसके पहले उसने तला हुआ खाया था, सो मितली भी होने लगी। झूले का चरमराकर घूमना फिर से शुरू हुआ। नदी की ठंडी रेती पर लेटने से थोड़ा हल्का महसूस हुआ। उधर से नौटंकी के गानों की आवाजें आने लगीं। वो फिर से उठकर भीड़ में चला गया। बीच में ही अँधेरे से एक तम्बू में एक छोटी-सी ढिबरी जलाकर एक आदमी ठर्रा बेच रहा था। बाजू में एक खाट पर दो-चार लोग नशे में धुत्त पड़े थे। चांगदेव ने भी एक पौआ ले लिया। शराब की बड़ी बदबू आ रही थी। एक-एक घूँट मुश्किल से पिया जा रहा था। थोड़ी-सी पीकर बाकी शराब फेंकते हुए वो आगे निकल गया। आगे सभी मनिहारों की दुकानें थीं। औरतें चूड़ियाँ खरीद रही थीं। सभी ओर सुन्दर-सुन्दर हाथ आगे बढ़ाए औरतें और उनके हाथों में रंग-बिरंगी नक्काशीवाली चूड़ियाँ। खनखनाती।

आगे एक तम्बू के ऊपर लिखा था 'शानदार तोते का खेल देखिए—दाम दो आना'। चांगदेव अन्दर चला गया। अन्दर एक बड़े से पिंजड़े में पचास-साठ तोते यूँ ही बैठे थे। दूसरे बाजू में काफी सारे सफेदपोश लोग, बच्चे, औरतें खड़े थे। पिंजड़े से सटकर एक ऊँचा, गरुड़ नाक और तलवारकट मूँछों वाला आदमी खड़ा था। बाहर घंटी बजते ही तम्बू का परदा बन्द हो गया और उस तलवारकट आदमी ने पिंजड़े का दरवाजा खोल दिया। दरवाजा तो खुल गया लेकिन इसका तोतों पर कोई असर नहीं हुआ। उलटा वे डंडियों पर बैठे-बैठे

पीछे को सरकते गए। वह आदमी एक तोते के सामने हाथ की छड़ी करता और वह तोता अनमना-सा सफेद पलकें झपकाता हुआ आखिर उस छड़ी पर कूद पड़ता। वह छड़ी बाहर लाते समय एक तोते के लाख सँभलने पर भी आखिर वह गिर पड़ा।

"ये गाड़ी खींचता है," ऐसा कहकर उस आदमी ने उस तोते को एक लकड़ी की बनी छोटी-सी गाड़ी में जोत दिया। उस भारी गाड़ी को वह तोता काफी दूर तक लेकर गया और बाद में एक कोने में निढाल होकर लम्बी साँसें लेने लगा। उस आदमी ने तोते को हाथ की लकड़ी चुभोई और वह तोता क्वीक-क्वीक करते हुए गाड़ी को पहले की जगह ले आया। फिर वह आसभरी नजरों से पिंजड़े की ओर देखने लगा। खेल वाले के उसके सामने लकड़ी लाते ही वह घबराता हुआ उस पर बैठ गया और पिंजड़े में कोने में जाकर दुबक गया।

फिर दूसरे पाँच-छह तोते बाहर निकाले गए। वे कतार में खड़े हो गए। एक तोते की चोंच में घास का तिनका दिया गया जो उसने अपने पास वाले तोते को दिया, इस प्रकार आखिर में खड़े तोते तक वह तिनका पहुँचा। अब वह तोता बड़ी मुस्तैदी से पहले नम्बर वाले तोतों को वह तिनका देने लगा। इस तरह खेल चलता रहा। बीच वाले एक नए तोते ने तिनका ठीक से नहीं दिया इसलिए अगले तोते ने उसे जोरों से काट लिया। तोतों की चिल्लाने की आवाजें सुनकर बच्चे हँसने लगे, तालियाँ पीटने लगे।

बाद के आठ-दस तोतों ने एक पैर पर खड़े होकर नाच दिखाया। उसमें से एक बागी तोते को नाचने का मन नहीं था। इसलिए उसके सामने लकड़ी पटकनी पड़ती। फिर वह यूँ ही नाचने का स्वाँग भरता। बाद में दो तोतों की भिड़न्त हुई। आपस में लहूलुहान होने के बाद दोनों को पिंजड़े में छोड़ दिया गया और वे एक-दूसरे की गर्दन के सहारे बैठकर गहरी साँसें भरने लगे।

अब उस खेल वाले ने एक लोहे के गोल घेरे में कपड़ों के टुकड़े लपेटे और मिट्टी का तेल डालकर उनमें आग लगा दी। फिर पिंजड़े के कोने में छिपकर बैठे एक तोते के सामने लकड़ी पटकते हुए उसे बुलाया। जब वह बूढ़ा तोता आनाकानी करने लगा तो खेल वाले ने उसे लकड़ी चुभोकर बाहर निकाला। अब वह खेल वाला बोला, "देखो, ये बहादुर आग में कूदेगा। इधर से उधर छलाँग लगाएगा।" तोते को उस जलती सलाख के सामने लाया गया। सभी तोतों की तरह यह भी

थका हुआ था। उसके बाएँ कन्धे पर जलने के निशान थे। फिर भी डर के मारे वह लकड़ी से स्टूल पर आया। थरथराते पैरों से चलता हुआ उस जलते घेरे के सामने आकर गर्दन हिलाते हुए दोनों आँखों से उसे अच्छा-सा देखकर एक बार में उसके पार कूद गया। उधर गिरने पर वह पूरी ताकत के साथ अपनी जगह पिंजड़े में चला गया। उसके जख्मों से खून दिख रहा था। खेल खत्म! तालियाँ बजीं। अब दस-पन्द्रह मिनट तोतों को आराम मिल सकता था। न जाने ये खेल कब से चल रहे थे? पिंजड़े में बैठे तोते अन्दर आनेवाले लोगों को देख रहे थे। शानदार तोते का खेल देखिए।

जब से वह देसी शराब पी थी, चांगदेव को कड़वाहट भरी डकारें आ रही थीं। इस मिट्टी तेल की बदबू और धुएँ से उसे चक्कर से आने लगे। जी घबरा गया। दर्शकों की ओर पीठ फेरकर बैठे पिंजड़े के तोतों को देखना भी मुश्किल हो गया। उनमें से गाड़ी खींचनेवाला कौन होगा? तिनका देने से इनकार करनेवाला स्वाभिमानी कौन सा तोता है? नाचकर दिल बहलानेवाले कौन से हैं? भिड़नेवाले दो तोते कहाँ छुपे हैं? गुलामी में जीनेवाले भारतीयों जैसे ये तोते—इनमें कोई भगत सिंह, कोई तिलक, कोई गांधी—ऐसे सब।

चांगदेव को पेट में जोरों की मितली आई। वह तम्बू से बाहर भीड़ में भागता नदी के रेत में उकड़ूँ बैठकर जोरों से कै करने लगा। जी भरके कै कर लेने पर उसे हल्का-सा महसूस हुआ। कुछ दूर चलकर वह रेती पर लेट गया। काफी देर लेटा रहा! मेले और मेले की आवाजों से उसे नफरत-सी होने लगी। क्यों आते हैं इतने लोग एक जगह पर?

थोड़ी देर बाद वह उठकर दूर नदी के पानी तक गया और अपना चेहरा ठीक से धोकर सिर पर पानी मारता रहा। इससे उसे ताजगी आई और वह फिर मेले में घुस गया। सामने एक तरबूज वाला तरबूज की फाँकें बेच रहा था। चांगदेव ने उससे एक के बाद एक तीन-चार फाँकें लेकर खाईं। बड़ी तादाद में लोग तरबूज ले रहे थे और वह नए तरबूज काटता जा रहा था। बेचनेवाला भी आदमी, खानेवाले भी आदमी। बीच में तरबूज गुम हो रहे थे। यह सोचकर वह रुक गया कि ज्यादा खाने से फिर तकलीफ हो जाएगी। अब तो बाहर चलना चाहिए। यह सोचकर वो भीड़ से हटकर तम्बुओं के पीछे से पुलिया की ओर आया। बीच

में एक तम्बू की रस्सी से पैर उलझा तो गिरते-गिरते बचा। फिर से ऐसा न हो इसलिए दो तम्बुओं के बीच में से आगे आया। यहाँ भीड़-भाड़ कम थी। एक तम्बू में से कुछ लोगों के ठहाकों की आवाज आ रही थी। जैसे ही जिज्ञासावश उसने झाँककर देखा, एक आदमी ने हाथ में टिकट थमाते हुए कहा, "आइए, यह हँसीघर है, सिर्फ एक आने में।" अन्दर बीचोबीच दो बत्तियाँ जल रही थीं और उनके नीचे बड़े-बड़े शीशे रखे हुए थे। पहले शीशे में देखते ही वह हैरान रह गया—आईने में उसका कद बस एक फुट का दिख रहा था। अपने इस ठिंगने रूप को देखकर चांगदेव जोरों से हँस पड़ा। उसने सोचा कि अपना मौजूदा कद तो एक संयोग ही है। अगर ऐसे न होते तो इस आईने जैसे ही दिखते। तब तो काफी मजा आता। इतने में इसी आईने में बाहर से अन्दर आता एक परिवार दिखाई दिया—बच्चे, एक औरत, एक आदमी, एक बड़ी लड़की—सब के सब बौने दिखाई पड़ रहे थे। समूची मानव जाति अगर इत्ती-सी हो गई तो कैसे होगा? रहने के लिए घरों की समस्या नहीं होगी, पानी, धान कम लगेगा, लोटे भर पानी से नहाना हो जाएगा, छोटी रेलें, छोटी बसें, तीन कमरों का हॉस्टल—आबादी की समस्या ही मिट जाएगी।

दूसरे आईने के सामने खड़े होते ही वह एकदम से ऊँचा, लुकड़ा-सा, लम्बूजी दिखने लगा। बीस फीट ऊँचाई वाला आदमी। और चेहरा तो एकदम चिआँ जैसा छोटा। पीछे से वह परिवार भी वैसा ही दिखने लगा। आगे वाले आईने में तो वह इतना मोटा दिखने लगा—बड़ा सा पेट और क्रूर चेहरा—कि उसे देखना भी मुश्किल हो गया। सबसे खराब तो एक जगह उसे अपनी नाक लम्बी और आँखें साँप जैसी छोटी-सी दिखीं। एकदम कान के पास। चेहरा घोड़े के मुख जैसा हाथ भर लम्बा। ऊपर कान भी वैसे ही ऊपर उठे हुए। असल में लोग ऐसे ही दिखते होंगे। लेकिन अपनी आदत के कारण खुद को सुन्दर दिखते होंगे। यह सब तो सर चकरा देनेवाली बात थी।

आखिरी आईने में हमेशा वाला प्रतिबिम्ब दिखा। अब तो यह भी झूठा लगने लगा। बाकी लोग निकल गए थे। चांगदेव अकेला इधर से उधर बार-बार आईनों में देखता रहा। हमेशा वाला प्रतिबिम्ब देखकर फिर उसे लगा कि यह भी एक विकृति है।

अब तो मस्तक और चकराने लगा। मितली फिर से होने लगी। इनमें से एक आईना घर ले जाना चाहिए और उसमें देखकर बाल बनाकर बाहर निकलना

चाहिए। फिर से पेट में दर्द उठा और वह तम्बू के बाहर भागा। थोड़ा सा रास्ता चढ़कर वह ऊपर आया। वहाँ से नीचे का प्रकाश दिखाई दे रहा था। रास्ते की दिशा सूझना नामुमकिन हो गया।

थोड़े से झाड़-झंखाड़ को देखते हुए रास्ता मालूम होने लगा। वह चलते, उठते-बैठते जैसे-तैसे घर पहुँचा। पूरी इमारत अँधेरे में गुम हो गई थी। लेकिन अन्दर जाना तो जरूरी था। उस नए शादीशुदा उजड्ड आदमी को ऐसे कितने दिनों तक उठाना पड़ेगा?

खाली बीड़ी का धुआँ उड़ाने में दिन कटने लगे। अब जून का महीना शुरू होते ही बाहर गाँव गए हुए लोग वापस आने लगेंगे। किसी को कुछ समझाने के पहले ही अपना बोरिया-बिस्तर लेकर निकल जाना चाहिए। ऐसा उसे इस कारण महसूस हो रहा था क्योंकि यहाँ इतने सारे प्यारे लोग थे और अगर कोई पूछता कि क्यों भड़वे, क्यों जा रहा है, तो जवाब नहीं सूझता! लेकिन यह तो अब तय हो गया था कि इस जून महीने में मैं नए गाँव में ही रहूँगा। पिछले दो हफ्तों में जो चार-पाँच जगहों पर आवेदन भेजे थे उन जगहों से साक्षात्कार का कोई बुलावा नहीं आया था। पिछले साल की तरह भागादौड़ी न करते हुए वह शान्ति से राह देखता रहा। किसी को भी इस बात का पता न चले कि चांगदेव यहाँ से जाने के चक्कर में है। दिल में लेकिन नए रास्ते, अनोखी गलियाँ, नए अनदेखे चेहरे, नए दोस्त, भीड़ कर रहे थे। महाराष्ट्र के बाहर नहीं तो महाराष्ट्र में ही सही, लेकिन दूर कहीं तो...

फिर अचानक पहली तारीख को ही किसी पुराणिक कॉलेज से खत आ गया। कॉलेज का नाम सुना हुआ नहीं था, शायद नया ही हो। अब नजदीक के कॉलेज में नहीं जाना, पुणे के आगे तो कदापि नहीं। यह सौभाग्य से ठीक रहा। इंटरव्यू के बारे में उसने किसी से नहीं कहा। किसी एक को कहा नहीं कि सारे गाँव में बात फैलते देर नहीं लगेगी! फिर प्रिंसिपल समेत सभी दौड़े आएँगे और प्यार से यह समझाकर दिमाग चाटेंगे कि नहीं जाओ यहाँ से। पूरा काम होने पर ही इस्तीफे की बात करूँगा। कॉलेज शुरू होने के पहले ही अचानक गायब होना होगा।

दो बार रेलगाड़ी बदलकर इतनी दूर आना भी खुशी की बात थी। इधर के लोग बड़े पिछड़े हुए हैं, ऐसा सभी कहते हैं, मतलब लोग अच्छे ही होंगे। उसका यह अन्देशा भी सच निकला कि ये लोग खास भारतीय ढंग के होंगे। और शहरों की अपेक्षा इस शहर की सूरत ही अलग थी। पुरातन काल से यह शहर विभिन्न राजाओं की राजधानी रह चुका था। गाँव से थोड़ी ही दूरी पर एक महाकाय किला था—दूर से ही इतिहास की यादें ताजा कराता हुआ। चारों तरफ मन्दिरों, तटरक्षक दीवारों, पीरों, मस्जिदों के खँडहर थे। गाँव के आजू-बाजू में दूर तक दिखनेवाले पहाड़, टीले, जिनमें से दो का आकार एकदम स्तनों सा था! इनके बीच में बड़े-बड़े तालाब, घने पेड़, बड़े-बड़े बगीचे और छिटपुट कारखाने थे। फिर आया मिट्टी के घरों वाला गाँव, फिर सुन्दर-सी पेड़ों की कतारें। आखिर में नए डिजाइन के घरों वाली नई आबादी। सब तरफ बड़े आलीशान होटल, रास्तों पर सैलानियों के सैलाब। उनमें खास दिखनेवाले विदेशी गोरे लोग। लम्बे-चौड़े रास्ते जिनके दोनों ओर बरगद के पेड़। गाँव में आधे से ज्यादा आबादी मुसलमानों की थी। हाल ही में सरकार ने इस शहर को सुशोभित करने का निर्णय लिया था। इस कारण अलग-अलग सुविधाएँ मुहैया कराई जा रही थीं। इसी का एक परिणाम यह भी था कि यह गाँव शिक्षा का एक अहम स्थान बन गया था। कॉलेज बीस के आसपास थे और एक विश्वविद्यालय भी था। गाँव में चारों ओर युवा बड़ी तादाद में दिखाई दे रहे थे। लेकिन गाँव का पुराना हिस्सा दयनीय और मानो एक इतिहास ही था। गाँव के चारों ओर एक परकोटा बँधा हुआ था जिसकी दीवारें अभी भी कहीं-कहीं पुख्ता हालत में दिखाई देतीं। लेकिन नगर विकास इस पुराने हिस्से के बाहर ही बसा-रचा हुआ था। सरकार के अलग-अलग विभागीय कार्यालय इधर-उधर बिखरे थे। विस्तीर्ण मैदान, बड़े रास्ते, विशाल पेड़, पर्वतों की कतारें—यह सब देखकर उसने तय कर लिया कि यहीं काम करेंगे।

वह एक बड़े लॉज में रुका। आसपास वाले कमरों में बंगाली, मद्रासी, उत्तरी हिन्दुस्तानी सब लोग ठहरे हुए थे। खाने के कक्ष में खाना खाते समय तो लगा कि वह तमाम हिन्दुस्तानी लोगों के साथ उठ-बैठ रहा है। यह एहसास बड़ा सुखद था। बाहर एक अमरीकी जोड़ी एक टैक्सी वाले से यह पूछकर परेशान हो रही थी कि कहाँ रुकें, कौन सी बस से जाएँ आदि। यह सब बड़ा आकर्षक था। यही गाँव लेना चाहिए।

यूरोपियन ब्रेकफास्ट लेकर बिल देते समय उसने वहाँ के एंग्लो इंडियन मैनेजर से पुराणिक कॉलेज के बारे में पूछा तो उसने अंग्रेजी में कहा, "सॉरी सर, गाँव में इतने कॉलेजेस हैं कि मुझे एक-दूसरे में कोई फर्क ही मालूम नहीं होता। देखो, होगा कहीं गाँव में।"

यह भी अच्छी बात थी। गाँव में कौन कहाँ क्या कर रहा है इसकी खबर नहीं। अनामिक रहने का सन्तोष मिल सकता है। किसी का किसी से लेना ना देना। उसने बाद में नौकर से पूछा तो वह बोला, "है, गाँव में उधर। बम्मन कॉलेज बोलते उसको। बम्मन लोगाँ हैं सब। हमारे लोगों का भी एक मुल्ला फिदा अली कॉलेज है। इससे अच्छा। रिक्शेवाला सीधे ले जाएगा आपको।

पुराणिक कॉलेज की इमारत की एक ही मंजिल बनकर पूरी हुई थी। निर्माण कार्य जारी था। इतनी सी तंग गली में इतनी बड़ी इमारत कैसे दिखेगी यह कहना नामुमकिन था और इस शोर-शराबे से भरपूर जगह में कॉलेज का निर्माण भी कुल मिलाकर ठीक नहीं था। चूना बनाने की मशीन की आवाज और मजदूरों की आवाज साथ-साथ आ रही थी। निर्माण-कार्य की गीली गन्ध चारों तरफ हवा में फैली थी। दीवारों पर पलस्तर नहीं था। कई कमरों के दरवाजे नहीं थे। एक दीवार गिराकर दूसरी बनाने की धुन संस्था के चेयरमैन पर सवार थी। यह चेयरमैन पहले कभी जब तोड़-फोड़ की राजनीति में शामिल था तब उसे एक गांधीवादी ने उपदेश दिया था कि कुछ निर्माण कार्य करो। तभी से उसने खुद को इस प्रकार के निर्माण कार्य को समर्पित कर दिया, यहाँ इंटरव्यू के लिए किसी देसाई ने यह बात बताई और सभी हँस पड़े। कॉलेज आने-जाने के रास्ते में ही सब निर्माण सामग्री पड़ी होने से दिक्कत हो रही थी। ईंट, पत्थर, रेती के ढेर सब तरफ फैले हुए थे। लेकिन यह निर्माणाधीन इमारत चांगदेव की मानसिक अवस्था के अनुकूल थी। पुणे, मुम्बई को छोड़ दें तो कहीं कॉलेज अच्छा तो गाँव भंगार और कहीं गाँव अच्छा तो कॉलेज खराब ऐसी ही हालत थी। शहरों के नकली और दम्भी व्यवहार से बचना हो तो कुछ तो बर्दाश्त करना जरूरी था।

इंटरव्यू के लिए आए सभी युवा एक कमरे में गप्पें हाँकते बैठे थे। जैसे ही चांगदेव वहाँ पहुँचा, हैल्लो मिस्टर पाटील!—ऐसी आवाज देनेवाला हुलीमणि दिखा! एक बार फिर प्रोफेसर हुलीमणि!

"हैल्लो मिस्टर पाटील, सो द अर्थ इज राउंड अगेन, अँ? बड्र्स ऑफ द सेम फीदर...।"

फिर दोनों ओर से दिलखुलास बातें हुईं—पिछले साल कहाँ, कैसे, क्यों छोड़ना पड़ा आदि बारे में। इस मौके पर चांगदेव को तटस्थता से यह सोचने का अवसर मिला कि सब कुछ अच्छा होते हुए भी वह अपनी संस्था क्यों छोड़ रहा है! लेकिन हुलीमणि यह नहीं समझ पा रहा था, बोला, "यार, अँधेरे की वजह से क्या कोई गाँव छोड़ता है भला? क्या रात में सोने के लिए अँधेरे का होना जरूरी नहीं?

हुलीमणि बार्शी के एक कॉलेज में पिछले साल पाँच इन्क्रीमेंट्स ज्यादा लेकर काम कर रहा था, इस कारण प्राचार्य की आँखों में चुभ रहा था। इसके अलावा वहाँ मराठा और माली दो गुट थे। हुलीमणि साल-भर बखूबी यह जताता रहा कि वह दोनों तरफ है और किसी भी प्रकार की राजनीति से दूर रहा। लेकिन यह बात जाहिर होते ही उसे निकाल दिया गया। उसके साथ सोलह और प्राध्यापकों को छुट्टी का वेतन दिए बिना ही निकाल दिया गया। खिन्नतापूर्वक हुलीमणि बोला, "वे बाकी के लोग तो राजनीति में हिस्सा लेते थे इसलिए उन्हें प्रेसिडेंट ने निकाला। लेकिन मैंने ऐसा कुछ भी नहीं किया था, फिर भी मुझे निकाल दिया। राजनीति में जाओ या ना जाओ—एक ही अन्जाम। इससे तो अच्छा कि राजनीति में जाएँ।" दोनों को एक-दूसरे को देखकर आनन्द हुआ। लेकिन अपनी-अपनी तकदीर से दोनों को बुरा लगा।

चांगदेव ने हमेशा की तरह चालाकी से सभी से पहचान बनाते हुए बातें शुरू कीं। हुलीमणि को भी वहीं का एक कानड़ी बोलनेवाला पापय्या देसाई नाम का हँसोड़ युवक मिल गया, जो हाल ही में एम.एससी. हुआ था। वह चांगदेव को छोड़कर उसके साथ हो लिया। अंग्रेजी के लिए साक्षात्कार देने आए लोगों में से कुछ को दो-तीन साल के काम का अनुभव था। सब युवा ही थे। दिखने में तो उससे अच्छा कोई नहीं था। अंग्रेजी वालों में तो यह सबसे अच्छा था। एक मोटी प्रौढ़ महिला थी जो प्रिंसिपल भल्ला की पत्नी थी। सभी उम्मीदवारों में कुलकर्णी काफी उत्साहित और आशावादी लग रहा था। इसी वर्ष उसने और मिसेस भल्ला ने एम.ए. अंग्रेजी के इम्तहान दिये थे और पास होने पर उनका लिया जाना तय था। कुलकर्णी इसी संस्था में अकाउंटेंट था। भल्ला को लेकर वह नाराज हो रहा था कि उसके रहते इसका काम कैसे बनता? और भल्ला के बाजू में लाल

लिपस्टिक वाली जो नखरे वाली लड़की बैठी थी वह प्रिंसिपल की भांजी थी। इस तरह सभी उम्मीदवारों का सर्वे करने पर चांगदेव और हुलीमणि अलग से बतियाने लगे। चांगदेव बोला, "क्या आपको ऐसा नहीं लगता कि हम एक अजीब जगह पर आ गए? यहाँ तो मिसेज प्रिंसिपल, उसकी भांजी, यहीं का अकाउंटेंट—इतने सब हैं तो हम यहाँ क्यों रुकें?"

हुलीमणि बोला, "देसाई यही तो बता रहा था। लेकिन तीन स्थान रिक्त हैं। और यह कुलकर्णी तो स्टुपिड है। उसका तो पास भी होना मुश्किल है। मतलब ये दो औरतें ले ली जाएँ तो भी एक पोस्ट बच जाएगी। मिस्टर पाटील, लेट्स होप फॉर द बेस्ट। नॉट फेल्युअर बट लो ऐम इज क्राइम।

देसाई यह सब सुन रहा था, हँसकर बोला, "आप पाटील बोले तो मरहट्टे? फिर्र आपको नै लेता वो चेरमन। घर को जाव तुम।"

चांगदेव बोला, "ऐसा है? लेकिन पाटील क्या हमेशा मराठा ही होता है?"

कुलकर्णी अब तक देसाई के ब्राह्मण-विरोधी व्यंग्य सुन रहा था, बोला, "इस अप्पा का क्या सुनते हो। ये झूठ बोलने में हमारी यूनिवर्सिटी में एकदम अव्वल है।"

देसाई बोला, "अरे ओ कुलकर्णी, मैं कौन सा झूठ बोल रहा हूँ? क्या आपने अब तक एक भी मराठा आदमी लिया है?"

"उसके कई पहलू रहते। यहाँ मेरिट से ही चयन होता है, देखना। सेक्रेटरी बड़ा लिबरल आदमी है।"

"लिबरल? मेरिट? कुर्कलन्या, तुझमें कौन सा मेरिट है बे? लेकिन क्या ये सच है ना कि तुझे लेना तय है। तुम्हारा शेक्रेट्री कैसा भी रहा तो क्या—यहाँ चलती तो चेयरमैन की पॉलिसी है। और वो मराठा आदमी नहीं लेता। शेक्रेट्री को वो चुप करा देगा।"

निराश होकर हुलीमणि बोला, "तो हमारे जैसे कानडी आदमी की तो खैर नहीं।"

"लेकिन ऐसी भी पॉलिसी है कि लोकल का बम्मन नहीं मिला तो मद्रासी, कानड़ी, ख्रिच्चन—कोई भी ले लेंगे मगर मराठा नहीं।"

कुलकर्णी चिढ़कर बोला, "तो ये सब मालूम होकर भी तूने अर्जी दी है ना? इंटरव्यू को तो आया ना तू?"

"अरे कुर्कलन्या, मेरी बात तू छोड़। मुझे दो कॉलेजों में बुला रहे आजकल। अक्खा यूनिवर्सिटी में फस्ट क्लास फस्ट आया हूँ—यूँ ही नहीं। मेरे आगे कोई भी

नहीं, समझे बच्चू, डरता नहीं मैं। और मेरा प्रोफेसर है ना अन्दर एक्सपर्ट बोल के बैठा हुआ। मुझे नहीं तो किसको लेगा वो? मुझको दो साल के बाद निकालेंगे यह मालूम है। ठीक है दो साल ही सही। और हयाँ रहना किसको है? मैं फिजिक्सवाला हूँ! दो साल में देखोगे, मैं कहाँ से कहाँ होंगा। मैं क्या ऐसे कॉलेज की मास्टरी करूँगा तेरे जैसी उम्र-भर!"

सभी उम्मीदवार इस झगड़े को सुनने इकट्ठा हो गए, मिसेज भल्ला भी ध्यान से सुन रही थीं, पर यह सब मराठी में होने के कारण उनके पल्ले कुछ नहीं पड़ा और वे बेजार हो गईं।

देसाई का सर पीछे से पकड़कर जोरों से हिलाते हुए कुलकर्णी बोला, "पाटील क्या मराठों में ही होते हैं? और इतना गोरा-चिट्टा और खालिस अंग्रेजी बोलनेवाला कोई मराठों में मिलेगा क्या? तुम लिंगायतों को ये मराठी भाषा भी ठीक से नहीं आती। अंग्रेजी के बारे में तो पूछना ही क्या?"

"अरे हमारे बारे में छोड़ो, तुम अपना देखो, तू तो एम.ए. कर रहा है और तुझको एप्लीकेशन लिखने को नहीं आया तो दूसरों के हाथों लिखाया तूने! तुझे इस इंटरव्यू को बुलायाच कैसे? दूसरे किसी मराठा, ढेंढ़, चमार को ये चेरमन कॉल नहीं करता, और तुझको बुलाया आँ? और ये पाटील इत्ते दूर से आया लेकिर तेरा चांस जास्ती है, है ना? पर मैं ये लिखे देता कि तू पास भी होने का नहीं! ह ह ह।"

थोड़ी देर बाद इंटरव्यू शुरू हुए। पहले फिजिक्स के उम्मीदवार बुलाए गए और आए हुए तीनों से आधा-आधा घंटा तक पूछा गया। ये देखकर बचे हुए लोगों के गले सूखने लगे। लेकिन अपना इंटरव्यू अच्छा हुआ यह कहते हुए देसाई वहीं बैठा रहा। हुलीमणि उससे सब बातें विस्तार से पूछ रहा था, चेयरमैन कौन है, कैसा है आदि। देसाई बता रहा था कि चेयरमैन माठूराम दीक्षित और उसके लोग पक्के राजनीतिवाले हैं। उन्हें हर जाति के लोगों की राजनैतिक गतिविधियों के बारे में सब मालूम है। पहले तो ये लोग आपकी जाति के बारे में जानकारी निकालेंगे। अगर मराठा न हो तो डरते ही नहीं, मराठा हो, तो लेते ही नहीं।

हुलीमणि बोला, "ऐसा क्यों?"

देसाई बोला, "ये बात तो बुड्ढा खुलेआम बोलता है कि मराठा या दूसरे किसी बहुजन समाज का कोई भी आदमी अच्छा लेक्चरर हो ही नहीं सकता।

बम्मन अच्छे लेक्चरर हो सकते और तुम्हारे-हमारे जैसे नॉन ब्राह्मण ले लिये तो भी इक्का-दुक्का! मराठा तो कब्बीच नई। ये बम्मन समझते कि मराठा बोलें तो खाली लड़ाई-झगड़े करनेवाला ही होगा। वो भी एक सच ही है। ह्याँ गाँव में मराठों के दो-एक कॉलेज हैं। वहाँ छात्र और अध्यापकों में हमेशा झगड़े चलते रहते। ये साले इसी कारण उनसे डरते।"

हुलीमणि बोला, "ये कौन लोग हैं सब? मतलब कौन से पक्ष के या गुट के? मतलब इंटरव्यू में उस लाइन से बोलना पड़ेगा।"

देसाई बोला, "इधर इन बम्मनों को मराठों ने राजनीति से उठाकर दूध की मक्खी की तरह निकाल फेंका है। चेयरमैन को तो हर चुनाव में जान-बूझकर धूल चटाई गई है—असेम्बली में, लोकसभा में और परसों तो मुन्सीपाल्टी में भी चित किया। इधर मराठों का बड़ा बोलबाला है। लेकिन उनको कॉलेज ठीक से चलाना नहीं आता, इसीलिए मैं इधर आया। नहीं तो मुझको कहीं भी ले सकते। इधर बम्मन के बच्चे अच्छे रहते, क्लास कंट्रोल को। लड़कियाँ भी अच्छी हैं कंट्रोल को। यहाँ लड़कियाँ बहुत हैं। सब तरफ लफड़े।"

हुलीमणि बोला, "ये जनसंघ वाले तो नहीं?"

"वैसे तो नहीं हैं पर बम्मन तो आखिर बम्मनीच ना! यहाँ बॉडी में कोई कम्युनिस्ट है, कोई सोशलिस्ट, एक-दो तो कांग्रेसी भी हैं। लेकिन हैं सब मराठों की राजनीति के शिकार बननेवाले। इसलिए ये मराठों पर दुश्मनी निकालते। वैसे तो ये सभी एक नम्बर के पागल हैं। संस्था ठीक-ठाक चला लेते लेकिन यहाँ के बम्मन भी इनकी हँसी उड़ाते हैं। तो देखते हैं, ये लोग कैसे होंगे?"

"प्राचार्य अच्छा है सुना?"

"वो भल्ला? ह ह ह, यूँ ही इधर का उधर करता रहता। सबको खुश रखता। वैसे उसकी तो एक कारकून जितनी भी कीमत नहीं। इनके पहले वाला प्राचार्य अच्छा था। लेकिन वो चेयरमैन की सुनता ही नहीं था। छह महीने में निकाल दिया उसे। दूसरा आया तो साल-भर में वो भी चला गया। तीसरा आया वो भी उकताकर चला गया। अगर छुट्टी की नोटिस भी चेयरमैन को पूछकर निकालनी पड़े तो कौन सा स्वाभिमानी आदमी यहाँ रहेगा? ये पगला भल्ला अच्छा मिला इनको। शेक्रेट्री को पूछे बगैर कहीं भी साइन नहीं करता ये। ये तो दोनों के लिए अच्छा है। और हर साल नया प्राचार्य होने से इन संस्था वालों की इज्जत जा रही थी। ये भल्लम टिक गया। दूसरा कौन लेगा इसको? ये तो बी.ए. पास है के नै

मालूम नहीं बोलते। वो बोलता उसके सभी सर्टिफिकेट उधर रह गए विभाजन के वक्त पाकिस्तान में। अब कहीं से कुछ झूठे प्रमाणपत्र जुटाए हैं उसने कलेक्टर वगैरा से। अनुभव जैसे बढ़ेगा वो पक्का हो जाएगा।

हुलीमणि बोला, "क्या विश्वविद्यालय ने कोई आपत्ति नहीं जताई?"

"अरे व्हाँ भी इनकेच लोग रहते। कौन पूछेंगा इनको? अब ये तीनों—सेक्रेटरी, चेयरमैन और भल्ला—काफी दिनों तक रहेंगे। उनको भी कॉलेज में दखलअन्दाजी करने को आती। और क्या काम है इन बुड्ढों को। और उस भल्ला को भी बैठे-बैठाए एक हजार रुपये पगार मिल जाता है। बड़ी चालू चीज है वो। अब अपनी वाइफ को घुसाएगा और दो-चार साल में उसे ग्रेड भी दिलवा देगा। लेकिन और दो पोस्ट हैं। तुम नर्व्हस नको हो। वैसे सेक्रेटरी बड़ा अच्छा है। बी.ए., बी.एससी., बी.कॉम. होता रहेगा स्पेशल के साथ जनरल भी।"

अंग्रेजी के इंटरव्यू शुरू हुए। हर एक से आधा-आधा घंटे तक पूछताछ की गई और एक से एक एक्सपर्ट बुलाए गए थे, मतलब मेरिट को महत्त्व दिया जाएगा। इसी कारण हुलीमणि नाराज हो गया था। लेकिन चांगदेव अभी भी संस्था के बारे में सही सोच रहा था। थोड़ा-बहुत जातिवाद तो होता ही है, पहले वाले कॉलेज भी वैसे देखा जाए तो जातिवादी थे ही। और यह मानकर ही चलना चाहिए यह उसने अपने आपको समझा दिया। मुम्बई के बाहर यही परिस्थिति सत्य है तो क्या करें? लेकिन यह गाँव बड़ा सुन्दर है। कुछ तो हो सकेगा। वैसे जात-पाँत की राजनीति से उसे कोई तकलीफ होने की सम्भावना कम ही थी।

बाद में चाय मँगाई गई लेकिन सिर्फ अन्दर बैठे लोगों के लिए। बाहर बैठे उम्मीदवार थूक निगलते बैठे रहे। अब चांगदेव इस नतीजे पर पहुँचा कि यह संस्था बाजारू लोगों की है। तैश में आकर उसने कागज के एक पुर्जे पर लिखा कि हम चाय पीने के लिए बाहर जा रहे हैं, हमारा नम्बर आए तो ध्यान रखना। चपरासी के हाथों कागज अन्दर भेजने को कहकर वह हुलीमणि के साथ पास की गली में चाय की टपरी पर जा बैठा। चाय-केक खाकर भी हुलीमणि कुछ उत्साहित नहीं हुआ। वह बोला, "पाटील, मेरी लाइफ में सब अनसर्टन है। ए काइंड ऑफ अनसर्टनटी लूम्स अ ब्रॉड इन माय लाइफ! आय ॲम ए मैन विदाउट डायमेंशंस, पाटील।"

चांगदेव बोला, "अभी मैं जहाँ हूँ वह कॉलेज अच्छा ही है। मैं वहाँ से निकला तो आप वहाँ चले जाओ। मैं जब अचानक इस्तीफा दूँगा तो उन्हें एक आदमी लेना ही होगा। मैं खबर कर दँगा तुम्हें।"

प्रोफेसर हुलीमणि का इंटरव्यू कुछ खास नहीं हुआ। दस ही मिनट में उसे बाहर कर दिया। अन्दर वी.वी. वेणुगोपाल नाम का विश्वविद्यालय का अंग्रेजी विभागाध्यक्ष था—हुलीमणि उसे गालियाँ देने लगा। उसने यह भी ढूँढ़ निकाला कि कुलकर्णी, वह मद्रासी महिला और वेणुगोपाल ये सब तमिल अय्यर हैं और ये लोग भाई-भतीजावाद करने में बड़े माहिर होते हैं। प्रिंसिपल की मिसेज थोड़ी आस लगाए थी खुद के बारे में। कुलकर्णी बोला कि वेणुगोपाल ने इन्हें फर्स्ट क्लास देने का तय किया है। वैसे भी वेणुगोपाल को बोर्ड ऑफ स्टडीज के लिए भल्ला हमेशा चाहिए ही। दोनों नॉन महाराष्ट्रियन! फिर मिसेज भल्ला वेणुगोपाल की क्लास में हमेशा अच्छी साड़ियाँ, लिपस्टिक वगैरा लगाकर बैठती थी। वे दोनों खाने पर भी जाते थे, सुना। मतलब इस महिला का काम होने ही वाला था। सेक्रेटरी और चेयरमैन भी थोड़े नरम रहेंगे।

अब कुलकर्णी को बुलाया गया। लेकिन वेणुगोपाल ने चेयरमैन को पहले से ही बता रखा था कि कुलकर्णी फेल होनेवाला है, इस कारण उसे पाँच मिनट में ही बाहर कर दिया गया। प्रिंसिपल की भांजी भी काफी नाराज दिखी। सभी लोग उस टकलू हेड को गालियाँ दे रहे थे। वह बुड्ढा सभी से मजाकिया सवाल करता और सबकी खिल्ली उड़ाता। व्याकरण से लेकर अस्तित्ववाद तक मनचाहे सवाल मजाक-मजाक में ही पूछकर सब पर हँसता था। एकदम आपातकाल में जो बिजली उसके शरीर में खेल जाती थी उसका एहसास चांगदेव को होने लगा। यह समझना मुश्किल हो गया कि और समय में वह कोयले-सा ठंडा क्यों होता है। मद्रासी महिला, मद्रासी एक्सपर्ट, राजनीति के मारे हुए ब्राह्मण, प्राचार्य के रिश्तेदार, दो साल में खुद चांगदेव ने दो कॉलेज छोड़े—यह सब उसके सामने घूमने लगा। जात-पाँत के मुद्दे पर बात अड़ गई तो कोई बस नहीं चलेगा। उस मजाकिया एक्सपर्ट बुड्ढे को अपनी तरफ कर लें तो यह जात वाली बात भी कम हो सकती है। फिर भी कोई अड़चन आने लगी तो वहीं छोड़कर बाहर निकल आएँगे। इससे मुम्बई जाना अच्छा। लेकिन

मराठा न होने की बात करके इन्हें जीतने से कुछ हासिल नहीं। जो कुछ निर्णय लेना है उन्हें ही लेने दो।

चांगदेव का इंटरव्यू अच्छा हुआ। दक्ष प्रोफेसर ने शुरू से ही मजाकिया लहजे में अच्छे सवाल पूछे। अध्यापन का काफी अनुभव होने से उसे अंग्रेजी साहित्य की मजेदार बातें मालूम थीं। चांगदेव ने भी उसी तरह मजेदार जवाब देने शुरू कर दिये।

मिसाल के तौर पर एक्सपर्ट प्रोफ़ेसर बोले, "'बॉस्वेल्ज लाइफ ऑफ जॉनसन' किताब का लेखक कौन है?"

चांगदेव ने उस शरारती टकलू बुड्ढे को ठीक से देखते हुए हँसकर कहा, "अब आप यह तो नहीं पूछेंगे न कि स्ट्रैटफोर्ड-अपॉन एव्हन गाँव किस नदी के किनारे पर है?"

वह प्रोफेसर खुश होकर गड़गड़ाकर हँस पड़े। इस तरह यह सिद्ध हुआ कि व्यंग्यबोध उनके पास काफी अच्छी मात्रा में था। थोड़ी देर बातें चलती रहीं, फिर वेणुगोपाल बोले, "अब थोड़ा सीरियस डिस्कशन करेंगे!" चांगदेव बोला, "क्या अब तक सीरियस नहीं था? सच में अब कुछ विनोद होना चाहिए!" यह बात भी उस बूढ़े को अच्छी लगी। अब उसने प्रूस्त के बारे में पूछना शुरू किया। पूरा का पूरा प्रूस्त कोई पढ़ता नहीं यह बात चांगदेव को भी अच्छी तरह से मालूम थी। उसने लड़खड़ाते-टटोलते हुए बहुत कुछ बोला। प्रोफेसर भी राइट, राइट—कहते रहे। फिर बीच-बीच में दोनों ने मिलकर मसखरी करते हुए आधा घंटे तक काफी मौज मनाई। सेक्रेटरी और प्राचार्य भी इसमें शामिल हो गए। मसलन, प्राचार्य के 'कालिदास इज द शेक्सपियर ऑफ इंडिया' जैसा कुछ कहते ही वेणुगोपाल बोले, "इससे तो अच्छा है कि 'हू इज कालिदास ऑफ इंग्लैंड' पूछा जाए!" चांगदेव बोला, "मिल्टन इज द शेक्सपियर ऑफ इंग्लैंड भी कहा जा सकता है।" बाद में व्याकरण, थियेटर, काव्य आदि को लेकर चर्चा होती रही और वेणुगोपाल बहुत खुश हुए।

लेकिन प्रिंसिपल को यह समझते देर न लगी कि ये नौजवान अच्छे इंटरव्यू के कारण अपनी भांजी और पत्नी के लिए भी खतरा हो सकता है। वह चांगदेव के हर जवाब पर हँसने लगा। चांगदेव बड़े धैर्य से इस परिस्थिति का सामना करता

रहा। एक बार तो उसे लगा कि इस प्राचार्य को थोड़ा मजा चखाया जाए। लेकिन इंटरव्यू की कला में माहिर चांगदेव ने अपना मोह टाल दिया। इस बात को जब एक्सपर्ट समझने लगे तो उन्होंने प्रिंसिपल के शब्दोच्चार का मजाक उड़ाना आरम्भ किया। उदाहरण के लिए जब चरित्र-लेखन के बारे में चर्चा चली तब प्राचार्य बोले, "व्हेअर हिस्ट्री एंड लिटरेचर मीऽट?" साथ ही इसी के एक्सपर्ट ने कहा, "भल्ला, मुझे लगा आपने कहा व्हेयर हिस्ट्री एंड लिटरेचर मेऽट अर्थात MATE!"

चेयरमैन कुछ कहने से कतराने लगे तो भल्ला ने कहा, "हमारी संस्था का एक कॉलेज यहीं तालुका प्लेस में—अंजन गाँव में—है। अगर आपको लिया गया तो क्या आप वहाँ जाने को तैयार हैं?"

चांगदेव बोला, "ऐसी क्या खास वजह है कि आप मुझे यहाँ नहीं देखना चाहते?"

एक झटका लगने के समान भल्ला सेक्रेटरी और चेयरमैन को देखते हुए बोला, "वैसी कोई बात नहीं।"

कुल मिलाकर इंटरव्यू अच्छा हुआ। वे एक्सपर्ट तो वहीं कहने लगे, "यहाँ ज्वाइन करने पर विद्यापीठ में आकर मिलना। आप जैसों को पी.एचडी. वगैरा कर लेना चाहिए।" सेक्रेटरी भी खुश था। लेकिन चेयरमैन माठूराम दीक्षित काफी उदास दिखे। उन्हें यह चिन्ता सता रही थी कि अब हो न हो इसे लेना ही पड़ेगा। गर्दन झुकाए वे चांगदेव के एप्लीकेशन को बारीकी से पढ़ रहे थे और कुछ बातें दूसरे बूढ़े सदस्यों से पूछ रहे थे। बाद में उन्होंने चांगदेव से मराठी में कुछ सवाल पूछे जिनके जवाब उसने विशुद्ध मराठी में दिये। अब तो वे और भी असमंजस में पड़ गए। उन्होंने थोड़ी देर चांगदेव को बाहर रुकने को कहा।

हुलीमणि, जो बाहर रुका हुआ था, बोला, "इतनी देर चला इंटरव्यू, मतलब तुझे चुन लेंगे वो। मैं अब निकलता हूँ। जल्दी से जल्दी अलीबाग पहुँचना है, इंटरव्यू है वहाँ।"

चांगदेव बोला, "आप अपना पता लिख दो, मैं आपके सम्पर्क में रहूँगा। मेरा भी लिख लो पता।"

हुलीमणि बोला, "अब कॉलेज का पता ही आपका पता है। मेरे पास विश्वविद्यालय के सभी कॉलेजों के पतों की लिस्ट है। मैं लिखूँगा खत। चलो फिर मिलेंगे।"

इस बीच उस अय्यर बाई और मिसेज भल्ला को उनके सिलेक्शन के बारे में बता दिया गया। वे दोनों चहक रही थीं। फिर चांगदेव को अन्दर बुलाया गया। चेयरमैन ने अनमने भाव से कहा, "क्या आप कम इन्क्रीमेंट्स पर काम करेंगे? बेसिक तनख्वाह पर काम कर सकेंगे क्या?"

चांगदेव ने कहा, "नहीं।"

माटूराम बोला, "हमने आपका चयन तो कर लिया है, लेकिन सोचकर बाद में बताएँगे।"

चांगदेव तो अपना सामान लेकर आनेवाला था पर वह कम पगार पर काम नहीं करना चाहता था। ये तो हेठाई वाली बात हो गई। और चेयरमैन तो पूरी तरह से साम्प्रदायिक, जातिवादी थे। तो दस-पन्द्रह दिन रुककर और कहीं प्रयास किया जाए। फिर एक जातिवादी संस्था से निकलकर दूसरी वैसी ही संस्था में कम वेतन पर काम करने का कुछ मतलब नहीं। ये सब सोचते हुए वह लॉज पर आ गया।

डोसा और चाय लेकर अपना बैग उठाकर वह सीधा रेलवे स्टेशन पर पहुँचा। तीन घंटे राह देखता रहा, सोचता रहा ये लोग कब बताएँगे? क्या बताएँगे? या उसी अँधेरे में फिर से तीन महीने रहना पड़ेगा? अगर वहीं रहना पड़ा तो? सभी अनिश्चित!

रेल के डिब्बे में हमेशा की तरह शौचालय के पास जगह पकड़कर पीछे जाते पर्वत देखता रहा। ये गाँव सुन्दर है। पर क्या ये मिलेगा भी? वैसे यह गाँव कोई खास सुन्दर नहीं। पुरानी बस्ती, तंग गलियाँ। कॉलेज वाला एरिया तो बड़ा गलिच्छ है।

ताँगे में बैठकर अनिश्चित मुद्रा में फिर से उसी अँधेरे से होकर 'राधाकृष्ण' की ओर। फिर से अँधेरे में रास्ता टटोलते हुए, रात में क्या खाया जाए इस परेशानी में 'राधाकृष्ण' के दरवाजे पर जोरों से लात मारकर उस नवविवाहित उजड्ड आदमी को उठाकर लड़खड़ाते हुए सीढ़ियाँ चढ़कर ऊपर पहुँचा। ताले की चाबी? सूटकेस में इधर-उधर देखकर, बाद में सूटकेस उलटा करके चाबी मिलने पर टटोटते हुए ताला खोलकर अन्दर गया। फिर रात-भर अँधेरे में बिछौने पर लेटा रहा। बादल घिर आने से उमस और गर्मी जानलेवा थी। गर्मियों के आखिरी दिन थे। कभी तो पहली बारिश होगी। यह बारिश नए गाँव में हो तो अच्छा!

आठ दिन हो गए लेकिन इंटरव्यू का कोई जवाब नहीं। हुलीमणि के भी दो खत आ गए पर उसे क्या बताएँ? कुल मिलाकर वह इस विचार से मायूस हो गया कि फिर एक बार इसी अँधेरे में एक साल काटना पड़ेगा। और दो-चार आवेदन दिये होते तो अच्छा होता! कारण, जहाँ आवेदन भेजे थे वहाँ से कोई बुलावा नहीं आया था। महाराष्ट्र के बाहर कोई बुलाता नहीं लेकिन अपनी बाहर जाने की इस जिद ने सब गड़बड़ कर दी। यह मालूम था कि महाराष्ट्रियन को बाहर कोई पूछता नहीं, फिर भी बाहर ही आवेदन भेजे, यह मुझसे ठीक नहीं हुआ। इतना विशाल देश है अपना—कहीं लद्दाख में भी नौकरी मिली तो हम तो खुशी से चले जाएँगे। लेकिन ऐसी कोई रचना ही नहीं ताकि इधर से नौजवान उधर भेजे जाएँ। बिलकुल अंडमान, निकोबार भी चलेगा, लेकिन इस सबका जुगाड़ कैसे हो? कहाँ अर्जी देनी होगी? कहाँ है दिल्ली ऊपरवाले कोने में? विशाल और फैले हुए अपने देश में हर प्रान्त में राजधानी में ऑफिस खुलने चाहिए।

छुट्टियों के लिए गए लोग धीरे-धीरे वापस आने लगे। चौधरी भी अपने फॉरेस्ट डिपार्टमेंट की कॉन्फ्रेंस पूरी करके वापस आ गए। राधाकृष्ण बिल्डिंग में शोर बढ़ने लगा। अध्यापक भी एक-एक कर वापस आ गए और बड़े उत्साह में चांगदेव के रूम पर घंटा-घंटा बातें करने आने लगे। माली का खत आया जिसमें लिखा था कि उसने अपने ससुर के ही कॉलेज में ज्वाइन कर लिया, स्कूटर भी मिला, ऊपर का ग्रेड भी मिलेगा और आठ साल पूरे होते ही प्रिंसिपल हो जाएगा, तू इधर आना...वगैरा।

सूर्यवंशी माली के घर होकर आया। उसने बताया कि उसकी बीवी पोहा अच्छा बनाती है, उन्होंने उसे बुलाया है आदि!

एक बार चांडक एक बड़ी सी फाइल लेकर आया और सबको अपने स्टाफ के लिए को-ऑपरेटिव कॉलोनी बनाने का प्लान समझाने लगा। "कॉलेज के पीछे का एक बड़ा सा खेत लेकर उसमें प्लॉटिंग हो। आगे-पीछे बगीचा होगा और बरामदे समेत छह-सात कमरों के ब्लॉक होंगे। उसका नक्शा भी आर्किटेक्ट ने बना लिया था। खेत की खरीद, पंजीकरण आदि के लिए हरेक को हजार रुपये देने होंगे। इससे हम लोन फाइल करेंगे—एस.जी. ने भी यह मान लिया है। इस कारण संस्था भी फंड दे सकती है। चार साल में ही कॉलोनी तैयार हो जाएगी।

तनख्वाह से प्रतिमाह पचास रुपयों की कटौती होगी! कैसा लगा ये सब? तुम होगे क्या शामिल?"

चांगदेव बोला, "बहुत अच्छा है। प्लान अच्छा है।"

"फिर दे दूँ तुम्हारा नाम इसमें? ये बड़ा ब्लॉक ले लो। इन दोनों में एक हजार रुपयों का फर्क है। ये आखिरी कोनेवाला भी ठीक है। पश्चिम की ओर की हवा आती रहेगी। अपने लोगों के प्लाट पहले बुक होने चाहिए। नहीं तो वे झगड़ालू लोग घुस गए तो मुश्किल होगी। फिर, कब देते हजार रुपये? तुम्हारी बीमा पॉलिसी नहीं है क्या?"

चांगदेव बोला, "मेरा सब अनिश्चित है...थोड़े दिन और रुको...बीमा वगैरा कुछ नहीं मेरा...घर वगैरा क्या करना...।"

गाँव छोड़ने की अपनी बात इतनी जल्दी नहीं बतानी चाहिए किसी को। लेकिन चांडक मँझे हुए दुकानदार की भाँति अपनी बात चांगदेव के गले उतारने लगा : "देखो सी.ए., दिनोदिन कॉस्ट बढ़ती जा रही है। आगे तो दो रूम भी बनाना मुश्किल हो जाएगा। मेरी सुनो तो जल्दी से पॉलिसी ले लो। मेरा भाई एजेंट है, कहो तो उसे कल ही भेज दूँ। वैसे हजार रुपयों की कोई बड़ी बात भी नहीं! न हो तो आधे-आधे दो किस्तों में दे देना। ये कोनेवाला ब्लॉक रखता हूँ तेरे लिए। उसके बाजू का कोनेवाला मेरा। तुम्हारे जैसे विद्वानों का संग होना ही चाहिए। और ये अपने गार्डन की कॉमन वॉल। यहाँ बच्चे खेला करेंगे। यहाँ रसोई आमने-सामने—औरतों को अच्छा लगेगा। यहाँ झूला लगा दो। सब तरफ ध्यान रहेगा। तो मैं सोमवार को आऊँगा। पाँच सौ रुपये रहेंगे ना तैयार? भाई को भी लेता आऊँगा...।"

चांगदेव बेचैन हो गया।

कोई आदमी किसी गाँव में एक साल भी रह ले तो भी कितनी सारी बातें अपने आप उससे जुड़ जाती हैं। जान-पहचान, पास-पड़ोसी, दोस्त लोग। दोस्ती के दायरे और दायरों के भीतर के दायरे। कुछ लोगों का तो गाँव का गाँव पहचान का बन जाता है। धीरे-धीरे जड़ें मजबूत होती जाती हैं। आदमी दमखम से बढ़ने लगता है पेड़-सा। एक गाँव में एक साल तक रहना एक तरह की पूँजी है। एक ही जगह में ज्यादा साल रहना मतलब पूँजी को बढ़ाना ही है। एक गाँव में किसी का चेहरा बार-बार देखा जाना भी एक तरह का पूँजीवाद ही हुआ। पहचान के लोगों को पुलिस छोड़ देती है। होटल वाला उधारी में

चाय पिला देता है। एक दिन अगर पॉकेट घर पर भूल गए तो दुकानदार कहेगा—खुशी से ले जाओ सामान। आप जैसों के रुपये कहीं डूबेंगे भला? एक ही गाँव में कायम रहनेवाले लोग मतलब खूब पैसा कमानेवाले बड़ी तोंदवाले सेठ साहूकार ही हुए!

यह सब छोड़कर अचानक नए गाँव में जाना पड़ा तो वहाँ चांडक की तरह 'अपनी कॉलोनी बनाएँगे' कहनेवाले लोग मिलने के लिए फिर से एक साल लगेगा। ऐसी समाज-व्यवस्था कब होगी कि जहाँ किसी भी आदमी को वह जैसा है वैसा ही स्वीकार लिया जाए?

इन विचारों से चांगदेव उदास हो गया। सीढ़ी के आखिरी पायदान तक जाना तो दूर, मैं यह सीढ़ी ही क्योंकर बदल देता हूँ? बार-बार क्यों उसी पायदान पे रह जाते हैं? स्थैर्य भाव में अपना कुल मिलाकर भरोसा नहीं। हम यह सोचकर सभी अस्थायी चीजें देखने लगते हैं कि सब कुछ अस्थायी ही है। फायदे समेत मिला हुआ पुराना छोड़ते रहो, नुकसानी में नए को स्वीकारते रहो, बदलते रहो।

बदलाव चाहिए ही, इस घुमक्कड़ तत्त्वज्ञान के भूत को अपने सर पर सवार करते हुए मौजूदा चीजों को डुबोकर हम शायद सबसे बदला लेते हैं। एक बार अगर जड़ समेत उखड़कर गिर पड़े तो एक गच्छन्ति के बाद दूसरी गच्छन्ति। केवल गच्छन्ति। कहीं जड़ें जमाने की इच्छा नहीं होती।

इसी दौरान उस नए गाँव के पुराणिक कॉलेज ऑफ आर्ट्स, साइंस एंड कॉमर्स के सचिव माठूराम दीक्षित के हस्ताक्षरों से युक्त एक खत आया। खत आने में इतनी देर क्यों लगी यह पता नहीं चला। तारीख तो कल की ही थी। मतलब उस बुड्ढे चेयरमैन ने इतनी देर लगाई होगी। क्या इस तरह जात-पाँत को महत्त्व देनेवाली संस्था में जाना ठीक रहेगा? लेकिन यह गाँव तो छोड़ना ही होगा। अब इस बारे में ज्यादा सोचकर कोई फायदा नहीं। जो जैसा आया है सामने, उसको स्वीकार करना होगा। अब चलना ही है।

प्रचंड जोश की लहरों पर सवार वह अपने तीनों कमरों में इधर से उधर चक्कर

काटने लगा। चक्कर जो दिमाग में चल रहे थे। सामान कैसे बाँधा जाए, फर्नीचर का क्या करेंगे, कब निकलना, वहाँ जाने पर कहाँ रहेंगे, इतने बड़े गाँव में जगह मिलेगी भी—सवाल ही सवाल। तीन-तीन सीढ़ियाँ एक साथ छलाँगते हुए वह ऊपर चौधरी के रूम में गया और उन्हें यह बात बताई। पहले तो चौधरी बहुत खुश हुए, कहने लगे, "अच्छा हुआ, मैं भी अपने तबादले की कोशिश कर रहा हूँ।" फिर अचानक यह सोचकर मायूस हो गए कि अब इस बिल्डिंग में वे अकेले रह जाएँगे।

जल्दी से तैयार होकर वह कॉलेज गया और उसने जी.जी. के सामने इस्तीफा देने की नोटिस रख दी। जी.जी. ने पहले तो हँसते-हँसते 'क्या चल रहा है? कोई खास बात है क्या?' कहते हुए फाइल से वह कागज हाथ में लिया। फिर इस्तीफे के बारे में पढ़ते ही अपने सर पर हाथ मारते हुए फाइल और कागज एक तरफ रख दिया। अब उनका चेहरा देखने लायक था। काफी देर तक वे चांगदेव को देखते ही रह गए।

उनके लिए यह समझना मुश्किल हो गया कि अचानक इस आदमी को क्या हो गया। उन्होंने यह भी टटोलकर देखा कि इसे इन्क्रीमेंट तो बढ़ाकर नहीं चाहिए। बाद में उन्होंने चांगदेव को समझाना शुरू किया कि अब डिपार्टमेंट में आपको ही प्रमोशन देंगे। आउट ऑफ वे जाकर आपको ऊपर का ग्रेड दिलाएँगे, आप बेस्ट टीचर हैं, सभी लोग आपके दोस्त हैं, आपको कौन छोड़ेगा भला?

लेकिन चांगदेव ने उन्हें हुलीमणि का पता देते हुए कहा कि यह एक लेक्चरर अभी खाली बैठा है। जी.जी. यह सोचकर उदास हो गए कि चांगदेव अब निश्चित जानेवाला है। फिर बोले, "लेकिन क्यों जाना? यहाँ क्या नहीं मिला आपको? आप जैसे को हम नहीं छोड़नेवाले। किसी ने इस संस्था के बारे में कुछ कहा क्या आपको? लोग तो यहाँ आने की जुगाड़ में रहते हैं। हम तो बहुजन समाज के लोगों को अपना मानते हैं। जात-पाँत का विचार हम कभी भी नहीं करते। आपके लिए हमने खास एम.ए. के क्लास शुरू किए। अब ऐन मौके पर हमें आदमी भी कहाँ मिलेगा? हट्ट।" और गुस्सा होकर वे बाहर चले गए।

बीड़ी सुलगाकर चांगदेव स्टाफ रूम की ओर चला गया। फिर लाइब्रेरी में घूमकर आया। अपनी पसन्दीदा बी.ए. की कक्षा देखकर पीछे वाले मैदान में आया। एक के ऊपर एक बीड़ी पीते हुए पूरा कॉलेज एक बार अच्छे से देख लिया। फिर कैंटीन की ओर गया। वहाँ तीन-चार छात्र उसे देखते ही आदर के साथ खड़े हो गए। इतने सीधे गरीब छात्र और कहीं मिलना मुश्किल था। यह

एक बड़ी हानि थी। यह पहले समझ में नहीं आया। ऐसे और भी नुकसान होंगे। शायद कुछ के बारे में तो पता भी नहीं चलेगा आगे जाकर। फिर वह हमेशा के ऊबड़-खाबड़ रास्ते से बबूल के पेड़ों से गुजरकर 'राधाकृष्ण' पर आया। कमरा सँवारने की जरूरत थी पर उसमें बिलकुल शक्ति नहीं रही थी। यहाँ से जितना बन पाए देरी से निकलना चाहिए। पूरे गाँव का चक्कर काटना चाहिए। नदी के किनारे से घूम आना है। सुलतान के प्लॉट में तो जाना ही चाहिए। लेकिन खड़े रहना भी नामुमकिन हो गया। हमेशा वाला तकिया गर्दन के नीचे लेकर ऊँची गर्दन कर वह अँधेरा होने तक पड़ा रहा। पेट खाली था लेकिन ग्लानि में नींद आ गई। नीचे से अँधेरे में ही कोई जोरों से पुकार रहा था। उसकी आँख खुली और थोड़ी देर बाद जब उसे यह समझ में आया कि वह कहाँ है तो शान्ति से उठकर गैलरी में जाकर खड़ा हो गया। यह दुनिया अब कुछ ही दिनों की है। अब कौन पुकार रहा है, कौन बुला रहा है—इन बातों में उसे कोई रुचि नहीं रही। लेकिन इस तरह से पुकारा जाना उसे बड़ा अद्भुत लगा। एकदम विचित्र। नीचे से दो-तीन लोगों की आवाजें। 'है, साला शैतान—आते बे हम ऊपर'—नकवी की आवाज थी।

नकवी, एफ.जेड., शिरसीकर आदि श्रेष्ठ लोगों को आया देखकर चांगदेव को थोड़ा संकोच-सा हुआ। ये लोग अँधेरे में ही जहाँ जगह मिली वहाँ बैठ गए और उन्होंने फिर से अवांछित राग अलापना शुरू किया—क्यों जा रहे छोड़कर? क्या कमी है यहाँ तुमको? किसी ने कुछ कहा क्या? संस्था कम्युनल है ऐसा प्रचार करनेवालों का एक गुट ही है यहाँ। पर आप जैसे विशाल दृष्टिकोण वाले लोग यहाँ चाहिए। हमें भी अच्छा लगता है। मत जाओ यार, आदि।

चांगदेव बोला, "संस्था तो कम्युनल है ही। लेकिन मेरे जाने का वह कोई कारण नहीं। मुझे तो बस चेंज चाहिए।"

चाय पीकर वे सब चले गए। रात में कासार और राजपूत आए। राजपूत कहने लगे, "इस संस्था में किसी को कभी तकलीफ नहीं हुई। पूछो कासार से। पन्द्रह साल से है यहाँ।"

अब मौका पाते ही कासार बोले, "तकलीफ नहीं वैसे। लेकिन अच्छे लोगों का कौन सा भला हुआ यहाँ? केमिस्ट्री के आर.यू. को दो साल में ग्रेड मिला, सी.यू. को एक साल में ही कन्फर्म किया। वैसे हममें से किसी का कुछ भला हुआ क्या?"

राजपूत धीमी आवाज में बोले, "ये लोग ऐसी ही गलती कर बैठते हैं। लेकिन हमने यह बात कही होती तो उन्हें लगता हम ही एक की दो बता रहे हैं। अपने हाथ में क्या है बोलो? इनके अचानक जाने के बारे में मैंने एन.ओ. से बातचीत की। उन्होंने जी.जी. से फटकारते हुए पूछा कि ये क्या हो रहा है? सारे फसाद की जड़ तो ये एस.जी., डॉक्टर और एफ.जेड. ही हैं। समझे ना? अब इन सी.ए. जैसे तेज लोगों की तादाद बढ़े तो अपने माइनॉरिटी वालों की आवाज बुलन्द हो पाएगी। फिर हम इनको दिखा सकेंगे। लेकिन अब तो यह भी चले। देखो, सी.ए. सोचो और एक बार...।"

चांगदेव ने उसे कोई तूल नहीं दी। फिर कासार बोले, "इनका एक दोस्त इन्हें शादी करके छोड़ गया। दूसरा वो फेगड़े गाँव की तरफ हनीमून मना रहा होगा। वो नामजोशी पूना में लड़कियाँ देखता घूम रहा है। ये एक बेचारा है कि ऐसी गर्मियों में और घुप्प अँधेरे में तीन महीनों तक पड़ा पकता रहा। खाने-पीने के हाल हो गए। सच पूछो तो कोई एक लड़की लगा ही देनी चाहिए थी इनके पीछे। छोड़ो ये सब। चलो सी.ए. मेरे घर खाने को।"

फिर दूसरे दिन सुबह से ही लोग मिलने आने लगे। चांडक बोला, "वा भाई सी.ए., अच्छी छुरी घोंपी हमारी पीठ में। क्या हमारी को-ऑपरेटिव सोसायटी पसन्द नहीं आई? तभी मैं सोचने लगा कि तुम खाली हाँ-हूँ क्यों कर रहे थे कल।"

सूर्यवंशी बोला, "कासार जैसी जाने की धमकी तो नहीं दे रहे तुम? उतनी ही तनख्वाह बढ़ेगी। ग्रेड भी।"

काफी रातों से नींद ठीक से न मिलने से सिर में दर्द था। मिलनेवाले भी कहाँ सोने देते थे। इसलिए चांगदेव ने किताबें समेटकर एक खोखे में भर दीं। बाकी साधारण सा सामान ऐन मौके पर भर लेंगे यह सोचकर वह यातायात वाले एजेंट से मिलने गाँव में गया। बैंक का खाता बन्द करके बचे हुए दस रुपये भी निकाल लिये। फिर एक पहचान वाले छात्र से डोरी, खाली कार्टन, बोरियाँ आदि खरीदकर वापस आया। अब रसोई वाले कमरे का सामान पैक करने में जुट गया। इतने में ऑफिस का प्यून मकडु आया। वह झूठ-मूठ की आँखें पोंछता हुआ बोला, "क्या साब, थोड़ा सन्देशा देते तो सामान बँधवाने आ जाते हम। ये लेटर लो और इधर साइन करो। तब तक ये मैं बाँधे देता हूँ। मुझे बड़ा बुरा लगा साब आपके इस्तीफे का!"

चांगदेव बोला, “अरे रोना क्या इसमें।”

वह बोला, “मैं शाम को आता। सारा सामान पैक करके नीचे उतार के आपको गाड़ी में पहुँचाता। फिक्र नको करो कुछ।”

चांगदेव को लगा कि मेरे जाने की बात सुनकर कितने लोग रो रहे हैं। मैं तो सभी का चहेता हो गया था। कितना प्रेम है। फिर वह मकडु से बोला, “ये किताबें थोड़ी खोखे में रख दो। बाकी झाड़ू, डिब्बे, मटका और बाल्टी—ये सब तू ले जा। वे रद्दी पेपर भी ले जा।”

फिर वह लेटर पढ़ने लगा : एक महीने की तनख्वाह जमा करने पर ही आपको रिलीव किया जाएगा। ऐसा संस्था का नियम है।

चांगदेव के पास सिर्फ दो-ढाई सौ रुपये थे। उसमें महीने का किराया, सामान लाने ले जाने का खर्चा, उधर जाने पर एक तारीख होने तक खर्च करने के लिए पैसों की जरूरत थी। ये रुपये जमा कर दिये तो सब गड़बड़ हो जाएगी।

उसने जवाब लिखा कि मैं तीन लोगों की कक्षाएँ अकेले लेता रहा—क्या यह बात संस्था भूल गई। आदि।

लेकिन उसने यह कागज फाड़ दिया। फिर दूसरे कागज पर लिखा : मेरी इस माह की तनख्वाह की रकम आपके ही पास है। हिसाब करके बाकी रकम बता दें, मैं भेज दूँगा।

इस बीच मकडु ने बख्शीश में मिली सब चीजें एक बोरी में ठूँसकर भर दीं और नीचे ले जाते हुए बोला, “शाम को आऊँगा तो बोरी ला दूँगा। सब काम ठिकाने करके ही जाऊँगा।” और उसकी आँखों में पानी चमकने लगा। चांगदेव को मकडु जैसे गरीब आदमी की संवेदनाओं का एहसास हुआ। मकडु भर्राए गले से बोला, “साब जी, गरीब को एक कुड़ता-पैंट कुछ बी देना। आपकी याद रहेगी सर्दियों में। दान समझकर ही दे दो।”

इधर-उधर ढूँढ़ते हुए चांगदेव ने उसे अलमारी में से वह ढीली-ढाली कमीज निकालकर दे दी। झूठ-मूठ का हँसता हुआ वह चला गया। लेकिन दूसरे दिन मकडु नहीं आया। सामान भरने के लिए बोरी कम पड़ने लगी। चांगदेव मकडु को गालियाँ बकते हुए भरी दोपहर बाजार जाकर बोरी लेकर आया। फिर पसीना-पसीना होते हुए उस सामान को भरकर रखने लगा। वह थक गया था लेकिन कल जाना है इसलिए यह तनख्वाह वाला माला निबटाने की जरूरत थी। वैसे

ही खाली पानी पीकर वह कॉलेज गया। ऑफिस में कोल्हे सुपरिंटेंडेंट के सामने खड़ा होकर बोला, "मेरे कितने रुपये बाकी हैं?"

चांगदेव को नजरअन्दाज कर कोल्हे अपना काम करता रहा। उसने बैठने को भी नहीं कहा। चांगदेव कुर्सी खींचकर उस पर बैठ गया। इतने में एक प्यून उधर से फाइलें लेकर आया और उससे बोला, "हटो बाजू, रास्ता खुला रखेंगे या आपके सर पे पैर रखकर जाऊँ?"

मतलब एक ही दिन में इस संस्था के लिए अपन पराए हो गए। अपना काम सुकून से पूरा होने के बाद कोल्हे चांगदेव की ओर कारकूनी तिरस्कारपूर्ण नजरों से देखकर बोला, "इस तरह तनख्वाह वर्ग नहीं होता प्रोफेसर। जून की तनख्वाह में आपके एडवांस, लाइब्रेरी, नो ड्यूज वगैरा बातें हम अभी कहाँ से देख सकेंगे? और अब तो एडमिशन की गड़बड़ी चल रही है। क्या आपको दिखता नहीं? आपको एक माह की तनख्वाह जमा करानी होगी। इस बारे में आप प्रिंसिपल से मिलें।"

वह प्रिंसिपल के ऑफिस में गया तो जी.जी. बोले, "ये बातें कोल्हे देखते हैं। उनसे मिलो। नहीं तो कल आओ।" इस प्रकार सब कुछ टूटता गया और वह इसी में से रास्ता निकालने की भरसक कोशिश करता रहा। राजपूत अपने ऑफिस में नहीं थे। स्टाफ रूम की तरफ गया तो मिश्रा और सोनार बैठे थे।

मिश्रा बोले, "क्यों भौ, क्या आया तेरे दिमाग में, क्यों जा रहे हो? ताज्जुब की बात है। जाव मत यार—वैसे लेक्चरर का धन्धा—उसमें अच्छा-बुरा क्या? इधर-उधर सब एक ही।"

चांगदेव ने अपनी अड़चन के बारे में कहा। सुनकर मिश्रा जी गुस्से में खड़े हो गए। जोरों से बोलने लगे, "जाना ही चाहते ना तुम? तो बेफिकिर हो चले जाओ। कौन बोला कैश भरना पड़ेगा? ये मजाल उन चूतियों की? यार पाटील, तू फिकिर मत कर। कब उधर ज्वाइन होने का है? अभी? शुरू हो गया उधर कॉलेज? तुम निकल जाना कल सुबह। ताँगा तो नहीं रोकेंगे वो कमीने? रिलीविंग सर्टिफिकेट जाने दो गाँड़ में। उधर प्रिंसिपल को बोल देना कुछ भी। तुम जाव, कुछ हुआ तो हम लोग क्यों हैं यहाँ! कल सुबह मेरे घर आना, चाय पीएँगे और मैं खुद तुमको स्टेशन छोड़ने आऊँगा। क्यों सोनार? तुम भी आओ। ऐसा है कि सीधी उँगली से घी नहीं निकलता।"

इस लफड़े से बचने के लिए सोनार जल्दी से उठकर जाते-जाते बोला, "ठीक है, पर मुझे कल बाहर गाँव जाना है।"

मिश्रा का प्रमोशन रोके रखने की वजह से वह हमेशा संस्था के लोगों को गालियाँ देता रहता था। चांगदेव सोचने लगा कि कुछ कहे बिना चले जाने का मतलब होगा भागकर जाना। चले भी गए और इन लोगों ने उस संस्था को खत लिखकर कुछ रिपोर्ट दे दी तो अपने बारे में वे लोग गलत सोचेंगे। उधर वाला प्राचार्य तो पहले से ही नाराज है और चेयरमैन साम्प्रदायिक है। गाँव छोड़ना हो तो सब लफड़े को खत्म करके ही जाना ठीक है।

वह गाँव में चांडक की दुकान पर गया। चांगदेव इस कदर गुस्सा था कि उसे यह समझना मुश्किल हो गया कि कैसे और क्या कहें। उसकी यह हालत समझते हुए चांडक बोला, "मैंने आपका इस्तीफा देखा दोपहर को। एक आखिरी बात कहूँ? आप सीधे एस.जी. से जाकर भिड़ो। उन्हें यह बात अच्छी तरह से समझाओ कि आपका दिल संस्था के बारे में एकदम साफ है। मुझे यहाँ से छोड़ें। फिर देखो, सब ठीक हो जाएगा। ऐसा भी कुछ कहो कि तुम उनकी जीवनी लिखनेवाले हो, आदि। हाँ।"

चांगदेव को यह मालूम नहीं था कि एस.जी. पाटील का घर कहाँ है। वह बोला, "तुम चलो मेरे साथ।"

बड़ी सावधानी से चांडक बोला, "मैं आ जाता मगर मुम्बई से फिल्म आ रही है। शेयर्स का भी फिक्र है। आपको ही जाना होगा। पीछे एक बार आपने उनके साठोत्तरी के कार्यक्रम का विरोध किया था। आपका कानिटकर से जो लगाव था—ये सब उन्हें मालूम होता रहता है। ऐसे कहो कि मेरा ये सब गलत था और माफी माँगो तो वो आदमी नरम हो सकता है। थोड़ा चालाकी से काम लो तो ठीक रहेगा। इधर पीछे की गली में आखिरी में मकान है। घर पर ही मिलेंगे अभी। वैसे एस.जी. अच्छे हैं।"

अँधेरे में चलते-टकराते-सँभलते वह एस.जी. के बँगले के सामने आकर खड़ा हुआ। यहाँ आने को वह एक साल-भर से टाल रहा था। पीछे कभी एक बार अंग्रेजी में खत लिखवाने के लिए जब एस.जी. का फोन प्राचार्य को आया था तो उसने अंग्रेजी के लेक्चरर चांगदेव को सन्देश दिया था। तब चांगदेव बोला था, "अगर यूँ ही चाय पीने को बुलाते तो चले जाते, वह तो नहीं, और अब ऐसे बुला रहे हैं कि मानो नौकरों को दौड़ा रहे हों। मैं नहीं जाऊँगा, कह दो।"

यह सब उसे मालूम होगा ही। लगा कि वापस निकल चलो। लेकिन अब एक ही झटके में सब खत्म करना है। कुल मिलाकर ऐसे आदमी के सामने गिड़गिड़ाने की नौबत आई। मुश्किल है सब।

बत्ती की रोशनी में एस.जी. हमेशा का दरबार लगाए बड़े तैश में आकर एक-दो लोगों को उपदेश पिला रहे थे। उसके अन्दर जाते ही अहंमन्यतापूर्ण बल माथे पर उभारते हुए एस.जी. बोले, "कौन?"

"मैं...सी.ए. पाटील। आपके कॉलेज में लेक्चरर हूँ अंग्रेजी का।"

"हैं या थे? ठीक से बोला करो। पहले कभी मिले नहीं आप मुझसे। सी.ए. मतलब वो बीड़ी पीनेवाले तुम ही हो ना? अच्छा, बोलिए क्या काम है? इतने दिनों तक हम आपको मराठा समझ रहे थे। आप मराठा ही हैं क्या?"

बात टालते हुए चांगदेव बोला, "ये नोटिस पीरियड की—एक माह की तनख्वाह का मामला।"

"हँ...अब समझा, वो कानिटकर के जानी दोस्त तुम ही हो ना? कॉलेज पर ऐन मौके पर मुश्किल खड़ी करने का अच्छा तरीका सीखे आप उनसे। हमने आपको दो इन्क्रीमेंट दिये थे और आप हैं कि ब्राह्मणों की संस्था में जा रहे, छुट्टी की तनख्वाह हजम करके आँ? आपकी जाति की संस्था होती तो क्या आपने ऐसे ही किया होता? आँ?"

"जातिवाद से मुझे नफरत है। मुझे अपनी जाति से भी कोफ्त होती है। मैं अपनी जातिवाले कॉलेज में भी नहीं जानेवाला—सेक्युलर...।"

"क्यों जाओगे तुम? हम जो हैं यहाँ आपको फोकट में रोटियाँ खिलाने को। तीन महीने छुट्टी की तनख्वाह दो और चौदह जून को आप यहाँ से छोड़ो। अंग्रेजी का यह हर साल का झमेला है भउवा। हमारी जाति के लड़के तैयार होने तक ये ऐसे ही चलता रहेगा।"

"मैंने पहले सोचा होता तो पहले ही बताता...कल तक यहाँ से जाने की बात मन में नहीं थी...।"

"कैसे आएगी मन में? पहले कहते तो हम नया आदमी नहीं ले लेते। फिर हमें आप कैसे परेशानी में डाल पाते भला? कानिटकर और भावे ने भी ऐसा ही किया—इससे रिजल्ट मार खा गया। आप लोग मार्च में ही क्यों नहीं जाते?"

"लेकिन कानिटकर को आपने दो दिन में ही छोड़ दिया था। एक रुपया भी नहीं भरना पड़ा उन्हें! मैं पैसे भरने को तैयार हूँ, बस कैश नहीं है मेरे पास इसलिए मेरी जून की तनख्वाह में से...।"

"वो सब मुझे पता चल गया। जून की तनख्वाह मतलब बैठे-बैठे मिली हुई

और इधर-उधर इंटरव्यू देते भटकते रहे उसी के पैसे से ना? वो अपनी अंटी से थोड़े ही दे रहे तुम? और कानिटकर को छोड़ा इसका मतलब तुम्हें रकम मुआफ करें, ऐसा कोई कानून तो नहीं है।"

इतनी देर चांडक की सलाह के मुताबिक वह संयम से बोलता रहा। लेकिन अब उसका दिमाग ठनकने लगा। इतना भी क्यों सुना लिया जाए? इस आदमी के दिमाग में जाति के सिवाय कोई बात ही नहीं। खासकर ऐसी संस्था में जहाँ मैंने जी तोड़कर मेहनत की, तीन-तीन लोगों के हिस्से का अध्यापन अकेले ने किया, दिन-रात काम किया, वहीं इस तरह याचक क्यों बनूँ?

चांगदेव को विश्वास हो गया कि बुड्ढा उदार होने का नाटक कर रहा है। उसके अक्खड़पन की सीमा समाप्त हो रही थी और यहीं पर चांगदेव अपना आपा खो बैठा। उसने एस.जी. को मनमानी फटकार सुना दी।

पहले तो एस.जी. पाटील दंग रह गए। फिर गुस्से में चिल्लाए, "लेक्चरर की ऊटपटाँग बातें ज्यादा देर तक सुनने का आदी नहीं हूँ मैं। ऐसे छप्पन लेक्चरर अपने घर पानी भरने को रखता हूँ मैं। चलो, पैसे भरो वरना तुम्हें रिलीव नहीं किया जाएगा—बड़े आए अच्छा पढ़ानेवाले। क्या समझते हैं अपने आपको? बृहस्पति भी होंगे तो कौन पूछता है तुम्हें? चलो, निकलो यहाँ से—पैसे भरो या फिर महीना-भर काम करो।"

गुस्से में चलता हुआ वह एक आदमी से टकरा गया। ऐसा लगा गए ही क्यों अपन इसके पास? यहाँ से निकलते समय भी इस तरह सब कुछ टूटना था। और जल्दी नहीं गए तो उधर पुराणिक कॉलेज का मौका हाथ से चला जाएगा। वह अपनी औरत और भांजी को चिपका देगा। अब यहाँ रहना नामुमकिन है।

ऐसे में किसी बुजुर्ग आदमी से शान्तिपूर्वक सलाह-मशवरा करना जरूरी था। पी.टी. काफी मददगार साबित हो सकते थे पर वो गाँव चले गए थे। उन्होंने कुछ तो रास्ता निकाला होता। संस्था वालों को राजी किया होता। अब तो कहीं से रुपयों का बन्दोबस्त करना होगा, यही एक मार्ग था। लेकिन निकलते समय इस तरह लोगों से पैसे माँगना भी क्या अच्छा लगेगा?

रास्ते में राजपूत सर का घर पड़ता था। वे जरूर कुछ राह निकालेंगे।

सब कुछ सुन लेने के बाद राजपूत बोले, "कितने रुपये हैं आपके पास? ठहरो, हिसाब लगाते हैं हम। बीस जून तक की तनख्वाह कितनी हुई? आपको तनख्वाह कितनी मिलती होगी? ठीक है—तो मेरी तनख्वाह से नब्बे रुपये श्री राजपूत को एक जुलाई को दिये जाएँ—ऐसा अधिकार-पत्र आप मेरे नाम लिखकर दे दें। बाकी मैं सब सँभाल लूँगा। आप शान्ति से बेखौफ होकर जाओ। ये लोग खाली-पीली भाव खाते हैं। मैं सब देख लूँगा। अरे वा—इतना भी नहीं करेंगे क्या हम आपके लिए वाइस प्रिंसिपल के नाते? लेकिन आपके जाने का दुख तो जरूर होगा...।"

मायूसी से दोनों हाथ जोड़ते हुए नमस्कार कहकर चांगदेव बाहर निकला। अब सामान समेटकर दूसरे दिन पहली गाड़ी से निकल जाना है।

पुलिया से निकलकर अँधेरे की ओर घूमते ही उसको देखकर दो लोग रुक गए—"कौन है? ठहरो, लटीपा वदे गचां।"

बोडस और वाणी थे, बोले, "हम दो बार हो आए तुम्हारे कमरे पर। वो केमिस्ट्री वाले सी.यू. पाटील भी दो बार आकर गए। फिर उनके ही घर बैठे थे इतनी देर। फिर तीनों ने एक चक्कर लगाया 'राधाकृष्ण' पर। वहाँ पर ताला। सोचा यह आदमी भाग तो नहीं गया? तुमने तो कमाल कर दिया। एकदम नोटिस! मदकए मानाजिरा?"

चांगदेव ने पूरा वाकिया गालियाँ बकते हुए बताया। अँधेरे में टटोलते हुए सभी 'राधाकृष्ण' पर आए। बोडस बोले, "दोपहर को ही मिलना था हमसे। क्यों उन हरामजादों के चक्कर में फँसे? ये तो अच्छा हुआ कि तुम्हारा वाकिया एस.जी. के पास ही निबट गया। और किसी ने अगर तुम्हें पी.जेड. के पास भेजा होता तो आप दोनों के झगड़े ही हो जाते। हम कभी इन जंगली लोगों के दरवाजे पर नहीं गए। अर्थात इसी कारण हम प्रमोशन से वंचित रहे। लेकिन वो अच्छा रहा। देशपांडे पति-पत्नी जैसी नहीं होशियारी हममें। साले हमारे बाद में आकर आगे निकल गए। बाकी राजपूत ने तुम्हारी बात सँभाल ली।"

वाणी बोला, "लेकिन इतना करने की क्या जरूरत थी। मैं और शेख दो बार आकर गए यहाँ। अब बोडस के साथ यह तीसरा चक्कर था। अगर मुलाकात होती तो यह नहीं हुआ होता। पैसे भर देते। हम दे देते। अभी तीन सौ देना और एक तारीख को दो सौ निकालना एक ही बात है। कुछ तो बताते यार पहले।"

बोडस बोला, "और पैसे भरने की क्या जरूरत है? वो कोटणीस ऐसे ही पिछले साल उन्नीस जून को नोटिस दे गया था। वो तो छुट्टी खत्म होने पर सामान लेने ही आया था इस्लामपुर से। और पट्ठा कॉलेज आया ही नहीं! सीधा अमठनेर को ज्वाइन हो गया और पुरानी तारीख में इस्तीफे की नोटिस भेज दी! फिर कॉलेज ने लेटर लिखा गरमागरम तो उसने दो महीने बाद जवाब दिया कि तुम्हारे पैसे फुरसत से देऊँगा! कोटणीस का भी सही था। जब उसको बाजू में रखकर आर.यू. पाटील को ऊपर लिया तब इनके कायदे-कानून कहाँ गए थे? और छुट्टी की तनख्वाह क्या ये भड़वे अपनी जेब से देते हैं? शिक्षा का राष्ट्रीयकरण होना चाहिए और इन बीच वालों को उड़ा देना चाहिए। दचोरदमा।"

वाणी बोला, "हिस्ट्रीवाला धांडे तो कोटणीस से भी ग्रेट निकला। नहीं छोड़ेंगे क्या एक महीना पहले? तो मैं यहीं रहता एक महीना होने तक! लेकिन पैसे नहीं दूँगा मैं। धांडे क्लासिक आदमी था पूरा जून महीना उसने एक भी क्लास नहीं लिया—सिर्फ आना, साइन करके चाय पीते हुए कॉलेज के नाम गालियाँ बकते हुए इधर-उधर घूमना। लाइब्रेरी की सभी पत्र-पत्रिकाएँ अपने घर लाकर रख दीं। बच्चों के सामने संस्था के लोगों के बारे में डिस्कस करता था। कानिटकर नए-नए ही प्रिंसिपल बने थे। उन पर डिसिप्लिन का भूत सवार था। कानिटकर ने धांडे को यह कहकर मेमो दिया कि तनख्वाह लेते हो तो पढ़ाना होगा। आखिर उसे कक्षा पर भिजवाना पड़ा मकडु के साथ!"

बोडस बोले, "बड़ा मजा आता था। धांडे बोलता—क्लास में जाता हूँ लेकिन पढ़ाता हूँ कि नहीं ये कैसे तय करेंगे आप? जरबरन क्लास में बिठाए गए छात्रों की कक्षा में धांडे जाता और दूसरे अध्यापकों की नकल उतारता, टेबल पर पैर पसारकर बैठ जाता, सिगरेट पीता। फिर तो छात्र भी कक्षा में जाने से कतराने लगे। तब कानिटकर ने ही कहा इसे छोड़ देना ही ठीक रहेगा। तो धांडे बोला, "यह अक्ल वाली बात पहले क्यों नहीं की?"

वाणी बोला, "पर आदमी बड़ा ढीठ था धांडे। जब हिसाब करने आया तो कानिटकर के टेबल पर रखा पार्कर पेन जेब में रखकर चलता बना। कानिटकर उस पेन से हस्ताक्षर तक नहीं करते थे—खाली शो के वास्ते रखा था। कानिटकर ने कई बार खत लिखे पेन लौटाने के लिए लेकिन धांडे टस से मस नहीं हुआ।"

बोडस बोले, "जान-बूझकर पेन ले गया—वो क्या लौटाने के लिए? इन

लोगों से ऐसा ही व्यवहार करना चाहिए। प्राध्यापक को गरीब गाय समझते हैं ये प्राचार्य। बरीग यगा।"

वाणी बोला, "लेकिन धांडे जिस नगर के कॉलेज में गया वो बड़ा अच्छा था। वहाँ का प्रिंसिपल धांडे के लिए एक महीना रुकने को तैयार था। सी.ए. का वैसा नहीं है। सब क्लियर करके ही जाना।"

बोडस बोले, "लेकिन सी.ए., तुम्हें उस नए कॉलेज वालों से एक बार यह पूछ लेना चाहिए था कि क्या वो एक महीना रुकेंगे तुम्हारे लिए। उनके भी तो एक माह के रुपये बचेंगे। और ऐसी कौन सी कक्षाएँ लगनेवाली हैं बीस जून से ही। सी.यू. पाटील तो बता रहे थे कि वो इलाका बड़ा पिछड़ा हुआ है। अगस्त में जाकर कहीं छात्र आते हैं गाँव से। वो सी.यू. बड़ी मजे की बातें बता रहा था। सी.यू. वहाँ एक साल था और साल-भर में ही पक गया था वहाँ। यही बताने वो जब आया था तो तुम नहीं थे इधर। वो फिर से इधर आएगा देखो। उसे लगता है कि आप यहीं रहें, कहीं जाएँ नहीं। और हम सभी यही चाहते हैं। लेकिन तुमने तो अपना सामान पैक करवाकर निकलने का इरादा पक्का कर दिया है। सुना आज रात में ही जा रहे हो।"

वाणी बोला, "अच्छा हुआ आज हम आए, इनसे मिल तो सके। कल तो ये दिखते भी नहीं यहाँ। यह गलत है सी.ए.—एक बार तो साथ में खाना खाते—गप्पें लड़ाते।"

चांगदेव बोला, "लगता है, तुम लोग यहाँ से न जाने की कसम खाकर आए हो।"

वाणी इतना उदास हो गया कि कुछ बोल न पाया।

बोडस बोले, "सी.ए. के यहाँ टाइम का पता ही नहीं चलता—देखो, दस बज गए। इसके जाने के बाद हमें तो बड़ी दिक्कत होगी कुछ दिन।"

चांगदेव बोला, "बस कुछ ही दिन!"

इतने में केमिस्ट्री के सी.यू. पाटील अँधेरे में टटोलते हुए चांगदेव को पुकारते हुए सीढ़ियाँ चढ़कर आए। वे आए तो बड़े जोश में थे लेकिन वाणी और बोडस को वहाँ पाकर ठंडे पड़ गए। उन्हें चांगदेव से अकेले में कुछ कहना था। सो राह देखते बैठे रहे। यह बात बोडस के ध्यान में आ गई और वो उठ गए। वाणी का गला भर आया लेकिन अँधेरे में किसी को मालूम नहीं हुआ। चांगदेव ने वाणी को दो-चार काम बताए जो बाद में पूरे करने थे। रुँधे

हुए स्वर में वाणी बोला, "आपको पैसों की जरूरत हो तो रहने दो, मकान-मालिक को मैं दे दूँगा।"

चांगदेव बोला, "ऐसी बात नहीं है।" फिर बोडस और वाणी अँधेरे में ही सीढ़ियाँ उतरकर चले गए।

अब सी.यू. आगे आया और अपनी आवाज ठीक करके बोलने को हुआ। वह क्या बोलनेवाले हैं यह चांगदेव को पहले से ही पता था। इस कारण चांगदेव हैरान था। लेकिन एक बार सी.यू. ने चांगदेव को अपने घर दावत पर बुलाया था और अच्छा मिष्टान्न खिलाया था। वैसे भी सी.यू. एक अच्छा आदमी था।

सी.यू. बोले, "आपको कुछ अहम बातें बताने यहाँ आया हूँ।"

चांगदेव बोला, "मैं कल निकलनेवाला हूँ। तो उस बारे में आप कुछ मत कहो प्लीज।"

सी.यू. बोले, "देखो सी.ए., पूरे स्टाफ में आप ही एक सज्जन और प्रामाणिक इनसान हो। और यह बात मैं सभी से कहता आया हूँ। और आप मेरे अच्छे मित्र हैं। और एक दोस्त के नाते मुझे यह कहना है कि वहाँ जाकर आप पछताओगे। मेरे जितनी दुनिया नहीं देखी है आपने।"

"मैं क्यों पछताऊँगा?"

"अजी, जिस कॉलेज में तुम जा रहे हो वो मुझे अच्छी तरह से मालूम है। बड़े कट्टर ब्राह्मण हैं वे सब। शिक्षा का स्तर और आधुनिकता सँभालने का स्वाँग रचते हैं बाहर से। लेकिन हैं बड़े कम्युनल। और यह आम बात है कि ब्राह्मणों के मन में हम बहुजनों के बारे में तुच्छता ही रही है। स्टाफ में सब उनके ही लोग भरे हुए हैं। दूसरी जाति के तो यूँ ही नाम के लिए शामिल किए हैं। और यह मत भूलो कि बहुजन समाज की संस्था वाले कॉलेज में देहाती किस्म के लोग होंगे तो भी अन्दर से आपस में कोई तुच्छता नहीं रखता। सतही तौर पर आपस में लड़नेवाले इन लोगों में कोई सुपीरियारिटी कॉम्पलेक्स नहीं होता। मुश्किल घड़ी में ये लोग आपस में प्रोटेक्ट करते एक-दूसरे को। ब्राह्मण कितनी ही सहजता और खुलेपन से बर्ताव करें फिर भी उसके अन्दर कहीं एक जनेऊ छिपी होती है जो थोड़ा सा उकेरते ही उजागर हो जाती है। आपको अनुभव होगा तब याद आएगी मेरी। फर्स्ट क्लास रहने के बावजूद मैंने पाँच साल तक ब्राह्मणों के कॉलेज में बतौर इंस्ट्रक्टर काम किया। उन्हें यह बात हजम ही नहीं होती कि

दूसरा कोई उनसे आगे जाए। किसी भी ब्राह्मण की यही सोच होती है कि अपने से ज्यादा संस्कारित दूसरा कोई नहीं हो सकता। दूसरे सब हीन संस्कार वाले हैं—चिढ़ आती है मुझे।"

"मुझे तो ऐसा अनुभव नहीं हुआ कभी। मुम्बई में मेरे सब दोस्त ब्राह्मण ही थे—मेरी उन्हीं से ज्यादा पटती है।"

"मुम्बई का छोड़ो—वहाँ के ब्राह्मण पहले से सुधरे हुए हैं। आप जिस भाग में जा रहे हैं वो इतना पिछड़ा है कि वहाँ अभी भी जातिवाद चरम पर है। सभी पुरानी दकियानूसी बातें हैं वहाँ अभी भी।"

"किसी भी समूह के लोगों के साथ रहना हो तो उनके जैसा बोलना-चालना चाहिए। आपके और उनके केवल आचार-विचार ही नहीं, उच्चार भी मिलते-जुलते होने चाहिए। अगर यह नहीं हुआ तो लोग आपको एक किनारे कर ही देंगे।"

"मतलब हम ही लोगों को हमेशा उनके साथ समझौता करना चाहिए ऐसा ही ना? और यह क्यों करना चाहिए? क्या यह गुलामी नहीं है?"

"आपका यह कहना कि हमेशा हम ही क्यों समझौता करें, सही है। लेकिन इतने साल अगर शिक्षा क्षेत्र में इनकी ही विरासत चलती आई है तो हम उनके सामने हत् बल ही ठहरे ना? और यही ब्राह्मण कल अगर देहात में खेती लिए आए तो उन्हें हमसे समझौता करना होगा, है ना? इस क्षेत्र में हम लोगों को उनके साथ समझौता करना जरूरी है। यह ब्राह्मण-ब्राह्मणेतरवाद बड़ा क्षुद्र है और कब तक ऐसे ही चलाएँगे हम?"

"अजी, आप कितना भी लिबरल रहो, वे लोग हमें मक्खी की तरह निकाल फेंकते हैं। अगर उनको यह दिखा कि आप उनसे बढ़कर हैं तो फिर जान-बूझकर या तो आपको नीचे खींचेंगे या आपको नजरअन्दाज करके मिटा देंगे। इतिहास जाँच कर देख लो पिछले दो हजार सालों का। और अगर जूते ही खाने हैं तो इन ब्राह्मणों के खाने के बजाय क्यों न अपने लोगों के ही खाएँ? मैं किसान हूँ इसलिए मैं बुद्धिमान हो ही नहीं सकता—यह बात अगर ब्राह्मणों ने मुझमें कूट-कूटकर भर दी तो हम लोग क्रान्ति कब करेंगे? बताओ।"

काफी रात हो चुकी थी। चांगदेव थक गया था। सी.यू. को रात-रात-भर वाद-विवाद करने की आदत थी और अब भी वह इसी सोच में थे और चांगदेव उनकी बात से असहमत भी था इसलिए चिढ़कर बोला, "क्या आपको

जी.जी. ने भेजा है यहाँ एजेंट बनाकर? मुझे और भी काम निपटाने हैं—सॉरी, आप जाओ।"

यह सुनते ही आगबबूला होकर सी.यू. बोले, "तो इतनी देर तरस खाकर जो मैं बता रहा था उसका यह मतलब निकाला आपने? मैं तो हैरान रह गया। मैं कभी किसी के घर नहीं जाता पर आपके यहाँ यह बताने नहीं आया था कि जाओ मत आप वहाँ। लेकिन मैं यह जोर देकर कहना चाहता हूँ कि मैं वहाँ झुलस चुका हूँ—यही कहने आया था। मैं पहले ही अगर सँभल जाता तो इस तरह उम्र के पैंतीसवें साल में आज तीन सौ रुपयों की नौकरी न करता।"

फिर उन्हें मनाने में आधा घंटा गया। "माफी चाहता हूँ, मुझे वैसे नहीं बोलना चाहिए था," आदि। इतने में सीढ़ियों से किसी के आने की आहट आई और शेख की आवाज भी—"कित्ता अँधेरा है यार—ओऽ सी.यू. साब, थोड़ी रोशनी तो दिखाओ इधर।" अब सी.यू. भी गुस्से में ही बाहर चल दिये। चांगदेव ने ऊपर से ही जलती हुई तिल्ली नीचे छोड़ दी। शेख चिल्लाया, "सर पे गिरेंगा भौ? बस करो आया मैं। ये कौन आ रहा ऊपर से? सँभल के भौ, कौन? सी.यू. साब? जा रहे—इधर से आओ, उधर दीवार है—गिरोगे नहीं तो...।"

ऊपर आते ही शेख तीनों कमरों में झाँककर बोला, "पूरा सामान समेट लिया क्या? क्या शैतान आया यार तेरे दिल में? जरा पहले तो बताते। अच्छा कल सुबह मेरे हयाँ खाना खाके फिर जाना। कुर्सी है या खोखा है ये? बैठूँ क्या इस पर?"

चांगदेव बोला, "रेडियो है यार वह, इधर बैठो, आओ।"

फिर खटिया पर बैठकर वह बोला, "आखिर हुआ क्या तुझे यार? अपन लोगों का अच्छा ग्रुप हो गया था कॉलेज में। हम लोगों को छोड़कर जाने में क्या फायदा?"

चांगदेव का दिल दहल गया। उसे अन्दाजा था ही कि यह सवाल कोई तो जरूर पूछेगा। जगह छोड़ते समय हम यह भूल जाते हैं शायद कि उसके साथ आदमी भी छूट जाते हैं। अच्छे लोगों से बेवजह नाता तोड़ लेते हैं हम। ऐसे लोग, जो अपनी जगह नहीं छोड़ते। यह एक कटु सत्य है।

"तुम और चार जगह बदल-बदलकर जा सकते हो लेकिन हम जैसे लोगों को जहाँ थोड़ा भी ठीक लगे वहीं जिन्दगी गुजार देते। मुसलमानों ने किधर जाना?... ठीक है, जाने का तुम्हारा तय हो गया है तो अब कुछ बोलने से क्या होगा? पहले पूछते तो कुछ सलाह-मशवरा करते। जाइए अब शान्ति से। वैसे अच्छा रहता

अपनी-अपनी जगह ढूँढ़ना। आओ फिर कभी।" इतना कहकर वह चुप हो गया। चांगदेव के पास भी बोलने को कुछ नहीं था।

लोग आकर मिलते रहेंगे और यूँ ही दिमाग खराब करेंगे इसलिए उसने सोचा कि जल्द से जल्द यहाँ से निकलना चाहिए। फिर भी अकेले सामान समेटकर बाँधकर रखने में दोपहर हो गई। शाम को हाथबंडी वाले भी देर से आए। आते ही उन्होंने टेबल, कुर्सियाँ, किताब वाले कार्टन, स्टोव, बर्तन आदि भरकर रखी हुई बोरियाँ धड़ाधड़ नीचे ले जाना शुरू किया। उसका बिछौना वैसे ही था। यह बिछौना मानो साल-भर के इतिहास का साक्षी था। सारे उलटे-सीधे चक्कर इसी बिछौने पर पड़े-पड़े घूमते हुए दिखाई देते थे। गर्दन तकिए में गड़ाए वह ये चक्कर मिटाता रहता। और अँधेर नगरी जब से हुई तब से तो पूरा समय इसी खाट पर बीता शेषशायी की तरह। इस बिछौने पर पड़े हुए अँधेरे में यह लगता मानो विश्व-भ्रमण हो रहा है। और अवकाश में भी यह बिछौना पीठ से चिपका रहता मानो। एक अकेले आदमी के लिए उसका बिछौना ओएसिस की तरह होता है। पैरों पर खड़े होकर करने की बातें तो प्रासंगिक और अस्थायी लगती हैं। अस्तित्व का सच्चा एहसास तो बिछौने पर पड़ने पर ही होता है। वर्तमान-भूतकाल की सभी यादें बिछौने पर पड़े-पड़े ही ताजा होती हैं। समय भी अच्छा कटता है।

हम्मालों ने झट से गद्दी गोलाकार कोने में लगा दी और खाट की घड़ी कर नीचे ले गए। अब तो कमरों में खाली फर्श के चौकोन ही बचे थे। हम्मालों के साथ जाकर ट्रांसपोर्ट वाले को ज्यादा पैसे देने पड़े। वह खिन्न होकर वापस आया। पुल पर खड़ा होकर नदी का विस्तीर्ण सूखा पाट, छोटा-सा झरना, किनारों पर दोनों ओर से आए पेड़, दूर-दूर के पर्वत, साल-भर अपने साथ रहे प्राकृतिक दृश्य देखता वह पुल पर इधर-उधर टहलता रहा। शाम होने से पहले बाहर निकलना जरूरी था। फिर छुट्टी के बाद वापस आनेवाले दोस्त मिलने आएँगे। इसलिए जल्दी रेलवे स्टेशन पहुँचना अच्छा। दो दिनों में ही पूरे गाँव को खबर हो गई। अगर अन्तर्धान हो सकता तो अच्छा होता।

चांगदेव 'राधाकृष्ण' में आने पर सीढ़ियाँ चढ़ने लगा तो नई शादीवाला उजड्ड आदमी और उसकी सुशील पत्नी बाहर आकर बोले, "पाटील, कहीं शिफ्ट हो गए क्या? आपके दोस्तों ने कहा, आपने कॉलेज ही छोड़ दिया?"

चांगदेव बोला, "हाँ, गाँव भी छोड़ रहा हूँ मैं।"

वह औरत बोली, "जबी मैं कहूँ, गाँव के गाँव में सामान ले जाने को इतना पैक नहीं करते।"

वह आदमी बोला, "तो फिर आओ ना, चाय लेंगे।"

"नहीं, मैं जरा जल्दी में हूँ, कुछ काम बाकी है। और अच्छा याद आया। मेरे पास लकड़ी का एक शेल्फ है बड़ा-सा। रसोईघर वाला। हमारे कासार सर ले जानेवाले थे, मगर आए नहीं। वह शेल्फ आप रख लो। नहीं तो मकान-मालिक के हाथ लग जाएगा वह। ठहरो मैं ही लाकर देता हूँ। आप यहाँ से पकड़ो उसे सीढ़ियों पर—बड़ा वजनदार है। और चांगदेव ऊपर जाकर धड़ाम-धड़म आवाज के साथ उस शेल्फ को ठेलता हुआ बाहर ले आया। उस नई शादीवाले आदमी ने उसे उठाने में मदद की और दोनों ने लाकर उस शेल्फ को रसोईघर में लगा दिया। दोनों पसीना-पसीना हो गए लेकिन उस गृहस्थ की पत्नी को बड़ा आनन्द आया। बोली, "बहुत अच्छा है ये। मैं इन्हें कब से कह रही थी शादी के बाद से ऐसा एक लाने को। सब डिब्बे नीचे ही बिखरे रहते थे।"

वह गृहस्थ भी खुश हुआ, बोला, "मैं फोकट में नहीं लेता, दस-बीस रुपये तो...।"

चांगदेव बोला, "नहीं-नहीं, वैसे भी मैं इसे छोड़कर ही जा रहा था। कहाँ ढोते बैठो इतना वजनदार।"

गृहस्थ बोला, "अब बैठो भी। शरबत ले लो, जल्दी हो जाएगा या खाने को बनाएँ कुछ।"

"आओ अन्दर," औरत भी बोली, "आप कभी भी आए नहीं हमारे यहाँ। बैठो थोड़ी देर।" अब वह मना नहीं कर पाया। सच पूछो तो इस आदमी से मिले बिना ही जाना था—मगर उसकी औरत अच्छी थी।

चांगदेव और गृहस्थ खाट पर बैठ गए। उसकी औरत झट से अन्दर गई और कुछ-कुछ करने की आवाजें आईं। थोड़ी ही देर में वह गरमागरम उपमा और शरबत बनाकर ले आई। इनका टिप-टाप संसार देखने का चांगदेव का यह पहला मौका था। हाल ही में उन्होंने खिड़कियों पर नए परदे लगवाए थे। कपड़ा सस्ते वाला था लेकिन उस औरत ने पीले रंग के फूलों का कसीदा निकाला था। घर में एक पुरानी फोल्डिंग चेयर थी। रसोईघर में साफ-सुथरे डिब्बे लाइन से चमक रहे थे। जूते-चप्पल भी दरवाजे के साथ लाइन में रखे हुए थे। कुर्ते साफ धुले हुए डोरी पर सूख रहे थे और साड़ियाँ अच्छी तह करके रखी हुईं। उस औरत के

कुछ कपड़े हमेशा डोरी पर होते जो बाहर से दिखाई देते। वो गृहस्थ बातचीत के लिए विषय ढूँढ़ रहा था।

उन्हें शरबत देने पर वह औरत दीवार से पीठ सटाकर दोनों हाथ सर पर बाँधे खड़ी-खड़ी खिड़की से बाहर देखने लगी। चांगदेव ने अपनी बहनों और बुआओं को बचपन में इसी हाल में खड़े देखा था और वह समझ जाता कि वे पेट से हैं। अब कोई बात नहीं कर रहा था। उन दोनों को इस बात की कचोट थी कि इसे आखिर में बुलाया। आखिर कुछ बात करने के लिए चांगदेव बोला, "आपकी शादी कब हुई?"

वह आदमी शरमाता-सा बोला, "पिछले धुपकाले में—कल ही वर्षगाँठ थी। अब ये मैके जाएगी—फिर मैं भी आप जैसा अकेला रह जाऊँगा—तीन-चार महीने।"

अपना अन्दाजा सही निकलने से चांगदेव खुश हुआ और उत्साहपूर्वक बोला, "वाह, वाह—तभी मुझे लगा ही...अभिनन्दन। मैं नहीं रहूँगा यहाँ पर आपका लाड़ला देखने।" वह औरत लजाकर अन्दर चली गई। गृहस्थ ने भी बात बदलते हुए कहा, "ये सन्दूक क्या किताबों के थे? इतने सब पढ़ने पड़ते क्या?"

चांगदेव उठते हुए बोला, "थैंक्यू, भाभी, शरबत अच्छा था।"

वह आदमी बोला, "कुछ खास नहीं जी, ये कितनी बार कहा करती ऊपर वालों को कुछ दे आओ—लेकिन आपका आना-जाना, सोना-जागना, टाइम टेबल कुछ भी समझ में नहीं आता था। अच्छा हुआ आखिर मुलाकात हुई—नहीं-नहीं—वैसी तकलीफ की कोई बात नहीं—आप तो पढ़े-लिखे विद्वान लोग—हम ठहरे कारकून—। अच्छा ठीक है—आपको देर हो जाएगी—अच्छा—सुनो तो यह जा रहे हैं।" औरत अन्दर दीयाबत्ती कर रही थी, बोली, "नमस्कार। इधर आएँ तो आना कभी।"

भारी मन से सीढ़ियाँ चढ़कर ऊपर आते हुए चांगदेव ने सोचा, बेचारे अच्छे लोग थे। गरीब हैं। अभी थोड़ा-सा उजाला था जिसमें कमरे की अच्छी तरह जाँच करनी थी। सूटकेस और ट्रंक भी बन्द करने थे। गद्दी भी बाँधनी थी। उसकी यह आदत थी कि वो हमेशा रूम साफ करके निकलता था।

एक-एक अलमारी देखते, साफ करते, वह रसोईघर में आया। स्टोव की बत्ती, टूटे चम्मच, बोतलें, खराब ब्रश, डोरियाँ—सब पैरों से एक तरफ करता हुआ वह मोरी के पास आया और अचानक उसका ध्यान उस कोनेवाले मकड़े की ओर गया।

मकड़ा। चांगदेव अपनी जगह पर जमा रह गया। अपने प्रिय मकड़े को साथ ले जाना मुमकिन नहीं था। कितने दिनों की दोस्ती। उसने भी इतने दिनों में गहरा जाल बुन लिया था। फिर भी अकेला। वैसा ही छोटा-सा। दुबला-पतला। अब अपने बाद कोई नया परिवार आएगा तो वह औरत झाड़ू करती एक फटकार से उसे साफ कर देगी। और यह भी भाग जाएगा कहीं। तब तक इसे खाना मिलता रहे इसलिए एक खिड़की उसने खुली रखी।

अँधेरे में ही सब खिड़कियाँ लगाकर दरवाजा बन्द कर वह निकला। चौधरी अपना ताला लगानेवाले थे और स्टेशन पर आने को भी बोल रहे थे। वे आठ बजे तक आनेवाले थे पर नहीं आए। अँधेरे में स्टेशन तक जाना और वापस आना यह भी तकलीफ का काम था इसलिए कोई नहीं आया। और अपने जाने के बारे में वैसे भी ठोस बात उसने किसी से नहीं की थी। गद्दी, सूटकेस, ट्रंक आदि बाहर निकालते हुए वह पसीने से भीग गया। फिर चाबी और ताला सूटकेस में डाला। मेन रोड तक आया पर ताँगा नहीं मिला।

बाद में पुल के पास एक ताँगेवाला दिखा। उसे बुलाया। ताँगेवाला सामान नीचे ले आया। चांगदेव सूटकेस लेकर नीचे आया। चौधरी नहीं आए यह भी ठीक हुआ। सामान की आवाजों को सुनकर नीचे रहनेवाले बाहर आए। उनसे बात करके चांगदेव अँधेरे में खड़े ताँगे में बैठ गया। ताँगेवाले ने घोड़े को चलाते हुए कहा, “साढ़े नौ को पोचना पड़ता टेसन पे। कित्ते बजे भौ?” वह बोला, “नौ बजे होंगे। घड़ी बन्द है।” ताँगेवाला बोला, “धत् तेरे की।”

बस्ती के रास्तों की पहचान के निशान भी नहीं दिख रहे थे। अँधेरे में ताँगा कब कहाँ मुड़ा, कब कौन सा रास्ता खत्म हुआ, समझ पाना मुश्किल था। ताँगा किस रास्ते से गुजर रहा है यह जान पाने का भी कोई उपाय न था। मैं कहाँ और क्यों जा रहा हूँ यह भी वह कुछ देर के लिए भूल गया। इस भूल का एहसास होते ही वह काँप उठा और सहारे के लिए अँधेरे में भी पहचान के निशान ढूँढ़ने की कोशिश करने लगा। गहरे सपने के समान बस्ती अँधेरे में बिला गई थी। कई लोगों से वह मिल नहीं पाया था। किस-किस से मिलता? और मनपसन्द जगहों को भी कितनी बार जाकर देखता? फिर पूरा बरस जैसे-तैसे जी पाए तो कहा यही जाएगा मनचाहा जिया। चलो अब सब खत्म हो गया। छूट गया। एक-एक

बरस होता ही अजीब सा है। इस साल सब मेल-मिलाप से रहना तय किया था मगर अजीब-सी हवा चली सब उलट-पुलट कर रख दिया। पहिये अजीब-अजीब ढंग से घूमते गए। लेकिन अब पटरी ठीक से बैठ गई है। दिमाग में अचानक घूमते इन्द्रजाल अब पंख भींचकर खामोश हो गए हैं। मुक्त हो गया। पूरी तरह से घटनाओं से अलिप्त रहना तय तो किया था फिर भी वही-वही।

अब फिर से नई बस्ती, नए रास्ते।